Buch

Lucca, 1525: Die Ehe von Beatrice Rimortelli, der Tochter eines lucchesischen Tuchhändlers, mit Federico Buornardi steht unter einem ungünstigen Stern, denn am Vorabend ihrer Hochzeit wird im Dom von San Martino ein päpstlicher Legat ermordet. Schon kurz nach der Heirat muss Beatrice erkennen, dass ihr Ehemann viele Geheimnisse und eine Geliebte hat. Sein Palazzo wird für sie eher zum Gefängnis als zum Heim. Federico ruiniert das Tuchhändlergeschäft, und bald weiß Beatrice nicht mehr, wem in ihrer Umgebung sie noch vertrauen kann. Einzig Federicos Bruder, Tomeo, der als Soldat bei den kaiserlichen Truppen kämpft, steht unerschütterlich zu seinen Idealen und zu Beatrice.
Aber immer noch will keine Ruhe in Beatrices Leben einkehren. Als sie ihre Tochter Giulia zur Welt bringt, verliert sie dabei fast ihr Leben. Und der Kampf zwischen den papsttreuen Guelfen und den kaiserlich gesinnten Ghibellinen erschüttert mehr und mehr auch Lucca. Während die politischen Zustände immer bedrohlicher werden, wird die Stadt von den Pocken heimgesucht. Federico nimmt seiner Frau ihr Vermögen und entreißt ihr ihre Tochter, um sie nach Rom bringen zu lassen. Beatrice begibt sich daraufhin auf die Suche nach Giulia – eine gefährliche Reise, die sie nur dank der Hilfe einer Komödiantentruppe unbeschadet übersteht. Und dann trifft sie Tomeo wieder, der bald mehr ist als nur ein Freund. Doch der Krieg tobt weiter, und Tomeo muss zurück an die Front ...

Autorin

Constanze Wilken, geboren 1968 in St. Peter-Ording, wo sie auch heute wieder lebt, studierte Kunstgeschichte, Politologie und Literaturwissenschaften in Kiel und promovierte an der University of Wales in Aberystwyth. Neben dem Schreiben betreibt sie als Freelance Researcher Recherchen für Antiquitätenhäuser. Constanze Wilken wurde als Autorin großer Frauenromane bekannt. »Die Tochter des Tuchhändlers« ist ihr erster historischer Roman. Ein weiterer ist bereits bei Goldmann in Vorbereitung.
Weitere Infos zur Autorin unter www.constanzewilken.de

Constanze Wilken

Die Tochter des Tuchhändlers

Roman

GOLDMANN

Die Passagen aus Petrarcas »Canzoniere« wurden zitiert nach: Francesco Petrarca: Canzoniere. Eine Auswahl. Italienisch/Deutsch, Übertragung ins Deutsche von Winfried Tilmann, Copyright © 2000 Philipp Reclam jun. GmbH & Co., Stuttgart. Der Abdruck erfolgt mit freundlicher Genehmigung des Verlags.

FSC
Mix
Produktgruppe aus vorbildlich
bewirtschafteten Wäldern und
anderen kontrollierten Herkünften

Zert.-Nr. SGS-COC-1940
www.fsc.org
© 1996 Forest Stewardship Council

Verlagsgruppe Random House FSC-DEU-0100
Das für dieses Buch verwendete FSC-zertifizierte Papier
München Super liefert Mochenwangen.

1. Auflage
Originalausgabe Juni 2008
Copyright © 2007 by Wilhelm Goldmann Verlag,
München, in der Verlagsgruppe Random House GmbH
Umschlaggestaltung: Design Team München
Umschlagfoto: Bridgeman Giraudon (Collage)
Karte Lucca aus »Civitates Orbis Terrarum«
von Franz Hogenberg (1588)/Historic Maps, Hamburg
BH · Herstellung: Str.
Redaktion: Regine Weisbrod
Satz: deutsch-türkischer fotosatz, Berlin
Druck und Bindung: GGP Media GmbH, Pößneck
Printed in Germany
ISBN: 978-3-442-46667-2

www.goldmann-verlag.de

O che lieve è inganar chi s'assecura!
Que' duo bei lumi assai più che 'l sol chiari
Chi pensò mai veder far terra oscura?

Wie leicht ist's, den zu täuschen, der sich sicher fühlt!
Die beiden Lichter, heller als die Sonne,
wer dachte je, dass sie zu dunkler Erde würden?

> (Francesco Petrarca: *Canzoniere*)

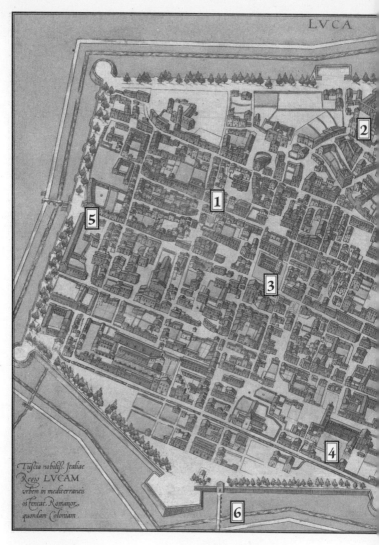

1 Palazzo Buornardi
2 San Frediano
3 San Michele
4 Dom San Martino
5 Porta San Donato
6 Porta San Pietro
7 Porta Santa Maria
8 Kanal an der Via del Fosso

Vorbemerkung

Das frühe sechzehnte Jahrhundert war für Italien eine Zeit der Kriege, bestimmt vor allem durch die Fremdherrschaft der mächtigen Staaten Frankreich und Spanien. 1512 zwangen die Schweizer die Franzosen zurück über die Alpen, doch bereits 1515 triumphierte Franz I. erneut auf italienischem Boden. Erst dem Habsburger Karl V. gelang es 1525 in der Schlacht bei Pavia, die Franzosen für zwei Jahrhunderte aus Italien zu vertreiben. Aber auch Karl hatte Probleme, seine Herrschaft über die spanischen Erblande, die Niederlande und das Habsburger Territorium zu behaupten. Der ausbrechende Religionskonflikt, der in Luthers Thesen und schließlich in der Aufspaltung der Kirche gipfelte, und das zu den Bauernkriegen führende Aufbegehren gegen die Feudalherrschaft zerrütteten die deutschen Lande, und die andauernde Bedrohung Europas durch das Osmanische Reich verschlang Unsummen an Kriegskosten.

Vor diesem Hintergrund kommt es zum Konflikt zwischen Karl V. und Papst Clemens VII., denn Karl V. will das römische Weltreich unter weltlicher Vorherrschaft wiederauferstehen lassen. Clemens VII., eigentlich Giulio de' Medici, ist der illegitime Sohn Giuliano de' Medicis und der zweite Medici, der den päpstlichen Thron bestieg. Entscheidend dafür war die Protektion Karls V. Die Erwartungen an Clemens sind hoch, man spricht bereits von einem neuen mediceischen Goldenen Zeitalter, in dem die Künste und Wissenschaften, von seinem unbeliebten Vorgänger Hadrian VI. vernachlässigt, wieder gefördert werden. Doch Clemens wird als unseligste Papstgestalt in die Geschichte eingehen. Sein Streben nach Macht und seine undurchsichtige Bündnispolitik stürzen nicht nur Rom ins Verderben, sondern auch die kleine toskanische Stadt Lucca.

Italien ist seit langem in zwei Lager gespalten: Guelfen (Papstanhänger) und Ghibellinen (Kaisertreue). Lucca steht unter kaiserlicher Protektion, doch es gibt auch dort Unzufriedene, die bereit sind, mit dem Papst zu paktieren und ihre Stadt der eigenen Gier nach Macht und Geld zu opfern.

Durch eine perfide Intrige von Clemens wird die unabhängige Republik Lucca, die ihren Reichtum dem Seidenhandel verdankt, in einen Strudel verheerender Ereignisse gezogen ...

I

Dom San Martino, 11. Januar 1525

*Denn der Herr kennt den Weg der Gerechten,
aber der Gottlosen Weg vergeht.*
(Psalter I, 1,6)

Ein sternenklarer Nachthimmel lag über Lucca und den toskanischen Hügeln. Der Nachtwächter blies zur zwölften Stunde, danach störte nur noch das Jaulen eines streunenden Hundes die friedliche Stille.

In der Sakristei des Domes San Martino wurde eine Kerze entzündet, und jemand rüttelte das Kohlebecken, um die Hitze der Glut neu zu entfachen. Hüstelnd zog der Mann einen Schlüssel aus seinem pelzverbrämten Umhang und schloss umständlich einen Wandschrank auf. Er klappte die Türen zurück und entnahm dem dunklen Schrankinnern nach einigem Suchen eine Karaffe und zwei silberne Kelche. Während er Rotwein eingoss, blinkte im flackernden Kerzenlicht ein prächtiger Ring an seiner rechten Hand auf. Agnello Agozzini ließ sich auf einen gepolsterten Stuhl sinken, seufzte zufrieden und hob einen der Kelche an seine vollen Lippen.

Genüsslich kostete er das reiche Bouquet des sizilianischen Rotweins, der auf den Gütern seines Gastgebers, Francesco Sforza de Riario, Bischof von Lucca, angebaut wurde. Lucca war nicht Rom, aber für einen zielstrebigen Mann wie den Bischof eine wichtige Station auf dem Weg zum Kardinalshut. Agozzini bleckte die Zähne und wischte sich die Schweißperlen von der Oberlippe. Rom! Wie sehr er das ausschweifende Leben in der Ewigen Stadt liebte. Nun, er würde nicht lange hierbleiben müssen. Wie es den Anschein hatte, würde sich sein Auftrag einfacher ausführen lassen, als er zu hoffen gewagt hatte, und wenn Flamini, der Geheimsekretär von Clemens VII., zufrieden war, würde Seine Heiligkeit sich dessen erinnern, was man ihm versprochen hatte, falls der Plan erfolgreich ausgeführt wurde. Dieser skrupellose und heimtückische Verrat war typisch für die päpstliche Politik. Allerdings hatte der Plan seine Schwachstellen, aber das musste man bei einem Unternehmen dieser Größenordnung in Kauf nehmen. Mit kleinen, unbedeutenden Intrigen gab er sich nicht ab. Ihn reizte die Herausforderung, denn er war ein Mann mit Visionen. Agozzini lächelte. Morgen Nacht würde er sich an einen geheimen Ort begeben und den Mann treffen, für den er ein Schreiben Flaminis mit dem päpstlichen Siegel bei sich trug.

Aber die heutige Nacht gehörte ihm und jenem schönen Jüngling, auf den er hier mit wachsender Nervosität wartete. Er hatte schon befürchtet, sich im provinziellen Lucca zu langweilen. Wie man sich täuschen konnte! Die Luccheser waren anders als die Römer, sie gaben sich zurückhaltend und verschlossen, zumindest Fremden gegenüber. Dass sie aber genauso lasterhaft und verschlagen waren wie jeder andere Italiener auch, hatte er schnell gemerkt. Er schnippte mit zwei Fingern gegen die Karaffe. Letztlich waren sie nur Kaufleute, und womit errang man am einfachsten das Herz eines Kaufmanns? Mit Geld.

Agozzini leerte den Kelch in einem Zug, um ihn gleich wieder zu füllen. Nein, er tat den Lucchesern Unrecht – es gab etwas, das sie genauso sehr liebten wie ihren Wohlstand: ihre Republik. Vielleicht hatten sie auch nur Angst um ihren Reichtum und zahlten deshalb seit Jahren enorme Summen an Kaiser Karl V., der ihnen im Gegenzug seine Protektion und den Erhalt der Republik garantierte. Auf die eine oder andere Art bestand eben immer eine Abhängigkeit.

Seine Beine kribbelten unangenehm. Er beugte sich vor und rieb die Waden, deren weiße Haut fleckig aussah. Der lästige Ausschlag zog sich von den Fußsohlen aufwärts. Egal, welchen Quacksalber er bisher gefragt hatte, keiner hatte ihm helfen können. Bevor er erneut nach dem Kelch griff, zog er seine Beinkleider wieder herunter. Der kühle Seidenstoff war angenehm auf der Haut. Mit großer Sorgfalt hatte er sich heute Abend gekleidet. Ohne Übertreibung konnte er von sich behaupten, noch immer ein gutaussehender Mann zu sein. Das Leben hatte zwar Spuren in seinem Gesicht hinterlassen, doch Erfahrenheit und Macht wogen in den Augen der Jugend oft mehr als unschuldige, blasse Schönheit.

In gespannter Erwartung horchte er in das Kirchenschiff. Würde er kommen? Agozzini leckte sich die Lippen und rückte bei dem Gedanken an das ebenmäßige Gesicht des Jünglings und dessen geschmeidigen Körper seinen Hosenbund zurecht. Für frisches, weiches Fleisch unter seinen erfahrenen Händen und den Anblick eines wohlgeformten männlichen Körpers hätte er seine Seele verkauft. Der junge Mann war ihm auf der Piazza vor dem Dom aufgefallen, wo er in Begleitung einiger Edler und Kaufleute gestanden hatte. Wie zufällig hatten sich ihre Blicke getroffen. Agozzini schloss seine Lider in Erinnerung an die dunklen Augen unter langen, dichten Wimpern, die ihm eine unmissverständliche Botschaft gesandt hatten.

Das Zuschlagen einer Tür ließ den päpstlichen Gesandten aus seinen Träumereien auffahren. Nervös zupfte er an seinem Mantel. Verhaltene Schritte näherten sich aus dem Hauptschiff. Am Klang der unterschiedlichen Bodenbeläge hörte er, wie sich der Besucher näherte. Durch die Seitentür, die Agozzini unverschlossen gelassen hatte, war der Besucher eingetreten, an der Figurengruppe des heiligen Martin vorbei durch das Mittelschiff gegangen und passierte jetzt den Tempietto del Volto Santo von Civitali. Eine lose Marmorfliese verriet ihn. Agozzinis Herz begann schneller zu schlagen, und er umklammerte die Stuhllehne, als die Tür zur Sakristei langsam aufschwang und ein schlanker Jüngling eintrat.

»Du bist gekommen ...«, murmelte Agozzini.

Der Mann vor ihm verkörperte das Abbild göttlicher Vollkommenheit und ließ ihn erschauern, wie er dort lässig im Türrahmen stand, die langen Haare aus dem Gesicht streichend, dessen gerade Nase zu den perfekt geschwungenen Lippen und dem Kinn mit einem zarten Grübchen passte. Allein der Anblick dieses Mannes war jedes Risiko wert, denn dass er ein nicht unbeträchtliches Wagnis einging, indem er sich allein und zu nächtlicher Stunde hier mit einem Fremden verabredete, war Agozzini bewusst. Aber er befand sich im Dom des Bischofs, und welcher Luccheser würde es wagen, sich an ihm zu vergreifen? Er, Agnello Agozzini, stand unter dem Schutz Seiner Heiligkeit Papst Clemens VII.

»Euer Exzellenz.« Der Jüngling ließ seinen wollenen Umhang auf den Boden gleiten und machte einen Schritt auf den Gesandten zu. Plötzlich fiel er vor ihm auf die Knie und ergriff Agozzinis Hand, um seine Lippen auf den Ring zu pressen.

Wie elektrisiert von der Berührung des Jünglings beugte sich Agozzini vor und legte seine Hand auf dessen dunkle Haare. Als er kühle Hände auf seinen Oberschenkeln spürte, schoss alles Blut in seine Lenden, er spreizte schwer atmend die Beine und hielt überrascht inne, als der junge Mann flüsterte: »Segnet mich, Vater, denn ich habe gesündigt.«

»Wie kann ein so vollkommenes Geschöpf sündigen? Hat nicht Gott uns unseren Körper geschenkt, damit wir ihn ehren?« Wollte er diese Gelegenheit nicht verstreichen lassen, musste er sich zu mehr Geduld anhalten. Vielleicht war dieser Junge noch unschuldig? Umso süßer würde die Lust sein, die sie gemeinsam kosten würden. Agozzini hob sacht das Kinn des Jünglings an. »Du musst nicht vor mir knien. Ich bin es, der vor dir im Staub liegen sollte, weil du mehr in mir siehst als nur einen kirchlichen Würdenträger. Komm, steh auf und trink mit mir.«

Lautlos und mit der Wendigkeit einer Katze erhob sich der Jüngling und nahm den angebotenen Kelch. Während er ihn an den Mund setzte, suchte er Agozzinis Augen. In einem Zug leerte er den Kelch und stellte ihn wieder auf den Tisch.

Aus einer Tasche seines weiten Mantels zog Agozzini ein schmales Päckchen und reichte es dem Besucher. »Du hast schöne Hände, und diese Handschuhe werden sie wärmen, bitte. Sie sind aus feinstem Hirschleder.«

Lächelnd entfernte der junge Mann Kordel und Seidenpapier und streifte die edlen Handschuhe über. »Sie sitzen, als wären sie für mich gemacht.«

»Das sind sie, mein schöner junger Freund. Und ich hoffe sehr, dass ich dir noch viele kostbare Geschenke machen darf.« Ein Geräusch im Kirchenschiff ließ ihn aufhorchen.

»Ratten. Sie sind überall.«

Etwas im Tonfall seines Gastes ließ ihn Verdacht schöpfen. Mit flackernden Lidern musterte Agozzini sein Gegenüber und fand auf einmal Abscheu in den Augen, in denen er eben noch Bewunderung gesehen zu haben glaubte. Seine Erregung wich nervöser Anspannung. Mit zitternden Händen nahm er die Karaffe und goss erneut Wein in den Kelch seines Besuchers. Aus der Dunkelheit des Seitenschiffs drangen nun deutlich Schritte und leise Stimmen zu ihnen herein, doch der Jüngling rührte sich nicht, sondern musterte ihn kalt. Langsam zog er die Handschuhe aus und steckte sie in seinen Gürtel.

»Danke, ich werde an Euch denken, wenn ich sie trage.«

Mit schnellen Schritten stellte er sich hinter den Stuhl des Gesandten und rief zur Tür: »Herein!«

Als dort drei Männer erschienen, wusste Agozzini, dass seine Todesstunde gekommen war. »Ich dummer alter Narr. Dass mir die Gunst eines solchen Lieblings der Götter geschenkt werden sollte, hätte mich stutzig machen sollen ...« Er schüttelte den Kopf.

»Wir alle haben unsere Schwächen, Euer Gnaden.« Einer der Männer trat aus der Dunkelheit auf ihn zu. Seine Stimme ließ ihn aufhorchen.

»Ihr?« Agozzini rief sich die Begegnung auf der Piazza ins Gedächtnis und erkannte plötzlich seinen Fehler. Der Jüngling hatte ihn in eine Falle gelockt. Er war der Diener dieses Mannes und nicht, wie er angenommen hatte, des Kaufmanns. Die Gesichter der anderen beiden kamen ihm bekannt vor, aber er wusste nicht, woher. Einer war kräftig und hatte das Auftreten eines Soldaten. Seine Überlegungen wurden jäh unterbrochen.

»Wen wolltet Ihr hier treffen, Agozzini, und wie lautet Euer Auftrag?«, fragte der Herr des Jünglings und stellte sich dicht vor ihn, während seine Begleiter sich in der Sakristei umsahen.

Angstschweiß lief ihm den Körper hinunter und sammelte sich am Hosenbund und in den Kniekehlen. Fieberhaft suchte er sich an den Namen des Wortführers zu erinnern, denn der Bischof hatte ihm die Männer auf der Piazza vorgestellt. »Ich bin Gast des Bischofs. Wir sind alte Freunde, und das solltet Ihr bedenken und Euch nicht zu etwas hinreißen lassen, das Euch schlecht bekommen könnte.«

Der Mann lachte leise, doch seine Augen musterten ihn kalt. »Der Einzige, der sich Sorgen machen sollte, seid Ihr. Ich frage noch einmal – wer ist Euer Verbündeter hier in Lucca?«

»Wie kommt Ihr überhaupt auf die Idee, ich hätte hier Verbündete? Mein Aufenthalt hier ist rein privater Natur.« Er sah sich um, fühlte jedoch im selben Augenblick den kalten Stahl eines Dolches an seinem Nacken.

»Versucht nicht zu schreien, Agozzini. Ihr könnt Euer Leben nur retten, wenn Ihr die Verräter hier in Lucca preisgebt.«

Sie konnten nichts wissen. Außer ihm und Flamini wusste niemand von dem Plan. Ihr Verbündeter hatte sich sehr geheimnisvoll gegeben und selbst ihm und Flamini seine Identität noch nicht verraten. Woher Flamini seine Überzeugung nahm, dass dieser es ehrlich meinte, wusste Agozzini nicht, aber der Geheimsekretär des Papstes war kein Trottel und erfahren im Einfädeln von Intrigen und politischen Ränkespielen. Flamini hatte den Brief in seinem Beisein verfasst und den Sekretär vorher hinausgeschickt. Die Erkenntnis traf ihn mit voller Wucht, dass er keuchend zusammensackte. »Dieser Wurm ...«, entfuhr es ihm. Mari, der Sekretär, musste gelauscht haben, anders konnte sich Agozzini nicht erklären, woher diese Männer von seinem Auftrag wussten.

»Nun?«

Der Mann, den er für einen Soldaten hielt, packte ihn an den Schultern. »Welchen stinkenden Verräter deckst du? Im Feld machen wir mit nichtsnutzigen Kreaturen wie dir kurzen Prozess ...«

Ein scharfer Schmerz durchfuhr Agozzinis Nacken, und warmes Blut rann die Haut herunter. »Ihr werdet mich töten, ob ich zum Verräter werde oder nicht.« Er fasste sich an den Hals, sah das Blut an seiner Hand und entschied sich für einen ehrenhaften Tod. Sein Leben hatte der Kirche gehört. Er war krank und wusste um die Qualen, die ihm die Franzosenkrankheit noch bescheren würde. Bedauerlich war nur, dass er nicht in den Genuss dieser Liebesnacht gekommen war, und in Gedanken daran umspielte ein zynisches Lächeln seine Lippen.

»Er wird nichts sagen.« Der dritte Mann hatte eine weiche Stimme. Unter seinem dunklen Umhang schimmerte ein silberbeschlagener Gürtel, in dem Dolch und Degen steckten. »Fast tut er mir leid.«

Der schöne Jüngling spuckte verächtlich auf den Boden. »Mir nicht. Ihm geht es nur um seine Lust. Dafür würde er Hunderte von Menschen opfern, seinen Gott um Verzeihung bitten und sich ruhig schlafen legen.«

Der große, schlanke Mann mit den aristokratischen Gesichtszügen musterte Agozzini eingehend. »Durchsucht ihn. Vielleicht trägt er ein Schreiben bei sich.«

Agozzini wurde auf die Füße gezogen und von dem Jüngling und dem Mann mit der angenehmen Stimme seines Mantels entledigt und durchsucht. Wenn sie den Brief fanden, würden sie ihn sofort töten. Er öffnete den Mund, um zu schreien, doch dazu kam er nicht mehr. Als hätten sie es geahnt, packten sie ihn, jemand presste ihm eine Hand auf seinen Mund und erstickte den Schrei in seiner Kehle. Mit weit aufgerissenen Augen sah er blinkenden Stahl aufblitzen und spürte kurz darauf einen brennenden Schmerz in seiner Brust. Noch wenige Male schlug sein Herz mit letzter Kraft, dann umklammerten Eisenzwingen seine Lungen, pressten ihm die Rippen zusammen, und röchelnd schnappte er wie ein verendender Fisch nach Luft. Das Letzte, was seine brechenden Augen sahen, war das Gesicht eines Engels, der lächelnd auf ihn herabsah, während eine dunkle Strähne das vollkommene Antlitz umspielte.

»Herr, in deine Obhut befehle ich mich …« Agnello Agozzini, der päpstliche Legat, war tot.

II
Hochzeit in Lucca, 12. Januar 1525

Der eisige Ostwind brachte Schnee. Beatrice wandte den Blick in Richtung des Apennin, dessen Ausläufer sie in der Ferne wusste. Die Glocken von San Frediano riefen zur Frühmesse. Sie hob den Blick zum Himmel, um die morgendliche Dunkelheit zu durchdringen. Eine Schneeflocke traf ihre Stirn. Sie schloss die Augen und fühlte, wie dicke Flocken ihre Haut berührten. Ein weißer Flaum bedeckte in kurzer Zeit Haare und Kleid, auf Gesicht und Dekolleté schmolzen die Flocken. Die absurdesten Gedanken zogen ihr durch den Kopf. Fühlte sich so das Paradies an? So sanft und kühl stellte sie sich den Himmel vor – oder den Tod. Vielleicht starb sie an Schwindsucht, und die Hochzeit würde abgesagt. Wie lange dauerte es, bis einen das Fieber packte? Clarice, die Tochter von Messer Vecoli, war im vergangenen Winter in die eiskalten Wasser des Serchio gestiegen und, obwohl man sie sofort herausgezogen hatte, innerhalb von drei Tagen gestorben.

Clarice war ihre Freundin gewesen, die einzige wirkliche Freundin, die sie je hier in Lucca gehabt hatte. Beatrice Rimortelli atmete die kalte Januarluft ein, die Hunderten kleiner Messerklingen gleich in ihre Lungen schnitt. Warum hatten sie aus Nürnberg fortziehen müssen? Die glücklichsten Jahre ihrer Kindheit hatte sie in der fränkischen Stadt verbracht, und obwohl sie als Fünfjährige nach Lucca gekommen war, erinnerte sie sich gut an ihren Onkel, die freundliche Tante und die vielen Nichten und Neffen, mit denen sie mancherlei Schabernack getrieben hatte. Hier in Lucca war sie immer eine Fremde geblieben.

Sie legte die Hände auf die verschneite Balustrade und beugte sich vor.

»Bei allen Heiligen! Seid Ihr ganz von Sinnen?« Ines, ihre Kammerzofe, kam außer Atem die Treppe heraufgestiegen, legte ihr einen Umhang um die Schultern und zog sie sanft an die Hausmauer zurück. »Ich suche seit einer Stunde nach Euch! Wie sollen wir Euch bis zum Empfang herrichten, wenn Ihr Euch hier oben versteckt?«

Ines wischte den Schnee von den Schultern ihrer Herrin und legte Beatrices lange, goldblonde Locken sorgsam über den Umhang. »Er ist ein guter Mann. Jedenfalls hat mir das Rosalba gesagt, und die muss es wissen, denn ihr Sohn arbeitet für Ser Buornardi. Pietro hat als Botenjunge angefangen, und jetzt ist er in der Schreibstube. Ja, der Signore hat ihn das Lesen und Schreiben lernen lassen und …«

»Ines, bitte!« Beatrice ergriff die fleißigen, geröteten Hände ihrer Dienerin.

»Ihr weint …«, flüsterte Ines bestürzt und wollte nach einem Tuch suchen, doch Beatrice hielt ihre Hände fest.

Ihre sonst so blassen Wangen waren von der Kälte gerötet. »Heute werde ich mein Elternhaus verlassen und zu einem Mann ziehen, den ich kaum kenne, von dem ich nur weiß, dass er genug Geld hat, um meine Mitgift zu bezahlen. Was werde ich für ihn sein? Eine Investition, die Sicherung seiner Nachkommenschaft …« Bei dem Gedanken an das, was sie erwartete, erstarb ihre Stimme.

»Ich … es tut mir leid, ich wollte Euch doch nur Mut machen …« Umständlich zog Ines ein sauberes Tuch aus ihrer Schürze und tupfte damit die tränennassen Wangen ihrer Herrin trocken. Ines war einen halben Kopf kleiner als Beatrice, hatte eine kräftige Statur, schwarze Haare, die unter ihrer Haube hervorschauten, und sanfte, dunkle Augen, die Beatrice voller Mitleid betrachteten. »So ist das mit uns Frauen. Wir alle weinen vor der Hochzeit, aber nachher ist alles nur halb so schlimm.« Sie zwinkerte ihr zu. »Ihr habt ihn doch gesehen!

Ein stattlicher Mann. Was sind zehn Jahre? Immerhin ist er nicht alt, bucklig und zahnlos, und Ihr seid eine Schönheit! Welcher Mann könnte Euch widerstehen? Er wird Euch die Toskana zu Füßen legen, Euch mit Seide, Perlen und Pelzen überhäufen ... Allein der Verlobungsring muss ihn ein Vermögen gekostet haben.« Ines' Blick fiel bewundernd auf den großen Rubin an Beatrices Hand.

Angesichts des verzückten Gesichtsausdrucks ihrer Dienerin zwang sich Beatrice zu einem Lächeln. »Ich weiß, du meinst es gut, aber ich ...« Ihr Lächeln verschwand, und sie zog den Umhang enger um ihre Schultern.

»Oh, das wird Euch ablenken!« Ines' Gesicht hellte sich auf. »Heute früh ist in der Sakristei des Domes ein Toter gefunden worden!«

»Ein Messdiener?«

»Viel schlimmer!« Ines senkte die Stimme, anscheinend war das, was sie erzählen wollte, von anstößiger Natur. »Jemand hat den Gast des Bischofs ermordet, erstochen, heißt es, und er soll dort mit heruntergelassenen Hosen gelegen haben ...« Sie räusperte sich. »Und er soll gar nicht gesund ausgesehen haben.«

»Kein Wunder, er war tot«, bemerkte Beatrice trocken.

»Nicht doch, er soll die Franzosenkrankheit gehabt haben!«, schloss Ines triumphierend.

»Wie bitte?«

»Er hatte den Ausschlag! Untenherum soll er mit wässrigen Pusteln und Knoten bedeckt gewesen sein. Was treibt so ein vornehmer Signore nachts in der Sakristei? Warum ist er nicht zu den Huren gegangen oder hat sich eine mit auf sein Zimmer genommen? Dann wäre ihm das vielleicht nicht passiert.«

»Wenn er aber nicht an Frauen interessiert war, Ines?«

»Ihr denkt von den Priestern immer das Schlimmste.«

»Ich bitte dich, Ines. Zeig mir nur einen Priester, der nach den Regeln der Kirche lebt.«

»Pater Aniani!«, kam es spontan.

»Pater Aniani ist eine Ausnahme.« Der Priester lebte im Konvent von San Frediano und hatte sich durch seine Güte und vor allem durch seine erfolgreiche Lehrtätigkeit an der dortigen Armenschule einen Namen gemacht.

»Das mag sein, aber es gibt ihn. Madonna, ich verstehe Euch ja, aber seid ein wenig vorsichtiger mit dem, was Ihr über die Kirche sagt. Ich weiß, Ihr habt ein gutes Herz, und mich geht es nichts an, wenn Ihr Schriften von diesem Luther lest, aber Ihr seid nicht in deutschen Landen.« Ines hob seufzend die Schultern. »Hier herrscht der Papst. Allein wegen Eurer Herkunft wird man Euch mit Argwohn begegnen. Gebt ihnen keinen Anlass, Euch wehzutun.« Besorgt griff Ines nach der Hand ihrer Herrin.

Beatrice erwiderte den Druck. »Ich weiß schon, warum ich dich mitnehmen will. Du passt auf mich auf. Aber jetzt geh und sag meiner Mutter, dass ich gleich komme.«

Nachdem die klappernden Schritte ihrer Zofe auf der Treppe verhallt waren, betrachtete Beatrice nachdenklich den Ring, der sie täglich an ihre Zukunft erinnerte. Selbst ohne direktes Licht schimmerte der Stein tiefrot und zeugte von seiner Herkunft aus Mogok in Asien, wo die schönsten Steine gefunden wurden. Gefasst war er in schlichtem Gold, was seine Wirkung erhöhte und für den erlesenen Geschmack ihres Bräutigams sprach.

Beatrice trat an die Brüstung des Turmes. Wie die meisten Palazzi wohlhabender Luccheser hatte auch der Palazzo ihrer Eltern einen hoch über den Häusern der Stadt aufragenden Turm, der den Stand ihrer Familie anzeigte. Der höchste Turm gehörte den Guinigis, eine der mächtigsten Familien der Stadt. Im vierzehnten Jahrhundert hatte Paolo Guinigi Lucca für einige Jahre regiert. Seitdem war die Stadt eine freie und stolze Republik. Freiheit, dachte Beatrice, ist nur für den von Bedeutung, der sie auch leben darf. Sehnsüchtig glitt ihr Blick zu den Bergen. Dahinter war die Welt. Dahinter lagen Mailand und Venedig. Von dort fuhren Schiffe in den Osten, von wo sie die kostbaren Güter mitbrachten, die Lucca reich gemacht hatten. Hinter den Alpen lag Nürnberg, ihre Heimat.

»Madonna!« Beatrice ballte ihre Hände auf der verschneiten Brüstung. »Gib mir Kraft ... gib mir Kraft ...«, flüsterte sie, warf einen letzten Blick über die Stadtmauer, drehte sich um und schritt langsam die Treppe hinunter.

Vertraute Gerüche schlugen ihr aus dem Hausinnern entgegen und vergrößerten ihre Wehmut, diesen Ort heute verlassen zu müssen. Sie hörte Ines eines der jungen Mädchen schelten, die sich um die Wäsche kümmerten. Überall eilten die Dienstboten in höchster Aufregung hin und her, Türen gingen auf und klappten zu. Aus dem Innenhof drangen die Stimmen der Knechte und das Klappern der Pferdehufe auf dem Pflaster zu ihr herauf. Darauf bedacht, ihrer Mutter nicht zu begegnen, die sie sofort zum Umkleiden gedrängt hätte, huschte Beatrice die Treppe hinunter, ließ die Küche hinter sich und eilte über den Hof zu den Zimmern, die zur Straße hin lagen. Hier befanden sich einige Verkaufs- und Lagerräume und das Kontor ihres Vaters, Messer Jacopino Rimortelli.

Leicht außer Atem schloss sie die massive Holztür hinter sich. Den Kopf über seine Kontobücher geneigt, stand Messer Rimortelli an einem der vielen Pulte aus dunklem Holz. Die Wände des langgestreckten Raumes waren von Regalen bedeckt, in denen sich Schriftrollen, unzählige Bündel Papier, sorgsam abgeheftete Dokumente und Reihen von hochformatigen Kontobüchern scheinbar ungeordnet aneinanderdrängten. Doch Beatrice wusste es besser. Alles hatte seinen

Platz. Jahrelang hatte sie viele Stunden an der Seite ihres Vaters damit verbracht, Warenein- und -ausgänge zu notieren, Verträge in Bücher zu kopieren, Schriftwechsel mit den Partnergesellschaften in Konstantinopel oder Alexandria zu führen und Rechnungen zu prüfen. Zärtlich strich sie über die blanke Oberfläche eines Pults und nahm eine der Federn auf, die neben einem Tintenfass lag.

»Willst du etwa heute arbeiten?« Messer Jacopino hob den Kopf.

Sie erwiderte stumm seinen Blick, woraufhin ihr der Vater liebevoll eine Hand unter das Kinn legte. »Du würdest lieber hier mit mir über den Büchern stehen, habe ich recht?« Er schüttelte den Kopf und küsste sie auf die Wange. »Das hier ist nicht dein Weg.«

»Warum nicht, Vater? Warum kann ich nicht hierbleiben und dir helfen? All die Jahre war ich mehr als eine Sekretärin für dich. Ich kann rechnen, besser als ...«

»Beatrice«, unterbrach Messer Jacopino sie sanft, »du bist zu schön und zu jung, um hier zwischen den Papieren zu vertrocknen, während das Leben draußen vorüberzieht.«

»Aber ich liebe die Arbeit hier!« Trotzig sah sie ihn an, wohl wissend, dass es sinnlos war zu widersprechen.

»Du bist eine Frau, Beatrice, du bist mein einziges Kind, und ich möchte dich wohlversorgt sehen. Die Gesetze verbieten mir, dir den Handel zu übertragen. Ich habe sie nicht gemacht.« Messer Jacopino Rimortelli runzelte die Stirn und fuhr sich durch die grauen Haare, die widerspenstig von seinem Kopf abstanden.

In seinem Festtagswams aus blauem Samt sah er aus wie ein Aristokrat, was sie ihm nicht sagen durfte, denn er verabscheute den Adel, der für ihn die Zecke im Pelz des Schafes war. Schlimmer waren höchstens noch die Kleriker, allen voran der Papst, dessen selbstsüchtige Politik sie alle in den Ruin trieb. Clemens VII. war nicht nur ein Medici, sondern zudem ein hoffnungsloser Taktierer, dem jede Geradlinigkeit fehlte. Durch endloses Hinhalten hatte er sich das Vertrauen vieler Verbündeter verspielt. Obwohl Clemens ohne die Protektion von Karl V. nie den Papstthron bestiegen hätte, zeigte er ihm gegenüber keine Loyalität, was sich ohne Zweifel irgendwann rächen würde. »Nein, Vater, ich weiß.« Sie legte ihm versöhnlich eine Hand auf den Arm.

Der Rubin funkelte im Licht, das durch die farbigen Fenster fiel. »Ein weniger kostbarer Ring hätte es auch getan. Mit diesem Geschenk bezeugt er seinen Willen, dich standesgemäß zu versorgen.«

»Nach einem Jahr wird er ihn verkaufen«, sagte Beatrice abfällig. Es war nicht unüblich, dass die Ehemänner teure Kleider und Schmuckstücke nach dem ersten Ehejahr veräußerten. Die prachtvollen Geschenke dienten meist nur dem Einführen des Brautpaars in die Gesellschaft. War dies geschehen, konnte der Ehemann alles, was er mit seinem Geld bezahlt hatte, wieder verkaufen.

Messer Jacopino winkte ab, holte eine eiserne Schatulle unter seinem Pult hervor und schloss sie auf. In ihr bewahrte er Urkunden, Verträge und Papiere auf, die seine Besitzungen bezeugten. Er nahm eine Schriftrolle heraus. »Das ist mir wohlbekannt. Aber was auch immer dein Mann verkaufen wird oder nicht, und auch, wenn er dich nach seinem Tod unversorgt zurücklassen sollte – du musst niemals Not leiden. Dafür habe ich gesorgt. Ich darf dir zwar nicht den Großteil unseres Besitzes und das gesamte Land vermachen, aber die Villa in Gragnano wird dir gehören und auch ein beträchtlicher Anteil an Barvermögen. Es steht alles hier drin!« Er wog die Rolle in seiner Hand und legte sie zurück in die Schatulle.

»Danke, Vater«, flüsterte sie und wollte ihn umarmen, doch er wehrte ab.

»Du bist noch nicht umgekleidet. Deine Mutter wird dich suchen und das gesamte Haus in Aufruhr versetzen. Geh schon! Es wird alles gut werden...« Er wandte sich ab und nestelte am Schloss der Kassette herum. Das Licht der Morgensonne fiel auf sein Gesicht und machte die vielen Linien sichtbar, die seine gütigen Augen umrandeten und seine Stirn durchzogen. Das Alter hatte Spuren hinterlassen, Spuren, die Beatrice so vertraut geworden waren, dass sie sie bis zu diesem Tag nicht bemerkt hatte.

»Du wirst mir fehlen...«, sagte sie so leise, dass ihr Vater es nicht hörte. Beim Hinausgehen zog sie die Tür hinter sich zu und sah nicht, wie eine Träne auf die Kassette fiel.

Es hatte aufgehört zu schneien, und die Wolken waren aufgerissen. Die dünne Schneedecke im Innenhof war von Fußspuren übersät. Frische Pferdeäpfel dampften in der Kälte, Knechte waren mit dem Herrichten der Sänften beschäftigt, Diener trugen Kisten und Truhen aus dem Haus, und ein Junge warf einen Stapel Feuerholz vor die Küchentür. Beatrice zog den Umhang von ihren Schultern und ging durch die Halle hinauf in die Wohnräume des ersten Stocks. Kaum hatte sie sich gefragt, wo ihre Mutter wohl zu finden sei, als sich die Türen zu ihrer Linken öffneten und Margareta Rimortelli mit einem roten Kleid auf den Armen auf sie zueilte.

Selbst im fortgeschrittenen Alter und in einem Zustand höchster Nervosität, der sich in roten Flecken auf ihren Wangen ausdrückte, war Monna Rimortelli eine beeindruckende Erscheinung. Sie war größer als die durchschnittliche Italienerin, von kräftiger Statur und bewegte sich mit überraschender Geschmeidigkeit. Am auffälligsten jedoch waren ihre klaren blauen Augen, die sich nun auf ihre Tochter hefteten. »Liebes Kind, wo steckst du nur? Rasch jetzt. Zieh dein Hochzeitskleid an. Dann müssen wir deine Haare richten, das Gesicht und ...« Sie drückte Beatrice das Kleid in die Arme und schob sie vor sich her in ein Ankleidezimmer.

Unglücklich stand Beatrice vor dem Spiegel und warf das kostbare Kleid achtlos auf einen Stuhl. Ihre Mutter stellte sich hinter sie, nahm eine Bürste von einem Toilettentisch und begann, ihrer Tochter die Haare zu bürsten. »Ich weiß, wie du dich fühlst, mein Kind.« Wenn sie allein waren, sprachen sie Deutsch miteinander.

»Bitte nicht, Ines hat schon versucht, mich von den Vorzügen der Ehe zu überzeugen.« Sie zog eine Grimasse und wollte ihrer Mutter die Bürste aus der Hand nehmen, doch diese ließ sich nicht abhalten. Ihre Augen trafen sich im Spiegel.

»Ines hat nicht so unrecht, aber darum ging es mir nicht. Du bist mir so ähnlich! Genauso habe ich ausgesehen, als ich neunzehn Jahre alt war.« Liebevoll fuhr Monna Margareta mit den Händen durch die blonden Locken ihrer Tochter.

»Zumindest äußerlich sind wir uns ähnlich. Du bist viel klüger als ich. Das hast du von deinem Vater. Ich möchte, dass du nie vergisst, wer du bist, Beatrice. Du kannst stolz auf deine Wurzeln sein, was auch immer man über uns sagen mag. Wir sind ehrbare Kaufleute und haben es zu verdientem Wohlstand gebracht. Seit vierzehn Jahren leben wir schon hier. Wir sprechen ihre Sprache. Ich nicht so perfekt, doch was macht das? Sie behandeln mich noch immer wie eine Fremde. Aber du hast keinen Grund, dich deiner Herkunft zu schämen. Du bist jung, schön und klug, und jetzt heiratest du in eine der angesehensten Luccheser Familien. Du solltest dir keine Sorgen machen, mein Liebling.«

Beatrice drehte sich um und küsste ihre Mutter auf beide Wangen. »Ich habe mich meiner Herkunft nie geschämt. Außerdem stehen die Truppen des Kaisers im Norden. Sie werden Franz und sein Heer aus Mailand vertreiben, und bald wird Italien ein Teil des Reiches sein, genau wie Spanien, die deutschen Lande und Habsburg.«

Dieser unselige Streit zwischen Karl und Franz! Und das alles nur, weil die Kurfürsten Karl zum Kaiser gewählt hatten und nicht Franz. Dadurch hatte sich das instabile europäische Kräfteverhältnis zugunsten Spaniens und der Habsburger verschoben. Frankreich, bislang militärisch stärkste Macht auf dem europäischen Festland, kämpfte nun noch erbitterter um seine Vormachtstellung. Margareta schüttelte den Kopf. »Der französische König wird diese Schmach nie verwinden, und dazu kommt seine Besessenheit mit Italien. Seine Agenten sind überall im Land und kaufen die besten Werke italienischer Künstler. Freiwillig gibt dieser Franz Mailand nicht auf, und das bedeutet weitere Kriege.«

Margaretas Familie stammte aus altem deutschem Adel und stand den Habsburgern seit Generationen nahe, genau wie die Rimortellis, die wie die meisten Luccheser zu den Ghibellinen, der Partei des Kaisers, zählten.

»Mailand scheint auf ewig ein Zankapfel zwischen Frankreich und den Habsburgern zu sein. Selbst wenn es Karl gelingt, die Franzosen zu vertreiben, wird es nicht lange dauern, bis sie die Stadt zurückerobern werden«, fuhr Margareta nachdenklich fort. »Im Osten besetzen die Türken Ungarn und Rhodos. Wie soll unser Kaiser alle Grenzen gleichzeitig verteidigen?«

»Diese ewigen Kriege ...«, seufzte Beatrice. »Ich bedaure vor allem, dass die Familie aus Nürnberg deswegen nicht kommen kann.«

Ihr Onkel, Hartmann von Altkirch, war einer von Frundsbergs Heerführern. Georg von Frundsberg hatte als Feldherr schon unter Maximilian I. gedient und später seinem Enkel Karl V. bei der Eroberung der Picardie und jetzt der Lombardei geholfen.

»Hartmanns Frau hat es schwer genug. Ihre ältesten Söhne sind mit dem Vater im Feld. Nur Michael ist noch im Geschäft in Nürnberg und hält dort alles zusammen.«

Beatrice hatte ihren Cousin als schmächtigen Knaben in Erinnerung. »Er ist so alt wie ich. Wie er wohl aussehen mag?«

»Susanna schreibt, er kommt ganz nach Hartmann. Du würdest ihn kaum wiedererkennen. Aus dem Jungen ist ein kräftiger Bursche geworden. Dein Vater und ich werden noch in diesem Frühjahr reisen, Beatrice.«

»O nein!«, entfuhr es ihr.

»Wir wollten es dir erst nach der Hochzeit sagen, aber nun ist es heraus. Geplant ist es schon lange. Die Zeit drängt, wir sind auch nicht mehr die Jüngsten.«

»Sag so etwas nicht, Mutter.« Beatrice fiel ihrer Mutter um den Hals und drückte sie fest an sich. »Ich wünschte mir, ich könnte mit euch kommen und die Heimat sehen ...«

»Deine Heimat ist jetzt hier in Italien, bei deinem Mann. Aber irgendwann einmal kannst du ihn sicher auf einer Reise in den Norden begleiten.« Monna Margareta nahm das Kleid vom Stuhl und reichte es ihrer Tochter. »In einer Stunde müssen wir an der Kirche sein. Ich bin froh, dass eure Trauung in San Michele stattfindet. Der Mord wirbelt viel zu viel Staub auf und gibt den Papstanhängern, diesen verfluchten Guelfen, nur weiteren Auftrieb.«

»Was interessiert mich ein toter Pfaffe ...«

»Nicht irgendeiner, Beatrice«, tadelte ihre Mutter. »Der Tote war Gast des Bischofs und ein päpstlicher Legat.«

»Und was macht das für einen Unterschied?«

»Bitte, Beatrice, stell dich nicht dumm! Der Mord an einem hohen kirchlichen Würdenträger bedeutet Ärger, Untersuchungen und Aufruhr. Im Großen Rat von Lucca sitzen genug Anhänger des Papstes, die nur darauf warten, der Gegenpartei, der wir angehören, etwas anzuhängen. Und das versuchen sie zuerst bei Ausländern.« Mit sorgenvoller Miene fasste Margareta ihre Tochter an den Schultern. »Gerade jetzt ist es gut, dass du einen Luccheser heiratest.«

Die Republik Lucca wurde von den *anziani*, dem Ältestenrat, und dessen Vorsitzendem, dem *gonfaloniere*, regiert. Die Mitglieder des Rates waren ausnahmslos reiche Luccheser Kaufleute und Adlige, die fast alle Ghibellinen waren. Doch der Bischof von Lucca, ein Adliger aus dem Hause Sforza de Riario, hatte seit seinem Amtsantritt großen Einfluss in der Stadt gewonnen, und die Gerüchte, dass Mitglieder des Rates mit den Guelfen, der Papstpartei, sympathisierten, wurden lauter.

»Und mach nicht so ein Gesicht. Du gehst schließlich nicht aufs Schafott ...«, sagte ihre Mutter.

Widerwillig griff Beatrice nach dem Kleid und ließ sich schweigend in das kostbare Gewand kleiden, dessen blutrote, golddurchwirkte Damast- und Seidenstoffe ihre helle Haut noch durchscheinender wirken ließen.

Als Beatrice am Arm von Federico Buornardi San Michele in Foro verließ, wurden sie von einer lärmenden Menge empfangen. Der Jubel überwog, doch Beatrice nahm auch die Schmährufe wahr, in denen sie als Lutheranerhure beschimpft wurde. Der weiße Marmor von San Michele strahlte an diesem kalten Januarmorgen in seiner ganzen erhabenen Pracht, und über ihnen breitete der Erzengel Michael kämpferisch seine Schwingen aus. San Michele war das Gotteshaus der Bürger, der Dom San Martino dagegen Bischofssitz. An der unpopulären Stadtrandlage San Martinos hatte die Erhöhung Luccas zum Bischofssitz nichts ändern können, und auch die Tatsache, dass ein Großteil der wohlhabenden Luccheser San Michele den Vorzug gab, fand nicht das Wohlwollen der Geistlichkeit. Und zu allem Übel war nun ein päpstlicher Legat im Dom ermordet worden. Diese Tat würde weite Kreise ziehen.

Beatrice registrierte die lauten Beifallsbekundungen der Wartenden, gemischt mit zotigen Bemerkungen und derben Späßen, wie durch einen Nebel. Seit sie das Hochzeitsgewand angelegt hatte, war sie einer Marionette gleich den Anweisungen ihrer Eltern gefolgt. Vor dem Priester hatte sie mit brüchiger Stimme ein kaum hörbares »Ja« herausgebracht, mit dem sie ihr Schicksal besiegelte. Ein junger Geck tanzte vor ihnen her und sang ein zweideutiges Lied, das Beatrice die Röte in die Wangen trieb. Ihre spitzen Schuhe mit dünner Ledersohle rutschten auf den mit einer leichten Schneeschicht überzogenen Platten der Piazza, und sie wäre gestürzt, hätte Federico sie nicht mit kräftigem Griff davor bewahrt.

»Geht es Euch gut?«

»Danke.« Sie vermied es, ihn anzusehen, und bemühte sich um eine würdevolle Haltung, wobei sie das Klappern ihrer Zähne kaum unterdrücken konnte. Ihr Kleid hatte gemäß der herrschenden Mode einen tiefen Ausschnitt, der Dekolleté und Schultern freilegte.

Ser Federico Buornardi winkte die Sänftenträger herbei. »Der Ostwind ist um diese Jahreszeit besonders kalt. Würdet Ihr so gütig sein, mit mir in der Sänfte Platz zu nehmen?« Seine Miene war freundlich und duldete keinen Widerspruch.

Sie nahm die dargebotene Hand und setzte sich ihm gegenüber in die schmale Sänfte, die von vier Dienern der Buornardis getragen wurde. Zum ersten Mal hatte sie Gelegenheit, ihren Ehemann genauer zu betrachten, denn er sah an ihr vorbei aus dem Fenster und grüßte höflich die Luccheser, die sich eingefunden hatten, um der Verbindung zweier wohlhabender Kaufmannsfamilien beizuwohnen. Natürlich hofften die Arbeiter, Tagelöhner, Bettler, armen Frauen und Kinder, die bei solchen Anlässen stets anzutreffen waren, auf

Almosen oder Nahrungsmittel, die in die Menge geworfen wurden.

Zumindest war er nicht geizig, dachte Beatrice, als sie ihn Kupfermünzen in die Menge werfen sah. Dunkle Haare fielen ihm glatt auf die Schultern und betonten seine scharfgeschnittenen Züge. Von seiner rechten Braue verlief seitlich bis in den Haaransatz eine Narbe, über deren Ursache Beatrice nachdachte, als er seine Augen auf sie richtete. Verlegen senkte sie den Blick.

»Euer Vater war sehr großzügig. Was immer Ihr wünscht, es soll Euch an nichts mangeln.« Kein Lächeln. Er betrachtete sie prüfend, wie man eine neu erworbene Ware einschätzt.

Beatrice schwieg.

»Was ist mit Euch? Hat es Euch die Sprache verschlagen?« Seine Lippen verzogen sich zu einem schiefen Lächeln.

»Seid Ihr zufrieden mit dem, was Ihr gekauft habt?«, erwiderte sie kühl.

Er runzelte kurz die Stirn. »Wir sollten diese Ehe nicht mit einem Streit beginnen. Aber ja, wenn ich Euch ansehe, die Mitgift in Betracht ziehe – ja, ich bin zufrieden. Ich bin Kaufmann, wie Ihr wisst.« Wieder das schiefe Lächeln.

Die Sänfte schwankte und wurde mit einem leichten Ruck abgesetzt. Sie stiegen aus, und Federico reichte seiner Frau auf der Straße den Arm, um sie über den Treppenaufgang in den Palazzo seiner Familie zu geleiten.

Man hatte die Via Santa Giustina vor den Mauern des dreistöckigen Palazzo mit Girlanden aus weißer Seide und Buchsblättern geschmückt. Das Volk drängte sich um Diener, die kleine Brotlaibe und Dörrfleisch verteilten. Beatrice betrat die Eingangshalle, in der sie von Federicos Eltern, Lorenza und Baldofare Buornardi, erwartet wurde. Die Buornardis hatten zwei Töchter und drei Söhne. Federico war mit neunundzwanzig Jahren der Älteste, gefolgt von Alessandro und

Tomeo. Ginevra, die ältere Tochter, hatte vorteilhaft in eine Seitenlinie der einflussreichen Familie Gonzaga aus Mantua eingeheiratet, Eleonora lebte in einem Kloster bei Rom. Federicos Vater stützte sich auf einen Stock und sah etwas unsicher zu ihr herüber. Als er die Augen auf sie richtete, entdeckte sie, dass eines von einem milchigen Schleier überzogen war.

Federico ging zu seinem Vater, nahm dessen Hand und legte sie in Beatrices Rechte. »Darf ich Euch meine Frau vorstellen, Signore?«

Ein Lächeln glitt über Baldofare Buornardis Gesicht, als er ihre Hand drückte und sanft tätschelte. Über seinem Leibrock trug er einen dunklen Überrock aus kostbarem Brokat. Beatrice mochte den alten Mann auf Anhieb. Er strömte Wärme und Herzlichkeit aus, als er sie begrüßte: »Obwohl meine Sehkraft mich im Stich gelassen hat, erkenne ich, dass mir eine schöne Frau gegenübersteht. Seid willkommen in unserem Hause, liebste Beatrice. Ich hoffe sehr, Ihr werdet hier glücklich und füllt dieses allzu stille Gemäuer bald mit dem Geschrei prächtiger, gesunder Enkelkinder.«

Verlegen schlug Beatrice die Augen nieder. »Nun, ich … ich werde mich bemühen …«

Der alte Buornardi lachte. »Lasst nur gut sein. Mein Sohn, zeigt Eurer Braut die Gemächer, damit sie sich für das Fest umkleiden kann, denn heute wollen wir feiern! Lorenza, bringt mich in den Festsaal, damit ich die Weine begutachten kann.« Energisch klopfte er mit seinem Gehstock, in dessen goldenem Handknauf ein Edelstein blitzte, auf den Boden.

Seine Frau war von fülliger Statur, und ein gewichtiges Collier schmückte ihr Dekolleté. Ohne ein Wort an Beatrice nahm sie den Arm ihres Mannes, um ihn in die gewünschte Richtung zu führen. Mit Lorenza würde es Schwierigkeiten geben, dachte Beatrice und blickte mit einem unguten Gefühl der rundlichen Gestalt nach, deren vorgestrecktes Kinn

Hochmut und Stolz ausdrückte. Eine Meute von fünf kleinen Hunden stob plötzlich aus dem Treppenhaus herunter und rannte hinter Lorenza her. Beatrice bückte sich, um eines der drahtigen kleinen Tiere zu streicheln, doch sie wurde angeknurrt, und ein braun-weiß gefleckter Hund schnappte sogar nach ihr.

»Das würde ich lassen. Sie sind ganz auf meine Mutter fixiert. Ich habe Eure Truhen und was sonst noch Euch gehört in Eure Gemächer bringen lassen. Sie befinden sich im ersten Stock«, sagte Federico neben ihr.

»Ja«, brachte Beatrice leise hervor. Ihre Sachen waren hier. Es gab kein Zurück. Dies war ihr neues Heim. Die Schritte der hin und her eilenden Dienstboten hallten auf den Terrakottafliesen, und hinter ihr erklangen die gut gelaunten Stimmen neu eintreffender Gäste.

Federico räusperte sich, und sie folgte ihm durch die ovale Halle, in der das Wappen der Buornardis über dem Türbogen zum Wohntrakt prangte. Ein Banner, auf dem ein Maulbeerbaum abgebildet war, neben zwei gekreuzten Schwertern repräsentierte die Familie, die wie die meisten alteingesessenen Luccheser durch die Seidenherstellung reich geworden war. Nachdem das Monopol für die Herstellung und Verarbeitung von Seide durch die Erschließung der Sümpfe im Umland und dadurch gewonnene Verkehrsanbindungen an Florenz verloren gegangen war, hatten die Luccheser wirtschaftlich schwere Zeiten erlebt. Viele Handwerker waren ausgewandert und hatten die Produktionsgeheimnisse verraten, doch mittlerweile hatten die Kaufleute in Lucca neue Märkte erschlossen und so sich und ihre Stadt als unabhängige Republik behaupten können. Der Palazzo der Buornardis spiegelte das kaufmännische Geschick seiner Bewohner in Form von edlem Mobiliar, flämischen Wandteppichen, Gemälden, chinesischen Vasen und anderen wertvollen Stücken wider, stellte Beatrice fest, während sie neben Federico durch die Flure schritt.

Schließlich öffnete er eine der Türen. »Euer Ankleidezimmer. Wie ich sehe, hat Eure Zofe schon einiges ausgepackt.«

Beatrice entfuhr ein glücklicher Aufschrei, als sie Ines zwischen den offenen Truhen entdeckte. »Oh, du bist schon hier!«

Ines verneigte sich. »Monna Beatrice, Ser Buornardi.«

»Hast du das dunkelblaue Kleid gesehen? Ich ...«, wollte Beatrice fragen, wurde jedoch von Federico unterbrochen.

»Spart Euch das für später auf. Zuerst zeige ich Euch die übrigen Räume, damit Ihr Euch zurechtfindet.« Er zog die Tür wieder zu und ging in den benachbarten Raum, in dem ein großes Baldachinbett stand. Die Wände waren mit blauen Tapeten bespannt, und blau-goldene Vorhänge schmückten das Bett.

Sie verschlang die Hände ineinander und atmete tief durch. »Unser ...«

»Euer Schlafgemach, Beatrice. Meines liegt am Ende des Ganges.« Er stand vor ihr und nahm zum ersten Mal an diesem Tag ihre Hände in seine. Seine dunklen Augen musterten sie aufmerksam, und sie glaubte, so etwas wie Anteilnahme in seinem Lächeln zu entdecken. »Ihr seht aus wie ein Reh, dem kein Fluchtweg bleibt. Es gibt keinen Grund, Angst zu haben.«

Sie wollte ihm gerne glauben, doch seine Nähe und die Berührung seiner Hände beunruhigten sie mehr, als sie zugeben hätte. Erleichtert atmete sie auf, als er sie losließ und ein schmales Holzkästchen von einem Schrank nahm.

Mit schlanken Fingern brachte er ein Collier zum Vorschein, dessen Diamanten wie ein Wasserfall von Tautropfen glitzerten. Federico trat hinter sie, schob ihre offenen Haare zur Seite und legte ihr das Schmuckstück an. Seine Hände ruhten auf ihren Schultern, als seine Lippen sanft ihren Hals berührten. »Willkommen in meinem Haus, Beatrice.«

Sie berührte den kostbaren Schmuck mit den Fingerspitzen und betrachtete sich in einem Spiegel, der über einer Kommode hing. Die Steine waren von erlesener Qualität. »Ich danke Euch. Das ist ein sehr schönes Stück.« Im Spiegel trafen sich ihre Blicke, und sie meinte mehr als bloße Bewunderung in seinen Augen zu erkennen.

Ein energisches Klopfen an der Tür durchbrach die angespannte Atmosphäre. »Herein!«, rief Federico, woraufhin ein junger Diener mit einem Brief in den Händen hereinkam.

»Entschuldigt, der Bote sagte, es sei wichtig, und wartet auf Antwort.« Der junge Mann hatte glänzende Locken, schöne, offene Gesichtszüge und ein selbstsicheres Auftreten. Lässig stand er mit zurückgenommenen Schultern im Türrahmen. Er ignorierte Beatrice, überhaupt schien er das besondere Vertrauen seines Herrn zu genießen.

»Lass ihm zu essen geben, während ich die Antwort aufsetze, Andrea. Ist Tomeo schon zurück?«

Andrea schüttelte den Kopf. »Er wollte aber zum Essen hier sein.« Er schien mehr sagen zu wollen, doch Federico hob die Hand.

»Danke, Andrea.« Nachdem der junge Mann gegangen war, riss Federico den Brief auf und überflog ihn. »Von Alessandro aus Antwerpen. Mein Bruder ... Nun, wir sehen uns beim Festessen.« Mit der rechten Hand strich er sich über die Narbe an seiner Stirn und ging, die Augen auf den Brief geheftet, hinaus.

Es gibt viel zu lernen, dachte Beatrice und versuchte sich an das zu erinnern, was sie über die Familie Buornardi wusste. Alessandro leitete die Geschäfte der Handelsniederlassung in Antwerpen. Ihr Vater hatte von weit gestreuten Anteilen der Familie in den unterschiedlichsten Branchen gesprochen. Von Verbindungen zu den Fuggern war die Rede gewesen. Seufzend nahm Beatrice den Schmuckkasten und ging zu ihrer Zofe, die ihr blaues Kleid bereits auf einen Sessel gelegt hatte.

»Oh, Madonna! Was für eine wunderschöne Kette Ihr da tragt!« Ines kam zu ihr und begutachtete das Collier. Sie schien sich in die neue Umgebung ohne weiteres einzufinden.

»Ser Buornardi, hmm, mein Mann hat sie mir eben geschenkt.«

»Und ...?« Ines sah sie neugierig an, holte ein Paar Schuhe aus einer Kiste und zeigte sie Beatrice, die zustimmend nickte.

»Hast du seine Mutter gesehen? Sein Vater scheint mir ein recht netter Mann zu sein, aber sie hat mich mit keinem Wort begrüßt.« Beatrice hob ihre Haare, um aus dem Überkleid zu steigen.

»Mit den Schwiegermüttern ist das immer so eine Sache, aber das meine ich nicht. Wie ist er zu Euch? Was haltet Ihr von ihm?«

»Auf dem Weg hierher hatte ich den Eindruck, er wäre arrogant und kaltherzig, aber eben schien er ... Ach, ich weiß nicht.« Sie zog das blaue Kleid aus Seidenbrokat über das dünne Unterkleid und strich die Falten glatt. »Ich möchte ihm eine gute Frau sein, Ines, aber ich weiß nicht, was er erwartet.«

»Macht Euch nicht zu viele Gedanken. Jetzt geht Ihr auf das Fest und werdet alle mit Eurem Charme bezaubern. Ja, das werdet Ihr, seid einfach Ihr selbst, und alles wird gut!« Ines sprach mit dem Brustton der Überzeugung, zupfte an den geschlitzten Ärmeln des Überkleids, richtete die Haare ihrer Herrin und betrachtete zufrieden das Ergebnis.

Lange blonde Locken ergossen sich in sorgfältig gelegten

Strähnen über ihren Rücken, und um die Hüften band Beatrice einen bestickten Gürtel, der ihrer Mutter gehört hatte. »Ich bin froh, dass du hier bist, Ines.« Vielleicht war es nicht richtig, zu vertraut mit seiner Zofe umzugehen, doch Ines war immer mehr als eine Dienerin für sie gewesen und hatte sie nie enttäuscht.

»Natürlich bin ich hier. Wo sollte ich sonst sein? Jemand muss sich doch um Euch kümmern!« Verlegen drehte Ines sich um und wühlte in einer der Kisten.

Wenig später wurde Beatrice von Pietro Farini, dem *maestro di casa* der Buornardis, aufgesucht. Farini schien sich seiner leitenden Stellung im Palazzo wohl bewusst zu sein, denn sein langes Gesicht mit tiefliegenden Augen drückte Herablassung aus, während er näselnd erklärte: »Es ist meine Aufgabe, Euch nun in den Saal zu führen. Die Gäste sind versammelt.« Er erläuterte ihr das Prozedere, zu dem zahlreiche Reden, musikalische Darbietungen, ein kleines Theaterstück, die üblichen Possenreißer und natürlich das mehrstündige Festessen gehörten. »Habt Ihr das verstanden?«

Beatrice hob eine Augenbraue und wandte sich zur Tür. »Gehen wir, *maestro*, oder hast du noch etwas zu sagen?«

Den Zeremonienstab in der Hand, marschierte der Haushofmeister in gezierter Manier vor ihr her. Beatrice fand sein Auftreten lächerlich und für einen Palazzo von der Größe der Buornardis völlig unangemessen. Wahrscheinlich bestand Lorenza auf diesem Firlefanz in der Hoffnung, ihr Palazzo käme damit einem Fürstenhof gleich. Das Haus ihrer Familie war kleiner, doch Beatrice wusste sehr wohl einzuschätzen, wann sie sich unter Menschen von wirklicher *grandezza* befand.

Farini schritt mit gewichtiger Miene durch die weit geöffneten Türen des Festsaals im Erdgeschoss und kündigte sie an. Musik spielte, und bunt ausstaffierte Kinder warfen Blumen, während Federico Buornardi ihr entgegenkam, um sie ans

Ende der Tafel zu führen, die hufeisenförmig in einer Hälfte des Saales angeordnet war. In den folgenden Stunden begrüßte Beatrice bekannte und unbekannte Gesichter, bemühte sich vergeblich, alle Namen im Gedächtnis zu behalten, und nahm höflich Glückwünsche und Geschenke, die in einem gesonderten Raum aufgebaut wurden, entgegen. Unter den illustren Gästen fanden sich Vertreter der führenden Luccheser Familien, und sogar der Marchese Gadino del Connucci gab sich die Ehre.

Der Marchese hatte den Ruf eines Lebemanns, Kunstkenners und politischen Rebellen, denn er und seine Anhänger sprachen sich in letzter Zeit öffentlich für ein unabhängiges und selbstbestimmtes Italien aus. Dahinter stand der Wunsch, sich vom Einfluss der Habsburger und Franzosen zu befreien. Mit dieser Politik stießen der Marchese und seine Freunde zwangsläufig auf den Widerstand von Ghibellinen und Guelfen, die den teuer erkauften Schutz von Kaiser und Papst nicht aufgeben wollten. Aber der Marchese war auch ein Mann, der gern im Mittelpunkt des Interesses stand, und kontroverse Diskussionen gaben dazu einen guten Anlass. Connucci verneigte sich elegant vor Beatrice und reichte ihr eine weiße Rose. Gewelltes Haar fiel ihm weich in die Stirn, die eng anliegenden Hosen und ein kurzes, modisches Wams schmeichelten seiner Figur. Als exzellenter Fechter und Reiter hatte er sich einen Ruf erworben, der über Luccas Grenzen hinausging.

»Selbst diese Blume verblasst neben Eurer Schönheit, edle Beatrice. Euer Gatte ist zu beneiden und wird Euch hoffentlich nicht in diesen Mauern verstecken. Ich gebe im Frühjahr eine kleine Festivität, bei der ich Euch nur zu gerne begrüßen würde. Die offizielle Einladung wird Euch selbstverständlich noch zugestellt werden.«

»Wie freundlich von Euch, Marchese.« Beatrice sah sich

hilfesuchend nach Federico um, der jedoch in ein Gespräch mit dem *gonfaloniere* Ser Cenami, dem Vorsitzenden der *anziani*, des Ältestenrats der Stadt, vertieft war.

Connucci bemerkte ihre Unsicherheit. »Federico wird kaum ablehnen, so wie ich ihn kenne.« Er lachte. »Wir haben eine bewegte gemeinsame Vergangenheit, aber vielleicht erzählt er Euch in stillen Stunden davon. Oder ich tue das ...« In seinem Lächeln lag etwas Begehrliches.

Beatrice atmete schneller und drehte die Rose in ihren Händen. Bildete sie sich das nur ein, oder warfen einige der jüngeren Frauen ihr neidische Blicke zu? Connucci war einer der attraktivsten Männer Luccas, doch sie war eine verheiratete Frau und hatte nicht vor, ihre Ehe oder sich selbst durch eine Affäre zu gefährden. Vor wenigen Wochen erst hatte sie von der florentinischen Contessina Lucrezia gehört, die von ihrem Mann in einem Eifersuchtsanfall erwürgt worden war. Der Mann hatte den Mord als Unfall dargestellt und war ungeschoren davongekommen, und seine Tat war kein Einzelfall. Sie sah erneut zu ihrem Gatten und fing seinen Blick auf, doch er machte keine Anstalten, seine Unterhaltung zu beenden. »Wir danken Euch für die Einladung, doch ich glaube, ich sollte mich auch den anderen Gästen widmen, die geduldig warten.«

»Wie ungehörig von mir, doch man wird mir sicher verzeihen?« Connucci wandte sich mit gewinnendem Lächeln an die hinter ihm Wartenden.

Monna Vecoli trat in Begleitung ihres Mannes und ihres Sohnes Eredi vor. Zum äußeren Zeichen ihrer Trauer über den unglücklichen Tod ihrer Tochter Clarice trug sie noch immer einen schwarzen Schleier. Falten tiefen Grams hatten sich auf ihrem Gesicht eingegraben. Eredi stand beschützend neben ihr, bereit, sie aufzufangen, sollte sie einen Schwächeanfall erleiden. Er gehörte zum Kreis von Federicos Freunden, wie Clarice ihr erzählt hatte. Als sie ihn erblickte, wurde ihr der Tod seiner Schwester einmal mehr schmerzlich vor Augen geführt.

»Monna Vecoli, habt Dank für Euer Kommen. Ich hätte es verstanden, wenn Ihr Euch entschuldigt hättet.«

Mit gesenktem Haupt sagte Monna Vecoli: »Ihr seid eine der wenigen, die weiß, warum meine Tochter den Tod wählte und sich so an unserem Herrn versündigte.«

Beatrice beugte sich vor, so dass nur Monna Vecoli sie hören konnte. »Wäre sie nicht heute noch am Leben, wenn Ihr Clarice nicht die Ehe mit Paolo Ori aufgezwungen hättet?«

»Es war ihre Pflicht! Als gute Tochter hatte sie den Wünschen ihrer Eltern zu gehorchen!«, entfuhr es Monna Vecoli.

»Nun ist sie tot.«

Die Frau nahm ihre Hand. »Ich bitte Euch, bewahrt Schweigen, um das Andenken an meine Tochter nicht zu beschmutzen. Hier, das hat ihr gehört.« Sie legte zwei Ohrgehänge aus Perlen in Beatrices Hand. »Ich wünsche Euch Glück, Monna Beatrice. Wenn Ihr eines Tages selbst eine Tochter habt, werdet Ihr vielleicht an mich denken.«

Überrascht schaute Beatrice auf die Ohrringe, deren tropfenförmige Perlen wie Tränen aussahen. Bevor sie antworten konnte, verabschiedete sich Monna Vecoli und verließ mit ihrem Mann den Saal. Tränen des Meeres hatte Clarice diese Perlen genannt. Tränen der Seele, dachte Beatrice und umschloss den Schmuck mit ihrer Hand.

Eredi beobachtete sie. »Clarice hat Euch geliebt wie eine Schwester.« Er hatte eine angenehme Stimme und war ein exzellenter Sänger. Sie hatte ihn oft bei den Vecolis gehört und heimlich bewundert.

»Werdet Ihr für mich singen, Eredi?«

»Wann immer Ihr wollt, Madonna.« Er machte eine galante Verbeugung.

Federico gesellte sich zu ihnen. »Eredi, was habt Ihr mit meiner Braut gemacht? Sie sieht völlig verstört aus!« Seine Wangen waren vom Wein gerötet.

»Nichts, mein Freund.« Eredi schlug ihm auf die Schulter. »Wir sprachen über meine Schwester.«

»Eredi versprach, für mich zu singen. Erlaubt Ihr das, Federico?«

Mit einem seltsamen Ausdruck in den Augen betrachtete er sie und die Faust, mit der sie noch immer die Ohrringe umfasste. »Alles, was meiner schönen Braut Freude macht, soll geschehen.«

Während Eredi zum Kapellmeister ging und ihm erklärte, welche musikalische Begleitung er benötigte, wies Federico ihr einen Stuhl an, setzte sich neben sie und nickte den immer noch wartenden Gratulanten zu, seinem Beispiel zu folgen. Beatrice spürte seine prüfenden Seitenblicke, während sie ihre Aufmerksamkeit der kleinen Bühne zuwandte.

Eredi hatte sein Wams abgelegt, und die weiten Ärmel seines Hemdes unterstrichen die Bewegungen seiner Arme, als er zu singen begann. Die Festgäste lauschten gebannt der schlichten Melodie und den ergreifenden Worten Petrarcas.

»Ich sah auf Erden ein so engelsgleiches Wesen,
so himmlisch eine Schönheit, auf der Welt so einzig,
dass das Erinnern mich zugleich beglückt und schmerzt,
weil alles, was ich seh, Traum, Schatten scheint und Rauch.«

Sie konnte die Tränen nicht zurückhalten und senkte den Kopf, als Federico ihr ein Tuch reichte.

»Ich hätte ihm nicht erlauben sollen zu singen.«

»Es geht schon wieder. Clarice war wirklich ein Engel. Rein, zart und unschuldig.« Ihr einziger Wunsch war es gewesen, in ein Kloster eintreten zu dürfen, doch ihre Eltern hatten andere

Pläne mit ihr gehabt. Sie hatten nicht verstanden, dass Clarice nur eine Braut Christi sein wollte. Mit ihren großen, verträumten Augen hatte sie mit Beatrice im Oktober dem fallenden Laub zugesehen und davon gesprochen, wie sehr sie sich nach Ruhe und Frieden sehnte. »Sie wollte nur ihren Frieden, nur ihren Frieden …«, flüsterte Beatrice mehr zu sich selbst.

»Muss ich Euch von Türmen und tiefen Gewässern fernhalten, Beatrice?« Es hätte wie ein Scherz geklungen, wenn Federico sich nicht zu ihr geneigt und ihre Hand ergriffen hätte.

»Ich bin nicht Clarice, und ich bin bereit, für das zu kämpfen, was ich vom Leben erwarte.«

»Bravo! Eine Frau mit Kampfgeist. Aber genauso habe ich Euch eingeschätzt«, stellte er fest.

Sie hob eine Augenbraue.

»Das Leben ist zu verlockend und voller süßer Trauben, die zu kosten es sich lohnt.« Er hob ihre Hand an seine Lippen und berührte sie leicht.

Eredi beendete sein Lied, und die Gäste klatschten. Rufe nach heiterer Tanzmusik wurden laut, und Federico stand auf und gab den Musikern einen Wink. Sie begannen, eine beschwingte Volta zu spielen. Beatrice steckte die Ohrringe in ein Täschchen an ihrem Gürtel und ließ sich von ihrem Mann zum Tanz führen.

Die Hochzeitsgesellschaft bildete einen Kreis um das tanzende Brautpaar, bevor auch andere den Klängen der Musik folgten. Die Volta zählte zu den lebhafteren Tänzen, bei denen der Mann seine Tänzerin drehen und am Ende sogar auf sein Knie setzen durfte. Federico bewegte sich elegant zur Musik und ließ sie keine Sekunde aus den Augen. Sie spürte seinen Atem an ihrem Gesicht, wenn sie an ihm vorbeischritt, und seine Hand auf ihrer Hüfte, als sie erhitzt nach den letzten Drehungen auf seinem Knie zu sitzen kam.

»Ihr raubt mir den Verstand ...«, flüsterte er ihr ins Ohr.

Benommen von der Musik und dem Rausch der Bewegung machte Beatrice sich los und fächelte sich mit einer Hand Luft zu. »Mir ist nicht wohl. Würdet Ihr mir ein Glas Wasser holen?«

»Natürlich.« Er schien mehr sagen zu wollen, zog jedoch stattdessen die geschlitzten Hängeärmel seiner Jacke in Form und führte sie zu einem Sessel an der Wand, wo sie sich niederließ.

Kurz darauf traten ihre Eltern zu ihr. Beatrice erhob sich und wurde von ihrem Vater auf beide Wangen geküsst.

Messer Rimortelli sah seine Tochter liebevoll an. »Es wird Zeit für uns zu gehen. Wie es scheint, hast du das Herz deines Gatten bereits für dich gewonnen.«

Beatrice wusste nicht, ob sie weinen oder lachen sollte, also nickte sie nur stumm und umarmte ihre Mutter, die sie an sich drückte.

»Sei ein tapferes Mädchen und denk an deine Pflicht als Ehefrau ...«, dann versagte Monna Margaretas Stimme. Sie drückte ein Taschentuch an ihre Augen und wurde von Messer Rimortelli hinausgeleitet.

Der Abend schritt voran. Die Stimmung wurde ausgelassener, obwohl der Mord an Agozzini immer wieder die Gespräche beherrschte. Jeder schien eine Theorie über den Tathergang zu haben, und die Krankheit des Legaten wurde als Instrument göttlicher Strafe angesehen.

»Was sagt Ihr dazu, Madonna? Mir scheint, Ihr habt Euch noch gar nicht zu diesem unerhörten Vorfall geäußert?«

Der Marchese Connucci trat neben sie und ließ sich von einem Diener sein Glas auffüllen. Sein Sekretär, ein hübscher junger Mann mit langen Locken, stand hinter ihm. Er schien eine ähnliche Position beim Marchese einzunehmen wie Andrea bei Federico.

»Ihr fragt mich das?«, suchte sie auszuweichen.

»Warum nicht?«

»Connucci, verschont doch wenigstens die Braut mit Euren Sticheleien.« Rodolfo da Sesto, ein junger Luccheser aus einer angesehenen Kaufmannsfamilie, verneigte sich entschuldigend vor Beatrice. Er war ähnlich wie der Marchese in blauen Samt gekleidet, trug einen juwelenbesetzten Dolch und wirkte trotz des schmalen Gesichts kampferprobt.

Doch der Marchese ließ sich nicht von seinem Vorhaben abbringen. »Wie Ihr Euch ziert, das ist sehr anmutig, doch lasst uns teilhaben an Euren Gedanken, die von Tugendhaftigkeit und Klugheit geleitet sind.«

»Ihr seid ein Schmeichler, Marchese. Aber ich weiß zu wenig, um dazu Stellung nehmen zu können.«

»Was wissen wir?«, sinnierte Connucci. »Ein Legat ist Gast bei Bischof de Riario und wird nachts ermordet. Pikanterweise wird er mit heruntergelassener Hose aufgefunden, und es heißt, er litt an der Franzosenkrankheit. Das sind die Fakten. Haben wir es mit der Rache eines Liebhabers zu tun?«

»Das entspräche der Beweislage, scheint aber ein zu offensichtliches Motiv.« Beatrice begann Gefallen an dem Gedankenspiel zu finden.

Connucci stieß seinen Freund an. »Da haben wir es. Wir sollten unsere Beatrice zum *giudice* ernennen und Luparini, den alten Tölpel, entlassen. Und welches Motiv, wenn nicht Rache, könnte den Mörder bewegt haben?«

»Eifersucht, oder aber die Tat hat einen politischen Hintergrund«, dachte Beatrice laut und hätte sich am liebsten auf die Zunge gebissen, als sie sah, wie sich Connuccis Augen verengten.

»Und wer könnte wohl politisch genug motiviert sein, einen päpstlichen Legaten umbringen zu wollen?«, kam es scharf zurück.

Sein Sekretär trat dicht zu ihm und flüsterte ihm etwas ins Ohr, worauf der Marchese sagte: »Geh nur, Averardo, ich brauche dich jetzt nicht«, und der schlanke Mann entfernte sich rasch.

Er hatte etwas Weibisches an sich, fand Beatrice und zog sich von Connucci und da Sesto zurück. »Ich weiß es wirklich nicht, bitte ...«

»Jetzt habt Ihr sie verschreckt.« Da Sesto schüttelte den Kopf.

»Federico!« Sie winkte ihrem Mann, der in eine hitzige Diskussion mit seinem Bruder vertieft war. Beatrice fragte sich, was Tomeo so lange aufgehalten hatte, doch er überbrachte ihr die Antwort persönlich, als die beiden Brüder zu ihr kamen. Tomeo war etwas kleiner als Federico, aber als Soldat durch ständiges Trainieren und Kämpfen gestählt und mit breiten Schultern ausgestattet. Seine Haut war wettergegerbt, und man sah ihm an, dass er gern lachte und das Leben liebte.

Mit festem Griff fasste er sie um die Schultern und zog sie an sich, um sie auf die Wangen zu küssen. »*Bellissima!* Ihr seht mich am Boden zu Euren Füßen, Madonna! Demütigst erbitte ich Eure Verzeihung für mein unentschuldbares Fernbleiben, aber der Krieg ist ein launisches Geschäft. Mit der ersten Morgensonne breche ich morgen schon wieder in den Norden auf.«

Da Sesto meinte trocken: »Wollt Ihr Mailand jetzt für die Spanier erobern, Tomeo?«

Augenblicklich ließ Tomeo Beatrice los und griff nach seinem Degen. »Für meinen Kaiser. Was wisst denn Ihr von Ehre und Idealen? Ihr seid doch wie die meisten, solange es Euch gut geht, könnte eine Kröte die Tiara tragen, und Ihr würdet Halleluja rufen, wenn sie es verlangte ...«

Die Muskeln an Rodolfo da Sestos zusammengepressten

Kieferknochen traten hervor, und seine Lippen wurden weiß.
»Ihr solltet besser auf Euren Bruder aufpassen, Federico. Es scheint mir, dass der Umgang mit dem Soldatenvolk ihm nicht bekommt.«

Die Musiker setzten ihre Instrumente ab, und in der eintretenden Stille hörte man nur das Rascheln der festlichen Roben. Federico legte den beiden Streithähnen versöhnlich die Hände auf die Schultern. »Freunde, heute ist meine Hochzeit. Lasst uns nicht streiten, sondern die Schönheit und Anmut der Frauen rühmen.«

Er winkte nach einem Diener, der sofort mit einer Karaffe und Gläsern herbeieilte, und hob das gefüllte Glas. »Auf die Schönheit der Frauen!«

Die Anwesenden stimmten lautstark ein, und die Musiker huben an zu spielen. Da Sesto schien noch immer wütend, doch Beatrice fing einen verschwörerischen Blick zwischen ihm und Federico auf, und darauf hob auch der hitzköpfige Rodolfo sein Glas. Für die weiteren Hochzeitsfeierlichkeiten waren drei Tage angesetzt, genügend Gelegenheiten, um eine erneute Konfrontation zu ermöglichen. In diesem Fall war es eine glückliche Fügung, dass Tomeo morgen früh abreiste. Sie mochte den ungestümen, herzlichen Tomeo, auch wenn er mit seinem Temperament über die Stränge schlug. Letzten Endes hatte er mit seiner, zugegebenermaßen schmählichen, Bemerkung recht – den Lucchesern ging es zu gut, zumindest den reichen Kaufleuten und Adligen hier. Sie verdienten gut am Tuchhandel, vor allem an der eigenen Seidenherstellung, wobei die Seidenweber und anderen am Herstellungsprozess Beteiligten die Arbeit machten und kaum über die Runden kamen.

Die Connuccis gehörten zum alten Landadel und hatten sich durch ihr kaufmännisches Geschick einen gewissen Respekt unter den Lucchesern erworben. Gadino del Connucci schwang zwar laute Reden über die Befreiung Italiens von fremden Mächten, aber sein jüngerer Bruder Antonio war vor wenigen Monaten zum Bischof erhoben worden. Mit dieser Verbindung zur Kirche sicherte sich Connucci das päpstliche Wohlwollen. Es fiel Beatrice schwer, den Marchese politisch einzuordnen. Wahrscheinlich hielt er es wie die anderen und tat das, was ihm am meisten Vorteile einbrachte. Nein, nicht wie alle anderen – Tomeo stand ehrlich hinter seinem Kaiser, aber er war auch der Einzige dieser illustren Gesellschaft, der die Kriegsfront kannte und sich keine Illusionen über die wirklichen Verhältnisse machte.

Beatrices Kopf schmerzte von zu viel Wein und Überlegungen, die zu nichts führten. Es war bereits nach Mitternacht, und noch immer vergnügten sich Gäste bei Tanz und Spielen. Sie hatte genug von den albernen Possen, den anzüglichen Liedern, die jetzt immer häufiger gesungen wurden, und ihre Füße schmerzten. Federicos Schwester Ginevra und ihr Gatte Ercole dall'Argine, die aus Mantua angereist waren, hatten sich ebenso wie Lorenza und Baldofare schon vor geraumer Zeit zur Ruhe begeben. Ihr Mann hingegen schien sich wunderbar zu amüsieren und ließ sich feiern wie einer, der den großen Preis bei einem Turnier gewonnen hat. Suchend hielt sie nach Ines Ausschau und traf dabei auf Tomeo, der vom Tanzen erhitzt war und sein Wams ablegte.

»Ich habe noch keine Frau getroffen, für die ich mein Soldatenleben aufgeben würde, aber Ihr könntet mich bekehren, Beatrice.« Er hatte zu viel getrunken, doch seine Stimme war fest, und er sah ihr direkt in die Augen.

»Ich bin verheiratet, Tomeo, habt Ihr das vergessen?«, sagte sie scherzhaft.

»Wie könnte ich das, Madonna, und ich wünsche Euch von ganzem Herzen, dass Ihr an der Seite meines Bruders glücklich werdet.« Er nahm ihre Hand und hauchte einen

Kuss darauf. Dann griff er nach seinem Wams und verließ den Saal.

Seine Worte waren eindringlich gewesen, mehr als bloß dahingesagte Glückwünsche, und es hatte so geklungen, als befürchte Tomeo, dass ein Schatten auf ihrer Ehe lag. Unruhig suchte Beatrice weiter nach Ines und verkündete, nachdem sie ihre Zofe kichernd mit einem der Schauspieler entdeckt hatte, dass sie sich zurückziehen wolle. Sofort begann ein großes Gejohle, unter dem sie würdevoll den Saal verließ. Sie befürchtete schon, dass Federico ihr mit den Musikern und in Begleitung seiner Freunde folgen würde, wie es oftmals üblich war. Doch zusammen mit Ines gelangte sie unbehelligt in ihr Schlafgemach, in dem das Bett aufgedeckt und mit Rosenblüten bestreut war.

Beatrice legte das Collier auf den Frisiertisch, während Ines ihr das Kleid aufschnürte. Aus dem Gürtel fiel das Täschchen mit den Perlenohrringen, die auf den Boden rollten. Ines hob sie auf. »Gehörten die nicht …?«

»Ja.« Die Perlen schimmerten sanft im Licht der Öllampen. »Tränen des Meeres …« Beatrice drehte sich um und ergriff Ines' Hände. »Ich habe Angst!«

»Ihr zittert ja. Das müsst Ihr nicht. Es wird alles gut.« Doch die Stimme ihrer Zofe klang wenig überzeugend.

Beatrice sah ihren nackten Körper heute zum ersten Mal bewusst im Spiegel. Die Schultern zu spitz, die Brüste klein und rund über einem flachen Bauch, von dessen Nabel eine Linie hellen Haares in die Scham hinabreichte.

»Macht Euch nicht zu viele Gedanken. Beim ersten Mal ist es besser, es einfach hinter sich zu bringen, und dann, später, ist es gar nicht so übel, Ihr werdet sehen.«

Ines half Beatrice in ein seidenes Nachtgewand und löste ihre Haare.

»Warum hat mich niemand hierauf vorbereitet?«

»Manchmal ist es einfacher, nicht zu viel zu wissen. Er weiß, was zu tun ist, und alles andere wird sich ergeben.«

Als es laut an der Tür klopfte, zuckte Ines zusammen. »Jetzt muss ich Euch verlassen.« Ihre Augen flackerten nervös, als die Tür aufgestoßen wurde und Federico mit einem Weinglas in der Hand und inmitten seiner Freunde erschien.

»Viel Spaß, mein Alter!« Connucci stand hinter Federico, schlug ihm auf die Schulter und schubste ihn an Ines vorbei ins Zimmer. Die Tür schlug zu, und Beatrice und Federico standen sich allein gegenüber.

Er stürzte den Rest Wein hinunter und stellte das Glas ab. Seine Bewegungen wirkten schwerfällig und ließen Beatrice ängstlich zurückweichen. »Ihr seid betrunken!«, brachte sie hervor.

»Sehr richtig! Ihr seid ein schlaues Frauenzimmer, aber jetzt wisst Ihr nicht weiter, nicht wahr?«, sagte er, knöpfte sein Wams auf und zog es sich mitsamt dem Hemd über den Kopf.

»Ich …«, stotterte Beatrice, wandte den Blick von dem nackten Männeroberkörper ab und kroch unter die Bettdecke. Sie schloss die Augen und dachte an Clarice, die ihren Frieden gefunden hatte. Aber Clarices Weg war nicht ihrer. Das Bett bewegte sich, als Federico sich neben sie legte. Sie fühlte, wie seine Hände unter ihr Hemd glitten und ihren Körper erkundeten.

»Madonna, seht mich an!« Seine Stimme klang rau.

Erschrocken öffnete sie die Augen und fand sich ihm direkt gegenüber. Jetzt schlug er die Decke zurück und schob ihr Hemd nach oben, um ihren Leib und die Brüste zu streicheln, deren Brustwarzen zwischen seinen Fingern hart wurden. Das schien ihn zufriedenzustellen, denn nun legte er ein Bein zwischen ihre Schenkel und zwang sie, diese zu öffnen. Sein Atem roch nach Wein, und es kostete sie einige Überwindung, den

Kopf nicht abzuwenden, als seine Lippen die ihren fanden. Sein Kuss war nicht zärtlich, sondern fordernd, genauso wie seine Berührungen. Während sie es geschehen ließ, zogen Erinnerungen an Szenen vorbei, die sie wahrgenommen, aber nicht mit sich in Verbindung gebracht hatte. Wie hätte sie ahnen können, dass ihr eigener Mann sie nicht anders behandelte als ein Stallbursche eine Magd auf dem Weg zum Milchholen?

Federicos Atem ging schneller, und plötzlich spürte sie sein Gewicht auf sich. Er packte ihre Handgelenke, drückte sie ins Laken und schob sich zwischen sie. Mit den Fingern drang er prüfend zwischen ihre Scham und tastete, bis er auf Widerstand stieß. Warum nur hatte sie Ines nicht ausgefragt über dieses erste Mal, das sie über sich ergehen lassen sollte und das so erniedrigend war, dass sie sich fühlte wie eine Kuh, die man zum Bullen führt, um sie besteigen zu lassen?

Sein erregtes Geschlecht drängte sich gegen sie, und kurz darauf durchschoss ihren Körper ein Schmerz, der sie schier zerreißen wollte. Sie schrie auf, versuchte, ihn von sich zu stoßen, und biss in seine Schulter, als er nicht nachgab, sondern sich nur noch heftiger in ihr bewegte. Tränen liefen ihr die Wangen hinunter, und sie schluchzte, bis er mit ihr fertig war und sich endlich zur Seite rollte. Etwas Warmes ergoss sich zwischen ihre Beine, und als sie mit zitternden Händen ihr Hemd über die Hüften strich, sah sie das hellrote Blut auf dem Laken. Sie zog die Beine an den Körper und drehte sich von ihm ab. Wenn es seine Absicht gewesen war, sie zu demütigen, hatte er Erfolg gehabt. Mit offenen Augen starrte sie auf die Vorhänge am Fenster, die sich sacht im Luftzug bewegten. »Und dass ich lebend, weinend lerne ...«, hieß es in einem Lied Petrarcas, das sie liebte.

»Verflucht!« Federico richtete sich auf. »Ihr habt mich gebissen!«

Sie hörte, wie er aus dem Bett sprang und fluchend nach

seiner Hose suchte. Kurz darauf warf er die Zimmertür hinter sich ins Schloss. Die Kerze verlosch durch den Windstoß, und Beatrice atmete erleichtert auf. Sie war allein.

»Und weinend lerne ich …«, flüsterte sie in die Dunkelheit.

III
Südliche Lombardei, Januar 1525

Tomeo Buornardi zügelte sein Pferd, um den überwältigenden Ausblick auf das Kloster San Alberto di Butrio inmitten der verschneiten Berglandschaft genießen zu können. »Dort bleiben wir heute Nacht, Gian Marco.«

Sein Begleiter brachte einen kräftigen Braunen zum Stehen, dessen erhitztes Fell in der kalten Nachmittagsluft dampfte. »Gibt es da einen guten Wein, *capitano*?«

»Die Mönche machen einen hervorragenden Cortese, und ein warmes Nachtlager werden sie auch für uns haben. Meine Brüder sind hier schon viele Male über den Apennin gereist.« Er deutete zurück. »Varzi ist ein wichtiger Handelsknotenpunkt auf dem Weg in den Norden, aber kommst du nicht hier aus der Gegend, oder täusche ich mich?«

»Morimondo, *capitano*.«

»Kein günstiger Ort in diesen Zeiten.« Tomeo schnalzte mit der Zunge und lenkte sein Pferd vorsichtig den vereisten Bergpfad hinunter. Morimondo lag zwischen Mailand und Pavia, den seit Jahrzehnten verfeindeten Städten. Darüber hinaus war Mailand seit langem ein Zankapfel im Machtkampf zwischen Frankreich und den Habsburgern. Am 14. September 1523, dem Todestag von Papst Hadrian VI., hatte die französische Armee den Ticino überschritten, um auf Mailand vorzurücken. Mit der Unterstützung von Karl V. wurde Giuliano de' Medici unter dem Namen Clemens VII. zum Nachfolger des unbeliebten Hadrian VI. Von nun an stand Clemens zwischen Frankreich, das die Hände nach der Lombardei und Neapel ausstreckte, und den Habsburgern unter Kaiser Karl, der durch die spanischen Erblande zur größten Macht in Europa geworden war. Wie sollte sich der neue Papst verhalten, ohne Frankreich zu verärgern, und sich gleichzeitig das Wohlwollen Karls erhalten? Eine schier ausweglose Situation, die Clemens durch wechselnde Bündnisse mit beiden Seiten zu beherrschen suchte.

»Meine Familie ist tot.« Gian Marco fluchte, und Tomeo hörte das Pferd des Soldaten ängstlich schnauben.

»Gib ihm mehr Zügel. Die Tiere wissen besser als wir, wie sie diese verdammten Berge hinunterkommen. War es die Pest? Mailand ist verseucht, würde mich nicht wundern, wenn auch die umliegenden Orte betroffen wären.«

»Ja, *capitano, la morte nera*. Als wir Mailand nicht länger halten konnten, haben wir die Stadt den Franzosen überlassen, die jetzt nichts damit anfangen können. Es gibt nichts zu essen dort, nur Leichen und Ratten.«

Der Connétable Charles de Bourbon hatte Mailand erst als Vizekönig für Franz I. gehalten und sich dann, nachdem er beim König in Ungnade gefallen war, auf die Seite Karls V. geschlagen. Als weitsichtiger Stratege und Feldherr hatte Bourbon erkannt, dass es vorteilhafter war, den Franzosen die verwüstete Stadt zu überlassen und weiter nach Lodi, Cremona und Pavia zu ziehen, um diese Städte für den Kaiser zu sichern. In der ghibellinischen Stadt Pavia hatten einst die Langobardenkönige gethront. Seit mehreren Monaten wurde Pavia jetzt von viertausend Deutschen und Spaniern unter Graf Eitel Fritz von Zollern, Johann Baptista von Lodron und Antonio de Leyva gegen die Belagerung durch die Franzosen verteidigt.

Tomeo war im Kloster Bobbio von Gian Marco erwartet worden, der ihm von seinem Kommandanten zur Verfügung gestellt worden war. Obwohl Tomeo gewöhnlich lieber allein unterwegs war, war er nun doch dankbar für Gian Marcos Begleitung, denn in seinen Satteltaschen klirrte es leise und verräterisch. Neben der Hochzeit seines Bruders waren diese Goldmünzen der wichtigste Grund für seine Reise nach Lucca gewesen. Das Geld war für das Heer des Kaisers in Pavia bestimmt, dessen Soldaten seit Monaten kaum einen Scudo erhalten hatten. Es hatte ihn und Connucci große Mühe gekostet, die Mitglieder des Großen Rates in Lucca zu einer weiteren Abgabe für den Kaiser zu überreden. Aber da es um die Sicherheit ihrer Stadt und damit um ihren Wohlstand ging, hatten sie letzten Endes zugestimmt. Ausschlaggebend war die Stimme des *gonfaloniere* gewesen. Als Cesare Arnolfini, der seit einigen Wochen dieses Amt bekleidete, zähneknirschend seine Zustimmung gegeben hatte, folgten ihm auch die übrigen Ratsmitglieder. Der Winter war hart, die schlechten Ernten im Vorjahr hatten die Weizenpreise in die Höhe getrieben, und durch den Krieg liefen die Geschäfte mit Nordeuropa weniger gut, so dass die Kaufleute mit ihrem Kapital gut haushalten mussten. Andererseits klagten diese immer über ihre missliche Lage. Die Lager konnten bis unter die Decken mit Stoffen oder Gewürzen gefüllt sein, sie würden trotzdem ihr Elend als arme Händler beklagen und den Käufer um einen höheren Preis bitten. Nun, das war ihr Geschäft.

Da Tomeo von klein auf für den Dienst an den Waffen bestimmt gewesen war, hatte er sich mit dem Geschäft nie befasst und es seinen Brüdern überlassen. Er war enttäuscht gewesen, dass Federico nur einen so geringen Betrag gegeben hatte. Er durchleide einen finanziellen Engpass, verursacht durch Alessandros Versagen in Antwerpen, hatte er behauptet. In dem darauffolgenden Streit hatte Tomeo feststellen müssen, dass sein Bruder sich verändert hatte. Er schien ihm verschlossener als früher, als habe er etwas vor ihm zu verbergen.

Tomeos Pferd rutschte auf dem eisigen Boden zur Seite und wieherte ängstlich. Er klopfte ihm beruhigend auf den Hals. Die Münzen wogen schwer, und auch wenn es nicht genug war, so würde es die Moral der Truppe doch heben, davon war Tomeo überzeugt. Er diente im Regiment von Fernando de Avalos, Markgraf von Pescara, einem treuen Anhänger des Kaisers. Pescara und Bourbon waren charismatische Heerführer, aber auch sie konnten den Haufen wild zusammengewürfelter Soldaten auf Dauer nicht ohne Sold bändigen.

Sowohl Karl V. als auch Franz I. hatten den Papst bedrängt, sich für eine Seite zu entscheiden, doch der ließ verkünden, dass er seine Entschlüsse vom Ausgang der Schlacht bei Pavia abhängig machen wolle. Durch das Zögern von Clemens VII. würden viele Männer sterben. Allein dafür hasste Tomeo diesen Papst.

Vor ihnen zog ein Bauer mit einem Ochsenkarren durch das Klostertor, und sie wurden mit eingelassen. Tomeo sprang von seinem Pferd und führte es zu den Stallungen. Für heute Nacht schienen sich noch mehr Besucher eingefunden zu haben, denn drei weitere Reitpferde standen in den Boxen. Die Tiere waren offensichtlich eben erst abgerieben worden. Ihr Fell glänzte feucht, und sie tänzelten unruhig hin und her. Ein junger Mönch wies ihnen die Stellplätze für ihre Tiere zu. »Ich bin Bruder Tobias und füttere Eure Tiere, sobald sie abgesattelt und trockengerieben sind. Wenn Ihr wollt, könnt Ihr direkt ins Gästehaus gehen. Euer Bursche wird bei den Pilgern ein Lager finden.«

Bestimmt legte Tomeo eine Hand auf die Satteltaschen seines Pferdes. »Gian Marco bleibt bei mir. Wenn das gegen Eure Regeln verstößt, nächtige ich mit ihm im Pilgerhaus.«

»Nein, nein, Signore«, beeilte sich der Mönch zu versichern. »Ich werde eine Kammer mit zwei Betten für Euch richten lassen. Sagt, woher kommt Ihr?«

»Aus Lucca.«

Neugierig sah der Mönch Tomeo an. »Wart Ihr noch dort, als der päpstliche Legat ermordet wurde?«

»Neuigkeiten verbreiten sich schnell ...« Tomeo löste die Schnallen, mit denen die Satteltaschen befestigt waren. Es klirrte leise, als er sie anhob.

Gian Marco warf ihm einen warnenden Blick zu, doch Tomeo fuhr fort, die Sattelgurte zu öffnen. »Ich war zur Hochzeit meines Bruders unten. Wir haben auch nur die Gerüchte gehört, Bruder. Tut mir leid.«

Für Sekunden haftete Bruder Tobias' Blick an den ledernen Packtaschen, doch er verschränkte die Hände in den Ärmeln seiner Kutte und lächelte ergeben. »Verzeiht meine Neugier, aber wir sind für jede Nachricht dankbar, die unser bescheidenes Kloster erreicht, vor allem, wenn es um den Tod eines Bruders geht, der unserem Heiligen Vater nahestand.« Er neigte den Kopf, warf den Pferden frisches Heu hin und ließ die beiden Soldaten allein.

Gian Marco schaute seinen *capitano* vielsagend an. »Neugierig, eh?«

Tomeo sah zu den Reitpferden, die sich über ihr Futter hermachten. »Du behältst unser Mönchlein im Auge, und dann sollten wir herausfinden, wer die anderen Gäste sind.« Er warf sich die schweren Packtaschen über die Schulter. Die Goldmünzen klirrten leise. Schritte und Stimmen erklangen vor den Stalltüren.

Gian Marco entfernte sich und kam gleich darauf zurück. »Franzosen. Was tun wir jetzt?«

»Wir gehen in unser Quartier. Wenn sie uns fragen, sind wir Kaufleute auf der Reise nach Norden, und das ist noch nicht einmal unwahr ...« Tomeo grinste. »Ich bin ein Buornardi, oder nicht?«

»Ja, *capitano*.« Gian Marco fuhr sich über die kurz geschnittenen Haare. Seine Wangen waren von der Kälte gerötet, und er wirkte erschöpft. »Ich bin nur ein einfacher Soldat aus einem Provinznest, aber manchmal frage ich mich, wessen Krieg wir eigentlich führen, *capitano*. Da kommen sie aus Frankreich, aus Spanien, den deutschen Landen und der Schweiz, um auf italienischem Boden gegeneinander zu kämpfen. Und wo bleiben wir?« Er schüttelte den Kopf und wickelte seine Habseligkeiten in eine Decke.

»Wir zahlen, Gian Marco«, sagte Tomeo trocken, und die Münzen klimperten auf seiner Schulter, während er zum Ausgang ging.

»Das ist nicht richtig, *capitano*. Ich meine, der Papst hat Truppen, und der Kaiser hat Truppen, und dann steht da der französische König mit seinen Soldaten. Warum kämpfen nicht alle Italiener gegen die Ausländer?« Er öffnete die Stalltür, und die schneidende Kälte schlug ihnen entgegen.

»Das ist unser Problem, Gian Marco. Kein Fürst vertraut dem anderen, und der Kirchenstaat sieht sich selbst als weltliche und geistliche Macht, was sich nicht verträgt. Wer glaubt an die göttliche Berufung eines Papstes, der den Menschen ihre letzten Scudi abpresst?«

»*Bonsoir, Messieurs!*« Drei vornehm gekleidete Männer stellten sich ihnen in den Weg. Unter den dunkelblauen Samtumhängen blitzten Brustharnische, und die Waffen waren reich verziert und von bester Machart. Die französischen Edelleute machten keine Anstalten, den Weg freizugeben.

»Seid gegrüßt, Signori«, erwiderte Tomeo höflich. »Wollt Ihr zu Euren Pferden? Bruder Tobias hat sie bereits gut versorgt. Bitte.« Er trat zur Seite, um die Männer hindurchzulassen.

»Was tut Ihr hier? Seid Ihr Soldaten?« Ein kräftiger Rothaariger mit Spitzbart sah sie forsch an.

Tomeo lächelte freundlich. »Kaufleute. Aber wir befinden uns auf heiligem Boden, oder nicht? Sollten die Waffen da nicht schweigen? Wenn Euch genauso kalt ist wie uns, wären wir doch alle besser drinnen bei einem guten Tropfen Wein und einem Lammbraten aufgehoben als hier draußen in der Kälte, oder?«

Der Rothaarige überlegte kurz, grinste und übersetzte dann seinen fragend schauenden Kumpanen. »*Eh bien*, Ihr habt recht, guter Mann. Womit handelt Ihr denn?« Er wollte Tomeo auf die Satteltaschen klopfen, doch der drehte sich schnell ab, so dass die Hand des Franzosen nur seine Schulter traf.

»Gewürze, Stoffe und alles, was gut und teuer ist und Geld einbringt.«

Gian Marco nickte und legte unter seinem Umhang die Hand an den Degen, doch die Franzosen gaben sich zufrieden und gingen mit ihnen zum Gästehaus des Klosters. Bruder Tobias erwartete sie schon an der Tür und führte sie einen schmalen Flur im Erdgeschoss an schlichten Zellentüren entlang. Vor einer hielt er an.

»Hier ist Euer Zimmer, wie Ihr es gewünscht habt.«

Tomeo blickte in die kleine Kammer, in der zwei einfache Strohlager bereitet waren. Die unverputzten Wände sahen schon beim bloßen Hinsehen kalt aus. Durch das vergitterte Fenster zog es eisig herein. »Bruder, ein Kohlenbecken werdet Ihr wohl noch für uns auftreiben.«

Der Mönch verzog das Gesicht. »Wie gesagt, Ihr könnt gern in das bessere Zimmer ziehen, aber der Knecht muss hierbleiben.«

Die Franzosen hörten neugierig zu und tuschelten. Dann sagte der Rothaarige: »Eh, Kaufmann, warum holt Ihr Euch hier die Schwindsucht? Lasst den Knecht da und kommt mit uns. Wir haben es warm und können noch ein wenig plaudern und spielen. Würfeln, eh?«

Tomeo schüttelte den Kopf. »Danke, aber beim Würfeln ist schon mancher um ein Vermögen gekommen. Ich habe kein Glück und lasse es daher lieber bleiben.«

»Ein Feigling!« Der Rothaarige lachte, doch seine Augen blieben ernst.

»Nennt mich, wie Ihr wollt. Wir haben einen langen Ritt hinter uns und sind hungrig und müde. Wenn Ihr uns entschuldigt, Signori. Wir sehen uns beim Essen.« Tomeo ging in die Kammer. Gian Marco folgte ihm, und der Mönch rief schon halb im Weitergehen: »Den Speisesaal findet Ihr im ersten Stock. Folgt einfach dem Gang, und bevor es nach draußen geht, die Treppe hinauf.«

Nachdem der Mönch sie verlassen hatte, sahen sich Tomeo und Gian Marco in der kargen Zelle um. »Hier können wir die Taschen nicht verstecken. Ihr geht essen, während ich auf das Geld aufpasse. Bringt mir etwas mit.« Der junge Soldat zog seinen Degen und setzte sich auf einen Schemel.

»Das wird wohl das Beste sein.« Da er kaum seinen Knecht zum Essen schicken konnte, ohne den Argwohn der Franzosen zu erregen, nahm Tomeo Gian Marcos Vorschlag an und ging geradewegs in den Speisesaal hinauf. Unter dem aus Felssteinen gemauerten Gewölbe hatten sich die Gäste des Klosters an langen Holztischen zum Abendessen eingefunden. Die bunte Schar aus fahrenden Händlern, Kaufleuten, Pilgern und den französischen Soldaten saß auf grob behauenen Holzbänken. Als die Franzosen Tomeo erblickten, winkten sie ihn heran.

Drei junge Mönche, die ein Schweigegelübde abgelegt hatten, trugen Töpfe mit Fleischeintopf herein, legten Brote auf die Tische und stellten Krüge mit warmem Wein dazu, von denen sich die Gäste in bereitstehende Becher gießen konnten. Der Rothaarige reichte Tomeo einen Becher und trank ihm zu.

»Vicomte Matthieu Queyras. Und Euer Name?«

»Testi. Fabio Testi«, log Tomeo, denn als *capitano* von Pescara konnte sein Name dem französischen Adligen durchaus geläufig sein. Die beiden anderen Franzosen sahen ihn forschend an, tranken jedoch mit und unterhielten sich so schnell in ihrer dialektgefärbten Muttersprache, dass Tomeo nur einzelne Brocken verstand. »Queyras. Der Ort liegt nahe der italienischen Grenze. Verzeiht mir die Frage, aber ich bin Italiener, warum glaubt Ihr ein Recht auf italienischen Boden zu haben?«

Der Vicomte spuckte ein zähes Fleischstück aus. »Kochen können die Mönche nicht. Warum?« Er grinste und übersetzte die Frage seinen Begleitern, die laut lachten. »Italien ist ein schönes Stück Land, eh? Franz führt ein kostspieliges Leben und braucht Geld, und außerdem wollen wir nicht weniger als der verfluchte Habsburger. Tut uns leid, Testi, aber vielleicht zahlt Ihr bei Eurer nächsten Reise durch Mailand schon Steuern an Frankreich.« Der Gedanke schien ihn köstlich zu amüsieren, er schlug sich auf die Schenkel und trank seinen Wein mit einem Zug aus. »Grässliches Zeug. Eh, Mönchlein, bring uns noch einen Krug!«

Tomeo bemühte sich im Verlauf des Essens um belanglose Themen und unterhielt sich mit zwei Pilgern zu seiner Rechten, die auf dem Weg nach Santiago de Compostela waren. Der Hochmut der Franzosen bestärkte ihn in seinem Glauben an den Krieg, denn nur so konnten sie die Franzosen aus Italien vertreiben. Für diese Männer war Italien nichts als Beute, denn sie hielten Frankreich für den Nabel der Welt. Karl dagegen schätzte Italien und sah den Ursprung und das Zentrum des Römischen Reiches hier. Nein, sollten sie sich heute betrinken, morgen würden er und Gian Marco in aller Frühe aufbrechen und das Geld nach Pavia bringen, damit die

Truppen angespornt wurden, die verdammten Franzosen zu vertreiben. Ein Sieg bei Pavia würde auch dem Papst Respekt vor Karl abverlangen und Clemens davon abhalten, weitere Gebietsansprüche für den Kirchenstaat geltend machen zu wollen. Der Medici-Papst nutzte seine Position schamlos aus, um Mitgliedern seiner Familie Pfründen und Ländereien zu verschaffen. Die Medici waren unersättlich. Vor allem Alessandro, ein illegitimer Sprössling von Clemens, hatte sich seit der Machtübernahme seines Vaters mehr Feinde gemacht, als er Haare auf dem Kopf hatte.

Tomeo warf einen Blick auf die Franzosen. Dieser Alessandro war auch nicht besser als diese Fremden. Er wollte sein eigenes Land ebenfalls ausbeuten, und nur Karls Truppen konnten dem falschen Spiel des Papstes Einhalt gebieten. Laut setzte Tomeo seinen Becher ab. Pavia würde die Entscheidung bringen!

IV
Der Aufstand der Poggios

Die Hochzeitsfeierlichkeiten waren vorüber. Beatrice stand vor ihrer Schlafzimmerkommode und ließ das Collier durch die Finger gleiten. Sorgfältig legte sie es in die Schatulle und schloss den Deckel. Ines hatte das blutbefleckte Laken am Morgen danach abgezogen und triumphierend Lorenza gezeigt, die es wohlwollend zur Kenntnis genommen hatte. Wenn diese fette alte Matrone glaubte, dass sie sich vor ihr fürchtete, hatte sie sich getäuscht. Es würde einige Zeit dauern, um den Palazzo, seine Bewohner und deren Gewohnheiten kennenzulernen, aber sobald sie verstanden hatte, wie sich die Räder in diesem Haushalt drehten, würde sie ihren Platz finden und Lorenza den ihren zuweisen. Beatrice warf den Kopf in den Nacken, ballte die Fäuste und stieß einen stummen Schrei aus.

Der Wind rüttelte an den Fensterscheiben, und dichtes Schneetreiben trübte die Sicht nach draußen. Wenn nur der Winter erst vorüber war. Dann konnte sie sich um den Garten kümmern, die Zitronenbäume aus den Gewächshäusern holen lassen und Rosenstöcke pflanzen.

Es klopfte kurz an der Tür.

»Herein!« Sie atmete tief durch und drehte sich dem Besucher entgegen.

Mit finsterer Miene trat Federico ein. »Versteckt Ihr Euch vor mir?«

»Aber nein, Signore«, versicherte sie ihm mit einem zaghaften Lächeln.

Er trug einen warmen Umhang, Handschuhe, und neben Degen und Dolch erblickte sie eine Pistole in seinem Gürtel. »Ihr scheint Euch in der Abgeschiedenheit Eurer Gemächer wohler zu fühlen als im Rest des Hauses.«

»Ist das falsch, habe ich Euch dadurch verstimmt?« Sie spielte mit den Bändern ihres Gürtels, um ihre aufkeimende Wut zu unterdrücken.

Er musterte sie. »Ihr seid meine Frau, und ich möchte sicherstellen, dass es Euch an nichts mangelt.«

»Nun, ich beklage mich nicht, danke.«

»Geht es Euch gut?«

Jetzt verstand Beatrice, um was es ihm ging. Er wollte wissen, ob sie schwanger war. »Ich kann noch nicht sagen, ob ich guter Hoffnung bin, aber ich werde es Euch wissen lassen.«

»Geht heute nicht aus dem Haus, es gibt Unruhen in der Stadt.« Ohne ein weiteres Wort ließ er sie stehen und verließ ihr Zimmer.

Wütend griff sie nach der Schatulle und warf sie gegen die Wand. Das Holz zersplitterte, und die kunstvollen Ornamente zersprangen in tausend Stücke. Die Diamanten schimmerten zwischen den Bruchstücken auf dem Fußboden, als die Zwischentür leise aufging und Ines hindurchsah.

»Ist etwas geschehen, Madonna? Da war so ein Lärm ...« Sie entdeckte die zerbrochene Schmuckschatulle und schlug eine Hand vor den Mund. »O Gott!«

Beatrices Augen füllten sich mit Tränen. »Ich weiß nicht, ob ich das kann, Ines, ich weiß es nicht ...« Verzweifelt setzte sie sich auf das Bett und weinte.

»Nicht doch. Nicht weinen!« Sofort eilte Ines an ihre Seite, legte den Arm um sie und drückte sie an sich. Liebevoll streichelte sie ihrer Herrin über die Haare. »Erzählt mir, was geschehen ist.«

Schluchzend berichtete Beatrice von der kurzen Begegnung mit Federico. »Ich bin nichts weiter als eine Investition für ihn, genau wie der verdammte Schmuck oder die Kleider, die er mir kauft, damit ich standesgemäß auftreten kann.«

»Hat er Euch geschlagen?«

»Nein.«

»Dann seid dankbar. Es gibt ganz andere Ehemänner. Gebt ihm Zeit, er ist kein schlechter Mann, da bin ich mir sicher. Mit der Zeit werdet Ihr Euch näherkommen. Und wenn erst Kinder da sind, habt Ihr sowieso genug zu tun.«

Ängstlich strich Beatrice über ihren Bauch. »Kinder. Ich fürchte mich davor, Ines. So viele Frauen sterben dabei. Meine Mutter hat meine Geburt fast nicht überlebt und sich lange nicht von den Strapazen erholt.«

»Wenn die Zeit kommt, werde ich bei Euch sein. Macht Euch darüber jetzt keine Sorgen. Für manche Frauen ist es auch ganz leicht. Meine Schwägerin hat zwölf Kinder zur Welt gebracht und bei jedem bis zum letzten Tag gearbeitet. Wir sollten das dort aufräumen. Wenn die Signora den Schaden entdeckt, wird sie fuchsteufelswild.«

Lorenza Buornardi war eine launische, jähzornige Person, die jeden ihre Macht spüren ließ. Sie traktierte die Diener und Mägde mit ständig neuen Anweisungen, und wer nicht zu ihrer Zufriedenheit arbeitete, wurde hart bestraft. Auspeitschungen auf dem Hof fanden wöchentlich statt. Da Beatrice im Haus ihrer Eltern die meiste Zeit im Kontor ihres Vaters oder in seinem *studiolo*, dem Arbeits- und Studierzimmer, verbracht hatte, wollte sie es hier nicht anders halten. Sollte sich Lorenza um Küche und Dienerschaft kümmern, sie fand die Gesellschaft des alten Buornardi weitaus angenehmer.

Ines sammelte die Bruchstücke des Kästchens vom Boden auf und legte das Collier, das unversehrt geblieben war, auf die Kommode. »Vielleicht hebt Ihr die Reste auf und lasst eine ähnliche Schatulle anfertigen?«

»Hmm. Wickel es in ein Tuch und leg es dorthin. Waren heute nicht die Frauen eingeladen?«

Eilig verstaute Ines das Tuch mit den Splittern und Bruchstücken in der obersten Schublade der Kommode. »Madonna, ja! Wir müssen Euch umkleiden. Ihr werdet im gelben Salon erwartet, wo man Euch Geschenke überreichen will. Ein gelber Salon! Phh, was für Albernheiten ...« Die beiden Frauen gingen ins Nebenzimmer. »Es hört gar nicht auf zu schneien. Dieses Jahr werden wir den Winter überhaupt nicht mehr los. Warum zieht Ihr nicht das hier an? Es ist warm und lässt Euch vornehm aussehen.« Ines reichte Beatrice ein Überkleid aus dunkelbraunem Brokat. Ränder und Ärmel hatten eine weiche Borte aus Nerzfell. Zusammengehalten wurde das Kleidungsstück von einem schmalen Ledergürtel mit Silberbeschlägen.

Auf ihrem Weg ins Erdgeschoss kam Beatrice an Federicos Zimmern vorbei. Die Tür zu seinem *studiolo* stand offen, und sie trat kurz ein. Regale voller Bücher und ein großer Globus fielen Beatrice ins Auge. Federicos junger Diener Andrea eilte mit einem Wäschebündel auf den Armen an ihr vorbei, nachdem er sie mit einer leichten Verbeugung begrüßt hatte. Ob er gesehen hatte, dass sie in Federicos *studiolo* gewesen war, konnte sie nicht sagen. Immerhin hatte ihr niemand den Zutritt zu bestimmten Räumen untersagt.

Beatrice ging weiter, die Hände tief in die weiten Ärmel ihres Überkleids geschoben, denn Kohlenbecken erwärmten die Flure nur unzureichend. Die Feuchtigkeit, die in den dicken Mauern aller Stadthäuser steckte, wurde besonders in der kalten Jahreszeit zu einer Plage. Im Grunde war ein kleineres Haus wie das ihrer Eltern angenehmer zu bewohnen, dachte Beatrice, während sie an Gästezimmern und Bibliothek vorüberging.

Im Hof des Palazzo stand ein Karren, dessen Kisten und Säcke gerade von Knechten abgeladen und in die Vorratsräume gebracht wurden. Für große Stallungen war in den Stadtpalästen kein Raum, doch vor dem dreibogigen Durchgang zum Garten sah Beatrice zwei braune Pferde, die zum Abreiben hineingeführt wurden. Der Garten lag unter einer Schneedecke begraben. Seufzend ging Beatrice an der Küche vorbei zurück ins Haus. Die Tür zu einem der kleineren Kontore stand offen, und sie vernahm laute Stimmen. Eine gehörte Federico, die andere seinem Vater und die dritte einem Mann, der mit dem Rücken zu ihr stand, doch sie erkannte ihn an seiner schnarrenden Stimme und der Amtskleidung – es war der *giudice* Luparini.

»Es tut mir leid, Ser Buornardi, aber man hat einen Eurer Söhne in jener Nacht gesehen.«

»Das ist lächerlich!«, herrschte Baldofare Buornardi den *giudice* an. »Natürlich waren meine Söhne in der Stadt unterwegs! Es war die Nacht vor Federicos Hochzeit. Sie haben gefeiert und sind auf dem Heimweg am Dom vorbeigekommen. Ist das ein Verbrechen? Luparini, vergesst nicht, wem Ihr dieses Amt zu verdanken habt …«

Federico ließ den Richter nicht wieder zu Wort kommen. »Und wenn Ihr schon erwähnt, wer in der Nacht unterwegs war, solltet Ihr den Marchese und seine Freunde nicht unterschlagen, denn wir haben sie nach Mitternacht auf der Piazza San Giusto getroffen, und das ist kaum einen Steinwurf vom Dom entfernt, nicht wahr?«

Unsicher geworden trat *giudice* Luparini von einem Fuß auf den anderen und kratzte sich unter seinem Hut. »Da habt Ihr nicht unrecht, aber es ist meine Pflicht, jeden zu befragen, der beim Dom gesehen worden ist. Verzeiht mir, Signori.«

Bevor man sie entdecken konnte, eilte Beatrice erneut hinaus auf den Hof und überlegte, wo sich der gelbe Salon befinden mochte, als eine Frau sie ansprach.

»Guten Morgen, Beatrice. Ihr wirkt etwas verloren. Kann ich Euch helfen?« Die helle, freundliche Stimme gehörte zu Ginevra dall'Argine, die ein Kleinkind auf dem Arm trug.

»Guten Morgen, Contessa.« Federicos Schwester neigte wie ihre Mutter zur Fülligkeit, hatte jedoch ein energisches Kinn und dasselbe Lächeln wie ihr Bruder. Sie war Beatrice nicht unsympathisch, doch nach ihren Erfahrungen mit dem unberechenbaren Federico wollte sie vorsichtig sein, bevor sie jemandem ihr Vertrauen schenkte. »Für den Garten ist wohl nicht die richtige Zeit ...«

»Ihr liebt die Natur? Geht Ihr auch mit auf die Jagd? Ich habe gehört, einige Frauen tun das. Mir ist das zu aufregend und zu blutig. Mit meinen Kindern habe ich genug zu tun.« Sie tätschelte dem Mädchen, das langsam quengelig wurde, beruhigend die Wange. »Schsch, wir gehen ja wieder hinein.« Laut rief sie: »Rosa!« Sofort kam eine Frau mittleren Alters angelaufen, um der Contessa das Kind abzunehmen. »Vielleicht hat sie Hunger, oder das Fieber ist wieder gestiegen. Irgendetwas haben die Kleinen immer!«, seufzte Ginevra.

»Ist es sehr krank?«

»Keineswegs, aber man muss achtgeben, dass sie warm bleiben. Habt Ihr schon gefrühstückt? Das Einzige, was ich bei uns vermisse, sind die süßen Hefekuchen, die es hier gibt. Diese kleinen runden Törtchen mit Cremefüllung.« Ginevra plauderte über die Vorzüge ihres Palazzo in Mantua und die Festlichkeiten, für deren Vorbereitung sie zuständig war. »Hier entlang.«

In einem kleinen Speisezimmer warteten Monna Lorenza und vier weitere Damen an einem Tisch, auf dem Früchte, Kuchen und Mokkatassen standen. Anscheinend hatten sie schon gegessen. Die Schoßhunde lagen unter und neben dem Tisch und fraßen, was Lorenza und die Frauen ihnen zugeworfen hatten. Vorsichtig trat Beatrice näher.

Ginevra war das nicht entgangen. »Kümmert Euch nicht um die kleinen Mistviecher. Sie sind bissig und launisch. Gebt ihnen einfach einen Tritt, wenn sie Euch ärgern, dann haben sie Respekt vor Euch.« Dann stellte sie die Frauen als ihre Tanten vor, woraufhin Monna Lorenza sich erhob.

»Wenn es den Damen recht ist, gehen wir nach nebenan. Dann kann meine Schwiegertochter sich die Geschenke ansehen. Oder möchtet Ihr etwas essen?« Ohne Beatrices Antwort abzuwarten, ging sie direkt in den Salon, dessen Wände mit safrangelber Seide bespannt waren.

Auf einem langen Tisch standen Silberschalen und -leuchter, venezianisches Glas, feinste Majolika aus Faenza und unzählige weitere nützliche und schöne Dinge, die Beatrice mit einem Blick kaum erfassen konnte. Sie hatte den Hochzeitsgaben bisher keine Beachtung geschenkt, doch die Luccheser waren großzügig gewesen.

»Nun, Ihr kennt die Tradition, wir sind hier, um Euch mit diesen Schmuckstücken in unserer Familie willkommen zu heißen.« Lorenza warf den Frauen einen ermunternden Blick zu.

Als ob sie nur darauf gewartet hätten, holten die Frauen kleine Beutel hervor, in denen ihre Brautgeschenke in Form von Ringen oder Broschen verwahrt waren. Die Stücke waren solide gearbeitet, und Beatrice bedankte sich höflich. Die Frauen aus der Familie des Bräutigams machten der Braut nach der Hochzeit üblicherweise solche Geschenke, um damit ihre Zugehörigkeit zur neuen Familie zu bestärken.

Als Rosa, die Amme, hereinkam und Ginevra bat, nach ihrer Tochter zu sehen, fauchte Lorenza unwillig: »Wozu ist Rosa überhaupt da, wenn sie nicht allein mit den Kindern fertig wird?«

»Die Kleine ist unruhig, weil sie Fieber hat und wir seit Tagen nur unterwegs sind. Da ist es doch verständlich, wenn sie nach ihrer Mutter verlangt«, nahm Ginevra die Amme in Schutz. »Geh nur, Rosa, ich komme später nach.«

Die Frauen begutachteten weiter die Geschenke und diskutierten deren Verwendbarkeit und den Wert. Über diesem Geschwätz verging die Zeit, bis Beatrice eine Bewegung im Garten wahrnahm und zum Fenster ging.

»Da läuft jemand durch den Garten!« Der Schneefall behinderte ihre Sicht, doch schon kurz darauf erklangen Schreie und das Klirren von Waffen, und einige Stadtknechte, geführt von Federico, rannten vorbei.

Neugierig liefen auch die anderen Frauen zum Fenster. »Was zum Teufel ist da draußen los?«, rief Lorenza.

Im selben Moment kam Ercole dall'Argine außer Atem und mit blutverschmiertem Mantel in den Salon. Lorenzas Hunde kläfften aufgeregt um ihn herum, und Ginevra schrie auf. »O mein Gott! Ihr seid verwundet!« Sie lief zu ihrem Mann, wurde jedoch unsanft von ihm weggeschoben.

»Lasst das! Ich bin nicht verletzt. Das Blut stammt von einem der Poggios. Hundesohn, verfluchter ... Er und seine Bande haben sich auf der Zitadelle verschanzt.« Ercole schnaubte verächtlich durch die Nase. »Was sie damit erreichen wollen, ist uns schleierhaft ...«

Vor drei Jahren, im Herbst 1522, hatte eine Gruppe unzufriedener Lucchesen unter Vincente Poggio und Lorenzo Totti versucht, die Regierung Luccas zu stürzen, und den damaligen *gonfaloniere*, Girolamo Vellutelli, ermordet. Die Rebellen waren jedoch auf erbitterten Widerstand gestoßen, und Beatrice erinnerte sich gut an die blutigen Hinrichtungen auf der Piazza San Michele. Diejenigen Verschwörer, die hatten fliehen können, waren an die Küste gezogen und hatten die Ortschaften Camaiore und Viareggio verwüstet und geplündert. Nun waren die Verbrecher also zurückgekehrt.

»Sie haben keine Forderungen gestellt?«, fragte Beatrice den Conte dall'Argine.

»Sie fordern die Besitzungen zurück, die sie durch die Enteignungen verloren haben. Wenn wir nicht darauf eingehen, wollen sie das Munitionsdepot sprengen. Sollen sie doch! Dann fliegen sie mit in die Luft.« Von der Terrasse erklangen Rufe. Ercole stieß ein Fenster auf. »Habt ihr das Schwein?«

»Ja. Leider hat Federico ihm so zugesetzt, dass er seine Hinrichtung nicht mehr erleben wird.« Lautes Gelächter erklang.

Beatrice erkannte die Stimme des jungen da Sesto. Sie versuchte, an Ercole vorbei nach draußen zu sehen, doch der verschloss das Fenster wieder.

»Das ist kein Anblick für zarte Gemüter.«

Ohne auf den Protest von Ercole und Lorenza zu hören, lief Beatrice durch das Esszimmer in den Hof, wo sie die Männer um einen auf dem Boden liegenden Verwundeten versammelt fand. Blut färbte den Schnee. Der Sterbende röchelte und hielt sich mit den Händen den Bauch. Das Wappen auf seinem Wams wies auf einen Poggio hin. Suchend blickte sie sich um. »Wo ist Ser Buornardi?«

Da Sesto deutete mit seinem Degen Richtung Garten. »Da kommt er. Eh, Federico, hat er Euch erwischt?«

Mit triumphierender Miene kam Federico durch die Arkaden in den Hof. Zwei große graue Jagdhunde liefen ihm schwanzwedelnd entgegen. Die Klinge seines Degens war dunkel, und er selbst schien unversehrt, sein ledernes Wams wies keine Kampfspuren auf. Auf seiner Stirn standen Schweißperlen. »Es waren zwei, aber der andere ist entwischt. Was ist mit diesem hier?« Die Männer machten ihm respektvoll Platz, damit er sich sein Opfer ansehen konnte.

»Arrigo Poggio, hörst du mich?«

Durch Poggios Hände, die er auf seinen Bauch gepresst hielt, drang Blut, doch er öffnete die Augen. Einer der Hunde schnupperte an der Wunde und wurde von Federico weggejagt.

»Wer hat euch auf diese Idee gebracht? Warum die Zitadelle? Das Unternehmen war aussichtslos! Warum?«

Der Verwundete zuckte und sagte kaum hörbar zwischen zusammengepressten Zähnen: »Sie hatten versprochen ...« Er hustete und rang nach Luft.

Da Sesto trat ihm mit seinem Stiefel in die Seite. »Ihr hattet doch Helfer hier in Lucca! Wer außer den Poggios steckt noch dahinter? Na kommt schon, Arrigo. Dann sterbt Ihr nicht allein ...«

Mit einer blutverschmierten Hand packte Arrigo Poggio plötzlich da Sestos Bein. »Aus den eigenen Reihen ... Verräter ...«

Weiter kam er nicht, denn Rodolfo da Sesto stieß ihm seinen Degen durchs Herz, schüttelte die Hand von seinem Bein und trat angewidert zurück.

Ein Schwall Blut ergoss sich aus Arrigo Poggios Mund, sein Kopf sank zur Seite, und seine Augen blickten gebrochen zum Himmel.

»Verdammt, Rodolfo, warum habt Ihr ihn getötet? Er war dabei, uns etwas zu sagen!« Wütend starrte Federico auf die Leiche.

Da Sesto säuberte seinen Degen im Schnee und steckte ihn sorgfältig wieder in seinen Gürtel. »Die Hosen sind ruiniert. Er wäre sowieso gestorben. Dreckiger Verräter ...« Verächtlich spuckte er auf den Toten und winkte seinen Begleitern. »Gehen wir zur Zitadelle! Vielleicht brauchen sie dort unsere Hilfe.«

Federicos Diener trat an die Leiche. »Die Zitadelle zu besetzen war eine wirklich dumme Idee. Typisch für den alten Poggio! Das hätten sie nicht tun sollen, die Zeit war noch nicht reif ...« Andrea hob den Kopf, wobei ihm die Locken ins Gesicht fielen und seine Stimme dämpften, so dass Beatrice nicht alles verstehen konnte. »... aber wissen können sie es nicht, Signore?«

Federico nickte. »Nein.« Erst jetzt bemerkte er seine Frau, die der Szene neugierig beiwohnte. »Was habt Ihr hier verloren? Geht ins Haus zu den anderen Frauen.« Mit einer Hand scheuchte er sie fort. »Andrea, wir müssen eine Botschaft an den *gonfaloniere* schicken und den Rat einberufen.«

Gesenkten Hauptes verließ Beatrice den Hof, verärgert über ihre eigene Dummheit, sich vor allen Männern zum Narren zu machen. Sie hörte noch, wie Andrea sagte: »Sie sorgt sich um Euch.«

»Ach ja? Das würde mich wundern ...«, antwortete Federico mit beißendem Sarkasmus in der Stimme.

Wenn er sie weiter so behandelte, behielt er sicher recht, dachte Beatrice und hätte beinahe Baldofare Buornardi umgerannt, der mit seinem Gehstock langsam die Stufen in den Hof hinunterstieg.

»Entschuldigt, Ser Buornardi.«

»Beatrice, meine Schöne, was ist denn nur los? Alle sind

aufgeregt, aber mir erklärt niemand etwas. Wer liegt da vorn? Ist mein Sohn verletzt?« Sein Atem ging schwer, und er legte eine Hand auf seine Brust.

Beruhigend nahm Beatrice die freie Hand des alten Mannes. »Eurem Sohn geht es gut. Es hat einen neuen Anschlag der Poggios gegeben.« Sie sah sich um, doch der *giudice* Luparini war nirgends mehr zu sehen.

»Ah, die Banditen! Lumpenpack ändert sich nicht! Unsere Republik werden sie nicht stürzen, die nicht!« Stolz und Patriotismus klangen aus seinen Worten.

Baldofare Buornardi hatte das Amt des *gonfaloniere* zweimal bekleidet und die Republik gegen den mächtigen und gierigen Nachbarn Florenz verteidigt. Die Signoria, wie Florenz genannt wurde, versuchte noch immer, ihr Einflussgebiet auszudehnen, und würde die kleinste Schwäche Luccas nutzen, um die Stadt zu beherrschen. Seit Lucca sich 1369 von Kaiser Karl IV. die Freiheit erkauft hatte, genoss die Stadt kaiserliche Protektion. Neben der freien Republik Venedig hatten die Fürstentümer Urbino, Ferrara, Mantua und Mailand ein wechselhaftes Schicksal zwischen französischer und spanischer Besatzung durchlitten und waren nun die letzten Bastionen außerhalb des Einflussgebiets vom Kirchenstaat des Papstes und vom Kaiser. Lucca bezahlte teuer für seine Freiheit, doch Unabhängigkeit hatte ihren Preis.

Baldofare sprach aus, was Beatrice dachte: »Wir Kaufleute sind es, die die Profite erwirtschaften, mit denen wir unseren Tribut an den Kaiser für den Erhalt von Luccas Freiheit bezahlen. Und diese Poggios und ihre Anhänger wollen der eigenen Zunft in den Rücken fallen. Schande über sie!«

»Nicht alle stehen auf der Seite des Kaisers«, wandte sie ein, denn die Stimmen der Guelfen, der Päpstlichen, wurden seit Wochen lauter. Der Kaiser forderte erhöhte Abgaben, weil das Heer in Oberitalien kaum noch zu finanzieren war. Zudem war Francesco Sforza de Riario, der Bischof von Lucca, außer sich vor Wut über den Mord an Agozzini in seinem Dom. Riario setzte alle Hebel in Bewegung, um die oder den Mörder aufzuspüren. Von Spitzeln aus dem Vatikan, die die Luccheser ausspionieren sollten, war die Rede.

Der alte Buornardi griff nach ihrem Arm. »Das ist schlimm, aber Eure Familie steht auf der richtigen Seite. Wir alle wissen, wofür wir kämpfen und wofür wir unser Geld geben. Der Papst würde Lucca aussaugen bis zum letzten Scudo, und an eine französische Besatzung wage ich gar nicht zu denken.«

Dies also war der Grund für ihre Heirat. Was hatte sie anderes erwartet? Ein kalter Windstoß fegte über den Hof ins Haus. Sie erschauerte. Die Männer waren dabei, Arrigo Poggio in Tücher zu wickeln. Seine Familie würde die Tat nicht ungesühnt lassen. Die Gesetze der Blutrache forderten Vergeltung und bedeuteten noch mehr Blut und trauernde Witwen. Buornardi hustete.

»Signore, wir können jetzt nichts tun, und Ihr werdet Euch hier draußen erkälten. Wollt Ihr mir von der Seide erzählen, die Ihr verarbeitet? Es heißt, die Reinheit des Gewebes sei unübertroffen.«

Über das Gesicht des Alten glitt ein Lächeln. »Kommt mit in unser Kontor. Dort haben wir Warenproben, und Agostino Nardorus wird Euch alles zeigen. Er ist ein hervorragender Geschäftsführer und meine, das heißt Federicos, rechte Hand.«

Ohne zu zögern, machte sich Buornardi mit Hilfe seines Stockes zu den Räumen auf, in denen er bis zur Übergabe der Geschäfte an seinen Sohn tätig gewesen war. Das erste Kontor, welches zur Straße hinaus lag, war schmal. Fünf Männer mittleren Alters standen an Pulten und übertrugen Geschäftsvorgänge von Zetteln in Bücher. Zwei Jungen saßen an einem Tisch und schnitten Papierbögen in Stücke. Papier war teuer, und selbst der kleinste Zettel fand Verwendung. Die Männer hielten inne, legten die Federn nieder und grüßten Ser Buornardi. Es war zu spüren, dass Federicos Vater den Respekt seiner Untergebenen genoss. Durch eine Verbindungstür gelangten sie in das Hauptkontor, in das mehr Licht fiel. In den Regalen standen eiserne Geldkassetten, Geschäftsbücher waren in Gitterschränken verschlossen, und neben zwei Bänken und den üblichen Pulten gab es mehrere Sessel.

Agostino Nardorus, den Beatrice einige Male im Kontor ihres Vaters gesehen hatte, war mit der Versiegelung von Briefen beschäftigt. Er legte das Petschaft aus der Hand und stand auf, um seinen Brotgeber zu einem Sessel zu führen. »Signore, bitte, nehmt Platz. Monna Beatrice, Euer Vater wird Eure Hilfe vermissen.« Der blasse Mann mit strähnigen, frühzeitig ergrauten Haaren sah sie freundlich lächelnd an. Äußerlich unscheinbar, verfügte er über einen scharfen Verstand und untrüglichen Geschäftssinn, mit dem er den Buornardis manchen Gewinn beschert hatte.

Buornardi horchte auf. »Warum sagst du das, Agostino?«

»Fast immer, wenn ich in Messer Rimortellis Kontor kam, war auch Madonna Beatrice dort und schrieb oder suchte die besten Stoffe heraus. Ihr habt ein gutes Auge, Madonna«, lobte Nardorus Beatrice.

»Nun ja.« Verlegen strich Beatrice über eine Stoffbahn, die neben ihr über einem Sessel lag.

»Ist das so? Nardorus, zeig ihr den neuen Stoff.« Buornardi beugte sich vor.

»Ihr habt Eure Hand darauf, Madonna«, sagte Nardorus.

»Was haltet Ihr davon? Wo kommt er her?«, fragte Ser Buornardi mit gespannter Miene.

Dass es sich um erstklassige Seide handelte, hatte sie sofort gefühlt. Jetzt nahm sie den bordeauxfarbenen, hauchdünnen Stoff zwischen die Finger, rieb ihn sacht und hielt ihn gegen das Licht. »Das ist chinesische Seide. Gute Qualität, aber nicht die allerbeste Ware, dazu gibt es zu viele Unregelmäßigkeiten im Gewebe. Wenn Ihr mehr als zehn Scudi pro Elle dafür gegeben habt, hat man Euch übervorteilt.«

Nardorus pfiff anerkennend durch die Zähne. Buornardi lachte leise. »Zeig ihr unsere Seide.«

Neben Nardorus' Pult stand ein massiver Aufsatzschrank, den er mit einem Schlüssel, der an seinem Hosenbund befestigt war, öffnete. In kleinen Stapeln lagen nach Farben sortierte Seidentücher in den Regalen. Ein zarter Duft von Lavendel quoll aus dem Schrank. Nardorus zog ein Tuch ähnlicher Färbung hervor und reichte es Beatrice.

Die Seide schimmerte im Licht und war von ebenmäßiger Vollkommenheit. »Wundervoll! Sizilien oder Lunigiana?« Ihr Vater kaufte gelegentlich hochwertige Rohseide aus diesen Regionen, um sie in seiner Weberei verarbeiten zu lassen. Meist jedoch beschränkte er sich auf Rohwaren aus dem Nahen Osten, die über Genua geliefert wurden und weitaus günstiger zu erstehen waren.

»Bravo, Madonna! Sizilien. Mein Großvater hat dort mit dem Anpflanzen von Maulbeerbäumen begonnen. Wir haben die Produktion nie eingestellt, obwohl sie teuer und aufwendig ist, aber das Ergebnis kann sich sehen lassen, eh?!« Buornardi klopfte sich vergnügt auf die Schenkel. »Lass uns einen Mokka servieren, Agostino.«

Während Nardorus in den Nebenraum ging, um den Befehl weiterzuleiten, ging Beatrice zu dem geöffneten Schrank und betrachtete die Warenmuster aus Damast, Samt, Samite, einem schweren, golddurchwirkten, fein gemusterten Seidenstoff, und Cendal, einem weniger wertvollen, leichten Seidengewebe für Möbel, Banner oder Kleidung. Die Auswahl war groß, größer als im Kontor ihres Vaters, aber die Rimortellis unterhielten auch keine Seidenmanufaktur in Sizilien.

»Gefällt Euch, was Ihr seht, Beatrice?«

Buornardi war so ganz anders als sein Sohn, dachte Beatrice bedauernd. Er schenkte ihr Aufmerksamkeit und war an ihrer Meinung interessiert. »Sehr, Signore. Ihr habt ein erlesenes Angebot an Stoffen. Da ich weiß, dass Euer zweiter Sohn in Antwerpen ist, nehme ich an, Ihr beliefert auch den Norden?«

»Natürlich! Unsere Seide geht nach Nürnberg, Straßburg, Paris, Flandern, das englische Königshaus schwört auf Buornardis Stoffe, und sogar nach Wien und Buda haben wir schon geliefert.« Seine Miene verdüsterte sich. »Alessandro ist in Antwerpen, ja, ja, da ist die Börse, an der große Geldmengen innerhalb kurzer Zeit umgesetzt werden. Es kann einem schwindelig werden bei den Summen, die nur auf dem Papier hin- und herbewegt werden ...« Mit beiden Händen knetete er den goldenen Knauf seines Stockes.

»Bereitet Euch etwas Kummer, Signore?« Bevor Buornardi antworten konnte, kehrte Agostino in Begleitung eines Dienstmädchens zurück, das dampfenden Mokka in kleinen Tassen und einen Teller Gebäck brachte.

Der Kaffeeduft durchzog den Raum, und Buornardi schnupperte genießerisch. »Das einzig Gute, was die Türken je hervorgebracht haben, ist ihr Mokka. Ist Mandelgebäck dabei?«

»Natürlich.« Agostino, den Beatrice auf Ende dreißig schätzte, denn seine Bewegungen waren flink, und die blasse Haut zeigte wenig Linien, legte zwei Stücke Mandelgebäck auf den Teller mit der Mokkatasse und reichte ihn vorsichtig Buornardi.

Ein Sohn hätte sich kaum fürsorglicher verhalten können als Nardorus gegenüber seinem Herrn. Ob Federico eifersüchtig auf Nardorus war? Wahrscheinlich bemerkte er den Buchhalter kaum, der mit seinen tiefliegenden Augen und der schmächtigen Gestalt wie zum Inventar des Kontors gehörig wirkte. Von der Straße drang Lärm herein, und Beatrice sah, wie die Männer den Leichnam des toten Poggio heraustrugen. Federicos Stimme erscholl, und einen Augenblick später kam er, gefolgt von einem der großen Jagdhunde, in das Kontor geeilt.

»Was treibt Ihr hier? Habt Ihr keine Beschäftigungen, die einer Frau angemessen sind?« Sein Degen hing gesäubert an seinem Gürtel.

»Euer Vater hatte mich gebeten …«, begann sie, wurde aber sofort von Federico unterbrochen.

»Schweigt! Ich habe keine Zeit für Eure Erklärungen. Signore, ich muss mit Euch sprechen. Allein!«, fügte er mit drohendem Blick auf Beatrice hinzu.

Agostino Nardorus stellte das Tablett mit dem Mokka sorgsam auf einen Tisch und ging lautlos hinaus. Beatrice folgte ihm. Im Nebenkontor sah Nardorus einem der Schreiber über die Schulter.

»Tut es Euch leid, dass Ser Buornardi die Geschäfte nicht mehr leitet?«, fragte sie den Buchhalter.

Dieser zuckte mit den Schultern. »Es steht mir nicht zu, über meinen Herrn zu urteilen. Unter meinen Vorfahren sind Leibeigene, im Vergleich dazu geht es mir gut. Du schreibst in der falschen Spalte, Dummkopf!« Er gab dem Schreiber einen Klaps auf den Hinterkopf.

Der Mann errötete und suchte nach einer Möglichkeit, den Fehler möglichst unsichtbar zu machen. Niemand achtete auf Beatrice, die niedergeschlagen an der Küche vorbei wieder in den Hof schlenderte. Eine frische Schneedecke verdeckte den Schauplatz des Unglücks.

»Madonna, Madonna!« Ines winkte aus dem gegenüberliegenden Eingang, zog sich ihr Schultertuch über die Haare und kam zu ihrer Herrin. »Ihr seid kaum hier und macht solchen Unsinn. Wie soll das bloß noch werden?«

»Unsinn? Ich mache keinen Unsinn, Ines. Ich habe mich sehr nett mit Ser Buornardi unterhalten. Er hat mir das Kontor gezeigt.«

»Das sieht Euch ähnlich, aber Ihr seid hier nicht bei Eurem Vater. Man erwartet, dass Ihr Euch benehmt wie eine Dame.« Vorsichtig zog Ines das Tuch von ihren aufgesteckten Haaren, während sie gemeinsam wieder ins Haus traten.

»Soll ich mich zu den anderen Gänsen in den Salon stellen, zitternd aus dem Fenster sehen und Kuchen essen, bis ich so aussehe wie Ginevra oder ihre fette Mutter?«

»Ich war eben bei denen drinnen. Also, einen sehr guten Eindruck habt Ihr nicht hinterlassen.« Ines grinste. »Aber das schert Euch nicht, oder?«

»Hast du die Geschenke gesehen?«

»Ich werde einiges davon in Euren Salon bringen lassen.«

»Meinen Salon?«

»Neben dem Ankleideraum, nicht sehr groß, aber mit einem schönen Blick auf den Garten. In meinen Augen ist das ein Lesezimmer.« Ines machte eine affektierte Geste mit der Hand. »Unser Maestro nennt wohl alles, was größer als eine Besenkammer ist, einen Salon.«

»Hast du meine Bücher schon ausgepackt?«

»Selbstredend. Ich habe die Kleider ausgebürstet und aufgehängt, wobei mir ein Mädchen geholfen hat. Nina ist fünfzehn Jahre alt und seit drei Jahren hier im Haus. Sie sagt, dass die alte Buornardi launisch und ungerecht ist, ganz im Gegensatz zu ihrem Mann, über den alle hier nur Gutes sagen.«

Während Beatrice dem Redeschwall ihrer Zofe zuhörte, gingen sie die Treppe hinauf in Richtung des Salons, den Ines zum Lesezimmer erkoren hatte, denn Beatrice verspürte den Wunsch, allein zu sein. »Und was sagen sie über Federico?«

Ines überlegte kurz. »Eigentlich nicht viel. Er ist oft unterwegs, scheint aber gutgelitten zu sein, wenn er auch als streng gilt. Nina schwärmt von dem jüngsten Bruder, Tomeo. Der ist ja sehr hübsch und soll ein richtiger Draufgänger sein, hmm, na ja, sagt sie ...« Sie öffnete die Tür zu dem Raum am Ende des Flügels, der neben Beatrices Ankleidezimmer lag.

Überrascht hielt Beatrice den Atem an. Der quadratische Raum war geschmackvoll eingerichtet. Ein zierliches Schreibmöbel mit Elfenbeineinlagen und mehreren Schubfächern stand vor einem der Fenster, die so tief heruntergezogen waren, dass man sich bequem daraufsetzen konnte, wozu weiche Sitzkissen auf den Fensterbänken einzuladen schienen. Genau der richtige Platz, um zu lesen oder einfach nur seinen Gedanken nachzuhängen, dachte Beatrice. Ein Sessel neben einem orientalisch anmutenden Tischchen und Bücherregale vervollständigten die Einrichtung. »Hübsch, in der Tat. Bring mir einen Krug warme Milch und ein *panino* oder was es in der Küche gibt.«

Nachdem Ines gegangen war, ging Beatrice zum Schreibtisch, auf dem ein Tintenfass, Federn und eine Dose mit Siegeloblaten standen. In einer Ledermappe lagen sauber geschnittene Papierbögen. Die glühenden Holzscheite im Kamin knisterten und verbreiteten eine angenehme Wärme. Seufzend sank Beatrice in den Sessel und hob ihr Kleid, damit die Wärme unter die langen Röcke dringen konnte. Dabei fiel ihr Blick auf ein kleinformatiges Gemälde über der Feuerstelle: eine Madonna mit zwei Engeln. Sie konnte die Signatur nicht erkennen, meinte jedoch, einen Filippo Lippi zu erkennen oder zumindest eine gute Kopie. In einem der Regale lag auch ihre Laute, doch nach Musizieren war ihr nicht zumute. Das Bild des toten Arrigo Poggio stand ihr noch vor Augen. Warum hatte Rodolfo da Sesto ihn so vorschnell getötet, wo er doch ohnehin gestorben wäre? Irgendeine Intrige wurde hier in Lucca gesponnen, aber von wem und warum? Ihr Vater hätte mit ihr darüber gesprochen, aber ihr eigener Mann missachtete sie. Sie wollte nicht zur Seite geschubst werden wie die arme Ginevra, sie wollte wissen, was in der Welt passierte.

Es klopfte an der Tür.

»Ja bitte!«

Ines brachte ein Tablett herein mit einer Mokkatasse und Kuchen, der den Duft von Zimt verströmte. »Frisch gebacken. Die Köchin weiß, was sie tut. Wenn Ihr mir ab und an einen Scudo für sie gebt, bäckt sie Euch das Nürnberger Schmalzgebäck, das Ihr so gern mögt. Übrigens, ich habe gerade von Nina etwas erfahren, das Euch interessieren wird ...« Mit der Mokkatasse in der Hand machte Ines eine bedeutungsvolle Pause.

»Sag schon!«

»Na ja, es ging um Euren Mann ...«

»Ines, sag es mir sofort!«

»Tja, Nina trifft sich mit einem der Botenjungen, und der überbringt öfter Briefe an eine Signora Marcina Porretta. Die Briefe sind immer von Ser Federico. Manchmal sind wohl auch Geschenke dabei, denn dann muss er kleine verschnürte Päckchen mitnehmen, und Signor Federico ist immer sehr darum bemüht, dass niemand etwas davon mitbekommt, vor allem nicht Signor Buornardi oder die Signora«, schloss sie ernst und gab Beatrice die Tasse.

»Er hat eine Geliebte«, brachte sie leise hervor. Was hatte sie erwartet? Einen liebenden Ehemann? »Ich war wirklich naiv, Ines, naiv und unglaublich dumm. Er beleidigt mich, und dabei bin ich ihm völlig gleichgültig. Ist sie eine Kurtisane?«

»Nein, danach habe ich Nina auch gleich gefragt. Sie ist eine anständige Frau und wohnt in der Via Guinigi.«

In der Nähe lag das Hospital Santa Caterina, in dem Beatrice oft in Begleitung ihrer Mutter gewesen war. »Ich war schon lange nicht mehr in Santa Caterina und sollte wieder einmal dorthin gehen ...«

»Ihr könnt da nicht hin. Der Pöbel ist in Aufruhr wegen der verdammten Rebellen. Euer Mann ist ein guter Fechter! Zumindest darauf könnt Ihr stolz sein.«

»Stolz? Darauf, dass er eine *vendetta* mit den Poggios angezettelt hat? Nein, ganz sicher nicht.« Beatrice probierte den Kuchen, der leicht und nicht zu süß war. »Köstlich! Wie heißt die Köchin? Sie ist jeden Scudo wert, wenn alles so gut ist wie dieser Kuchen.«

»Plantilla, aber Ihr lenkt ab. Ich sehe Euch doch an, dass Ihr etwas plant. Madonna, da draußen stechen sie sich gegenseitig ab!« Klirrend ließ Ines das Kuchenmesser auf den Tisch fallen.

»Übertreib nicht. Der Pöbel freut sich über jede Gelegenheit, seine Mordlust ausleben zu können. Du weißt doch selbst, wie begierig sie in Scharen kommen, um den Hinrichtungen beizuwohnen. Ekelhaft ist das! Aber wahrscheinlich geht es uns in Lucca zu gut. Da wird eben aus ein paar wenigen Rebellen gleich ein kriegerischer Angriff auf die Republik.«

»Immerhin haben sie die Zitadelle besetzt!«

»Wie lange können sie die halten? Also schön, wenn die Rebellen gefasst sind, gehen wir dem Hospital Santa Caterina einen Besuch abstatten.«

Ines verdrehte in gespielter Verzweiflung die Augen. »Ihr könnt doch nicht einfach bei dieser Frau an die Tür klopfen und sie fragen, ob sie auch etwas für die armen Kranken geben will!«

»Das ist gar keine dumme Idee, Ines. Und jetzt sprechen wir nicht mehr darüber.« Die Holzscheite knisterten und fielen zusammen. Beatrice rückte dichter ans Feuer. »Ich wünschte, der Frühling käme endlich. Ich hasse diese Kälte!«

Der Winter verschwand im Februar, gleichzeitig mit der Bedrohung durch die Rebellen. Nach einer Woche stürmten

Stadtknechte und bewaffnete Luccheser die Zitadelle, ohne dass es zur befürchteten Explosion des Munitionsdepots kam. Acht der Aufrührer wurden nach Folterung auf der Piazza vor der Zitadelle gehängt. Drei Rebellen, unter ihnen ein junger Poggio, hatten entkommen können und waren über die pistoiesische Grenze geflüchtet. Doch nach dieser Niederlage war vonseiten der Poggios wohl kein erneuter Aufruhr zu befürchten. Aus Norditalien drangen vereinzelte Meldungen über Kampfhandlungen zu ihnen, die kaiserlichen Truppen kämpften verbissen um Pavia.

Beatrice lebte sich langsam im Haushalt der Buornardis ein. Sie hatte sich angewöhnt, Ser Buornardi morgens im Kontor zu besuchen. Der alte Mann diktierte ihr Briefe und fragte sie nach ihrer Meinung, wenn es um die Qualität von Stoffen oder die Auswahl neuer Muster ging. Agostino schien sich daran nicht zu stören, sondern gab ihr sogar selbst Listen zur Durchsicht. Ginevra und ihre Familie waren bereits wenige Tage nach den Hochzeitsfeierlichkeiten wieder abgefahren, und Federico sah sie nur gelegentlich zum Abendessen, das im Familienkreis eingenommen wurde.

Beatrice schlenderte über den Hof, als ein Kurier eintraf. Die Hunde, von denen immer zwei oder drei im Hof herumstrolchten, bellten. Der Mann sprang von seinem erschöpften, schweißnassen Pferd, die Botentasche um den Körper gebunden. »Wo ist der Herr?«

Andrea kam aus dem Haus und gab dem Boten einige Münzen in die Hand. »Geh dort in die Küche und hol dir eine Mahlzeit.«

In diesem Moment kam Federico hinzu und nahm seinem Diener den Brief ab, um ihn sofort zu lesen. Plötzlich ballte er die Faust und rief: »Wir stehen kurz vor einem Sieg! Pescara und seine Männer haben den Franzosen empfindliche Verluste zugefügt, und deren bester *condottiere* ist verwundet!«

Beatrice stand einige Schritte von ihm entfernt und faltete dankbar die Hände. Aber wie hoch waren die Verluste gewesen? Wer gehörte zu den Gefallenen? »Das ist eine gute Nachricht. Wisst Ihr auch, ob mein Onkel, Hartmann von Altkirch, am Leben ist? Und geht es Eurem Bruder gut?«, wandte sie sich an Federico, mit dem sie außer einigen Höflichkeitsfloskeln bislang kaum ein Wort gewechselt hatte.

»Was kümmert es Euch?«, gab er barsch zurück.

»Es kümmert mich, weil Tomeo Euer Bruder ist. Ist das so schwer zu verstehen? Ich habe keine Geschwister, doch wenn ich welche hätte, würde ich um sie bangen.« Er machte sie wütend. Kaum sprachen sie miteinander, gerieten sie in Streit.

Seinem Gesichtsausdruck war nicht zu entnehmen, was er dachte. »Tomeo schlägt sich tapfer. Wenn sie Pavia halten und die Franzosen geschlagen haben, wird er Ostern vielleicht bei uns sein. Hartmann von Altkirch hat sich ebenfalls sehr verdient gemacht. Euer Onkel ist ein mutiger Mann.«

Beatrice machte einen Schritt auf ihn zu, doch die Distanz zwischen ihnen verringerte sich nicht. Er hatte die Hochzeitsnacht mit keinem Wort erwähnt und sich ihr seitdem nicht wieder genähert. Schweigend standen sie sich gegenüber. Wünschte er sich, sie wäre Marcina? Noch hatte sie keine Gelegenheit gehabt, das Hospital aufzusuchen, aber sie würde herausfinden, wer diese Frau war, die ihn so faszinierte.

V
Begegnung in San Michele

»O heilige Mutter Gottes, was für ein Gestank!«, rief Ines angeekelt aus und hielt sich ihr Tuch vor den Mund.

»Reiß dich zusammen. Dadurch fühlen sich die armen Seelen hier nicht besser«, wies Beatrice ihre Zofe zurecht.

Sie standen im Krankensaal des Hospitals von Santa Caterina. Auf schmalen Holzpritschen lagen Schwerkranke, Alte, um die sich niemand kümmerte, und Einwohner Luccas, die sich keinen Arzt leisten konnten. Die Barmherzigen Schwestern, die den Dominikanern unterstellt waren, pflegten die Hilfsbedürftigen mit den ihnen zur Verfügung stehenden Mitteln, doch überall fehlte es an Geld für Arzneien oder saubere Tücher. Viele Krankheiten entstanden durch Hunger und Dreck, doch wie sollten die Nonnen den Armen erklären, dass sie ihre Kleider waschen mussten, wenn sie nicht mehr als ein Paar Hosen und ein Hemd besaßen?

»Hier, seid so gut und legt das der Frau auf die Stirn.« Eine junge Nonne mit sanften Augen gab ihr ein feuchtes Tuch, welches Beatrice einer Schwangeren auf die Stirn legte, deren Bauch gefährlich aufgebläht war.

Die Frau stöhnte und wand sich schweißgebadet hin und her. Von Krämpfen geschüttelt schlug sie immer wieder um sich. Als Beatrice beruhigend auf sie einredete, entspannte sich das gequälte Gesicht, und die Frau öffnete die Augen. »Es wird alles gut, macht Euch keine Sorgen. Die Schwestern helfen Euch.«

Braune Haare klebten der Frau, die Ende zwanzig sein mochte, auf der Stirn. »Ihr seid freundlich, Madonna. Wie heißt Ihr? Ich habe Euch noch nie hier gesehen.«

»Beatrice. Ist das Euer erstes Kind?«

»O nein, das neunte, und das letzte, fürchte ich. Diese Schmerzen! O Herr Jesus, das halte ich nicht aus.« Sie schrie und umklammerte verzweifelt ein Amulett, das an einem Band um ihren Hals hing.

Die junge Nonne kam zu ihnen und nahm Beatrice ein Stück zur Seite. »Sie wird sterben, und sie weiß es.« Trauer, aber auch Schicksalsergebenheit lagen in den Augen der Nonne.

Erschrocken sah Beatrice zu der Schwangeren hin, deren aufgerissene Hände das Amulett nicht losließen. »Ist das ein Talisman? Warum kann man ihr nicht helfen?«

»Sie stirbt sowieso, soll sie das Teufelszeug behalten. Der Leib ist aufgeschwollen, wie ihr seht, und das Kind rührt sich seit Tagen nicht mehr. Die tote Frucht vergiftet die arme Frau.«

»Wie entsetzlich! Könnt Ihr das Kind nicht holen?« Unbewusst legte Beatrice ihre Hände schützend vor den eigenen Leib.

Die Nonne schüttelte den Kopf. »Der Herr gibt, und der Herr nimmt.« Das graue Ordensgewand hing lose an ihrem mageren Körper. Ihre nackten Füße steckten in einfachen Bundschuhen, doch sie strahlte mehr Würde und Anmut aus als die meisten Frauen aus dem Adel oder reichen Kaufmannsstand, die Beatrice kannte. »Die meisten Geburten verlaufen normal, Monna Beatrice. Eure Mutter war erst vorgestern hier und brachte Leinenzeug und Nüsse. Geht es Euch wohl in Eurer Ehe?«

Beatrice sah sich nach Ines um, die am Ausgang stand und einen Korb in Händen hielt. »Ja, danke, Schwester. Wir haben Euch Gewürze und Kuchen mitgebracht.« Über den gefegten Steinfußboden huschten Mäuse, eine Schwester trug einen Eimer mit stinkenden Lumpen vorüber, eine andere brachte zwei Krüge mit Trinkwasser herein. Schreie und Stöhnen der Leidenden wurden zusammen mit dem Gestank von schwärenden Wunden und Urin auch für Beatrice langsam unerträglich.

»Sehr großzügig von Euch. Gewürze haben wir nur äußerst selten. Ihr seid blass. Hier drinnen halten es die meisten Besucher nicht lange aus. Geht nur. Wir werden für Eure Großmut beten.« Sie brachte Beatrice zum Ausgang, nahm Ines den Korb ab und schloss lächelnd die Tür hinter ihnen.

Im Hof des Hospitals atmeten beide Frauen tief die frische Frühlingsluft ein. Der Boden war nass vom Regen, doch die Temperaturen waren spürbar milder. Ein Bettler lag vor dem Hoftor, durch das sie auf die Straße traten. Er schwang eine kleine Glocke mit seinen verkrüppelten Händen, aus einer Augenhöhle lief grüner Eiter.

»Ein Aussätziger!« Ines wandte sich ab.

»Wovon soll er leben, wenn alle wegsehen?« Beatrice warf eine Münze in die Bettlerschale.

»Schon, aber Ihr könnt nicht jedem etwas geben.«

»Wir sind jetzt in der Via dell'Angelo Custode, also gehen wir hier durch und kommen direkt in die Via Guinigi.« Einem Fuhrwerk ausweichend, das an ihnen vorbeiholperte und den Matsch der Straße aufschleuderte, schritt Beatrice zielstrebig voran.

Der größte Teil der Straße gehörte den Guinigis, deren riesiger mittelalterlicher Palast mit seinem Turm alle anderen Gebäude überragte. Es gab jedoch auch eine ganze Reihe kleinerer Wohnhäuser, die Schustergilde hatte hier ihren Sitz und einige Weber, deren Zunftzeichen über den Türen hing. In einem Eingang stand ein Mann in einem dunklen Umhang, dessen Kapuze sein Gesicht verdeckte. Beatrice hatte plötzlich Angst, er könnte ihnen gefolgt sein, doch dann verwarf sie den Gedanken. Seit dem Mord an dem päpstlichen Legaten Agozzini lag eine düstere Stimmung über Lucca. Häufig tauchten Fremde auf, die merkwürdige Fragen stellten, und der *giudice* schickte seine Stadtknechte in die Häuser der Bürger, um sie über die Mordnacht auszufragen. Auch Federico hatte sich vor einem Gericht für seinen nächtlichen Aufenthalt in der Nähe des Domes rechtfertigen müssen und war darüber sehr aufgebracht gewesen. Daran änderte auch die Tatsache nichts, dass seine Freunde dieselben peinlichen Fragen über sich hatten ergehen lassen müssen. Beatrice sah erneut zu dem Mann mit dem Umhang hinüber, der sich im selben Moment abwandte und die Straße hinaufschlenderte.

»Was habt Ihr?«, fragte Ines.

»Ach nichts. Ich sehe Gespenster.«

Plötzlich zupfte Ines an ihren Röcken und richtete sich umständlich das Haar. Da öffnete sich schon die Tür eines Hauses, und ein großer Mann mittleren Alters trat heraus.

»Ines, kennst du mich nicht mehr? Gehst vorbei und sagst nicht guten Tag?« Der Mann verbeugte sich kurz, als er Beatrice sah. »Monna Buornardi, es ist mir eine Ehre.«

Beatrice sah ihre Zofe fragend an, die sich beeilte, den Weber vorzustellen.

»Meister Ugo, Madonna, er, wir …«, sie stotterte verlegen.

Ugo kam ihr zu Hilfe. »Ich bin ein rechtschaffener Weber, habe ein gutes Auskommen, kommenden Monat den Webstuhl abbezahlt und genügend Aufträge für dieses und das nächste Jahr.« Er streckte den Rücken und richtete seine Kappe auf den Haaren, die erste graue Strähnen zeigten. Ehrliche Augen und offene Gesichtszüge unterstrichen seine Worte. »Seit zwei Jahren frage ich sie jeden Monat einmal, ob sie meine Frau werden will. Madonna, sie hätte es gut bei mir, aber …«

»Hör auf, du Esel. Meine Herrin will das sicher nicht hören«, fiel Ines ihm ins Wort.

»Ganz im Gegenteil! Warum hast du mir nie etwas davon erzählt, Ines?« Zu keiner Zeit hatte Beatrice daran gedacht, dass ihre Zofe heiraten wollte. Es war ihr immer eine Selbstverständlichkeit gewesen, Ines um sich zu haben, doch im Grunde war ihr Verhalten selbstsüchtig, denn auch Ines hatte ein Recht auf eine eigene Familie. Nur hatte Beatrice geglaubt, Ines sei glücklich bei ihr und fühle sich als Teil der Familie ihrer Herrin. Vielleicht war dieses Zusammentreffen mit Meister Ugo eine Fügung des Schicksals, denn der Mann wohnte in der Straße, in der auch Marcina Porretta lebte. »Meister Ugo, an was arbeitet Ihr gerade?«

Der Weber machte eine einladende Bewegung. »Kommt herein und seht es Euch an.«

Ines zögerte, doch Beatrice folgte der Einladung gern, vor allem, als erste Regentropfen auf die Straße fielen. Sie traten durch die mehrfach gesicherte Eingangstür in einen schmalen Flur und von dort in einen weißgetünchten Raum, in dem zwei große Webstühle standen. An einem arbeitete ein Mann, der jünger als Ugo, ihm in Statur und Gesicht jedoch ähnlich war. »Mein Bruder Lelo.«

Auf beiden Webstühlen waren Stoffe in Arbeit, und Beatrice bewunderte die fein gemusterten Damaststoffe mit Kennermiene. »Gute Arbeit, Meister Ugo.« Sie strich über den akkurat gefertigten Stoff auf Ugos Webstuhl. »Solche Blumen und Vögel habe ich noch nie gesehen. Nach welcher Vorlage arbeitet Ihr?«

»Nach keiner. Natürlich kennen wir die orientalischen Originale, aber wir haben unsere eigenen Ideen einfließen lassen. Jetzt sind die Stoffe einmalig«, sagte er nicht ohne Stolz.

»Darf ich wissen, für wen Ihr arbeitet?«

»Das ist kein Geheimnis – für die da Sestos, schon seit Jahren. Sie zahlen gut, nicht wie andere ...« Er hielt inne und biss sich verlegen auf die Lippen.

»Ich weiß nur zu gut, dass einige Kaufleute keine Zahlungsmoral haben, Ugo. Mein Vater gehört nicht dazu. Ich werde ihm von diesen Entwürfen erzählen.« Sie dachte noch immer zuerst an das Geschäft ihrer eigenen Familie, und warum auch nicht? Sollte Federico sich selbst um neue Muster kümmern.

»Danke, Signora.« Ugo und sein Bruder strahlten.

Ines scharrte ungeduldig mit den Füßen. »Es wird gleich in

Strömen gießen. Wenn wir uns beeilen, schaffen wir es noch halbwegs trocken zurück.«

»Oder wir warten den Guss ab. Da fällt mir etwas ein – Meister Ugo, Ihr kennt doch sicher die Leute hier in der Straße?«, fragte Beatrice lächelnd und wie nebenbei.

»Na ja, die meisten schon. Die Herrschaften nicht, ich meine, wo sie wohnen, aber ... Um wen geht es denn?« Ugo lehnte sich gegen seinen Webstuhl.

»Mir wurde zugetragen, dass eine gewisse Marcina Porretta hier lebt. Ein Brief für sie ist fälschlich bei mir abgegeben worden«, ergänzte sie erklärend und hörte, wie sich Ines laut räusperte.

Ohne zu zögern, antwortete Ugo: »Das ist die junge Witwe, die wieder im Haus ihres Bruders Filippo Menobbi lebt. Armes Ding, sie hat nicht viel Glück gehabt ...«

Sein Bruder ließ den Webstuhl klappern. »Ganz unschuldig ist sie wohl auch nicht. Hübsches Lärvchen, aber was ich so gehört habe ...« Er schnalzte vielsagend mit der Zunge.

»Oh, was habt Ihr denn gehört?« Beatrices Nervosität wuchs.

»Wirklich, Madonna, solche Geschichten sind nichts für Euch!«, ermahnte Ines sie.

»Ganz im Gegenteil! Es geht um eine Bürgerin unserer Stadt, warum soll mich das nicht interessieren?«

Lelo, dessen Gesicht von Pockennarben zerfurcht war, grinste. »Die Menobbis waren nie was Besonderes. Der Alte hatte keine Hand fürs Geschäft, und der Junge, Filippo, ist ein Taugenichts, der spielt, säuft und es mit Huren treibt – und auch mit Jünglingen.«

»Ach?« Unzucht unter Männern wurde von der Kirche als eine der schlimmsten Sünden verfolgt. Die Strafen waren drakonisch. Beatrice hatte gehört, dass man in Venedig jungen Männern, die der Unzucht mit dem eigenen Geschlecht beschuldigt waren, die Nasen abschnitt, um sie in ihrer Eitelkeit zu treffen.

Nach einem warnenden Blick von Ugo ging Lelo nicht näher auf das Thema ein, räusperte sich und fuhr fort: »Seine Schwester wurde mit einem reichen Wollhändler in Pisa verheiratet. Sie ist ein hübsches Ding, da hat der Zukünftige wohl ein Auge zugedrückt bei der Mitgift. Jedenfalls ging sie nach Pisa, war kaum ein halbes Jahr verheiratet und kam als Witwe wieder her.«

»Wie ist ihr Mann denn gestorben?«, fragte Beatrice.

»Alles nur Gerüchte!«, warf Ugo ein.

»Ja, aber steckt nicht in jedem Gerücht ein Funken Wahrheit?«, meinte Lelo. »Ihr Mann war kerngesund und auch kein Greis. Nicht jung, aber kräftig und in seinem Saft. Er starb beim Essen! Angeblich verschluckte er sich an einem Hühnerknöchlein!«

»Das mag sich doch so zugetragen haben. Es gab keine Gerichtsverhandlung. Sie kam zurück, brachte das Witwengeld mit ...« Weiter kam Ugo nicht.

»Das ihr Bruder innerhalb von wenigen Monaten verspielt hat! Aber sie soll einige reiche Gönner haben, die ihr immer wieder mit Geld aushelfen ...«

»Dann ist sie die Mätresse von ...?«, fragte Beatrice atemlos.

Ugo schlug mit einer Hand gegen seinen Webstuhl. »Eben, wir wissen nicht, von wem. Solange man nichts Genaues weiß, sollte man niemanden verurteilen. Vielleicht ist sie nur eine Witwe, die hübsch ist und der man es neidet.«

Beatrice biss sich auf die Lippen, aber sie wusste auch, dass eine unrechtmäßige Beschuldigung jemanden an den Galgen bringen konnte. Draußen prasselte der Regen auf die Straße. Dunkle Wolken hatten sich über der Stadt zusammengezogen. Es konnte Stunden dauern, bis das Wetter sich änderte.

»Was machen wir nur? Der Herr wird Euch suchen lassen, wenn wir nicht bald zurück sind.« Ines trat unruhig vor dem Fenster auf und ab.

»Wir können einen Boten zu Eurem Palazzo schicken, damit man Euch hier abholt«, schlug Ugo vor.

»Ich glaube kaum, dass man uns vermissen wird.« Der Gedanke an die Witwe Porretta ließ Beatrice nicht los. Wahrscheinlich verbrachte Federico die vielen Nächte, die er nicht zu Hause war, bei dieser Frau. Wo sollte er sonst sein? »Wir waren im Spital Santa Caterina«, erzählte Beatrice.

»Tatsächlich? Dann kennt Ihr vielleicht unsere Schwester Elena, eine herzensgute Seele. Sie ist dort Ordensschwester. Schon als Kind hat sie Vögel gefüttert und sich um Aussätzige gekümmert. Nie hat sie sich angesteckt. Für uns ist sie eine Heilige.«

Eine gute Familie, dachte Beatrice und hatte, wenn die finanziellen Verhältnisse geklärt waren, nichts gegen eine Verbindung von Ines mit dem Weber einzuwenden, auch wenn sie Ines nur ungern gehen lassen würde, war sie ihr doch eine echte Freundin geworden, die einzige, die ihr geblieben war.

Ines kam aus dem Dorf Lunata an der Via Francigena, wo ihre Familie vom Korbflechten lebte. Eine Mitgift hatte sie nicht zu erwarten, doch weil Ines den Rimortellis viele Jahre eine treue Dienerin gewesen war, würde Ser Rimortelli ihr eine Aussteuer geben.

»Da ist die Porretta!« Lelo zeigte zum Fenster, an dem eine Frau eilig vorbeischritt.

Da sie ein Tuch um den Kopf gelegt hatte, konnte Beatrice kaum etwas von ihrem Gesicht erkennen, doch die Kleidung der schlanken Frau wirkte edel. In dem Moment riss ihr ein Windstoß plötzlich das Tuch von den Haaren und gab den Blick auf ein ebenmäßiges Gesicht mit dunklen Augen frei. Marcina Porretta drehte den Kopf aus dem Wind und schaute dabei für den Bruchteil einer Sekunde in das Fenster des Webers. Beatrice erstarrte. Schönheit, gepaart mit Rücksichtslosigkeit und Narzissmus, schoss es ihr durch den Kopf, waren eine gefährliche Mischung, und sie wusste, dass diese Frau ihre Feindin sein würde. Ihr Herz raste. Wie gebannt starrte Beatrice aus dem Fenster, vor dem der Regen herniederging. Ein Schatten löste sich aus einem Torbogen und folgte der Witwe.

»Was ist mit Euch? Ihr seht aus, als hättet Ihr den Leibhaftigen gesehen.« Ines berührte sie leicht am Ärmel.

»Den Leibhaftigen«, flüsterte Beatrice und verspürte eine unerklärliche Furcht. Eine düstere Vorahnung legte sich wie eine schwere, nasse Decke um sie und ließ sie zittern.

»Wir hätten gleich wieder gehen sollen! Ihr seid doch nicht krank? Oh, der Herr wird mich auspeitschen lassen, wenn Euch etwas geschieht.« Mit energischen Bewegungen rieb Ines die Oberarme ihrer Herrin, regte damit die Blutzirkulation an und brachte etwas Farbe in die bleichen Wangen. »Ah, so ist es schon besser!«

Ugo bat die beiden Frauen zu einem Imbiss ins Nebenzimmer, wo an einer der unverputzten Wände ein Tafelbild hing, das den heiligen Fredianus zeigte. Einst soll Fredianus Lucca vor einer Überschwemmung gerettet haben, indem er den Serchio umleitete. Lelo bot Beatrice den bequemsten Stuhl an. Seit ihrer Heirat kam es nur selten vor, dass sie mit Ines an einem Tisch aß, und sie genoss das einfache Mahl aus Brot, Bohnenmus, Würsten und einer Schüssel mit süßen Lupinensamen. Ugo goss heißen Gewürzwein in die Becher.

Wie lange sie geplaudert hatten, war schwer zu sagen, doch als Lelo Holz nachlegte und die Kerzen entzündete, fuhr Beatrice erschrocken auf. Draußen war es stockfinster.

Ugo erhob sich. »Wir haben die Damen über Gebühr mit unseren Geschichten gelangweilt, Lelo. Regnet es noch?«

Lelo ging zum Fenster. »Nein. Ich hole eine Fackel und begleite sie auf ihrem Heimweg.«

Nach Einbruch der Dunkelheit noch durch die Straßen zu spazieren war nicht nur ungehörig für anständige Frauen, sondern auch gefährlich, obwohl Lucca gegen Rom oder Genua ein vergleichsweise sicheres Pflaster war. Doch auch hier gab es Gesindel, das für ein paar Scudi oder einen Mantel vor einem Mord nicht zurückschreckte.

Ines sah entschuldigend zu ihrer Herrin, bevor sie sich mit einigen geflüsterten Worten von Ugo verabschiedete. Während sie hinter Lelo durch die engen Gassen gingen, die nur durch die Fenster der anliegenden Gasthäuser spärlich erhellt wurden, dachte Beatrice mit steigendem Unbehagen an Lorenzas verdrossene Miene. Kaum ein Tag verging, an dem Lorenza sie nicht mit vorwurfsvollen Blicken bedachte. Da sie Federico kaum sah, blieb Baldofare Buornardi der Einzige, der mit ihr sprach. Ihr entfuhr ein tiefer Seufzer.

»Sie wird Euch schon nicht in Stücke reißen«, tröstete Ines sie, als sie vor der Eingangstür des Palazzo ankamen und den schmiedeeisernen Türklopfer betätigten.

Die Tür schwang quietschend auf. »Monna Beatrice!« Pietro Farini empfing sie mit strafendem Blick.

»Was starrst du meine Herrin an?«, fauchte Ines den *maestro di casa* an.

»Und von dir habe ich keine Eintragung im Dienerbuch gesehen, Frauenzimmer. Unerlaubtes Fernbleiben wird mit Prügeln bestraft.« Farini schwang drohend seinen Stab.

»Halt den Mund, Farini. Ines hat mit dem Dienerbuch der Buornardis nichts zu tun, denn sie ist einzig und allein mir unterstellt. Merke dir das gut, und jetzt kannst du mich den Buornardis melden!«

Weiß vor Wut drehte sich Farini auf dem Fuß um und verschwand.

»Madonna, jetzt habt Ihr einen Feind, und das nur meinetwegen.« Ines schüttelte betrübt den Kopf.

»Früher oder später wäre ich mit dem aufgeblasenen Tropf sowieso aneinandergeraten. Lelo«, wandte sich Beatrice an den brav wartenden Weber. »Habt vielen Dank für Eure Mühe. Ich schulde Euch etwas.«

»Nein, im Gegenteil, es war uns eine Ehre und für meinen Bruder eine Freude.« Er warf Ines einen verschmitzten Blick zu. »Ihr könnt auf uns zählen, Monna Beatrice. Ugo und ich haben Freunde, die dem Fatzke einmal das Wams polieren können ...«

»Besten Dank, aber ich habe schon genug Ärger!« In dem ermutigenden Bewusstsein, in Lelo und Ugo Freunde gefunden zu haben, verabschiedete Beatrice lachend den Weber.

Die Ernüchterung folgte, als sie umgekleidet zum Abendessen in die Halle trat. Nicht nur Lorenza, Baldofare und Federico waren um die prächtig gedeckte Tafel versammelt, sondern auch drei von Lorenzas Schwestern, deren Ehemänner und Töchter, Eredi Vecoli, der Marchese Connucci und der junge da Sesto. Mittelpunkt der Gesellschaft war jedoch der Mann am Ende der Tafel, der bester Laune war und seinen Becher erhob. Tomeo Buornardi war vom Kriegsschauplatz Pavia nach Hause gekommen. »Auf den Sieg! *Viva la libertà! Viva l'imperatore Carlo! Viva Italia!*«

Alle Anwesenden standen auf und fielen in die Hochrufe ein. Beatrice beeilte sich, ihren Platz neben Federico einzunehmen. »*Viva Italia!*«, rief sie und trank einen großen Schluck Rotwein.

»Wo wart Ihr?«, fuhr Federico sie mit mühsam unterdrücktem Zorn an, als sie sich setzten und das Essen aufgetragen wurde.

»Das ist wohl kaum der richtige Zeitpunkt ...« Sie biss ein kleines Stück von geröstetem Brot mit Kalbsnieren ab.

Federico drückte ihre Hand, mit der sie das Brot hielt, auf den Tisch. »Wo wart Ihr?« Die Adern traten an seinen Schläfen hervor.

»Im Spital von Santa Caterina. Ich kümmere mich um die Armen, Signore. Auf dem Rückweg kamen Ines und ich durch die Via Guinigi, wo wir von einem Regenguss überrascht wurden und bei Freunden Unterschlupf fanden. Aber eigentlich kennt Ihr die Via Guinigi besser als ich, oder nicht?«

Verwirrt ließ er ihre Hand los. Die Anspielung hatte ihn offensichtlich getroffen. »Untersteht Euch …!«, knurrte er drohend.

»Was denn, Federico?«

»Nicht hier bei Tisch. Ihr verlasst das Haus nicht mehr, ohne Euch bei mir abzumelden.«

»Ihr könnt mir nichts vorwerfen.« Das Brotstück fiel auf den Teller.

»Ein Zwist unter jungen Eheleuten? Federico, du bist unmöglich! Ich würde meine Frau anders behandeln, wenn sie so schön wäre wie deine.« Tomeo beugte sich zu ihnen vor und hob sein Glas.

Dankbar erwiderte Beatrice den Toast. »Ein großer Sieg, den Ihr und die kaiserlichen Truppen errungen habt! Erzählt uns, wie es dazu gekommen ist, Tomeo.« Sie konnte Tomeo die Strapazen des Feldzugs ansehen. Er war dünner geworden, und seine Augen strahlten nicht dieselbe Fröhlichkeit aus wie bei ihrer ersten Begegnung.

Tomeo räusperte sich und lehnte sich zurück. Die Anwesenden sahen ihn erwartungsvoll an. Der siegreiche Kriegsheimkehrer sollte von der glorreichen Schlacht berichten. Für Sekunden schloss er die Augen und sah das wahre Gesicht des Krieges vor sich: ohrenbetäubender Lärm, bestehend aus dem mehrsprachigen Kriegsgeheul der Söldner, unterlegt vom Artilleriefeuer, dem Klirren von Degen und Schwertern, dem

Brechen von Lanzen in den Flanken ungeschützter Pferdeleiber, dem schmatzenden Geräusch von Katzbalgern deutscher Söldner beim Zerschmettern gegnerischer Soldatenhäupter und dem Brüllen Verwundeter, deren abgetrennte Gliedmaßen im Schlamm unter den Pferdehufen versanken.

»Nachdem wir uns über zwanzig Tage lang kräftezehrende Scharmützel mit den Franzosen geliefert hatten, beschlossen wir, im Morgengrauen des 24. Februar die Mauern des Parks von Schloss Mirabella, dem Hauptquartier der Franzosen, zu durchbrechen.«

»Warum habt Ihr nicht sofort das Schloss angegriffen?«, hakte da Sesto ein.

Tomeo beschloss, den überheblichen Unterton nicht zu beachten. »Pescara und Bourbon haben lange überlegt, ob es richtig sei, jetzt den großen Angriff auf Mirabella zu starten, aber die Soldfrist für die Soldaten lief ab.« Ein bitteres Lachen entrang sich seiner Kehle. »Manchmal sind es eben ganz profane Gründe, die eine Schlacht auslösen. Die Söldner hätten einen Tag später kein Schwert mehr für den Kaiser in die Hand genommen, weil sie ihren Sold wollten.« Die Anwesenden hörten ihm betreten zu. »Nun.« Tomeo hob die Stimme und sah aufmunternd in die Runde. »Wir schlugen uns also wacker durch den Park, links und rechts die Feinde niedermetzelnd, Gian Marco hat sich tapfer geschlagen und manchen Franzmann zu Boden gestochen. Es gelang Pescara und seinen Männern, die feindliche Artillerie zu zerschlagen, der Herzog von Alençon machte mit seinen Leuten die Schweizer nieder. Frundsberg und seine Fähnlein schlugen eine Abteilung feindlicher Reiterei in die Flucht, die Schlacht tobte bis in den Vormittag. Nebel, Nässe und weicher Boden machten es nicht leichter, und das dicht mit Bäumen und Sträuchern bestandene Parkgelände verwandelte sich in eine Wüste aus Schlamm, Leichen und Pferdekadavern.«

Einige Mädchen seufzten vor schaurigem Entzücken, doch Tomeo dachte an den Anblick eines groß gewachsenen Söldners, dessen lange blonde Haare zur Hälfte von Blut und Schlamm verklebt waren und der einem Gegner den Bauch aufschlitzte, um sich anschließend brüllend das Körperfett auf Arme und Schwert zu schmieren. »Gute Männer mussten sterben, Admiral Bonnivet, La Palisse, Richard von Suffolk und leider auch der Sohn Eures Onkels, Beatrice.«

»Welcher?«, fragte sie leise.

»Franz, er war gerade zum Fähnrich ernannt worden.«

Sie schloss die Augen und sah das blasse Gesicht eines hoch aufgeschossenen Jungen vor sich, der viel zu ernst war für sein Alter und der es nicht hatte erwarten können, alt genug für das Kriegshandwerk zu sein. In den Krieg war er gezogen, sein Leben war so kurz gewesen. Arme Tante Susanna ...

»Er war ein tapferer Junge, Monna Beatrice, und hat gewusst, dass er sterben könnte. Wir alle wissen das.«

Federico schob ihr ein Weinglas zu. »Kein Sieg ohne Opfer. Trinkt einen Schluck.«

Gehorsam führte sie das Glas an die Lippen und hörte benommen zu, wie Tomeo von der Gefangennahme des französischen Königs berichtete.

»Ich sah seine Ordenskette in der Morgensonne glänzen. Franz I. wehrte sich gegen spanische Reiter, stach dem Grafen von Salm in den Schenkel, ging dann aber selbst zu Boden. Sofort wurde er von einem Haufen wütender Landsknechte und Spanier umringt, die ihm alles entrissen, was sie in ihre gierigen Klauen bekommen konnten. Aber selbst ohne Gürtel, silbernen Waffenrock, Helmbusch und im zerrissenen Leibrock sah Franz königlicher aus als die mordlüsternen Söldner.«

Die Männer am Tisch nickten anerkennend. Connucci schnalzte mit der Zunge. »Für einen Franzosen ist er ein bemerkenswerter Mann.«

»Bevor sie ihm Schlimmeres antun konnten, war ich bei ihm, und Gian Marco holte Lannoy und Pescara, vor denen Franz kapitulierte.« Tomeo verschwieg, dass Pescara in der Schlacht verwundet worden war und er sich große Sorgen um seinen Kommandanten machte. Er schätzte Pescara als klugen Strategen und hatte ihn stets als Vorbild gesehen. Sein Tod wäre ein schwerer Verlust für die ohnehin angeschlagene Moral des kaiserlichen Heeres.

»Eine demütigende Situation für Franz. Damit ist alles entschieden, nicht wahr? Jetzt haben die Zahlungen an Karl ein Ende!«, sagte Federico grinsend.

Tomeo verstand seinen Bruder immer weniger. War Geld das Einzige, was Federico etwas bedeutete? Wollte er noch mehr Schulden machen, nur um mit Connucci mithalten zu können, um dessen Freundschaft er so offensichtlich buhlte? Connucci war ein gefährlicher Freund, Tomeo kannte den Marchese besser als die meisten. Doch Federico schien sich von Äußerlichkeiten blenden zu lassen, und mit ihm darüber zu sprechen war sinnlos, denn Federico war rechthaberisch und jähzornig und würde von ihm, dem Jüngeren, keinen Rat annehmen. »Nein, Federico, jetzt fängt alles erst an ...«, sagte er stattdessen trocken und stillte seinen Durst mit einem Glas Wein.

Connucci lachte schallend. »Wie wahr, mein Freund! Wir reichen Lucchesser werden weiter gemolken, um dem Kaiser die Schatzkisten zu füllen, aber immerhin geht es uns besser als den Mailändern, und das sollten wir nicht vergessen!«

Beifalls- und Bravorufe ertönten, und Tomeo wurde als Retter des Königs gefeiert. Und während Beatrice wieder einmal Tomeos Blick auf sich gerichtet fühlte, fragte plötzlich da Sesto, gegen dessen Sticheleien Beatrice eine Abneigung gefasst hatte: »Was ist mit dir, Tomeo, immer noch ohne Frau? Als Held wärest du eine begehrte Partie.«

»Eine Frau? Ich bin Soldat! Überall gibt es schöne Frauen, deren Herz getröstet werden will, wie könnte ich ihnen das verwehren?«

Seine leicht dahingeworfenen Worte machten Beatrice auf überraschende Weise betroffen, und als sie ihn ansah, hatte sie das Gefühl, er hätte sie nur gesagt, um ihre Reaktion zu prüfen.

Diener schenkten aufmerksam Wein nach und trugen immer neue Speisen auf. Die Gesellschaft schien bester Stimmung, und selbst Lorenza unterhielt sich angeregt, ohne böse Blicke auf ihre Schwiegertochter zu werfen. Die Freude über Tomeos Rückkehr und den Sieg bei Pavia überwog an diesem Abend anscheinend familiäre Zwistigkeiten.

Schräg gegenüber von Beatrice saßen Rodolfo da Sesto und der Marchese Gadino Connucci, der Beatrice unverhohlen musterte. »Was geschieht jetzt mit Franz?«

»Er wurde in ein Gefängnis in Mailand gebracht. Karl ist ja noch in Spanien, und jetzt beginnen die Verhandlungen über die Bedingungen für seine Freilassung.« Tomeos Augenbrauen zogen sich zusammen. »Karl soll endlich nach Italien kommen ... Ohne solche Männer wie Pescara und Frundsberg, die den Sold aus eigener Tasche bezahlen, hätten wir es nicht bis Pavia geschafft.«

»Karl hat doch sogar große Anleihen bei den Fuggern gemacht – wo bleibt das ganze Geld?«, fragte einer der Ehemänner von Lorenzas Nichten.

Tomeo wollte etwas sagen, doch da Sesto hatte die letzten Sätze aufgeschnappt und mischte sich ein: »Ihr seid völlig von Sinnen, diesem Kaiser das Geld in den nimmersatten Schlund zu werfen! All die anderen auch! Wozu, frage ich mich, soll ich mein Geld an jemanden vergeuden, der lieber in Spanien lebt, von deutschen Fürsten zum Kaiser gewählt wurde und Italien nur als Vasallenstaat ansieht? Niemals!« Mit geröteten Wangen stellte da Sesto seinen Weinkelch lautstark auf den Tisch.

»Euer Geld, Rodolfo?«, fragte Connucci süffisant.

Doch Rodolfo redete sich in Rage und überhörte Connuccis Beleidigung. »Niemand soll uns regieren! Weder Karl noch Clemens! Dieser Papst ist nichts weiter als ein willenloser Hampelmann! Andauernd widerruft er Entscheidungen. Jedem will er Honig um den Bart schmieren, mit dem Ergebnis, dass ihm keiner ein Wort glaubt! Erst kürzlich hat er einen Boten zu Karl geschickt mit einem Schreiben, in dem er wütend auf dessen Gebietsansprüche reagierte, und drei Stunden später schickt er einen zweiten Brief ab mit einer gegensätzlichen Antwort.« Rodolfo da Sesto machte eine verärgerte Geste mit den Händen. »Beide Schreiben kamen an. Was machte Karl? Schrieb eine Antwort auf beide Briefe! Totgelacht hat er sich über ihn!«

Beatrice schien es, als tausche da Sesto einen verschwörerischen Blick mit Federico, aber das musste sie wohl missdeutet haben. »Der Grundgedanke Karls ist ein starkes Reich mit sicheren Straßen und guten Handelsbedingungen. Was ist daran schlecht?«, wagte sie einzuwenden.

Federico sah sie überrascht an.

Connucci lächelte. »Monna Beatrice, Ihr seid natürlich eine Ghibellinin, das müsst Ihr sein, denn schließlich stammt Ihr zur Hälfte aus Deutschland. Was Ihr da sagt, klingt schön, aber es ist ein Traum! Karl ist nichts weiter als ein Träumer. Schuld daran ist vor allem sein Berater Gattinara, die alte Schlange, die ihm seit Jahren in die Ohren flüstert – *cosas dytalia* – *Monarchia Universalis* –, das sind Seifenblasen, die an der Realität zerplatzen.«

»Ich halte es durchaus für möglich, dass Rom wieder zum Zentrum eines Imperiums wird, schließlich waren wir einmal groß«, mischte sich Ser Buornardi überraschend ein.

»Waren, die Betonung liegt auf waren! Die Zeit des italienischen Imperiums ist vorbei, für immer. Schaut sie Euch doch an, die Stützen unseres Landes – Sforza, Este, Gonzaga, Montefeltro –, für Macht und Geld sind sie zu allem bereit ... Die schreien heute für den Kaiser, morgen für den Papst und übermorgen für Franz, wenn er mehr bietet. Das ist die Wirklichkeit!«, ereiferte sich Connucci.

»Was sagt denn unser Sieger dazu?«, wandte sich Rodolfo da Sesto an Tomeo.

Der lehnte sich zurück und hob seinen Weinkelch. »Ich bin Soldat, kein Politiker, aber mein Herz schlägt für das kaiserliche Reich. Noch ist es nicht verloren!«

Da Sesto hatte schon mehr getrunken, als ihm guttat: »Ihr denkt, Ihr könnt Euch beim Kaiser einkaufen? Arme Narren ...«

Tomeo schlug mit der Faust auf den Tisch. »Narren nennt Ihr uns? Hätte Lucca sich damals nicht freigekauft, wäre es heute keine eigenständige Republik. Wir wären entweder von der Signoria verschluckt und ausgesaugt worden, unter die Herrschaft der Guinigis oder eines anderen Tyrannen geraten, oder der Kirchenstaat hätte seine gierige Hand nach uns ausgestreckt. Ich bin bereit, für die Freiheit Luccas Geld zu bezahlen!«

Beatrice warf ihrem Gatten einen Seitenblick zu und erschrak über seine wütend zusammengepressten Lippen. Sie konnte Federicos Kiefer knirschen hören und fragte sich, was ihn so zornig machte.

»Sobald man bezahlt, ist man abhängig. Wir wollen ein freies, selbstbestimmtes Italien, und dafür sind wir niemandem einen Scudo schuldig!« Connuccis Stimme überschlug sich fast.

»Habt Ihr vorhin nicht selbst von der Realität gesprochen, Gadino? Seid Ihr so verblendet, dass Ihr nicht sehen könnt, dass es kein geeintes Italien gibt? Der Norden ist ein Sammelsurium verfeindeter Fürstentümer, von denen einige mal unter französischer, mal unter habsburgischer Herrschaft stehen. Dem Papst gehört Italiens Mitte, aber er streckt seine Hand nach mehr aus, und Neapel und Sizilien …? War es der spanische Vizekönig oder der französische, der gerade abgesetzt wurde?« Atemlos, die Hand an seinem Dolch, starrte Federico zu Marchese Connucci.

Vom anderen Ende der Tafel meldete sich Baldofare Buornardi wieder zu Wort. »Ich will unter meinem Dach keinen Streit! Hört ihr mich, ihr jungen Hitzköpfe? Wir feiern heute die Rückkehr meines Sohnes Tomeo, und wir sind alle Luccheser, oder nicht?«

»Entschuldigt, Signore.« Federico nahm die Hand von der Waffe, trank einen Schluck Wein und winkte den Musikern, die während des Essens leise im Hintergrund gespielt hatten.

Während sie dem Gespräch folgte, nahm Beatrice intensiv den Raum wahr, der in seiner zurückhaltenden Ausstattung ganz im Gegensatz zu den überladenen Räumen Lorenzas und ihrer Salons stand. Es war derselbe, in dem die Hochzeitsfeier stattgefunden hatte. Malereien mit mythologischen Motiven schmückten die Wände. An einem Ende brannte in einem hohen, offenen Kamin ein Feuer, obwohl die Temperaturen deutlich milder geworden waren. Erleuchtet wurde der Saal von einem Kronleuchter, Messingleuchten an den Wänden und Kerzenleuchtern auf der Tafel. Da Wachs teuer war, konnten sich ärmere Leute nur selten Kerzen leisten. Würde der Kaiser etwas an den sozialen Missständen ändern können oder wollen? Trotz vieler Gegenargumente hielt Beatrice weder etwas vom Papst noch von machtausübenden Fürsten. Wenn es Kaiser Karl gelänge, die Länder unter seiner Regierung zu einen, könnte sich für alle Bevölkerungsschichten einiges zum Besseren wenden. Jemand berührte sie am Arm, und Beatrice schreckte aus ihren Gedanken auf.

»Wollt Ihr mir die Ehre des ersten Tanzes geben?« Federico stand auf und nahm ihre Hand, so dass sie ihm folgen musste.

Die Musikanten hatten eine Galliard angestimmt. Beatrice hob mit spitzen Fingern ihr Kleid an, um die gezierten Schrittfolgen dieses Tanzes ausführen zu können, bei dem man sich, ohne einander zu berühren, über das Parkett bewegte.

Federico streifte im Vorbeischreiten ihre Schulter. »Ihr scheut Euch nicht, Eure Meinung zu äußern.«

»Überrascht Euch das?«

Die jüngeren Gäste bewegten sich ebenfalls zur Tanzfläche.

»Ihr habt eine verwirrende Art, immer mit einer Gegenfrage zu antworten.« Ein Lächeln umspielte seine Lippen.

»Es wundert mich, dass ich Euch verwirren kann.« Sie drehte sich und ging an Connucci vorbei, der mit einer Nichte Lorenzas tanzte.

»Ihr seid sehr verwirrend, Madonna, nicht nur für unseren lieben Federico.« Connucci berührte ihren Nacken wie unabsichtlich mit den Fingerspitzen, bevor er seiner Tanzpartnerin zulächelte.

Nervös griff Beatrice nach den aufgesteckten Haaren. Obwohl Federico und Connucci politisch nicht einer Meinung waren, herrschte eine freundschaftliche Vertrautheit zwischen den Männern, die sie auf gemeinsame Erfahrungen zurückführte, vielleicht amouröser Natur.

»Ich habe zwar gewusst, dass Eure Familie kaisertreu ist, doch ich wusste nicht, dass Ihr …«, sagte Federico.

»Dass ich eine Meinung dazu habe? Ja, ich bewundere Euren Bruder und habe mir mehr als einmal gewünscht, ein Mann zu sein. Dann könnte ich für das kämpfen, an was ich glaube.«

»Wärt Ihr lieber mit Tomeo verheiratet?«, fragte Federico leichthin, doch seine dunklen Augen ließen sie nicht los.

»Welche Antwort kann ich Euch darauf geben? Ich sehe

Euren Bruder heute erst zum zweiten Mal, und wir wechseln seit Wochen kaum ein Wort miteinander.«

Die Musik verklang, und einen Moment standen sie sich gegenüber und sahen einander an. Bevor Federico etwas sagen konnte, begannen die Musikanten mit einer Volta, und Tomeo bat sie um den Tanz. Er war ein geübter Tänzer, drehte sie im Takt der Musik und überschüttete sie mit Komplimenten. Nachdem sie auch mit Rodolfo und dem Marchese getanzt hatte, führte dieser sie zu einem Sessel und reichte ihr ein Glas Wein.

»Was haltet Ihr von diesem Luther, Madonna? Euer Kaiser ist nicht zimperlich mit Luther umgegangen, obwohl der Mann nicht zu Unrecht die Kirche anklagt.«

Wollte Connucci sie nur provozieren oder eine ehrliche Meinung hören? »Hm, die Päpste haben nicht gerade viel zum Wohle des Volkes getan. Eine Reformation der Kirche, wie sie jetzt ist, mag wohl notwendig sein.« Da Luthers Schriften in Lucca verboten worden waren, hielt Beatrice sich zurück, denn wegen ketzerischer Äußerungen konnte jeder angeprangert werden. Das Volk war unberechenbar und sah es nur zu gern, wenn Adlige und Reiche den Schwurgerichten ausgeliefert wurden, um in grausamen Schauprozessen hingerichtet zu werden. Die Zeit der Furcht, die unter dem Einfluss des Hasspredigers Savonarola vor kaum zwanzig Jahren geherrscht hatte, war noch nicht vergessen.

»Ob die deutschen Landsknechte an eine Reformation denken, bezweifle ich. Jetzt stehen sie mit gewetzten Klingen und Hellebarden mordlustig vor dem Apennin und halten gierig nach Rom Ausschau. Vielleicht wollen sie den Papst entmachten, aber sein Gold ist wohl reizvoller als der religiöse Aspekt.« Connucci beugte sich zu ihr. »Aber davor müsst Ihr Euch nicht fürchten, immerhin seid Ihr deutscher Abstammung, und Euer Onkel ist einer ihrer Heerführer.«

»Was soll das, Marchese? Bis jetzt wurde nur Mailand aus der Hand der Franzosen befreit. Niemand bedroht Florenz, geschweige denn Lucca.« Sie stand auf und sah sich suchend um. Federico stand mit seinem Vater und seinen Onkeln zusammen. Tomeo tanzte mit der hübschen Tochter von Lorenzas ältester Schwester. »Würdet Ihr mich bitte entschuldigen? Mir ist nicht wohl.« Sie drückte ihm das Glas in die Hand, raffte ihre Röcke und ging an den Tanzenden vorbei auf die Terrassentüren zu, von denen eine leicht geöffnet war, um frische Luft hereinzulassen.

Beatrice trat nach draußen in die kühle Nachtluft und zog die Tür hinter sich zu. Die Stille des Gartens, in dem bereits erste Anzeichen des Frühlings zu finden waren, war wohltuend. Sie war das Tanzen und den Wein nicht gewohnt, und es fiel ihr schwer, einzuschätzen, ob die Gespräche nur oberflächliche Plänkeleien oder ernsterer Natur waren. Wenn sie mit ihren Eltern oder Freunden sprach, gab es keine Zweideutigkeiten, doch diese Leute machten ihr Angst. Zu oft hörte man von plötzlichen Verhaftungen oder Todesfällen, die auf Gift zurückzuführen waren, aber nie aufgeklärt wurden. Hinter ihr knarrte die Tür. Sie fuhr herum und stand Federico gegenüber, der einen Schal in den Händen hielt.

»Ihr werdet Euch erkälten, Madonna.« Fürsorglich legte er ihr den weichen Schal um die Schultern.

Überrascht vergrub Beatrice ihre Hände in dem Tuch. »Danke, aber ...«

Er legte eine Hand unter ihr Kinn und sah sie mit einem nicht zu deutenden Ausdruck an. »Ich glaube, Ihr wisst tatsächlich nicht, wie schön Ihr seid.«

Wollte er sie kränken oder ihr schmeicheln, um sie dann erneut zu demütigen? Beatrice blieb stumm und zuckte zurück, als er die Hand fortnahm.

»So sehr hasst Ihr mich?«

Sie schüttelte den Kopf. Ihre Furcht würde sie nicht eingestehen. Stattdessen schaute sie in die Dunkelheit des Gartens hinaus.

»Könnt Ihr mir nicht einmal in die Augen sehen?« Er drehte sie zu sich. »Verbergt Ihr etwas vor mir?« Wütend schüttelte er sie an den Schultern.

Verzweifelt schloss Beatrice die Augen. »Lasst mich los«, flüsterte sie. »Lasst mich …« Plötzlich gab er sie frei, drehte sich um und ließ sie stehen.

Als sie in dieser Nacht in ihrem Bett lag, horchte sie auf den Flur, doch Federico kam nicht nach oben. Erst spät am nächsten Morgen kehrte er unrasiert und mürrisch aus der Stadt zurück.

Am Ostersonntag läuteten die Glocken von San Michele zur Messe. Der weiße Marmor des Gotteshauses strahlte vor blauem Himmel, unter dem sich die Luccheser versammelten. Wer Rang und Namen hatte, kam heute zum Gottesdienst. Vergebens suchte Beatrice unter den prächtig gekleideten Damen und Herren mit kecken Hüten nach ihren Eltern. Schließlich schritten die Kirchgänger unter dem Glockengeläut des Campanile durch die Türen des Westportals. Die Ostermesse war ein gesellschaftliches Ereignis, und im Dom San Martino gab der Erzbischof selbst heute den Segen. Im Kircheninnern parlierten die Leute ungehemmt weiter, und man hätte meinen können, sie befänden sich auf dem Marktplatz. Auf dem Fußboden lagen bedruckte Blätter, und Beatrice bückte sich und hob eines auf, noch bevor Ines sie davon abhalten konnte.

»Nicht. Lasst das liegen!«

»Aber wieso denn?«

»Das sind Ketzerschriften«, zischte Ines und drängte sie weiter.

Beatrice faltete das Papier zusammen und versteckte es in ihrem Ärmel. Hinter Federico und seinen Eltern gingen sie bis zu den vorderen Bänken, wo sich Beatrice umdrehte und endlich am Portal die blonden Haare ihrer Mutter entdeckte. Freudig hob sie ihre Hand, ließ sie jedoch sinken, als sie hinter ihrer Mutter eine Frau mit glänzenden schwarzen Haaren, griechischem Profil und stolzem Blick entdeckte. Marcina Porretta schritt langsam an der Seite ihres Bruders, Filippo Menobbi, durch das Mittelschiff. Der teure Brokatstoff ihres Kleides rauschte, als sie an den Bankreihen entlangging. Dunkle Augen glitten kühl unter einem schwarzen Witwenschleier über die Anwesenden, bis sie Federico und Beatrice erreichten und sich sekundenlang verengten. Dann kniete sich Marcina in eine Bank auf der gegenüberliegenden Seite, faltete die Hände und betete.

Filippo Menobbi grüßte Federico freundlich, wandte sich dann aber einem Mitglied der Quilici-Familie zu. Wirkten die Augen seiner Schwester geheimnisvoll, standen sie bei Filippo zu eng und hatten einen stechenden Blick. Beatrice bemerkte, dass Federico beim Anblick der Schönen erstarrte, obwohl er sich große Mühe gab, gelassen zu wirken. Was verband ihn nur mit dieser Frau?

Ines stieß sie in die Seite. »Da ist das Luder. Spielt hier die trauernde Witwe, und hinter verschlossener Tür treibt sie es schamlos.«

»Das wissen wir nicht«, sagte Beatrice leise.

»Doch! Ich bin zufällig noch mal Ugo begegnet, na ja, jedenfalls hat er sich bei ihrem Nachbarn, dem Weber Paolo, erkundigt, und der hört jede Nacht, wie sie drüben feiern, und sehen kann er manchmal durch die Fenster ...« Weiter kam Ines nicht, denn Margareta und Jacopino Rimortelli traten zu ihnen.

Beatrice war überglücklich, ihre Eltern zu sehen, denn sie wartete auf eine passende Gelegenheit, mit ihnen über ihren

Kummer mit Federico zu sprechen. Als die Messe vorüber war, der Priester den letzten Segen gesprochen und die Gemeinde verabschiedet hatte, hielt sie ihre Mutter zurück und trat mit ihr hinter den Pfeiler mit Civitalis Strahlenkranzmadonna. Ines flüsterte ihr zu: »Wir sehen uns draußen, Madonna.«

Margareta Rimortelli küsste ihre Tochter auf Stirn und Wangen und nahm ihre Hände. »Ist mit Ines alles in Ordnung? Sie scheint so aufgekratzt.«

»Sie hat einen Verehrer, einen rechtschaffenen Weber, aber ...« Beatrice schwieg.

»Dich bedrückt doch etwas. Hat es mit Ines zu tun?«

»Nein, überhaupt nicht.« Es fiel Beatrice schwer, die richtigen Worte zu finden. »Ist es, hm, war es schwierig für dich, als du Vater geheiratet hast?«

»Nein, er ist ein sehr liebevoller und zärtlicher Mann, da hatte ich Glück.« Margareta streichelte Beatrice über die Haare. »Ist Federico nicht gut zu dir?«

Beatrice zuckte mit den Schultern. »Manchmal scheint er freundlich, dann wieder ist er schlechter Laune, und ich weiß nie, warum. Allerdings glaube ich, dass er eine Geliebte hat, die Porretta.«

Margareta hob die Augenbrauen. »Die Porretta? Bist du sicher? Sie ist eine Witwe mit zweifelhaftem Ruf, und ihr Bruder ist ein Nichtsnutz. Er schuldet uns mehr als fünfhundert Scudi, soweit ich weiß. Ich werde mit deinem Vater darüber sprechen.«

»Nein, nein, vielleicht irre ich mich ja. Ich fühle mich nur so ... Einerseits will ich eine gute Ehefrau sein, andererseits ...« Hilflos sah sie ihre Mutter an.

»Viele Männer haben eine Geliebte. Ich habe nie gefragt, weil ich deinem Vater vertraue, und es gibt Dinge, die möchte ich gar nicht wissen.« Schritte näherten sich, und Jacopino Rimortelli kam mit wehendem Mantel um die Ecke.

»Meine wunderschöne Tochter!« Er küsste sie auf die Wangen. »Habt ihr über mich geredet?« Zwinkernd hakte er beide Frauen unter. »Draußen scheint die Sonne, und die Gaukler und Musiker sind überall. Margareta, hast du ihr gesagt, wann wir reisen?«

»O nein, wann denn?«, fragte Beatrice.

»In zwei Wochen«, erklärte Margareta. »Es ist auch wegen Susanna. Ich möchte ihr beistehen. Franz' Tod wird ihr sehr nahe gehen. Sie war immer dagegen, fand ihn viel zu jung, um seinen Vater zu begleiten.«

Jacopino nahm den Arm seiner Frau und drückte sie zärtlich. »Wenn es nach den Frauen ginge, würdet ihr eure Söhne gar nicht ziehen lassen.«

Margareta brachte ein schwaches Lächeln zustande. »Diese Reise wird ohnehin die letzte sein, die ich nach Deutschland mache. Ich bin nicht mehr die Jüngste.«

»Was für ein Unsinn!«, rief Beatrice. Verheimlichte ihre Mutter ihr etwas? War sie krank?

»Nun, nun, wir werden alle nicht jünger.« Margareta tätschelte liebevoll Beatrices Hand. »Es wird alles gut, mein Kind. Da vorn ist dein Mann. Zeig ihm, dass du stolz auf ihn bist. Das mögen Männer, oder nicht, Jacopino?«

Ser Rimortelli zwinkerte Beatrice zu. »Hör auf deine Mutter, sie ist eine kluge Frau.«

»Ich komme gleich nach. Ich will noch eine Kerze für die Madonna anzünden.«

Ihre Eltern gingen hinaus und ließen Beatrice in der mittlerweile leeren Kirche zurück. Nachdem die Tür hinter ihnen zugefallen war, legte sich die Stille des hohen Kirchenraums wie eine weiche Decke um sie, und Beatrice holte tief Luft. Sie betrat das Seitenschiff zu ihrer Rechten, um in der Marienkapelle zu beten, hielt jedoch inne, als sie Stimmen aus dem halbrunden Raum vor ihr vernahm.

»Marcina, ich habe Euch gesagt, dass es dafür eine Lösung gibt, aber nicht so ...«

Die Männerstimme klang verärgert, und Beatrice, die sich schon abgewendet hatte, näherte sich leise der Kapelle, um zu lauschen.

»Ihr denkt, dass ich mich so abspeisen lasse? Niemals! Im Angesicht der Madonna schwöre ich, dass ich bekommen werde, was mir zusteht!«

Marcina Porretta! Haltsuchend griff Beatrice nach der kalten Wand. Mit wem sprach sie? Der Raum verzerrte die Stimme, doch sie vermeinte, die des Marchese zu erkennen.

»So hört doch auf mich! Er ist verheiratet, und das habt Ihr gewusst, verdammt, Ihr seid ...«

»Eine Hure?«, zischte die Porretta wütend. »Wolltet Ihr das sagen? Und wer hat mich dazu gemacht? Verschwindet! Lasst mich allein! Ich hasse Euch! Euch alle!«

Ängstlich drückte sich Beatrice hinter einem Beichtstuhl an die Wand und sah gerade noch, wie Gadino del Connucci mit zornigem Gesichtsausdruck aus der Kapelle schritt. Ohne sich umzusehen, eilte der Marchese aus der Kirche. Beatrice merkte, dass sie den Atem angehalten hatte, und versuchte verzweifelt, möglichst leise Luft zu holen, doch das Herz schien in ihrer Brust zerspringen zu wollen. Dann hörte sie einen wütenden Aufschrei, gefolgt von unterdrücktem Schluchzen.

Wenn sie nicht von Marcina Porretta entdeckt werden wollte, war es jetzt höchste Zeit zu verschwinden. Ihre Röcke raschelten leise, als sie sich von der Wand löste und zum Ausgang wenden wollte, doch es war zu spät.

Marcina Porretta kam mit gesenktem Kopf aus der Kapelle und wäre fast gegen Beatrice geprallt, die ihr erschrocken eine Hand reichte, um einen Sturz zu verhindern.

»Danke. Aber ...« Marcina ließ die Hand, die sie eben noch dankbar ergriffen hatte, los und zuckte zurück, als hätte sie ein glühendes Eisen angefasst. Mit geröteten Augen und Tränenspuren auf den Wangen starrte sie Beatrice hasserfüllt an. »Ihr!«, stieß sie hervor, und die Kälte in ihrer Stimme traf Beatrice bis ins Mark.

»Es tut mir leid, ich, ich wollte beten und ...«, suchte sich Beatrice zu entschuldigen, denn es musste so aussehen, als hätte sie dem Gespräch absichtlich gelauscht.

»Beten? Ja, betet nur, Ihr werdet jeden Trost brauchen!« Sie spie die Worte förmlich aus, wischte sich mit einem Finger die Tränen von den Wangen und musterte Beatrice unverhohlen.

Sie taxiert ihre Feindin, dachte Beatrice und wünschte sich, sie wäre dieser Frau nie begegnet. In einem Moment der Schwäche gesehen zu werden war für Marcina Porretta gleichbedeutend mit einem Hieb ins Gesicht, und sie würde sich rächen. Beatrice betrachtete das schöne Gesicht mit den hohen Wangenknochen, leicht schräggestellten Augen und roten Lippen, das von Hass-, Eifersuchts- und Rachegedanken beherrscht zu werden schien. Der Ansatz voller Brüste quoll aus dem Dekolleté des kostbaren Kleides, eine schlanke Taille und wohlgeformte Arme und Hände zeigten Beatrice, dass sie eine ernstzunehmende Rivalin hatte.

Gefasster und mit gefährlich leiser Stimme sagte Marcina: »Ihr seid überrascht, dass ich Euch kenne, Beatrice Buornardi? Nein? Ihr wäret wahrscheinlich zu stolz, es zuzugeben, aber eines Tages werden die Karten anders verteilt sein, und dann hilft Euch niemand! Eure Gebete werden ungehört verhallen, und Euer Flehen und Betteln wird umsonst sein, weil Ihr nicht wisst, an wen Ihr Euch wenden sollt in Eurer Not. Eines Tages ... Beatrice, vergesst das nicht!«

Wie versteinert und stumm vor Angst ließ Beatrice den hasserfüllten Ausbruch Marcinas über sich ergehen. Die Porretta trat dicht vor sie und drängte sie an die Wand, besann sich jedoch plötzlich und ging mit einer verächtlichen Geste davon.

Verwirrt und höchst beunruhigt trat Beatrice wenig später auf die Piazza. Was zum Teufel war nur in diese Frau gefahren? Es konnte nur um Federico gehen. Wollte sie Geld? Oder ging es um mehr als das? Hatte sie seine Frau werden wollen? Vielleicht hatte Federico ihr sogar die Ehe versprochen! Genauso, wie man einen unliebsamen Ehemann auf die unterschiedlichsten Arten loswerden konnte, gab es Wege, sich einer Gattin zu entledigen, die störte. Beklommen legte Beatrice eine Hand auf ihren Leib. Sie ahnte es seit einer Woche, aber gesagt hatte sie es noch niemandem.

Ein Sänger in bunten Strumpfhosen sprang auf ein Podest und stimmte eine *cantilena rustica*, ein Volkslied, an. Der Mann sang so laut und falsch, dass er unter grölendem Gelächter mit faulen Eiern und Tomaten beworfen wurde, woraufhin der vermeintliche Barde schimpfend das Weite suchte. Das Gewühl wurde dichter. Die fliegenden Händler, in deren Gefolge sich auch die flinken Taschendiebe befanden, die es in jeder Stadt zu Hunderten gab, boten ihre Waren feil. Ein blinder Landstreicher stellte sich in Positur und begann in geübter Manier, ein Märchen zu erzählen. Es dauerte nicht lange, und er war nicht nur von Kindern umringt, die ihm gebannt lauschten.

Beatrice riss sich von dem bunten Treiben los und hielt nach Federico Ausschau.

»Sucht Ihr Euren Mann?« Marchese Gadino del Connucci stellte sich dicht neben Beatrice. »Ihr duftet wie der Frühling, Madonna.«

»Unterlasst das!« Beatrice machte einen Schritt zur Seite. Der Mann war von unerschütterlicher Unverfrorenheit.

»Ihr spielt die Prüde wirklich sehr gut, aber Frauen, die sich zu lange zieren, werden irgendwann langweilig …« Seine schön geschwungenen Lippen verzogen sich zu einem süffisanten Lächeln. Mit einem Finger lenkte er Beatrices Kinn nach rechts.

In ihrem Blickfeld erschien Federico, der in ein Gespräch mit Marcina und Filippo vertieft war. Beatrice biss sich auf die Lippen.

»Ich sehe, Ihr habt verstanden. Ihr seid doch nicht eifersüchtig?« Connucci stellte sich lässig in Positur, eine Hand am Knauf seines Degens. Mit seinen hellbraunen, gewellten Haaren und den griechischen Gesichtszügen bot er das vollkommene Abbild eines Edelmanns.

Doch hinter der schönen Fassade sitzt ein intriganter, boshafter Geist, dachte Beatrice. »Ich spreche nicht mit Euch über meine Gefühle.«

»Warum nicht? Habt Ihr Angst vor Euren Leidenschaften?« Er sah sie an. »Fürchtet Ihr Euch vor etwas, das Ihr nicht kennt? Ah, Madonna, es sind erst unsere Abgründe, unsere geheimsten Wünsche und unser rückhaltloses Begehren, die uns menschlich machen.«

»Bitte unterlasst das, Marchese. Ihr seid respektlos.«

Er näherte sich ihr so weit, dass seine Lippen ihr Ohr berührten. »Wenn Ihr mich für respektlos halten würdet, wäret Ihr gegangen. Ihr spielt wohl gern mit dem Feuer, Madonna. Nur vergesst nie, dass es heiß ist ...« Damit ließ er sie stehen und schlenderte auf Federico zu.

VI

Der Sekretär aus dem Vatikan

Der Mann fluchte leise, riss sein Pferd am Zügel und bewahrte es davor, in eine tiefe Furche der schlecht ausgebauten Straße zu treten. Seit Tagen war er auf der Via Francigena unterwegs, hatte Siena und Poggibonsi hinter sich gelassen und sehnte sich nach einem weichen Nachtlager in San Miniato, das er in greifbarer Nähe wusste. Es begann bereits zu dämmern, was das Reiten auf der aufgerissenen Straße nicht leichter machte. Langsam wurde er zu alt für diese Art von Aufträgen. Sein Rücken und sein Gesäß schmerzten, und das Pferd schien ihn zu hassen. Kein Wunder, dachte Alberto Mari, der Sekretär von Domenico Flamini, das Tier wusste, dass er der schlechteste Reiter der Toskana, wenn nicht ganz Italiens war.

Alberto Mari hatte eine hohe Stirn, leicht vorquellende Augen, eine gebogene Nase und einen breiten Mund, der unentwegt in Bewegung war, selbst wenn er nicht sprach, was selten der Fall war. »Verdammte Schindmähre, na komm schon!« Er gab dem langsam dahintrottenden Tier die Sporen, doch das Pferd ließ sich nicht dazu bewegen, eine schnellere Gangart anzuschlagen.

In der Ferne entdeckte er Lichter und die dunklen Umrisse von Gebäuden auf den Hügeln. »Gott, ich danke dir!«

Erfreut über den Anblick der vertrauten Silhouetten von San Francesco und dem Campanile des Doms rückte er im Sattel hin und her und bemerkte kaum, dass das Pferd von allein in einen leichten Trab verfiel, wohl wissend, dass im Nachtquartier Futter und Wasser warteten. Seine Gedanken glitten immer wieder zurück zu jenem unseligen Gespräch mit Flamini. Politik war nie seine Sache gewesen, aber seit er dem Geheimsekretär Flamini unterstellt worden war, konnte er Augen und Ohren nicht länger vor den intriganten Machenschaften des päpstlichen Hofes verschließen. Selbst wenn er vorgab, nichts zu wissen, glaubte ihm niemand, weshalb er quasi zum Handeln gezwungen wurde.

Aus verarmtem Adel stammend, hatte Alberto Mari in ein Kloster eintreten müssen, um auf eine Universität gehen zu können. Er hatte sich dem Übersetzen lateinischer und griechischer Schriften verschrieben. Sein persönlicher Gott war

Cicero, dessen Satzbildung, klare Argumentationen, glanzvolle Reden und philosophische Diskurse ihn zu Begeisterungsstürmen hinrissen. Natürlich konnte er das niemandem sagen, jedenfalls nicht Flamini oder seinen Kardinalsfreunden. Nein, die Zeiten hatten sich geändert, der freie Geist durfte sich nicht länger frei nennen, denn die Schatten der Inquisition wurden schwärzer und länger.

»Engstirniges Pfaffenvolk ...«, fluchte Alberto Mari vor sich hin und sah sich gleich darauf um, ob ihn auch niemand gehört hatte. Ausgerechnet ihn, den überzeugten Humanisten, hatte Flamini geschickt, um in Lucca den Mann zu treffen, der mit Agozzini in Kontakt hatte treten sollen. Aber die Sache war kompliziert geworden. Der Kontaktmann hielt sich bedeckt. Wahrscheinlich hatte er Angst bekommen. Auch Mari war bange. Wenn ihre Stadt bedroht war, kannten die Lucchesen keine Gnade. Hatten sie nicht gerade erst die Rebellion der Poggios im Keim erstickt?

Verständlich, wenn sich der Wagemut ihres Verbündeten in Lucca jetzt in Grenzen hielt und er als Verräter an seiner Stadt ein ähnliches Schicksal wie das des Legaten fürchtete. Der alte Lüstling ... Ein abfälliges Lächeln glitt über Maris Gesicht. Seine Vorliebe für hübsche Knaben hatte ihn das Leben gekostet. Wie auch immer die Falle gestellt worden war, in die Agozzini nur zu willig getappt war, seine Tage waren ohnehin gezählt gewesen, wie es schien. Denn den Berichten zufolge hatte der Legat an der Franzosenkrankheit gelitten. Es musste den eitlen Agozzini sehr getroffen haben, den körperlichen Verfall an sich zu entdecken.

»Halt! Wer seid Ihr?«

Die Stimme des Torwächters von San Miniato riss Mari aus seinen Gedanken. Er zeigte ein Dokument vor, das ihn als Gesandten des Vatikans auswies, und wurde sofort durchgewinkt. Vor ihm trieb ein Bauer seinen Ochsenkarren die

Straße hinauf. Der Mann schlug mit einer Weidenrute auf die schweren Tiere ein, und Mari musste warten, bis das Gefährt in eine Seitenstraße einbog, damit er durch die teilweise gepflasterten Straßen traben konnte. Zwei Dominikanermönche traten zur Seite, um ihm Platz zu machen.

»Brüder, wo finde ich die Kirche San Domenico? Ich suche ein Nachtquartier.«

Der Größere der beiden, dessen Tonsur im Abendlicht schimmerte, neigte höflich den Kopf. Seine Hände ließen einen abgenutzten Rosenkranz durch die Finger gleiten. »Seid gegrüßt, *reverendo*, reitet diese Straße bis zur Piazza della Repubblica hinauf, dort seht Ihr den Palazzo dei Vicari Imperiali, gegenüber befindet sich der Dom.«

Der zweite Bruder, ein beleibter Mann mit blinzelnden Augen, schaltete sich ein. »Bruder Lucas macht es wieder viel zu umständlich. Reitet einfach geradeaus, den nächsten Hügel hinauf und wieder hinunter, und dann kommt Ihr direkt auf San Domenico zu. Dort sind auch wir zu Hause.«

»Danke, sehr freundlich.« Mari suchte in seinem Gürtel nach einer Münze, doch der kleinere Mönch winkte ab.

»Lasst gut sein, Hochwürden. Aber sagt, wo kommt Ihr her? Ihr seht aus, als hättet Ihr eine lange Reise hinter Euch.« Die neugierigen Augen blinzelten nervös.

»Aus Rom.« Vielleicht hätte er etwas anderes sagen sollen, doch die beiden einfachen Mönche schienen ihm harmlos genug.

»Oh, aus der Stadt des Heiligen Vaters! Sagt, habt Ihr ihn gesehen?«

Alberto Mari lächelte, als er die naive Ehrfurcht in den Augen der Mönche sah. »Ja, mir ist diese Ehre schon zuteilgeworden«, sagte er sanft.

»Erzählt uns davon! Bitte, Hochwürden, erzählt uns alles über Sankt Peter und den Heiligen Vater!«

Bruder Lucas legte seinem Gefährten eine Hand auf die Schulter. »Lass den Mann ziehen, er sieht müde aus. Verzeiht uns, Hochwürden. Gott mit Euch!«

Mari erwiderte den Segen und wandte sein Pferd in die angewiesene Richtung. Unterwegs traf er etliche Pilger, die an ihren obligatorischen Attributen zu erkennen waren: Flasche, Hut, gebogener Pilgerstab und Tasche. Zu jeder Jahreszeit strömten Pilger in Scharen nach Rom zu den Gräbern der Apostel oder begaben sich auf die kostspielige Reise ins Gelobte Land, nach Jerusalem. Die Jakobspilger erkannte man an der Muschel, die sie am Hut trugen. Sie waren auf dem Weg nach Santiago de Compostela. Auf ihren oft wochen- oder monatelangen Reisen rasteten die Pilger in Klöstern und Hospizen an den Pilgerstraßen. Die Francigena zählte zu den Hauptadern nach Rom, und in San Miniato kreuzte sie die Verbindungsstraße zwischen Pisa und Florenz.

Die besten Schlafplätze im Kloster von San Domenico waren bereits von Pilgern belegt. Angesichts des Betriebs auf den Straßen hatte Mari nichts anderes erwartet, wollte aber auch kein Aufsehen auf seine Person ziehen, indem er sich als päpstlicher Botschafter auswies. Offiziell hatte Flamini ihn mit einem Schreiben an Bischof Francesco Sforza de Riario von Lucca geschickt. Seine eigentliche Aufgabe bestand jedoch darin, herauszufinden, was aus dem Brief von Agozzini an den geheimnisvollen Kontaktmann in Lucca geworden war, und, wenn möglich, mit dem Mann selbst in Verbindung zu treten. Agozzini hatte sich mit dem Unbekannten treffen sollen. Nun war der Legat tot und der Brief verschwunden. Es war schwierig genug gewesen, überhaupt jemanden in Lucca zu finden, der bereit gewesen war, seine Stadt, unter bestimmten günstigen Bedingungen natürlich, an die päpstliche Partei zu verraten. Wie Flamini diesen Kontakt eingefädelt hatte, blieb eines seiner vielen Geheimnisse, aber die Geschichte hatte einen

Haken. Erst nach Agozzinis Ermordung hatte sich Flamini seinem Sekretär offenbart und zugegeben, dass er den Namen des Mannes in Lucca nicht kannte, da er nur über einen Mittelsmann verhandelt hatte. Eine vertrackte Geschichte!

Alberto Mari saß im Speisesaal der Pilger und beendete sein schlichtes Mahl. Er trank den letzten Schluck des warmen und sehr dünnen Gewürzweins, wartete, bis die Tafel aufgehoben wurde, und begab sich dann auf einen Rundgang durch das Kloster. Ein Mönch zündete die Fackeln in den Gängen und auf den Höfen an. Für einen Geistlichen war dies ein besonders ketzerischer Gedanke, aber er kam nicht umhin, die eifrigen Männer und Frauen lächerlich zu finden, die sich so sichtbar anstrengten, einen frommen Eindruck zu machen, und darauf hofften, eine Reliquie zu sehen oder zu berühren. Mari schüttelte seinen Kopf bei dem Gedanken an die Hühnerknochen oder Haarsträhnen, die unter großem Aufwand als Reliquien der Heiligen ausgestellt wurden. Mit auf dem Rücken verschränkten Händen wanderte er durch den Kreuzgang und hielt kurz an, um einen Blick in den Garten zu werfen, der in der Dunkelheit nur zu erahnen war. Die Erlösung von allen Sünden war der Sinn dieser beschwerlichen und kostspieligen Pilgerreisen. Für genügend Geld und den Nachweis großer Mühen, die man auf sich genommen hatte, konnte der reuige Gläubige einen Ablassbrief kaufen und sich von seinen Sünden loskaufen. Das war nicht recht, auch wenn damit die leeren päpstlichen Kassen gefüllt wurden, um den Bau am Dom von Sankt Peter fortzusetzen.

Seufzend nahm der Gelehrte seinen Spaziergang wieder auf. Sie hatten es übertrieben und den Unzufriedenen nur noch mehr Grund zur offenen Rebellion gegen das klerikale System gegeben. Luther war ein schlauer Mann, viel einfallsreicher und zäher, als Clemens gedacht hatte. War es nicht Seneca, der sagte, dass wir fremde Fehler sehen, die unsrigen aber nicht?

Seine Schritte erschienen ihm plötzlich viel zu laut in dem mittlerweile menschenleeren Kreuzgang. Er hielt inne, wartete auf das Echo seines Schrittes, das auch prompt erklang, und wiederholte dieses Spiel einige Male, bis er genug hatte, sich hinter einem Pfeiler verbarg und auf seinen Verfolger wartete, der wenige Augenblicke später um die Ecke bog. Es war einer der beiden Mönche, die ihm den Weg zum Kloster gewiesen hatten. Mit blinzelnden Augen und erschrockenem Gesichtsausdruck stand der Dominikaner vor ihm. Die Situation war ihm sichtlich unangenehm, und er trat verlegen von einem Bein auf das andere.

»Hochwürden, Ihr sollt nicht denken, dass ich Euch gefolgt bin ...«

Alberto Mari zog die Augenbrauen in die Höhe. »Ach nein?«

»Nein, nein, ich meine, natürlich muss es so aussehen, aber ich wollte Euch nicht stören in Eurer Kontemplation und nur auf einen geeigneten Moment warten, um mit Euch zu sprechen.« Er räusperte sich. »Ich bin Bruder Severin, nach dem heiligen Severinus, dem Wandermönch aus dem Orient, der nach Norikum ...«

»Ich kenne die Geschichte von Severinus.«

Severin blinzelte noch stärker als vorher. »Ja, nun, also ich möchte, dass Ihr mir von Rom und dem Heiligen Vater erzählt. Wie sieht es in Sankt Peter aus? Der Dom, wie steht es um den Dom?« Seine Hände formten die Kirche fast in der Luft.

Mari musste unwillkürlich lachen. »Was seid Ihr, Bruder Severin, ein Baumeister?«

»Ich wünschte, ich wäre es, dann baute ich den herrlichsten Dom über dem Grab des Apostels Petrus, den die Welt je gesehen hat. Ich kann Steine schlagen. Hier bin ich für das Mauern zuständig. Meint Ihr nicht, sie brauchen kräftige Steinmetze dort? Und was ist mit dem Kaiser? Zieht er jetzt aus Italien fort?«

All dies brachte Bruder Severin in einem Atemzug hervor, doch bei den letzten Fragen horchte Alberto Mari auf. Vielleicht war dieser Mönch nicht so naiv, wie er sich gab. Er durfte es nicht darauf ankommen lassen. Freundlich legte er ihm die Hand auf die Schulter. »Lasst gut sein, ich bin erschöpft von der Reise, und meine Gelenke schmerzen, denn Pferde waren mir noch nie gewogen.«

»Oh.« Enttäuscht ließ Bruder Severin die Schultern sinken und nestelte an seiner Kordel. Er mochte fünfundzwanzig Jahre alt sein, vielleicht jünger, aufgrund seiner Körperfülle war das schwer zu sagen.

»Es gibt doch sicher viele Reisende, die hier Halt machen und Euch von Rom berichten können«, ermunterte Mari den Mönch.

Ruhig sah Severin sein Gegenüber an und sagte leise und mit veränderter Stimme: »Aber nur wenige Reisende kommen aus dem Vatikan und sind Vertraute von Geheimsekretär Flamini. Ich stehe auch in Flaminis Diensten, halte Augen und Ohren für ihn offen. Es ist unmöglich, Flamini etwas abzuschlagen.«

Alberto Mari zuckte zurück, als hätte man ihn mit Eiswasser übergossen. Eine Gruppe Mönche trat aus der Kirche in den Kreuzgang, und Severin wurde wieder zu dem nervösen Mönch, der blinzelnd an seinem Rosenkranz drehte. »Seht Euch vor!«, raunte er, bevor er sich umdrehte und in der Dunkelheit verschwand.

Was war davon zu halten? Mari seufzte und verfluchte den Tag, an dem er sich für die geistliche Laufbahn entschieden hatte, um seine Studien betreiben zu können. Entweder wollte Flamini ihn so wissen lassen, dass er ein Netzwerk von Spitzeln hatte, um sicherzugehen, dass Alberto auch alle Anstrengungen unternahm, den lucchesischen Verräter zu finden, oder aber der Mönch wusste mehr und hatte Angst. Warum kam er nicht einfach selbst hierher, der Herr Geheimsekretär, wenn er ihm nicht traute? Verärgert verließ Mari den Kreuzgang.

VII

Verratene Allianz

Am späten Abend des Osterfests saß Beatrice allein in ihrem *studiolo*, wie sie ihr kleines Lesezimmer gern nannte. Vereinzelt streunten noch Betrunkene durch die Straßen, doch das Volksfest war vorüber, und die Stadtknechte sorgten auf ihren Kontrollgängen für Ruhe in den Gassen. Auf dem Tisch neben ihr brannte eine Kerze, die im Luftzug des leicht geöffneten Fensters flackerte.

Erst jetzt fand sie Zeit, sich das Flugblatt aus der Kirche näher anzusehen. Den ganzen Tag über waren Leute um sie gewesen. Sie faltete den Bogen auseinander. Die Buchdruckkunst war eine noch junge Erfindung, und Beatrice war immer aufs Neue erstaunt über die Präzision der schwarzen Buchstaben und Bilder. Zu sehen waren Darstellungen von Klerikern: ein schlangenköpfiger Abt mit einem Rosenkranz im Maul und einer Wurst über dem Kreuzstab, ein Wolf im Bischofsornat, das ihm anvertraute Schaf fressend, und der Papst als Narr mit Schellenkappe. Darunter stand: »*sola fide* – nur der Glaube führt zur Erlösung«, und mit der Hand hatte jemand dazugeschrieben: »Tod der römischen Kurie!«

Das war Ketzerei! Sie faltete das Blatt zusammen und hielt es über die Kerze, als die Tür aufgestoßen wurde und Federico hereinkam. Mit zwei Schritten durchquerte er den Raum und entriss ihr das Papier. »Erwische ich Euch endlich, verlogenes Frauenzimmer?!«

»Ich habe das in der Kirche gefunden ...«, sagte sie tonlos, während er das Blatt umdrehte, um es zu lesen.

Seine Miene hellte sich auf. Er wendete das Papier hin und her. »Das ist alles? Warum wolltet Ihr es verbrennen?«

»Warum? Ketzerei, Luthers Schriften sind verboten. Wer damit erwischt wird, kommt ins Gefängnis.« Skeptisch sah sie ihn an, entdeckte aber keine Anzeichen von Wut, sondern nur wieder diesen unergründlichen Ausdruck, mit dem er sie auf der Terrasse gemustert hatte.

»Ich finde die Karikaturen sehr gelungen, und ich würde Euch nicht verraten, solltet Ihr ein Traktat des deutschen Reformators lesen. Wir wissen doch alle, dass die römische Kirche diesen Widerstand selbst heraufbeschworen hat.« Er lächelte und gab ihr das angesengte Blatt zurück. Dann trat er an das offene Fenster und sog die kalte Nachtluft ein. »Seid Ihr glücklich, Beatrice?«

Was sollte sie darauf sagen? Sie stand auf, nahm ihr Schultertuch vom Stuhl und legte es sich um. »Seid Ihr es?«

Federico drehte sich um. Seine Augen lagen im Dunkeln. »Wieder eine Gegenfrage.« Er trug ein leichtes Wams über dem Hemd, Gürtel und Dolch hatte er abgelegt.

Ein Windstoß fuhr durch das Zimmer und blies die Kerze aus. Regungslos blieb Beatrice stehen und hielt krampfhaft ihr Schultertuch fest, als Federico sich von seinem Platz löste und auf sie zukam. Doch er ging zum Kamin, nahm einen Holzspan und entzündete die Kerze wieder. Dann schloss er das Fenster. »Die Nächte sind noch kalt.«

Beatrice ließ die Hände sinken. »Ich wünschte, es wäre schon Frühling. Der Palazzo hat einen schönen Garten.«

»Dann habt Ihr das richtige Zimmer bekommen.« Seine Stimme klang weich.

Das unruhige Licht der Flamme tauchte den Raum in bizarre Schatten. Sie zuckte nicht zurück, als er sie berührte.

Seine Finger fuhren die Linie ihres Nackens entlang und ließen sie erschauern. Mit beiden Händen schob er das Tuch von ihren Schultern.

»Ihr tragt das Collier nicht.« Er stand so dicht vor ihr, dass sie seinen Körper spüren konnte. Langsam ließ er seine Hand ihren Rücken entlanggleiten.

Die Erinnerung an ihre Hochzeitsnacht kehrte zurück, und Beatrice erstarrte. Abwehrend stemmte sie sich gegen seine Brust, doch er zog sie fester an sich, und sie spürte, wie seine Hände das Fleisch ihrer Schenkel berührten. Resigniert sanken ihre Arme herunter, und sie schloss die Augen und wandte den Kopf ab.

»Was ist nur los mit Euch? Wenn Ihr Euch immer derartig sträubt, werdet Ihr nie Gefallen daran finden!« Verärgert hielt er sie an den Schultern und zwang sie, ihn anzusehen.

»Dann geht doch zu Eurer Hure! Die weiß sicher genau, wie sie Euch zufriedenstellen kann!« Mit erhobenem Kinn erwiderte sie seinen Blick.

Seine Antwort war eine schmerzhafte Ohrfeige. »Haltet Eure Zunge im Zaum, Madonna! Ich habe Euch gewarnt!« Seine Augen funkelten wütend. »Und jetzt werdet Ihr Eure Pflicht erfüllen.«

Er griff ihren Arm, zerrte sie in ihr Schlafgemach und stieß sie aufs Bett. Mit zitternden Fingern versuchte Beatrice, ihr Mieder aufzuschnüren.

»Lasst nur, Madonna. Keine Umstände, wir bringen es schnell hinter uns.« Mit wenigen geübten Griffen hatte er ihre Röcke nach oben geschoben, seine Beinkleider geöffnet und sich zwischen ihre Schenkel gepresst.

Beatrice erwartete denselben Schmerz wie beim ersten Mal und war erleichtert, als er ausblieb. Sie wehrte sich nicht und drehte nur den Kopf zur Seite, als er sich nach einem letzten heftigen Stoß stöhnend auf sie sinken ließ. Kurz darauf erhob er sich, knöpfte sich die Hose zu und sah zu, wie sie die Röcke glattstrich.

»Ihr könnt mich demütigen, schlagen und beschimpfen, aber zerbrechen werdet Ihr mich nicht!« Innerlich zitternd und den Tränen nahe, zwang sie sich dazu, die Augen weit geöffnet zu halten, bis sie brannten, aber keine Träne entweichen konnte.

Federico lehnte sich an einen Bettpfosten und musterte sie. »Es ist Eure Schönheit, Madonna, die mich zu dem Irrtum verleitet hat, ich hätte eine Frau vor mir.«

Kalt sagte Beatrice: »Dann behandelt mich wie eine Frau und nicht wie eine Ware!«

»Ihr wusstet, dass Ihr Teil eines Vertrags seid!«

»Ich hatte keine Wahl, oder hätte ich Clarices Weg gehen sollen? Fast denke ich, dann bliebe mir viel erspart.«

»Was hält Euch zurück?« Seine Stimme troff vor Sarkasmus.

»Ich nehme an, es ist der Instinkt der Kreatur, die am Leben bleiben will, weiter nichts.« Um nichts auf der Welt hätte sie ihm jetzt ihre Schwangerschaft offenbart.

Im Halbdunkel konnte sie seinen Gesichtsausdruck nicht deuten. »Gute Nacht, Madonna.« Die Tür fiel hinter ihm ins Schloss.

Jemand zog die Vorhänge zurück und klapperte mit dem Nachtgeschirr. Die Morgensonne traf Beatrices Gesicht. Müde drehte sie sich zur Seite.

»Was für ein schöner Morgen, und Ihr schlaft noch!« Ines kam mit dem entleerten Nachttopf zurück und schob ihn unter das Bett. »Das Fest gestern war schön, fandet Ihr nicht auch? Diese Pantomimengruppe aus Ferrara war lustig! Wie sie die Pfaffen nachgemacht haben mit ihren dicken Bäuchen ...« Die Zofe gluckste vor Lachen.

Blinzelnd strich sich Beatrice die Haare aus dem Gesicht. »Wo warst du überhaupt den ganzen Tag? Ich habe dich gesucht!«

Ines errötete. »Oh, Ugo ist mit mir über den Markt gegangen. Wir haben uns unterhalten, und ich finde, er ist ein netter Mann. Ihr seid nicht böse deswegen, nicht wahr?«

Seufzend schwang Beatrice die Beine aus dem Bett. »Nein, aber gib auf dich acht, Ines. Meine Eltern wollen nach Nürnberg fahren, und wenn dir etwas passiert, also wenn du ein Kind bekommst … Jedenfalls sind sie dann nicht hier, um uns zu helfen.« Sie stand auf, ging zum Spiegel und legte ihre Hände auf die Hüften. »Wir gehen heute spazieren. Ich brauche Bewegung und frische Luft.« Das würde sie auf andere Gedanken bringen und die Erinnerungen an die letzte Nacht verdrängen.

Ines schlug das Bett auf und strich die Laken glatt. »Ich passe schon auf mich auf, Madonna. Außerdem würde Ugo nichts tun, was mich in Verlegenheit bringen würde.«

Im Garten zwitscherten Singvögel, die sich um die spärlichen Reste von Beeren und Kernen an den Sträuchern stritten. Zarte grüne Triebe waren an den Bäumen zu sehen. Der Winter hatte endgültig seine Macht verloren. »In der Kirche wolltest du mir noch etwas über die Porretta sagen. Ugo oder Lelo hatte etwas beobachtet?«

»Nicht sie selbst, aber der Nachbar der Menobbis spricht von regelrechten nächtlichen Gelagen. Dort wird gespielt, und die jungen Herren bringen öffentliche Frauen mit.« Ehrlich entrüstet krempelte Ines ihre Ärmel herunter.

»Nun ja, aber geht Federico dort ein und aus?«

»Genauso häufig wie der Marchese und sein Freund, der …« Ines überlegte.

»Rodolfo da Sesto?«, half Beatrice.

»Genau. Die Männer sind dort mehrmals die Woche.

Wahrscheinlich spielen sie. Männer brauchen Zerstreuung.«
Hoffnungsvoll sah die treue Zofe sie an.

»Wahrscheinlich.« Beatrice nahm eine Bürste und gab sie Ines, die vorsichtig die langen Locken kämmte.

»Was ist mit Euch? Habt Ihr mit ihm gesprochen?«

»Eher gestritten ...«

»Das ist gut, nein wirklich, es heißt ...«

»Unsinn. Autsch! Pass doch auf!«, unterbrach Beatrice die philosophischen Ausführungen ihrer Zofe und nahm Ines die Bürste aus der Hand. »Leg mir das grüne Kleid und einen Schal heraus, und lass mir einen Tee aufbrühen. Danach gehen wir los.«

»Wie Ihr wünscht.« Schmollend ging Ines durch die Zwischentür.

Nachdem Beatrice den wohltuenden Kräutertee getrunken hatte, legte sie sich den Schal um und trat vor Ines auf den Flur. Sie waren im Begriff, die Treppe hinunterzusteigen, als die scharfe Stimme Lorenzas sie innehalten ließ.

»Beatrice, kommt sofort hierher!«, schrillte es aus dem Seitenflügel, in dem sich die Gemächer der Buornardis befanden.

Beatrice zog eine Grimasse, woraufhin Ines kicherte. »Geh ruhig schon runter, Ines. Ich komme gleich nach.«

Schräg gegenüber dem Treppenaufgang stand eine Tür halb offen. Beatrice klopfte kurz an und trat in das Schlafzimmer von Federicos Mutter und hätte am liebsten sofort angewidert die Augen geschlossen. Der dickliche Körper der älteren Frau lag bäuchlings, von der Hüfte aufwärts unbekleidet, auf einem breiten Bett. Die scharlachroten Vorhänge waren aufgebunden. Rot und Gold bestimmten das Zimmer, dessen Wände mit glänzenden Seidentapeten bespannt waren. Waschgeschirr mit vergoldeten Griffen und goldene Kerzenleuchter wetteiferten um die Gunst des Betrachters.

Nur widerwillig lenkte Beatrice ihren Blick auf die fette Frau, deren rosafarbenes Fleisch von Blutegeln bedeckt war. Neben dem Bett stand ein behäbiger Mann mit grauem Bart, wässrigen Augen und gewichtiger Miene. Auf einem Tisch lagen chirurgische Instrumente neben einem Gefäß, in dem sich weitere gefräßige Egel wanden.

»Was starrt Ihr? Kommt herein!«, befahl Lorenza, die aussah wie ein gestrandeter Wal, der mit seiner Flosse winkt.

Gehorsam machte Beatrice einen Schritt auf das Bett zu. Die Luft in dem Zimmer war stickig und von Ausdünstungen verunreinigt.

»Ihr seht so aus, als wolltet Ihr ausgehen!«

»Ganz recht, Signora.«

»Habt Ihr meinen Sohn um Erlaubnis gefragt?«

»Bin ich eine Gefangene in diesem Haus?«

»Seid nicht unverschämt! Was habt Ihr bis jetzt getan? Gar nichts! Ihr amüsiert Euch, anstatt Euch um Euer neues Heim zu kümmern.« Da Lorenza auf dem Bauch lag, hatte sie Mühe, den Kopf zu drehen. Vor Anstrengung schoss ihr das Blut in den Kopf, was ihren Anblick nicht verbesserte.

»Euer Sohn hat sich bisher nicht beschwert, und Ihr kümmert Euch doch ganz hervorragend um dieses Haus. Es liegt mir fern, mich in Eure Kompetenzen zu mischen«, sagte Beatrice bestimmt.

»Seid Ihr schwanger?« Kleine Augen unter schweren Lidern fixierten sie.

»Nein.«

»Aha!« Triumphierend sank Lorenzas fetter Hals auf ein Kissen. »Mein erstes Kind kam genau neun Monate nach der Hochzeit zur Welt.«

»Wie schön, Monna Lorenza. Würdet Ihr mich jetzt entschuldigen? Ich glaube, der Medicus will die Egel entfernen.«

Einige der bräunlichen Tiere rollten sich vollgesogen zusammen und wurden von dem Arzt zuerst in eine Schale und dann in das mit Wasser gefüllte Gefäß auf dem Tisch geworfen. »Bitte, Signora. Nicht bewegen, sonst fallen sie herunter.«

Lorenza schnaufte ärgerlich. »Macht schon, Medicus. Und Ihr«, sagte sie zu Beatrice, »denkt an meine Worte! Ich will noch in diesem Jahr einen Enkel!«

Der Gestank in dem Zimmer wurde so unerträglich, dass Beatrice einen Würgereiz unterdrückte und hinauslief. Sie stolperte die Treppe hinunter und lief Federico direkt in die Arme.

»Was ist mit Euch?« Er hielt sie fest.

»Es geht schon wieder, danke.« Tief durchatmend versuchte sie ein Lächeln aufzusetzen. Dann sah sie Ines in der Eingangshalle, die ihr mit Handzeichen etwas anzudeuten versuchte.

»Na schön, wenn Ihr meint.«

Federico trug Reisekleidung. Dolch und Degen steckten in seinem Gürtel, und weiche, bis über die Knie geschnürte Stiefel bedeuteten, dass Federico reiten wollte. Plötzlich verstand sie, was Ines wollte. »Wo, wo wollt Ihr hin?«, fragte Beatrice.

Mit gerunzelten Brauen ließ er sie los und erklärte: »Es ist nicht meine Entscheidung. Ärgerliche Sache – von unseren beiden Schiffen ist nur eines aus Ägypten zurückgekehrt. Jetzt muss ich selbst nach Genua, um die Nachforschungen einzuleiten und Formalitäten wegen der Versicherung zu klären. Selbst wenn ich einen Teil zurückerhalte, ist das ein empfindlicher Verlust.«

Ser Buornardi kam an Agostino Nardorus' Seite aus seinem Kontor zu ihnen. »Federico, Ihr könntet Agostino fahren lassen. Ich habe kein gutes Gefühl bei der Sache. Wer weiß, was hier in den nächsten Wochen geschieht. Tomeo sagt, die Truppen stehen kurz vor einer Rebellion.«

»Die Truppen sind immer unruhig, wenn der Sold nicht pünktlich gezahlt wird. Geht Franz auf die Forderungen von Karl ein, wird es jedoch bald genug Geld geben. Der französische König wird versuchen, so schnell wie möglich der Haft zu entkommen, und der Verlierer zahlt die Schulden. Ich muss selbst noch etwas in Ordnung bringen.« Federico schlug Agostino auf die Schulter. »Du wirst hier in meiner Abwesenheit die Geschäfte an der Seite meines Vaters führen. Ich weiß, dass wir uns auf dich verlassen können.«

Agostino neigte den Kopf. »Danke. Ihr könnt unbesorgt fahren, Signore.«

Im Hof schrie jemand, dann erklang Pferdegetrappel. Federico nahm die Schultern zurück und atmete tief ein. »Das Wetter ist gut, die Straßen sind trocken. Ich sollte jetzt aufbrechen. Mit Tomeo habe ich schon gesprochen. Er wird noch eine Woche bleiben, bevor er zur Truppe zurückmuss. Auf Wiedersehen, Vater.«

Ser Buornardi streckte seine Hand aus, die sein Sohn ergriff, während er seinen Vater auf beide Wangen küsste. Beatrice senkte den Kopf und wollte sich zurückziehen, doch Federico hielt sie am Arm fest und drückte ihr einen Kuss auf die Lippen. »Ich hoffe, Ihr habt eine freudige Mitteilung für mich, wenn ich zurückkomme.«

Er ließ ihr keine Zeit, etwas zu erwidern, sondern ging, ohne sich umzudrehen, in den Hof hinaus, wo Andrea und vier bewaffnete Begleiter mit den Pferden warteten. Einem Impuls folgend lief Beatrice zur Tür und sah die Knechte mit den Packpferden, gefolgt von Federico, durch das Tor auf die Straße reiten. Sie wollte es ihm sagen, wollte ihm sagen, dass sie guter Hoffnung war, aber dann war er schon aus ihrem Sichtfeld verschwunden. Nachdenklich spazierte sie durch den Garten.

Hinter ihr näherten sich Schritte auf dem Sandweg. Ines

war ihr langsam gefolgt. »Der Bote aus Genua ist heute früh gekommen. Nina hat mir eben erzählt, dass Euer Mann sehr aufgebracht war, denn er wartet schon lange auf diese Fracht.«

»Er hätte Agostino schicken sollen ...«, sagte Beatrice und berührte die Blätter des Strauches.

Mit vielsagender Miene trat Ines vor ihre Herrin. »Ich kenne Euer Geheimnis, oder glaubt Ihr wirklich, dass Eure Zofe nicht merkt, was los ist? Ihr habt es ihm gesagt, nicht wahr?«

»Nein!«

»Ich dachte nur ...«

»Verstehe einer die Männer, Ines. Ich sorge mich, weil die Straßen unsicher sind. Dauernd werden Reisende überfallen, vor allem auf der Via Romana. Wenn die Poggios erfahren, dass er unterwegs ist, werden sie womöglich versuchen, ihn zu töten. Immerhin hat er Arrigo Poggio umgebracht!« Hatte Federico daran gedacht, als er sich nach Genua aufmachte? Vier bewaffnete Knechte waren kaum ein Schutz gegen Mordgesindel wie die Poggios.

»Vielleicht schließt er sich einer größeren Reisegruppe an. Euer Mann ist kein Dummkopf«, tröstete Ines. »Die Sonne scheint. Wollt Ihr das nicht ausnutzen und spazieren gehen?«

Im Palazzo zu bleiben würde sie nicht ablenken, und eine weitere Begegnung mit Lorenza ertrug sie heute nicht. »Gehen wir zu meinen Eltern. Ich wollte sie ohnehin besuchen.«

Der *maestro di casa* stellte ihnen Fabio, einen kräftigen jungen Stallknecht, als Beschützer zur Seite. Bei ihrem Aufbruch nahm Farini das Dienerbuch zur Hand und näselte: »Ich trage alles ein. Wenn der Herr zurück ist, werde ich ihm Bericht über Eure Unternehmungen erstatten.«

»Oh, bitte, Farini, walte deines Amtes und vergiss nicht, Monna Lorenza zu erzählen, was ich tue. Komm, Ines.«

Mit sauertöpfischer Miene griff Farini nach der Feder, erwiderte jedoch nichts. Fabio war ein freundlicher Bauernbursche aus einem kleinen Bergdorf der Garfagnana, einem wildromantischen Landstrich zwischen dem Apennin und den Apuanischen Alpen an der Mittelmeerküste. Wache Augen in einem kantig bäuerlichen Gesicht musterten Beatrice neugierig, als sie auf die Via Santa Giustina traten. »Wo soll es hingehen, Madonna?«

»Richtung San Frediano. Das Haus meiner Eltern liegt an der Piazza.« Vorsichtig setzte Beatrice einen Fuß vor den anderen. Aus dem gegenüberliegenden Gasthaus floss stinkendes Abwasser über Pflastersteine und Sand. Hühner rannten gackernd umher, und in den schmalen Gängen zwischen den Häusern huschten Ratten über Säcke und Kisten.

Fabio schaffte mit energischen Armbewegungen Platz für die beiden Frauen. »Ich weiß, wo Eure Familie wohnt, weil ich den Herrn einige Male dorthin begleitet habe.«

»Meinen Mann oder Ser Buornardi?«, fragte Beatrice.

»Euren Mann.«

»Hast du meinen Mann öfter durch die Stadt begleitet?« Das klang fast zu neugierig, doch nun war die Frage schon heraus.

»Meistens geht Andrea mit, aber wenn er jemanden braucht, der seine Fäuste zu benutzen weiß und zur Not eine gute Klinge führt, dann muss ich ihn begleiten«, sagte Fabio nicht ohne Stolz.

»Hat mein Mann Feinde? Außer den Poggios natürlich?«

Sie passierten die Piazza San Salvatore, an der der Palazzo der Cenamis lag.

»Na ja ...« Er machte eine vage Handbewegung.

»Ich will mich nicht unnötig sorgen, verstehst du?«

»Also ehrlich, Madonna, das solltet Ihr ihn selbst fragen, wegen des Würfelspielens, meine ich. Es passierte öfter, dass er mit dem Marchese in Streit geriet.«

Ines hatte Mühe, mit ihnen Schritt zu halten. »Sind sie nicht befreundet?«

Fabio lachte. »Männer streiten sich und versöhnen sich genauso schnell wieder, nicht wie die Weibsbilder, die sich zanken und dann tagelang kein Wort wechseln.«

»Was weißt du schon? Bist ja noch grün hinter den Ohren!«, schimpfte Ines.

»Zu diesen Auseinandersetzungen kam es sicher nach Abenden im Haus der Menobbis, oder?«, hakte Beatrice nach.

»Ihr wisst davon? Na ja, manchmal war es wegen irgendwelcher Geldgeschichten, und dann wegen ...« Fabio räusperte sich.

»Wegen einer Frau?«

Murmelnd scheuchte er einen Bettler zur Seite. Mehr war aus Fabio nicht herauszubringen, doch Beatrice reichte das Gehörte, um ihr Bild von den Abenden bei Marcina und ihrem Bruder zu erweitern. Stück für Stück näherte sie sich der Wahrheit. Ihr Herz machte einen Freudensprung, als sie die Via Fillungo erreichte und das vertraute Portal ihres Elternhauses erblickte.

Das runzlige Gesicht des alten Benedetto erstrahlte. »Madonna Beatrice! Welche Freude! Es ist still geworden ohne Euch. Kommt nur, kommt!« So schnell seine gichtigen Beine es zuließen, eilte er vor ihnen über den Hof ins Haus, um sie anzukündigen. »Messer Rimortelli! Seht, wer gekommen ist!«

Ihr Vater kam aus seinem Kontor, die Haare standen wie immer wirr vom Kopf ab. »Beatrice!«

Sie fielen einander in die Arme. Nachdem Jacopino Rimortelli seine Tochter auf die Wangen geküsst hatte, hielt er sie ein Stück von sich ab. »Du siehst gut aus, besser als gestern zur Ostermesse. Da hatte ich mir schon Gedanken gemacht. Vor allem, nachdem deine Mutter mit mir gesprochen hatte.«

»Das sollte sie doch nicht!«

Ines ging unterdessen mit Fabio in die Küche, um ihm eine Mahlzeit reichen zu lassen.

»Wie geht es Mutter? Sie ist doch nicht krank?«

Messer Rimortelli legte einen Arm um seine Tochter und führte sie in den kleinen *salotto* im Erdgeschoss. Camilla, eine junge Dienerin, erschien und wurde beauftragt, Wein und Brot zu richten. Als sie sich in zwei geräumigen Armstühlen gegenübersaßen, sagte Messer Rimortelli: »Deine Mutter muss sich in letzter Zeit öfter ausruhen. Wir haben Ismail konsultiert, aber auch er ist ratlos. Es scheint, als schwände täglich ein kleines Stück ihrer Lebenskraft.« Er seufzte. »Lass dir nichts anmerken, wenn sie gleich kommt. Sie will nicht, dass wir uns sorgen.«

Ismail Ansari war ein persischer Medicus und Freund der Rimortellis. Jacopino hatte ihn vor Jahren auf einer Reise von Alexandria nach Genua kennengelernt, und seitdem war die Verbindung zwischen dem Perser und der lucchesischen Familie nie abgebrochen. Beatrice knetete ihre Fingerknöchel. Wenn selbst Ismail keinen Rat wusste, war die Lage ernst. »Es muss doch einen Grund für Mutters Zustand geben. Ohne Grund geschieht nichts.«

Ratlos legte Jacopino seine Stirn in die Hände. »Wenn ich es wüsste ... Obwohl der Tod von Hartmanns Sohn den Besuch überschatten wird, hoffe ich, dass diese Reise sie ablenkt und ihr neuen Lebensmut gibt. Margareta spricht schon so lange davon, ihre Familie besuchen zu wollen.« Er sah auf und wischte sich über die Augen. »Sie zu verlieren, könnte ich nicht ertragen ...«

»Das darfst du nicht sagen ...« Sie horchte auf und schloss ihren Mund, denn Margareta Rimortelli kam in einem haselnussbraunen Kleid in den *salotto*. Ihre Wangen waren leicht gerötet, und nichts schien auf eine ernsthafte Erkrankung hinzudeuten. Erst als Beatrice sich erhob, um ihre Mutter zu begrüßen, entdeckte sie die tiefen Schatten unter deren Augen und das spitz wirkende Gesicht. In der Kirche war ihr das nicht aufgefallen, doch jetzt sorgte sie sich beim Anblick ihrer Mutter.

»Wie schön, dich hierzuhaben, mein Kind.« Liebevoll strich Margareta ihr über die Wange. »Du bist aufgeblüht wie eine Frühlingsrose. Darf ich daraus schließen, dass du deine Differenzen mit Federico beigelegt hast?« Plötzlich stutzte Margareta und zog fragend die Augenbrauen hoch.

Beatrice nickte, legte eine Hand auf ihren Bauch und lächelte scheu. »Es ist nicht leicht mit ihm, aber ...« Sie wartete, dass ihre Mutter sich setzte, bevor sie selbst wieder Platz nahm. »Wir werden sehen. Er ist heute nach Genua abgereist.« Sie berichtete von dem ausgebliebenen Schiff.

Ser Rimortelli hatte den Blickwechsel seiner Frauen richtig gedeutet. »Ein neues Leben wird bald das Licht der Welt erblicken! Das müssen wir feiern!«

»Wir werden doch rechtzeitig zur Geburt wieder hier sein?«, fragte Margareta ihren Mann.

Ser Rimortelli lehnte sich zurück. »Wenn alles gut geht, sollte dem nichts im Wege stehen.« Er schüttelte den Kopf. »Überall nimmt das Gesindel überhand und macht das Reisen zu einem nicht kalkulierbaren Risiko. Selbst die muslimischen Korsaren werden immer frecher! Algier ist ihr Hauptquartier. Von dort aus beherrschen sie das östliche Mittelmeer und kapern jede Karacke, die in Reichweite kommt. Ich habe auch schon überlegt, meine Waren nur noch über Land zu importieren.«

»Aber das bedeutet wochenlange Verzögerung und macht alles doppelt so teuer«, sagte Beatrice, die um die katastrophalen Straßenverhältnisse, die Zölle und die damit verbundenen Verhandlungen wusste.

Ihr Vater zuckte mit den Schultern. »Lieber verzichte ich auf einen Teil des Gewinns, als ganze Lieferungen an diese Barbaren zu verlieren.«

Es klopfte, und Ines und Camilla brachten Schüsseln und Teller mit Wildbretpastete, Brot, Feigenmus und Reisküchlein herein. Ines goss Wein in drei Pokale, verneigte sich und trieb die Dienerin beim Hinausgehen zur Eile an.

Margareta lachte leise. »Unsere Ines hat sich nicht verändert!«

»Nein, und ich bin sehr froh, sie bei mir zu haben. Übrigens, das habe ich gestern ja schon angedeutet, sie hat einen Verehrer.« Beatrice erzählte von Ugo und Lelo. »Was sagt ihr dazu?«

»Nun, sie ist ein gutes Mädchen, fleißig und nicht dumm. Wenn der Weber rechtschaffen ist, könnte sie es schlechter treffen.« Ser Rimortelli probierte die Pastete.

Beatrice krauste die Stirn. »Ich möchte sie nicht verlieren. Ohne Ines würde ich mich einsam fühlen in dem Palazzo. Lorenza ist eine Giftschlange.«

»Wenn du Federico auf deiner Seite hast, wird sie sich die Zähne an dir ausbeißen«, meinte Margareta. »Und Baldofare ist doch ein umgänglicher Mann, oder täusche ich mich?«

»Er ist nett, aber sie ...« Die Erinnerung an die vormittägliche Szene in Lorenzas Schlafzimmer ließ Beatrice erschauern.

»Iss etwas, mein Kind. Die Pastete ist gut.« Ser Rimortelli schob ihr einen Teller hin.

Während sie aßen und schwatzten, entging Beatrice nicht, dass ihre Mutter kaum etwas anrührte und an ihrem Weinglas nur nippte. »Federicos Bruder, Tomeo, hat Onkel Hartmann in Pavia gesehen. Er ist bei den Landsknechten ein gutgelittener Heerführer«, versuchte Beatrice ihre Mutter aufzuheitern.

Margaretas Augen leuchteten für einen Moment auf. »Er hat Hartmann gesehen.« Doch der Tod ihres Neffen wog schwer. »Diese elendigen Kriege sind so sinnlos ...«

»Sag das nicht, Margareta. Wofür bekommt der Kaiser unser Geld?!« Ser Rimortelli goss Wein nach.

»Aber nicht alle Luccheser sind mit den ständigen Abgaben an den Kaiser einverstanden. Der Marchese und seine Freunde zum Beispiel wollen ein freies Italien, um nicht länger zahlen zu müssen«, stellte Beatrice fest.

»Wann hat es schon je eine Zeit gegeben, in der alle einer Meinung gewesen wären?« Ihr Vater machte eine wegwerfende Handbewegung. »Bisher sind wir vom Kaiser nicht enttäuscht worden, also halten wir ihm weiter die Treue. Und wenn der Papst ihm in Rom die Krone aufs Haupt setzt, wird er sich seiner Anhänger erinnern. Darauf kommt es an!«

»Das wird der Papst nicht tun!«, sagte Beatrice. Papst Clemens VII. selbst erhob Anspruch auf weltliche Herrschaft, die er durch eine Krönung Karls V. zum Kaiser in Rom symbolisch aufgeben würde.

»Dieser Papst tanzt auf allen Hochzeiten und wird sich damit am Ende alles verscherzen. Ein Konzil beizeiten hätte die Stellung der katholischen Kirche auch in Deutschland gestärkt.«

»Das glaube ich nicht«, schaltete Margareta sich ein. »Es geht nicht nur um religiöse Forderungen. Die deutschen Bauern wollen besser leben können. Sie fordern Weide- und Fischrechte und dergleichen und haben sich Luther auf die Fahnen geschrieben, weil er von der Freiheit des Christenmenschen spricht. Auch in Italien ist es schlecht um das Volk bestellt. Dieser Winter war hart.«

»Ich glaube, dem Pöbel ist es egal, wer regiert, wenn er nur genug zu essen hat«, meinte Jacopino.

Doch Margareta war davon nicht überzeugt. »Das Volk

muss an etwas glauben können. Savonarola hat die Medici in die Knie gezwungen, weil er das Volk auf seiner Seite hatte. Warum sollte nicht wieder einer daherkommen, der die Massen entflammt?«

»Tomeo hat davon gesprochen, dass die Landsknechte kaum zu halten seien, und die sind nicht gut auf den Papst zu sprechen. Es heißt sogar, dass Frundsberg einen goldenen Strick dabeihat, mit dem er den Papst aufhängen will.« Die Vorstellung eines entfesselten Haufens Kriegsvolk vor dem Apennin war beängstigend. Beatrice hatte grausame Geschichten über brandschatzende und mordende Soldaten gehört, die führungslos durch die Lande zogen.

»Da siehst du's. Und was wollen der Marchese und seine idealistischen Freunde dem entgegensetzen? Eine Handvoll Degen vielleicht? Bevor einer von denen einen eleganten Stoß tun kann, haben ihn die Katzbalger der Landsknechte in Stücke gehauen.« Ser Rimortelli hob abwehrend die Hände. »Genug! Lasst uns die Zukunft nicht zu schwarz malen. Karls engster Berater, Gattinara, ist immerhin Italiener. Gerade erst ist der französische König in unsere Hände gefallen. Das sind gute Voraussetzungen für die Verhandlungen um Italien.«

Mercurino di Gattinara hatte als junger Anwalt unter Margarete von Österreich als Diplomat eine steile Karriere gemacht. Nachdem es vor allem sein Verdienst gewesen war, dass Karl V. 1519 zum König von Rom gekrönt worden war, hatte er sich einen festen Platz an der Seite des jungen Kaisers erobert. Allerdings verfolgte Gattinara eine starr antifranzösische Politik. Über die milden Haftbedingungen, unter denen Franz festgehalten wurde, war Gattinara so erbost, dass er mit seinem Rücktritt gedroht hatte. Diese unversöhnliche Haltung trug natürlich nicht zu einer Annäherung zwischen Karl V. und Franz I. bei, sondern schürte auch bei den Franzosen den Hass auf die Habsburger. Schon aus persönlichen

Gründen war es also unwahrscheinlich, dass Franz I. seine Italienansprüche aufgeben würde.

Beatrice knabberte an einem Brotstück. »Denkst du, dass Franz tatsächlich auf Italien verzichten wird?«

Vor der Tür wurden Stimmen laut. Ser Rimortelli stand auf, um nach der Ursache des Lärms zu sehen, als ein Mann mit wehendem Umhang hereinkam. »Schon gut, er wird mich empfangen.«

»Alberto Mari! Was bringt Euch nach Lucca?« Ser Rimortelli hieß den unerwarteten Besucher willkommen. »Setzt Euch. Camilla!«

Die Dienerin erschien, nahm dem neuen Besucher den Umhang ab und brachte ein weiteres Gedeck herein. Alberto Mari war ein seltener, aber gern gesehener Gast im Hause Rimortelli. Sein einnehmendes Wesen hatte ihn über die Jahre zu einem Freund der Rimortellis werden lassen.

»Lieber Alberto, wir haben Eure Gesellschaft lange entbehren müssen«, sagte Margareta.

Mari ließ sich seufzend in einem Stuhl nieder und rieb sich den Nacken. »Ich werde zu alt für diese Aufträge. Das Pferd hat gewusst, dass ich das Reiten hasse …« Dankbar griff er nach dem Weinglas. »Auf die Freundschaft!«

»Zum Wohl!«, sagten Beatrice und ihre Eltern und tranken ebenfalls einen Schluck Wein.

Ser Rimortelli wartete, bis Alberto Mari gegessen hatte. Erst als sein Gast das Messer niederlegte, fragte Jacopino: »Nun spannt uns nicht auf die Folter! Was gibt es Neues aus Sankt Peter? Wie viele Hintertüren hat sich unser Pontifex offen gehalten, seit er in Verhandlungen mit Karl steht?«

»Wenn sein Verhalten nicht so gefährlich und dumm wäre, könnte man darüber lachen.« Mit ernster Miene fuhr der Gelehrte fort: »Der Stand der Verhandlungen ist folgender: Nach der Schlacht bei Pavia haben die Venezianer dem Pontifex ein bewaffnetes Schutz-und-Trutz-Bündnis zusammen mit Frankreich und England gegen den Kaiser vorgeschlagen. Denn Clemens rechtfertigt als gemeinsamer Vater der Christen und Tröster der Gedemütigten dieses Bündnis, das de facto nichts anderes ist als Ausdruck der Angst vor dem immer mächtiger werdenden Habsburger.«

»Ein Bündnis mit Heinrich von England? Was verspricht Heinrich sich davon?«, fragte Ser Rimortelli zweifelnd.

»Die Auflösung seiner Ehe mit Katharina. Es heißt, dass König Heinrich seine Geliebte Anna Boleyn heiraten will. Nun, der Vertrag für das Bündnis war schon unterschriftsreif aufgesetzt und ein Kurier zum englischen König unterwegs, als ein Bote von Karl in Rom eintraf.« Alberto Mari verzog vielsagend das Gesicht.

Beatrice schüttelte den Kopf. »Der Papst hat doch nicht wieder seine Meinung geändert?«

»Ihr sagt es. Als hätte Karl das Bündnis erahnt, bietet er dem Papst plötzlich an, ihn und die Medici unter seinen Schutz zu nehmen. Clemens dachte, dass damit alle seine Probleme gelöst seien, und schickte einen Eilkurier hinter dem Boten her, der nach England unterwegs war.« Mari zog abfällig die Spitze seiner langen Nase nach unten, was ihm das Aussehen eines beleidigten Jagdhunds gab.

»Und nun?« Beatrice konnte die wankelmütige Politik des Papstes beim besten Willen nicht nachvollziehen.

Achselzuckend sagte Mari: »Noch weiß ich nicht, ob der Bote gestoppt wurde. Auf jeden Fall haben die Venezianer davon Wind bekommen und sind hochgradig verärgert, denn schließlich hatten sie sich bereit erklärt, eine erhebliche Summe zu zahlen, um überhaupt in die Allianz aufgenommen zu werden. Dieser Papst wird uns alle ruinieren …«

Ser Rimortelli beugte sich vor. »Dass die Markus-Republik überhaupt bereit war, so viel Geld zu opfern, um der Allianz beitreten zu können, ist eine Überraschung. Venedig hat lange gezögert, sich für eine Seite zu entscheiden, und jetzt dieser Affront vom Pontifex! Das wird Venedig nicht verzeihen.«

»Und wieder hat Clemens einen Verbündeten verloren«, bemerkte Margareta trocken. »Warum tut er das? Was er an Macht hatte, verspielt er!«

Der Gelehrte legte die Hände zusammen. »Angst, Monna Margareta. Clemens ist im Grunde ein von Ängsten geplagter Mann. Immerhin ist er ein illegitimer Spross von Giuliano de' Medici und damit faktisch als Kleriker nicht zugelassen.«

Diese Konstellation war fatal, dachte Beatrice. Clemens war tatsächlich nur der uneheliche Sohn von jenem Giuliano, der der Pazzi-Verschwörung von 1478 zum Opfer gefallen war. In ihm schwelte der Hass auf die Mörder seines Vaters, die gleichzeitig die erbitterten Gegner der Medici-Herrschaft in Florenz waren. In seinem Bemühen, die Medici wieder zu uneingeschränkten Herrschern der Stadt zu machen, übersah er, dass das Volk mittlerweile an eine Republik ohne die Herrschaft der Medici glaubte.

»Dürfen wir erfahren, was Euch nach Lucca bringt?«

»Ihr wisst nicht zufällig, wer Agozzini ermordet hat?«, fragte Mari scherzhaft, doch seine Augen blieben ernst.

Jacopino Rimortelli wiegelte ab: »Nein, Alberto, dazu können wir Euch nichts sagen.«

»Könnt nicht, oder wollt nicht?«

»Wer spricht jetzt – der Sekretär Flaminis oder unser Freund?«

Mari beugte sich vor. »Ich bin immer Euer Freund. Aber es könnte ja sein, dass Gerüchte im Umlauf sind ...?«

»Nein. Das ist das Kuriose an der Tat – trotz der auffälligen Umstände gibt es noch keinen wirklichen Verdächtigen. Der *giudice* und seine Leute haben alle und jeden verhört, aber es gibt keine Zeugen, keine Hinweise, und man muss fast annehmen, es war so, wie es aussah.« Jacopino machte eine vage Geste. »Agozzini war bekannt für seine Vorliebe für das eigene Geschlecht, und das machte ihn zu einem einfachen Opfer. Wisst Ihr denn mehr als wir?«, hakte er nach.

»Ach, alter Freund, ich bin ein Mann der Kirche geworden, weil ich studieren wollte, und jetzt stecke ich bis zum Hals in einer Verschwörung. Und Politik ist das Letzte, womit ich mich befassen wollte!« Er rieb sich Stirn und Augen. »Ich stecke in der Klemme, weil ich weder meine Freunde verraten noch mein Leben lassen will.«

Beatrice hatte den Eindruck, dass Mari und auch ihr Vater etwas zurückhielten, und fragte sich, wie weit ihre Freundschaft gehen konnte.

Margareta sagte diplomatisch: »Einem Papst zu dienen, dessen Meinung sich nahezu stündlich ändert, ist nicht gerade leicht, und ich beneide Euch nicht um Euren Auftrag. Erzählt uns doch lieber von Rom, dem Fortschritt an den Umbauarbeiten des Domes und den Künstlern, die gerade dort sind. Lucca ist in dieser Hinsicht recht provinziell.« Sie lächelte aufmunternd, und Alberto Mari ging dankbar auf den Themenwechsel ein.

Er sprach gerade über die neuesten Verse Pietro Bembos, den er für einen unzulänglichen Poeten hielt, als der Turmwächter zur vierten Stunde blies. Beatrice seufzte. Die Stunden in Gesellschaft ihrer Eltern und des alten Freundes hatten sie vergessen lassen, dass ihr Leben sich nicht mehr in diesem Haus abspielte. Nur ungern erhob sie sich.

»Es war mir eine Freude, Euch wiederzusehen, Beatrice. Grüßt Euren Gemahl, dem ich einmal in Florenz begegnet bin.« Alberto verneigte sich höflich vor Beatrice.

»Wirklich? Dann vergesst nicht, uns zu besuchen, wenn Ihr das nächste Mal in Lucca seid.« Lächelnd wandte Beatrice sich an ihre Eltern, die sie umarmten und mit herzlichen Küssen entließen.

Ines stand im Hof und plauderte mit Fabio. Die Nachmittagssonne warf ihre Strahlen auf die vertrauten Gebäude. Beatrice strich ihre Ärmel glatt, vergrub die Hände in ihrem Schultertuch und ließ den Blick über die Fenster gleiten, hinter denen das Kontor ihres Vaters lag.

»Lasst uns gehen, Madonna. Dann kommt Ihr rechtzeitig zum Abendessen«, sagte Ines, und der alte Benedetto öffnete ihnen das Tor.

Als sie sich der Piazza San Salvatore näherten, hörten sie lautes Geschrei und Gejohle. Sie bogen um die Ecke der Kapelle und stießen fast mit einer wimmernden Frau zusammen, um deren Hals man einen eisernen Ring mit einer Kette geschlossen hatte. Ein beißender Geruch von Unrat und Exkrementen ging von ihr aus. Ihre Haare waren verfilzt, und aus dem dünnen, zerrissenen Hemd sahen Gliedmaßen hervor, die mit Blutergüssen und Wunden übersät waren. Bevor der Stadtsoldat sie an der Kette zurückreißen konnte, warf sich die Frau vor Beatrice auf den Boden und umklammerte ihre Füße.

»Madonna, Ihr seid eine Frau! O Gott, habt doch Mitleid! Ich habe fünf Kinder zu Hause! Wer kümmert sich um meine Kinder ... Um Gottes willen!«, schrie sie voller Verzweiflung.

Als der Soldat sie zurückriss, schnitt der Ring tief in ihr wundes Fleisch. »Sei still, Verlorene. Dir wird niemand mehr helfen. Der Scharfrichter wetzt schon das Beil.«

Erst jetzt entdeckte Beatrice das Podest mit dem Scharfrichterblock, vor dem sich mehr und mehr Volk versammelte, um der Hinrichtung beizuwohnen. Wie konnten sie nur ihr Vergnügen an solcher Grausamkeit finden? Frauen, Kinder und Männer standen da, aßen, tranken und ergötzten sich am Leid der Verurteilten. Der Stadtsoldat übergab die Frau einem der Henkersknechte.

»Soldat«, sprach Beatrice ihn daraufhin an.

»Madonna?« Ehrerbietig neigte der Soldat den Kopf.

»Was hat die Frau getan?«

»Sie hat schon zwei Neugeborene getötet. Jetzt hat man das dritte hinter ihrem Haus gefunden. Sie hat es zerstückelt und vergraben.«

Ines gab ein würgendes Geräusch von sich.

»Hat denn niemand für sie gesprochen?« Beatrice dachte an die fünf Kinder.

»Sie arbeitet als Spinnerin, hat keinen Ehemann, führt ein leichtfertiges Leben. Zweimal haben ihre Brüder Bußen für sie gezahlt, doch jetzt kennt der Richter keine Gnade mehr. Für ihre Sünden wird sie in der Hölle braten!« Der Soldat sagte das aus tiefster Überzeugung. Ledige Frauen, die das geistliche Leben ablehnten, waren entweder eine Last für die Familie oder, wenn sie sich selbst als Magd oder Spinnerin durchbrachten, Freiwild für jeden Mann.

Durch die Menge ging ein Raunen, als der Kopf der Verurteilten auf den Holzblock gelegt wurde. Ein Knecht strich der Frau die Haare aus dem Nacken, dessen helles Fleisch sich gegen das rote Scharfrichtergewand abhob. Beatrice wandte sich von der Bühne ab und fing einen Blick aus dunklen Augen auf, die sie schon länger fixiert haben mussten. Marcina Porretta stand in der dritten Reihe und starrte unverwandt zu Beatrice, die nicht hätte sagen können, ob der bohrende Blick dieser Frau oder der Henker sie frösteln machte.

»Kommt, Madonna, wir müssen uns das nicht ansehen. Ich weiß einen anderen Weg um die Kapelle herum.« Fabio streckte seinen Arm nach Ines und Beatrice aus, die ihm bereitwillig folgten, denn in diesem Augenblick hob der Scharfrichter das Beil, um sein blutiges Amt auszuführen.

Als der *maestro di casa* ihnen heute das Tor öffnete, war Beatrice dankbar, den Schutz der dicken Palazzomauern für sich in Anspruch nehmen zu können. Fabio zeichnete seine Rückkehr mit einem Kreuz im Dienerbuch ab und machte sich Richtung Stallungen davon.

»Sind Gäste zum Abendessen geladen, *maestro*?« Zumindest heute wollte Beatrice vorbereitet sein.

»Nein, aber …«, hub Farini an, doch Beatrice ließ ihn stehen und ging mit Ines zu den Kontorräumen.

»Ines, was geschieht mit den Kindern dieser Frau? Sie geht mir nicht aus dem Kopf. Diese arme Kreatur hat nicht richtig gehandelt, aber sie wollte wahrscheinlich nur die Kinder schützen, die sie schon hat. Wie sollte sie deren Mäuler stopfen?« Der Geruch von Baumwolle und Gewürzen drang aus den Lagerräumen zu ihnen.

»Ihr macht Euch zu viele Gedanken. Wenn die Verwandten sie nicht nehmen, gehen sie betteln, mit etwas Glück nimmt eines der Spitäler sie, oder …« Ines schwieg.

»Oder?«, hakte Beatrice nach.

»Sie werden verkauft.«

»Verkauft?«

»Madonna, es gibt viele Reiche, die auf diese Art ihre Lustknaben kaufen, und die Mädchen werden Huren. Das sind Dinge, die Ihr nicht wissen müsst.«

»Doch, Ines, ich will das wissen. Es gibt zu viel Ungerechtigkeit. Du gehst morgen zum Magistrat und fragst nach dem Namen der Frau, und wenn sie Töchter hat, nehmen wir die als Mägde auf oder zahlen für ein anständiges Waisenhaus. Für die Jungen finden wir einen Arbeitsplatz bei einem Meister.«

Ines war nicht überzeugt. »Meistens sind das ganz üble Subjekte, solche Kinder. Denen kann man nicht trauen …«

Langsam begann Beatrice sich ernsthaft über den Widerstand ihrer Zofe zu ärgern. »Sie sollen arbeiten und nicht die

Schlüssel zu den Lagerräumen erhalten. Wie sollen solche Kreaturen überhaupt lernen, Vertrauen zu haben, wenn sie vor Hunger nicht in den Schlaf finden und Schläge für Zuwendung halten? Morgen gehst du!«

Murrend stieg Ines hinter Beatrice die Treppe hinauf.

»O Madonna, gut, dass ich Euch sehe! Hättet Ihr einen Moment Zeit?« Agostino Nardorus bemühte sich, leise zu sprechen, und sah sich ständig um.

»Ist etwas geschehen? Geht es Ser Buornardi gut?«, waren Beatrices erste Gedanken, als sie den blassen Buchhalter sah.

Er winkte, dass sie ihm folgen möge, und schrak zusammen, als oben eine Tür geöffnet wurde und Lorenzas schrille Stimme durch das Haus tönte. »Was ist da los? Wer tuschelt da unten?«

»Ines, geh nach oben und sag, du holst einen Schal für mich, wenn sie fragt«, instruierte Beatrice ihre Zofe, bevor sie Nardorus mit raschen Schritten folgte.

Erst als sie im Schreiberzimmer ankamen, hielt Nardorus inne und atmete tief aus. »Danke Euch! Oh, die Signora bringt mich noch um den Verstand. Immer hat sie etwas zu meckern oder zu klagen. Und jetzt das ...« Er schüttelte unglücklich den Kopf.

»Aber was ist denn nur? Wie könnte ausgerechnet ich dir helfen?« Auf dem Tisch neben ihr standen Schalen mit Gewürzen, und sie sog den Duft getrockneter Nelken ein.

Einer der Schreiber hob interessiert den Kopf.

»Hast du nichts zu tun, Dummkopf?«, schalt Nardorus ihn und ging mit Beatrice in das Hauptkontor, wo sich die Stoffproben und Akten befanden.

Lang ausgebreitet lagen auf einem Tisch Stoffbahnen in verschiedenen Mustern, deren Grundfarbe blau war. Beatrice strich mit der Hand darüber. »Gute Qualität. Damast. Chinesische Seide.«

»Ja, alles richtig, Madonna.« Nardorus rang die Hände. »Aber die Muster! Seht Euch die Muster an!«

Stilisierte Blatt- und Blumenornamente waren in handwerklich perfekt gearbeiteter Manier dargestellt. »Was ist damit?«, fragte Beatrice, die nicht begriff, worauf der aufgeregte Buchhalter hinauswollte.

Er raufte sich die spärlichen Haare. »Vögel! Seht Ihr irgendwo Vögel?«

»Nein.«

»Sie wollte viele Vögel, Pfauen, Papageien, Störche, ach, ich weiß nicht, was es sonst noch an gefiederten Viechern gibt. Versteht Ihr jetzt? Die Weber haben nur Pflanzenmotive eingearbeitet, wo die Signora Vögel wollte! Die Stoffe sind für die Villa in Matraia. Es bleiben uns zwei Monate bis zum Umzug aufs Land. Zwei Monate! Wo um alles auf der Welt soll ich in dieser Zeit einen Weber auftreiben, der mir Stoffe nach den Mustern anfertigt, und zwar in dieser Qualität?« Nardorus nahm einen Stoffzipfel in die Hand und warf ihn unglücklich von sich.

»Hat Signora Lorenza diese Stoffe schon gesehen?«

»Nein, o Gott, bewahre mich vor dem Tag ...!«

»Na schön. Hast du schon mit Signor Buornardi gesprochen?« Beatrice hatte ihren Schwiegervater als besonnenen Menschen kennengelernt und verstand nicht ganz, warum Nardorus derart außer Fassung geraten war. Schließlich hatte Ser Buornardi das letzte Wort.

»Er ist krank, Madonna. Sein Herz ist schwach, und ich kann nicht verantworten, dass er sich aufregt, was er tun wird, wenn die Signora ein Spektakel veranstaltet, weil sie ihren Salon nicht so einrichten kann, wie sie es geplant hat.« Agostino lächelte schwach. »Ihr kennt sie nicht. Sie kann sehr grausam sein.« Mit einer Hand schob er den Ärmel seines Hemdes nach oben. Dunkelrote Narben bedeckten seinen linken Unterarm.

Verständnislos starrte Beatrice auf die von Rutenschlägen verstümmelte Haut. Nardorus war kein Sklave, sondern ein gebildeter Mann. »Warum ...?«

Mit schmalen Lippen schob er den Ärmel wieder herunter. »Ich bin einen Tag von meiner Arbeit ferngeblieben, weil meine Frau und zwei meiner Kinder das Sumpffieber hatten. Es ging ihnen sehr schlecht. Der Arzt wollte erst kommen, als ich ihm Geld gab, und mein Sohn ist am nächsten Tag dennoch gestorben. Der Signore war mit dem jungen Herrn auf Reisen.« Er zuckte schicksalsergeben mit den Schultern. »Ich will meine Stellung nicht verlieren.«

Beatrice überlegte. Lorenza konnte ihr unmöglich auf diese Weise eine Falle stellen wollen, nein, was hätte sie davon? Es schien tatsächlich so zu sein, wie Nardorus es darstellte, und sie hatte Mitleid mit dem Mann, an dessen Treue seinem Herrn gegenüber sie nicht zweifelte. »Such die Entwürfe heraus. Sind das hier alle Stoffbahnen?«

»Diese und die Ballen dort im Regal.« Nardorus zeigte auf vier mittelgroße Stoffballen.

Es handelte sich zumindest um eine überschaubare Menge. Sie ging zu einem Pult, nahm einen Bogen Papier hervor und schrieb einige Zeilen an ihren Vater. Anschließend faltete und versiegelte sie den Bogen und übergab ihn dem Buchhalter. »Lass die Stoffe, die Entwürfe und den Brief zu meinem Vater bringen. Wir brauchen einen verlässlichen Boten. Nimm Fabio, und verpflichte ihn in meinem Namen zu Stillschweigen.«

Nardorus verneigte sich vor ihr. »Ich stehe auf ewig in Eurer Schuld, Madonna.«

»Wenn alles so verläuft, wie ich es mir vorstelle, helfe ich nicht nur dir ...« Sie lächelte versonnen.

Der hagere Mann stand vor ihr und wartete.

»Na geh schon, jeder Tag zählt, wenn die Stoffe rechtzeitig fertig werden sollen.«

Mit einer weiteren Verbeugung machte sich Nardorus daran, ihren Anweisungen zu folgen. Beatrice ging gedankenverloren in ihre Gemächer und bereitete sich auf das Abendessen vor. Dank Nardorus wusste sie um Lorenzas Grausamkeit und würde sich davor zu hüten wissen.

VIII
Alba

Immer neue Nachrichten über die Verhandlungen zwischen Papst Clemens und dem Kaiser trafen in Lucca ein. Die Straßen waren voller Gerüchte. Flugblätter mit Verunglimpfungen beider Seiten machten die Runde, und offene Feindseligkeiten zwischen den verfeindeten Parteien waren keine Seltenheit mehr. Tomeo war zu seinem Regiment zurückgekehrt, und Beatrice vermisste seine laute, fröhliche Art, mit der er die Abende im Palazzo erträglich gemacht hatte. Ohne ihn und Federico würde Lorenza wieder die Oberhand gewinnen, und diese Aussicht war keineswegs erfreulich.

»Verfault? Dass ich nicht lache! Du hast den Kohl für deine Bälger mitgenommen, so sieht es aus!«, keifte Signora Buornardi.

Weinend kam eine der Mägde hinter ihr her. Ihre rissigen Hände vor das Gesicht gedrückt, schluchzte sie: »Aber nein, Signora, nein, so ist das nicht, glaubt mir doch! Beim Grab des heiligen Antonius, ich schwöre, dass ich mir eher einen Finger abhacken als Euch bestehlen würde!«

Beatrice wurde ungewollt Zeugin, als sie auf dem Weg vom Kontor in die Halle war. Ohne zu überlegen, sagte sie: »Wegen eines Kohls bringt Ihr dieses arme Geschöpf zum Weinen?«

»Und was habt Ihr damit zu tun? Kümmert Euch um Eure Angelegenheiten, Madonna!«, fauchte Lorenza, deren Gesicht purpurn anlief. »Ich bestrafe meine Diener, wie es mir beliebt! Geh in den Hof!«, schrie sie die Magd an, die weinend gehorchte. »Pietro!«

Lautlos erschien der *maestro di casa* mit einer Weidenrute in den Händen. Die Sorgfalt, mit der er die Rute prüfte, verriet, dass er gerne schlug.

»Was kostet Euch ein Kohlkopf?«, fragte Beatrice.

»Wie bitte?«

»Der Preis für einen Kohlkopf.«

Signora Buornardi rang die wurstigen, beringten Finger, und ihr schweres Atmen brachte die Nähte ihres engen Kleides dem Bersten nahe. Seit dem letzten Besuch ihres Medicus trug sie einen in Gold gefassten Bezoarstein mit sich herum, von dem sie glaubte, dass er sie vor Krankheit, Gift und Seuchen bewahren würde. Für den Stein, der aus Ziegenmägen stammte, wie Beatrice von Ansari wusste, hatte sie dem schmierigen Quacksalber sicher ein Vermögen gezahlt.

»Ihr wisst es nicht einmal. Und dafür wollt Ihr dieses Mädchen schlagen lassen? Seht Ihr denn nicht, dass sie vor Angst zittert? Oder macht es Euch Freude, sie leiden zu sehen?« Mit diesen letzten Worten war Beatrice deutlich zu weit gegangen.

Die korpulente Frau trat dicht an Beatrice heran, so dass ihr der faulige Atem ins Gesicht schlug. »Ich war nicht für diese Ehe, aber ich hatte das nicht zu entscheiden. Ihr seid nichts weiter als die Tochter einer deutschen Hure aus einer Familie von ...«

Bevor sie weitere Beleidigungen ausstoßen konnte, schnitt ein drohendes »Genug, Weib!« ihr das Wort ab. Ser Buornardi trat zu ihnen. Wütend stieß er seinen Gehstock auf den Boden. »Ihr seid ein zänkisches Weibsbild, aber meine Schwiegertochter beleidigt Ihr nicht. Habt Ihr das verstanden?« Seine Stimme dröhnte, und trotz seiner Krankheit war er augenblicklich Herr der Lage.

Lorenza zuckte zusammen, doch sie gab noch nicht auf. »Eine der Mägde hat gestohlen. Dafür muss sie bestraft werden, auch wenn Madonna Beatrice hier ohne Kenntnis der Lage die Barmherzige spielen will. Sie verdirbt die Dienerschaft!«

»Es geht um einen Kohl! Nur ein Kohl, der faulig war«, warf Beatrice ein.

»Holt die Magd her!«, befahl Ser Buornardi. Dann ließ er die Köchin, zwei weitere Mägde und den Kellermeister kommen. Nachdem er sie alle befragt hatte, stand fest, dass der Kohl zur Hälfte faulig gewesen war und die Magd die gute Hälfte mit nach Hause genommen hatte. »Das war nicht recht. Gib ihr zwei Hiebe auf die Waden, Pietro, und damit ist die Sache erledigt.«

»Nur zwei Hiebe? Dann macht sie es morgen wieder!«, entrüstete sich Lorenza.

Doch die junge Magd stammelte mit rotverweinten Augen: »O nein! Glauben Sie mir, o bitte, Signore.«

»Genug jetzt!« Ser Buornardi winkte Pietro Farini, die Magd ihrer Bestrafung zuzuführen. Als die beiden gegangen waren, herrschte er seine Frau an: »Ihr entschuldigt Euch bei Beatrice für Eure unerhörten Beleidigungen! Auf der Stelle!«

Während Lorenza nach Worten rang, trat eine Ader an ihrer Stirn hervor. Beatrice befürchtete schon, dass die übergewichtige Frau einen Schlaganfall erleiden könne, doch schließlich presste Lorenza eine Entschuldigung hervor.

»Dann dürft Ihr Euch jetzt entfernen.« Buornardis Stimme war freundlich und beherrscht wie immer.

Mit einem letzten erbosten Blick auf Beatrice rauschte Lorenza davon. Betreten stand Beatrice in der Halle. Ohne die Hilfe von Ser Buornardi hätte sie sich zum Narren gemacht. »Signore, es tut mir leid. Es war nicht meine Absicht, einen solchen Aufruhr zu verursachen. Es erschien mir nur so ungerecht ... Wegen eines Kohls, meine ich ...«

»Madonna, Ihr habt ein gutes Herz, zu gut, fürchte ich. Ich strafe nicht gern, aber wenn wir es nicht tun, bestiehlt uns die Dienerschaft, wo sie nur kann. Wir leben in einem System, das auf Furcht aufgebaut ist. Sei es gut oder nicht, es ist alles, was wir haben. Versteht Ihr das, Beatrice?«

»Ja, Signore.« Sie erwiderte den Händedruck und schämte sich für ihr unbedachtes Verhalten.

»Schön, schön, dann wollen wir es vergessen, und wegen Lorenza macht Euch keine Gedanken, sie ist launisch, und wenn etwas nicht nach ihrem Willen geht, wird sie ungehalten. Geht ihr aus dem Weg.« Er hielt inne, schloss die Augen und atmete mehrere Male tief ein und aus. »Ich muss mich ausruhen.«

Besorgt blickte Beatrice dem alten Mann nach, der schwer auf seinen Stock gestützt die Treppe hinaufstieg. Sie hatte noch viel zu lernen. Nachdenklich schlenderte sie über den Hof und in den Garten, in dem erstes Grün die Bäume schmückte und Frühlingsblumen den Rasen bedeckten. Beatrice setzte sich auf einer windgeschützten Bank in die Sonne, um einer Katze zuzusehen, die hinter einer Feder herjagte. Das braun-weiße Tier war scheu und reagierte nicht auf Beatrices lockende Rufe.

»Komm schon, faules Ding!« Ines zerrte ein dünnes Mädchen in zerlumpten Kleidern hinter sich her.

»Wen bringst du denn da, Ines?« Beatrice erhob sich und betrachtete das schmutzige Gesicht des Mädchens, das widerwillig an Ines' Hand zog.

Trotzig schob es die Unterlippe vor und hielt den Blick auf den Boden geheftet. Die strähnigen Haare waren sicher voller Läuse und die Lumpen an dem kleinen Kinderkörper ein Tummelplatz für Flöhe und sonstiges Ungeziefer.

»Warum hast du sie nicht zuerst gewaschen, bevor du sie zu mir bringst?«

Ihre Zofe ließ die Hand des Mädchens los. »Nicht wieder weglaufen, verstanden? Du bist ein dummes Kind, wenn du dich der Signora gegenüber nicht anständig verhältst.« Ines räusperte sich. »Madonna, ich wollte sichergehen, dass Ihr dieses undankbare Geschöpf überhaupt haben wollt. Sie hat mich gebissen, als ich sie aus der Hütte geholt habe, in der die Familie gehaust hat. Uhh, dieser Gestank, die Fliegen …«

»Dann ist sie die Tochter der …?« Beatrice scheute sich, die Hinrichtung in Gegenwart des Mädchens zu erwähnen.

»Ja. Sie ist die einzige Tochter, soweit man mir das sagen konnte. Ihre Brüder sind von den Verwandten als billige Arbeitssklaven mitgenommen worden. Nur sie saß noch allein inmitten von Hühnerdreck und neben einem toten Hund.«

Mitleidig sah Beatrice das Mädchen an, das die Katze entdeckt hatte, die sich den Bauch von der Sonne wärmen ließ. Ein kleines Lächeln erhellte das Kindergesicht.

»Sag der Signora, wie du heißt, oder hat es dir die Sprache verschlagen?« Ines stieß die Kleine an.

»Alba«, flüsterte sie, ohne aufzusehen.

»Und sieh die Signora an, wenn du mit ihr sprichst!«

»Schon gut, Ines. Sie hat Angst. Alba ist ein ungewöhnlicher Name. Warum hat man dich so getauft? Du bist doch getauft?«, fragte Beatrice sanft.

Alba nickte und musterte Beatrice vorsichtig mit großen, dunklen Augen. »Mein Vater war Spanier.«

»Du liebe Zeit! Ein Soldatenbalg!«, entfuhr es Ines.

»War? Ist er tot?«, fuhr Beatrice fort, ohne auf ihre Zofe zu achten.

»Weiß nicht, habe ihn nie gesehen. Ist das Eure Katze?«

»Du darfst mit ihr spielen, wenn du hierbleiben willst, oder möchtest du zu deinen Verwandten?«

Energisch schüttelte Alba den Kopf. Der Gestank, der dem Kinderkörper dabei entströmte, war entsetzlich.

»Ines, bring sie in die Waschküche. Lass sie entlausen, die Kleider verbrennen, und dann wird sie geschrubbt. Aber gib ihr vorher etwas zu essen.« Beatrice nahm einige Kupferstücke aus ihrem Beutel. »Schick Fabio los, damit er passende Kleidung für Alba kauft. Drei Hemden und zwei Überkleider.« Nach einem Blick auf die nackten Kinderfüße holte sie eine weitere Münze hervor. »Und Schuhe.«

Ines steckte das Geld ein. »Wozu das gut sein soll …«

»Alba, wie alt bist du?«

Die Kleine hob beide Hände und zeigte noch einmal zwei Finger.

»Zwölf Jahre also. Lesen und schreiben kannst du wohl nicht?«

Ines nahm das Mädchen am Arm und zog es mit sich. »Ihr habt Vorstellungen, Madonna. Wenn Ihr gesehen hättet, woher sie kommt, wärt Ihr froh, dass sie überhaupt zwei vollständige Sätze bilden kann. So, und jetzt gehen wir.«

Beatrice ging in ihr *studiolo*, um zu lesen, doch es fiel ihr schwer, die Gedanken auf den griechischen Text zu lenken, denn seit sie Marcina auf dem Hinrichtungsplatz gesehen hatte, waren deren Drohungen wieder gegenwärtig. Sie hatte niemandem von der Begegnung in San Michele erzählt. Der Einzige, der ihr mehr sagen konnte, war ihr Mann, und der war nicht da und würde wahrscheinlich ohnehin behaupten, sie hätte sich die ganze Geschichte ausgedacht.

Endlich kam Ines herein. »Meine Güte, du siehst aus wie ein gerupftes Huhn!«

Ihre Zofe strich über die in Unordnung geratene Frisur. »Das kleine Aas wollte nicht in den Zuber steigen. Drei Mägde mussten mir helfen, sie darin festzuhalten, damit wir sie waschen konnten. Welche Arbeit soll sie übernehmen?«

Von ihrem Tisch aus konnte Beatrice den hinteren Teil des Gartens sehen. Die Katze hatte sich auf die Bank gelegt, und Alba saß in einem einfachen Kittel neben ihr und streichelte das Tier. Sie ist noch ein Kind, dachte Beatrice. »Sie kann in der Küche helfen oder dir zur Hand gehen.«

»Soll sie Gemüse bei Plantilla putzen, wenn sie das kann«, meinte Ines.

»Und an zwei Nachmittagen in der Woche geht sie zu Pater Aniani im Konvent von San Frediano und nimmt an den Schulstunden teil.«

»Das geht zu weit! Sie ist kaum mehr als eine Sklavin, und Ihr schickt sie in die Schule? Und auch noch zu den Reformisten? Wenn die Signora davon erfährt ...«

Verärgert stand Beatrice auf. »Lorenza wird es nicht erfahren, wenn ihr niemand etwas sagt, und was hat Alba schon von ihrem Leben zu erwarten? Lesen und schreiben zu können wird ihr die Möglichkeit auf eine bessere Arbeit als Gemüseputzen eröffnen. Ist das falsch, Ines? Missgönnst du ihr diese kleine Chance?«

Betreten senkte Ines den Kopf. »Natürlich nicht.« Sie kramte einen Brief aus ihrem Rock hervor. »Den hatte ich ganz vergessen. Ein Bote brachte ihn eben für Euch. Entschuldigt mich, Madonna.«

Neugierig riss Beatrice das Schreiben auf, das das Siegel ihres Vaters trug. Es war eine kurze Nachricht über den Stand der Webarbeiten. Nardorus hatte die Muster ihrem Vater mit der Empfehlung übergeben, sich bei der Ausfertigung an die Weber Ugo und Lelo zu wenden, denen Beatrice mehr zutraute als allen anderen Luccheser Webern. Anscheinend arbeiteten sie zur Zufriedenheit ihres Vaters, und es schien nicht unmöglich, die Stoffe für die Villa in Matraia rechtzeitig abzuliefern. Wundervoll, dachte Beatrice und freute sich für Ugo und Ines, die durch dieses Zusatzgeschäft einer Heirat näher kamen. Sie legte den Brief in eine Kassette, die sie verschloss und in einer Schublade des Schreibtisches verstaute. Plötzlich sah sie wieder die Porretta vor sich, wie sie auf die Hinrichtung gewartet hatte. Beatrice eilte aus dem *studiolo* und suchte nach ihrer Zofe, die vor der Küche mit Plantilla, der Köchin, schwatzte.

»Ines, bitte komm einmal her zu mir.«

»Madonna?«

Die robuste Plantilla wischte sich die Hände an der Schürze ab, hob einen Korb Erdknollen vom Boden auf und ging in die Küche, aus der ein Gemisch verschiedenster Gerüche strömte.

»Das ist jetzt eine merkwürdige Frage, aber hast du auch die Porretta auf der Piazza gesehen, als Albas Mutter gerichtet werden sollte?«

»Die Porretta?« Ines grübelte. »Nein, ich erinnere mich nicht.«

»Hmm, eben dachte ich wieder daran und frage mich, ob sie vielleicht schwanger ist…«

Erstaunt riss Ines die Augenbrauen hoch. »Die und schwanger? Na, das wäre ja schön dumm von ihr. Eine schwangere Witwe? Wenn die Päpstlichen hier weiter so vorlaut durch die Straßen ziehen und so eine erwischen, dann endet die am Pranger…«

»Sie wird es verbergen müssen, aber ich will wissen, ob ich mich irre oder nicht.« Nervös knetete Beatrice ihre Fingerknöchel.

»Ich schreibe einen Brief an Ugo. Er soll uns heute noch Nachricht geben, was er weiß. Wie ist das?«

»Sehr gut, Ines.« Sie nahm einen Scudo aus ihrem Beutel. »Gib dem Boten das und sag, er soll auf die Antwort warten.«

Aus der Küche ertönte plötzlich lautes Geschrei, dann klatschte es, und Alba kam herausgerannt. Beatrice erwischte sie am Ärmel. Albas Haare waren noch feucht, doch die Haut rosig und sauber. Sie musste zweimal hinsehen, um das schmutzige Kind in dem gesäuberten Mädchen wiederzuerkennen. »Was war los, Alba?«

Die linke Wange des Mädchens glühte rot vom kräftigen Schlag der Köchin, und schon kam die erboste Plantilla hinterher, die Hände voller Mehl. »Du wischst das jetzt auf! Sofort!« Damit ergriff die Köchin Alba am Ohr. Zu Beatrice sagte sie: »Sie hat eine Schüssel fallen lassen und will den Boden nicht aufwischen.«

»Das war ich nicht!«, rief Alba und sah hilfesuchend zu Beatrice, doch die dachte an Ser Buornardis Worte und mischte sich nicht ein.

»Genug jetzt! Entschuldigt uns, Madonna.« Plantilla und das Mädchen verschwanden wieder in der Küche.

Das Abendessen schien sich endlos in die Länge zu ziehen. Seit Ines den Boten fortgeschickt hatte, waren Stunden vergangen, in denen Beatrice sich immer wieder die Piazza und Marcina Porretta vor Augen gerufen hatte, ohne zu einer Erkenntnis zu kommen. Lorenzas nörgelnde Stimme riss Beatrice aus ihren Gedanken.

»Was höre ich da von einem Mädchen, das Ihr einfach hier aufgenommen habt?«

»Alba ist eine Waise, die in der Küche hilft.«

»Wir brauchen kein zusätzliches Personal. Ich werde sie morgen hinauswerfen.«

Außer Lorenza saß nur Ser Buornardi am Tisch, der an einem Fasanenbein nagte.

»Das werdet Ihr nicht, denn ich habe sie hier aufgenommen und bezahle für sie.« Sie hatte Mühe, ihren Zorn zu unterdrücken, denn es war offensichtlich, dass Lorenza Streit suchte und es auf eine Machtprobe anlegte.

Und wieder war es Ser Buornardi, der ihr zu Hilfe kam. »Wozu das Gezänk um ein Mädchen? Hat es einen Schlafplatz?«

»Ja, Signore, bei den Mägden«, versicherte Beatrice schnell.

»Arbeitet es ordentlich?«

»Ja.«

»Ha!«, schnaufte Lorenza.

»Ein Waisenkind?«, fragte Ser Buornardi.

Beatrice erntete einen bösen Blick von Lorenza. »Seine Mutter wurde hingerichtet, und die Verwandten wollten es nicht.«

Ser Buornardi lächelte vor sich hin und trank einen Schluck Rotwein. Lorenza trommelte wütend mit den Fingern auf dem Tisch, als sich die Türen des Salons öffneten und Ines hereinkam. Sie beugte sich zu Beatrice und flüsterte ihr ins Ohr: »Ugo lässt ausrichten, dass die Porretta vor zwei Tagen verreist ist. Keiner weiß, wohin und warum sie so plötzlich aufgebrochen ist. Aber das ist doch schon etwas, meint Ihr nicht?«

»Danke, Ines«, sagte Beatrice laut. »Ich kümmere mich nach dem Essen darum.« Diese Nachricht brachte Klarheit, denn was tat eine schwangere Frau, die nicht wollte, dass jemand von ihrem Umstand erfuhr? Sie verreiste für einige Monate und kam schlank und erholt zurück. Jetzt stellte sich nur noch die Frage nach dem Vater des Kindes.

»Eine schlechte Nachricht, Madonna Beatrice?«, fragte Lorenza lauernd. Die flackernden Kerzen des Kandelabers warfen die üppige Figur ihres Gegenübers als riesigen Schatten an die Wand.

»Nichts weiter. Macht Euch keine Sorgen.« Aber das tust du sowieso nicht, dachte Beatrice. Du hoffst doch nur auf eine Schwäche von mir, die du zu deinen Gunsten ausnutzen kannst.

Genüsslich stach Lorenza in ein Fleischstück, tauchte es in die fettige braune Sauce und schob es in den Mund. Kauend bemerkte sie: »Nächste Woche erwartet uns der Marchese zu seinem Frühlingsfest. Ihr könnt natürlich nicht mitkommen, Madonna Beatrice.« Unter dem Tisch balgten sich Lorenzas Hunde um Fleischstücke, die sie ihnen zuwarf.

Beatrice tat Lorenzas Bemerkung mit einer Handbewegung ab, doch Ser Buornardi schien anderer Meinung zu sein.

»Wie kommt Ihr darauf, dass unsere Beatrice hier Trübsal blasen muss, während wir uns amüsieren?«

»Nun, es schickt sich nicht für eine verheiratete Frau, allein dort zu erscheinen. Schon gar nicht, wenn es um den Marchese Connucci geht.« Mit gespitzten Lippen zelebrierte Lorenza den Namen.

»Jetzt habt Ihr mich aber neugierig gemacht. Erklärt Euch näher.« Gelassen trank Buornardi von seinem Rotwein.

Beatrice sah, wie Lorenzas Hals sich rot zu färben begann und ihre Schwiegermutter eine Serviette zerknüllte. »Ihr wisst genau, wovon ich spreche. Der Marchese hat einen zweifelhaften Ruf, was Frauen betrifft.«

»Aber unsere Beatrice nicht.«

»Darum geht es nicht ...«, hob Lorenza an, doch Buornardi schlug leicht mit der flachen Hand auf die Tischkante.

»Genug! Sie begleitet uns. Daran ist nichts Anstößiges, und ich brauche mich nicht den ganzen Abend mit den üblichen Langweilern abzugeben. Ihr lasst mich doch nicht im Stich, Beatrice?« Er blinzelte ihr verschwörerisch zu.

»Nein. Ich komme gern.«

Als sie nach dem Essen allein mit Ines in ihrem Schlafgemach war und die Zofe ihr die Haare bürstete, sagte Beatrice: »Ich hatte geahnt, dass es Ärger geben würde mit Lorenza, aber irgendwie hoffte ich, es würde sich alles zum Guten wenden ...«

Ines rollte die Augen und sah Beatrice im Spiegel an. »Jedes Mal, wenn sie Euch sieht, kommt ihr wahrscheinlich die Galle hoch.« Mit aufgeblasenen Wangen äffte Ines die Signora nach.

Beatrice lachte. »Eigentlich ist sie aus dem Alter heraus, in dem Eitelkeit ein Grund zur Eifersucht wäre.«

»Eine selbstsüchtige Person wie sie findet immer einen Grund, denn das lenkt von ihr selbst ab. Oh, vergesst nicht, dass Ser Buornardi Euch gewogen ist. Ich würde sogar sagen, dass er einen Narren an Euch gefressen hat. Bitte, da habt Ihr genug Gründe für Eure Schwiegermutter, sich noch mehr fettes Fleisch zwischen die Zähne zu schieben, um sich zu trösten.« Ines legte die Bürste auf den Tisch und half Beatrice aus dem Umhang.

Mit nackten Füßen lief Beatrice über den kalten Fußboden und hüpfte in ihr Bett, wo sie sich in die Decke kuschelte. »Leg bitte etwas Holz nach, Ines. Nachts ist es mir immer noch zu kalt.«

Während Ines in der Glut der Feuerstelle stocherte und die frischen Scheite zu knistern begannen, überlegte Beatrice laut: »Weißt du, ich bin mir ziemlich sicher, dass Marcina Porretta ein Kind erwartet. Ich hoffe nur, es ist nicht von meinem Mann ...«

Ines hängte den Schürhaken auf und überprüfte die Vorhänge am Fenster. Als sie sich zu Beatrice umdrehte, war diese bereits eingeschlafen. Fürsorglich zog Ines die Bettvorhänge zu, strich ihrer Herrin eine Haarsträhne aus der Stirn und flüsterte: »Ich wünsche es für Euch ...«

IX
Das Fest

Schon von weitem wiesen die mit Lampions behängten Bäume in der Via San Donnino den Weg zum Palazzo der Connuccis. Die alteingesessene Lucchesi Adelsfamilie gehörte zu den wenigen Aristokraten, die ihren Wohlstand vermehrt hatten, weil sie, Standesdünkel missachtend, frühzeitig in den Seidenhandel eingestiegen waren. Gadinos Vorfahr hatte Mitte des vierzehnten Jahrhunderts erkannt, dass die Einkünfte aus der Landwirtschaft allein nicht ausreichten, und seine Söhne bei Lucchesi Kaufleuten in die Lehre geschickt. Heute zählten die Connuccis zu den bedeutendsten Seidenimporteuren der Toskana.

Die Fassade des Palazzo wurde von zahlreichen Fackeln erhellt, und livrierte Diener standen am Tor bereit, um die Gäste zu empfangen. Gewöhnlich ließ sich kein Lucchesi, der eine Einladung der Connuccis erhielt, die Gelegenheit entgehen, an einem der opulenten Feste des Marchese teilzunehmen.

Wie es sich gehörte, betrat Beatrice den Palazzo hinter Ser Buornardi und seiner Frau, die unter dem Gewicht ihrer schweren Brokatrobe und ihrer Juwelen ächzte. Selbst in ihren aufgesteckten Haaren blitzte und funkelte es vor Diamantbroschen. Beatrice hatte ein schlichtes bordeauxfarbenes Kleid mit seidenen Unterkleidern in verschiedenen Rottönen gewählt. Nur der Rubinring und Clarices Ohrringe schmückten ihre Haut, deren weißes Dekolleté zur Hälfte von einem zarten Seidenschleier verhüllt wurde. Ines hatte ihr geholfen, die Locken so aufzustecken, dass sie hier und da wie zufällig auf die Schultern fielen.

Gold und Weiß waren die vorherrschenden Farben im Festsaal, der von Hunderten von Kerzen in warmes Licht getaucht wurde. Diener und dunkelhäutige Sklaven in bunten Uniformen huschten schattengleich zwischen den Gästen umher, um ihnen jeden Wunsch von den Lippen abzulesen. Lorenza war entzückt. Affektiert hielt sie ihre beringte Hand zur Seite und tuschelte mit einer Matrone in schillerndem Grün. Ser Buornardi wurde sogleich von einigen Mitgliedern des Ältestenrats in Beschlag genommen, so dass Beatrice ihr Weinglas nahm und sich nach einem bekannten Gesicht umsah.

»Raffiniert, Madonna, Kompliment!« Gadino del Connucci trat von hinten auf sie zu und hauchte ihr Begrüßungsküsse auf die Wangen.

»Marchese.« Förmlich neigte Beatrice den Kopf.

»Nicht so bescheiden. Ihr stecht die übrigen Damen mit Eurer Schlichtheit aus, und das war Eure Absicht!« Er reichte ihr seinen Arm und geleitete sie durch die Menge.

Vertraulich legte er seine Hand auf ihre und flüsterte an ihrem Ohr: »Seht nur, wie sie Euch anstarren. Ich höre sie förmlich ihr Gift verspritzen. Ah, da ist Rodolfo.«

Rodolfo da Sesto tauschte sein leeres Weinglas gegen ein volles aus. Als er Beatrice erblickte, fasste er sich theatralisch an die Brust. »Madonna, Eure Schönheit raubt mir den Verstand, von dem, ich gebe es zu, nicht mehr viel übrig ist. Aber das, mein lieber Gadino, liegt an Eurem exzellenten Weinkeller. Zum Wohl!«

»Der Abend ist noch lang, mein Freund«, ermahnte Gadino den weinseligen da Sesto.

»Das hoffe ich doch, denn wisst Ihr, schöne Beatrice«, Rodolfo beugte sich zu ihr, so dass sie seinen säuerlichen Atem roch, »später wird es erst richtig lustig. Dann sind die spießigen Langweiler fort, und wir amüsieren uns auf eine Art, an der Ihr bestimmt Gefallen finden werdet...« Er grinste anzüglich.

Der Marchese schlug seinem Freund auf die Schulter und

drehte ihn nach rechts. »Da steht die junge Caterina Quilici. Ich glaube, sie wartet auf Euch.«

Da Sesto warf sich in Pose und strich sich durch die langen braunen Haare. »Dann will ich sie nicht enttäuschen. Entschuldigt mich.«

Durch die plaudernden und herumschlendernden Leute ging ein Ruck, als die Musiker den ersten Tanz des Abends anstimmten. Beatrice bewunderte den harmonischen Klang des zehnköpfigen Ensembles. »Wo habt Ihr diese Musikanten her? Sie spielen wundervoll.«

»Mit genügend Geld bekommt man jeden, Madonna. Der Hof von Mantua muss sich nun um neue Musiker kümmern, aber wie ich die gute Isabella d'Este kenne, wird sie schnell für gleichwertigen Ersatz sorgen. Madonna, die Pflicht ruft. Auch wenn ich Euch gern den Tanz geschenkt hätte.« Höflich verneigte sich Gadino und schritt auf die Tanzfläche, an deren Rand eine Frau stand, deren unansehnliches Gesicht mit einer zu langen Nase im Gegensatz zu ihrer prächtigen Robe und dem erlesenen Geschmeide stand. Beatrice wusste, dass Connucci mit einer Frau verheiratet war, die er nirgendwohin mitnahm, und jetzt kannte sie den Grund. Sie schaute sich um und entdeckte Ortensia, die Tochter von Lorenzas älterer Schwester. Ortensia war klein, quirlig und hatte ein hübsches, mit Sommersprossen übersätes Gesicht, das sie unter einer dicken Schicht weißen Puders erstickte.

»Ortensia, was für eine schöne Überraschung. Ich wusste nicht, dass Ihr auch hier seid.«

Ortensia kicherte. »Seht Euch das an, Beatrice. Ist sie nicht furchtbar hässlich? Sie hasst es zu tanzen, aber er besteht darauf, dass sie bei jedem Fest den ersten Tanz mit ihm ausführt. Danach zieht sie sich zurück. Das arme Ding.«

Ortensias rote Locken wippten, wenn sie den Kopf bewegte, und ihr gelbes Seidenkleid raschelte. Es war mit Perlen bestickt und mehr Scudi wert, als Alba je in ihrem Leben verdienen würde. »Ich verstehe das nicht. Ein Mann wie der Marchese hätte doch eine schönere Frau finden können ...«

Wieder kicherte Ortensia, musste dann aber husten und versteckte den Mund hinter einem Tuch. Schließlich räusperte sie sich. »Leidiger Husten. Hmm, natürlich fragt sich das jeder, aber das war eine Bedingung seines Vaters. Die Ehe wurde arrangiert, da waren beide noch Kinder. Bernardina entstammt einer Seitenlinie der Chigis aus Siena. Es wird gemunkelt, dass die Connuccis auf einen Kardinalshut spekulieren.«

Die Chigis waren eine reiche, weit verzweigte Bankiersfamilie, deren Stern in Siena und Rom seit einigen Jahren im Sinken begriffen war. Für einen Adligen niederen Ranges wie Connucci war die Verbindung mit einer solchen Familie trotzdem von großem Vorteil, denn die Chigis hatten Verbindungen in die höchsten Gesellschaftsschichten. »Einen Kardinalshut?«

»Sein Bruder Antonio ist Bischof von, ich weiß nicht mehr, geworden.«

Das erklärte vieles. Wenn die Connuccis erst einen Kardinal im Vatikan sitzen hatten, bräuchten sie nichts zu fürchten, sollte der Kaiser wider Erwarten seinen Italienfeldzug verlieren. Es war nicht selten, dass verschiedene Mitglieder einer Familie unterschiedlichen politischen Parteien anhingen. »Ich hatte nicht den Eindruck, dass Gadino zu den Päpstlichen gehört.«

»Ach, Beatrice, Ihr macht Euch zu viele Gedanken. Wer weiß denn heute überhaupt noch, was in der Politik vor sich geht? Tsts, schaut Euch Bernardinas schönes Kleid an. Was meint Ihr, was der Stoff gekostet hat? Darin ist mehr Gold, als ich um den Hals trage! Dabei hat sie noch nicht einmal Sinn dafür. Sie verbringt ihre Zeit am liebsten mit Büchern und diesen Künstlern, die sie dauernd einlädt.«

Bernardina Chigi, Marchesa del Connucci, drehte sich würdevoll über die Tanzfläche, doch mangelte es ihr an Grazie. Diese Vorführung musste eine Tortur für sie sein, vor allem, da sie eine geistvolle Frau und sich ihres Äußeren bewusst war. Der Marchese lächelte und bewegte sich mit gewohnter Eleganz. Ihm schien der Auftritt Spaß zu machen. Vielleicht gefiel es ihm sogar, seine Frau bloßzustellen. »Sagt, Ortensia, Ihr hört viel mehr von dem, was in der Stadt vor sich geht, als ich. Habt Ihr von der überstürzten Abreise der Marcina Porretta gehört?«

»O ja!« Die Locken wippten aufgeregt. »Es heißt, sie sei in anderen Umständen, und man munkelt, das Kind sei möglicherweise sogar vom Marchese! Stellt Euch das vor! Sie soll aber auch noch andere Männer getroffen haben ...« Erschrocken hielt sich Ortensia wieder das Taschentuch vor den Mund.

»Schon gut. Federico hatte vor unserer Ehe wohl eine Affäre mit ihr«, sagte Beatrice kühl.

»Ihr wisst das? Na dann ... Die Männer sind eben so, nicht wahr? Solange sie nicht die Franzosenkrankheit anschleppen ...« Sie verzog angewidert das Gesicht.

Erschrocken hielt Beatrice den Atem an. An diese mögliche Folge außerehelicher Aktivitäten hatte sie noch nicht gedacht. Es kursierten die schillerndsten Gerüchte über die Krankheit, die unter Soldaten und Huren viele Todesopfer gefordert hatte.

Ortensia lachte laut, als sie Beatrices erschrockene Miene sah. »Ich lasse mir alles von meiner Zofe erklären, alles! Wie kommt Ihr mit meiner Tante aus? Sie ist ziemlich launisch, und wenn sie ihren Willen nicht bekommt, wird sie zur Furie. Ja?« Wieder lachte sie, als Beatrice der Mund halb offen stehen blieb. »Sagt nichts, die liebe Familie ... Glaubt nicht, dass es bei mir anders wäre. Ich habe gehört, dass Ihr das Kind einer Mörderin aufgenommen habt?«

»Ja, aber ...?«

»Woher ich das weiß? Ich bitte Euch, Lucca ist ein Dorf. Denkt Ihr, es war klug, so ein Balg ins Haus zu nehmen?«

»Ihr wart nicht dabei, als die Mutter mich vor der Hinrichtung anflehte, etwas für ihre Kinder zu tun.«

»Ihr klingt, als wärt Ihr eine von den Barmherzigen Schwestern. Von mir aus verschenkt Euer Geld, wenn Ihr meint, dadurch ist Euch ein Platz im Paradies sicher. Ich sage nur, dass man sich vor solchen Bälgern in Acht nehmen soll ... Es gibt genügend Beispiele, wo sich ein Wohltäter umdrehte und das liebe Adoptivkind ihm mir nichts, dir nichts einen Dolch in den Rücken gejagt hat.« Ortensia zuckte mit den Schultern und griff nach ihren Locken. »Sitzen sie noch? Meine Zofe hat Stunden dafür gebraucht. Seht, da vorn ist der hübsche Averardo, Connuccis Sekretär.«

Beatrice erblickte den Mann, den sie das erste Mal auf ihrer Hochzeit gesehen hatte. Hübsch war er tatsächlich, aber seine Bewegungen wirkten arg geziert, und als er seine Hand vertraulich über den Rücken eines männlichen Gastes gleiten ließ, war ihr auch klar, warum, Averardo bevorzugte das eigene Geschlecht.

»Macht Euch keine großen Hoffnungen in Bezug auf den Sekretär ...«, begann sie, hielt jedoch im Satz inne, denn Ortensia wurde von einem Kavalier zum Tanz gebeten. Erleichtert wandte Beatrice sich ab und hielt nach Ser Buornardi Ausschau. Sie hatte keine Lust zu tanzen und schlenderte langsam durch die prächtig dekorierten Räumlichkeiten des Palazzo. Zwergwüchsige Diener liefen mit Silbertabletts herum, die man auf ihrem Kopf befestigt hatte, so dass die Gäste nur nach den Köstlichkeiten greifen mussten, die an ihnen vorbeiliefen. Auf diese Weise probierte Beatrice nacheinander Wachtelpastete, Eier im Teigmantel und frische Datteln. Was immer sich ein verwöhnter Gaumen vorstellen konnte, schien es hier zu geben. Kein Wunder, dass die Feste der Connuccis in aller Munde waren.

Sie überlegte gerade, wie sie ihre Hände säubern könnte, als ein dunkelhäutiger Sklavenjunge mit einer Wasserschüssel und einem Tuch herbeieilte. Stumm wartete er, bis sie sich gereinigt hatte. »Aus welchem fernen Land kommst du?«

Zur Antwort riss er kurz den Mund auf. Zwischen blendend weißen Zähnen befand sich nur der Rest einer Zunge, denn diese hatte man dem Jungen herausgeschnitten. Es war Beatrice zwar bekannt, dass einige Vertreter der Oberklasse sich gerne mit stummen Dienern schmückten, aber sie fand die Verstümmelung entwürdigend und grausam. Plötzlich fühlte sie die Pastete schwer in ihrem Magen liegen. Der Junge stammelte unverständliche Laute. »Schon gut.«

Sie konnte den Anblick nicht länger ertragen und lief, so schnell es ihr Kleid erlaubte, zwischen Säulen über glänzende Marmorfußböden bis in einen Raum, dessen Wände mit Spiegeln und Malereien geschmückt waren. Statuen und Büsten standen in Nischen und zeigten den menschlichen Körper in seinen perfektesten Formen. An den Wänden tummelten sich Nymphen und Satyrn in bacchantischen Szenerien, von denen Beatrice sich verschüchtert abwendete. Als sie hinter einem Paravent ein schmales Bett entdeckte, ahnte sie, dass dieser Raum privatem Amüsement vorbehalten war. Erschrocken fuhr sie zusammen. Auf dem Gang näherten sich Schritte. Ein schrilles Frauenlachen mischte sich mit Rodolfo da Sestos Stimme. Fieberhaft sah Beatrice sich nach einem Versteck um, hier wollte sie von dem angeheiterten da Sesto auf keinen Fall gesehen werden. Schließlich fand sie einen Platz hinter einem der Fenstervorhänge neben einer lebensgroßen Venusstatue. Es gelang ihr gerade noch, den Rock unter den Vorhang zu ziehen, als Rodolfo und seine Begleiterin hereintaumelten.

»Jetzt erzählt schon, Rodolfo, mein Süßer, wohin ist Marcina gereist? Kommt schon, ich weiß, dass sie unvorsichtig war. Sie ist ein schlimmes Mädchen ...«

Kleider raschelten, und Caterina Quilici gurrte wie eine Taube.

»Genau wie Ihr, mein Täubchen.« Rodolfo und Caterina kamen näher, und Beatrice versuchte, so wenig wie möglich zu atmen.

Jetzt schienen sie direkt vor ihr zu stehen. Sie hörte Metall auf Stein kratzen. »Schaut Euch diese Brüste an. Eine Venus, als wäre sie direkt dem Meer entstiegen.«

»Aber die hier sind nicht aus Stein ...«, lockte Caterina.

Erneut raschelten Stoffe, und Caterina seufzte. »Nein, nein, Unartiger! Erst erzählt Ihr mir von Marcina. Ich kann ein Geheimnis bewahren.«

Rodolfo lachte. »O ja, natürlich, aber dieses Mal müsst Ihr mir bei allem, was Euch heilig ist, schwören, nichts zu sagen, sonst bringt Gadino mich um.«

»Bei allem, was mir heilig ist ...«, kicherte Caterina.

»Sie ist nach Rom gefahren zu einer Freundin und kommt Ende des Sommers zurück. Ihre Freundin wird sich um das Kind kümmern. Jetzt kommt her, Ihr seid eine Füchsin ...«

Beatrice hielt den Atem an, denn Rodolfo drängte seine Gespielin neben ihr an die Wand. *Gleich entdecken sie mich, und ich werde vor Scham in den Boden versinken*, dachte sie, doch Caterina war nicht so leicht zufriedenzustellen.

»Steht dort hinten nicht ein Bett? Mein Lieber, Ihr könnt Euch ja kaum auf den Beinen halten, wie wollt Ihr dann ...«

Schritte entfernten sich, und Rodolfo bewies Caterina seine Standfestigkeit, was eindeutige Seufzer und Stöhnen bezeugten. »Nicht doch, lasst das. Ihr zerknittert mir ja das ganze Kleid. Euer Bericht war unvollständig. Wer ist der Vater, und wie heißt die Freundin in Rom?«, beharrte Caterina kurz darauf.

Von weitem näherten sich weitere Schritte, und durch einen Spalt im Vorhang konnte Beatrice sehen, wie Rodolfo sich hastig die Hose zuknöpfte und Caterina etwas ins Ohr flüsterte.

Diese schlug sich eine Hand vor den Mund. »Nein! Wenn das seine Frau wüsste ...«, rief sie aus und lachte aus vollem Halse.

»Still jetzt! Verdammt, haltet endlich den Mund ...« Rodolfo zog sie hinter sich zur Tür hinaus.

Mit zitternden Knien trat Beatrice aus ihrem Versteck und hielt sich die Hände gegen die glühenden Wangen. Ungewollt war sie Zeugin eines Ehebruchs geworden. Caterina Quilicis Gatte gehörte dem Großen Rat an, und sie wusste jetzt mit Sicherheit, dass Marcina Porretta ein Kind erwartete – und zwar von einem verheirateten Mann. Hatte Federico davon gewusst? War es das, worüber er noch vor kurzem mit ihr hatte sprechen wollen? Sie konnte sich darüber grämen oder wütend sein, ändern ließe sich nichts. Sie musste an ihr eigenes Kind denken, für das alles zu tun sie bereit war.

Beatrice lief zur Tür und spähte vorsichtig in den Gang hinaus, wo außer einem Diener niemand zu sehen war. Den Klängen der Musik folgend, fand sie ohne weitere Umwege in den Festsaal zurück. Während sie sich wieder unter die Gäste mischte, überlegte sie, dass es eigentlich noch einen zweiten Mann gab, der als Vater in Frage kam.

Der Marchese erblickte sie und steuerte direkt auf sie zu. Lächelnd legte Beatrice ihre Hand in seine und ließ sich auf die Tanzfläche führen. Während sie Connucci in der Volta folgte, fragte sie sich, wie er reagieren würde, wenn er erfuhr, dass er einen Bastard gezeugt hatte. Connucci streifte mit der Schulter ihren Rücken und schenkte ihr einen tiefen Blick unter schön geschwungenen Brauen.

Nein, dachte Beatrice, das gefiele ihm ganz und gar nicht.

Alberto Mari war sich des Risikos bewusst, dem er sich aussetzte, doch wenn er keine Beweise für seinen Verdacht fand, brauchte er nicht nach Rom zurückzukehren. Flamini würde ihn ohne Zögern ausliefern, und die Folterkammern der Inquisition waren sogar noch schlimmer als der Ruf, der ihnen vorauseilte. Mari war kein tapferer Mann. Fieberhaft durchwühlte er daher die privaten Papiere des Marchese. Er hatte dem Kammerdiener einen Golddukaten gegeben, damit er ihn eine Weile ungestört ließ. Nichts! Sorgfältig legte Alberto Mari die Papiere zurück und schaute sich im *studiolo* des Marchese um. Der Mann wusste sich mit schönen Dingen zu umgeben. Die Stoffe, das Mobiliar, alles war von erlesener Qualität. Ein *putto* lag verschmitzt grinsend auf einem Tisch. Ein römisches Original natürlich. Denk wie ein Marchese! Wo versteckt man kompromittierende Briefe? Er, Alberto Mari, würde sofort jeden Beweis verbrennen, aber nicht der Marchese. Der Mann war eitel und hatte Vergnügen an Erpressungen und verräterischen Spielen. Truhen und Schränke waren zu offensichtlich. Geldkassetten vielleicht, aber nein, wenn man in die Verlegenheit kam, in Gegenwart eines anderen Geld holen zu müssen, würde man sicher nicht wollen, dass wichtige Papiere zu sehen waren. Sich über das Kinn streichend, wanderte der Sekretär Flaminis durch den Raum, betrachtete Gemälde, zupfte an Wandteppichen und nahm Bücher aus den Regalen. Ratlos blieb er schließlich stehen. Durch den Türspalt konnte er die Musik von unten hören.

Sein Magen knurrte und erinnerte ihn daran, dass er noch nicht gegessen hatte. Flamini war ein Teufel, der seine Vertrauensposition bei Clemens VII. ausnutzte, wo er nur konnte. Erst schickte er Agozzini, diesen unfähigen Lüstling, und jetzt ihn. Dabei wusste Flamini ganz genau, dass er nichts mehr hasste als Intrigen und Verrat. Vielleicht hatte Flamini ihn auch nur geschickt, weil er keinem anderen trauen konnte, schließlich stand eine Stadt auf dem Spiel. Wie war er nur darauf gekommen, dass ausgerechnet der Marchese Agozzini ermordet haben könnte? Alberto Mari wischte sich mit dem Ärmel über die verschwitzte Stirn und horchte auf den Flur hinaus. Doch außer der leisen Musik war nichts zu hören. Nein, für diese Aufträge war er nicht gemacht. Er hatte keine Nerven, seine Knie zitterten allein bei dem Gedanken an eine Entdeckung durch den Marchese. Warum konnte man ihn nicht mit seinen Büchern in Frieden lassen? Mari stand neben dem Tisch, auf dem der *putto* auf einem schwarzen Sockel ruhte. Der weiße Marmor fühlte sich kühl an. Er hielt inne und betrachtete ihn sich näher. Normalerweise war auch der Sockel aus Stein, aber nicht hier.

Neugierig drehte Mari die Figur des liegenden Jungen und hob sie an. Vorsichtig legte er sie neben den Sockel, der aus poliertem Ebenholz gefertigt war und bei genauem Hinsehen feine Linien zwischen den abgestuften Kanten aufwies. Mari rückte einen Kerzenleuchter heran und drehte und wendete den ellenlangen Sockel hin und her. Nach eingehender Untersuchung fand er heraus, dass sich bei gleichzeitigem Drücken von Ober- und Seitenpaneel die etwa handbreite Vorderwand abnehmen ließ und ein Hohlraum zum Vorschein kam. Ängstlich hob er den Kopf und lauschte in den Raum, noch immer war alles ruhig. »Heiliger Vater, steh mir bei«, flüsterte er und bedauerte im gleichen Atemzug, dass er denjenigen um Schutz anflehte, der ihn als Erstes preisgeben würde. Mit der Hand fuhr er in die dunkle Öffnung und zuckte überrascht zurück. Etwas hatte ihn gestochen, und sein Mittelfinger blutete. Fluchend sog er an seinem Finger, wickelte ihn dann in ein Taschentuch und hielt den Sockel schräg, bis ein einzelner Brief herausfiel.

Im Kerzenlicht erkannte er ein erbrochenes Siegel, es war nicht das päpstliche, sondern es bestand aus sechs kreisförmig angeordneten Blüten. Mari faltete das Papier hastig auseinander und stieß einen leisen Pfiff aus. Die Poggios! Der Brief war ein Vertrag, in dem sich die Poggios, darunter Arrigo und seine Brüder, und vier angesehene Mitglieder des Großen Rates verpflichteten, nach gelungenem Umsturz die neue Regierung in Lucca zu unterstützen. Er hatte geahnt, dass die Poggios die groß angelegte Revolte nicht allein durchgeführt hatten, aber dass ausgerechnet diese Männer ihnen dabei geholfen hatten, war ein starkes Stück – ehrwürdige, angesehene Mitglieder des Rates, die es an und für sich nicht nötig haben sollten, auf diese Weise an mehr Geld oder Macht zu kommen. Nachdenklich knetete Mari seine Unterlippe. Aber dass der junge da Sesto darunter war? Rodolfo amüsierte sich so unbekümmert auf Connuccis Fest. Der Marchese schien sein Wissen noch nicht ausgespielt zu haben, und Mari bedauerte Rodolfo schon jetzt.

Dieses Papier war viel Geld wert, wenn es richtig eingesetzt wurde. Wie es in den Besitz des Marchese gelangt war, blieb ein Rätsel. Mari rieb sich die blanke Stirn. Den Mörder Agozzinis hatte er nicht gefunden, aber diese Information war ebenfalls sehr interessant, warf sie doch ein neues Licht auf den Aufstand vom Januar.

Mari war gerade dabei, das Geheimfach wieder zu verschließen, als er Stimmen auf dem Gang hörte. Mit fahrigen Bewegungen hob er die Skulptur wieder auf den Sockel, wobei ihm der Marmor durch die schweißnassen Hände glitt und mit einem viel zu lauten Geräusch auf dem Kasten zu liegen kam. »Bei allen Heiligen!« Schwer atmend rannte Mari durch die Verbindungstür in den Nebenraum, so schnell es seine Leibesfülle erlaubte. In dem kleinen Salon stand eine Liege, auf die er sich sinken ließ und die Augen schloss.

Sekunden später flog die Tür auf, und der Marchese kam herein.

»Was war denn hier …« Als er den schnaufenden Mari erblickte, brach Gadino del Connucci in lautes Gelächter aus. »Ihr seid das! Mein lieber Freund, ist Euch nicht wohl? Ihr seid blass! Ich vermutete schon Arges, aber jetzt bin ich beruhigt. Wir haben Euch vermisst. Gerade tanzte ich mit Beatrice und erzählte, dass auch Ihr heute mein Gast seid.«

Vorsichtig öffnete Alberto Mari die Augen und sah sich dem Marchese gegenüber. Hinter ihm erschien Beatrice.

»Was für eine schöne Überraschung! Signor Mari, ich konnte gar nicht glauben, dass Ihr hier seid.«

»Oh, ja …«, stammelte dieser und stützte sich auf einen Arm. »Mir war nicht gut, das Herz, fürchte ich.«

»Eigentlich hätte ich nicht überrascht sein sollen, dass Beatrice Freunde wie Euch hat. Sie ist nicht nur schön, sondern auch klug.« Connucci zog einen Sessel heran und bot ihn Beatrice an. »Warum leistet Ihr unserem Freund nicht Gesellschaft, bis ich einen Medicus aufgetrieben habe? Es ist sicher einer unter den Gästen, der hoffentlich noch nicht zu betrunken ist.«

Die Farbe kehrte in Maris Gesicht zurück. »Keine Umstände, Marchese. Ich habe meine Medizin bei mir. Etwas Wasser, und bald geht es wieder.« Wenn er eines fürchtete, dann fremde Quacksalber, deren Unverstand fast immer fatale Folgen hatte.

»Ganz sicher?« Connuccis Anteilnahme schien echt. »Ich schicke Euch einen Diener mit Wasser und einer kräftigen Brühe.«

Beatrice nickte. »Das wird das Beste sein. Wir kommen dann hinunter, sobald sich Signor Mari besser fühlt.«

Ein Diener klopfte und trat zaghaft ein. »Die Marchesa fragt nach Euch, Exzellenz.« Mit gesenktem Kopf verharrte der Mann.

Unwirsch schickte Connucci ihn weg. »Sie soll warten!«

Dann verneigte er sich vor Beatrice, ergriff ihre Hand und hauchte einen Kuss darauf. »Ich wünschte, ich wäre es, um den Ihr Euch sorgt, Beatrice. Vergesst nicht, Ihr habt mir noch einen Tanz versprochen.« Sein Blick fiel auf Maris Finger. »Habt Ihr Euch verletzt?«

»Nein, es ist gar nichts. Mein eigener Dolch. Ich bin eben ein alter Mann ...« Der Gelehrte verdrehte die Augen in gespielter Hilflosigkeit. »Nur eine Last ...«

»Sagt das nicht, lieber Mari. Ihr seid amüsant und der beste Kenner griechischer Literatur!«, sagte Beatrice.

»Nun gut. Dann werde ich jetzt die nötigen Dinge veranlassen.« Gadino del Connucci verließ den Salon.

Sobald die Tür hinter ihm ins Schloss gefallen war, richtete sich Alberto Mari auf und sah sich um, ob sie auch wirklich allein waren. Beatrice beobachtete ihn erstaunt.

»Ihr seid gar nicht krank, nicht wahr?«

»Krank vor Angst, ja! Aber vorsichtig, in diesen Palästen haben Wände Ohren. Beatrice, ich stecke in Schwierigkeiten.« Er zeigte seinen verletzten Finger, der aufgehört hatte zu bluten, und flüsterte: »Der Aufstand der Poggios hier in Lucca war mehr als die Rebellion einer Familie. Beatrice, es ist ein Jammer, dass Eure Eltern fort sind. Euer Vater wäre der Einzige gewesen, mit dem ich hätte sprechen können.«

»Ich bin nur eine Frau, aber mir könnt Ihr ebenso vertrauen wie meinem Vater.«

Er lächelte. »Ja, das weiß ich.« Nachdenklich tätschelte er ihre Hand. Die Namen auf der Liste bedeuteten, dass mehrere ehrenwerte Ratsmitglieder sich bereit erklärt hatten, die Poggios im Fall einer erfolgreichen Revolution zu unterstützen. Mit Hilfe solcher Verbündeter war es durchaus möglich, Lucca den Medici und Florenz in die Hände zu spielen. Aber Arrigo und seine Brüder waren tot, die Ratsmitglieder unentdeckt, und keinem von ihnen traute er zu, der Kopf der

Verschwörung zu sein. Connucci besaß den verräterischen Vertrag, aber der Marchese war nicht der Mann für eine solche Verschwörung. Mari konnte sich eher vorstellen, dass der Marchese Spaß daran hatte, die Verräter zu erpressen und gegeneinander auszuspielen. Connucci war ein Intrigant, aber ein Verräter der Republik? Dann wäre es vorbei mit seinem schönen Leben, nein, nein, es musste noch jemand anderen geben ...

»Sagt mir doch, um was es geht«, bat Beatrice.

»Ich denke, dass die Poggios Verbündete hier in Lucca haben und dass es noch nicht vorbei ist.«

»Noch nicht vorbei?«

Ein Diener brachte ein Tablett mit Suppe und einen Krug frisches Wasser herein. Er wurde von Bernardina Chigi und einer jungen Frau begleitet, die Beatrice für ihre Zofe hielt. Aus der Nähe betrachtet hatte Bernardina durchaus ihren Reiz, ihre braunen Augen blickten sanft unter langen Wimpern hervor. Ihre Hände waren schlank, und als sie sprach, zeigte sie eine Reihe weißer Zähne. Sie war keine Schönheit, aber eine Frau, deren Freundin man sein wollte, dachte Beatrice.

Alberto Mari war sofort wieder mit leidendem Gesichtsausdruck auf sein Lager gesunken.

»Ich hörte von Eurem Unwohlsein und habe mich lieber selbst um die Brühe gekümmert. Braucht Ihr wirklich keinen Medicus?«, fragte die Marchesa und ließ sich auf einem Stuhl nieder, den man ihr hinstellte.

»Danke, Ihr seid zu liebenswürdig.« Mari zog ein Döschen aus seinem Überrock und entnahm zwei weiße Kügelchen, die er sich in den Mund schob.

»Wir wurden uns noch nicht vorgestellt, aber ich habe schon einiges von Euch gehört, Beatrice«, wandte sich die Marchesa an Beatrice.

Die Marchesa mochte höchstens fünf bis zehn Jahre älter

sein, doch einige Linien um ihren Mund sprachen von Gram und Bitterkeit. »Was könnte man schon von mir sagen, aber Ihr seid eine Kunstkennerin und sicher eine weitaus interessantere Gesprächspartnerin für Signor Mari als ich«, sagte Beatrice bescheiden.

Alberto Mari löffelte die Fleischbrühe und dachte an das üppige Buffet, auf das er sich gefreut hatte, doch unter den gegebenen Umständen musste er weiterhin den Geschwächten mimen. Weder der Marchese noch seine Frau waren leichtgläubig, und Wände konnten nicht nur Ohren, sondern auch Augen haben. Während er den Löffel zum Mund führte, betrachtete er die tapezierten Wände, deren Muster Geheimtüren verbergen mochten. Da Sesto spielte ein gefährliches Spiel, schien mit dem Marchese befreundet und wollte ihn hintergehen. Immer vorausgesetzt, der Marchese gehörte nicht zu den Verrätern. Mari verschluckte sich und hustete.

Die Marchesa reichte ihm ein Glas Wasser. »Ich mache mir Sorgen um Euch, werter Freund.«

»Ohne Grund, Marchesa, ohne Grund.« Obwohl er sich tatsächlich nicht wohlfühlte, aber das lag daran, dass er selbst ein Schnüffler war und den Marchese zum Feind hatte, wenn dies herauskäme. Und er ahnte, dass dies nicht ratsam war.

X
Blutige Rosen

Seit dem Frühlingsfest der Connuccis waren über drei Wochen verstrichen. Beatrice stand im Kontor des Palazzo Buornardi und rechnete Bestandslisten auf. Die Arbeit lenkte sie ab, denn seit zwei Wochen wurde sie von Übelkeitsanfällen geplagt und wusste, dass sie ihre Schwangerschaft bald nicht länger verheimlichen konnte. Sobald ihr Zustand offiziell war, würde man sie behandeln wie ein rohes Ei, dauernd kämen Frauen zu Besuch, die Geschenke und Ratschläge brachten, und Lorenza würde ihr verbieten, ins Kontor zu gehen. Alles würde man ihr verbieten, aus Angst, es könne dem Kind schaden. Davor fürchtete sie sich am meisten. Untätigkeit und Isolation waren wie Folter für sie. Sie legte die Feder nieder und drehte den Kopf, weil ihr Nacken schmerzte.

»Macht eine Pause, Madonna.« Nardorus sah sie von seinem Pult aus an und lächelte. »Habe ich Euch schon gesagt, wie dankbar ich Euch bin?«

»Mehrfach. Aber noch sind die Stoffe nicht fertig. Also dankt mir nicht zu früh.« Vor seiner Abreise hatte ihr Vater einen Käufer für die blauen Stoffe mit Pflanzenmustern gefunden und von dem Erlös Material gekauft, aus dem einige Weber unter Ugos und Lelos Aufsicht Stoffbahnen mit wunderschönen Vögeln zwischen Ranken und Blumen schufen. Überhaupt hatte sich Ser Rimortelli angetan gezeigt von den Weberbrüdern und deren Kunstfertigkeit. Die da Sestos würden sich in Zukunft andere Weber für ihre Stoffe suchen müssen. Beatrice blätterte den Stapel Papiere durch, der neben ihr lag, nahm eine Schnur und band die Blätter sorgfältig zusammen. »Erledigt. Die Lagerbestände hier in Lucca sind vollständig.«

Als sie den zusammengebundenen Stapel aufhob, um ihn in einem Schrank zu verstauen, fiel ihr Blick auf den Brief aus Antwerpen, der seit diesem Vormittag auf ihrem Tisch lag. Inzwischen waren ihr Alessandros Siegel und seine Handschrift vertraut. Eigentlich hätte sie ihn Ser Buornardi vorlesen sollen, doch er war nicht in bester Verfassung, klagte häufig über Schmerzen in der Brust und ließ sich seit Tagen nur selten im Kontor sehen. Sie stopfte den Brief in den Ärmel ihres Kleides. »Davon werde ich ihm später berichten«, meinte sie seufzend zu Agostino.

»Momentan würde ihn das viel zu sehr aufregen. Die Börse ist ein Kartenhaus, ein Windstoß, und alles bricht zusammen. Manchmal wünsche ich mir die Zeiten zurück, in denen nur der Anblick von Golddukaten ein Geschäft besiegelte. Gab es nicht Gerüchte über einen Vertrag zwischen dem Kaiser und Clemens?«

Beatrice nickte. Wetterwendischer und launischer, als je eine Frau es sein könnte, war die päpstliche Politik. »Ja, aber ich glaube nicht an einen dauerhaften Frieden. Warum lässt der Kaiser die Truppen dann weiter zum Apennin hinunterziehen? Das sieht eher nach Bedrohung als nach Entspannung aus.« Sie öffnete einen Fensterflügel und sah auf die Straße hinunter, wo Kinder ungeachtet des Gestanks von Dung und Abwässern zwischen beladenen Eselskarren herumtollten. »Der Magistrat sollte sich lieber um die Abwasserkanäle kümmern, anstatt sich dauernd neue Steuergesetze auszudenken.«

Nardorus grinste schief. »Steuern bringen Geld, die Kanäle zu überholen kostet Geld. Wer hat eigentlich das Recht für die Wein- und Gewichtssteuern gekauft?«

»Ein Notar, wie war sein Name ...« Beatrice überlegte. »Ach, egal, soll er sich damit herumschlagen. Es ist eine Sache, das Eintreiberecht zu ersteigern, aber eine andere, die Steuern abzuzahlen und dann tatsächlich noch einen Gewinn zu erwirtschaften.« Meist waren es Männer aus niederen Ständen oder eben Notare, die bei den jährlichen Versteigerungen die Rechte zum Steuereintreiben erstanden. Seltener ließen sich die Noblen dazu herab, und wenn, dann waren es Söhne aus Nebenlinien, wie bei den Poggios. Trotz des Aufstands, den Vincente und Arrigo Poggio angezettelt hatten, unterschieden die Luccheser zwischen den Verrätern und dem unbeteiligten Zweig der Familie.

Beatrice verließ das Kontor und trat in den Hof hinaus.

In der Stadt war eine unterschwellige Spannung spürbar, die von dem Disput zwischen der katholischen Kirche und der wachsenden Luther-Anhängerschaft ausging. Öfter als sonst gerieten Leute auf der Straße in Streit, weil ein Heiliger vermeintlich beleidigt worden war oder jemand vom Erfolg der Bibelübersetzung gesprochen hatte. Beunruhigend fand Beatrice auch die steigende Zahl von Frauen, die an den Pranger gestellt wurden, weil sie gotteslästerlich gelebt hätten. Aber es war gefährlich, das frömmlerische Gebaren der Leute zu kritisieren. Agozzinis Tod hatte Öl in die Feuer des Bischofs von Lucca gegossen. Er hielt sich viel öfter als üblich in Lucca auf, um seine Priester zu hetzerischen Predigten anzustacheln, und das Volk war leicht zu beeinflussen.

Denn es brodelte in den unteren Schichten, auch wenn die Wohlhabenden ihre Augen davor verschlossen. Beatrice spürte die Veränderung in den Blicken der Armen, die ihr nicht mehr den üblichen Respekt entgegenbrachten, indem sie den Weg freigaben und sie grüßten. Eine Verzögerung hier und da, Augenkontakt, der ein wenig länger dauerte, bevor die Lider ehrerbietig gesenkt wurden. Je öfter Beatrice darüber nachdachte, desto größer wurde ihre Furcht. Die Familie ihres Vaters in Florenz hatte erlebt, was geschehen konnte, wenn das Volk von einem charismatischen Prediger verleitet wurde. Übertriebene Frömmigkeit und gesteigerter Glaubenswahn waren damals die Vorboten der Katastrophe gewesen, deren Auslöser der Dominikanermönch Savonarola gewesen war. Er hatte die damalige Invasion von Karl VIII. nach Italien vorhergesagt, die Medici zu Fall gebracht und gegen Sittenlosigkeit und moralischen Verfall gewettert. Geendet hatte alles in blutigem Chaos. Angst vor Verhaftungen, Folter und Hinrichtungen hatten die Menschen weitaus schlimmer drangsaliert als die Herrschaft der Medici zuvor.

Beatrice nagte an ihren Knöcheln. Die Angst vor dem fremden Herrscher an den Grenzen Italiens und die größer werdende Not der Armen hatten Savonarolas Erfolg möglich gemacht. Standen die Vorzeichen heute nicht ähnlich? Die Seidenweber hatten sich wiederholt beim Großen Rat über die schlechte Entlohnung beschwert. Erfolglos, denn die Seiden- und Tuchhändler beherrschen den Rat und die Stadt. Noch konnte die herrschende Klasse damit argumentieren, dass ihre Zahlungen an den Kaiser Lucca beschützten, aber wie lange noch?

Außerdem wurde in Spanien die Frömmelei auf die Spitze getrieben. Sondergerichtshöfe, die nur der Verfolgung von Ketzerei dienten, waren dort wieder gängige Praxis. Unwillkürlich fröstelte Beatrice. Allein der Gedanke an die Inquisition löste Übelkeit in ihr aus. Wie konnte Karl die schrecklichen Methoden der Inquisition gutheißen? Aber er war überzeugter Katholik. O Madonna, dachte Beatrice, wohin steuert dieser Krieg? Und was hatte Mari herausgefunden? Seit dem Fest des Marchese hatte sie ihn nicht mehr gesehen. War er überhaupt noch in Lucca?

Vor der Küchentür saß Alba auf einem Schemel und rupfte ein Huhn. Ihre missmutige Miene hellte sich auf, als sie Beatrice sah.

»Du bist ein fleißiges Mädchen, Alba.«

Die Kleine rümpfte die Nase. »Hühner stinken. Ich mag das nicht. Kann ich nicht etwas anderes tun?« Ihre Haare waren zu einem Zopf geflochten, und ihr magerer Kinderkörper hatte ein wenig Fleisch angesetzt. Aus Alba würde eine hübsche junge Frau werden, für die Beatrice einen guten Mann finden wollte.

»Wenn du einmal heiratest, musst du kochen können, und das Rupfen von Hühnern gehört dazu«, belehrte Beatrice sie.

»Ihr arbeitet auch nicht in der Küche …«, murrte die Kleine und ließ das Huhn auf die Erde sinken.

Plantilla kam mit einem Eimer Grütze aus der Tür und gab dem Mädchen eine schallende Ohrfeige. »Du undankbares, freches Ding! Was fällt dir ein, so mit der Signora zu reden. Wenn sie dich nicht aus deinem elenden Loch geholt hätte, wärst du heute schon in der Via del Fosso und in zwei Jahren genauso eine Hure wie deine Mutter!«

In der Via del Fosso befanden sich die Färbereien und die Bordelle der Stadt, beide Einrichtungen lagen im hässlichsten Viertel am Kanal. Alba kniff die Augen zusammen und riss dem Huhn mit aller Gewalt die Federn aus. »Du bist eine dumme Köchin und weißt gar nichts von meiner Mutter! Mit dir spreche ich nicht.« Den Mund zu einem schmalen Strich gepresst, malträtierte Alba das tote Tier.

»Oh!« Wütend hob die kräftige Plantilla den Eimer und machte Anstalten, ihn über Alba auszugießen.

»Plantilla! Genug jetzt. Alba, du entschuldigst dich bei Plantilla.« Beatrice begriff, dass das Mädchen seinen Platz in der Hierarchie der Dienerschaft einzunehmen hatte.

Unter den langen Wimpern flackerte es empört. »Nein. Sie hat meine Mutter beleidigt und ist dumm! Du kannst ja nicht mal lesen!« Alba sah die Köchin so abfällig an, dass es Beatrice wehtat.

War es verkehrt gewesen, dieses Mädchen zu Pater Aniani in die Schule zu schicken? »Alba! Du musst noch viel lernen. Plantilla durfte nicht zur Schule gehen. Es ist schlecht und zeugt von Hochmut und falschem Stolz, wenn man kein Mitgefühl für andere hat. Tut mir leid, Alba, aber du musst demütiger werden. Wenn du mit dem Huhn fertig bist, schrubbst du den Boden in Küche und Halle, und anschließend gehst du zu den Mägden in der Waschküche. Es gibt genügend Leinen, das gekocht werden muss.«

Die Lippen weiß vor unterdrückter Wut, befolgte Alba Beatrices Befehle.

»Da hast du's, Soldatenbalg ...« Triumphierend schwang Plantilla ihren Eimer.

»Sie ist bestraft worden, Plantilla. Das genügt, und du hältst deine Zunge in Zukunft im Zaum!« Verärgert wandte sich Beatrice ab.

Alessandros Brief knisterte in ihrem Ärmel und erinnerte sie daran, sich mit seinem Inhalt auseinanderzusetzen. Ohne sich weiter um die schmollende Alba zu kümmern, ging Beatrice zwischen Knechten, Pferden und Kisten die Arkaden hindurch in den Garten. Sie war zutiefst dankbar dafür, dass Lorenza sich nicht für die Natur interessierte, denn so blieb der Garten ihre Zuflucht. Seit kein Frost mehr zu erwarten war, hatte sie begonnen, Töpfe mit blühenden Sträuchern, kleinen Palmen und Zitronenbäumchen aus den Gewächshäusern herbringen zu lassen. Neben der Steinbank standen nun zwei rund beschnittene Buchsbäume, und nach ihren Anweisungen hatten die Gärtner Rosensträucher und Blumenbeete beschnitten und neu angelegt.

Die Geräusche aus Hof und Haus waren nur noch gedämpft zu vernehmen, als sie sich auf der Bank niederließ und den Brief aus dem Ärmel zog. Singvögel zwitscherten in den Bäumen, und auf der Mauer, die den gesamten Garten bis zum Palazzo umgab, hockte die braun-weiße Katze. Zwei Rosensträucher, an denen rosa Blüten standen, verströmten einen zarten Duft. Seufzend strich sie das Papier glatt und überflog erneut den Inhalt, der sie heute Morgen so erschreckt hatte. Der Bote erwartete eine sofortige Antwort, doch sie hatte ihn vertröstet.

Alessandro benötigte sofort achtzigtausend Scudi, um Verluste, die er an der Börse gemacht hatte, decken zu können. Diese Summe war erheblich, wenn sie bedachte, dass es sich um ein Fünftel der jährlichen *gabella maggiore*, der Gesamtsteuerabgaben, der Buornardis handelte. Alessandro erklärte in seinem Brief, dass er unter anderem Anteile an slowakischen Silberminen und einer Schiffseignergesellschaft gekauft hatte, die auf der Route Tana, Trabzon, Konstantinopel, Negroponte bis ins Mittelmeer fuhr. Mehrere unglückliche Faktoren hatten zu Alessandros Misere geführt: Drei Schiffe der Flotte waren von Piraten gekapert worden, die wertvolle Fracht war damit verloren, zudem hatte sich die Silbermine als erschöpft erwiesen, und der Bankier, bei dem Alessandro seine Reserven in Antwerpen deponiert hatte, war bankrottgegangen und vor seiner Bank hingerichtet worden. Diese drakonische Strafe war zwar ein abschreckendes Beispiel für andere Bankiers, doch den Gläubigern war das Geld dadurch nicht wiederbeschafft worden.

Es half alles nichts, sie musste Ser Buornardi die finanzielle Krise möglichst schonend beibringen, denn nur er und Federico waren befugt, die Familienfinanzen zu ordnen. Wenn Alessandro kein Geld erhielt, geriet die Familie in Misskredit und er ins Gefängnis. Seufzend erhob sie sich, steckte den Brief in den Ärmel zurück und ging zu den Rosensträuchern. Die Blütenkelche öffneten sich gerade, und sie konnte nicht widerstehen, einige Zweige abzubrechen, um sie in ihrem *studiolo* in eine Vase zu stellen. Mit den Blumen im Arm schlenderte sie langsam zurück. Die Nachmittagssonne war im Sinken begriffen und blendete sie, als sie durch die Arkaden in den Hof trat.

Dort schien etwas geschehen zu sein. Knechte und Diener rannten wild durcheinander. Die Jagdhunde bellten und liefen aufgeregt herum. Packpferde, Kisten und Truhen füllten den Hof, und da stand Federicos Pferd, ein Brauner, der nervös hin und her tänzelte. Jemand schrie nach einem Arzt, und Beatrice sah eine Trage, die zugedeckt neben dem Reisegepäck stand. Andrea stand, selbst am Arm verletzt, unglücklich daneben und winkte ab, als sie voller böser Vorahnungen näher kam.

»Nein, geht ins Haus, Madonna. Das ist kein Anblick für Euch! Wir haben schon nach einem Arzt geschickt.«

Doch Beatrice ließ sich nicht abwehren, sondern zwängte sich zwischen den Männern hindurch, bis sie vor der Trage stand, auf der Federico lag. »Mein Gott!«, flüsterte sie und ließ die Blumen fallen.

Federico lag regungslos mit geschlossenen Augen und bleichem Gesicht vor ihr. Sein linker Arm fiel von der Trage, und Blut tropfte aus einer Schnittwunde an seiner Hand. Die Männer waren sehr still, als sie das Tuch von seinem Körper zurückzog und den Verband an seinem Oberschenkel sah, durch den dunkles Blut sickerte. Wenn eine der Hauptadern verletzt war, konnte er verbluten.

»Fabio!«, rief sie, und der junge Knecht war sofort zur Stelle.

»Geh zu Ismail Ansari in der Via Fatinelli, erster Stock. Sag ihm, es geht um Leben und Tod. Er soll sofort herkommen! Lauf! Schnell, Fabio!«

Nach einem ängstlichen Blick auf den bewusstlosen Federico sprang Fabio auf den Rücken eines der Reisepferde, das noch von einem Knecht gehalten wurde, und preschte davon.

»Andrea, wir brauchen heißes Wasser und saubere Tücher. Du, gib mir einen Stock.« Sie hatte einen der Knechte angesprochen, die wie erstarrt neben ihr standen. »Glotz nicht! Gib mir einen Stock, irgendwas, los!«

Behände riss sie einen Streifen des Tuches ab, mit dem die Männer Federico zugedeckt hatten, und wickelte ihn oberhalb der Wunde um den Oberschenkel. Das Blut trat jetzt pulsierend durch den Verband.

»Hier, Herrin. Geht das?« Der Knecht, ein grobschlächtiger Mann, dessen Gesichtsfarbe zwischen Gelb und Grau wechselte, hielt ihr einen Stock hin, an dessen Ende ein goldener Knauf mit einem Stein saß – Ser Buornardis Gehstock! Erschrocken sah Beatrice auf und dem alten Mann direkt in sein aschfahles Gesicht.

»Zu lang!«, sagte Beatrice.

Ser Buornardi fauchte: »Brich ihn durch, mach schon!«

Mit lautem Krachen brach der Knecht den Stock über seinem Bein in zwei Hälften. Die kleinere reichte er Beatrice, die das Holzstück in das Tuch knotete und es darin drehte, bis die Blutung aufhörte.

In diesem Moment ertönte Lorenzas schrille Stimme. »Der Arzt ist da! Geht alle weg. Lasst den Arzt zu ihm! Mein Sohn, Himmel, mein Sohn!« Sie schrie hysterisch und raufte sich die Haare, als sie die Blutlache unter Federicos Trage und den Bewusstlosen sah.

Beatrice sagte leise zu Ser Buornardi: »Schickt den Medicus weg. Er wird ihn umbringen. Ismail Ansari wird jeden Moment hier sein. Er ist der Einzige, der ihn retten kann. Bitte, vertraut mir!«, flehte sie den alten Mann an, der regungslos neben ihr stand.

Der behäbige Medicus schob sich mit wichtiger Miene durch die Menschen, die immer zahlreicher in den Hof strömten. Seine wässrigen Augen schauten gleichmütig, als er den Verletzten sah. »Wenn die Wunden schwären, müssen wir ihn zur Ader lassen ...«

Doch Ser Buornardi hob gebieterisch seine Hand. »Wir benötigen Euch nicht. Kümmert Euch um meine Frau. Gebt ihr Riechsalz oder sonst etwas, damit sie nicht ohnmächtig wird.«

Hinter sich hörte Beatrice einen spitzen Schrei. Signora Buornardi war tatsächlich in Ohnmacht gefallen und wurde mit Hilfe von drei Knechten ins Haus verfrachtet.

Ungeduldig sah Beatrice zum Tor. Endlich hörte sie Hufgetrappel, und wenig später kam Fabio um die Ecke galoppiert. Ismail Ansari hielt sich krampfhaft an ihm fest. Das Pferd schnaubte, als es zum Stehen kam. Beide Männer waren außer Atem, doch der persische Arzt sprang trotz seiner wehenden Gewänder gelenkig hinter Fabio aus dem Sattel. Er war von hagerer Gestalt, trug die Tracht seiner Landsleute und schräg über der Schulter eine Arzneitasche, von der er sich nie trennte. Sein langer, grauweißer Bart fiel ihm auf die Brust. Mit einem Blick aus intelligenten schwarzen Augen unter dichten Brauen erfasste er die Situation. »Beatrice, seid gegrüßt.«

Mit schlanken Fingern überprüfte er kundig das abgebundene Bein. »Gut. Habt Ihr das getan?«

Sie nickte.

»Schafft ihn in sein Schlafzimmer, hier sind zu viele Leute und wirbeln Dreck auf, der in die Wunden gelangen kann. Tücher? Wasser?«

Wieder nickte Beatrice und sah zu, wie Fabio und ein Knecht die Trage anhoben und vorsichtig nach oben brachten. Auf dem Boden lagen die weißen Blüten zertreten in Federicos Blut. Ser Buornardi stand unsicher inmitten der Dienerschaft, die jetzt begann, das Reisegepäck fortzuschaffen. In einer Hand hielt er den Rest seines Gehstocks mit dem goldenen Knauf und drehte ihn hilflos hin und her. Beatrice ging zu ihm und nahm seinen Arm. »Kommt, wir wollen sehen, was Ismail für Federico tun kann.«

Sie wusste ja nicht einmal, was überhaupt geschehen war.

»Was ist passiert, Beatrice?«, fragte Ser Buornardi, während sie die Treppe hinaufstiegen.

»Ein Überfall, denke ich, aber gleich kann Andrea uns mehr sagen.« Zuerst wollte sie Ismails Meinung hören, bevor sie den alten Mann unnötig in Angst versetzte.

Die Männer hatten Federico auf sein Bett gelegt und entkleidet. Als sie eintraten, wollte Andrea eine Decke über den Verletzten legen.

»Ich bin seine Frau. Erzähl uns lieber, was passiert ist!«

Andrea verzog das Gesicht und kam ihrer Aufforderung nach. »Wir hatten Camaiore hinter uns gelassen und wähnten uns schon zu Hause, als eine Horde Banditen aus dem Wald brach und uns überfiel. Sie waren in der Überzahl und müssen auf uns gewartet haben. Ich kann es mir nicht anders erklären, als dass sie in Massa einen Spitzel hatten. Dort haben wir übernachtet. Aber ...« Er hob ratlos die Hände. »Wir haben die Garfagnana vermieden, um nicht das Gebiet der Gesetzlosen durchqueren zu müssen, und dann an dieser Stelle ... Es war übersichtlich. Auf der einen Seite der Wald und daneben offenes Feld. Kein Ort, an dem mit einem Überfall zu rechnen war.«

Federico stöhnte, und Beatrice griff nach Ismails Arm. »Kommt er zu sich? Ihr könnt ihn doch retten?«

Der Gelehrte strich sich über den Bart. »Die Schnittwunde an der Hand ist nur oberflächlich, aber das Bein macht mir Sorgen. Wenn der Wundbrand einsetzt, muss ich es abnehmen.«

»Nein! Ismail, das dürft Ihr nicht! Ihr könnt sein Bein retten! Wenn es jemand vermag, dann Ihr, bitte!« Sie betrachtete Federicos blasses Gesicht. Seine Augen waren noch immer geschlossen. Der Verlust seines Beines würde ihn zum Krüppel machen, und das würde ihn zerstören, davon war sie überzeugt. Das Bein war geschwollen und verfärbt. Wo Beatrice es abgebunden hatte, verlief eine dunkle, rotblaue Linie.

Ismail sah sie an. »Seid Ihr stark genug, mir zu helfen?«

»Natürlich«, versicherte sie und verbarg die zitternden Hände hinter ihrem Rücken.

»Gut. Dann ...« Doch bevor er seine Erklärungen fortsetzen konnte, machte Beatrice eine entschuldigende Geste und ging zu Ser Buornardi, der sich an den Bettpfosten klammerte und mit bebenden Lippen dem Geschehen zu folgen versuchte.

»Signore!« Sanft streichelte sie seine Hand. »Warum geht

Ihr nicht zu Eurer Frau? Ihr seht mitgenommen aus. Denkt an Euer Herz. Ihr müsst für Euren Sohn stark sein.« Sie nickte Fabio zu, der Ser Buornardi seinen Arm reichte.

Der alte Mann ließ sich wortlos hinausbringen. Plötzlich merkte sie, wie dunkel es im Zimmer geworden war. »Andrea, wir brauchen mehr Licht.«

Ismail hatte sich die Ärmel aufgekrempelt und eine Nadel herausgeholt, die er über eine Kerze hielt. Dann fädelte er durch das Nadelöhr einen Faden, den er zuvor in eine klare Flüssigkeit getaucht hatte. »Die Schnittränder sind sauber, aber der Schwerthieb ging tief.«

Federico drehte den Kopf. Auf seiner Stirn glänzten Schweißperlen. »Legt ihm kühle Wickel auf den Kopf.«

Beatrice holte ein sauberes Tuch, tauchte es in eine Schüssel mit kaltem Wasser und tupfte damit Gesicht und Hals ihres Mannes ab. Dann legte sie es auf seine Stirn, die sich heiß unter ihrer Hand anfühlte. »Warum ist er noch bewusstlos?«

Ismail lockerte den Verband. »Er hat einen Schlag auf den Kopf bekommen. Fühlt Ihr die Beule hinter dem Ohr?«

Sacht drehte sie seinen Kopf und erblickte eine taubeneigroße Beule unter seinen Haaren. »O nein!«

»Das ist nicht weiter schlimm. Kühlt die Stelle, und später habe ich eine Tinktur, die die Schwellung vermindern hilft. Jetzt haltet hier den Verband, damit die Blutung nicht wieder beginnt.«

Ismail zeigte ihr, wo sie drücken musste, während er geübt die Wundränder zusammenschob und vernähte. Nachdem er den Faden verknotet und abgeschnitten hatte, griff er nach einem verkorkten Fläschchen und goss von der Flüssigkeit über die frische Wunde. Federico zuckte, erwachte jedoch nicht. Der Medicus hielt ihr die Flasche hin. »Branntwein. Trinkt einen Schluck. Dann bekommen Eure Wangen wieder Farbe.«

Zögernd nahm Beatrice die Flasche und nippte daran. Der

scharfe Branntwein rann ihre Kehle hinab, und sie musste husten. Doch dann spürte sie, wie eine Hitzewelle ihren Magen durchströmte, und ihre Hände hörten auf zu zittern. Ismail tupfte die Wundränder leicht ab, strich eine streng riechende Paste über die Naht und wickelte einen strammen Verband um den Oberschenkel. Schließlich sah er sich den Schnitt an Federicos linker Hand an, den er anfangs nur notdürftig versorgt hatte.

»Diesen Schnitt brauche ich nicht zu nähen. Haltet die Wunde sauber, dann bleibt kaum eine Narbe.«

Beatrice nickte. Sie hatte Ismail manches Mal bei seiner Arbeit zugesehen, wenn er in ihrem Elternhaus verletzte Knechte oder Soldaten versorgt hatte. In den Stallungen, auf den Feldern und bei Transporten ereigneten sich häufig Unfälle, aber unter Ismails fachkundiger Anleitung waren die Verletzten fast immer schnell genesen. Anders sah es aus, wenn ein sogenannter Medicus oder ein Bader kam. Diese Männer wussten oft nicht mehr als ein Schlachter und behandelten mit groben Händen ihre armen Opfer. Darüber hinaus war Ismail ein Freund ihres Vaters. Sie seufzte und kämpfte gegen ein Schwindelgefühl an, das sie plötzlich überkam.

»Beatrice, habt Ihr nicht gehört?« Ismail Ansari hielt ihr zwei Tiegel entgegen. »Mit diesen Salben reibt Ihr die Beule am Kopf ein. Die sind gut für Schwellungen, Blutergüsse und schmerzende Beine.«

»Danke. Tut mir leid, Ismail …« Sie konzentrierte sich, und der Schwindel verflog. Die Tiegel stellte sie auf ein Tischchen neben Federicos Bett. Sein Atem ging weniger unregelmäßig. Beatrice tauschte den Kopfwickel aus und strich ihrem Mann ein Haar aus der Stirn.

Ismail räumte seine Utensilien zusammen. »Die Schwangerschaft scheint Euch gut zu bekommen, Beatrice. Ihr seid eine starke Frau.« Er lächelte.

Überrascht sah sie ihn an. »Euch kann ich nichts verheimlichen, nicht wahr?«

Der Perser wusch sich die Hände, trocknete sie mit einem sauberen Handtuch ab und hängte seine Tasche um. »Nicht, wenn es um den menschlichen Körper geht. Ich komme morgen wieder. Wenn rote Streifen von der Wunde nach oben ziehen, fließt Gift in seinen Körper, dann können wir nur noch amputieren, aber das werden wir in den nächsten Tagen sehen. Haltet sein Bein ruhig, gebt ihm zu trinken und kräftige Brühe, wenn er aufwacht.« Ismail berührte mit einer Hand Kinn und Stirn in der Weise, wie es die Orientalen taten, und neigte den Kopf.

»Ich kann Euch nicht sagen, wie dankbar ich bin, dass Ihr kommen konntet, Ismail.« Sie nahm den Geldbeutel von ihrem Gürtel und reichte ihn dem Arzt, der jedoch keine Anstalten machte, ihn anzunehmen.

»Wenn Euer Mann gesund ist, gebt den Armen, die es benötigen. Wir sind unter Freunden, Beatrice, Euer Dank ist mir genug.«

Beschämt steckte sie die Börse wieder ein und nahm sich vor, Ismail einen Mantel anfertigen zu lassen. Ein Geschenk würde er nicht ablehnen.

Nachdem Ismail Ansari gegangen war, saß Beatrice allein neben dem Krankenlager ihres Mannes. In ihrem Ärmel steckte noch immer der Brief mit Alessandros Bitte um Geld. Es musste etwas geschehen. Aber nicht heute. Sie ging hinaus und fand Andrea wartend vor der Tür.

Er hatte sich notdürftig gesäubert, und sein linker Arm war verbunden worden. Die durchlittenen Strapazen hatten Spuren in seinem Gesicht hinterlassen, waren seinem guten Aussehen jedoch nicht abträglich gewesen. Warum blieb ein Mann seiner Erscheinung als Diener in den Diensten eines Kaufmanns? Was trieb ihn an? Der junge Mann sah sie erwartungsvoll an. In seiner Miene lag kein Hochmut, nur echte Besorgnis. »Wie geht es ihm, Madonna?«

»Fürs Erste ist er gut versorgt. Ob er sein Bein verliert, wird sich in den nächsten Tagen entscheiden. Aber ich bin zuversichtlich, weil Ansari hier ist.« Sie sah Erleichterung auf seinem Gesicht.

Andrea nickte. »Ein guter Medicus, Madonna. Er hat die Wunde an meinem Arm gesäubert. Mit einer brennenden Tinktur, aber jetzt fühlt es sich gut an.«

Durch Ansari schien sie in Andreas Achtung gestiegen zu sein. »Vorhin ging alles so schnell, Andrea. Was genau ist passiert?«

»Wie schon gesagt, der Angriff kam unerwartet und an einer untypischen Stelle. Merkwürdig war auch, dass sie sich sofort auf meinen Herrn stürzten, als wäre das ihr eigentliches Ziel, ihn zu töten, meine ich.« Er krauste die Stirn. »Sie hätten noch viel mehr von unseren Waren mitnehmen können, wenn sie nicht so darauf bedacht gewesen wären, den Signore zu bedrängen.«

»Dann haben sie nicht viel erbeutet?«

»O doch! Der Schaden ist erheblich, und sie wussten genau, was sie taten. Das hat uns ja so wütend gemacht! Ich bin mir sicher, dass man uns in dem Wirtshaus in Massa eine Falle gestellt hat. Wenn Ihr mich fragt, steckt ein Poggio dahinter. Irgendeine Ratte aus der Sippe wollte sich rächen.«

»Möglicherweise …«, sagte Beatrice und dachte an Alberto Maris merkwürdiges Verhalten auf dem Fest. Was sollte sie jetzt tun? Alessandros Brief wog schwer in ihrem Ärmel. Vielleicht wachte Federico bald auf, dann konnte er entscheiden.

Doch weder am nächsten noch an den darauffolgenden Tagen war ihr Mann ansprechbar. Federico warf sich vom Fieber geschüttelt hin und her. Das Bein war rot und geschwollen, und Ansaris ernste Miene machte wenig Hoffnung.

Am Ende der zweiten Woche nach dem Überfall trat Beatrice morgens in das Krankenzimmer ihres Mannes. Auf den Anblick, der sich ihr bot, war sie nicht vorbereitet, und sie stand fassungslos mit offenem Mund in der Tür. Dass Andrea sich mehr als aufopfernd um seinen Herrn kümmerte, hatte sie hingenommen, aber wie er jetzt über Federico gebeugt stand, ihn zärtlich streichelte und auf die Lippen küsste, das war schamlos. »Andrea!«

Augenblicklich fuhr der junge Mann auf. Seine Wangen waren gerötet, und er strich sich langsam die Locken aus dem Gesicht. Lässig stellte er sich an den Bettpfosten, und Beatrices Blick fiel auf die Schamkapsel seiner Beinkleider, die von seinem erregten Glied gespannt war. »Hinaus!«, fuhr sie ihn an.

Mit geschmeidigen Bewegungen schritt er auf sie zu. »Ihr habt ja keine Ahnung, Madonna. Ich habe nichts Unerwünschtes getan ...« Mit einem wissenden Lächeln auf den Lippen ging er hinaus.

Sie warf die Tür hinter ihm ins Schloss und starrte auf ihren Mann, der schlafend auf seinem Bett lag. Andrea hatte ihn geküsst. Wie dumm sie war! Seine Schönheit, der Körper einer Statue, die weichen Bewegungen – er liebte ihren Mann. Es gab viele Männer, die sich dieser Neigung hingaben. Lelo hatte Marcinas Bruder Filippo und dessen Vorlieben für das eigene Geschlecht erwähnt. Ihr Magen krampfte sich zusammen. Mit einer Hand hielt sie sich den Mund zu und schaffte es gerade noch zur Schüssel auf dem Waschtisch. Würgend erbrach sie ihr Frühstück und stützte sich anschließend schwer auf den Tisch, auf dem ein Spiegel stand. Ein blasses Gesicht mit matten blauen Augen sah ihr entgegen. Wer war Federico wirklich? Ging er vielleicht nicht zur Porretta, sondern zu deren Bruder? Erneut fühlte sie die Übelkeit aufsteigen und spuckte aus, was noch an Mageninhalt vorhanden war. Als nur noch

Galle kam, hörte sie keuchend auf und spritzte sich frisches Wasser ins Gesicht, welches in einem Krug bereitstand.

Nachdem sie den Mund ausgespült und das Gesicht abgetrocknet hatte, drehte sie sich um. Federico seufzte im Schlaf und glitt suchend mit einer Hand über das Laken. Sie nahm ein frisches Tuch, tauchte es in kaltes Wasser, drückte es aus und ging damit zu ihrem Mann, um es ihm auf die Stirn zu legen. Als sie seine Haut berührte, stellte sie erleichtert fest, dass das Fieber gesunken war. Sie benetzte seine Lippen mit Wasser und nahm die Decke hoch, um sich sein Bein anzusehen. Die Schwellung war deutlich zurückgegangen, und die dunkelrote Verfärbung war verblasst. Ansari würde zufrieden sein. Sacht zog sie die Decke über Federicos Brustkorb, als er den Kopf drehte und die Augen aufschlug.

»Was?«, fragte er mit krächzender Stimme und wollte sich erheben, doch sie drückte ihn sanft in die Kissen zurück.

»Ihr seid sehr krank und müsst Euch schonen. Habt Ihr Durst?«

Er nickte, tastete nach seinem Bein und schrie auf.

Beatrice holte einen Becher Wasser und setzte sich diesmal auf einen Stuhl neben seinem Bett. »Bitte.«

Mit großen Schlucken leerte er den Becher und sah sie an. »Was tut Ihr hier, und wo ist Andrea?«

Sofort erhob Beatrice sich. »Verzeiht, ich schicke ihn gleich zu Euch herein.« Sie nahm seinen Becher, stellte ihn zusammen mit dem Wasserkrug auf den Tisch neben seinem Bett und ging hinaus.

Auf dem Gang blieb sie stehen, atmete tief ein und aus und rief nach Ines, die aus ihrem Ankleidezimmer kam.

»Madonna?«

»Ines, bitte tausche die Waschschüssel im Zimmer meines Mannes aus. Ich erkläre dir gleich, warum.«

Ohne nachzufragen, tat Ines, was ihr aufgetragen wurde, und trat wenig später wieder zu ihrer Herrin. »Euch war schlecht, aber das ist doch ganz normal in Eurem Zustand. Der Herr ist aufgewacht, wie ich sehe. Das ist gut, dann geht es ihm bald besser.«

»Ja, das ist gut.« Sie winkte einem Mädchen, das mit einem Arm voller Holz die Treppe heraufkam. »Hast du Andrea gesehen?«

Das Mädchen nickte. »Im Hof, Signora.«

»Wenn du das Holz weggebracht hast, gehst du zu ihm und sagst ihm, dass sein Herr ihn braucht.«

»Ja, Signora.«

Zusammen mit Ines ging Beatrice in ihr *studiolo*. Als ihre Zofe die Tür hinter sich geschlossen hatte und sie erwartungsvoll ansah, brach Beatrice in Tränen aus.

»Aber, was ist denn nur mit Euch? Kaum wacht er auf, sagt er wieder verletzende Sachen zu Euch! Er hat es nicht verdient, dass Ihr ihn so pflegt.«

»Nein, nein, Ines.« Sie erzählte, was sich zugetragen hatte.

»Oh«, war alles, was die überraschte Zofe herausbrachte.

»Und jetzt? Soll ich die Augen verschließen und so tun, als wäre alles in Ordnung? Und wenn es wieder an der Zeit ist, dann kommt er zu mir und besteigt mich, damit er seine Pflicht erfüllt?« Wütend und hilflos stand Beatrice am Fenster und sah in den Garten hinunter.

»Es muss gar nichts bedeuten, wisst Ihr. Männer stecken ihr Ding überall rein, vor allem, wenn sie jung sind, aber das gibt sich, wenn sie verheiratet sind.«

Ines' derbe Direktheit machte es einfacher für Beatrice. »Aber ich habe doch mit eigenen Augen gesehen, wie Andrea ihn geküsst hat!«

»Während Euer Mann schlief! Kann es nicht sein, dass sie früher etwas miteinander hatten und Andrea eifersüchtig auf Euch ist? Andrea treibt es nur mit Männern, und wenn er nicht achtgibt, wird es böse mit ihm enden. Entweder die Franzosenkrankheit erwischt ihn oder die Inquisition.«

»Warum hast du mir nichts davon gesagt?«

Die Zofe zuckte mit den Schultern. »Warum unnötig die Pferde scheu machen. Jetzt grämt Euch nicht, das schadet dem Kind.«

Am Nachmittag machte Ansari seinen Krankenbesuch und kam zum ersten Mal seit dem Unglück mit einem Lächeln aus Federicos Zimmer. Er fand Beatrice im Kontor über einem Rechnungsbuch.

»Ihr arbeitet zu viel, Beatrice. Wenn Ihr Euch überanstrengt, brecht Ihr noch zusammen, und das könnt Ihr Eurem Mann nicht antun, jetzt, wo es ihm endlich besser geht.«

Sie klappte das Buch zu und führte Ismail zu einem Sessel. Von einem anderen Stuhl räumte sie Stoffproben, nahm einen Krug mit Zitronenwasser und goss zwei Becher voll, die sie auf den Tisch stellte.

Ismail trank und betrachtete sie prüfend. »Aber etwas bedrückt Euch. Euer Mann hat nach Euch gefragt. Ihr habt ihm noch nicht von Eurem Zustand erzählt, nicht wahr?«

»Wenn sich ein geeigneter Moment findet, werde ich ihm sagen, dass ich meine Pflicht als Ehefrau erfülle.« Sie griff nach einem Seidenschal, der vor ihr von einem Tisch hing, und ließ den weichen Stoff durch die Finger gleiten.

»Nun, Ihr werdet am besten wissen, wann es angemessen ist. Ich habe den Verband gewechselt und komme in zwei Tagen wieder. So lange rührt nicht daran, und legt bei Bedarf nur einen kühlen Wickel an. Das Bein soll ruhig liegen. Die Krisis ist überstanden. Ich habe noch zwei Geburten und einen Färber, der an Wassersucht leidet, zu besuchen.« Ismail erhob sich und wurde von Beatrice hinausbegleitet.

Nachdem der Arzt gegangen war, holte Beatrice Alessandros Brief aus dem Kontor und ging schweren Herzens hinauf in den ersten Stock. Je länger sie die Nachricht von Alessandros Bankrott hinauszögerte, desto unangenehmer wurde es für ihn und für die Buornardis. Sie klopfte kurz, bevor sie Federicos Gemach betrat.

Andrea hatte wohl das Zimmer gelüftet, frische Laken aufgezogen und seinem Herrn beim Waschen geholfen, denn Federico saß aufrecht in einem neuen Hemd in den Kissen und fuhr sich durch die feuchten Haare. Sein Diener war nicht anwesend.

»Entschuldigt die Störung, aber es gibt etwas Dringendes ...«

»Ihr seht wunderbar aus, Beatrice.« Er lächelte sie an. »Wie es scheint, habe ich meine Genesung Euch zu verdanken. Euer Freund, der persische Arzt, hat mir erzählt, dass Ihr alles darangesetzt habt, mein Bein zu retten. Ich stehe tief in Eurer Schuld.«

Sie stand neben seinem Bett, den Brief in den Händen. »Ihr braucht Euch nicht bei mir zu bedanken. Es ist meine Aufgabe, für Euch zu sorgen.«

Sein Blick verdunkelte sich. »Hätte mir Euer Arzt nicht selbst alles erzählt, ich würde nicht glauben, dass Ihr es wart, die Stunden an meinem Krankenlager verbracht hat.«

Er hatte an Gewicht verloren, und sein Gesicht wirkte hager und blass. Die Schatten unter seinen Augen waren dunkel, und er würde noch viel Schlaf und Ruhe brauchen, bis er wieder kräftig genug war, um sein gewohntes Leben aufzunehmen. Sie zögerte, aber der Brief duldete keinen Aufschub. »Nun, Ismail hat Euch nicht belogen, er hat keinen Grund dazu. Ich bitte Euch, dieses Schreiben zu lesen. Es kam vor Eurer Rückkehr, und ich brachte es nicht fertig, Euren Vater damit zu belasten. Er hatte genug an Eurem Unglück zu tragen.«

Erstaunt nahm er den Brief aus ihrer Hand entgegen. »Das

Siegel ist erbrochen.« Er runzelte die Stirn und begann zu lesen. Schweißperlen bildeten sich auf seiner Stirn, als er den Brief sinken ließ und sie ansah. »Ihr wisst, was drinsteht.«

»Ja.«

»Ihr wisst, wie dringend mein Bruder Geld braucht, und Ihr habt nicht mit meinem Vater darüber gesprochen!«

»Nein. Habt Ihr Euren Vater gesehen? Er war einem Zusammenbruch nahe, als Ihr halbtot in den Hof getragen wurdet. Sollte ich riskieren, dass ihn der Schlag trifft? Euer Vater leidet an Atemnot und steht seit Tagen kaum noch auf.«

»Das wusste ich nicht.« Nachdenklich klopfte er mit den Fingern auf das Papier.

Andrea kam mit einem Tablett zur Tür herein, ignorierte Beatrice und wollte die Schüsseln abstellen, als Federico ihn unwirsch hinauswinkte. »Nicht jetzt, Andrea. Komm später wieder.«

Beatrice wandte sich ebenfalls der Tür zu, doch Federico rief sie zurück.

»Wollt Ihr mich jetzt damit allein lassen? Was seid Ihr für eine merkwürdige Person! Ich werde aus Euch nicht klug. Nehmt Euch verdammt noch mal einen Stuhl, wenn Ihr meine Nähe nicht ertragt, oder setzt Euch zu mir.« Er schlug mit der flachen Hand auf die Bettkante.

Verärgert biss sie sich auf die Lippe und zog einen Stuhl neben sein Bett. Als sie sich setzte, krampfte sich ihr Magen zusammen, und sie schloss für Sekunden die Augen, um tief durchzuatmen und die aufsteigende Übelkeit zu verdrängen.

»Ist Euch nicht wohl?«

»Danke, es geht schon wieder.«

Er rieb sich die Stirn und knetete die Einbuchtung über seiner Nase. »Achtzigtausend Scudi.« Federico warf den Brief in den Raum, wo er neben Beatrices Stuhl zur Erde fiel. Müde sank er in die Kissen und sah sie mit seinem schiefen Lächeln an. »Ich hatte Euch erzählt, dass ich einiges in Genua klären muss. Nun, eine Schiffsladung Rohseide und Silberwaren im Wert von zwanzigtausend Scudi fielen mitsamt der Karacke in die Hände muselmanischer Piraten, das zweite Schiff geriet vor Alessandria in einen Sturm und brachte nur die Hälfte der erhofften Waren mit, und davon ging das Wertvollste bei dem Überfall hinter Massa verloren. In Florenz und Lucca schulde ich zwei Banken etwa fünfundzwanzigtausend Scudi, weil wir Abgaben für den Kaiser aufbringen mussten.«

Beatrice schluckte. Seine Offenheit überraschte sie.

»Sie werden Alessandro hängen, wenn er nicht zahlt. In Antwerpen ist er nur ein Ausländer, der Außenstände hat. Ich kann meinen Bruder nicht im Stich lassen, auch wenn es seine Schuld ist.«

»Seine Schuld?« Beatrice hatte den Eindruck gewonnen gehabt, dass die äußeren Umstände ausschlaggebend gewesen waren.

»Ich habe ihm gesagt, er soll die Finger von unsicheren Geldanlagen lassen, aber er wollte sich beweisen. Das wird ihm eine Lehre sein. Soll er ruhig zittern und um sein Leben fürchten, dann ist er das nächste Mal vorsichtiger.« Federico versuchte, sein Bein zu bewegen, stöhnte jedoch vor Schmerz auf und ballte die Hände zu Fäusten. »Schickt mir Nardorus herauf. Ich werde alles Nötige veranlassen und ...« Er sah sie durchdringend an. »Sagt meinem Vater nichts.«

Ihr Magen rebellierte, und sie fühlte die Säure bereits in ihrer Kehle. Mit zwei Schritten erreichte sie die Waschschüssel, gerade noch rechtzeitig, um sich darin zu erbrechen. Sie würgte und spuckte, bis ihre Eingeweide brannten. »O Gott, das halte ich nicht aus«, murmelte sie und fühlte sich matt und elend. Wenn sie sich die nächsten sechs Monate so fühlen würde, verfluchte sie schon jetzt den Tag ihrer Hochzeit.

»Warum habt Ihr mir nichts gesagt, Beatrice?«

Sie wischte sich den Mund ab und drehte sich um. Er wirkte sehr zufrieden, und das machte sie wütend. Immer ging es nach seinem Willen. Was er befahl, geschah. »Früher oder später hättet Ihr es erfahren. Was macht das für einen Unterschied?«

»Unterschied? Seid nicht immer so kaltschnäuzig, Beatrice. Es geht um meinen Erben. Unsere Ehe wurde aus verschiedenen Gründen geschlossen, erstens, damit Ihr mir Erben schenkt, und zweitens, damit Eure Mitgift mir bei der Begleichung von Außenständen hilft.« Er sagte das seelenruhig und mit großer Selbstgefälligkeit. »Ein Bonus war Eure Schönheit, daran besteht kein Zweifel. Es wäre sehr viel unangenehmer, müsste ich mein Haus mit einer hässlichen Person teilen. Der arme Connucci tut mir leid.« Federico lachte laut.

Sein Lachen drang ihr bis ins Mark. Es lag etwas Triumphierendes darin, das sie erschauern ließ. Nein, sie hatte ihn unterschätzt; welche Gesichter er ihr auch immer bisher gezeigt hatte, dieses neue gefiel ihr ganz und gar nicht, und sie schwor sich, von jetzt an auf der Hut zu sein. »Ich hole jetzt Agostino Nardorus.«

Auf ihrem Weg in die Kontorräume hätte sie vor Wut am liebsten geschrien. Ihr Mann war kaltherzig und berechnend, führte ein ausschweifendes Leben, und bald würde der ganze Palazzo wissen, dass sie schwanger war, und Lorenza hatte endlich einen Grund, sie herumzukommandieren. Doch die Dinge sollten einen anderen Verlauf nehmen.

Ganz in Gedanken durchquerte Beatrice die Halle, kam an der Küche vorbei und betrat schließlich die Kontore, in denen ihr eine auffallende Stille entgegenschlug. Keiner der Schreiber oder Diener sprach, alle bewegten sich wie in Trance und starrten immer wieder zur Tür des Hauptkontors.

»Was ist denn …?« Kopfschüttelnd stieß sie die schwere

Tür auf und stand Agostino Nardorus gegenüber, der sich über Ser Buornardi beugte.

Der alte Mann lag auf dem Fußboden des Kontors, die trüben Augen weit aufgerissen und zur Decke gerichtet, die Hände krallten sich um ein Stück Papier. Ein Speichelfaden rann aus seinem offenen Mund, doch der Brustkorb von Federicos Vater bewegte sich nicht. Alles an der unnatürlichen Haltung des alten Mannes sagte Beatrice, dass er tot war.

Nardorus hob den Kopf, als er ihre Schritte hörte. »Er kam herein, sah mich an und fiel hin. Einfach so.« Die Augen des Buchprüfers standen voller Wasser.

Beatrice legte ihm eine Hand auf die Schulter und kämpfte selbst mit den Tränen. »Er war die Seele dieses Hauses. Obwohl ich ihn nicht so lange kannte wie du, habe ich ihn sehr gern gehabt.« Ein tiefer Seufzer entfuhr ihr. »Wer sagt es ihr?«

Nardorus erhob sich und glättete seinen Rock. »Ich werde das machen, Madonna.«

»Mein Mann …« Sie kniete sich neben den Toten und strich ihm sacht über die Augen, die sich unter ihren Händen schlossen. Mit einem Tuch wischte sie den Speichel ab. Sein Herz war den Aufregungen der letzten Wochen nicht mehr gewachsen gewesen.

»Ich sage es auch Eurem Mann.« Der schmächtige Buchprüfer nahm die Schultern zurück und zeigte eine entschlossene Miene.

Vorsichtig zog Beatrice das Papier zwischen Baldofare Buornardis Fingern heraus und glättete es. Auf der Unterseite des zerknitterten Bogens klebte der Rest eines Siegels. Sie hielt den Atem an. Die zerbrochenen Teile des Siegelwachses ließen die Umrisse von drei Kugeln erkennen, und die gehörten zum Wappen der Medici. »Was hat Ser Buornardi zu dir gesagt, als er ins Kontor kam?«

»Nichts. Er war kreidebleich und schien sich über etwas schrecklich aufgeregt zu haben. Ich dachte noch, meine Güte, hat er den Leibhaftigen gesehen? Aber bevor er auch nur ein Wort herausbrachte, stürzte er zu Boden.« Nardorus zeigte auf den Brief. »Was ist das?«

Getrocknetes Blut hatte die Schrift zum Teil verwischt, und an mehreren Stellen war das Papier zerrissen.

»Es sieht fast aus, als hätte jemand den Brief in seinem Wams getragen.« Nardorus legte zur Verdeutlichung die Hand auf seine Brust. »Und dann hat ihm der Mörder einen Dolch hindurchgejagt.«

Beatrice erkannte, was der Buchhalter meinte, denn als sie den Brief in die ursprünglichen Falten legte, deckten sich die Löcher im Papier. »Ihr habt recht. Verriegelt die Tür.« Draußen näherten sich Schritte, und sie hörte das Tuscheln der Diener.

Mit dem Rücken zur Tür sah Nardorus sie ahnungsvoll an. »Für welches Geheimnis wurde ein Mord begangen? Es gab nur einen Mord in Lucca, der weite Kreise gezogen hat. Wenn Ihr dasselbe denkt wie ich, haben wir den in San Martino ermordeten päpstlichen Legaten vor Augen.«

Hastig überflog sie die Zeilen oder vielmehr das, was noch leserlich war, und hielt dann Nardorus den Brief hin. »Lest selbst.«

Sie hatten ihre Stimmen zu einem kaum hörbaren Flüstern gesenkt.

»Die Botschaft wurde zweifelsohne mit dem Einverständnis Seiner Heiligkeit des Papstes von seinem Geheimsekretär Flamini geschrieben. Das Wappen der Medici ist darauf. Der Papst benutzt es nicht bei offiziellen kirchlichen Angelegenheiten.« Nardorus konzentrierte sich auf den verschmierten Text. »Dem Adressaten werden große Summen und Ämter versprochen. Der Zusammenhang ist nicht ganz klar, weil einige Worte unleserlich sind, aber als Gegenleistung will der Papst Unterstützung bei der Einsetzung von Alessandro de' Medici als Herrscher von Florenz.« Mit offenem Mund starrte der Buchhalter auf den Papierfetzen, der ein perfides Komplott gegen die derzeitige Regierung von Florenz bedeutete. Allerdings schien Clemens nicht allein auf seine Truppen zu vertrauen, sondern wollte die Unterstützung Luccas.

Beatrice dachte laut: »In den Augen des Papstes haben die Poggios in Lucca den Boden für Verrat bereitet. Was sonst undenkbar war, scheint jetzt möglich – nämlich einen Luccheser zu finden, der bereit ist, seine Stadt für eine angemessene Gegenleistung zu verraten.« Alberto Maris Andeutungen fielen ihr ein. Er hatte gesagt, dass die Poggios nicht allein gewesen waren. Aber wer waren diese ehrbaren Luccheser, die alles aufs Spiel setzen wollten? Die Mitglieder des Rates passierten vor ihrem inneren Auge Revue, und es war keiner darunter, dem sie zutrauen wollte, seine Stadt ins Verderben zu stürzen.

»Alessandro de' Medici, der Mohr, soll in Florenz herrschen. Welch beängstigender Gedanke«, murmelte Nardorus.

»Es ist immer gemunkelt worden, dass Papst Clemens und nicht sein Bruder Lorenzo der Vater von Alessandro de' Medici ist. Weil Alessandros Mutter eine afrikanische Sklavin sein soll, wird er der Mohr genannt. Wenn jetzt also der Papst diesen Brief autorisiert hat, kann das nur bedeuten, dass Alessandro tatsächlich sein illegitimer Sohn ist und er ihn in Florenz an die Macht bringen will.« Beatrice nahm den Brief aus Nardorus' zitternden Händen entgegen. »Agozzini sollte sich hier in Lucca mit dem Verräter treffen. Aber woher hat Ser Buornardi den Brief? War ein Bote hier?«

»Nein.« Nardorus schüttelte den Kopf. »Ausgegangen ist der Signore auch nicht. Er war nur in seinen Gemächern, im *studiolo* Eures Mannes, wo er Papiere einsehen wollte, und er erwähnte Signor Tomeo, für den er etwas erledigen sollte.«

Ser Buornardi konnte den Brief also bei Federico oder unter Tomeos Dokumenten gefunden haben. Was bedeutete das? Entweder war einer der beiden der Verräter oder an dem Mord an Agozzini beteiligt oder aber einer der Brüder hatte den Brief auf andere Weise in seinen Besitz gebracht. Der Brief hatte keinen Adressaten. Wieder sah sie den verzweifelten Alberto Mari auf dem Fest vor sich. Sein Dilemma war, dass Flamini, der Geheimsekretär von Clemens, ihn ausgeschickt hatte, den Mörder von Agozzini zu suchen, denn die päpstliche Botschaft hatte ihren Empfänger nie erreicht. Weder Flamini noch Mari wussten, wer ihr Verbündeter hier in Lucca war. Was wussten Federico oder Tomeo? Vielleicht hatte der Papst seine Spione schon lange vorher ausgeschickt, um einen willigen Verbündeten für seinen Plan zu finden. Geld und Macht waren immer verlockende Köder. Aber dann war Agozzini ermordet worden, und die Rebellion der Poggios war gescheitert. Das musste den lucchesischen Verräter verschreckt haben. Der Mann war klug und vorsichtig. Er hatte es verstanden, seine Identität zu verbergen, und wartete ab, bis die Lage sich entspannt hatte. Federico war zu impulsiv. Nein, ihm traute sie geduldiges Taktieren nicht zu. »Was ist dieser Brief wert?«

»Vor Gericht hätte er keinen Bestand. Es gibt keinen eindeutigen Verfasser, und der Vatikan würde alles leugnen und als Fälschung und Lüge abtun. Doch hier in Lucca könnte es gefährlich für jemanden werden ...«

»Aber wer in Lucca könnte Nutzen davon haben, Alessandro de' Medici in Florenz an die Macht zu bringen?«

Der Buchhalter murmelte nachdenklich: »Die Frage ist, was er dafür erwarten kann ...«

»Wir haben nur reiche Kaufleute in Lucca. Was könnte einer von denen wollen, noch mehr Geld?«, flüsterte Beatrice zweifelnd.

Entschieden schüttelte Nardorus den Kopf. »Es gibt Menschen, die wollen immer mehr, von allem. Rache ist ein starkes Motiv. Verschmähte Liebe. Alles ist möglich. Aber eines haben wir noch gar nicht gefragt – woher hat Ser Buornardi den Brief?« Seine Stimme war kaum mehr als ein heiseres Flüstern.

Draußen wurde es unruhig. Jemand schlug gegen die Tür. »Was ist denn da drinnen los? Die Signora sucht ihren Mann, und wir haben gesehen, wie er gestürzt ist.«

Ohne nachzudenken, stopfte Beatrice das gefährliche Schreiben tief in den Ausschnitt ihres Kleides. Sie konnte nicht umhin, wieder an Federico zu denken. Hatte er nicht selbst gesagt, dass er seine Außenstände mit ihrer Mitgift beglichen hatte? Aber er war kaisertreu und kein feiger Mörder, genau wie Tomeo. Nein, keiner von beiden konnte den Legaten getötet haben, nicht in der Nacht vor ihrer Hochzeit. Damit hätten sie einen unerhörten Frevel begangen, und diese Ehe wäre verflucht. Einen päpstlichen Legaten in einem Dom zu ermorden war gleichbedeutend mit dem direkten Weg ins Fegefeuer und wurde entsprechend grausam bestraft. Sie ergriff die Hände des Buchhalters und sah ihm fest in die Augen. »Kein Wort hierüber, zu niemandem! Ich werde herausfinden, wie der Brief in Ser Buornardis Hände gelangt ist, und wir sollten fürs Erste keine Vermutungen anstellen …«

»Ser Buornardi muss gedacht haben, dass einer seiner Söhne etwas mit dem Mord zu tun hat … Und es hat ihm das Herz gebrochen …« Traurig sah Agostino Nardorus auf die Leiche seines Herrn, dem er viele Jahre treu gedient hatte.

»Das kann und will ich nicht glauben.«

Erneut hämmerte jemand an die Tür. Die schrille Stimme des *maestro di casa* ertönte: »Öffnet die Tür! Auf der Stelle, oder wir brechen sie auf!«

Beatrice nickte, und Nardorus entriegelte die massive Holztür, um eine zornige Lorenza Buornardi einzulassen, gefolgt von Pietro Farini und der neugierigen Dienerschaft.

XI
Genua, Mai 1525

Die Frau stöhnte und wand sich in wollüstigem Erschauern unter den Händen des über ihr knienden Mannes, der sie plötzlich losließ und sich zur Seite warf. Livia Fiorentina, die begehrteste Kurtisane von Genua, verzog beleidigt den Mund, drehte sich nach ihrem Liebhaber um und wollte sich über dessen Lenden beugen, wurde jedoch unsanft zurückgestoßen. »Was ist los mit Euch, Tomeo? Gehorcht Euch die Rute nicht?«

»Haltet den Mund, Weib! Ihr wisst nicht, wie es ist, im Krieg zu sein. Euch verfolgen nicht die Toten der Schlachtfelder mit ihren Schreien, den abgetrennten Gliedmaßen und Gedärmen, die aus aufgeschnittenen Leibern quellen und von Gewürm zerfressen werden und ...«

»Hört auf! Es tut mir leid. Es sieht Euch nur gar nicht ähnlich. Sonst seid Ihr unersättlich ...«, gurrte die Kurtisane, lehnte sich über ihn, wobei ihre vollen Brüste seinen Bauch berührten, und nahm zwei Weinkelche von einem Tisch neben dem Baldachinbett. »Hier, trinkt, das bringt Euch auf andere Gedanken.«

Wortlos ergriff Tomeo den Kelch und stürzte den Rotwein hinunter. Mit dem Handrücken wischte er sich den Mundwinkel trocken und hielt ihr den Kelch erneut hin. Es lag nicht am Krieg, dass er keine Lust verspürte. Er war Soldat und das Töten sein Beruf. Aber als er heute Abend seine Hände auf Livias üppigen Körper gelegt hatte, war es nicht sie gewesen, die er begehrt hatte, sondern eine zarte blonde Frau mit blauen

Augen. Er warf den Kopf zurück und schloss die Augen. Was für ein Narr er war! Ständig dachte er an ihre klare Stimme, wenn sie ihre Meinung äußerte und ihn mit ihrer Klugheit überraschte, an ihr Lachen, bei dem sich kleine Grübchen neben ihren weichen, rosigen Lippen bildeten, an ihre Augen, die so schnell verletzt blickten oder Sanftheit und Mitgefühl ausdrücken konnten. Beatrice Buornardi, die Frau seines Bruders, ging ihm seit seinem letzten Besuch in Lucca nicht mehr aus dem Kopf.

Livia küsste seine Schläfe und fuhr ihm durch die zerwühlten Locken. Sie war eine erfahrene Frau und hatte ihn nie enttäuscht. Wann immer er in Genua zu tun hatte, besuchte er sie und bedauerte jedes Mal, sie wieder verlassen zu müssen. Ihr Palazzo war eine exotische Oase der Sinneslust und ließ vergessen, dass sie sich in einer schmutzigen Hafenstadt befanden, die zum Teil in französischer Hand war. Allerdings wechselten die Machtverhältnisse fast stündlich, überall kam es zu kämpferischen Begegnungen von Guelfen und Ghibellinen, und das spannungsgeladene politische Klima spürte man in Genua in jeder stinkenden Gasse, in jedem verrotteten Winkel der dunklen Kaschemmen am Hafen, wo man bei jedem Schritt auf eine Ratte trat.

»Wie sieht der König der Franzosen aus? Erzählt mir von Eurem Gefangenen, Tomeo.«

Der Wein war gut und schmeckte nach Beeren und den Eichenfässern, in denen er gelagert wurde. Livia verwöhnte ihre Kunden. »Nicht mein Gefangener, Livia. Ich habe ihn nur mit hergebracht. *Capitano* Alarcon ist für ihn verantwortlich. Der König ist ein Ehrenmann. Wie er sich auf dem Schlachtfeld bei Pavia gehalten hat, das war eines Herrschers würdig. Ich kann nur mit Respekt von Franz sprechen, obwohl er seine hungrige Hand nach Italien ausstreckt.«

Die Kurtisane strich sich die langen schwarzen Haare über die Schultern und zog eine seidene Decke über sich und Tomeo. »Wie sieht er aus? Ist er groß, klein, ein schöner Mann?«

»Nicht groß und sicher nicht schön, dafür ist seine Nase zu lang, die Augen stehen zu eng. Aber er hat die *grandezza* eines Edelmanns. Er würde Euch gefallen, Livia.« Tomeo streichelte über ihre Hüften. »Und Ihr ihm.«

»Könnt Ihr mich mit ihm bekannt machen?«

»Vielleicht.« Er setzte sich auf die Bettkante und griff nach seinen Beinkleidern. Während er sich anzog, dachte er an Hauptmann Alarcon, der die undankbare Aufgabe hatte, den wichtigen Gefangenen zu bewachen. Für ihn selbst war der Auftrag mit der Ankunft des Trosses in Genua abgeschlossen. Von hier aus sollte Franz nach Neapel eingeschifft werden. Allerdings konnte es in Neapel zu Schwierigkeiten kommen, weil Charles de Lannoy dort 1522 von Karl V. zum Vizekönig gemacht worden war. Lannoy war Niederländer, genau wie Karl, und der Kaiser war dafür bekannt, dass er seine Landsleute bei der Ämtervergabe begünstigte. Seine eigenmächtigen Handlungen während des Krieges hatten Lannoy bereits mehrere Male mit den Feldherren Bourbon und Pescara in Konflikt gebracht. Tomeo hatte schon lange eine Abneigung gegen den ehrgeizigen Niederländer gefasst, der sich den Italienern gegenüber hochmütig und herablassend gebärdete. Pescara und Bourbon hatten entschieden, Franz nach Neapel bringen zu lassen, wo man auf weitere Befehle von Karl aus Madrid warten wollte. Doch Tomeo wäre nicht überrascht, wenn Lannoy etwas anderes mit dem Gefangenen vorhatte, nur um sich weiter bei Karl einzuschmeicheln. Mit Sorge dachte Tomeo auch an seinen Befehlshaber Pescara, dem seine Verwundung aus Pavia schwer zu schaffen machte, und auch die Situation innerhalb der Truppen spitzte sich zu. Der Sieg bei Pavia war politisch und strategisch von großer Bedeutung, aber die Unzufriedenheit der Soldaten war dadurch nicht gemindert worden. Frundsberg und sein goldenes Seil machten ihm Angst. Blinder Fanatismus konnte eine gefährliche Eigendynamik entwickeln.

Tomeo knöpfte die Hose zu, legte seinen Gürtel um und warf einen Beutel mit Goldmünzen auf das Bett. »Sprecht Ihr überhaupt Französisch?«

»Ich spreche alles, was gewünscht wird.« Livia räkelte lasziv ihre Glieder.

»Der König wird Eure Vielseitigkeit zu würdigen wissen. Auf bald, Livia.«

Sie warf ihm eine Kusshand zu. »Bevor ich es vergesse, es gibt jemanden, der Euch sprechen möchte.«

Fragend hob er die Augenbrauen.

Die Kurtisane zog an einer Kordel neben ihrem Bett, und eine schwarze Dienerin kam lautlos herein. Tomeo war so überwältigt von der gazellenartigen Schönheit der jungen Frau, dass er sie nur sprachlos anstarrte. Sie trug nichts außer goldenen Armreifen, Ketten und einem Schurz. Ihre ebenholzfarbene Haut glänzte, als wäre sie eingeölt, und bei jeder Bewegung zeichneten sich im Schimmer der Kerzen perfekt proportionierte Muskeln ab. Die kurz geschorenen Haare wurden von einem goldenen Stirnband geziert. Mit demütig gesenktem Blick und dennoch stolzer Haltung wartete die Sklavin auf den Befehl ihrer Herrin.

»Gefällt sie dir? Du kannst sie haben, wenn du willst.« Livias Geschäftssinn witterte eine Gelegenheit.

»Vielleicht beim nächsten Mal.« Tomeo wandte sich zur Tür.

»Faustina, bring den Signore zu unserem Gast.«

Ohne ihn anzusehen, schritt die Sklavin an Tomeo vorbei und führte ihn in den zweiten Stock des geräumigen Stadtpalasts. Die Ausstattung des Hauses spiegelte den Erfolg seiner

Bewohnerin in kostbarem Mobiliar, Wandbehängen und Gemälden wider. Alle Bilder und Skulpturen hatten den menschlichen Körper zum Thema und bestachen durch Ästhetik und Schamlosigkeit. Livia Fiorentina wusste ihre Kunden auch visuell zu stimulieren.

Die Sklavin stieß eine Tür auf und ließ ihn in ein orientalisch ausgestattetes Gemach eintreten. Neben einem Diwan stand eine Wasserpfeife, und es roch süßlich nach Tabak, Blumen und Gewürzen. Mit einer zeremoniell anmutenden Bewegung hob Faustina den Vorhang zu einem Nebenraum und trat zur Seite.

»Ihr?« Ungläubig betrat Tomeo das Gemach, aus dem ihm der schwere Duft von Patschuli und Rosenöl entgegenschlug.

Dunkle Haare fielen offen über den Rücken einer Frau, deren Profil sich gegen das Licht eines Kerzenleuchters abzeichnete. Sie trug ein kurz unterhalb des Busens geschnürtes Kleid, unter dessen violettem Stoff sich die Rundung ihres Bauches andeutete. Schützend legte sie die Hände auf ihren Leib und wandte sich ihm zu. »Ja, ich, Tomeo Buornardi. Was habt Ihr denn gedacht, wo ich wäre? Soll ich mich in einem Kloster verkriechen oder irgendwo auf dem Land in einem einsamen Gehöft, zwischen Schafen, Hühnern und Ratten, und dort warten, bis es so weit ist?« Wie ein Dolch zerschnitt ihre Stimme die schwüle Atmosphäre.

»Hat Euch mein Anblick die Sprache verschlagen?«, fauchte Marcina Porretta, und ihre mandelförmigen Augen wurden noch schmaler.

»Was wollt Ihr von mir?«

»Euch warnen, Tomeo. Stellt Euch nicht zwischen mich und Federico. Ich weiß, dass Ihr mich ablehnt und ich meine Verbannung Euch zu verdanken habe. Euretwegen hat Federico sich von mir abgewandt.«

»Abgewandt? Er zahlt Euch doch genug Geld. Ihr wusstet, dass er verheiratet ist. Ist es nicht vielmehr so, dass er Zweifel an seiner Vaterschaft hat?« Langsam gewann Tomeo seine Selbstsicherheit wieder. Diese Frau war ein wunder Punkt im Leben seines Bruders, ein Fehltritt, der Federico teuer zu stehen kam.

»Das ist nicht wahr! Er ist der Vater, und als ich dieses Kind empfing, war er noch nicht verheiratet.«

Verächtlich schnalzte Tomeo mit der Zunge. »Spielt Euch nicht auf, das steht Euch nicht. Ihr habt doch nicht ernsthaft geglaubt, dass Federico Euch als Ehefrau jemals erwogen hätte, und er war auch nicht der Einzige, mit dem Ihr Euch nach dem Tod Eures Gatten getröstet habt. Ich weiß, dass Ihr das Bett nur allzu willig mit dem Marchese geteilt habt.«

Obwohl er sehen konnte, dass sie ihm am liebsten an die Kehle gesprungen wäre, sagte sie kalt: »Das Kind ist von Federico. Wer kann das Gegenteil beweisen?«

»Vielleicht nicht jetzt, aber wenn das Kind da ist, sieht es anders aus. Ich könnte schwören, dass mein Bruder nicht der Vater ist, aber er ist Euch leider hörig, dieser Narr. Warum solltet Ihr das Kind dem Marchese unterschieben wollen? Er lässt sich nicht von Euch manipulieren. Bei mir hättet Ihr auch kein so leichtes Spiel.« Er kannte zu viele Frauen, die wie Marcina waren, und wusste um ihre kleinen Tricks, mit denen sie ahnungslosen Männern uneheliche Kinder unterschoben. »Ihr hättet das Leben einer ehrbaren Witwe führen sollen, Marcina, aber Ihr seid genauso verderbt wie Euer Bruder Filippo. Jetzt ist es zu spät, und niemand in Lucca wird Euch je wieder zu einem gesellschaftlichen Ereignis einladen.«

Marcina lachte kurz auf. »Und Ihr glaubt, dass mir das Angst macht? Federico liebt mich, er braucht mich. Gut, er hat mich nicht geheiratet, aber er wird einsehen, dass er mit diesem blassen Nymphchen eine Fehlkalkulation begangen hat. Ich werde seinen Sohn zur Welt bringen, seinen Sohn und Erben! Wer weiß, ob sie Kinder gebären kann, lebensfähige Kinder?«

Wütend packte Tomeo sie und drückte ihr die Kehle zu, dass sie gerade noch genügend Luft zum Atmen bekam. Sie röchelte und versuchte sich aus seinem Griff zu befreien, doch gegen seine Kraft war sie machtlos. »Ihr habt eine Abmachung mit meinem Bruder getroffen. Daran werdet Ihr Euch halten! Ihr werdet Euch von Beatrice fernhalten. Sie ist unschuldig und soll nicht von Euch in den Dreck gezogen werden. Widersetzt Ihr Euch, werde ich nicht zögern, das zu vollenden, was ich hier begonnen habe!« Er drückte fester zu und sah, wie ihr Gesicht dunkelrot anlief. Ihr Mund öffnete sich in echter Todesangst, und ihre Arme sanken matt nach unten. Bevor sie ohnmächtig wurde, stieß er sie von sich.

Zu der am Boden kauernden Frau, an deren Hals dunkle Würgemale sichtbar wurden, sagte er: »Mir ist das Töten nicht fremd, Marcina, und manchmal macht es mir sogar Freude ...«

Keuchend stützte sie sich mit den Armen auf und warf ihm einen hasserfüllten Blick zu. »Das wird Euch noch leidtun!« Ihre Augen füllten sich mit Tränen, aber es waren nicht Tränen des Schmerzes, sondern von ohnmächtiger Wut.

Von Abscheu erfüllt wandte Tomeo sich um und ging durch den orientalischen Salon hinaus. Faustina hatte dort auf ihn gewartet und begleitete ihn hinunter zur Eingangstür. Auf der Straße vor dem Palazzo spuckte er aus. In seinem Zorn war er zu weit gegangen. Er stieß mit einem einäugigen Bettler zusammen und fluchte. Wenn sein Kommando es erlaubte, würde er über Lucca zurück zur Truppe reisen. Er musste mit Federico sprechen und ihn davon überzeugen, dass Marcina ein falsches Spiel mit ihm trieb. Aber würde Federico ihm überhaupt zuhören? Während er einem Ochsenkarren auswich, gestand er sich ein, dass seine Sorge mehr Beatrice als seinem Bruder galt, und das ließ sich vor Federico kaum rechtfertigen.

XII
Der Brief

Die Beerdigung war vorüber. Erschöpft stieg Beatrice die Treppe zu ihren Gemächern hinauf. Es war die zweite Maiwoche, und langsam kündigte sich die kommende Sommerhitze an. Im Haus war es noch kühl, wenn auch drückend, und Beatrice sehnte sich nach der frischen Luft im *contado*. Jeder Luccheser, der es sich leisten konnte, besaß eine Villa im Umland von Lucca. Ihren Eltern gehörten Land und ein umgebautes Bauernhaus in der Nähe von Gragnano, nicht weit von der Via Pesciatina. Die Villa Rimortelli war eine Kate im Vergleich zu den Anwesen der Familien Arnolfini, Bottini, Tegrimi und Valenti, die ebenfalls bei Gragnano lagen. Seufzend hielt Beatrice sich am Treppengeländer fest. Ihr Leib wurde sichtbar runder, und sie fühlte sich oft müde und niedergeschlagen.

Langsam ging sie weiter. Die Buornardis hatten ihren Landsitz in Matraia, nördlich von Lucca, noch oberhalb von San Pancrazio, wo die Via Lombarda hinauf zum Apennin führte. Dort befanden sich die traditionellen Jagdgründe der Guinigis. Nicht weit von der Palazzina Guinigi lag die Palazzina Chiariti, und östlich davon die Villa Buornardi. Gesehen hatte sie das Haus noch nicht, aber sie wusste, dass es bald mit kostbaren Stoffen ausgestattet werden würde. »Lieber Gott, lass die Weber schneller arbeiten!«, murmelte sie und nahm die letzten Treppenstufen. Das Einarbeiten der Vögel hatte sich als zeitraubender herausgestellt als geplant, und dann hatte Lelo sich auch noch bei einer Prügelei einen Finger gebrochen.

Auf dem Treppenabsatz stemmte sie die Hände in die Hüften und atmete mehrmals tief ein und aus.

»Madonna, ist alles in Ordnung mit Euch?« Ines eilte mit flinken Schritten die Treppe herauf und wollte ihrer Herrin einen Arm zum Aufstützen reichen.

»Ich bin nicht krank, Ines, nur schwanger.«

Ohne auf sie zu hören, schlang Ines ihren Arm um Beatrices Hüften und drehte sie im Gehen Richtung Schlafzimmer. »Ihr braucht Ruhe. Am besten, Ihr schlaft ein wenig. Die letzten Tage waren anstrengend und kräftezehrend.«

Beatrice zerrte an ihren aufgesteckten Haaren. »Ich kann nichts ertragen, was mich drückt oder einengt.«

Geschickt zog Ines Kämme und Klemmen aus den Locken ihrer Herrin und ließ sie in eine Tasche ihres Rockes gleiten. »Besser?«

»Ja.«

»Das ist bei vielen Frauen während der Schwangerschaft so. Tut einfach nur, wonach Euch ist.«

»Darf ich weglaufen und mir wünschen, dass alles nur ein Albtraum war, aus dem ich morgen im Haus meiner Eltern erwache?«

»Sprecht nicht so, damit macht Ihr mich traurig und das Kind auch, das jetzt in Euch heranwächst.« Sie standen vor Beatrices Schlafzimmer. Ines öffnete die Tür und wartete, bis Beatrice vor ihrem Bett stand. Dort schnürte sie ihr das Mieder auf. »Jetzt legt Euch hin und ich hole etwas, das Euch das Schlafen erleichtert.«

Gehorsam legte Beatrice sich nieder, doch auch nachdem Ines ihr ein Glas Gewürzwein mit Honig gebracht hatte, kam sie nicht zur Ruhe. Sobald sie ihre Augen schloss, sah sie Ser Buornardi vor sich, wie er auf dem Boden des Kontors lag, die Hände um den Brief gekrallt, der das Schicksal seiner Familie bestimmen konnte. Wieder und wieder hatte Beatrice den

Brief hervorgeholt und sich vorzustellen versucht, wer hinter einem Verrat an der Republik stehen konnte. Und damit verbunden war der Gedanke an denjenigen, der dem päpstlichen Legaten einen Dolch in den Leib gerammt hatte, um das zu verhindern. Beide Taten waren unehrenhaft, unabhängig davon, welches Motiv dahinterstand. Aber so dachte wahrscheinlich nur eine Frau.

Federicos Wunde verheilte gut, und dank Ansaris Heilkunst würde er wieder laufen können und nichts als eine große Narbe zurückbehalten. Die Nachricht vom Tod seines Vaters hatte er mit großer Beherrschung aufgenommen, doch man sah ihm an, dass er litt. Tagsüber ging er ins Kontor oder saß in seinem *studiolo*. Nach dem Essen zog er sich sofort zurück und sprach mit niemandem. Connucci, Eredi Vecoli und viele Edle der Stadt waren auf der Beerdigung gewesen, doch Besuche lehnte Federico ab, sehr zum Ärger seiner Mutter, die sich seinen Anweisungen zähneknirschend fügte.

Entschlossen stand Beatrice auf, zog, so gut es ging, das Mieder zusammen und öffnete leise die Tür, um Ines nicht zu wecken. Auf dem Gang sah sie Andrea aus Federicos Räumen kommen. »Wo ist dein Herr?«

»Im *studiolo*, Madonna, aber er wünscht, nicht gestört zu werden.« Um seine Lippen spielte ein herausforderndes Lächeln.

»Sag ihm, ich wünsche ihn zu sprechen, jetzt.«

»Aber ...«

»Tu es einfach!«, schnitt sie ihm das Wort ab, und Andrea gehorchte.

Ohne darauf zu warten, dass sie hineingebeten wurde, betrat sie das *studiolo* ihres Mannes. Als Federico sie sah, stand er auf, noch etwas unbeholfen und mit Hilfe eines Stocks. Mit einem Wink schickte er Andrea hinaus und bot Beatrice einen Stuhl an.

»Bitte, Madonna, nehmt Platz. Ihr seht blass aus.«

Sie setzte sich und zog den Brief aus einem Beutel. Seit Buornardis Tod hatte sie den Brief bei sich getragen. Sie musste endlich Klarheit haben. Federico lehnte ihr gegenüber an seinem Arbeitstisch. Seine Augen weiteten sich, als er das blutbefleckte Schreiben sah.

»Was ist das?«

»Ich habe es von Eurem Vater.«

»Erklärt das!«

»Es ist an Euch, zu erklären. Nachdem Euer Vater das hier gelesen hat, ist er zusammengebrochen. Er dachte wohl dasselbe wie ich.« Sie gab ihm den Brief und beobachtete ihn, während er las. Er schien überrascht. Das war nicht die Haltung eines ertappten Mörders.

Anschließend musterte er sie schweigend. Die Zeit schien stehen zu bleiben. Seine Augen nahmen einen unergründlichen Ausdruck an. Durch die Strapazen der letzten Wochen wirkte sein Körper hager, die Wangenknochen zeichneten sich schärfer ab. »Was denkt Ihr denn?«, durchbrach er endlich das Schweigen.

»Dass dieser Brief der Grund für den Tod Agnello Agozzinis ist.«

»Und?«

Wie hatte sie so dumm sein können? Wenn Federicos Überraschung nicht gespielt war, dann musste Ser Buornardi den Brief bei Tomeos Dokumenten gefunden haben. Nicht Tomeo, dachte sie.

»Nun?« Aufmerksam beobachtete Federico sie.

»Euer Vater hat den Brief wohl bei Euren Dokumenten gefunden, denn ich glaube nicht, dass er den Legaten getötet hat.«

Federico lächelte schief. »Wohl kaum. Er war ein alter, gebrechlicher Mann. Und jetzt folgert Ihr daraus, dass ich der Mörder bin?«

Sie schwieg.

»Danke für Euer Vertrauen, Beatrice.«

»Ich habe wenig Grund, Euch zu vertrauen, obwohl ich mir große Mühe gebe.«

»Tatsächlich?«

»Wart Ihr es? Habt Ihr den Mann in der Nacht vor unserer Hochzeit getötet?« Sie stand auf und hielt ihm den Brief hin.

»Ich war nicht der einzige Buornardi, der in der Mordnacht unterwegs war. Habt Ihr daran schon gedacht?« Er betrachtete sie spöttisch und fügte angesichts ihres Schweigens hinzu: »Ja, das habt Ihr, und es scheint Euch nicht zu gefallen. Beatrice, ich habe den Legaten nicht ermordet.«

Seine Stimme klang fest und überzeugend. Sie nickte, hob die raschelnde Seide ihres Kleides an und machte einen Schritt zur Tür.

»Und nun?« Er wog das Schreiben auf der offenen Hand.

»Das ist Eure Angelegenheit.«

»Wer weiß noch von diesem Brief?«

»Niemand außer Agostino Nardorus und mir. Euer Vater ist bei Nardorus im Kontor gestorben, wie Ihr wisst.«

Federico steckte den Brief in den Gürtel seiner Hose. »Ihr versteht Euch gut mit ihm?«

Verärgert fuhr sie ihn an: »Er ist der Einzige hier, der mich nicht nur wie ein Stück Ware behandelt. Er und Euer Vater, den ich sehr vermisse, denn er hat mir zugehört und Wert auf meine Meinung gelegt.«

»Wenn ich Eure Meinung nicht hören wollte, stünden wir nicht hier.«

»Ohne den Brief wäre ich gar nicht gekommen, und wir hätten kein Wort miteinander gewechselt.« Sie war wütend auf ihn und seine Überheblichkeit und gleichzeitig verzweifelt, weil ihr schmerzlich bewusst war, dass sie ohne Ser Buornardi allein in diesem Haus war. Hinzu kam die Angst, dass sie Tomeo geschadet hatte, indem sie Federico den Brief gezeigt hatte. In ihrem Magen zog es, und ein reißender Schmerz erfasste ihren Unterbauch. Sie schrie auf, krümmte sich zusammen und presste die Hände auf den Leib.

Trotz seiner Verletzung war Federico sofort bei ihr, hob sie auf seine Arme und trug sie in sein angrenzendes Schlafzimmer. »Andrea!«, rief er.

Durch eine Wand aus wellenartig wiederkehrenden Schmerzen, die sich anfühlten, als risse es inwendig an ihren Gedärmen, nahm Beatrice nur verschwommen wahr, was um sie herum geschah. Jemand legte ein kühles Tuch auf ihre Stirn und strich ihr beruhigend über die Haare. »Schsch, es geht vorbei. Ganz tief atmen.«

»Ines?« Schluchzend suchte sie nach der Hand ihrer Zofe. »Was ist das? Ines, ich habe Angst.« Statt ihrer Zofe fand sie jedoch Federico neben sich, der ihre Hand drückte und immer wieder zur Tür sah.

»Gleich kommt Eure Zofe, Beatrice. Es ist meine Schuld, ich hätte Euch nicht aufregen dürfen.« Seine Stimme und seine Berührung waren voller Mitgefühl, und sie wollte den Mund öffnen, um etwas zu sagen, doch die nächste Welle aus stechenden Schmerzen, die ihren Leib malträtierten, erfasste sie.

»Endlich!« Federico stand auf und überließ Ines seinen Platz. »Soll ich den Medicus holen lassen?«

Mit resoluter Miene erfasste Ines die Situation. »Das hier ist Frauensache, auch wenn ihr Männer der Grund dafür seid. Ich brauche eine Kräuterfrau. Lasst Plantilla holen, sie kennt sich mit Schwangeren aus. Jetzt alle raus hier!«

Gehorsam entfernten sich Federico und Andrea, der Ines herbeigeholt hatte. Als die Männer gegangen waren, befreite Ines ihre Herrin von dem beengenden Mieder, schob die Unterkleider hoch und tastete den leicht gewölbten Leib ab.

»Kein Blut. Konzentriert Euch auf die Atmung und presst nicht, auch wenn Ihr das Gefühl habt, Ihr könnt nicht anders.« Während sie sanft über Beatrices Bauch streichelte, murmelte Ines beruhigende Worte.

Nach und nach entspannte sich Beatrice, und ihr Atem ging flacher und gleichmäßiger. Die Krämpfe ebbten ab, und sie öffnete die Augen, um sich umzusehen. Er hatte sie auf sein Bett gelegt. »Warum hat er mich nicht gleich in mein Zimmer bringen lassen?«

Ines hob die Brauen. »Es ging schon über seine Kräfte, Euch bis hierher zu tragen. Sollte mich wundern, wenn sein Bein das unbeschadet überstanden hat. Ah, Plantilla!«

Die stämmige Köchin schob ihren Kopf zur Tür herein. Eine weiße Haube bedeckte ihre Haare, und ihre Arme und Hände waren rot vom Waschen. Umständlich kam sie herein, sah sich mit großen Augen in dem für ihre Maßstäbe luxuriösen Raum um und ging als Erstes zur gegenüberliegenden Wand, um die Fenster weit aufzustoßen. »Sie braucht frische Luft!«

Ihre bloßen Füße steckten in einfachen Bastschuhen, mit denen sie über die Fliesen zu Beatrice schlurfte. Ines erklärte kurz, was geschehen war, dann beugte sich die kräftige Frau über Beatrices Leib und legte ihr Ohr darauf. Mit einer unerwarteten Zartheit befühlte sie Herzgegend und Handgelenke und schien dabei in sich hineinzuhorchen. Nach einer Weile erhob sie sich schnaufend. »Ist noch mal gut gegangen, aber sie darf sich nicht wieder so aufregen. Dann verliert sie das Kind. Sie ist zu dünn und von nervöser Beschaffenheit, solche Frauen haben es immer schwer.«

Beatrices Kräfte kehrten zurück, und sie mochte es nicht, wie die Frauen sich über ihren Kopf hinweg unterhielten, als wäre sie gar nicht anwesend. »Entschuldigung, aber ich halte mich nicht für nervös.«

»Nein, Madonna, aber Plantilla meint, dass Ihr Euch zu

viele Gedanken macht, und dann der Tod von Ser Buornardi«, sagte Ines und fing Plantillas leicht ärgerlichen Blick auf.

»Hmm, ja genau. Ich habe viele Kinder zur Welt kommen sehen und gehe der Hebamme zur Hand, wenn es so weit ist. Ich koche nicht nur, sondern kenne auch die Wirkung von Kräutern. Das Wissen wird in unserer Familie seit Generationen von Mutter zu Tochter weitergegeben. Ich werde jetzt gehen und etwas Glockenwinde abkochen. Das hilft gegen die innere Unruhe und gibt Kraft.« Wie zur Bestätigung nickte die Köchin und zog die Schürze fester, wobei ihr praller Busen aus dem Mieder quoll.

Beatrice hatte Plantilla noch nie so redselig erlebt und war überrascht, nichts von ihren Kenntnissen gewusst zu haben. »Plantilla, warum kommen die Krämpfe?«

»Das weiß nur unser Schöpfer. Aber aus der Erfahrung habe ich gelernt, dass Ruhe und Liegen am besten helfen, um das Kind zu behalten, Madonna.«

»Liegen! Ich werde doch nicht die nächsten vier Monate im Bett verbringen!«, entrüstete sich Beatrice.

Plantilla zuckte mit den Achseln. »Ihr seht ja, was geschehen ist. Also, ich mache den Sud fertig.« Mit energischen Schritten ging sie hinaus.

Beatrice erhob sich. »Hilf mir, das Kleid anzuziehen, Ines. Ich gehe jetzt in mein Zimmer.«

»Bleibt doch zumindest noch eine Weile liegen, bis ...«, versuchte Ines sie zu überreden.

»Nein! Ich gehe auch so über den Korridor. Das ist mir gleich, aber hier bleibe ich nicht!« Sie griff nach den seidenen Röcken und Unterkleidern, deren dünner Stoff sich verhakt hatte. Wütend zerrte Beatrice an dem weißen Rock, bis er mit einem seufzenden Geräusch zerriss.

Ines stand auf, legte einen Arm um ihre Schultern und brachte Beatrice hinaus. »Ihr seid wie ein unvernünftiges

Kind, Madonna. Meine Schuld ist es nicht, wenn Euch wieder etwas geschieht.«

»Ach, sei still, Ines, und halt mich, mir wird schon wieder schlecht.«

Den Rest des Tages verbrachte Beatrice in ihrem Schlafzimmer auf dem Bett, trank Plantillas Gebräu, das furchtbar schmeckte und sie träge machte, und konnte ihre Gedanken dennoch nicht zum Stillstand bringen. »Was macht die kleine Alba?«, fragte sie ihre Zofe, die neben ihrem Bett saß und eines ihrer Kleider ausbesserte.

Ines schnaubte. »Eine Plage ist sie! Sie lernt fleißig, das muss ich zugeben, aber ihre Arbeit erledigt sie nur widerwillig, das undankbare Ding! Ständig fragt sie nach Euch, als ob sie etwas Besonderes wäre.«

»Sie hat ihre Familie verloren. Wer möchte ihr verdenken, wenn sie sich nach Zuwendung sehnt?«

»Wenn Ihr Euch nur nicht täuscht ... Ein verschlagenes Stück ist sie, weiter nichts.«

Ines ging ans Fenster, um die Vorhänge vorzuziehen, und sah dabei in den Garten hinunter. »Da ist jemand angekommen. Fabio hat gerade ein Pferd in den Stall gebracht. Soll ich nachsehen? Ich bringe das Abendessen mit.«

Beatrice, die wusste, wie neugierig Ines war, lächelte. »Ja. Vielleicht ein Bote mit einem Brief von meinen Eltern. Und zünde mir die Kerzen an, bevor du davonläufst.«

Die Zofe nahm einen Span, hielt ihn an die glühenden Scheite im Kamin und entzündete die Wachslichter im Raum, bevor sie verschwand. Es dauerte eine Weile, bis sie mit einem Tablett voll dampfender Schüsseln wieder durch die Tür trat. »Signor Tomeo ist hier! Stellt Euch vor, er ist in nur vier Tagen von Genua heruntergeritten, und er ist furchtbar wütend!« Vorsichtig stellte sie das Abendessen auf einen Tisch und hob die Deckel, um zu schnuppern. »Gefüllte Eier im Teigmantel,

Forelle und Birnentorte. Die Hirschpastete habe ich nicht mitgebracht, weil Ihr die doch nicht esst.«

»Nur ein Ei, keinen Fisch und ein wenig Torte. Warum ist Tomeo wütend? Weiß er vom Tod seines Vaters?« Beatrice nahm den Teller aus Ines' Händen entgegen und begann, in ihrem Essen herumzustochern.

Ines deckte den Fisch wieder zu. »Das geb ich der Katze. Sie wirft bald.«

Beatrice hob die Hand, um Ines zum Schweigen zu bringen. Rasch stand sie auf, zog die Vorhänge auf und öffnete vorsichtig das Fenster. Sie erkannte Tomeos Stimme sofort und versuchte, sein Gesicht im Zwielicht zu erkennen. Er stand mit Federico halb verdeckt im Mauerschatten.

Vorwurfsvoll schaute Ines ihre Herrin an. »Geht wieder ins Bett.«

»Lösch das Licht und sei still.«

Murrend folgte Ines dem Befehl.

Beatrice konzentrierte sich auf die Stimmen und verwünschte sich dafür, dass sie Federico den Brief gegeben hatte, aber für Reue war es zu spät.

»Ich habe Euch mehr als einmal vor dieser Frau gewarnt, Federico«, sagte Tomeo.

»Was wisst Ihr schon von Frauen … Sie bringt das Kind in Rom zur Welt, wo es aufgezogen wird, und damit ist die Sache für mich aus der Welt. Zerbrecht Euch meinetwegen nicht den Kopf«, erwiderte Federico mit leicht erhobener Stimme.

»Denkt dabei auch an Eure Frau. Marcina hat gedroht …«, wollte Tomeo sagen, wurde aber von seinem Bruder unterbrochen.

»Was auch immer sie gesagt hat, wird sie nicht so gemeint haben. Sie ist verletzt, wütend, weil sie Lucca verlassen musste. Meine Güte, Tomeo, übertreibt nicht. Es gibt wichtigere Dinge.«

»Ja, verdammt. Lannoy hat Franz von Neapel einfach mit seinem Schiff nach Madrid bringen lassen. Das war gegen unseren Befehl!«

Mit unverhohlenem Zynismus fragte Federico: »Gerade Ihr solltet Verständnis für eigenmächtiges Handeln haben, Tomeo, meint Ihr nicht?«

Sekundenlang war es still, und Beatrice befürchtete schon, dass die beiden gegangen waren, doch dann sagte Tomeo sehr ruhig: »Erklärt Euch.«

»Nun, meine Gattin hat mir einen gewissen Brief gezeigt, den unser seliger Vater unter Euren Dokumenten gefunden hat.«

»Ich kann das erklären, Federico.«

»Das habe ich gehofft.«

Pferdehufe klapperten über die Steine, und danach blieb es still. Die Männer waren ins Haus gegangen.

Atemlos horchte Beatrice weiter in die Dunkelheit hinaus. Was hätte sie darum gegeben, Tomeos Erklärung zu hören.

»Madonna, bitte, ich flehe Euch an. Tut mir den Gefallen und legt Euch wieder hin. Euer Mann wird mich auspeitschen lassen, wenn Euch etwas zustößt.« Ines legte die Arme um Beatrice und drehte sie sanft vom Fenster weg. »Morgen ist Signor Tomeo auch noch hier.«

Die Sonne stand hoch am wolkenfreien Himmel, als Beatrice am nächsten Tag in den Hof trat. Sie hatte ihre Haare zur Hälfte am Oberkopf aufgesteckt, die vom Waschen noch feuchten Locken sollten in der warmen Luft trocknen.

»Monna Beatrice! *Buon giorno!*« Alba kam strahlend angerannt und griff nach Beatrices Hand. »Kommt, ich muss Euch etwas zeigen!«

Lachend ließ Beatrice sich von dem Mädchen über den Hof durch die Arkaden in den Garten ziehen. Albas Zöpfe schwangen hin und her, während sie Beatrice an Hecken und Rosenbeeten vorbei zu der Steinbank zog. Erschöpft ließ Beatrice sich dort nieder.

Langsam ging Alba auf eine von Efeu und Blattwerk bedeckte Stelle in der Gartenmauer zu und schob sacht das herunterhängende Gezweig zur Seite. Dann legte sie einen Finger auf die Lippen und sah Beatrice mit leuchtenden Augen an. In der Nische eines herausgebrochenen Steines hatte sich die Katze zusammengerollt und ihre Jungen zur Welt gebracht. Die Kleinen fiepten und versteckten sich unter dem wärmenden Körper der Mutter.

Alba ließ die Zweige sinken und kam zu Beatrice. »Gestern Nacht hat sie geworfen. Fünf Stück! Die Augen sind noch geschlossen, aber sie wissen schon ganz genau, wie sie an die Milch kommen. Sie können doch bleiben, nicht wahr?«

»Sicher, warum nicht. Katzen sind nützlich, weil sie die Mäuse fangen.« Die Sonne tat gut, und die Anstrengungen des gestrigen Tages schienen vergessen. »Ines sagt, dass du gerne lernst.«

Eifrig nickte Alba mit dem Kopf. »Ja. Pater Aniani ist streng, aber ich bekomme viel weniger Schläge auf die Finger als die anderen Kinder.« Stolz hielt sie Beatrice ihre kleinen Hände hin, deren Innenflächen erste Schwielen aufwiesen.

»Das freut mich, Alba.«

»Ich kann meinen Namen schreiben, und zeichnen kann ich auch!« Sie brach einen trockenen Zweig von einem Baum und malte damit einen Vogel in den Sand.

»Alba, das ist schön, aber tu das nicht in der Schule. Malen darfst du nur hier. Mädchen ist dort verboten zu zeichnen. Das Abbilden der Natur ist nur den auserwählten Künstlern vorbehalten, weißt du. Sei dankbar, dass man dich lernen lässt.«

Schmollend schob Alba die Unterlippe vor. »Ich weiß. Das

ist dumm! Die Kirche sagt dumme Sachen über uns Frauen. Wenn ich ein Bischof wäre, würde ich das ändern.«

»Um Himmels willen, lass das nie Pater Aniani hören.«

»Alba! Wo steckst du? Komm sofort her!« Plantillas Stimme tönte durch den Garten, und Alba zuckte zusammen.

»Na, lauf schon. Ich geb auf die Kätzchen acht.«

Beatrice blieb auf der Bank sitzen, horchte auf das zaghafte Piepsen der neugeborenen Katzenkinder und genoss mit geschlossenen Augen die Sonne, die ihr den Rücken wärmte. Ihre Ruhe währte jedoch nicht lange, denn streitende Stimmen kamen näher und ließen nichts Gutes ahnen. Seufzend drehte sie sich um und erblickte Lorenza, Agostino Nardorus und Ines, die auf sie zueilten. Ihre Zofe und der Buchhalter redeten gleichzeitig auf die beleibte Matrone ein.

»Euer Verhalten ist respektlos und unangemessen!«, fuhr Lorenza sie an und baute sich vor ihr auf.

Beatrice hatte die Sonne im Rücken, während Lorenza sie wütend anblinzelte.

Nardorus versuchte vergeblich, seine Herrin zu beschwichtigen. »Es wird alles rechtzeitig fertig. So hört doch! Alles wird fertig sein, wenn Ihr den Umzug beginnt.«

»Schweig! Du wirst deine Peitschenhiebe bekommen, so viel steht fest. Hinter meinem Rücken hast du gehandelt. Dafür könnte ich dich an den Pranger binden lassen, du Nichtsnutz!« Die dicken Wangen waren dunkelrot, der kleine Mund spie die Worte aus wie Erbrochenes.

Beatrice legte eine Hand auf ihren Magen und schluckte. Allein Lorenzas Anblick verursachte ihr Übelkeit. »Um was geht es denn, Signora?«

»Als ob Ihr das nicht wüsstet! Ihr hochmütiges Ding! Ihr habt im Bett zu liegen, um das Ungeborene zu schützen. Und dann sagt mir gefälligst, warum Ihr Euch in meine Angelegenheiten mischt? Ich habe Euch nicht darum gebeten!«

Natürlich ahnte Beatrice, dass es um die Stoffe ging, doch sie zog es vor, noch die Unwissende zu spielen. »Welche Angelegenheiten?«

»Die Stoffe!«, kreischte die Matrone. »Was ist mit meinen Stoffen? Sie sollten diese Woche fertig sein. Deshalb bin ich ins Kontor gegangen, aber da war nichts! Nichts außer diesem winselnden Buchhalter, der sich in Lügen über verkaufte und neue Stoffe verstrickt!«

»Jetzt reicht es mir aber, Signora. Agostino Nardorus ist ein rechtschaffener Mann und leistet Euch seit Jahren gute Dienste. Er hat mich um Hilfe gebeten, weil es ein Problem mit den Mustern Eurer Stoffe für die Villa in Matraia gab. Ich habe ihm geholfen und basta!« Beatrice stand auf und starrte Lorenza in die Augen. Da sie ihre Schwiegermutter um einen halben Kopf überragte, musste diese zu ihr aufsehen.

»Madonna, Ihr dürft Euch nicht aufregen. Denkt an Euren Zustand. Bitte, setzt Euch wieder.« Ines nahm Beatrices Hand.

»Ihr habt hier gar nichts zu entscheiden, lasst Euch das gesagt sein!« Lorenza stemmte ihre Hände in die Hüften.

Beatrice winkte ab und ging einfach an Lorenza vorbei.

»Ihr denkt, Ihr könnt mich einfach hier stehen lassen?«

Rasend vor Wut verfolgte Lorenza ihre Schwiegertochter durch den Garten bis in den Hof, wo Tomeo mit Federico einen nervösen Schimmel begutachtete.

»Madonna, welch eine Freude, Euch wohlauf zu sehen!« Tomeo trug ein schlichtes Hemd, Wams und Lederstiefel über den Beinkleidern. Er wirkte kräftiger als sein Bruder, doch Furchen um Nase und Mund ließen auf die hinter ihm liegenden Strapazen schließen. Er verneigte sich vor Beatrice, schloss sie dann herzlich in die Arme und küsste sie auf Stirn und Wangen.

Federico stand neben ihm, ein neuer Verband zeichnete sich an seinem Oberschenkel ab, und hielt das Pferd. Seine

Miene war wie immer unergründlich, als er sich an seine Mutter wandte: »Warum verfolgt Ihr meine Frau? Jede Aufregung kann sich verheerend auf sie auswirken, habe ich das nicht deutlich genug gesagt?«

Lorenza zuckte zusammen und sagte mit gepresster Stimme: »Dann haltet Eure Frau besser im Zaum. Sie handelt eigenmächtig.«

»Darf ich kurz erklären?«, bat Beatrice.

Federico nickte, und sie legte detailliert dar, wieso sie die Herstellung der Stoffe für Matraia zu ihrer Angelegenheit gemacht hatte.

Nachdem sie geendet hatte, fragte er nur: »Werden die Stoffe bis zum Umzug in zwei Wochen fertig sein?«

Sie nickte und betete, dass Ugo und Lelo es schaffen würden.

»Ist die Qualität gut?«

»Besser könnte sie nicht sein.«

»Schön. Ihr hättet erst mit mir sprechen sollen, aber da die Dinge nun einmal so liegen, sollten wir damit zufrieden sein. Auch Ihr!« Er warf seiner Mutter einen scharfen Blick zu.

»Aber Nardorus muss bestraft werden!«, beharrte Lorenza.

»Nein! Wenn jemand bestraft wird, dann ich.« Beatrice stellte sich vor den zitternden Buchhalter.

Tomeo lachte aus vollem Hals. »Beatrice, Ihr seid wirklich unvergleichlich! Wäret Ihr ein Mann, nähme ich Euch sofort in meine Truppe auf! Bravo, Madonna! Bei so viel Kampfgeist muss sich selbst unsere Mutter geschlagen geben. Nicht wahr, Mutter?«

Es hätte nicht viel gefehlt, und Lorenza Buornardi hätte mit dem Fuß aufgestampft, doch das Ringen nach Würde gewann die Oberhand, und sie rauschte ins Haus. Agostino Nardorus verneigte sich und ging ebenfalls.

»Es war wirklich ganz allein meine Schuld«, sagte Beatrice und streichelte das glatte Pferdefell. Die Muskeln des Tieres waren deutlich spürbar, die Fesseln schmal, und der Kopf mit den großen sanften Augen wirkte edel gezeichnet.

»Ich kenne meine Mutter. Für mich ist die Sache erledigt, aber weiht mich in Zukunft ein, wenn Ihr Ähnliches vorhabt.« Federico klopfte dem Pferd auf die Flanke. »Ein prächtiges Tier. Tomeo hat es aus Genua mitgebracht.«

»Eine arabische Stute. Sie wurde gerade von einem Schiff geladen, das aus dem Osten kam, und war für den Kommandanten der Stadt, Andrea Doria, bestimmt. Ich habe dem Araber erklärt, dass Doria kein Pferdekenner sei und die Stute es bei mir besser habe.« Behutsam legte Tomeo der Stute seine Hand auf die Nüstern. Das Tier schnaubte und rieb den Kopf an seiner Schulter.

»Hat sie einen Namen?«, fragte Beatrice.

»Der Araber hatte sie Nurun genannt, was Licht bedeutet, und ich werde das nicht ändern, denn diese Tiere sind sehr sensibel.«

»Werdet Ihr auf ihr in den nächsten Krieg reiten?« Für den Tod in der Schlacht war das schöne Tier zu kostbar.

»Zuerst muss sie eingeritten werden, das wird Federico übernehmen. Er nimmt sie mit nach Matraia, und Ende des Sommers komme ich sie abholen.«

Federico lächelte. »Wenn ich sie dann noch hergebe ...«

»Signore!« Andrea kam aus dem Haus gerannt. »Der *giudice* ist hier! Mit vier Stadtknechten!«

Die Brüder warfen sich einen Blick zu, und als Tomeo nickte, gab Federico die Zügel an Tomeo weiter, griff nach seinem Gehstock und ging hinter Andrea in den Palazzo.

»Was können die wollen?« Beatrice sah sich nach Ines um, die an der Küchentür stand und mit Plantilla sprach.

»Sicher geht es wieder um den toten Legaten. Gestern

Abend wurde ich beim Durchreiten der Porta San Donato befragt, ob ich Verdächtige auf dem Weg hierher gesehen hätte. Anscheinend ist jetzt auch noch ein zweiter Sekretär aus dem Vatikan hier in Lucca verschwunden.«

»Nein! Wisst Ihr seinen Namen?« Atemlos hing Beatrice an Tomeos Lippen.

»Es soll ein Sekretär Flaminis sein. Mehr weiß ich nicht.«

»Alberto Mari«, flüsterte Beatrice und dachte an dessen dunkle Andeutungen auf dem Fest des Marchese Connucci.

»Wisst Ihr mehr als ich?«

»Hoffentlich täusche ich mich, aber Mari ist ein Freund meiner Eltern, und es wäre schrecklich, wenn ihm etwas zugestoßen wäre.«

Die Stute schnaubte und begann zu tänzeln. »Fabio! Bring sie in den Stall und gib ihr guten Hafer und frisches Wasser.« Tomeo übergab das edle Tier in die Obhut des Knechts und bot Beatrice seinen Arm. »Ihr wart zwar gerade im Garten, aber vielleicht macht Ihr mir die Freude und begleitet mich auf einen kurzen Rundgang. Das heißt, wenn Ihr Euch wohlfühlt?«

Leicht errötend nickte Beatrice und legte ihre Hand auf seinen Arm. »Danke. Jetzt geht es mir bestens. Eure Mutter ist keine leicht zufriedenzustellende Frau, aber berichtet mir von Genua und dem König. Ich brenne darauf, Neuigkeiten zu hören!«

»Wollt Ihr wissen, welche Haarfarbe der König hat und welche Frauen er bevorzugt?«

Entrüstet sah sie ihn an. »Aber nein! Was geschieht mit dem König, wo stehen die kaiserlichen Truppen jetzt, und wie ist die Bündnissituation?«

Tomeo lachte herzlich. »Ihr seid einzigartig, Beatrice, wirklich. Charles de Lannoy, dieser niederländische Hofkriecher, der jetzt den Thron von Neapel besetzt, sollte Franz I. nach

Neapel bringen. So war es von unseren Feldherren beschlossen worden. Von dort sollten die Verhandlungen um die Konditionen seiner Freilassung geführt werden. Jetzt wird unser Gefangener nach Madrid gebracht, fort von italienischem Boden, obwohl wir es waren, die diesen Sieg möglich gemacht haben! Der Kaiser weiß nicht, was er tut. Er ist zu jung, zu unerfahren, lässt sich von jedem ins Ohr blasen, anstatt herzukommen und sich zu zeigen, damit wir wissen, für wen wir unser Blut und unser Geld opfern.«

Während sie langsam über die schmalen Wege spazierten, betrachtete Beatrice die Blütenpracht, die sich überall zu zeigen begann. Der Frühsommer war wundervoll, aber die Lage Italiens war alles andere als das.

»Habt Ihr von dem neuen Vertrag zwischen Clemens und Karl gehört, der am 1. Mai verkündet wurde?« Tomeo stieß verächtlich die Luft zwischen den Zähnen aus. »Wieder ein Vertrag, der das Papier nicht wert ist, auf das er geschrieben wurde. Beide Seiten verpflichten sich darin, Mailand gegen jeden Angriff zu verteidigen, und Karl nimmt Florenz, die Medici und den Kirchenstaat unter seinen Schutz. Dafür dürfen die Florentiner allerdings hunderttausend Golddukaten zahlen. Clemens hat wieder taktiert und meint, es war schlau, als Bedingung festzulegen, dass Mailand sein Salz aus den päpstlichen Salinen Cervias beziehen muss und der Herzog von Ferrara Reggio und Rubiera preisgeben soll.«

»Mit den Bedingungen hat Clemens alles kompliziert«, erkannte Beatrice.

»Genau! Karl hat dem Herzog von Ferrara die beiden Städte für genügend Geld überlassen, und Herzog Sforza von Mailand kauft sein Salz nicht aus Cervia, sondern vom österreichischen Erzherzog Ferdinand. Jetzt schreit man in Rom schon wieder von Treubruch, und neue Ränke werden geschmiedet. Pompeo Colonna, Clemens' Erbfeind, wartet doch nur darauf, dem Papst den Dolchstoß zu versetzen. Rom ist ein Schlangennest, genau wie die Höfe von Madrid und Paris und ...« Er hob in gespielter Verzweiflung die Arme.

»Und am Apennin stehen die Landsknechte und wetzen ihre Äxte und Schwerter ...« Sie sog den Duft der Rosenblüten ein und setzte sich auf eine Bank.

Tomeo stellte einen Fuß neben ihr auf einen steinernen Sockel.

»Tomeo«, sagte sie leise und sah sich um, doch sie waren allein. »Ich fürchte, ich habe einen Fehler begangen. Ich wollte Euch keineswegs in Schwierigkeiten bringen. Aber Euer Vater hielt den Brief in seinen Händen, als er starb, und ...«

»Ihr konntet nicht wissen, wie die Dinge stehen. Ich auch nicht.« Er schüttelte den Kopf und beugte sich zu ihr. »Vertraut niemandem hier im Palazzo, nicht einmal Federico. Er hat sich verändert, seit er mit Marcina zusammen ist. Ihr wisst von ihr, nicht wahr?«

Unglücklich nickte sie.

»Ich verstehe meinen Bruder nicht mehr. Wenn Ihr meine Frau wärt ...« Er räusperte sich. »Die Dinge sind, wie sie sind, aber seid in Zukunft vorsichtig, wem Ihr Euer Vertrauen schenkt.«

In seinen Augen las sie mehr als die bloße Sorge eines Schwagers, und unbewusst streckte sie eine Hand nach ihm aus, die er nahm und sanft umschlossen hielt. »Mari hat angedeutet, dass es um einen Verrat an unserer Stadt geht und die Rebellion der Poggios nur ein Anfang war. Er ist im Auftrag des Papstes hier, um den Mörder von Agozzini zu suchen, aber er ist auch mein Freund. Tomeo, ich kann verstehen, dass Agozzini sterben musste. Ein Leben für die Sicherheit unserer Stadt.«

Er schien mit sich zu ringen, hob schließlich den Kopf und sah zum Palazzo. »Da kommt mein Bruder.« Leise fragte er noch: »Weiß er, dass Ihr Alberto Mari kennt?«

»Ich denke schon. Connucci weiß es.« Erstaunt wollte sie nachfragen, doch Federico kam humpelnd zwischen den Bäumen hindurch und fasste seinen Bruder am Arm.

Mit einem kurzen Blick auf seine Frau zog Federico den Brief Agozzinis aus seinem Wams. »Nehmt ihn mit, Tomeo.«

Dieser schüttelte überrascht den Kopf. »Verbrennen wir das Papier. Es wird uns nur belasten, sollten sie es bei uns finden.« Unschlüssig hielt er das kompromittierende Schreiben in der Hand.

»Da kommt der *giudice* mit seinen Bütteln. Federico, was geht vor? Wollen sie Euch verhaften?« Ängstlich sah Beatrice von einem zum anderen.

Tomeo hielt noch immer den blutbefleckten Bogen in der Hand. »Bitte, Madonna, geht hinein. Ihr habt damit nichts zu tun. Bitte!« In seinem Blick lag eine Eindringlichkeit, die ihre Angst verstärkte.

Sie formte ein stummes »Nein« mit den Lippen und starrte auf Federico, der dem *giudice* mit seinen Bütteln gelassen entgegensah: »Die Untersuchung hat durch das Verschwinden des zweiten päpstlichen Sekretärs größere Ausmaße angenommen. Keine Sorge, Madonna, wer unschuldig ist, braucht nichts zu fürchten.«

Der drohende Unterton in seiner Stimme entging ihr nicht. Neben ihm stand sein Bruder und hielt den belastenden Brief in der Hand. Wenn sie Tomeo so fanden, würden sie ihn sofort verhaften und verurteilen. Was war nur los mit ihrem Mann? Mit einem Griff entriss sie Tomeo den Brief, stopfte ihn in ihren Ausschnitt, setzte ein erschöpftes Lächeln auf und rief nach ihrer Zofe.

Da Ines im Hof in Rufweite stand, eilte sie sofort herbei, überholte den Richter und seine Männer und kam noch vor ihnen bei ihrer Herrin an. »Ganz bleich seid Ihr!«

»Gib mir deine Schulter, Ines, und bring mich ins Haus. Ich muss mich ausruhen.«

Ines warf einen argwöhnischen Blick auf die Justizbeamten und flüsterte im Gehen: »Was wollen die denn schon wieder hier?«

Sie hörte, wie Federico Richter Luparini ungehalten anfuhr: »Ihr seht doch, dass es meiner Frau nicht gut geht. Sie ist in anderen Umständen und verträgt keine Aufregung. Wozu dieser Aufwand? Könnt Ihr uns nicht hier befragen? Ich kenne diesen Alberto Mari nur flüchtig, habe ihn einmal in meinem Leben gesehen, in Florenz, und das war vor Jahren.«

»Schneller, Ines!«

So rasch es die Kleider und ein immer noch angemessen erscheinender Gang erlaubten, gingen die beiden Frauen zu den Arkaden und von dort in den Hof. Vor der Küche machte Beatrice abrupt Halt und ging hinein.

»Aber ... Was sucht Ihr denn dort? Ihr macht Euch schmutzig. Lasst mich doch gehen«, versuchte Ines sie davon abzuhalten.

Ohne zu zögern, ging Beatrice zwischen erschrockenen Mägden hindurch, die ihre Herrin noch nie hier unten in der heißen und von verschiedensten Düften und Gerüchen durchzogenen Küche gesehen hatten. Schüsseln mit geschältem Gemüse, noch erdverkrusteten Rüben und verschiedenes Obst standen auf dem Boden und auf langen Tischen. An einer Seite war auf Kopfhöhe eine Stange angebracht, an der gerupfte und noch gefiederte Hühner, Fasane und Enten hingen. Eine Magd schlug gerade einem gehäuteten Kaninchen den Kopf ab, eine andere salzte Fische, die sie zuvor ausgenommen hatte. Alles deutete darauf hin, dass das Mittagessen bevorstand. In der mannshohen Feuerstelle hingen vier Töpfe über dem Feuer, vor dem Alba hockte. Mit missmutiger Miene blies sie mit Hilfe eines Blasebalgs Luft in das Feuer, um die Glut zu schüren.

Als sie Beatrice sah, sprang sie auf und wischte sich das von der Hitze rote Gesicht. »Signora!«

Ohne auf das Mädchen zu achten, zog Beatrice den Brief aus ihrem Mieder, riss ihn in zwei Hälften und warf diese in die Glut. Mit einem Eisenstab, den sie an einem Haken neben der Feuerstelle fand, stocherte sie so lange in den züngelnden Flammen, bis nur noch Asche übrig war.

»Was habt Ihr denn da verbrannt, Madonna? Warum kommt Ihr dafür in die Küche?« Neugierig schaute Alba auf den Aschehaufen, der aus den Scheiten bröckelte und auf die Steine hinabfiel.

»Halt den Mund, dummes Ding!« Ines schubste das Mädchen zur Seite.

Von der Hitze ganz benommen, fuhr Beatrice sich über die Stirn. »Ich brauche etwas zu trinken, Ines. Kaltes Wasser. O Gott, mir ist ganz schwindelig.« Sie ging zu einem Schemel, stieß ein Bündel Reisig hinunter und setzte sich, die Ellbogen auf die Beine gestützt. Natürlich konnte sie sich täuschen, aber sie hätte schwören können, dass Federico seinen Bruder als Mörder hatte ausliefern wollen. Tomeos Andeutungen und Federicos Verhalten waren Grund genug, sich zu ängstigen.

Ines brachte einen Becher Wasser und ein nasses Tuch, mit dem sie ihrer Herrin Stirn und Nacken abrieb. »Besser so?«

»Danke. Lass uns gehen.«

Unter den neugierigen Blicken des Gesindes verließen sie die Küche, in der es nach ihrer Anwesenheit auffallend still geworden war. Auf dem Hof liefen sie dem *giudice*, seinen Bütteln sowie Federico und Tomeo in die Arme.

»Da ist Eure Gattin ja, Messer Buornardi. Das trifft sich gut.« Luparini stellte sich vor ihr in Positur, seinen dunklen Amtsrock wichtig zur Seite werfend. In seinem Gürtel steckten mehrere Papierrollen mit amtlichen Siegeln, was darauf schließen ließ, dass er mit Vollmachten ausgestattet worden war, die ihm die Verhöre erlaubten. Er stammte aus einer Seifensiedersippe, die es zu einigem Vermögen gebracht und den ältesten Sohn zum Studium der Rechtswissenschaften nach Rom geschickt hatte. Vielleicht war er ein guter Theoretiker, als Respektsperson taugte er mit seiner schmächtigen Gestalt und dem vogelartigen Kopf nicht. Einen Beamten des Gerichts sollte man jedoch nie unterschätzen, und Beatrice begrüßte den Richter höflich.

»Guten Tag, *giudice*. Was verschafft uns die Ehre Eures Besuchs?« Sie schloss die Augen und stützte sich auf ihre Zofe. »Verzeiht, aber ich bin in gesegneten Umständen und fühle mich nicht sehr gut.«

Die leicht aggressive Haltung des Richters änderte sich, und seine Miene drückte Verständnis aus. »Entschuldigt, Madonna, normalerweise würde ich es nicht wagen, Euch aufzuhalten, aber meine Aufgabe ist undankbar und erlaubt kaum Rücksichtnahme, sondern nur den ungetrübten Blick des Gesetzes, das nach der Wahrheit sucht. Eine leidige Geschichte, wirklich. Euer Mann und Euer Schwager sind so freundlich, uns auf das Amt zu begleiten, wo wir ihre Zeugenaussagen zu Protokoll nehmen können. Natürlich sind sie nicht die Einzigen«, versicherte er, als er Beatrices erschrockenen Blick sah. »Jeder aufrechte Bürger dieser Stadt muss uns helfen, Licht ins Dunkel um das merkwürdige Verschwinden einer hochgestellten Persönlichkeit aus dem Vatikan zu werfen.«

Hier machte er eine bedeutungsvolle Pause und beobachtete ihre Reaktion, doch Beatrice trug unschuldige Neugier zur Schau. »Tatsächlich? Wer wird denn gesucht?«

»Der Sekretär Alberto Mari, seines Zeichens Beauftragter von Domenico Flamini, dem Geheimsekretär Seiner Heiligkeit!«

»Ist das die Möglichkeit!?«, entrüstete sich Beatrice und sackte erneut auf den Arm von Ines, die sich laut räusperte.

»Um es kurz zu machen und Euch nicht über Gebühr zu beanspruchen, hier meine Frage: Seid Ihr mit dem Sekretär Alberto Mari bekannt?« Sein kleiner Vogelkopf schob sich lauernd nach vorn.

Es dauerte nur den Bruchteil einer Sekunde, bis sie sich entschieden hatte: »Er ist ein Bekannter meiner Eltern, die zurzeit in deutschen Landen sind. Mein Cousin ist in der Schlacht bei Pavia gefallen.«

»Mein Beileid!« Luparini zog seinen Hut und neigte den Kopf. »Mari verkehrt also nicht in diesem Haus?«

Während sie sprachen, standen die Stadtknechte, vierschrötige, mit Degen und Dolch bewaffnete Kerle, neben einem Eselskarren im Hof. Ein Bauer lud Kohl, Artischocken, Sauerampfer und anderes Kleingemüse ab.

»Nein, Signore, ich habe ihn das letzte Mal auf dem Fest des Marchese Connucci gesehen, und da machte er einen recht gesunden Eindruck. Wenn das alles ist, möchte ich mich jetzt entschuldigen.« Ohne seine Antwort abzuwarten, hob sie mit gezierter Bewegung ihren Rock an und schritt die Stufen hinauf ins Haus.

Erst als sie in ihrem Schlafzimmer auf dem Bett lag und Ines die Vorhänge zugezogen hatte, ließ die Anspannung nach. Ihr Herz pochte noch immer zu schnell. Beatrice schloss die Augen, legte die Hände auf den Bauch und spürte zum ersten Mal, wie sich das neue Leben in ihr regte.

»Bewegt es sich?« Ines setzte sich zu ihr und strich Beatrice liebevoll die Haare aus der Stirn. »Eure Eltern werden sicher bis zur Geburt zurück sein. Keine Nachricht ist immerhin eine gute Nachricht.«

»Hmm. Aber du wirst da sein, Ines? Du verlässt mich nicht?«

»Wie kommt Ihr nur auf so dumme Gedanken? Ich werde immer für Euch da sein. Jetzt schlaft ein wenig.«

Von der drohenden Gefahr und dem Verhör erschöpft, dämmerte Beatrice bereits in einen unruhigen Schlaf, der von ihrer besorgten Zofe bewacht wurde.

XIII
Der Gefangene

Es stank nach Kot und Urin. Der säuerliche Geruch von Erbrochenem hing in der feuchtkalten Luft, und Ratten liefen quietschend und respektlos über seinen Körper. Sie hatten ihn schon an den Knöcheln und im Gesicht gebissen. Widerliche Biester! Der korpulente Mann hustete und wälzte sich auf seinem Strohlager auf die Seite. Er spuckte blutigen Speichel auf den Steinfußboden und tastete nach seiner linken Wange, in der ihm seit gestern Abend ein weiterer Backenzahn fehlte. Sollte er diese Tortur überleben, würde er der Kirche den Rücken kehren und sich als einfacher Mönch in ein Kloster zurückziehen. Er dachte dabei an eine Einsiedelei inmitten dichter Nadelwälder am Monte Penna.

Niemand, auch der Papst nicht, konnte von ihm verlangen, derartige Folterungen über sich ergehen zu lassen. Fluchend stützte sich Alberto Mari auf und öffnete ein Auge, das andere war zugeschwollen und fühlte sich an wie ein reifer Pfirsich. Wie lange er schon hier unten in den Händen seiner Folterknechte war, wusste er nicht zu sagen. Sein Verlies war über drei Meter tief, durch einen schmalen Schlitz fiel spärliches Tageslicht herein. Nach dem fünften Tag hatte er aufgehört zu zählen. Der Raum war vier Schritte lang und fünf Schritte breit, Boden und Wände bestanden aus massiven Felsplatten, in denen schwere Eisenringe und -haken in unterschiedlichen Höhen angebracht waren. Wie viele Opfer vor ihm diesen Folterkeller lebend oder tot verlassen hatten, mochte er sich nicht ausmalen. Schmieriger grüner Belag bedeckte die Wände, die eine feuchte Kälte ausstrahlten und jedem Bewohner des ungastlichen Ortes zwangsläufig Gliederreißen bescheren mussten.

Der päpstliche Sekretär stöhnte, drehte angewidert den Kopf zur Seite, als seine Nase den Gestank alten, von Körperflüssigkeiten durchweichten Strohs einatmete, und stellte sich mühsam auf. Seine Beine und Arme waren stellenweise taub von der Expansion, mit der man ihn zum Sprechen hatte bringen wollen. »O Herr, wenn du Mitleid mit einem armen Sünder wie mir hast, dann lass diese Ausgeburten der Hölle erkennen, dass ich nicht mehr weiß als sie selbst!«

Mit steifen Fingern rieb er seine gefühllosen Arme. Vorsichtig setzte er einen Fuß vor den anderen und hob seine Nase Richtung Fenster. Die Schuhe hatte man ihm gelassen, wofür er dankbar war. Seine Beinkleider, Hemd und Wams schlotterten ihm nun um den schmaler gewordenen Leib. Er sog die frische Luft ein, die mit einer Brise von frisch geschnittenem Gras zu ihm herunterwehte. Anfangs hatte er laut nach Hilfe gerufen, es aber aufgegeben, als niemand gekommen war. Der Luftschlitz musste sich an einem Ort befinden, an den sich niemand zu verirren schien.

Seine letzte Erinnerung war das Fest bei Marchese Connucci. Er hatte den Kasten unter der Skulptur durchsucht. Was für eine Skulptur war das noch gewesen? Eine Nymphe? Er konnte es nicht sagen, aber an den Schmerz, als er hineingefasst und einen Bogen herausgezogen hatte, erinnerte er sich gut. Etwas Scharfes im Innern der Kiste hatte seinen Finger verletzt.

Mit seinem noch intakten Auge betrachtete er den geschwollenen Finger, wo sich der kleine Riss entzündet hatte. Die Namen! Ja, jetzt sah er den verräterischen Vertrag wieder vor sich, in dem sich die Poggios, Ser Gottaneri, Ser Valori, Ser

Quilici und ... Er grübelte, doch den letzten Namen hatte er vergessen. Diese Luccheser, angesehene Ratsmitglieder, hatten sich den Poggios angeschlossen, um den Umsturz der Republik zu bewirken. Warum? Ständig fragte er sich das. Welchen Grund konnte es dafür geben, eine bequeme Position, Ansehen und Reichtum aufs Spiel zu setzen? Eigentlich war er davon ausgegangen, dass er bei seinem Schnüffeln nicht beobachtet worden war. Im Nebenzimmer war er Beatrice und dem Marchese begegnet, hatte der Tochter der Rimortellis nur eine Andeutung seiner Entdeckung gemacht. Nein, nicht Beatrice. Ihre Familie war kaisertreu, Jacopino sein Freund. Connucci war mit ihr zusammen gewesen, konnte also nichts gesehen haben, und dann war Bernardina dazugekommen und hatte sich um ihn gesorgt. Eine taktvolle, kluge Frau. Er mochte sie. Ein Jammer nur, dass eine so begabte Frau aus dem Geschlecht der Chigis von Siena nicht mit ein wenig mehr Anmut gesegnet worden war. Nachdem er seine Suppe gegessen hatte – ein Jammer, denn danach hatte er nur wenig Raum für die Köstlichkeiten des prachtvollen Buffets gehabt –, war er in den Festsaal zurückgekehrt, hatte sich unterhalten und war irgendwann zu später Stunde durch den Park spaziert. Er war nicht der Einzige gewesen, der die Abgeschiedenheit der Natur aufgesucht hatte, in eines der kleinen Lusthäuschen hatte sich ein Paar zurückgezogen, um sich ungestörter Zweisamkeit hingeben zu können. Zwischen mannshohen Buchshecken hatte ihn dann von hinten ein Schlag auf den Kopf getroffen, und als er das nächste Mal die Augen aufgeschlagen hatte, war dieses Verlies zu seinem Gefängnis geworden.

Vor der Kerkertür ertönten Geräusche. Schlüssel rasselten, Stimmen näherten sich. Alberto Mari erzitterte und schlich furchtsam in die hinterste Ecke seines Verlieses, aus dem es kein Entrinnen zu geben schien.

Die schwere, eisenbeschlagene Tür schwang lautlos auf

und schlug gegen die Zellenwand. Im diffusen Licht des tiefen Raumes erkannte er zuerst den Wärter, einen abgestumpften Mann in den Vierzigern, dessen kantiges Gesicht nicht auf Mitleid hoffen ließ. In seiner abgewetzten Lederjacke, dem schmutzigen Hemd und mit dem schäbigen Degen an seinem einfachen Gürtel wäre der Wärter für ein Schmiergeld sicher empfänglich gewesen, aber man hatte Mari seinen Gürtel samt Börse und Dolch abgenommen.

»Eh, *segretario*, hast du dich erholt?« Seine beiden Folterknechte traten gut gelaunt durch die Tür.

Alberto schluckte. Die beiden jungen Männer waren einfache, brutale Burschen, deren Handwerk das Erpressen von Geständnissen und das Töten war. Ihrem Dialekt nach stammten sie aus dem Norden, doch er hatte keine Ahnung, wo er sich befand. Man hätte ihn über eine weite Strecke transportiert haben können, ohne dass er das gemerkt hätte. Im Palazzo des Marchese war er jedenfalls nicht mehr, denn er kannte das Gebäude von früheren Besuchen. Außerdem war der Marchese sein Freund oder zumindest ein wohlgesinnter Gönner. Einer, der seinen Wortwitz und seine Belesenheit schätzte und ihn schon bei vielen Gelegenheiten eingeladen hatte. Genau wie bei Jacopino Rimortelli war Politik nur am Rande ein Thema gewesen. Connucci liebte es, Gedichte zu rezitieren und sich über die neuesten Kunstwerke in Rom und Florenz zu unterhalten. Nein, Connucci hielt ihn nicht hier gefangen.

»*Signori*, ich bin ein alter Mann. Noch eine Tortur überlebe ich nicht. Ich würde alles gestehen, aber ich weiß nichts! Beim Grab des heiligen Petrus, bei allen Heiligen, so glaubt mir doch!«

Sein Flehen erntete nur ein schwaches Grinsen bei seinen Peinigern. Im Gürtel des einen steckte eine Peitsche, der andere trug eine Zange, die er vielsagend hin- und herdrehte.

Maris Knie wurden weich, und Todesangst schnürte ihm die Gedärme zusammen. »Nein«, stammelte er und konnte nicht verhindern, dass ihm der eigene Urin die Beine hinablief, seine Hose nass an den Schenkeln klebte und sich eine Pfütze zu seinen Füßen bildete. Wimmernd sank er auf die Knie und barg das geschundene Gesicht in den Händen.

»Schau dir den Alten an! Der große Gelehrte, der Sekretär unseres Papstes pisst sich in die Hosen vor Angst!« Der Mann mit der Zange lachte. Er hatte kurzes braunes Haar und eine lange Narbe von der Nase hinunter zum Hals. Er wollte auf Mari zugehen, wurde jedoch von seinem Kameraden festgehalten, der mehr Verstand zu haben schien.

»Wenn er etwas wüsste, hätte er es uns jetzt gesagt. Ich meine, er weiß, dass er die nächste Runde nicht überleben wird. Hat nichts zu verlieren. Eh, *segretario*!« Der andere nahm seine Peitsche aus dem Gürtel und knallte vor Mari damit auf den Boden, dass der alte Mann zusammenzuckte.

Schlag mich, dachte Mari, ich habe nichts zu sagen. Herr, in deine Hände befehle ich meinen Geist, begann er stumm zu beten.

»Der nächste trifft. Noch einmal frage ich dich: Wen sollte Agozzini hier in Lucca treffen? Wir wissen, dass er mit einem Auftrag hier war. Jeder Trottel kann sich denken, dass der Papst die Medici in Florenz wieder an die Macht bringen will. Wer sollte ihm dabei helfen? Wer ist der große Planer? Mach den Mund auf, du nutzloser Pfaffe! Mein Herr wird langsam ungeduldig!«

Die Tränen liefen Mari aus dem gesunden Auge, als er den Kopf hob. »Ich weiß es wirklich nicht! Ich könnte Euch eine Lüge auftischen, aber wozu? Flamini hatte Agozzini mit einem Brief hierhergeschickt, um einen Verbündeten zu treffen, der den Medici helfen wollte. Aber selbst Flamini kannte seinen Namen nicht. Flamini ist die rechte Hand des Heiligen Vaters, aber selbst er wird nicht in alles eingeweiht. Ich bin nur hier, um den Tod Agozzinis aufzuklären und den Verbündeten zu finden. Versteht doch! Ich soll ihn finden!«

Der Mann mit der langen Narbe schnaubte. »Was für eine Lügengeschichte. Wieso weiß Flamini nicht, wer sein Mann in Lucca ist? Das ist doch Unfug!«

»Nicht unbedingt. Lucca ist Kaiserstadt. Wenn sich jemand aus Lucca zum Papst bekennt und noch dazu mit den Medici konspiriert, riskiert er sein Leben. Ich wäre da auch höchst vorsichtig. Der große Unbekannte weiß ja nicht, ob Mari beobachtet wird«, gab einer der Knechte zu bedenken.

Hoffnung keimte in Alberto Mari auf, als er die Worte des Peitschenträgers hörte. »Das habe ich die ganze Zeit versucht zu erklären. Der Verbündete hält sich aus Furcht vor Entdeckung zurück.«

»Dann finden wir ihn doch nie!«, sagte der erste Peiniger.

»Es braucht eben eine List, aber das ist nicht unsere Aufgabe. Das soll sich unser Herr ausdenken. Eh, *segretario*, du hast Glück.« Zum Wärter sagte er: »Bring ihm eine gute Mahlzeit. Wir kommen wieder.«

Die beiden verschwanden, und die Tür fiel mit dumpfem Dröhnen ins Schloss. Seufzend erhob sich Mari und sandte ein Stoßgebet zum Himmel. »Ich habe manches Mal an dir gezweifelt, aber jetzt weiß ich, dass es dich gibt ...«

Bis zur Rückkehr des Wärters verging einige Zeit, in der Mari auf dem Stroh hockte und sich schämte, dass er sich so schwach gezeigt hatte. Der Kerkermeister stellte ein Tablett mit dünnem Gewürzwein, Brot, einer Schale Hafergrütze und einem Stück Schinken auf einen Schemel. Gierig machte sich Mari über das Essen her. Der Wein stieg ihm sofort zu Kopf, doch die berauschende Wärme war angenehm und milderte seine Schmerzen für einige Minuten. Den Schinken konnte er nicht beißen, doch er lutschte an dem harten Bissen. Allein der salzige Geschmack belebte seine Sinne und ließ ihn glauben, dass er noch ein Mensch war.

Es war bereits dunkel, als die Tür erneut aufschwang und der klügere der beiden Knechte mit einem vornehm gekleideten Mann eintrat. Eine Fackel wurde in einen Halter neben der Tür gesteckt. Soweit Mari es erkennen konnte, trug der Unbekannte Lederstiefel, Beinkleider und ein Hemd aus feinstem Leinen, das Wams war aus schimmerndem, dunkelviolettem Brokat. Haare und Gesicht waren unter einer Maske verborgen, und er hielt sich im Schatten des Verlieses, so dass Mari mit seinem verbliebenen Auge kaum etwas erkennen konnte. Der Knecht nahm ein Bündel von seiner Schulter und warf es dem gepeinigten Sekretär vor die Füße.

»Hier, zieh das an. Du stinkst wie eine Kloake!«

»Und wo kann ich mich waschen?« Anscheinend hatten sie eine Aufgabe für ihn ersonnen. Aber vorher wollte er sich zumindest notdürftig reinigen.

Fragend sah der Knecht seinen Herrn an, der zustimmend nickte. »Draußen ist ein Brunnen, da kannst du dich waschen, nachdem wir mit dir fertig sind. Jetzt sperr deine verdreckten Ohren auf, und merk dir gut, was der Signore sagt. Wenn du nicht tust, was er verlangt, finden wir dich, genau wie beim ersten Mal. Und dann, *segretario*, lass ich Fredo seine Zange benutzen ...« Er grinste, zeigte eine Reihe brauner Zähne und trat dann in den Schatten zurück, um seinem Herrn das Wort zu überlassen.

Alberto Mari hockte auf seinem schmutzigen Lager, trank den letzten Schluck Gewürzwein und hörte sich mit wachsendem Entsetzen an, was man von ihm erwartete. Alle Hoffnung, die er eben noch gehegt hatte, verwandelte sich in blanke Verzweiflung. Das konnten sie nicht verlangen. Ausgerechnet Beatrices Familie sollte er hintergehen. Beatrice war ein reizendes, unschuldiges Geschöpf und sollte im Strudel dieser infamen Intrige untergehen? Warum hatte Gott ihn errettet, wenn er ihn jetzt so tief fallen ließ? Wo blieb die Barmherzigkeit? Doch er war zu schwach, sich gegen das Leben zu entscheiden. Eine Ratte kam aus dem Dunkel, kletterte auf den Schemel, schnappte sich den Schinkenrest und rannte blitzschnell in ihr Versteck zurück. Er war nicht besser als diese Ratte, die alles riskierte, um zu überleben. Seine Strafe erwartete ihn im Jenseits. Aber er fürchtete das Höllenfeuer nicht, denn die Qualen irdischer Folter hatte er bereits durchlebt.

XIV
Richterliche Untersuchungen

Als Beatrice am Abend in die Halle trat, schlugen ihr Stimmen aus dem Saal entgegen. Diener, Mägde und Knechte eilten mit Schüsseln, Wildbret und Kisten voller Pilze und Gemüse von den Vorratsräumen zur Küche und zurück. Beatrice hatte mehrere Stunden geschlafen und fühlte sich ausgeruht und erfrischt. Eine junge Dienerin kam mit einer Schale getrockneter Pilze auf sie zu.

»Nina, was ist los? Bereitet ihr ein Fest vor?«

Die Dienerin hob das hübsche runde Gesicht und lächelte. »Ein Abschiedsessen. Signore Tomeo muss doch morgen wieder fort.« Seufzend fügte sie hinzu: »Kaum ist er hier, muss er schon wieder weg.«

Amüsiert sagte Beatrice: »Du scheinst unseren Tomeo ja sehr zu mögen.«

Flammende Röte bedeckte Ninas Wangen. »Ja, wenn er hier ist, wird gelacht und getanzt. Er hat immer ein freundliches Wort für mich. Ich will nicht sagen, dass ich unzufrieden bin mit Signor Federico ...« Unglücklich sah sie Beatrice an.

»Schon gut, ich verstehe dich ja. Ich finde es auch schön,

wenn er hier ist. Aber vergiss nicht, dass Signor Federico ein gerechter Herr ist und Respekt verdient.«

»Natürlich, Madonna.« Verschämt senkte sie den Kopf.

»Na, lauf schon in die Küche, sonst reißt Plantilla dir noch den Kopf ab.«

Nina kicherte und lief davon.

»Ich sollte mich glücklich schätzen, eine derart loyale Ehefrau zu haben.« Mit einem schiefen Lächeln trat Federico hinter der Treppe hervor.

Beatrice fuhr herum. Sein beißender Zynismus verletzte sie. »Es freut mich, wenn Ihr das sagt. Ich nehme an, die Befragung verlief reibungslos?«

Er nickte ernst. »Der *podestà* hat nicht nur mich und Tomeo, sondern auch Connucci, da Sesto, den jungen Quilici, Bottini und viele andere, die für verdächtig gehalten wurden, in den Palazzo Pubblico bringen lassen. Ergebnislos, das war vorauszusehen, aber sie haben gegenüber dem Vatikan ihre Pflicht getan. Bischof Sforza de Riario hatte auf der Untersuchung bestanden.« Federico lachte leise. »Kein Wunder, wenn ihm dauernd die Gesandten abhanden kommen … Nachher denkt der Papst noch, Riario selbst hat seine Finger im Spiel.«

»Aber wir wissen, dass das nicht stimmt.«

»Was habt Ihr mit dem Brief getan?«, fragte Federico.

»Ich habe ihn verbrannt.«

Er hob die Augenbrauen. »Tatsächlich? Gut, gut. Fühlt Ihr Euch wohl genug, uns heute Abend Gesellschaft zu leisten? Wir haben Gäste. Connucci, Eredi und da Sesto. Tomeo verlässt uns morgen.«

»Ein kurzer Besuch.« Zu kurz, dachte sie.

Federico stützte sich auf seinen Gehstock, dessen Knauf vom zerbrochenen Stock seines Vaters stammte. »Ihr scheint meinem Bruder sehr zugetan. Es war sehr geistesgegenwärtig von Euch, den Brief mitzunehmen.«

»Nicht wahr?«

Nina kam mit einer leeren Schüssel aus der Küche, zwei Mägde gingen mit gesenkten Köpfen an ihnen vorbei, und Lorenza öffnete die Saaltüren. Augenblicklich hob Beatrice kampfbereit das Kinn. »Ich will vor dem Essen noch einmal mit Agostino sprechen. Entschuldigt mich.«

Federico war ihrem Blick gefolgt. »Meine Mutter hat genug mit der Organisation des Mahles zu tun. Übrigens möchte ich die Stoffe sehen, wenn sie fertig sind, und die Weber kennenlernen.«

»Natürlich.«

»Reine Neugier. Mein Vater setzte großes Vertrauen in Euch, und er hat sich nie geirrt, wenn es um Menschen ging.«

»Danke.«

»Das war kein Kompliment, sondern eine Feststellung.«

»Dann gilt mein Dank Eurem Vater, den ich als großherzigen und klugen Mann kennenlernen durfte.« Sie neigte leicht den Kopf und raffte die Röcke, um zu gehen, doch Federico hielt sie auf: »Großherzig war er in der Tat. Ich habe einen Vertrag mit einem Maler bei den Papieren gefunden. Mein Vater wollte Euch ein Geschenk machen, indem er Euch porträtieren lässt.«

»Wirklich?«

»Der Maler heißt Jacopo Pontormo und sollte in diesem Sommer nach Matraia kommen, um dort mit Euch zu arbeiten. Aber vielleicht steht Euch jetzt nicht der Sinn danach?«

»Pontormo? Wie wunderbar! Ich habe von seinem Fresko ›Vertumnus und Pomona‹ in Poggio a Caiano gehört. Er pflegt einen eigenwilligen Stil. Es wäre eine Ehre für mich, von einem solchen Mann porträtiert zu werden.« Erfreut sah sie ihn an.

»Gut. Ich werde nach ihm senden und den Auftrag bestätigen. Zurzeit arbeitet er in der Certosa San Lorenzo al Monte in Galluzzo. Ihr solltet Eure Zofe anweisen, mit dem Packen zu beginnen. Ihr werdet Ende nächster Woche aufbrechen. Braucht Ihr neue Kleider?«

»Ich habe alles, was ich benötige.«

»Wie Ihr meint. Dann sehen wir uns beim Abendessen.« Mit einer angedeuteten Verneigung ließ er sie stehen.

Überheblicher Mensch! Sie hatte sich wirklich gefreut und war bewegt von Ser Buornardis Geschenk, aber Federico machte mit seiner kalten Art alles zunichte. Verärgert nahm sie ihr Kleid auf und ging zu Agostino ins Kontor.

Der schmächtige Buchhalter stand allein über ein dickes Rechnungsbuch gebeugt und kontrollierte Zahlenreihen. Seit Ser Buornardis Tod fiel ihr Blick jedes Mal als Erstes auf den Boden hinter der Tür, wo der alte Mann zusammengebrochen war. Betrübt sah sie sich um, konnte aber keine Stofflieferung entdecken. »Noch immer nichts, Agostino?«

»Bedaure, Madonna. Ich warte genauso sehnsüchtig darauf wie Ihr. Wenn wir die Stoffe bis zum Umzugstag nicht vorweisen können, weiß ich nicht, was die Signora mit mir anstellen wird…«

»Sie wird dir nichts anhaben, Agostino. Darauf hast du mein Wort. Mein Mann hat unseren kleinen, geheimen Plan offiziell abgesegnet. Leider kann ich nicht selbst zu den Webern gehen, aber ich werde Ines mit einem Schreiben schicken. Heute Abend ist es zu spät dafür, es ist unruhig in den Straßen, aber gleich morgen früh kann sie gehen.« Sie wanderte durch den Raum, strich über Stoffballen und Tücher, die auf den Tischen lagen, und blieb gedankenverloren vor dem Sessel stehen, in dem Ser Buornardi gern seinen Mokka getrunken hatte.

Federico hatte nicht wieder über die Geldschwierigkeiten seines Bruders in Antwerpen gesprochen, doch es interessierte Beatrice, ob die Angelegenheit geregelt worden war. »Hat sich Alessandro noch einmal aus Antwerpen gemeldet? Weißt du, wie es ihm geht?«

»Euer Mann hat Alessandros Schulden beglichen, obwohl es ihm nicht leichtgefallen ist.« Nardorus klopfte auf sein Rechnungsbuch. »Der Krieg hat schon zu viel von unserem Kapital verschlungen. Ich kenne nicht alle Konten, aber Euer Mann war sehr ungehalten.«

»Hmm, danke, Agostino. Ich habe den Brief verbrannt.«

»O ja?«

»Vielleicht ist damit alles vorbei. Ich hoffe es.« Ein hauchdünnes, mit winzigen Perlen besticktes weißes Tuch erregte ihre Aufmerksamkeit. »Wie schön! Wo kommt das denn her?« Sie drapierte es um ihre Schultern und strich über den feinen Stoff.

»Es ist eines der wenigen kostbaren Stücke, die bei dem Überfall nicht geraubt wurden. Die Art der Perlenstickerei und das Muster sind chinesisch. Ein Jammer, dass die anderen Waren verloren sind. Damit hätten wir einen guten Profit erzielt.«

Sorgfältig faltete Beatrice das Tuch und legte es wieder auf den Tisch. »Wirklich schön. Gut denn, ich werde zum Abendessen erwartet.«

»Einen schönen Abend, Madonna.«

Ines erwartete sie mit gekrauster Stirn im Ankleidezimmer. »Wo wart Ihr nur wieder? Ich dachte, Ihr wolltet nur kurz zu Nardorus? Was war das überhaupt mit dem Brief in der Küche? Ihr habt mir nichts davon gesagt! Vertraut Ihr mir nicht mehr?« Schmollend legte sie ihrer Herrin ein blassgrünes Seidenkleid mit cremefarbenem Unterkleid hin. »Signor Tomeo wird verabschiedet, aber das wisst Ihr bereits, nicht wahr?«

»Spiel nicht die Beleidigte, Ines. Ich habe dir nichts von dem

Schreiben gesagt, weil es jeden, der zu viel darüber weiß, in Gefahr bringt. Der *giudice* war auch deswegen hier. Jetzt ist es vernichtet und kann niemandem mehr schaden, basta! Ich wollte dich eigentlich heute noch zu Ugo schicken, aber dafür ist es zu spät. Gleich morgen früh nimmst du dir Fabio als Begleiter und gehst zu ihm. Lass deinen Liebreiz spielen und versprich ihm mehr Lohn, wenn er nur die Stoffe rechtzeitig fertig bekommt.« Beatrice zwängte sich in das knapp bemessene Mieder des neuen Kleides. »Bald passe ich nicht mehr hinein.«

»Ich habe schon etwas für Euch ändern lassen. Die Kleider werden dann unterhalb der Brust geschnürt und engen Euch nicht ein.« Sorgsam zupfte Ines die Falten des Seidenstoffs in Form. »Ihr seid noch immer viel zu schlank, als dass man Euch die Schwangerschaft ansehen würde. Außer vielleicht im Gesicht, aber eigentlich seid Ihr nur noch schöner geworden.«

Beatrice lächelte ihr im Spiegel zu.

»Und Ihr könnt mir wirklich nichts über diesen Brief sagen?«

»Du bist ein Quälgeist! Nur so viel – es war das Schreiben Agozzinis an einen unbekannten Verräter hier in Lucca. Jetzt suchen sie nach Alberto Mari, der anscheinend verschwunden ist. Zufrieden?«

»Herr im Himmel! Der gute Mari! Ist doch gar nicht lange her, dass wir ihn bei Euren Eltern gesehen haben.«

Bei ihren Eltern, ja, dachte Beatrice und fragte sich einmal mehr, warum sie noch keine Nachricht aus Deutschland erhalten hatte. Eigentlich war es nicht die Art ihrer Mutter, sich in Schweigen zu hüllen, aber vielleicht hatte die Trauer um den Cousin alle überwältigt.

Im Speisesaal hatte man mit dem Mahl bereits begonnen. Die Stimmung war deutlich gedrückter als an jenem Tag, als Tomeo als Sieger aus Pavia zurückgekehrt war. Der Schatten von Ser Buornardis Tod lag ebenso über ihnen wie die Untersuchungen der städtischen Gerichtsbarkeit. Wenn es dem *podestà*, der obersten richterlichen Instanz von Lucca, gefiel, konnten Verdächtige auch vorläufig festgenommen werden, allerdings nur bei ausreichender Beweislage, und die war nicht gegeben. Vielmehr schienen die Vertreter der Exekutive in einem Meer aus Gerüchten im Trüben zu fischen. Hätte Luparini auch nur den Hauch eines Beweises gegen ihren Mann, säße dieser nicht mit am Tisch.

Ein Diener schob einen Stuhl für sie zwischen Federico und Connucci, so dass ihr keine Wahl blieb, als sich zu setzen, obwohl sie auf die unmittelbare Nachbarschaft des Marchese gern zugunsten Tomeos verzichtet hätte.

»Wie geht es Eurer Frau?«, wandte sie sich höflich an den Marchese.

»Gut, nehme ich an. Wir sehen uns nicht täglich.« Er goss ihr Rotwein ein.

»Wie schade, ich finde sie sehr interessant.«

Connucci sah sie verwundert an. »Interessant? Nun ja, dumm ist sie nicht, aber sicher nicht so mutig wie Ihr.« Vertraulich senkte er die Stimme. »Ich habe von Eurer Geistesgegenwart im Garten gehört.«

Erstaunt sah sie ihren Mann an, doch der aß ungerührt seine Würstchen. Ein Diener kam mit einer Platte voll klein geschnittenen Schweinefleischs, das mit Speckwürfeln und Petersilie vermengt war. Ganz gegen ihre Gewohnheit nahm sie sich von dem fettigen Fleisch und aß es hungrig auf.

»Ihr habt Euch von dem unerfreulichen Intermezzo heute Morgen erholt?«, fragte Tomeo. Er wirkte gelöst, und Grübchen zeigten sich, als er sie anlächelte.

Die Frauen mussten ihm nur so zufliegen, dachte Beatrice und fragte sich, warum er noch nicht verheiratet war. »Danke, ja.«

»Wir sind unter Gleichgesinnten, macht Euch keine Gedanken. Alles Ghibellinen. Selbst unser Connucci würde im Zweifelsfall den Degen für unseren Kaiser ziehen, nicht wahr?« Tomeo hob seinen Becher.

Connucci erwiderte die Geste. »Aber natürlich! Meine Ideallösung ist zwar ein freies Italien, aber bevor die Pfaffen unser Land mit der Inquisition überziehen wie in Spanien oder Frankreich, ertrage ich lieber den Kaiser.«

Das waren ungewohnte Töne vonseiten des Marchese, zumindest für Beatrice, die ihn nur gelegentlich sah. »Ist Euer Bruder nicht Bischof?«, fragte sie.

»Muss man sich nicht immer alle Türen offen halten?« Connucci spießte einen Pilz mit seinem Messer auf. »Wisst Ihr, wer gewinnen wird? Wenn die Kaiserlichen zerschmettert am Boden liegen, kann ich mich immerhin darauf berufen, einen Bruder auf der Seite der Sieger zu haben.« Er grinste.

»Ihr seid ein furchtbarer Opportunist, Connucci.« Federicos Bemerkung klang scherzhaft.

»Opportunisten leben länger und gesünder. Außerdem, hat nicht letztens jemand gesagt, dass wir Aristokraten unser Fähnlein immer nach dem Wind hängen?«

Noch auf der Hochzeit war es dieser Bemerkung wegen fast zu einem Schlagabtausch gekommen. Beatrice blieb das Beziehungsgeflecht der Männer ein Rätsel. Der Einzige, der die ganze Zeit über kein Wort sagte, war da Sesto. Er stocherte mit finsterer Miene in seinem Essen und ließ sich ein Glas Wein nach dem anderen einschenken. Warum Connucci sich mit dem aggressiven und launischen Rodolfo abgab, konnte Beatrice nicht verstehen, vielleicht brauchte der Marchese einen stets präsenten Bewunderer, und den hatte er in da Sesto gefunden. Als hätte er ihre Gedanken gelesen, tauchte Andrea mit einem Krug Wein auf, beugte sich vertraulich zu Federico und schenkte ihm nach, obwohl dessen Glas noch fast voll war. Dann ging er zu Connucci, der ihm wohlwollend auf die schmale Hüfte klopfte.

»Danke, mein Guter. Ich bin bestens versorgt.«

Andrea verneigte sich und ging davon. Wie eine Raubkatze kam er Beatrice vor, geschmeidig, lautlos und bereit zuzuschlagen, wenn sich die Gelegenheit bot.

»Ihr scheint unseren Andrea nicht zu mögen, Beatrice?« Connucci zog amüsiert eine Augenbraue in die Höhe.

»Er ist mir gleichgültig. Ich weiß nicht, was Ihr meint.«

Federico lehnte sich zurück, nachdem er seinen Teller von sich geschoben hatte. »Ja, das würde mich auch interessieren. Was habt Ihr gegen Andrea? Ich hatte schon öfter den Eindruck, Ihr könntet Ihn nicht leiden.«

»Würdet Ihr es angemessen finden, wenn Ines mich auf den Mund küsst?«

Federico sah sie überrascht an. Connucci stutzte und lachte herzlich. »Ihr seid köstlich, Beatrice, wirklich! Wenn Ihr mich fragt, ich würde Euch gerne dabei zusehen.«

Beatrice errötete und schämte sich ihrer Naivität. Die anderen Gäste hatten von ihrem Gespräch nichts mitbekommen, denn die Musiker spielten zum Tanz auf, und Eredi Vecoli war es gelungen, den mürrischen da Sesto in ein Gespräch zu verwickeln.

»Wurdet Ihr auch von Luparini zum Verhör gebeten?«, wandte sie sich an Connucci, um ihre Unsicherheit zu überspielen.

»Sicher. Alle hier anwesenden Männer waren dort, bis auf Eredi Vecoli. Unser Eredi ist als Sängerknabe bekannt, und man traut ihm eine Verwicklung in etwas Grausameres als einen Bänkelsängerstreit wohl nicht zu.«

Eredi hob bei der Erwähnung seines Namens den Kopf. »Habt Ihr über mich gesprochen?«

»Schon gut, Eredi, ich habe nur gesagt, dass Ihr ein Troubadour seid!«, rief Connucci und lachte.

Eredi schmetterte zur Antwort eine Strophe aus einem Lied und wurde dafür mit begeistertem Applaus und der Aufforderung zu einer Kostprobe seines Könnens belohnt. »Ihr habt es so gewollt ...«

Er stand auf und ging um die Tische herum zu den Musikern, die erwartungsvoll ihre Instrumente senkten, um zu hören, was er singen wollte. Während des Vortrags beugte sich Federico zu Beatrice und sagte leise: »Andrea ist ein loyaler Diener. Alles andere geht Euch nichts an, und wenn Ihr weniger prüde wäret, hättet Ihr eine solch peinliche Bemerkung nicht gemacht.«

Sie schluckte und fühlte sich einmal mehr von ihm gedemütigt.

»Ihr seht blass aus. Vielleicht ist es besser, Ihr legt Euch hin.«

»Erst bittet Ihr mich zu kommen, und jetzt schickt Ihr mich fort wie ein ungezogenes Kind. Bitte, ganz, wie es Euch beliebt.« Wütend stand sie auf und stieß ihren Stuhl nach hinten, bevor ein Diener ihn wegziehen konnte. Ohne auf das verärgerte Gesicht ihres Mannes zu achten, ging sie zu Tomeo und reichte ihm ihre Hand, die er sanft mit seinen Lippen berührte.

»Wie schade, dass Ihr uns schon verlasst, Madonna.«

Tränen stiegen ihr in die Augen. Er war so viel mitfühlender als Federico und hatte sicherlich mit angehört, wie sein Bruder sie vor allen Leuten zurechtgewiesen hatte. Tomeo schätzte ihre Intelligenz und fand sie amüsant, während Federico alles, was sie tat oder sagte, zu verärgern schien. »Ich wünsche Euch eine gute Reise, Tomeo. Kommt gesund zurück, damit Ihr Nurun reiten könnt. Es schien mir, als hätte sich das Tier schon an Euch gewöhnt.«

»Ich werde mich bemühen, es nicht zu enttäuschen.« Die Wärme in seinem Blick streichelte ihre verletzte Seele.

Obwohl ihr zum Weinen zumute war, rang sie sich ein kleines Lächeln ab und verließ den Saal bemüht würdevoll. Ines hatte Mühe, ihr zu folgen, als sie die Treppe hinaufeilte und sich schluchzend auf ihr Bett fallen ließ.

»O Madonna, was ist denn nur geschehen? Ihr seid ja ganz außer Euch! Nicht weinen.« Sie löste die Schnüre an Beatrices Kleid und zog ihr die Schuhe aus, deren Spitzen der Mode entsprechend nach oben gebogen waren.

»Ines, ich gebe mir solche Mühe, aber ich glaube, er hasst mich.«

»Euer Mann?«

»Wer sonst?«

»Nein, nein, das tut er nicht.«

»Warum nimmst du ihn immer in Schutz? Er ist ein bösartiger, rechthaberischer ...« Weiter kam sie nicht, denn die Tür flog auf, und Federico kam herein.

»Ines, lass uns allein!«

Doch die Zofe stellte sich vor das Bett ihrer Herrin. »Ihr werdet ihr nichts zuleide tun!«

Seine Miene wurde noch finsterer. »Weib, verlass den Raum. Ich muss mit meiner Frau sprechen.«

»Ich bin gleich nebenan, Madonna.« Ines ging durch die Verbindungstür in das Ankleidezimmer.

Wie versteinert saß Beatrice auf ihrem Bett und starrte ihren Mann aus tränennassen Augen an.

»Seht mich nicht an, als wäre ich der Leibhaftige. Ich will nur mit Euch reden. Mir scheint, es gibt einige Missverständnisse zwischen uns.« Nervös strich er sich durch die Haare. Unter seinem hellen Hemd zeichneten sich seine Rippen ab. »Ihr werdet nicht angenommen haben, dass ich vor der Hochzeit keine anderen Frauen hatte.«

Stumm wartete sie auf Erklärungen, die dieser unerwarteten Einleitung folgen würden.

Sein Blick richtete sich auf einen Punkt über ihr, als er fortfuhr: »Eine der Frauen, mit der ich eine Affäre hatte, heißt Marcina Porretta, aber vielleicht hat Euch der Klatsch das schon zugetragen. Ich müsste Euch nichts darüber sagen, aber nach dem, was Ihr für mich getan habt, schulde ich Euch zumindest die Wahrheit.« Er trat um den Bettpfosten herum und setzte sich auf die Bettkante. Das Geständnis fiel ihm sichtlich schwer.

»Ich habe nur getan, was eine Gattin tut. Ihr seid mir nichts schuldig.« Inzwischen hatte sie sich gefasst und tupfte sich das Gesicht trocken.

»Nein. Ihr seid anders, als ich es erwartet hatte, und … Jedenfalls erwartet diese Frau ein Kind von mir, das ich anerkannt habe. Natürlich war es nicht in meinem Sinn, aber diese Dinge geschehen, und wenn es mein Kind ist, soll es nicht unter dem Leichtsinn seines Vaters zu leiden haben.«

»Das ist ehrenhaft von Euch.«

Federicos Lachen klang bitter. »Ihr kennt diese Frau nicht. Ich hatte keine Wahl, denn ich will nicht, dass sie meine Familie in den Schmutz zieht, indem sie Lügengeschichten verbreitet. Tomeo hat sie in Genua getroffen. Sie ist eine leidenschaftliche, in ihrem Stolz verletzte Frau. Jetzt wisst Ihr von meinem illegitimen Spross und könnt mich dafür noch mehr hassen oder nicht.«

»Ich hasse Euch nicht.«

»Nein? Dabei hättet Ihr allen Grund dazu. Ihr macht Euren Eltern alle Ehre, Beatrice.«

Er stand auf und nahm seinen Gehstock.

»Wie geht es Eurem Bein?«

»Die Wunde verheilt gut. Das verdanke ich allein Eurem Medicus. Eure Eltern haben einen interessanten Freundeskreis. War Mari wirklich in bester Verfassung, als Ihr ihn auf dem Fest gesehen habt?«

Anscheinend hatte er mit Connucci darüber gesprochen, aber auf wessen Seite stand der Marchese? Sie wurde aus ihm nicht schlau. Federico schien ihm zu vertrauen. Sie seufzte.

»Nein. Alberto Mari hatte irgendetwas herausgefunden, das ihn zu der Annahme brachte, die Poggios hätten Verbündete in Lucca. Aus Agozzinis Brief ging hervor, dass der Papst einen Verbündeten hier in Lucca hat, der ihm helfen soll, seinen illegitimen Sohn Alessandro in Florenz an die Macht zu bringen. Die Belohnung für den Luccheser Verräter liegt in einer hohen Summe und Ämtern, denn der Papst will zwei Fliegen mit einer Klappe schlagen und Lucca unter die Herrschaft der Signoria bringen.«

»Mein Gott, wie lauten die Namen?«, drängte er sie atemlos.

»Wir wurden gestört, weil der Marchese und später die Marchesa dazukamen. Mari hat nichts weiter gesagt.«

Federico knetete den Knauf seines Gehstocks und sah sie prüfend an. »Verheimlicht Ihr mir nichts? Es ist wichtig und nur zu Eurem eigenen Schutz.«

»Wieso zu meinem Schutz?«

»Glaubt mir einfach. Irgendwann kommt die Zeit, dann versteht Ihr, aber bis dahin ist es sicherer für Euch, nichts zu wissen.« Er fixierte sie mit zusammengekniffenen Augen. »Ihr wisst wirklich nicht mehr?«

»Nein! Sonst würde ich nicht fragen!«

»Vielleicht ist es ja so. Nun, wir werden sehen.«

Sie wartete, bis er zur Tür hinaus war, bevor sie wütend mit den Händen auf das Bett trommelte. Ines kam herein.

»Ich habe gelauscht, aber nicht alles verstanden.«

»Dann bist du so klug wie ich, Ines. Langsam habe ich es satt! Wenn mein Mann nichts mit Agozzinis Tod und dem

Verschwinden von Mari zu tun hat, warum ist er dann so beunruhigt deswegen?«

»Meiner Meinung nach ist der Marchese darin verwickelt. Er ist ein Freund Eures Mannes. Vielleicht ist er deswegen nervös, Madonna. Ich bin nur eine einfache Zofe, aber ich verstehe so viel, dass Lucca eine Republik ist, die ihre Freiheit teuer bezahlt – mit Abgaben an den Kaiser. Gleichzeitig müssen wir Frieden mit dem Papst halten und uns vor der Signoria schützen, und auf mehreren Hochzeiten zu tanzen ist immer unmöglich!«

»Nehmen wir an, das Blatt wendet sich und der Papst und die Franzosen gewinnen den Krieg, dann werden Clemens' Truppen und Florenz über Lucca herfallen, das ist sicher. Wenn Connucci am Mord Agozzinis beteiligt ist, werden er und seine Komplizen das teuer bezahlen müssen. Aber wenn der Kaiser gewinnt, stehen sie umso besser da.«

»Aber wer kann jetzt sagen, welche Seite gewinnt?«

Beatrice ließ sich in ihre Kissen sinken und legte die Hände auf ihren Bauch. »Und die Frage ist doch, ob bei diesem Krieg überhaupt jemand der Gewinner sein kann ...« Im Grunde ging es immer nur um persönliche Rachefeldzüge. Der Kaiser hasste den französischen König und wollte Italien nur besetzen, weil er Franz I. nicht die Genugtuung lassen wollte, das Kernland des alten Römischen Reiches zu besitzen. Der Papst war ein Medici und wollte die Macht des Vatikans und seiner Familie in Florenz gleichzeitig erhalten. Für diese Männer war Lucca nur ein unbedeutender Stein auf ihrem Spielbrett. Aber jemand, der seine Heimat verraten wollte, hatte persönliche Motive. Beatrice war nun davon überzeugt, dass der Mord an Agozzini zum Schutz von Lucca begangen worden war. Der Verräter jedoch, den Agozzini hatte treffen wollen, hatte einen anderen Grund für seine ungeheuerliche Tat. Vielleicht wollte er sich an jemandem rächen? Vielleicht war

Hass sein Motiv? Unwillkürlich dachte sie an Marcina. Diese Frau hatte allen Grund, sie zu hassen, und Tomeo hatte sie vor ihr gewarnt.

In dieser Nacht träumte Beatrice von Soldatenhorden, die Lucca überfielen und jeden, der sich nicht retten konnte, auf grauenvolle Weise dahinschlachteten. Die Gesichter der Soldaten waren enthäutete Totenschädel, und auf ihren Spießen wanden sich Kinderleiber. Als sie gegen Morgen aus ihrem Albtraum erwachte, dauerte es Stunden, bis sie die Bilder abgeschüttelt hatte. »Ich gehe in den Garten hinunter, Ines. Die Sonne scheint.«

»Ich packe derweil Eure Sachen zusammen. Wollt Ihr auch einige Bücher mitnehmen?«

»Unbedingt!« Die Aussicht auf den baldigen Umzug besserte ihre Stimmung, und sie wollte gerade hinausgehen, als ihr siedend heiß die Stoffe für Matraia einfielen. »Ines, lass alles stehen und liegen! Geh sofort zu Ugo und beknie ihn wegen unserer Stoffe!« Wie hatte sie das nur vergessen können! Erst als sie Ines in Fabios Begleitung das Haus verlassen sah, wurde sie ruhiger und ging in den Garten, aus dem ihr der süße Duft der Frühlingsblumen entgegenschlug.

Man hatte die Zitronenbäume aus den Gewächshäusern herausgetragen und auf den Rasenflächen angeordnet. Einige Bäume brauchten neue Töpfe. Kritisch betrachtete Beatrice die angestoßenen Exemplare, bis wütendes Schreien und schließlich klägliches Weinen ihre Aufmerksamkeit weckten. Es kam aus der hinteren Ecke des Gartens, wo Alba die Katze und ihre Jungen entdeckt hatte. Böses ahnend lief Beatrice über die Kieswege zwischen Bäumen hindurch, bis sie Alba vor der Mauer erblickte.

Das Mädchen trat und schlug nach Lorenzas Hundemeute. Die bissigen kleinen Tiere hatten das Katzennest aufgestöbert.

»Geht weg! Gemeine Biester!« Alba stellte sich verzweifelt vor das Loch in der Mauer, wo klägliches Fiepen und die Reste von zerrissenen Katzenkindern die aufgestachelte, blutdürstige Meute nur noch mehr reizten.

Die tapfere Katzenmutter kratzte und fauchte, doch gegen die kräftigen Hunde war sie machtlos und blutete bereits aus mehreren Wunden. Beatrice schrie, doch die Hunde reagierten nicht. Also brach sie einen Ast von einem Baum und begann auf die Tiere einzuschlagen, dass sie aufheulten. Weinend schlug sie wieder und wieder auf die Meute ein. Ein braunweißer Hund jaulte auf und trollte sich mit eingeklemmtem Schwanz. Anscheinend hatte sie das Alphatier erwischt, denn nun ließen auch die übrigen Hunde von der Katze ab und folgten dem Rudelführer in sichere Entfernung. Nun sah Beatrice das gesamte Ausmaß des Angriffs. Die blutigen Überreste von vier Katzenkindern lagen im Gras verstreut, die Mutter lag schwer atmend daneben. Alba griff in die Mauernische und zog ein Kätzchen hervor. Die Beine des Mädchens waren von Bisswunden und Kratzspuren bedeckt, doch glücklich hielt sie das gerettete Kätzchen in den aufgerissenen Händen.

»Madonna, dass Ihr gekommen seid!«, schluchzte sie. Ihr hübsches Gesicht war schmutzig und tränenverschmiert, die Haare hatten sich aus dem Zopf gelöst.

»Ach, Alba, es tut mir leid. Wie konnte das nur passieren?« Traurig schaute sie auf die kleinen Tierleichen und die verwundete Katze, die stoßweise atmete, noch einmal an einem ihrer toten Kinder schnupperte und sterbend zusammensank.

»Beatrice? Seid Ihr hier? Ist alles in Ordnung?«, ertönte Tomeos Stimme hinter den Bäumen.

Er war noch nicht abgereist. »Ja, ich bin hier hinten an der Mauer. Wenn Ihr die Hunde seht, haltet sie fest.«

Kurz darauf stand er vor ihnen. Er trug Reisekleidung, in einer Hand hielt er eine kurze Peitsche. Mit einem Blick erfasste er die Szene. »Das waren sicher die Dachshunde. Ich hasse diese falschen kleinen Biester. Nicht weinen, Signorina.«

Tröstend strich er Alba über die Haare. »Du nimmst das Kätzchen mit in die Küche und gibst ihm etwas Milch. Füll die Milch in ein Stück Schafsdarm und schneid ein winziges Loch hinein. Jetzt musst du seine Mutter sein. Kannst du das?«

Alba schniefte und nickte.

»Na, dann geh und versorg dein Findelkind. Es braucht viel Wärme.« Er lächelte sie an, und Alba lief dankbar davon.

Als das Mädchen fort war, wandte er sich Beatrice zu und nahm ihr den Stock aus den zitternden Händen. »Wollt Ihr Euch setzen?« Der Wind fuhr durch seine gewellten Haare, und sie nahm seinen Geruch wahr, eine Mischung aus Olivenseife, Leder und Mann.

Wie elektrisiert zuckte sie zurück, als er ihren Arm berührte und ihre Blicke sich trafen. Der zärtliche Ton in seiner Stimme, wenn er mit ihr sprach, seine sanften Augen und jetzt seine Berührung brachten eine Saite in ihr zum Klingen, von der sie nicht gewusst hatte, dass sie existierte.

Tomeo nahm ihre Hand und betrachtete ihren Arm, an dem die Zähne eines Hundes Spuren hinterlassen hatten. Sie war wunderschön, wie sie hier vor ihm stand, in einem schlichten Morgenkleid. Die blauen Augen schimmerten wie das Tyrrhenische Meer. »Der Biss ist nicht durch die Haut gegangen. Es werden nur Blutergüsse bleiben. Ihr seid eine tapfere Frau, Beatrice.«

Sie lächelte. »Und Ihr kommt mir stets zur Hilfe, wie es scheint.«

Er führte ihre Hand an seine Lippen und küsste sie.

»Solltet Ihr nicht schon auf dem Weg nach Pavia sein?« Sie würde diesen Moment als kostbare Erinnerung bewahren. Vom Hof tönten Rufe herüber. Jemand rief Tomeos Namen.

»Versprecht mir, auf Euch achtzugeben, Tomeo.«

»Und Ihr seid immer um mich besorgt.«

»Muss ich das nicht? Ihr seid Soldat und begegnet dem Tod jedes Mal, wenn Ihr ein Schlachtfeld betretet.«

»Ich möchte ...«

Sie legte sanft einen Finger auf seine Lippen und schüttelte den Kopf. »Geht, Tomeo, bevor jemand Arges von uns denkt.«

Statt einer Antwort küsste er sie auf die Stirn und wandte sich rasch um, weil er die Tränen in ihren Augen gesehen hatte. Konnte das Schicksal wirklich so grausam sein und ihn mit der Liebe zu einer Frau schlagen, die er niemals haben konnte? Sie erwiderte seine Gefühle, das spürte er, und es machte seinen Schmerz nur noch größer, zu wissen, dass sein Bruder sie besitzen durfte, obwohl er sich nichts aus ihr machte. Alles, was Federico tat, war wohlkalkuliert, auch diese Ehe. Er hatte sich schon oft gefragt, für was Federicos Leidenschaft brannte. Nicht für seine Frau. Federico war Marcina verfallen, auch wenn er das leugnete. Es wäre zwecklos, mit ihm über eine Auflösung der Ehe zu sprechen. Sein Bruder war jähzornig, besitzergreifend und stolz. Seine Frau aufzugeben käme einer Niederlage gleich, und die würde er sich nie eingestehen. Eher würde er sie umbringen, als sie einem anderen Mann zu überlassen. Bei diesem Gedanken lief Tomeo ein kalter Schauer über den Rücken. Er trat durch die Arkaden, wo Gian Marco mit den Pferden auf ihn wartete.

»*Capitano*, was war denn los?« Der junge Mann reichte ihm die Zügel eines Braunen und saß selbst auf.

»Nichts, Gian Marco, es war nichts. Lass uns aufbrechen!« Er schnalzte mit der Zunge und gab seinem Pferd die Sporen.

Als Beatrice etwas später in den Hof kam, sah sie Lorenza zusammen mit Federico vor dem Eingang stehen. Sobald ihre Schwiegermutter sie erblickte, zeigte sie mit dem Finger auf

Beatrice. »Was habt Ihr mit meinen Hunden gemacht? Gino blutet. Das Soldatenbalg hat irgendetwas von Katzen gestammelt. Was habt Ihr dazu zu sagen?«

Erschöpft streckte Beatrice ihren Arm aus, an dem sich zwei dunkle Blutergüsse abzeichneten. »Das waren Eure Hunde, Signora. Sie haben sich auf die neugeborenen Katzen im Garten gestürzt und ein Blutbad angerichtet. Alba und ich kamen dazu und haben gerettet, was zu retten war.«

Federico betrachtete ihren Arm und wandte sich ungehalten an seine Mutter: »Wie oft muss ich Euch noch sagen, dass diese Köter keine Schoßhunde, sondern verzogene Viecher sind? Ihr seid selbst schuld, wenn Ihr sie nicht besser im Griff habt. Der Stallmeister wird die Wunden der Hunde versorgen.«

Er hielt Beatrice zurück, die ins Haus gehen wollte.

»Ihr habt Nachricht aus Deutschland. Der Bote war heute früh hier.« Mit undurchdringlicher Miene reichte er ihr ein versiegeltes Schreiben.

Sie erkannte das Siegel ihres Vaters und stieß einen Freudenschrei aus. »Wie wundervoll! Danke!« Strahlend drückte sie den Brief an sich.

Er winkte ab. »Wartet mit Eurem Dank, bis Ihr wisst, was drinsteht.« Andrea erschien in der Tür zum Haus, und Federico folgte seinem Diener nach drinnen.

Beunruhigt sah sie den Brief genauer an, doch das Siegel war intakt. Federico konnte ihn nicht gelesen haben und hatte wohl nur ihrer offensichtlichen Freude einen Dämpfer verpassen wollen. Liebevoll strich sie über das Papier und steckte es in ihren Gürtel, dann ging sie in die Küche, um nach Alba zu sehen. Plantilla stand mit roten Wangen an einem Tisch und schlug auf einen Brotteig ein. Eine Magd rührte in einer Schüssel Blut und Hühnerinnereien zusammen. Angewidert wandte Beatrice sich ab und fand Alba mit ihrem Kätzchen in der Nähe der Feuerstelle. Die Kleine sah mitgenommen aus, die Beine stellenweise blutverkrustet, doch ihr Gesicht strahlte vor Glück, als sie den Kopf hob.

»Es hat die Augen aufgemacht und schon ein wenig getrunken. Ich glaube, es mag mich.« Sie spitzte die Lippen und machte lockende Geräusche, die dem Kätzchen zu gefallen schienen, denn es schnurrte laut und kuschelte sich in Albas Schürze. »Ich darf es doch behalten, nicht wahr?«

»Natürlich. Hast du schon einen Namen?«

Das Mädchen betrachtete das weiße Kätzchen, dessen einziger Farbfleck ein schwarzer Punkt auf einem Ohr war, und sagte: »Fio, von *fiocco*, weil es aussieht wie eine Schneeflocke.«

»Dann kümmere dich gut um Fio, jetzt bist du seine Mutter. Es wird ihm in Matraia gefallen. Wir ziehen in wenigen Tagen aufs Land um.«

»Und ich darf mitkommen? Darf ich dort auch zur Schule?«

Beatrice lachte. »Mal sehen, Alba. Vielleicht gibt es eine Sonntagsschule, aber die Bauern dort haben viele Kinder, die dir die Gegend zeigen können. Warst du schon einmal im *contado*?«

Stumm schüttelte Alba den Kopf und streichelte Fio.

»Dann kannst du dich darauf freuen. Es wird sicher schön. Ich werde Plantilla bitten, dir Salbe für deine Wunden zu geben. Jetzt geh dich waschen. Du bist noch voller Blut. Für Fio findet sich sicher ein Körbchen, in das du ihn legen kannst.«

»Danke, Signora. Ihr seid sehr freundlich, genau wie Signor Tomeo.« Sie sah Beatrice mit schief gelegtem Kopf an. »Wenn ich groß bin, heirate ich jemanden wie Signor Tomeo.«

Bei der Erwähnung von Tomeos Namen fuhr Beatrice zusammen, als hätte man sie bei etwas Verbotenem ertappt. Sie legte ihre Hand auf den Arm, genau dorthin, wo Tomeo sie berührt hatte. »Geh dich jetzt waschen, Alba.«

Gegen Mittag kehrte Ines aus der Stadt zurück. Ihre Wangen waren gerötet, und sie wirkte nervös und unglücklich. Am Saum ihres Kleides klebte noch Straßenschmutz, als sie Beatrice in ihrem Schlafzimmer aufsuchte. »Madonna, fürchterlich ist das! Ganz fürchterlich! Wir werden großen Ärger bekommen, und an den armen Agostino mag ich gar nicht denken. Sie wird ihm das Fell vom Körper peitschen lassen ...«

Wie ein Häuflein Elend stand Ines vor dem Bett und nestelte an den Bändern ihrer Haube.

»Die Weber bekommen die Stoffe nicht fertig«, schloss Beatrice und stützte sich auf, um sich die Kissen in den Rücken stopfen zu können.

»Was ist denn mit Eurem Arm?« Sorgenvoll trat Ines um das Bett und betrachtete die Blutergüsse. Nachdem Beatrice kurz von ihrem Erlebnis im Garten berichtet hatte, verschwand Ines im Ankleidezimmer und kehrte mit einem Tiegel zurück. Sie wickelte das Band von dem Ledertüchlein, das die Salbe verschloss, und ein wohlriechender Duft entströmte dem Gefäß. »Eukalyptusöl, Nelken, Pfefferminzöl und einiges mehr sind darin und werden helfen, die Schmerzen zu lindern.«

Der Geruch erinnerte Beatrice an ihre Kindheit und vermittelte ein tröstliches Gefühl. »Ich habe einen Brief von meinem Vater bekommen. Meinen Eltern geht es gut. Es war so, wie ich vermutet hatte. Susanna leidet sehr unter dem Tod von Franz, und meine Mutter hat alle Hände voll damit zu tun, den Haushalt zu ordnen. Mein Vater kümmert sich um die Geschäfte, die wohl ziemlich daniederliegen, seit Hartmann im Krieg ist.«

»Wichtig ist, dass es Euren Eltern gut geht. So, ich lasse die Salbe hier stehen.«

»Danke, Ines. Was ist nun mit den Stoffen?«

Mit einem tiefen Seufzer sank Ines auf einen Stuhl neben dem Bett. »Schlagt mich, aber sie haben erst zwei Bahnen fertig. Das sind die von Ugo und Lelo. Die Weber, mit denen Ugo arbeitet, haben in drei Bahnen Silber- anstelle von Goldfäden eingearbeitet. Ugo hat das erst gesehen, als schon ein Fünftel fertig war. Jedenfalls mussten sie alles wieder aufmachen, deswegen die Verzögerung.«

»Wie lange?«

»Zwei Wochen mindestens«, sagte Ines und sah ihre Herrin ängstlich an.

»Da können wir eben nichts machen. Lorenza und ihre Hunde haben mich derart geärgert, dass es mich sogar freut, wenn sie auf ihre Vorhänge noch länger warten muss.« Beatrice grinste und kuschelte sich in die Kissen.

»Aber … Was sagen wir, wenn sie fragt? Sie wird wütend werden.«

»Soll sie doch. Sie kommt ja mit aufs Land, und bis dahin halte ich sie hin, dann kann sie Agostino, der hierbleibt, nichts anhaben.«

»Und Euer Mann?«

»Da fällt mir schon was ein. Immerhin ist er um seinen Erben besorgt, also wird er tunlichst vermeiden, mich aufzuregen, und wenn Agostino etwas geschieht, rege ich mich auf!«

Ines sah sie mit ihren dunklen Augen zweifelnd an. »Wenn das gut geht, bete ich zehn Ave-Maria und gebe meinen Monatslohn dem Hospital.«

»Arme Ines, die Kranken werden sich freuen …« Beatrice lächelte zuversichtlich.

XV
Gewissenskonflikt

Alberto Mari stand lauernd neben der Hütte, bei der man ihn aus dem Wagen geworfen hatte. Sie hatten ihm einen Beutel mit einigen Münzen gegeben und einen Dolch. Was war aus ihm geworden? Den Weg vom Gelehrten und Sekretär zum feigen Verräter hatte er mit allzu wenigen Schritten bewältigt.

»Au!«, entfuhr ihm ein Schmerzenslaut, als er eine Hand gegen seine Wange legte, um nach der Stelle zu fühlen, an der ihm der Zahn herausgebrochen worden war. Etwas Nelkenöl würde den Schmerz lindern, doch wo bekam er das in dieser Einöde her? Und wo war er überhaupt?

Vorsichtig trat er um die Ecke der verlassenen Behausung und fand sich direkt an einer breiten Straße. Wagenspuren und Pferdemist deuteten darauf hin, dass es sich um eine vielbefahrene Straße handelte. Immerhin, das war ein Anfang. Die Kleidung, die sie ihm im Gefängnis gegeben hatten, saß schlecht und stank nach ranzigem Fett. Verfluchte Banditen! Zumindest seine Kleider hätten sie ihm zurückgeben können, wenn er schon für sie als Spion agieren sollte. Welch ein lächerliches Wort für einen Mann wie ihn, der in dieser Situation keine Wahl hatte und nichts weiter als eine jammervolle Gestalt, ein winselnder Verräter war, weil er mehr an seinem Leben als an seinem Stolz hing. Würde Gott ihm vergeben? Der Papst würde alles vergeben, was in seinem Namen und zu seinen Gunsten geschah, denn der Papst war niemand anderem als sich selbst gegenüber loyal. Und war nicht der Papst der Stellvertreter Gottes auf Erden?

Mari trat gegen die Bretter, die der Hütte als Tür dienten, und blickte in den dunklen Raum. Ein Schwarm Fliegen summte laut über einem Haufen Unrat. Durch ein schmales Loch in der Wand fiel etwas Sonnenlicht, zeigte ihm jedoch nicht mehr als vermoderte Bänke und Holzstücke, die überall herumlagen. Ein zerbrochener Topf, ein Korb mit schimmeligen Rüben, zerschlissene Stofffetzen und Gräser, die aus dem aufgerissenen Lehmboden wuchsen, vermittelten den Eindruck, dass vor ihm schon andere alles Brauchbare mitgenommen hatten. Enttäuscht trat Mari wieder vor die Behausung und blinzelte in die warme Nachmittagssonne. Wie hatte er nur so tief sinken können? Vom Liebling der Reichen und Gebildeten hinab zum Verräter seines Herrn, seines Gelübdes als Mann der Kirche und seiner Freunde. Aber damit war er nicht besser und nicht schlechter als Clemens VII. selbst, und rechtfertigte das nicht alles?

Er streckte die Arme zur Seite, atmete tief die würzige Luft ein und suchte die Straße in beiden Richtungen ab. Von links schien sich jemand zu nähern, eine Staubwolke mischte sich mit der flimmernden Luft über der Hügellandschaft. Vor ihm begann ein Waldstück, das sich bis über den nächsten Hügel erstreckte, und daneben brachen Weinstöcke und Felder die Landschaft auf. Von irgendwoher erklang eine Kirchenglocke, und jetzt nahm er auch das Rauschen von Wasser wahr. Sein Mund klebte, und er schwitzte. Durstig machte er sich auf die Suche nach dem Ursprung des Rauschens. Die Staubwolke war noch weit genug entfernt. Bis die Leute hier ankämen, wäre er allemal zurück. Hastig überquerte er die sandige Straße, wobei die spitzen Steinchen ihm in die Fußsohlen stachen, die lediglich von dünnen Ledersohlen geschützt wurden. Seine schönen Stiefel hatte man ihm auch gestohlen.

Das Rauschen wurde lauter, und nach etwa zweihundert Schritten sah er den Fluss vor sich. Glücklich rutschte Mari die matschige und von Schilf bewachsene Uferböschung hinunter und stellte sich in das kühle Nass. Es störte ihn nicht, dass seine Hosenbeine sich voll Wasser sogen, vielmehr beugte er sich vor und bespritzte sich auch Gesicht und Brust. Dann trank er mehrere lange Züge und stapfte schließlich wassertriefend zurück zur Straße, auf der er nun bereits einen Ochsenkarren erkennen konnte. Ein hagerer Bauer, dessen gegerbte Haut von anstrengender Arbeit im Freien sprach, schlurfte neben dem Gefährt einher.

»Guter Mann!«, sprach Mari den Ankommenden an. »Wo sind wir hier? Ich bin ausgeraubt und verschleppt worden.«

Skeptisch musterte der Bauer den zerlumpten Mann, der vor ihm stand und kaum wie ein wohlhabender Reisender aussah. Doch Maris gepflegte Sprache überzeugte ihn. »Wir sind auf der Via Lombarda. Hinter uns liegen Marlia und San Colombano, und Richtung Nordosten kommen wir nach Matraia. Wo wollt Ihr denn hin?«

Also hatte er im Serchio seine Füße gekühlt. »Nach Matraia. Ich gebe Euch einen halben Scudo, wenn Ihr mich hinbringt.« Mari klimperte mit dem Beutel an seinem Gürtel.

Der Bauer schien wenig beeindruckt. »Wieso habt Ihr überhaupt noch Geld, wenn sie Euch doch ausgeraubt haben?«

»Das hatte ich versteckt. Also, was ist jetzt, bringt Ihr mich hin oder nicht?«

»Zeigt mir zuerst das Geld!« Die kleinen Augen verschwanden zwischen zahllosen kleinen Falten, als er Mari musterte.

»Hier!« Der päpstliche Sekretär holte eine silberne Münze aus seinem Beutel und hielt sie dem Bauern hin.

Der nahm sie, wendete sie hin und her und prüfte die Echtheit mit seinen Zähnen, bevor er sie zurückgab. »Na los, steigt auf. Aber ganz hoch fahre ich nicht. Ihr müsst am Berg aussteigen und selbst hinaufsteigen.«

Murrend kletterte Alberto Mari auf den Karren, auf dem mehrere Zicklein und zwei Ferkel angebunden waren. Zwischen den Tieren und einem Heuhaufen fand er eine einigermaßen bequeme Position, schloss die Augen und überließ sich dem Ruckeln und Schaukeln des Gefährts. Warum hatte ausgerechnet er, ein Mann des Friedens und der Studien, in die Intrigen zwischen den kriegführenden Mächten geraten müssen?

»Bei allem, was du tust, frage dich selbst: Wie steht es eigentlich für mich damit? Werde ich es zu bereuen haben? Nicht lange, und ich bin tot, und alles ist dahin«, murmelte Mari vor sich hin, die Worte des römischen Kaisers Mark Aurel zitierend. Und tot werde ich sein, wenn ich nicht tue, was dieser Widerling, von dem ich ums Verrecken nicht weiß, wer er sein könnte, von mir verlangt. Das edle Wams und die Haltung erinnerten ihn an jemanden, doch die Stimme konnte er nicht unterbringen. Es musste jemand sein, der auf Connuccis Fest gewesen war. Wer sonst hätte ihn dort im Garten überfallen können? Er steckte in Schwierigkeiten, die übler nicht sein konnten. Der Wagen fuhr durch ein Schlagloch, und Maris Kopf stieß hart gegen die Bretter. Das Fest. Fast alle angesehenen Luccheser waren dort gewesen. War es einer der Verräter, die auf dem Papier standen? Ser Gottaneri war zu klein, Valori zu fett, Quilici hatte den ganzen Abend nur mit dem Bankier Buonvisi gesprochen. Jeder wusste, dass Caterina Quilici ihren Mann betrog, nur er war zu beschäftigt, das zu sehen. Besser für sie, denn wenn er es herausfände, würde er sie umbringen, davon war Mari überzeugt. Kein Mann, schon gar nicht ein so machtbesessener wie der reiche Quilici, ließ sich Hörner aufsetzen. Nein, er kannte Quilicis Stimme, auch der war nicht der geheimnisvolle Mann aus dem Kerker. Der andere Name, ja, der junge da Sesto hatte auch auf der Liste gestanden. Aber Rodolfo kam auch nicht in Frage. Außer seinem Vergnügen hatte er keine Interessen.

Mari fluchte. Flamini, diese Schlange von einem Geheimsekretär, war schuld, dass er überhaupt in dieser Misere steckte. Durch einen Unterhändler zu verhandeln war immer riskant, und noch dazu ohne die Identität des Verbündeten zu kennen! Aber Flamini war sich seiner Sache so sicher gewesen, hatte immer wieder betont, dass er seinem Instinkt vertrauen könne, dass er ahnte, wer sein Trumpf in Lucca war. Nun, es war überhaupt sehr erstaunlich, dass sich ein Luccheser gefunden hatte, der bereit war, einen Pakt mit Clemens einzugehen. Diesem Medici-Papst zu vertrauen war so risikoreich wie ein Gang über einen zugefrorenen See im März. Alessandro, sein nichtsnutziger, hässlicher Sohn, wartete wie eine Muräne in ihrem Spalt, bis er hervorschießen und seine Zähne in Florenz schlagen konnte. Aber welcher Luccheser mit einem halbwegs funktionierenden Verstand würde seine Stadt an die Medici verraten und glauben, dass sie ihn dafür belohnten? Sobald Alessandro die Macht über die Signoria in seinen brutalen Händen hielt, an denen mehr Blut klebte als am Schwert manches Söldners, würde er jeden, der ihm gefährlich werden konnte, töten lassen. Alessandro ließ seine Feinde heimtückisch meucheln. Eine andere Art, sich zu behaupten, kannte er nicht. Er war feige, eitel und selbstherrlich, nicht die Charaktereigenschaften, die man sich für einen Herrscher wünschte.

Der Krieg war noch lange nicht zu Ende. Der Papst war wütend über die Niederlage bei Pavia, Frankreich durch die Gefangennahme von Franz I. in seinem Stolz verletzt. Die Verlierer würden sich erneut zusammenschließen und versuchen, den mächtigen Habsburger in seine Schranken zu weisen. Margarete von Österreich, die Regentin der Niederlande, hatte vor einer Liga der drei großen Mächte gewarnt. Und Mari gab ihr recht. England, Frankreich und der Kirchenstaat würden sich bald zusammenschließen, denn nur ein gemeinsames Vorgehen gegen Karl konnte ihm Einhalt gebieten. Auch Mari hielt nichts von Karls Weltreichträumen.

Ein Römisches Reich würde es nie wieder geben. Diese Zeiten waren endgültig vorüber. Italien musste sich endlich als eigenständiges Land behaupten, durfte nicht zum Vasallenstaat verkommen. Und genauso war es mit Lucca. Er mochte die kleine Stadt, die sich schon so lange tapfer gegen ihre mächtigen Nachbarn behauptete.

Die Rimortellis waren seine Freunde. Er schluckte schwer. Connucci war auch ein Freund, zumindest sein Gönner. Und jetzt sollte er diese Menschen aushorchen und verraten, falls sie in den Mord an Agozzini verstrickt waren. Vor seiner Gefangennahme hatte er sich vorgenommen, weder Flamini noch Bischof Riario den Täter zu nennen, falls es einer seiner Freunde war, aber jetzt hatte sich seine Situation verändert. Er wurde beobachtet, und wenn er keine Informationen liefern konnte, drohten Folter oder Tod. Noch schlimmer war, dass der Mann aus dem Kerker ihm befohlen hatte, Flaminis Verbündeten aufzuspüren und in eine Falle zu locken. Wer auch immer es war, er musste mächtig und einflussreich sein und würde eine kleine Fliege wie ihn zerquetschen, sobald er sich verdächtig machte.

»Ich werde zu bereuen haben«, sagte Mari zu sich selbst, aber er wusste auch, dass er keine Wahl hatte.

Der Ochsenkarren kam ratternd zum Stehen, und als Mari den Kopf hob, sah er die Silhouette eines Dorfes vor sich zwischen den Bäumen aufragen.

~= XVI =~

Matraia

Strahlender Sonnenschein lag auf den Hügelketten von Matraia, dessen dichter Wald sich wie ein dunkelgrüner Teppich über die Landschaft zog. Unterbrochen wurde das dunkle

Tannengrün von silbrig schimmernden Birkenhainen und hohen Zypressen, die malerisch in den blauen Himmel aufragten. Terrassenförmig angepflanzte Weinstöcke erstreckten sich den Hügel hinauf zum Dorf. Eine Pfarrkirche mit schlichtem Glockenturm überragte die übrigen Häuser, und eben jetzt tönten die Glocken bis hinunter ins Tal.

Der kleine Reisetross der Buornardis war am Fuße des Hügels zum Stehen gekommen. Alba sprang aus der Kutsche und hüpfte fröhlich juchzend zwischen den erschöpften Pferden hin und her. Schweiß und Fliegen klebten an den erhitzten Tierkörpern, deren Schweife ständig zuckten.

»Sagt dem Balg, es soll wieder in den Wagen steigen. Wir wollen heute noch dort oben ankommen«, keifte Lorenza, die mehr noch als die Tiere unter der Hitze litt. Ständig fächelte sie sich Luft zu und musste immer wieder Wasser trinken, weil ihr der Schweiß in Bächen den fetten Körper herunterlief.

Beatrice öffnete die Wagentür und hielt nach Alba Ausschau. »Es geht gleich weiter. Setz dich auf den Karren, dann kannst du alles sehen, Alba.«

Das Mädchen lachte und ließ sich von einem der Knechte auf einen der schwer beladenen Karren helfen, die von stämmigen Packpferden gezogen wurden. Langsam zog der Wagen wieder an, und Beatrice verschloss die Ohren vor Lorenzas Gezeter und gab sich ganz dem atemberaubenden Ausblick auf eine jahrhundertealte Kulturlandschaft hin. Steineichen säumten den schmalen Weg, der sie auf verschlungenen Kurven hinauf zum Dorf von Matraia brachte. Die angrenzenden Weinterrassen wurden von niedrigen Steinwällen gestützt, auf denen hier und dort Rabenvögel oder Falken saßen. Auf der anderen Seite standen Ölbäume, deren Früchte im Herbst geerntet und zur Olivenölgewinnung verwandt wurden. Das kostbare Öl war nicht nur eine köstliche Würze für Speisen, sondern ließ sich auch wunderbar zur Hautpflege verwenden.

»Der Wein, die Felder und der Wald, den Ihr seht, gehören den Guinigis«, schnarrte Lorenza.

»Ach? Ich dachte …«

»Unsere Villa liegt auf dem nächsten Hügel, aber diese Straße ist besser und kürzer als der Weg untenherum. Wart Ihr denn noch nie in dieser Gegend?«

»Die Villa meiner Eltern liegt in Gragnano an der Via Pesciatina.«

»Ach, da unten.« Lorenza machte eine abschätzige Handbewegung.

»Da unten haben die Arnolfinis, Bottinis, Tegrimis und Valentis ihre Villen, aber das ist Euch sicher bekannt.« Die genannten Familien gehörten zu den reichsten Luccas und standen im Ansehen weit über den Buornardis.

»Ja, ja, natürlich. Hier ist die Landschaft nur wesentlich schöner, und unser Wein gehört zu den besten der Toskana.« Das stimmte sogar, der Chianti der Buornardis hatte einen Ruf, der ihm viele Käufer aus dem Norden bescherte.

Beatrice hatte die Sommerhitze nie viel ausgemacht, doch die Schwangerschaft forderte ihren Tribut und ließ sie jetzt matt in den Wagen sinken.

»Ihr solltet Euch wirklich mehr schonen. Mein Sohn zeigt viel Verständnis für Euch, aber wenn Ihr durch Eure Unachtsamkeit sein Kind verliert, wird sich das ändern. Ihr kennt ihn nicht.«

Sein Kind, dachte Beatrice. Unser Kind wird es sein, und sie wollte es sich nicht wegnehmen lassen, sondern es selbst stillen und im Arm halten. Es war üblich, die Neugeborenen zu Milcheltern zu geben, die sich die ersten Jahre um das Kind kümmerten. Viele Neugeborene starben durch die Nachlässigkeit der Milcheltern, und das wollte Beatrice nicht riskieren. Aber darüber jetzt schon zu sprechen provozierte nur weitere Streitigkeiten. Sie schloss die Augen. Nein, sie kannte Federico nicht, und bei Lorenzas Andeutungen verspürte sie auch nicht den Wunsch, seine dunklen Seiten kennenzulernen.

Nach einer weiteren Stunde, in der Beatrice vor sich hin döste, erreichten sie endlich das Haupttor der Villa Buornardi. Die Villa lag auf dem Plateau eines Hügelrückens und bestand aus einem langgestreckten, zweigeschossigen Gebäude mit zwei aufgesetzten quadratischen Türmen, die kaum mehr als ein Geschoss hoch waren. Nach und nach kam der Tross auf dem sandigen Platz vor dem Portal zum Stehen. Von allen Seiten eilten Mägde und Knechte herbei, um beim Ausladen zu helfen. Federico hatte sich erst für die nächsten Tage angekündigt, so dass die Frauen auf sich gestellt waren. Beatrice hatte flüchtig von weiteren Schwierigkeiten mit Alessandro in Antwerpen gehört, und auch der *giudice* schien nicht von Federico als Verdächtigem ablassen zu wollen.

Als sie an diesem sommerlichen Spätnachmittag den Sand auf dem Platz vor der prachtvollen Villa unter ihren Füßen spürte, fühlte Beatrice sich von den Lasten befreit, die sie in Lucca bedrückten. Zumindest teilweise. Ein Seitenblick auf die schnaufend aus dem Wagen steigende Lorenza erinnerte sie an eine Altlast, die sie bis hierher begleitet hatte, aber die Villa schien groß genug, dass man sich tagelang aus dem Weg gehen konnte, und die Parkanlagen sollten überwältigend sein, wie ihr von vielen Seiten zugetragen worden war. Ines eilte an ihre Seite und wollte ihren Arm nehmen.

»Mir geht es gut. Wie wunderschön! Sieh nur die Bassins mit den anmutigen Frauenfiguren, die das Wasser aus ihren Krügen wieder ins Becken schütten. Wie muss erst der Rest des Parks aussehen!«

»Das sind Nymphen, Madonna Beatrice. Gerne zeige ich Euch die Anlagen. Der selige Ser Buornardi und vor allem dessen Vater haben viel Zeit und Geld in die Grünanlagen gesteckt, um sie zu dem zu machen, was sie heute sind.« Ein schlanker, braungebrannter Mann in schlichter Kleidung verneigte sich vor ihr. Als er sich aufrichtete, sah sie in intelligente braune Augen, die von der schiefen Nase und dem kantigen Kinn des Mannes ablenkten. Kurzes, leicht ergrautes Haar ließ Beatrice den Mann auf Mitte dreißig schätzen. »Ich bin Ricardo Giorini, Verwalter der Villa in der vierten Generation. Zu Euren Diensten, Madonna.«

»Es freut mich, dich kennenzulernen, Ricardo. Sobald ich mich von der Reise erholt habe, nehme ich dein Angebot mit dem größten Vergnügen an.«

»Ricardo! Sind die Zimmer bereit? Gibt es genügend Wasser? Ich hasse es, wenn ich auf mein Bad verzichten muss. Wer kümmert sich um das Essen? Doch hoffentlich nicht diese schlampige Köchin vom letzten Jahr.« Drohend sah Lorenza sich um und ging auf die Villa zu, wobei sie sich auf die Schulter ihrer Dienerin stützte, die unter dem Gewicht ächzte.

Den Verwalter schien so schnell nichts aus der Ruhe bringen zu können, aber vielleicht kannte er seine Herrschaft auch gut genug und wusste mit ihr umzugehen. »Giò ist der Hauptkoch und ein fähiger Mann. Ihr werdet ihn und seine Kunst zu schätzen wissen, Signora.«

»Das will ich hoffen«, schnappte Lorenza zurück.

Ines verdrehte die Augen. Plötzlich stob eine Meute großer und kleiner Hunde über den Hof, die Tiere kläfften, und einige jaulten, als ob sie gebissen würden.

»Meine süßen kleinen Schätze!«, schrie Lorenza. »Ruf die verdammten Jagdhunde zurück, sie werden meine Kleinen zerfleischen!«

Ricardo stieß mit tiefer Stimme einen kurzen Befehl aus, woraufhin sich fünf graue Jagdhunde aus dem Knäuel lösten und auf ihn zutrabten, als wäre nichts geschehen. Lorenzas Hunde jedoch gaben nun nicht nach, sondern setzten den anderen Tieren wütend nach. Bevor sie jedoch auch nur in

Ricardos Nähe kamen, hatte er eine kurze Peitsche aus dem Gürtel gezogen und dem ersten Kläffer einen Hieb versetzt, woraufhin sich die Meute kleinlaut entfernte.

»Schade, dass er seine Hunde zurückgepfiffen hat, dann wären wir die elendigen Biester los …«, flüsterte Ines hinter Beatrices Rücken.

»So viel Glück haben wir nicht, aber ich denke, wir hätten es schlechter treffen können.« Bewundernd glitt Beatrices Blick über den gepflegten Hof und die Treppe mit weißer Balustrade, über die sie in die weitläufige Villa gelangten. Rostrote Terrakottafußböden, Marmorsäulen und hell verputzte Wände mit aufgemalten architektonischen Formen begeisterten Beatrice. Alles strahlte rustikalen Charme und sommerliche Leichtigkeit aus. Bodenvasen mit Gräsern und Blumen verströmten einen dezenten süßlich-frischen Duft.

Lorenza bewohnte Räumlichkeiten auf einer Seite des ersten Stocks, Beatrice wurden die Zimmer auf der gegenüberliegenden Seite zugewiesen. Als sich die Türen hinter Beatrice und Ines schlossen, lächelten sie sich an und gingen gemeinsam zu den hohen Fenstern, die sich zum Garten öffnen ließen. Beatrice stützte sich auf das Fensterbrett und seufzte: »Schau dir das an, Ines. Wunderschön! Von einem solchen Garten habe ich schon immer geträumt. Das ist ein kleines Paradies.«

In der warmen Abendsonne erstreckten sich die Terrassen mit den Blumenbeeten, Buchshecken, Laubengängen und Brunnen. Vogelgezwitscher und das Schreien von Fasanen klangen herauf. Linker Hand lag ein langgestrecktes Gebäude mit großen, runden Fenstern, bei dem es sich um das Gewächshaus handeln musste, denn davor standen mehrere Reihen von Zitronenbäumen. Dort, wo die Abendsonne den Garten in goldenes Zwielicht tauchte, begann der wilde Teil des Parks, eingeleitet von *boschetti*, kleinen Baumgruppen scheinbar willkürlichen Wuchses.

»Die Möbel sind sehr hübsch, ebenso die Vorhänge. Ich weiß nicht, was die Signora will. Es ist perfekt«, unterbrach Ines Beatrices Schwelgerei.

»Hmm? O ja. Hübsch, wirklich.« Sie berührte die seidenen Bettvorhänge in Cremeweiß. Auch hier bestand der Fußboden aus den für die Region typischen Fliesen, die in symmetrischen Mustern verlegt waren. Der Raum war groß, verfügte über einen Waschtisch, eine Sitzecke, eine Kommode mit einem Spiegel, und anstelle von religiösen Motiven hingen Blumenstillleben und mythologische Themen als Gemälde an den Wänden. »Wo ist Alba untergekommen? Ich möchte nicht, dass sie sich in der neuen Umgebung fürchtet. Bitte sieh nach ihr, Ines, und sorg auch dafür, dass man ihr das Kätzchen lässt.«

Ines grummelte etwas und ging zu einer Zwischentür, die in den Ankleideraum führte, der gerade mit Beatrices Kisten und Truhen gefüllt wurde.

»Ines!«

»Ja, Madonna.« Endlich verschwand die Zofe mit beleidigter Miene, um dem Befehl nachzukommen.

Nach einem späten Frühstück, das Beatrice draußen im Schatten eines mit Weinlaub überrankten Säulengangs eingenommen hatte, spazierte sie am nächsten Morgen gemächlich durch die Blumenbeete, über denen Bienen summten und Schmetterlinge ihre zarten Schwingen ausbreiteten.

»Madonna! Madonna Beatrice! Kommt schnell!«

Unwillig wandte sie den Kopf und sah Ricardo, der sie aufgeregt herbeiwinkte. Sie ging zu ihm. »Was gibt es denn?«

»Gerade kam ein zerlumpter Mann an das Tor und behauptete, er sei ein Freund von Euch. Er scheint Schreckliches durchgemacht zu haben, seinen Verletzungen nach zu urteilen, aber es kann auch ein Schwindler sein, der sich hier unter einem Vorwand einnisten will. Wäre nicht das erste Mal.«

Der Verwalter führte sie durch die Eingangshalle in die Wirtschaftsräume. In der Gesindeküche wies er auf eine zusammengesunkene Gestalt, die auf einem Schemel vor einem Krug Wasser hockte.

»O Gott!« Entsetzt starrte Beatrice auf den Mann, der bei ihrem Eintreten den Kopf gehoben hatte. Die leicht vorquellenden Augen, von denen eines geschwollen war, die markante Kopfform des Gelehrten, seine schlanken Finger, die schmutzig waren und nervös zuckten – all das deutete auf Alberto Mari. Andererseits hatte der abgemagerte Mann mit den eingefallenen Wangen und dem traurigen Gesichtsausdruck kaum noch Ähnlichkeit mit dem vor Geist sprühenden Humanisten, den sie zuletzt auf Connuccis Fest gesehen hatte. »Alberto Mari?«, flüsterte sie zaghaft.

Der päpstliche Sekretär versuchte zu lächeln, wobei er eine Zahnlücke zeigte und dann verschämt eine Hand vor den Mund hielt. Er wollte aufstehen, war aber anscheinend zu geschwächt, und nickte schließlich mit dem Kopf. »Madonna, ich hatte gehofft, Euch hier zu finden.«

Ricardo winkte eine Magd heran. »Bring Essen für den Signore und Wein. Dann bereite ein Bad vor, und lass ein Gästezimmer herrichten.«

»Danke, Ricardo.«

»Ihr könnt Euren Gast mit in einen der Salons nehmen ...«

Doch Mari winkte ab. »Nein. Hier passe ich im Moment am besten her. Schaut mich doch an, ein Bettler ist sauberer als ich.«

Die Magd brachte einen frischen Krug mit Wein, und Beatrice setzte sich dem Gelehrten gegenüber, dem das Schicksal so übel mitgespielt hatte. Sie wartete, bis er gegessen hatte und seine Wangen eine gesündere Farbe angenommen hatten. Während er aß, bemerkte sie die dunkelrote, wunde Haut an seinen Handgelenken, Spuren von Fesseln. Aus seinem geschwollenen Auge sickerte gelbliche Flüssigkeit. Der Bedauernswerte bedurfte dringend medizinischer Hilfe. Ein Jammer, dass weder Plantilla noch Ansari in der Nähe waren. »Was um alles auf der Welt hat Euch in diesen erbarmenswerten Zustand gebracht? Wer hat Euch das angetan?«

Der Sekretär legte den Löffel ab und wischte sich den Mund. Einen solch köstlichen Fleischeintopf hatte er seit Wochen nicht gegessen. Mit einem Schluck Wein spülte er die Reste hinunter und versuchte, Zeit zu gewinnen. »Madonna, das ist eine merkwürdige Geschichte. Ich verstehe sie selbst nicht.« Ratlos schüttelte er den Kopf, von dem die spärlichen grauen Haare starr vor Schmutz abstanden. Wie konnte er sie, die ihn vertrauensvoll anblickte, belügen? Doch die Angst um das eigene Leben war größer. Er wusste nicht, wer ihn gefangen gehalten hatte. Es könnte auch ihr Ehemann gewesen sein, der ihn hier beobachten ließ. Wie ein Kaninchen in der Falle, dachte Alberto Mari und nahm einen tiefen Zug aus seinem Becher.

Am Abend desselben Tages wanderte Beatrice mit Alberto Mari langsam durch den Laubengang hinunter in den Garten. Dank der medizinischen Kenntnisse des Verwalters, der sich um die Pferde, Fasane und Falken der Buornardis kümmerte, waren die Blessuren des Sekretärs hinreichend versorgt worden. Glücklich tupfte Mari sich jetzt hin und wieder etwas Nelkenöl auf den herausgebrochenen Zahn, von dem noch ein Stück im Kiefer steckte, doch einer Extraktion fühlte er sich momentan nicht gewachsen. Ein Verband mit einer desinfizierenden Salbe verdeckte sein verletztes Auge, und Lorenza hatte großzügig gestattet, dem Sekretär mit Kleidungsstücken ihres verstorbenen Gatten auszuhelfen.

»Ich stehe tief in Eurer Schuld, Madonna.«

»Ich habe nichts getan, was Ihr nicht auch für mich getan hättet, wäre ich an Eurer Stelle gewesen.« Sie zog sich den Schal enger um die Schultern. Es fröstelte sie, aber das konnte auch an Maris Geschichte liegen, an der sie etwas zunehmend störte. Er hatte erzählt, dass ein Unbekannter ihn in einem Verlies festgehalten und gefoltert hatte, um von ihm zu erfahren, wer der Verbündete des Papstes in Lucca war. Wieder ging es um den Brief des Legaten. Nur jemand, der den Brief kannte, wusste um den geplanten Verrat an Lucca. Wer außer Federico und Tomeo kannte den Inhalt des Briefes? Keiner von beiden hätte Mari gefangen gehalten. An der Entführung verwunderte sie, dass man Mari hatte laufen lassen. Warum hatten sie ihn nicht getötet, nachdem er ihnen nichts hatte sagen können? Oder hatte er womöglich doch etwas verraten? Und wenn nicht, was war dann der Preis für seine Freiheit gewesen? Sie warf ihm einen Seitenblick zu. Sein Witz und seine nonchalante Art zu plaudern waren von einer Anspannung überschattet, die nicht nur eine Folge der durchlittenen Strapazen zu sein schien. Aber wem konnte sie sich darüber anvertrauen?

»Dieser Garten hätte Plinius alle Ehre gemacht.« Alberto Mari deutete auf die Beete in Form von Kreisen, Dreiecken und anderen geometrischen Spielereien.

»Plinius?«

»Gaius Plinius, ein römischer Gelehrter. In seinen Schriften beschreibt er seine Villa in Tuscien und den idealen Garten. Die Beete, das Rasenstück dort vorn mit dem Buchs in Tierform, der wogende Akanthus – so stellte er sich den Paradiesgarten vor.«

Der würzige Duft von Lorbeer stieg Beatrice in die Nase. »Das Paradies, ja, so würde ich es mir auch vorstellen.«

»Jetzt haben wir nur von mir gesprochen. Wie geht es Euch und Eurem Mann? Ich habe ihn noch nicht gesehen.« Als er ihre unmutig gekrauste Stirn sah, tat es ihm leid, das Thema gewechselt zu haben.

»Federico kommt bald nach. Geschäfte halten ihn noch in Lucca. Meinen Eltern geht es gut. Zur Geburt werden sie wieder hier sein.« Sie lächelte zaghaft und strich über ihren Bauch.

»Die Schwangerschaft scheint Euch gut zu bekommen, jedenfalls macht sie Euch noch schöner. Dieses eine Mysterium habt ihr Frauen uns Männern auf ewig voraus. Ist es nicht wundervoll, wie das Leben in Euch heranwächst?«

»Einerseits ja, andererseits fürchte ich mich vor der Geburt. Vergesst nicht, dass viele Frauen sie nicht überleben.«

»Das Leben ist so kostbar ...«, sagte er mehr zu sich selbst und richtete den Blick auf den Horizont, der in der Dämmerung verschwand.

»Ihr habt Euch verändert, Alberto. Es scheint, als trüget Ihr einen Marmorquader und würdet von seinem Gewicht erdrückt.«

Er schenkte ihr einen traurigen Blick aus seinem gesunden Auge, doch er sagte nichts.

»Ihr seid unser Gast, solange es Euch beliebt.« Auch wenn er ihr den Grund seines Kummers nicht verraten würde, so freute sie sich über seine unverhoffte Anwesenheit, war er doch ein Freund ihrer Eltern, die sie mehr und mehr vermisste.

»Meinen aufrichtigen Dank, Madonna.«

Der Sekretär verneigte sich vor ihr.

Einige Tage nach Alberto Maris Ankunft traf auch Federico ein. Obwohl er die Stute seines Bruders mitgebracht hatte und täglich mit ihr ausritt, war er schlecht gelaunt und mürrisch. Er tolerierte Maris Anwesenheit, brachte dem Gelehrten aber kein Interesse entgegen. Bei den wenigen gemeinsamen Mahlzeiten erfuhr Beatrice nur, dass Alessandro erneut in finanziellen Schwierigkeiten steckte und das Familienunternehmen dadurch in eine ernsthafte Krise zu gleiten drohte. Aus nichtigen Gründen fuhr Federico die Dienerschaft an, rügte sogar Ricardo und duldete nur Andrea längere Zeit um sich. Jedes Mal, wenn Beatrice das hochmütige Gesicht des schönen Andrea sah, wurde ihr übel. Unter diesen Umständen zog sie die Gesellschaft des päpstlichen Sekretärs vor, auch wenn Mari seit seiner Entführung verändert und ernst war.

Während stundenlanger Spaziergänge durch den Garten und die Parklandschaft ermunterte Beatrice den Gelehrten, über seine Studien zu plaudern, und erfuhr, warum Salutati ein Buch über die allegorische Bedeutung des Herkules-Mythos geschrieben hatte – um zu zeigen, dass heidnische Formen durchaus christliche Bedeutungen in sich bergen können –, oder sie diskutierte mit Mari, ob Botticellis Werk »Pallas bändigt den Kentauren« die Zähmung der Leidenschaften durch die Weisheit darstellen soll.

»Warum wird die eigentliche Bedeutung von Gemälden oder Traktaten versteckt, wo doch nicht jeder den wahren Sinn ergründen kann?«, fragte Beatrice und ließ sich auf einer Bank neben dem Fischteich nieder. Sie liebte den kleinen Teich mit Zierfischen, in dessen Mitte eine Enteninsel lag.

»Warum verstecken wir Wahrheiten? Warum sagen wir oft nicht, was wir wirklich denken? Weil es Regeln und Umstände gibt, die uns daran hindern. Und …« Mari lächelte und warf ein Stück Brot in den Teich, woraufhin sich die Wasseroberfläche kräuselte und die Fische nach dem Brocken schnappten. »Kunst wäre nicht Kunst, wenn sie eindimensional wäre und einfach zu durchschauen. Ist es nicht reizvoll, sich den Kopf darüber zu zerbrechen, ob Botticelli sich der Mythologie bediente, um moralisch zu belehren, oder ob er einfach nur Spaß an den Gestalten hatte und sie für einen Fürsten malte, der damit seinen Salon dekorieren wollte?«

»Aber ohne eine gewisse Vorbildung kann man nicht sehen, wer dargestellt ist. Das schließt doch die Armen und Ungebildeten von vornherein vom Genuss dieser Kunst aus.«

»Warum? Jeder hat Augen, um zu schauen. Der Reiz der Anmut und der Lieblichkeit sind jedem zugänglich. Ist das nichts?«

Beatrice lachte. »Ich gebe es auf, mit Euch streiten zu wollen.«

»Streit im klassischen Sinne ist wertvoller Gedankenaustausch, und ich finde, Ihr schlagt Euch wacker, Madonna.« Mari hielt den Blick auf den Teich gerichtet, und Beatrice wurde das Gefühl nicht los, dass er mit seinen Gedanken wieder einmal ganz woanders war.

»Madonna! Wo seid Ihr?« Die Stimme ihrer Zofe ertönte hinter einem *boschetto* aus beschnittenem Akanthus.

»Am Teich, Ines.«

Außer Atem kam Ines durch die Bäume gerannt, blieb kurz stehen, um Atem zu schöpfen, und hielt ihre Hand in das erfrischende Wasser. »O Madonna, Ihr müsst gleich mitkommen. Der Maler ist da, und Euer Mann will ihn wieder fortschicken. Aber Signor Pontormo lässt sich nicht einfach wegjagen. O bitte, kommt doch mit. Er ist ein feiner Mann, der Maler, und es wäre schade, wenn er Euch nicht porträtiert.«

»Pontormo?« Alberto Mari horchte auf. »Lasst mich mitgehen, wenn es recht ist. Ich kenne Jacopo aus Florenz.«

Sie fanden den aufgebrachten Maler im Säulengang vor den absteigenden Terrassen, wo er von Federico stehen gelassen worden war. Schulterlange Haare hingen zu einem losen Zopf gebunden wirr auf einem zerschlissenen Wams und einem Hemd, das seine besten Tage hinter sich hatte. Wütende dunkle Augen musterten sie aus einem schmalen, edel geschnittenen Gesicht. Mit vor der Brust verschränkten Armen sah Jacopo Pontormo ihnen entgegen.

»Jacopo! Was treibt Ihr hier? Ich konnte es kaum glauben, als ich hörte, wer hier ist! Lasst Euch umarmen, mein Freund.« Alberto Mari drückte den Maler, den Beatrice auf etwa dreißig Jahre schätzte, an sich und klopfte ihm dann freundlich auf die Schulter. »Da seht Ihr Euer Modell, Madonna Beatrice. Es wird selten genug vorkommen, dass Ihr die Gelegenheit erhaltet, ein Gesicht von solcher Schönheit malen zu dürfen.«

Beatrice errötete. »Ihr seid ein Schmeichler, Alberto. Sagt, Signor Pontormo, ist es wahr, dass mein Gatte Euch fortschicken will?«

Die Züge des Malers wurden milder, und er neigte höflich seinen Kopf. »Leider ist das die Wahrheit. Aber so kann man mich nicht behandeln! Nicht nur, dass ich drei Tage von Florenz bis hierher gebraucht habe, die Reise war fürchterlich! Unterwegs haben mich vagabundierende Soldaten aufgehalten. Was für Zeiten! Sinnlose Kriege, die Geld verschlingen, mit dem man Kunstwerke schaffen lassen könnte! Ach ...« Pontormo warf ärgerlich die Hände in die Luft. »Euer Mann ist ein Banause. Noch in diesem Jahr werden sie mich in die Accademia del Disegno aufnehmen, und dann hätte er mich nicht mehr so billig für ein Porträt bekommen. Aber ich Dummkopf komme her, weil ich an einen Vertrag glaube, den ich mit Ser Buornardi geschlossen habe, und ...« Die dunklen Augen des Malers funkelten, als er seinem Zorn Luft machte.

»Bitte, nicht doch, Signor Pontormo! Ihr sollt mich malen, und Ihr werdet Euren Lohn erhalten. Von mir!« Beatrice sah ihn fest an. Ihr Vater würde verstehen, wenn sie dieses Porträt von ihrem Geld bezahlte. Nicht nur, weil Ser Buornardi es so gewollt hatte, nein, sie wünschte sich, dass es dieser Pontormo war, der sie darstellte, weil ihr die ungestüme, unverfälschte Art des Malers gefiel, die sich sicher auch in seinem Malen ausdrücken würde. Und das wollte sie, ein ehrliches Porträt.

Fragend hob Pontormo eine Augenbraue. »Ihr?« Dann sah er zu Mari.

»Seht nicht mich an, Jacopo. Ihr Wort ist genauso viel wert wie das eines Mannes.«

Pontormo reichte Beatrice zur Bekräftigung des Vertrags seine Hand. »Madonna, wann können wir beginnen?«

»Womit beginnen?« Der Zorn in Federicos Stimme war nicht zu überhören, als er in Begleitung mehrerer Männer den Säulengang betrat.

Die Konfrontation mit ihrem Mann in dieser Angelegenheit war unumgänglich, auch wenn sie sich einen anderen Zeitpunkt gewünscht hätte. Sie entdeckte Connucci neben Andrea, dem jungen da Sesto und Eredi Vecoli. »Es freut mich, Euch zu sehen, Federico.« Sie warf einen Blick auf die Armbruste und Arkebusen der Männer. »Wollt Ihr zur Jagd?«

Federico machte ungehalten einen Schritt auf sie zu, wurde jedoch von Connucci zurückgehalten. »Ja, Madonna. Wir sind auf dem Weg zu meinen Ländereien, um Enten und Fasane und was uns sonst begegnen mag, zu schießen.« Der Marchese schenkte ihr ein gewinnendes Lächeln.

»Was für eine angenehme Art, sich den Tag zu vertreiben. Der Koch wird sich freuen.«

Eredi Vecoli wandte sich neugierig an Pontormo. »Ihr seid ein Künstler, Signore?«

Der Maler verzog keine Miene. »Maler.«

»Wundervoll! Ich liebe die Künste! Leider muss ich den Tuchhandel der Familie weiterführen. Eigentlich bin ich Sänger.«

»Wenn Ihr Euch zum Sänger berufen fühlt, solltet Ihr Euch durch nichts davon abhalten lassen, es sei denn, der Ruf in Euch ist nicht stark genug. Aber dann seid Ihr auch kein Künstler.« Pontormo sprach ruhig und voller Überzeugung.

»Bravo!« Connucci legte Eredi seine Hand auf die Schulter.

»Da habt Ihr's, mein Freund. So spricht ein wahrer Künstler. Aber trotzdem erfreuen wir uns gern an Eurem Gesang, auch wenn Ihr nebenbei dem profanen Tuchhandel frönt, der allein dem Erwerb schnöden Geldes dient. Andererseits, werter Maler, was wäret Ihr ohne einen Auftraggeber, der Euch bezahlt?«

Pontormo zuckte mit den Schultern. »Wollt Ihr die nackten Wände Eures Palazzo betrachten?«

Bevor Connucci etwas erwidern konnte, sagte Beatrice: »Signor Pontormo wird mich porträtieren, und ich kann es kaum erwarten, erste Skizzen seiner Arbeit zu sehen.« Sie fing Federicos wütenden Blick auf, doch er sagte nichts. Wahrscheinlich wollte er sich vor seinen Freunden keine Blöße geben.

Der Marchese schulterte seine Armbrust. »Welch eine angenehme Aufgabe erwartet Euch, werter Maler. Ich beneide Euch darum, die Schönheit von Madonna Beatrice in stundenlangen Sitzungen studieren zu dürfen. Wie war doch gleich Euer Name?«

»Ich wurde noch nicht vorgestellt. Jacopo Carucci, genannt Pontormo.« Der Maler sagte das mit einer Selbstverständlichkeit, mit der auch ein Leonardo oder Michelangelo sich eingeführt hätte.

»Überanstrengt Euch nicht, indem Ihr zu lange Modell sitzt«, wies Federico sie an, gab seinen Freunden einen Wink und wandte sich zum Gehen. »Lasst uns aufbrechen, damit wir die Mittagshitze vermeiden.«

»Fast hätte ich es vergessen.« Connucci reichte Beatrice einen Brief, den er aus seinem Lederrock zog. »Die Marchesa würde sich über einen Besuch von Euch freuen. Natürlich nur, wenn Eure Gesundheit es erlaubt.«

Überrascht nahm Beatrice den Brief an sich. »Danke, Marchese.«

Von der Einladung Bernardina Chigis überrascht und geschmeichelt, saß Beatrice vier Tage nach Erhalt der Einladung mit Ines in einem kühlen Salon des Palazzo Connucci und wartete auf die Herrin des Hauses. Auf den schlecht ausgebauten Straßen hatten sie drei Stunden für die Anfahrt gebraucht. Ines tupfte sich die Stirn mit einem Tuch trocken.

»Ich mag gar nicht an die Rückfahrt denken. Die Luft im Wagen ist zum Ersticken! Es ist ein Wunder, dass Ihr nicht ohnmächtig geworden seid. Wir hätten nicht fahren dürfen ...«

Beatrice fächelte sich weiter Luft zu und bemerkte einen Duft von Jasmin, der mit einer Brise durch die offenen Fenster in den Salon wehte. »Es geht mir gut. Dieser Besuch ist eine wundervolle Abwechslung, die ich mir nicht nehmen lassen wollte. Sieh dich um, Ines, ist das nicht alles sehr geschmackvoll?«

Ines murmelte etwas und ließ pflichtschuldig den Blick durch den hellen Raum gleiten, der durch einen Mosaikfußboden, zierliches Mobiliar und kostbares Porzellan bestach. Man hatte ihnen ein Tablett mit kühlem Zitronenwasser und Früchten gereicht. Ines steckte sich eine Kirsche in den Mund und war gerade dabei, den Kern in die Hand zu spucken, als die Türen aufschwangen und Bernardina Chigi hereinkam.

Sie wirkte gelöst und heiter. Der duftige weißgelbe Stoff ihres Kleides raschelte leise, während sie mit ausgestreckten Händen auf Beatrice zukam. Ein kleiner dreieckiger Schleier bedeckte ihre Stirn und einen Teil der streng aufgesteckten braunen Haare. Die schmalen Lippen unter der langen Nase lächelten Beatrice herzlich an. »Wie schön, dass Ihr gekommen seid!«

Die Marchesa gab ihrer Dienerin ein Zeichen mit einer kleinen beringten Hand, woraufhin diese Ines etwas zuflüsterte und mit ihr den Salon verließ. »Wollen wir durch den Garten spazieren? Die Rosen blühen herrlich dieses Jahr. Ich liebe ihren Duft und das Rosenwasser, das wir aus ihren Blättern gewinnen.«

Beatrice folgte der Marchesa nach draußen. Prächtige Springbrunnen mit Delphinen und Zentauren und ein über Treppen herunterplätschernder Wasserfall dominierten den vorderen Teil der Grünanlagen. Steinerne Balustraden mit mächtigen Vasen flankierten die Mittelachse. Dieser Garten diente einzig dem Zweck, seine Besucher zu beeindrucken. Beatrice vermisste Intimität und zufällig wirkende Verspieltheit kleiner Arrangements. Aus einem Pavillon erklang Gelächter, und Connuccis Sekretär Averardo kam auf das Haus zugelaufen.

Bernardina verzog den Mund. »Die Freunde meines Mannes. Aber Ihr kennt sie so gut wie ich, nicht wahr? Schließlich seht Ihr meinen Gatten fast so häufig bei Euch wie ich den Euren hier.« Sie zeigte auf einen schmalen Weg. »Hier entlang.«

»Wenn Ihr Rodolfo da Sesto und Eredi Vecoli meint, ja, die finden sich tatsächlich des Öfteren bei uns ein. Habt Ihr vom Unglück Alberto Maris gehört?« Sie folgte Bernardina durch eine eiserne Pforte in einen von Mauern umschlossenen Garten.

»Unser *giardino segreto*. Riecht Ihr die verschiedenen Blumen?« Verzückt betrachtete Bernardina die Beete, deren bunte Farben Insekten und Schmetterlinge gleichermaßen anzogen. Nachdem sie sich auf einer Bank niedergelassen hatte, legte sie die Hände in den Schoß und sagte: »Eine seltsame Geschichte ist das mit Alberto, eine seltsame Geschichte ...«

Beatrice erspähte einen Durchgang an einem Ende des rechteckigen Gartens, der in eine Grotte führen mochte. »Er weiß selbst nicht, warum er entführt wurde und wer dahintersteckt. Es hängt mit dem Mord an Agozzini zusammen.« Und mit dem Brief, aber darüber schwieg Beatrice.

Ihre Augen mit der Hand vor der Sonne schützend, sah

Bernardina sie prüfend an. »Der päpstliche Legat wurde im Januar ermordet. Warum denkt Ihr, dass dieser Mord derartig weitreichende Folgen hat?«

Etwas in Bernardinas Stimme riet Beatrice, auf der Hut zu sein. Vielleicht plauderte Bernardina nur gern, doch sie war eine andere Frau als die lebenslustige Ortensia oder ihre Tanten. »Ich weiß nicht, es scheint mir nur einleuchtend, da Alberto Mari doch der Sekretär von Flamini ist und mit einem klaren Auftrag nach Lucca gesandt wurde.« Sie konnte Bernardina nicht den Inhalt des Briefes anvertrauen, weil sie nicht wusste, auf welcher Seite die Marchesa stand.

»Wenn Ihr den guten Mari lange genug verköstigt habt, schickt ihn ruhig zu mir. Ich könnte Unterhaltung gebrauchen, außerdem habt Ihr doch jetzt einen Maler dort. Oh, dann könntet Ihr Alberto wirklich zu mir schicken!« Bernardina lachte und tätschelte Beatrices Arm. »Was bleibt uns Frauen sonst, außer einer geistvollen Unterhaltung?«

Unangenehm berührt senkte Beatrice den Blick.

»Ihr müsst nicht denken, dass Ihr die Einzige seid, deren Ehemann die Gesellschaft seiner Freunde und Geliebten der Eurigen vorzieht. Madonna, ich weiß genau, wie es in Euch aussieht. Als ich das erste Mal schwanger war, hatte ich gehofft, das Kind würde meinen Gatten für mich einnehmen, trotz meines unzulänglichen Äußeren.«

»Aber ...«, wollte Beatrice einwenden, doch Bernardina fuhr ungerührt fort.

»Ihr müsst mich nicht trösten. Ich weiß, wie ich aussehe und wie mein Gatte aussieht. Er hat mich meines Namens wegen geheiratet und wegen der Verbindungen, die meine Familie nach Rom hat. Die Ehe ist ein Geschäft, aber leider lernt das Herz langsamer als der Verstand.« Schmerzliche Erfahrung und Bitterkeit sprachen aus Bernardina Chigis Augen, als sie Beatrice anblickte.

»Bei unserer ersten Begegnung war ich von seiner Schönheit geblendet. Ich war sechzehn Jahre alt, als ich mein Elternhaus verließ, ein unerfahrenes Mädchen, das Sonette schrieb, Griechisch sprach und von Rittern träumte.«

Bernardina schaute jetzt auf die Blumen vor ihnen, deren Farbenpracht in der Sonne flirrte. Ihre Stimme war ruhig, ihre Hände lagen ineinander, und doch sprach sie von Erlebnissen, die sie mehr mitgenommen haben mussten, als sie jetzt zugab. Allein die Tatsache, dass sie darüber sprach, zeigte Beatrice, dass die Marchesa in ihr eine Freundin sah, der sie ihr Innerstes anvertrauen konnte, und sie fühlte sich durch die Zuwendung dieser Frau geehrt.

»Vom ersten Tag an hat er mir seine Verachtung gezeigt. Nicht vor den anderen, niemals würde er sich eine Blöße geben. Nein, nach außen ist er der perfekte Gatte, doch sobald sich die Türen schließen und wir allein sind ... Er ist ein grausamer Mann, ein grausamer Mann ...« Sie schwieg und überließ es Beatrice, sich auszumalen, worin Connuccis Grausamkeiten bestanden.

»Warum sagt Ihr mir das, Marchesa?«, fragte Beatrice nach einer Weile leise.

»Weil ich Euch mag. Nehmt es als Warnung. Euer Gatte ist sein bester Freund. Ich befürchte fast, dass sie sich sehr ähnlich sind.« Fragend sah sie Beatrice an.

»Es, ja, ich weiß nicht ...«, stotterte diese verlegen.

»Ihr braucht nichts dazu zu sagen, aber seht Euch vor, vermeidet es, mit dem Marchese allein zu sein.«

Entsetzt starrte Beatrice sie an. Was wollte die Marchesa andeuten? Dass Connucci ihr Gewalt antun würde?

»Jetzt lasst uns das Thema wechseln, ich habe Euch reichlich verwirrt, fürchte ich. Männer sind Wölfe, die man nur mit List bändigen kann. Ihr werdet es lernen, davon bin ich überzeugt.« Bernardina Chigi stand auf und zeigte auf den dunklen

Durchgang in der Mauer. »Das Nymphaeum. Ich habe es im letzten Jahr errichten lassen, denn ich glaube an Wassernymphen.« Sie kicherte und wirkte plötzlich um Jahre jünger.

Gemeinsam betraten sie die Grotte, in der verborgene Lichtquellen flackernde Schatten auf die mit Muscheln und bunten Steinen verkleideten Wände warfen. Wasser sprudelte aus einem Felsen in der Wand, Korallen schimmerten im Becken, und ein steinerner Jüngling hielt ein Tablett, auf dem Becher standen.

»Wundervoll! Ich bin ganz verzaubert!« Staunend trat Beatrice an das Wasserbecken und hielt ihre Hand in das kühle Nass.

»Nehmt Euch einen Becher. Das Wasser kommt aus einer Quelle und nicht aus dem Fluss.«

Beatrice folgte der Aufforderung und ging um eine mit Korallen verzierte Säule, um sich einen Becher zu holen. Nach der Hitze wirkte das klare Quellwasser belebend. Als sie sich umdrehte, sah sie eine Silhouette im Eingang stehen und hielt den Atem an. Der Mann konnte sie vom Eingang aus nicht sehen und ging direkt auf die Marchesa zu, die ihre Knöchel mit Wasser benetzte.

»Liebste, ich wusste, ich würde Euch hier ...« Weiter kam er nicht, denn bevor er die Marchesa umarmen konnte, hatte sie sich umgedreht und ihm eine Ohrfeige gegeben, dass er sich erschrocken die Wange hielt. »Aber?!« Vorwurfsvoll sah er sie an.

»Unverschämter! Mit welcher Magd habt Ihr mich verwechselt? Seht Euch gefälligst vor, bevor Ihr Süßholz raspelt und Eure gierigen Hände nach jemandem ausstreckt!« Die Marchesa richtete ihr Kleid und winkte Beatrice zu sich, die beim Nähertreten erkannte, dass es sich um Rodolfo da Sesto handelte.

»Was habe ich Euch vorhin gesagt, liebste Beatrice? Seht

Euch vor! Aber zum Glück war ich nicht allein. Wen hattet Ihr denn gehofft, hier zu treffen, mein guter Rodolfo? Hoffentlich nicht eine meiner Dienerinnen. Die jungen Dinger haben genug zu tun und müssen nicht auch noch die Bälger von Kumpanen meines Mannes austragen.«

Rodolfo da Sesto schien sich von dem Schreck erholt zu haben. »Den Schlag habe ich wohl verdient, Marchesa. Verzeiht, dass ich Euch zu nahe getreten bin. Aber Ihr wisst, wie wir Männer sind – eine schöne Blume verlockt uns mit ihrem Duft, und wir sind hingerissen und nicht länger Herr unserer Sinne.« Er lächelte entschuldigend und strich sich die glatten Haare aus dem schmalen Gesicht. Dunkle, ein wenig zu eng stehende Augen, eine gerade Nase und ein kleiner, aber wohlgeformter Mund machten ihn auf den zweiten Blick zu einem durchaus ansehnlichen Mann.

Beatrice erinnerte sich an jene Szene im Hof des Palazzo Buornardi, als er den sterbenden Arrigo Poggio kaltblütig niedergestochen hatte.

»Nun, dann geht, Rodolfo, und pflückt mir nicht irgendwelche Blumen aus meinem Garten.«

»Ich habe noch keine Blume gegen ihren Willen gepflückt, Marchesa.« Rodolfo grinste und entfernte sich mit einer eleganten Verbeugung.

»Überheblicher Kerl!« Doch die Marchesa klang eher amüsiert als verärgert.

Es dauerte einige Sekunden, bis sich Beatrices Augen an das gleißende Tageslicht gewöhnt hatten und sie der Marchesa folgen konnte, die mit raschen Schritten den verborgenen Blumengarten verließ.

»Wir werden jetzt einen Imbiss zu uns nehmen. In Eurem Zustand ist es unverantwortlich von mir, nicht dafür zu sorgen, dass Ihr genug esst. Federico würde mir nicht vergeben, wenn Euch hier unwohl wird.«

»Nein, dafür hätte er kein Verständnis, schließlich geht es um seinen Erben.« Die Bitterkeit in ihren Worten erschreckte sie, und Beatrice hätte sich am liebsten auf die Zunge gebissen.

Bernardina blieb abrupt stehen und nahm liebevoll Beatrices Hände in ihre. »Eines kann ich Euch versprechen, es lohnt sich, die Strapazen der Geburt zu überstehen, denn niemand, nicht einmal Euer Gatte, kann Euch das Glücksgefühl nehmen, wenn Ihr zum ersten Mal Euer Neugeborenes im Arm haltet. Nichts kommt dem gleich!«

An diese Worte der Marchesa dachte Beatrice noch lange, nachdem sie die Villus Connucci verlassen hatte.

XVII
Belgioioso, Juli 1525

Tomeo wischte sich den Schweiß von der Stirn und klopfte sich Sand von seinen Hosen. Sein Oberkörper glänzte nass in der Sonne und zeigte blaue Flecken an den Rippen.

»Ihr habt Euch gut geschlagen, *capitano*.« Gian Marco reichte ihm einen Krug Bier, den Tomeo in einem Zug leerte.

Sein Gegner, ein hellhäutiger Landsknecht, der ihn um zwei Köpfe überragte, grinste, nahm ebenfalls einen Krug und stürzte das kühle Gebräu hinunter, nur um gleich darauf einen zweiten Krug anzusetzen. Dann wischte er sich den tropfenden Bart, schlug Tomeo auf die Schulter und kauderwelschte in gebrochenem Italienisch: »Guter Kämpfer, Euer *capitano*. Aber nächstes Mal, er soll sich in Acht nehmen!«

Die Meute Landsknechte, die dem Ringkampf beigewohnt hatte, verzog sich enttäuscht ins Lager. Tomeo streckte sich, machte eine Grimasse und tastete seine Rippen ab. »Dieser germanische Bastard hat sich auf mich geworfen wie ein Sack Rüben. Keine Finesse, keine Technik.«

»Um ein Haar hätte er Euch die Rippen gebrochen. Das nächste Mal müsst Ihr mehr bieten als nur ein paar Tricks, er sinnt auf Rache. Vor seinen Kameraden als Verlierer dazustehen ist für ihn eine Schande. Die Scharte wird er auswetzen wollen.« Gian Marco brachte einen Ledereimer mit Wasser und goss es Tomeo über den Rücken.

Dieser seufzte und rieb sich das Gesicht. »Tricks nennst du das? Das war bester griechischer Ringkampf! Ohne Technik ist der schwerste Koloss ein hilfloses Walross.«

»Mag sein, aber Masse und Gewicht können auch erdrücken. Ich sage ja nur, dass Ihr vorsichtig sein sollt. Die Landsknechte und Spanier suchen Streit. Ich halte es in diesem Lager auch bald nicht mehr aus. Unrat und Gestank, wohin man sieht. Sie hausen wie die Schweine!«

Tomeo griff nach seinem Hemd, das er vor dem Kampf auf den Boden geworfen hatte. »Gehen wir zum Fluss. Ich muss mich abkühlen.«

Er selbst war des Lagerlebens schon lange überdrüssig, doch das durfte er sich nicht anmerken lassen. Die Moral der Truppe war an einem Tiefpunkt angelangt, wieder einmal, und der Ringkampf mit dem deutschen Soldaten war nur einer von vielen Versuchen, die herumlungernden Männer abzulenken. Seit Pavia warteten sie bei Belgioioso auf Befehle, die nicht kamen, weil Karl V. immer noch in Verhandlungen mit seinem Gefangenen, dem französischen König, und dem Papst stand. Der Tross, der jedem Söldnerheer folgte, verschlang Tag für Tag Unmengen an Geld und Nahrung. Schon vor Wochen war die letzte Keule des mitgeführten Schlachtviehs auf einem der Spieße geröstet worden, und täglich zogen Horden von Soldaten durch die Umgebung und plünderten die Höfe der Bauern. Selbst die Katen einfacher Arbeiter und Tagelöhner waren nicht sicher vor den hungrigen Söldnern, geschweige denn deren Frauen und Töchter.

Es war ein Elend. Sie alle wussten es, und doch konnte keiner etwas daran ändern, solange nicht der ausstehende Sold gezahlt oder neue Befehle eingereicht wurden. Tomeo ließ sein Hemd auf die Erde fallen, zog die schweren Stiefel aus und warf sich in Hose, Gürtel und Dolch in die Wasser des Po, der an dieser Stelle breit und tief war. Während er sich in dem trüben Wasser auf dem Rücken treiben ließ, betrachtete er die sanft ansteigenden Weinberge der Umgebung. Am südlichen Ufer des Po wuchsen Croatina-, Barbera- und Rara-Trauben. Nach geheimen Rezepten wurde aus ihnen der unvergleichliche Rosso dell'Oltrepò gemischt. Tomeo schloss die Augen. Etwas Hartes stieß an seinen Kopf und zerstörte jäh seinen Tagtraum.

Er warf sich im Wasser herum und sah sich einem Baumstamm gegenüber, an dem ein Tuchfetzen hing. In böser Vorahnung schwamm er um den Stamm herum und fand den aufgedunsenen Körper eines Mannes in den Ästen verhakt. Angewidert stieß Tomeo das Holz mit seiner toten Fracht in die Flussmitte und schwamm mit schnellen, kräftigen Bewegungen zum Ufer zurück, wo Gian Marco es sich in der Sonne bequem gemacht hatte.

»So schnell zurück, *capitano*? Ihr schwimmt doch sonst stundenlang.« Der Bursche knabberte an einem Grashalm und lag entspannt auf dem Rücken.

Missmutig glitt Tomeo neben seinem Burschen ins Gras. »Mir ist die Lust aufs Schwimmen für heute vergangen, nachdem ich nähere Bekanntschaft mit einer Wasserleiche gemacht habe …«

»Für einen *capitano* seid Ihr nicht sehr hartgesotten.«

»Für einen Burschen hast du ein ziemlich loses Mundwerk.«

»Ich wollte eigentlich nur sagen, dass Ihr im Gegensatz zu den Landsknechten und Spaniern immer noch ein Edelmann seid. Ich meine, der Krieg hat Euch nicht zu einem verrohten, brutalen, Frauen verachtenden Schlächter gemacht.«

Ein trockenes Lachen entrang sich Tomeos Kehle. »Ein Chorknabe bin ich auch nicht gerade ...«

»Ihr wisst, was ich meine.« Gian Marco stützte sich auf einen Ellbogen und sah seinen *capitano* an. »Die anderen gehen zu den Huren oder nehmen sich die Frauen der Bauern, wenn es sie juckt – Ihr nicht. Die anderen Hauptleute haben alle ihre Liebchen oder gehen ...«

»Was soll das, Gian Marco? Seit wann sorgst du dich um mein Liebesleben?«

»Ich finde, dass Ihr seit Genua, nein, seitdem Ihr das letzte Mal in Lucca wart, verändert seid. Nicht meine Sache, ist mir nur aufgefallen.«

»Das ist dir aufgefallen, was? Mir ist aufgefallen, dass du faul und träge wirst. Kümmer dich lieber um unsere Pferde. Das Zaumzeug muss gefettet, die Sättel müssen dringend gereinigt werden. Na los, beweg dich!«

Murrend stand Gian Marco auf und trottete davon. Tomeo starrte in den wolkenlosen Himmel und spürte die Wärme der Nachmittagssonne auf seiner feuchten Haut. Gian Marco mochte vorlaut sein, dumm war er nicht. Sacht strich Tomeo über das Gras und dachte dabei an Augen, deren Blau dem der Kornblumen glich, und milchweiße Haut, die er sich weich wie Seide vorstellte. Zum ersten Mal in seinem Leben beneidete er seinen Bruder. Es hatte ihn nie gestört, der jüngste Sohn zu sein. Das Kriegshandwerk war verlockend gewesen, aufregender als das Leben eines Kaufmanns in Lucca oder Antwerpen. Verantwortung musste er nur für seine Männer übernehmen, nicht für eine Familie, für Kontobücher, Warenein- und -ausgänge, schlechte Ernten oder verschollene

Schiffsladungen. Aber bis heute hatte es auch keinen Menschen gegeben, für den er seine Freiheit geopfert hätte.

Es musste an der Warterei liegen, dass er sich mit solchen Narreteien abgab. Schöne, begehrenswerte Frauen fanden sich überall. Und es gab genügend Weiber, die sich nur allzu gern zu ihm legten. Aber er hatte es nicht nötig, seine Manneskraft vor Gian Marco unter Beweis zu stellen. Entschlossen stand Tomeo auf, zog sich Hemd und Stiefel an und marschierte zurück zum Lager. Inmitten von Hütten und Verschlägen standen die großen Zelte der Kommandeure, von denen die meisten jedoch im Schloss Quartier genommen hatten. Eine weise Entscheidung, bedachte man die harten Feldbetten und das schlechte Essen.

Vom Fluss zum Lager waren es knapp dreihundert Meter, Belgioioso lag drei Kilometer entfernt. Von dem ausgedehnten Wäldchen nahe der Stadt hatten die Söldner bereits die Hälfte der Bäume gefällt, um an Brennholz zu kommen. Niemand wagte es, sich den bärbeißigen Männern mit ihren wilden Bärten, Äxten und Schwertern in den Weg zu stellen. Die Stadtherren waren dankbar, dass die Stadt selbst bisher noch nicht vollends geplündert worden war. Aber auch das war nur noch eine Frage der Zeit. Tomeo stapfte durch den Morast, der sich zwischen den Zelten gebildet hatte, und nahm die respektvolle Begrüßung durch die meisten der Söldner zur Kenntnis. Persönliche Bequemlichkeit war eine Sache, den Respekt der Truppe errang man sich dadurch nicht. Der am meisten geschätzte und bewunderte *condottiere* war Giovanni delle Bande Nere, und der schlief immer bei seinen Soldaten.

Ein grauhaariger Soldat kam mit grimmiger Miene auf ihn zu. »Eh, *capitano*! Endlich finde ich Euch! Mein Herr, Markgraf Avalos de Pescara, will Euch sprechen!«

Jeder im Lager kannte den altgedienten Bettuccio, seit Jahren Bursche und *attendente* Pescaras. Tomeo wusste, dass

Bettuccio nicht ohne triftigen Grund nach ihm gesucht hatte. Pescara steckte bis zum Hals in den politischen Irrungen und Wirrungen dieses Feldzugs und hielt unnötige oder belastende Informationen eher zurück, als dass er damit seine Leute in Aufruhr versetzt hätte. Was auch immer es gab, es war mit Sicherheit von Bedeutung. »Gib mir eine Minute, damit ich trockene Hosen anziehen kann.«

Nachdem er sich umgekleidet hatte, fuhr er sich mit den Händen durch die dichten Locken, die dringend eines Schnitts bedurften, doch das hatte Zeit. »Gehen wir.«

Tomeo versuchte gar nicht erst, den Alten auszufragen, sondern folgte Bettuccio wortlos über die schlammigen Wege hinauf zum *castello*, in dem die Heerführer sich einquartiert hatten. Angewidert wandte er den Blick von halbnackten Huren, die sich den Söldnern anboten, verschmutzten Kindern mit hungrigen Augen und einem Bader, der mit einem Lederbeutel voller grotesker Instrumente umherlief und sein grausiges Handwerk anpries. Mit blutverschmiertem Lederschurz näherte sich der Bader und entblößte beim Grinsen eine Reihe verfaulter Zahnstumpen. »Braucht Ihr mich, *capitano*? Ich amputiere und repariere alles.«

»Scher dich zum Teufel! Aber wahrscheinlich hat der auch keine Verwendung für dich …« Tomeo hörte das Fluchen des Mannes noch, als er schon die Reste der einstigen Parkmauer durchschritten hatte und die grasenden Pferde der Heerführer erblickte.

Über dem Eingang des Castello di Belgioioso prangte das Wappen der Sforza, eine blaue Schlange mit einem roten Sarazenenkind im Mund. Die Symbole waren Augenwischerei, denn die Schlange gehörte zum Wappen der Visconti, die den Sforza durch Heirat erst zu Adel verholfen hatten. Solange die Fürsten die Kaiserlichen unterstützten, war Tomeo alles andere egal.

Pescara lag in einem Seitenflügel des Schlosses auf einem Tagesbett in einem Raum, dessen Decken mit Jagdszenen geschmückt waren. Bettuccio stellte sich vor der Tür auf, bereit, sofort auf einen Befehl seines Herrn zu reagieren.

»*Comandante*, gibt es Neuigkeiten vom Kaiser?« Tomeo versuchte, sich sein Erschrecken über die Blässe und die dunklen Schatten unter den Augen Pescaras nicht anmerken zu lassen. Der Mann, der vor ihm auf dem Bett lag und sich mühsam auf die Ellbogen stützte, war schwer krank. Ob es die Verwundung aus der Schlacht war, die Pescara noch zu schaffen machte, oder eine Erkrankung, die er sich danach zugezogen hatte, vermochte Tomeo nicht zu sagen, doch der Zustand Pescaras war besorgniserregend.

Der *comandante* räusperte sich, strich sich über seinen Spitzbart, wie er es immer tat, wenn er nachdachte, und zeigte auf einen Sessel. »Setzt Euch, *capitano*, und schenkt uns von dem Wein ein, der auf dem Tisch neben Euch steht.«

Auf dem Flur war das Trampeln von Stiefeln zu hören, Geschirr klapperte, und jemand rief laut nach einem Dienstboten. Bedachtsam goss Tomeo dunkelroten Wein in zwei dickwandige Gläser und stand auf, um Pescara eines zu reichen. Sie tranken, was einen leichten Hustenanfall bei Pescara auslöste, doch er fing sich schnell wieder und sah Tomeo prüfend an. »Macht nicht so ein Gesicht, noch sterbe ich nicht. Die verfluchte Wunde hat mich zu lange ans Bett gefesselt. Andere Dinge bereiten mir mehr Sorgen.«

Mühsam setzte Pescara sich auf. Er war eine beeindruckende Erscheinung und verbreitete selbst geschwächt eine Autorität, die ihm bei allem, was er tat, zugutekam. Man konnte ihm nachsagen, dass er intrigant und manchmal grausam war, doch für seine Loyalität Kaiser Karl V. und seiner Familie gegenüber hätte Tomeo die Hand ins Feuer gelegt. Fernando de Avalos, Markgraf von Pescara, war ein leidenschaftlicher Mann, und ihn zum Feind zu haben, wünschte sich niemand.

»Wie steht es um die Stimmung bei den Söldnern? Seid ehrlich, *capitano*!«

»Ich habe vorhin einen kleinen Ringkampf veranstaltet, um sie bei Laune zu halten. Es hat sie amüsiert, aber ohne Sold wird auch das bald keine Wirkung mehr zeigen.«

»Ich weiß, ich weiß. Wir sitzen in einer verfluchten Zwickmühle. Egal, was passiert, ohne Sold, und ich meine nicht den normalen Satz, sondern ein Dreifaches von dem, was sie sonst erhalten, werden sie nicht abziehen. Aber wir haben keinen müden Scudo! Wir alle haben gegeben, was wir konnten, aber mehr ist nicht möglich, ohne uns zu ruinieren.« Pescara stützte den Kopf in seine Hände. »Und das ist noch nicht alles. Karl kommt nicht hierher. Wenn er sein Gesicht zeigen würde, wüssten sie wieder, warum sie hier sitzen und warten. Überall höre ich sie flüstern und tuscheln. Jeder scheint etwas zu wissen, will mir etwas anbieten.« Er machte eine fahrige Handbewegung. »Diese Wände haben Augen und Ohren. Wenn sie glauben, ich schlafe, kommen sie aus ihren geheimen Türen und sehen mich an.«

Wie sehr hatte der Krieg Pescara mitgenommen? War er dem Wahnsinn nahe?

Doch der Markgraf sah Tomeo mit einem spöttischen Lachen an. »Ich bin Herr meiner Sinne, leider, denke ich oft. Ich habe auch meine Spione, und die haben mir gerade Botschaft aus Rom gebracht. Dort wartet Pompeo Colonna nur auf den richtigen Zeitpunkt, um Clemens vom Stuhl zu stoßen. Die Ghibellinen werden immer stärker, sammeln sich im Geheimen und hoffen auf den Moment, der es ihnen erlaubt, den Päpstlichen den Dolchstoß zu versetzen. Wie sieht es in Eurem kleinen Lucca aus, *capitano* Tomeo?«

Überrascht zuckte Tomeo zurück. »Wie?«

Wieder das spöttische Grinsen. »Nun, der Mord an Agozzini hat weite Kreise gezogen. Ein Freund von Clemens steckt nicht dahinter, aber was geschieht jetzt? Wo steht Lucca?«

»Lucca gehört dem Kaiser!«, sagte Tomeo mit voller Überzeugung.

»Ja, Ihr und Eure Freunde stehen zum Kaiser, aber warum schreibt Flamini so eifrig seine Brieflein, und warum schickt Bischof Riario seine Häscher aus, um den Mörder zu suchen? Macht Euch nichts vor, Tomeo, der Papst hat mehr Anhänger, als wir ahnen, als wir wahrhaben wollen. Die Guelfischen sammeln sich genauso, scharen ihre Truppen um sich. Pavia war erst der Anfang! Denkt an meine Worte! Erst der Anfang!«

Warum fragte er nach Lucca, nach Agozzini? Was wusste er?

»Ich kann Eure Gedanken förmlich lesen, *capitano*, macht Euch keine Sorgen. Ich wollte Euch nur daran erinnern, wie wankelmütig die Menschen sind und was sie letztlich bewegt – ihre eigene Sicherheit und Profitgier. Wir sitzen hier fest, während sich Frankreich, Venedig, England, die Schweiz und gewisse Fürstentümer verständigen und gegen uns verbünden. Zurück können wir nicht, dann verlieren wir alles, was wir gerade gewonnen haben. Und die Landsknechte und spanischen Söldner wollen mehr, viel mehr ...« Auf Pescaras Gesicht lag ein Ausdruck dunkler Ahnung, als sehe er Furchtbares für die Zukunft.

»Mehr ...?«

»Rom«, flüsterte Pescara heiser.

Ungläubig starrte Tomeo seinen Vorgesetzten an.

»Schenkt uns noch Wein ein!« Nach einem langen Zug kehrte etwas Farbe in Pescaras Wangen zurück.

Tomeo trank ebenfalls und beobachtete Pescara, der in einer merkwürdigen Stimmung schien. Der Krieg veränderte alles. Das Warten zermürbte und brachte einen auf die absurdesten Gedanken. Manchmal dachte Tomeo, dass ein einfacher Soldat es leichter hatte. Er tötete, weil er dafür bezahlt wurde. Wofür tötete er selbst?

»So nachdenklich, *capitano*?« Pescara beugte sich vor. In seinen dunklen Augen war nichts zu lesen. Unergründlich musterten sie Tomeo. »Warum habt Ihr keine Frau? Wie alt seid Ihr? Fünfundzwanzig oder schon dreißig?«

»Siebenundzwanzig, *comandante*.«

»Ich habe eine großartige Frau, eine wunderbare Frau. Sie ist stolz, schön und intelligent, und sie trägt meinen Namen weiter. Ohne diese Frau wäre ich nicht der Mann, der ich bin. Versteht Ihr das?«

Da Pescara mehr zu sich sprach, hörte Tomeo stumm zu. Vittoria Colonna war in der Tat eine besondere Frau. Ihre Schönheit und ihr Talent als Dichterin waren in ganz Italien bekannt.

»Wir machen Politik, führen Kriege, töten, schließen und brechen Verträge, aber was am Ende bleibt, ist der Gedanke an unsere Familie. Nicht die zahllosen Geliebten, die wir hatten, begleiten uns in Gedanken, nein, am Ende ist es die eine Frau, der wir unser Herz, unser Leben anvertrauen würden und zu der wir immer wieder zurückkehren. Wer ist diese Frau für Euch, Tomeo?«

Der plötzliche Wechsel vom militärischen *capitano* zu seinem Vornamen traf Tomeo unerwartet und ließ ihn nach Worten suchen. »Ich, das ist wirklich eine persönliche Frage, *comandante*, und ich …« Er räusperte sich. »Es war noch nicht Zeit, über eine Eheschließung nachzudenken.«

Mit unverhohlener Neugier lagen die dunklen Augen auf Tomeo. »Ich will alles über meine Hauptleute wissen. Es ist gut zu wissen, wie ein Mann denkt. Ich kann eine vorteilhafte Ehe für Euch arrangieren.«

»Nein«, sagte Tomeo und trank seinen Wein aus.

»Ah! Da liegt Euer wunder Punkt, *capitano*.« Zufrieden lehnte Pescara sich zurück. Ein überlegenes Lächeln umspielte Mund und Bart. »Wir sind im Krieg, vergesst das nicht. Zeigt dem Gegner nie Eure Schwächen. Unsere Schwächen sind zurzeit die hungrigen Söldner. Die Männer respektieren Euch. Gebt mir über jedes Gerücht, das Ihr hört, auch wenn es noch so unwahrscheinlich klingen mag, Nachricht. Werdet Ihr das tun, *capitano* Tomeo?«

»Natürlich, *comandante*.«

Bettuccio brachte ihn hinaus. Kurz vor dem Ausgang fragte Tomeo den alten Kriegsmann: »War das wirklich alles? Bedrückt Pescara etwas? Er schien mir viel ernster und besorgter als sonst.«

Mit grimmiger Miene und sich argwöhnisch nach allen Seiten umschauend raunte Bettuccio: »Hier ist eine Verschwörung im Gange. Er kann es förmlich riechen. Jetzt ist er zumindest sicher, dass Ihr nicht dazugehört, aber das hätte ich ihm auch vorher sagen können.«

»Hm, ich halte dich auf dem Laufenden.«

Die schwere Eingangstür schlug hinter Tomeo ins Schloss. Vor ihm breiteten sich die traurigen Reste des ehemaligen Parks des Castello di Belgioioso aus. Die einstmals strahlend weißen Marmorfiguren waren von einer braunen Schmutzschicht überdeckt, an einigen waren während der Kampfhandlungen sogar Gliedmaßen abgeschlagen worden. Von den Buchshecken ragten nur noch zerrupfte Strünke aus der Erde, und nur hier und dort zeigten sich Blumen, die den Stiefeln oder Pferdehufen nicht zum Opfer gefallen waren. Ein Trümmerfeld, so weit er blicken konnte. Müde und nachdenklich machte sich Tomeo auf den Weg hinunter ins Lager. Die Flamme, die in ihm brannte und ihn für die Sache des Kaisers kämpfen ließ, war schwächer geworden, und Pescaras Worte hatten ihn mehr getroffen, als er es zugegeben hätte.

XVIII
Die Geburt

Die Wochen in Matraia verstrichen im gleichmäßigen Rhythmus des Landlebens. Irgendwann hörte Beatrice auf, die Wochentage zu zählen, und nahm erstaunt wahr, wenn Ricardo Giorini, der Verwalter, einen Festtag ankündigte, den es zu feiern galt. Der Sommer war trotz der harten Arbeit durch die einzubringende Ernte eine Zeit der Freude für die Landarbeiter, Tagelöhner und Bauern. Obwohl Beatrice sich immer öfter hinlegen musste, sah sie gerne den Prozessionen zu, die durch die Dörfer zogen. Sonntags kamen junge Mädchen aus den abgelegenen Dörfern der Hügel in Vierergruppen herunter, festlich gekleidet und mit Blumen geschmückt begrüßten sie die wartenden jungen Männer artig mit traditionellen Versen. Die Männer ihrerseits begleiteten diese Art der Werbung mit Tamburinen und in die Höhe gehaltenen Pinienzweigen.

Vor allem Alba schien das Landleben zu genießen, und Beatrice gab ihr so viel Freiraum wie möglich. Das Mädchen hatte Anschluss bei den Kindern im Dorf gefunden und war oft den ganzen Tag verschwunden, womit es sich Ines' Unmut zuzog, die es für Arbeiten in der Küche eingeteilt hatte, doch irgendwann gab Ines es auf, hinter Alba herzujagen.

Unangenehm war einzig Lorenzas Wutausbruch gewesen, als sich die Lieferung der Stoffe um weitere zwei Wochen verzögert hatte, doch nachdem Ugo und Lelo endlich mit den Waren eingetroffen waren, hatte selbst die kritische Lorenza kaum genug Worte des Lobes für die Schönheit der edlen Vorhangstoffe gefunden.

Alberto Mari war nach drei Wochen auf Drängen der Marchesa in die Villa Connucci umgezogen, nicht ohne Beatrice seine Dankbarkeit zu beteuern. Er wollte ihr sein nächstes Werk, eine Übersetzung Platons, widmen. Da Pontormo nun sein zeitweiliges Atelier in der Villa Buornardi aufgeschlagen hatte, fand Beatrice Abwechslung in den Sitzungen, die für ihr Porträt notwendig waren. Der Maler zeigte sich als interessanter, wenn auch eigenwilliger Gesprächspartner. Während er an manchen Tagen redselig war, konnte es ebenso gut geschehen, dass er während einer Sitzung nicht mehr als zwei Worte von sich gab.

Seufzend hatte Beatrice sich im Schatten eines Pavillons auf einem Tagesbett niedergelassen. Ihr Leib war rund und unförmig geworden und drückte sie ständig. In ihren Beinen hatte sich Wasser gesammelt, und Knöchel und Füße waren dick und aufgedunsen. Sie hasste ihren Körper. Versöhnlich war nur das Gefühl, Leben in sich heranwachsen zu spüren und die Bewegungen des Ungeborenen zu fühlen. Die Geburt rückte näher. In vier Wochen sollte es so weit sein.

Federico ließ sich kaum noch blicken, und inzwischen war es ihr sogar lieber, wenn er mit Connucci und seinen Freunden unterwegs war, als wenn die gesamte Meute sich in der Villa niederließ und lautstark feierte. Und doch hatte sie einen bestimmten Verdacht in Bezug auf seine vermehrte Abwesenheit und wunderte sich deshalb nicht, als Ines ein Tablett mit Zitronenwasser brachte und ihr zuflüsterte:

»Sie ist zurück, Madonna. Die Porretta ist aus Rom zurück und jetzt mit ihrem Bruder bei Connucci zu Gast. Aber bitte, regt Euch darüber nicht auf. Früher oder später hättet Ihr es sowieso erfahren.«

Beatrice trank einen Schluck kühles Wasser und schloss die Augen. Am Anfang ihrer Ehe hatte sie noch Hoffnung gehabt, dass sich vielleicht alles zum Guten wenden könnte, doch diese Hoffnung musste sie spätestens jetzt begraben. Federico nahm sein altes Leben wieder auf, und sie war dazu verdammt, seine

Erben auszutragen. »Eine Zuchtstute bin ich, nichts weiter ...«, murmelte sie bitter und legte ihre Hand auf den Leib.

»O nein, sprecht nicht so. Das Kleine da in Euch drinnen hört es.« Liebevoll strich Ines ihrer Herrin über die Haare, die Beatrice fast immer offen trug, weil sie Schnürungen, Bänder oder Flechten an Körper und Haar nicht länger ertragen konnte. Alles, was in irgendeiner Form Druck ausübte, riss Beatrice sich sofort vom Leib.

Heute war der Tag ihrer letzten Sitzung. Pontormo kam mit ernster Miene zwischen den Buchshecken auf sie zu, Staffelei und Leinwand in der einen, seine Malutensilien in der anderen Hand.

Mit einer knappen Verbeugung betrat der Maler den Pavillon und machte sich bereit. »Wie geht es Euch, Madonna? Ihr seht blass aus, aber das wird mein Porträt nicht zeigen.« Er lächelte und nahm ein Tuch von der Leinwand, die er auf die Staffelei gestellt hatte. Seine Kleidung war farbenverschmiert, die langen Haare waren zu einem unordentlichen Zopf gebunden, doch er strahlte eine Zufriedenheit aus, die Beatrice glauben machte, dass er mit seiner Arbeit im Einklang war.

»Ich bin es leid, wie eine aufgedunsene Kuh herumzulaufen, glaubt mir. Aber Ihr seht so zufrieden aus wie eine Katze, die den Schlüssel zur Milchkammer gefunden hat. Dürfen wir das Bild endlich sehen?« Während der gesamten Zeit, die er an dem Porträt gearbeitet hatte, war es niemandem gestattet gewesen, auch nur einen Blick darauf zu werfen.

Pontormo runzelte die Augenbrauen, machte einen Schritt vor, einen zurück und kniff die Augen zusammen, während er sein Werk begutachtete. Dann verbeugte er sich und sagte: »Ich verneige mich ehrfürchtig vor Eurer Schönheit, Madonna, in der Hoffnung, dass Ihr mein Bild, das kaum mehr als eine Huldigung an Eure Vollkommenheit sein kann, mit wohlwollendem Auge betrachtet. Es ist seit gestern fertig.«

Beatrice lächelte, wusste sie doch, dass er von seiner Arbeit überzeugt war, sonst würde er sie nicht herzeigen. Er war dafür bekannt, Bilder zu zerstören, wenn sie ihm nicht gefielen, egal, ob der Auftraggeber es billigte oder nicht. Nur was vor seinem unbestechlichen Künstlerauge Gnade fand, durfte auch von der Welt gesehen werden. »Seid dessen versichert, werter Pontormo.«

Mit seinen schlanken Händen drehte er die Staffelei so, dass Beatrice und Ines das vollendete Werk betrachten konnten.

»Wie schön!«, rief Ines und schlug überwältigt die Hand vor den Mund.

Mit leicht zur Seite geneigtem Gesicht blickte die zarte blonde Schönheit ihrem Betrachter in die Augen oder durch ihn hindurch. Pontormo war es gelungen, Beatrices anmutiger Schönheit etwas Geheimnisvolles zu verleihen und ihre blauen Augen als Spiegel einer tiefgründigen Seele darzustellen. Zu ihrer ersten Sitzung hatte Beatrice ein beigefarbenes Kleid mit blauen Vögeln getragen. Die Qualität der duftigen Stofflichkeit überzeugte ebenso wie das leuchtende Inkarnat, durch das Beatrices Haut lebendig schien. Eine Hand hielt einen Handschuh, die andere ruhte über dem kaum zu erahnenden Bauchansatz und hielt einen losen Strauß Sommerblumen. Einziger Schmuck waren Clarices Perlohrringe und der Rubinring, der ihr Verlobungsgeschenk gewesen war.

»Das bin ich nicht, Ihr schmeichelt mir.« Ungläubig starrte Beatrice auf das Bildnis der ätherischen Schönheit. »Die Blumen und die Vögel finde ich besonders schön. Wundervoll! Aber …« Zweifelnd, ob er ihr nicht zu viel Wohlwollen in seiner Darstellung entgegengebracht hatte, sah sie ihn an.

Doch Pontormo ließ sich nicht verunsichern. »Jeder, der sein eigenes Porträt sieht, hat daran etwas auszusetzen, weil jeder Mensch ein anderes Bild von sich selbst hat als die, die ihn betrachten. Und der Künstler, Madonna, sieht nicht nur

Äußerlichkeiten, er schaut das Innerste seines Modells und sucht es auf seine Leinwand zu bannen. Neben Eurer Schönheit habe ich ein großes Herz, Verletzlichkeit und eine verborgene Stärke gesehen.«

Ines traten die Tränen in die Augen. »Das habt Ihr wunderbar gesagt, Meister.«

Verlegen senkte Beatrice den Blick und ging wieder zu ihrem Tagesbett, um sich zu setzen. »Tausend Dank, verehrter Pontormo! Was werdet Ihr nun tun, nachdem Ihr hier fertig seid?«

»Mein nächster Auftrag ruft mich entweder nach Florenz, um ein Altarbild für San Miniato zu schaffen, oder nach Empoli, wo sie in Santo Stefano einen Erzengel Michael von mir wollen. Das hängt ganz vom Honorar ab.« Er lächelte. »Nicht jeder Auftrag ist in so angenehmer Gesellschaft und Umgebung auszuführen wie dieses Porträt, aber die Musen allein ernähren keinen Künstler.«

»Ines, bring mir die Schatulle aus meinem Schlafzimmer.«

Die Zofe wischte sich über die Augen und wollte davoneilen, blieb jedoch wie angewurzelt stehen und starrte auf den Weg zwischen den Buchshecken.

»Was ist denn, Ines?« Bevor ihre Zofe etwas sagen konnte, hörte auch Beatrice die wütende Stimme ihres Mannes, der nach ihr rief. Dann kam Federico in Begleitung Andreas herbeimarschiert und erklomm die Stufen des Pavillons mit zwei Schritten. »Geh nur, Ines.«

Doch Ines schüttelte stumm den Kopf und stellte sich neben ihre Herrin.

An seinen eckigen Bewegungen sah sie, dass Federico zu viel getrunken hatte, seine Wangen und die Narbe an seiner Schläfe waren gerötet. »Ist das das Bild? Ist es fertig?«

Pontormos Gesicht versteinerte, als Federico die Leinwand grob mit beiden Händen ergriff und ins Licht hielt. Andrea reckte den Kopf, um ebenfalls sehen zu können, und meinte: »Nett. Er hat alles herausgeholt, was möglich war.«

»Halt den Mund!«, fuhr Federico seinen Diener an, der beleidigt zurückwich. Mit veränderter Miene sah Federico den Maler an. »Wie viel verlangt Ihr dafür?«

»Das haben wir schon geregelt, Federico«, sagte Beatrice mit fester Stimme.

Seine Augen funkelten zornig, und er sog scharf die Luft ein, bevor er sagte: »Was habt Ihr geregelt, Madonna? Ich werde dieses Bild bezahlen, so, wie es ausgemacht war. Mein Vater hat gewollt, dass es gemalt wird, und ich respektiere den Willen meines seligen Vaters. Also, Meister, habt Ihr Euren Lohn schon erhalten oder nicht?«

Pontormo sandte einen hilfesuchenden Blick gen Himmel und schüttelte den Kopf. Mit einem gefährlich lauten Krachen stellte Federico die Leinwand zurück auf die Staffelei und nahm einen Geldbeutel von seinem Gürtel, den er dem Maler zuwarf. »Seht nach!«

Doch Pontormo wog den Beutel nur kurz in der Hand und steckte ihn ein. »Danke, Signore.« Dann wandte er sich um und begann, seine Malutensilien einzupacken.

Beatrice sah angsterfüllt zu ihrem Mann. Dieses Porträt bedeutete ihr mehr, als sie sagen konnte, und sie wollte es um jeden Preis behalten. Hatte er es nur gekauft, um es ihr zu nehmen oder es zu zerstören? »Gefällt es Euch, Federico? Ich finde es sehr schön.«

»Es gefällt mir. Wem würde es nicht gefallen? Nehmt es und tut damit, was Ihr wollt. Ich will es nicht! Andrea! Was stehst du da herum und hältst Maulaffen feil? Kümmer dich um die Pferde, und lass die Hunde herausbringen. Ich gehe auf die Jagd.« Federico Buornardi drehte sich auf dem Absatz um, wobei die Sporen an seinen Stiefeln klirrten, und stürmte genauso schnell davon, wie er gekommen war.

Das Klirren der Sporen verwandelte sich zu einem schrillen Klingen in ihren Ohren, denn plötzlich rauschte alles um Beatrice, der Boden unter ihr schien sich zu drehen, und sie brach weinend zusammen. »Warum hasst er mich so? O Gott, ich ...« Kälte kroch ihren Nacken herauf, und dann verlor sie das Bewusstsein.

Wie aus weiter Ferne hörte sie, wie ihr Name gerufen wurde. Jemand schluchzte, und sanfte Hände rüttelten sie an den Schultern.

»Madonna, jetzt ist es aber genug! Bitte, oh, bei allen Heiligen, Ihr müsst aufwachen! Macht doch die Augen auf!«

Es wurde kalt auf ihrem Gesicht, und kurz darauf durchzuckte sie ein Schmerz. Wieder der Schmerz. Dann öffnete sie die Augen und drehte den Kopf ab, weil sie Ines' Hand erneut zum Schlag erhoben sah. »Du hast mich geohrfeigt?«

»Gott sei Dank! Ihr seid ohnmächtig geworden.« Ines goss das Zitronengetränk aus der Karaffe in ein Taschentuch und wischte Beatrice damit über Stirn und Dekolleté.

Der Maler stand mit besorgter Miene neben ihnen. »Kann ich irgendetwas für Euch tun?«

Bevor Beatrice antworten konnte, überfiel sie eine Welle des Schmerzes, dass sie sich krümmte und keuchend auf dem Tagesbett wand. »Was ist das nur, Ines? Ich halte das nicht aus. Oh ...« Erneut riss es in ihrem Leib, als würde er von innen zerreißen.

»Meister Pontormo, erweist uns einen letzten Dienst und holt den Verwalter Ricardo Giorini herbei. Schnell, die Wehen setzen vorzeitig ein. Wir brauchen eine *levatrice*. Es ist zu früh für das Kind.« Nervös sah Ines sich um und schob sich die Ärmel ihres Kleides nach oben. »Viel zu früh ...«

Pontormo zögerte nicht, sprang die Stufen des Pavillons hinunter und lief zur Villa.

In der Zwischenzeit hielt Ines nach Dienern Ausschau,

doch keiner schien in Sicht- oder Rufweite. »Liederliches Pack! Wenn man sie wirklich braucht, sind sie verschwunden.« Dann fiel ihr ein, dass Federico zur Jagd hatte gehen wollen und wahrscheinlich alle Bediensteten in Beschlag genommen hatte. Lorenza hielt sich bei der seit Wochen andauernden Hitze fast nur im Haus auf, wo die massiven Steinmauern Kühle brachten. Dort stopfte sie sich ohne Unterlass kandierte Früchte und Obstküchlein in den Mund. Ines hatte den Eindruck, dass Lorenza ihrem zügellosen Appetit seit dem Tod von Ser Buornardi keinerlei Einhalt mehr gebot. Auch wenn sie es zu verbergen versuchte, war Ines nicht entgangen, wie Lorenzas Dienerin ständig mit dem Auslassen der Säume und dem Schneidern neuer Kleider für ihre Herrin beschäftigt war.

Ein ängstliches Wimmern riss Ines aus ihren Überlegungen. Sie setzte sich neben Beatrice und nahm ihre Hand. »Schsch, ruhig, Madonna. Das ist ganz normal. Atmet ruhig und regelmäßig, nein, nein, bleibt liegen und lasst die Schmerzen kommen und gehen. Euer Kind ist ungeduldig. Das kommt vor.«

Mit schmerzverzerrtem Gesicht suchten Beatrices Augen nach ihrer Zofe, die sich alle Mühe gab, ihre Nervosität und Angst nicht zu zeigen. Plötzlich ließen die Schmerzen nach. Ihr Rücken entspannte sich, und der Druck in ihrem Leib wich. »Ines, wenn das Kind kommt, brauchen wir eine Hebamme und einen Medicus. Ich will, dass Ismail Ansari kommt!«

»Aber bei einer Geburt brauchen wir keinen Medicus, die *levatrice* weiß, was zu tun ist. Außerdem ist Ansari ein Mann!«

»Das ist mir egal, hörst du?! Lass ihn holen, oder ich mache das!« Sie atmete tief ein und aus, um eine neue Schmerzattacke zu verhindern. Nach einer Weile verebbte das Ziehen, und sie sah ihre Zofe fest an. »Hol ihn her, Ines, auf meine Verantwortung. Gibt es Nachricht von meinen Eltern? Sie wollten doch kommen!« Beatrice begann zu weinen.

Jeden Tag fragte Beatrice nach ihren Eltern, und täglich musste Ines neue Entschuldigungen für das Ausbleiben einer Nachricht erfinden, um ihre Herrin zu beruhigen. Was man von den Straßen nach Norden hörte, war nicht ermutigend. Seit der Schlacht bei Pavia zogen neben den regionalen Banditen Söldnergruppen durch die Lombardei, plünderten Gehöfte und kleine Dörfer und mordeten, wer immer sich ihnen in den Weg stellte. Vereinzelt waren diese Mordknechte schon über den Apennin bis hinunter in die Garfagnana gesichtet worden. Wenn der Reisetross der Rimortellis diesen Mördern zum Opfer gefallen war und man sie in der Einsamkeit der Berge in einer Schlucht verscharrt hatte, würde es auch keine Nachricht geben. Sie musste selbst ihre Tränen unterdrücken, nahm Beatrices Hände in ihre und schickte ein stummes Gebet zum Himmel.

»Da kommt Giorini!« Erfreut sah Ines dem Verwalter entgegen, der in Begleitung des Malers, zweier Knechte und einer Dienerin herbeieilte.

Umsichtig hatte Giorini an eine Sänfte gedacht, die die Knechte neben dem Pavillon absetzten. Er gab den Knechten ein Zeichen, und Beatrice wurde vorsichtig in die Sänfte gehoben. Pontormo wickelte seine Pinsel und Farben in ein Tuch, stopfte alles in einen Lederbeutel und sagte zu Ines: »Ich habe mich für Empoli entschieden. Gebt mir Nachricht, wie es Eurer Herrin geht. Werdet Ihr das tun?«

»Natürlich, Meister Pontormo. Das Bildnis ist wundervoll. Geht mit Gott.«

Pontormo schulterte sein Bündel und ging davon. Eine hochgewachsene Gestalt, deren abgerissene Kleidung nicht darauf schließen ließ, dass der Mann ein begnadeter Künstler war.

Zusammen mit Giorini folgte Ines der Sänfte und erklärte dem Verwalter die Wünsche ihrer Herrin.

»Ich schicke sofort einen Boten nach Lucca, um den Medicus herbringen zu lassen. Wird er auch kommen?«

»Wenn er hört, dass es um Madonna Beatrice geht, sofort! Er steht der Familie seit vielen Jahren nahe. Aber sagt, Signor Giorini, gibt es immer noch keine Kunde aus Nürnberg?«

»Nein.« Trotz seiner zurückhaltenden Art wirkte Giorini angespannter als normal. »Ich will kein Unheil heraufbeschwören, Ines, aber es gibt Gerüchte über ein schreckliches Unglück am Cisapass. Dort sollen deutsche und italienische Kaufleute zu Tode gekommen sein.«

Ines' Herz setzte für Sekunden aus. »Zu Tode gekommen? Wer? Wie? So sprich doch, Ricardo!« Verzweifelt packte sie das Wams des Verwalters.

Der machte ihre Hände los und hielt sie fest. »Das Letzte, was deine Herrin braucht, ist eine Hiobsbotschaft. Wie gesagt, ich weiß nichts Genaues, alles nur Gerüchte, aber sei auf den schlimmsten Fall gefasst. Der Maler hat mir geschildert, wie es zum Zusammenbruch der Madonna gekommen ist. Da Signor Federico keine Rücksicht auf seine Frau nimmt, müssen wir alles tun, um sie zu schützen.«

Ines schluchzte, in Giorinis beschwörenden Worten lag mehr drohende Gewissheit als Hoffnung.

Er schüttelte sie. »Reiß dich zusammen! Du darfst weder Furcht noch Trauer zeigen. Ich spreche auch mit der Signora. Für eine Gebärende wird sie Verständnis aufbringen. Sieh mich an!«

Der Druck um ihre Handgelenke verstärkte sich, und durch einen Tränenschleier sah sie in Giorinis kluges Gesicht. »Herr, beschütze mich!«, flüsterte sie und schluckte verzweifelt ihre Tränen hinunter.

Man brachte Beatrice in ihr Schlafzimmer, zog dünne Vorhänge vor die geöffneten Fenster, und eine Dienerin trug Vasen mit frisch geschnittenen Rosen und Lavendel herein. Ines ließ neues Zitronenwasser machen und Minzblätter hineinschneiden. Dann setzte sich Ines neben Beatrices Bett und achtete darauf, in welchen Abständen die Wehen einsetzten, denn dass es Wehen waren, daran bestand kein Zweifel mehr.

Alba kam außer Atem mit einem frisch geschnittenen Strauß Feldblumen ins Schlafzimmer gerannt und sah sich ängstlich um. Ines warf ihr einen ungeduldigen Blick zu. »Stell die Blumen ins Wasser, und dann troll dich, Mädchen. Hier können wir dich nicht brauchen.«

Bekümmert befolgte sie die Anweisung und ging mit hängendem Kopf hinaus.

Noch nie in ihrem Leben hatte Beatrice solche Schmerzen ertragen müssen. Sie schrie auf, als die nächste Welle sie überrollte. Keuchend krallte sie sich am Laken fest, um eine normale Atmung bemüht, doch das Luftholen entzog sich ihrer Kontrolle, und scharfe, flache Atemzüge waren alles, was ihr Körper zuließ. Sie hörte Ines sprechen, verstand jedoch nicht die Worte und entglitt in ein irreales Land, das aus Farben und Lauten bestand. »Mutter, wo bist du? Ich brauche dich!«

Langsam ebbten die Krämpfe ab, und sie öffnete erschöpft die Augen. »Ines, bist du da?«

»Ja, Madonna, ja, ich bin bei Euch. Möchtet Ihr etwas trinken?«

Beatrice trank das frische Wasser und sank wieder in die Kissen zurück. »Der Maler ist fort, nicht wahr?«

»Wenn Ihr Euch aufsetzt, könnt Ihr das Bild sehen. Ich habe es heraufbringen lassen.«

Tatsächlich stand die auf einen Holzrahmen gezogene Leinwand auf einem Tisch an der Wand gegenüber ihrem

Bett. Die leuchtenden Farben der Vögel auf dem Kleid überstrahlten alles andere im Raum. Pontormo hatte sie mit offenen Haaren gemalt. Es gab nur wenige Porträts, in denen sich der Maler diese Freiheit genommen hatte. Sie kannte die »Flora« von Tizian und Botticellis »Venus«, aber beides waren mythologische Themen. Von Lucrezia Borgia gab es ein ähnliches Porträt, wenn sie sich richtig erinnerte. Aber ein Porträt ließ man nicht für sich selbst malen. »Ich werde das Bild meinen Eltern schenken.«

Es dauerte eine Weile, bis Ines murmelte: »Eine gute Idee, obwohl es in einem der Salons im Palazzo von Lucca auch sehr schmückend wäre.«

»Nein. Meine Eltern werden es mehr zu schätzen wissen.«

»Ich gehe kurz in die Küche, Madonna.« Bevor Beatrice einen Einwand erheben konnte, war Ines schon zur Tür hinaus und ließ sie mit ihren Gedanken allein.

Am Abend traf die Hebamme ein, eine kräftige Person mit rotem Gesicht und abgearbeiteten Händen. Sie hatte an diesem Tag bereits zwei Kinder zur Welt gebracht und betrachtete Beatrice ein wenig gelangweilt. Sie fragte Ines nach Dauer und Stärke der Wehen, drückte an Beatrices Leib herum, legte dann ihren Kopf darauf und horchte. Der Gestank von fettigem Haar ließ Beatrice hüsteln, sie traute sich jedoch nicht, den glänzenden Haarschopf von sich zu schieben, und versuchte, die Luft anzuhalten.

»Sag deiner Herrin, dass sie atmen soll, sonst kann ich nichts hören«, kam es knurrend aus den stinkenden Haaren.

Ines schickte Beatrice einen Blick, der ausdrücken sollte, dass es gleich vorüber sei.

Als Beatrice jetzt die Luft einsog, verursachte die Mischung aus Körperschweiß, Talg und Dreck einen solchen Brechreiz, dass sie nicht anders konnte, als zu würgen. Bevor sie sich über die Bettkante in einen Eimer übergab, den Ines rasch bereitgestellt hatte, hob die Hebamme den Kopf und stellte sich mit in die Hüfte gestemmten Händen vor dem Bett auf.

»Das ist ihr erstes Kind?«

Ines nickte.

»Dachte ich mir. Wird nicht leicht. Sie hat ein schmales Becken, aber heute oder morgen passiert nichts. Ruft mich in drei Tagen wieder her, dann sehen wir weiter.« Sie bückte sich nach einem schmutzigen Stoffbeutel, wand sich den Bastriemen um den Körper und stapfte zur Tür.

Mit dem Kopf über dem Eimer sah Beatrice die verwachsenen Fußnägel und verdreckten Füße der Hebamme, die in ausgetretenen Bastschuhen steckten, und spuckte den Rest ihres Mageninhalts aus. Erschöpft legte sie sich zurück und schloss die Augen.

»Ihr könnt Euch beruhigen. Sie ist weg.« Mit einem Lächeln berührte Ines leicht ihre Schulter. »Ich habe ihr einen halben Scudo gegeben, damit wir sie jederzeit rufen können.«

Beatrice stöhnte. »Ich will sie gar nicht wiedersehen, Ines. Hast du nicht gerochen, wie sie stinkt? Diese vor Dreck stehende Person soll mich anfassen und mein Kind auf die Welt holen? Dann können wir auch Plantilla holen lassen. In drei Tagen ist sie zweimal hier und mir tausendmal lieber als dieses Monster aus den Bergen.«

Ansari traf am Mittag des übernächsten Tages ein. Giorini hatte einen Wagen nach Lucca geschickt, doch der persische Medicus hatte es vorgezogen, auf seinem Pferd herzureiten. Lorenza, die über alles informiert war, ließ Ansari zuerst zu sich kommen, um sich Stärkungsmittel verordnen zu lassen.

Beatrice hatte sich damit abgefunden, dass die Wehen kamen und gingen. Jetzt stand Ansari endlich neben ihrem Bett und fühlte ihren Puls. Nachdem er ihre Hand abgelegt hatte, lächelte er. »Dass die Signora Diät halten muss, wollte sie nicht hören, also habe ich ihr beruhigende Kräuter verordnet. So weit ist Euer Zustand stabil, Beatrice, aber es steht Euch eine schwere Geburt bevor. Das Kind liegt nicht richtig und will hinaus. Hat Euch die Hebamme das schon gesagt?«

Ängstlich schüttelte Beatrice den Kopf. »Sie hat nur gesagt, dass es bald so weit ist.«

Ismail Ansari strich sich über seinen grauen Bart und horchte auf, als Schritte näher kamen. Außer Atem und mit hochrotem Kopf kam Plantilla herein, die mit dem von Giorini geschickten Wagen gefahren war. Sie verneigte sich ehrfürchtig vor Ansari und schaute in die angespannten Gesichter der Anwesenden.

Beatrice zuckte zusammen, als die Schmerzen einsetzten, rollte sich auf die Seite und zog die Beine an den Körper. Sie hörte wie durch Watte, wie Plantilla sich bei Ansari nach ihrem Zustand erkundigte und zu dem Schluss kam: »Je eher das Kind kommt, desto besser. Da bin ich ganz Eurer Meinung, Medicus. Ich werde einen Trank aufbrühen, der die Wehen verstärkt.«

Die folgenden Stunden wurden zu einem Albtraum. Die Schmerzen waren unerträglich. Manchmal hatte Beatrice das Gefühl, als schnüre sie ein eisernes Band ein. Verzweifelt setzte sie sich auf.

»Versucht, gleichmäßig zu atmen, Madonna. Ein und aus, ein und aus …« Ines streichelte ihren Rücken und war unermüdlich im Auflegen von kühlenden Tüchern. Die Zofe wischte ihr den Schweiß aus dem Gesicht und legte ihre schweißnassen Haare zurück.

»Ich kann nicht mehr!«, schrie Beatrice und weinte. »Ich will nicht mehr … Wo ist meine Mutter? Warum kommt sie nicht?« Sie schrie, bis sie heiser wurde, aus Verzweiflung, vor Schmerz und weil sie sich allein gelassen fühlte.

Lorenza hatte angeordnet, dass Ansari bei der Geburt nicht dabei sein durfte, weil er ein Mann war. Eine Geburt war Frauensache. Plantilla tat, was sie konnte, gab Beatrice einen starken Kräutertee zu trinken und tastete immer wieder ihren Bauch ab, wobei ihre Miene jedes Mal finsterer wurde.

»Es dreht sich nicht«, sagte sie zu Ines so leise, dass Beatrice es nicht hören sollte, doch deren Sinne waren bis aufs Äußerste geschärft.

»Was heißt das? Warum dreht sich das Kind nicht? Macht doch etwas, damit es endlich herauskommt. Es zerreißt mich, o Gott, es zerreißt mich!«, schrie Beatrice und ließ sich vom Bett auf den Boden gleiten, wo man Decken und Kissen für sie ausgebreitet hatte.

Plantilla befahl einer Dienerin, Beatrice unter den Armen zu packen und festzuhalten. Dann drückte sie an dem geschwollenen Leib herum, bis Beatrice schrie: »Lass das! Lasst mich los!«

Sie konnte den Drang zu urinieren nicht länger unterdrücken und sah schluchzend zu, wie sich ihr Kleid verfärbte. Plötzlich gab es einen leisen Knall, der sich anhörte wie das Platzen einer Schweinsblase, und blutiges Wasser ergoss sich über die Decken und den Boden. Alle Frauen in dem Raum kamen in Bewegung und rannten wie aufgescheuchte Hühner durcheinander.

»Wenn wir das Kind nicht drehen können, werden sie beide sterben!«, sagte Plantilla. »Ich bin am Ende meiner Weisheit. Holt den Medicus herein!«

Lorenza, die auf einem Stuhl in einer Ecke des Zimmers saß, rief: »Nein, das kommt nicht in Frage! Ein Mann darf das nicht sehen!«

»Aber ein Mann ist dafür verantwortlich, oder nicht, Signora?«, fauchte Ines Lorenza an, ging zur Tür, riss sie auf und rief Ansari herein.

Beatrice konnte keinen klaren Gedanken mehr fassen. Warum konnte das Kind nicht heraus? War das die Strafe dafür, dass sie ihren Mann verabscheute und die Schwangerschaft abgelehnt hatte? Vorsichtig strich sie über ihren geschwollenen Leib. Dreh dich, mein Kleines, bitte! Ich werde dich lieben und dich nie verlassen! Sie lag auf dem Boden neben dem Bett, eine Dienerin stützte ihren Rücken, als sie Ansaris Stimme hörte und dann das Keifen von Lorenza.

»Raus! Ein Mann hat hier nichts verloren! Das ist gegen Gottes Gebot! Ihr heidnischer Sünder!«, zeterte die alte Matrone.

Ansari blieb ruhig. »Wenn Ihr mich nicht helfen lasst, wird Eure Schwiegertochter sterben und das Kind mit ihr. Es dreht sich nicht, die Fruchtblase ist geplatzt, und damit hat das Kind keine Nahrung mehr. Versteht Ihr das, Signora?«

Beatrice konnte sein weißes Gewand sehen und versuchte, sich aufzurichten, doch die Schmerzen waren zu groß, und ihre Atmung wurde flacher. Die Dienerin hinter ihr schrie, dann schwanden Beatrice die Sinne.

Ismail Ansari reagierte sofort. »Schafft die Signora und alle, die nichts zu tun haben, hier heraus! Ist der Ehemann in der Nähe?«

Ines schüttelte den Kopf. »Auf der Jagd.«

»Dann können wir ihn nicht fragen, aber ich nehme an, dass er damit einverstanden wäre, das Leben von Frau und Kind zu retten, wenn ein Funken Hoffnung besteht.«

Ganz so sicher war sich Ines nicht. »Natürlich, Medicus.«

»Hebamme, du gehst mir zur Hand!«, befahl er Plantilla. »Ines, du lässt heißes Wasser und saubere Tücher bringen.«

»Saubere Tücher? Aber die werden sowieso ganz blutig, da können wir gleich …«

»Sauber! Tu einfach, was ich sage, wenn dir das Leben deiner Herrin lieb ist.«

Lorenza wollte sich nicht hinausbringen lassen, so dass Ines auf dem Weg in die Küche Ricardo Giorini und zwei Knechte zu Hilfe rief, die die widerspenstige Frau einfach aus dem Schlafzimmer trugen und erst in einem Salon im Erdgeschoss wieder absetzten.

Nachdem alles zur Zufriedenheit Ansaris ausgeführt war, ließ er Beatrice auf das mit sauberen Laken abgedeckte Bett legen. »Schließt die Fenster!«

»Es ist so heiß hier drinnen.« Plantilla wischte sich die Stirn.

»Der Wind bläst Sand und Staub herein, und das wird für mein Vorhaben von Nachteil sein, also schließt die Fenster!« Der Medicus wusch sich sorgfältig die Hände in einer Schüssel mit heißem Wasser und befahl Plantilla, dasselbe zu tun.

Dann breitete er sein chirurgisches Besteck neben der Ohnmächtigen auf dem Bett aus: Verschieden gekrümmte Klingen, eine Schere, Zangen, eine Säge und mehrere Nadeln lagen neben Instrumenten, von denen Ines gar nicht wissen wollte, wozu sie benötigt wurden. Als der Medicus nach einem scharfen Messer griff, wurde Ines übel vor Angst.

»Ihr wollt sie doch nicht aufschneiden?«

Ansari holte eine Flasche hervor und übergoss damit das Messer. Den Rest der Flüssigkeit schüttete er über Beatrices entblößten Leib. »Doch, das habe ich vor. Ich habe diese Operation in Persien zweimal selbst erfolgreich durchgeführt und viele Male gesehen, wie es gemacht wurde.«

Entsetzt starrten die Frauen den Medicus an. Plantilla bekreuzigte sich. »Heilige Mutter Gottes! Das ist Teufelszeug, das dürfen wir nicht. Der Herr erlaubt nicht, dass wir das Innere des Menschen schauen.«

»Aber der Herr will auch nicht, dass diese Frau stirbt, weil ihr Kind langsam stirbt und sie vergiftet. Uns wurde Verstand gegeben, warum, wenn wir ihn nicht nutzen dürfen?«

Beatrice stöhnte und schlug mit einem Arm aus.

»Ines, halt sie fest. Plantilla, ich setze jetzt das Messer an. Du nimmst ein Tuch und wischst das Blut weg. Wenn ich es sage, gibst du mir die Nadel dort.« Er zeigte auf eine Nadel mit Faden, die in einem Schälchen mit derselben Flüssigkeit lag, mit der er das Messer übergossen hatte.

Was nun folgte, brachte Ines an den Rand dessen, was sie ertragen konnte. Der Medicus murmelte einige Worte in seiner Muttersprache und öffnete dann mit einem gezielten Schnitt die hochgespannte Bauchdecke der Schwangeren. Plantilla starrte mit geöffnetem Mund auf die Wunde und musste von Ansari angeschrien werden, bevor sie mit einem Tuch das herausquellende Blut aufnahm. Nach einem weiteren Schnitt klaffte das Bauchfell auf, und dann ging alles rasend schnell. Der Medicus trennte die Gebärmutter der Länge nach auf, entnahm das Neugeborene mitsamt der Nachgeburt und vernähte dann mit raschen Stichen die Bauchdecke. Nachdem sie ihren Schock überwunden hatte, erwies Plantilla sich als wertvolle Hilfe, verstand sofort, worauf es Ansari ankam, und begriff, dass die Wunde nicht schmutzig werden durfte.

Ines räumte die blutigen Tücher zusammen und betrachtete die noch immer ohnmächtige Beatrice. »Wenn sie stirbt, sind wir alle des Todes.«

Plötzlich erklang ein lauter Schrei, der Schrei eines Neugeborenen! Die Dienerin hatte das Kind von der Nabelschnur getrennt, es gewaschen, fest eingewickelt und hielt es freudestrahlend in die Höhe. »Ein Mädchen!«

Alle lachten und klatschten in die Hände. Plötzlich flatterten Beatrices Augenlider, und sie drehte den Kopf und sah Ines und Ansari an. »Was ist denn passiert? O Gott ...« Sie erblickte das blutige Messer in der Hand des Medicus und die Tücher in Ines' Hand.

»Alles ist in Ordnung, Madonna. Ihr habt einem wunderschönen kleinen Mädchen das Leben geschenkt.« Ines küsste Beatrice auf die Stirn und winkte der Dienerin, damit sie das Kind seiner Mutter zeigte.

Beatrice sah ein kleines Wesen mit verschrumpeltem Gesicht und blauen Augen, doch Ansari schüttelte den Kopf. »Ihr müsst Euch schonen, Madonna. Wir haben das Kind nicht auf natürlichem Weg geholt.«

Erschrocken blickte Beatrice an ihrem Körper entlang nach unten und schrie leise auf.

»Deshalb dürft Ihr das Kind nicht stillen. Ihr müsst liegen und die Wunde verheilen lassen. Es ist nicht leicht ...« Mitleidig sah Ansari die Tränen in Beatrices Augen, die sehnsüchtig ihr Kind betrachtete.

»Bitte, ich möchte es nur einmal anfassen und küssen.« Als die Dienerin Beatrice ihre Tochter in den Arm legte, durchfloss sie ein nie gekanntes Gefühl tiefer Liebe wie eine warme Woge, die alle Schmerzen und Sorgen der Schwangerschaft und Geburt mit sich fortschwemmte. Dieses kleine, wimmernde Wesen, das sich vertrauensvoll an ihre Haut schmiegte, war ihre Tochter. »Giulia Margareta, mein Liebling, dein Leben soll voller Liebe und Schönheit sein!«

Ines nahm Beatrice das Kind wieder ab. »Ihr braucht Ruhe.«

»Trinkt das hier, Madonna, danach werdet Ihr schlafen. Das ist das Beste, was Ihr für Euch und das Kind tun könnt, schlafen und Kräfte sammeln.« Ansari gab ihr einen Becher mit einem süßlichen Trank, den sie mit einem Schluck leerte.

Plantilla hatte sich inzwischen gesäubert und sah Ansari mit unverhohlener Bewunderung an. »Was Ihr getan habt, Medicus, ist ein Wunder, und ein noch größeres, wenn ...« Sie warf Beatrice, deren Augen bereits müde wurden, einen sorgenvollen Blick zu. »Aber wir alle sollten hierüber Schweigen bewahren.«

Ines nickte. »Ja, Medicus, man würde Euch und uns verurteilen und hängen, als Hexen verbrennen oder vierteilen oder auf was für scheußliche Ideen die Dummen da draußen noch kommen.«

»Wenn ein anderer Medicus von Eurem Erfolg erfährt, wird man ihn Euch neiden und Euch als Ketzer und Hexer anklagen.« Plantilla rieb sich das runde Kinn und fixierte die Dienerin. »Du, wie heißt du?«

Die einfache Frau, die Giorini ihnen geschickt hatte, sagte leise: »Maria. Ich werde nichts verraten. O hört doch, vor der Tür!«

Giorini hatte sich mit zwei Knechten als Wache vor der Tür postiert, doch jetzt kam Lorenza mit Verstärkung. Wütende Stimmen klangen auf.

Hastig bedeckten sie Beatrices Körper mit Tüchern, räumten die chirurgischen Instrumente fort und die blutigen Tücher auf einen Haufen. Als die Tür aufging, sah alles so aus, als hätte es eine schwere Geburt gegeben, doch nichts deutete auf eine Operation hin. Wutschnaubend stapfte Lorenza in Begleitung zweier Knechte in den Raum und starrte auf die schlafende Beatrice.

»Ihr habt sie getötet, Heide! Nehmt ihn fest!«

»Nicht so voreilig, Signora. Madonna Beatrice schläft, weil ich ihr nach der komplizierten Geburt einen beruhigenden Trank gegeben habe. Wollt Ihr nicht Euer Enkelkind begrüßen?« Lächelnd zeigte Ansari auf das Bündel, das Maria im Arm hielt und leise summend wiegte.

»Oh!« Alles andere vergessend schritt Lorenza durch den Raum und nahm das Bündel in die Arme. »Was ist es? Ein Junge?«

»Ein entzückendes Mädchen namens Giulia Margareta«, verkündete Ines stolz.

Sekundenlang verfinsterte sich Lorenzas Gesicht, doch

dann lächelte sie wieder. »Giulia, hm? Dann bekommst du eben bald ein Brüderchen.« Ganz Hausherrin, hob Lorenza den Kopf und ordnete an: »Wir brauchen sofort eine Amme. Giorini!«

Der Verwalter trat hinzu. »Signora?«

»Lasst eine Amme aus dem Dorf kommen, und bittet den Priester herein, der draußen wartet. Das Kind wird gesegnet und dann getauft. Ich hatte damit gerechnet, dass er die heiligen Sakramente spenden soll ... Medicus, Ihr habt Erstaunliches vollbracht. Sagt, was genau habt Ihr getan, dass sich das Kind doch noch gedreht hat? Normalerweise stirbt zumindest einer von beiden.« Sie spitzte die Lippen und machte schmatzende Geräusche, die das Kind zu mögen schien, denn es schmatzte seinerseits mit den Lippen und schien sehr zufrieden.

Umständlich packte Ansari die eingewickelten Instrumente in seine Tasche, wusch sich die Hände und krempelte die Ärmel seines Gewands herunter. »Ich würde mich gern richtig waschen, Signora. Ihr werdet verstehen, wenn ich Euch die Geheimnisse meiner Kunst nicht offenbare, dann wäre ich meines Berufes beraubt.« Er lächelte gewinnend, und Lorenza Buornardi, die ganz entzückt von ihrem Enkelkind schien, nickte nur.

»Giorini, gib dem Medicus ein Zimmer, und zeig ihm das Badehaus.«

Ansari hatte prophezeit, dass bis zu Beatrices vollständiger Genesung Wochen vergehen würden, und so kümmerten sich alle rührend um sie. Zwei Tage nach der schweren Entbindung erschien Federico mit betretener Miene an ihrem Krankenlager.

Seine Haut war vom Aufenthalt im Freien gebräunt, und seine Verletzung schien er, bis auf ein gelegentliches Nachziehen des Beines, gänzlich überwunden zu haben. Er legte einen dunkelroten Samtbeutel auf den Tisch neben ihrem Bett. »Für Eure Tochter.«

»Meine Tochter? Es ist unser Kind, Federico. Habt Ihr sie gesehen? Ist sie nicht wunderschön?« Die Wunde an ihrem Bauch schmerzte, und das Aufsitzen kostete sie Mühe.

Er fuhr sich durch die Haare und ging zum Fenster. »Ja, natürlich. Giulia. Ein hübscher Name. Von mir aus belassen wir es dabei. Marcina Porretta hat einen Sohn geboren.«

Etwas Furchtbareres hätte er nicht sagen können. Wieder einmal war es ihm gelungen, sie zutiefst zu verletzen. Wie konnte er den Bastard seiner Geliebten in diesem Augenblick erwähnen?

»Curzio. Er wird in Rom erzogen.«

Sie sah nur seinen Rücken, denn er stand noch immer am Fenster und sah in den Garten hinunter. Das Schweigen lastete im Raum und stand wie eine Mauer zwischen ihnen.

Plötzlich drehte er sich um. »Ich will einen Sohn von Euch.«

»Wie hatte ich nur erwarten können, dass Ihr Euch über eine Tochter freuen würdet?« Eine bittere Träne rollte ihre Wange herab, und sie wandte sich ab.

Sie hörte, wie er sich dem Bett näherte, sich niederbeugte und ihre Stirn küsste. »Was auch immer Ihr von mir denkt, wahrscheinlich habt Ihr recht, aber ich achte Euch, Beatrice.« Er streichelte ihre Hand und ging davon. Leise fiel die Tür hinter ihm ins Schloss.

Sie griff nach dem Schmuckbeutel und schüttete den Inhalt in ihre Hand. Ein Collier aus Perlen und Brillanten schimmerte im gedämpften Licht des Raumes und bewies ihr seine Achtung. Schluchzend steckte sie das kostbare Schmuckstück zurück und lag weinend in ihrem Bett, bis ihr vor Erschöpfung die Augen zufielen.

XIX
Dunkler Lorbeer

»Mari, lieber Freund, es ist so erfrischend, Euch hierzuhaben. Mangelt es Euch an nichts? Fühlt Ihr Euch in Eurem Quartier wohl?« Die Marchesa Bernardina Chigi del Connucci kam durch die Pforte des *giardino segreto* und fand ihren Gast im Schatten einer Platane mit einem Buch auf dem Schoß.

Der päpstliche Sekretär hob pflichtschuldig den Kopf, obwohl ihn die Lektüre von Platons »Phaidon« mehr fesselte als jedes Gespräch. Die Marchesa schien sich häufig in den abgelegenen Blumengarten mit seiner Grotte zurückzuziehen, und vielleicht war Mari kein weltlicher Mensch, aber er bemerkte, dass sie jedes Mal heiter und gelöst herauskam. Nun, was immer sie erfreute, es war nicht seine Angelegenheit, und er selbst hatte wahrlich genug Sorgen, das wusste der Himmel! »Marchesa, danke. Es ist alles zum Besten. Was mehr könnte sich ein Mann der Studien wünschen als einen paradiesischen Garten, köstliche Speisen, interessante Gesellschaft und eine gut bestückte Bibliothek?«

Die dunklen Haare der Marchesa umspielten ihr herbes Gesicht. Abwesend brachte sie die aufgelöste Frisur in Ordnung. »Schön, sehr schön, ich muss den Koch wegen der Abendgesellschaft anweisen, aber später möchte ich noch mit Euch sprechen. Allein.«

Leicht beunruhigt vom ernsten Unterton ihrer letzten Worte sah Mari ihr hinterher, beugte sich dann wieder über seinen »Phaidon«, konnte sich jedoch nicht länger auf die griechischen Wendungen konzentrieren, klappte das Buch zu und begann ziellos durch die Parkanlage zu wandern. Nach zehn Minuten hatte er die gestutzten Rasenflächen mit ihren Beeten, Hecken und Brunnen hinter sich gelassen und stand nach einer weiteren Viertelstunde am Durchgang zum Wald. Mit dem Buch unter dem Arm horchte er, ob eine Jagdgesellschaft zu hören war. Er hasste die Hundemeuten, die auf die Jagd mitgenommen wurden, wie er überhaupt das Jagen verabscheute.

Das dichte Laubdach spendete wohltuenden Schatten. Mari ging über die geharkten Sandwege und verzichtete darauf, einem der Trampelpfade ins Unterholz zu folgen. Es gab Schlangen und Ameisen, mit denen er keine Bekanntschaft machen musste. Vorsichtig fuhr er mit der Zunge über seine Zahnreihe. Die Wunde, die der ausgebrochene Zahn hinterlassen hatte, war verheilt, sein Auge wieder auf normale Größe geschrumpft, wobei das Sehvermögen beeinträchtigt geblieben war, aber davon abgesehen hatte er die Folterungen einigermaßen gut überstanden. Eine Taube hüpfte über den Weg, schien sich zu erschrecken und flatterte davon. Kurz darauf machte auch Mari einen Satz, denn ein Mann kam hinter einem mit dunklem Lorbeer überwucherten Baumstamm hervor und stellte sich ihm in den Weg.

Sofort erkannte Mari einen seiner Folterknechte, und sein Herz schlug schneller. Es war der Klügere von den beiden. »Was wollt Ihr von mir?«, stammelte Mari und umklammerte sein Buch.

»Das weißt du doch, *segretario*. Du lebst nur, weil du einen Zweck zu erfüllen hast. Hör gut zu. Agozzini hat kurz vor seinem Tod ein Paar feine Handschuhe aus Hirschleder in Lucca gekauft und sie einem seiner Mörder geschenkt. Wir haben dafür gesorgt, dass eine bestimmte Person im Besitz dieser Handschuhe ist, und du wirst den Verdacht auf sie lenken.« Der Knecht trat dicht an Alberto Mari heran und flüsterte ihm einen Namen ins Ohr.

»Nein!«

»Mein Herr will nicht mit dem Verrat in Verbindung gebracht werden. Dafür haben wir ja dich.« Sein Lachen wurde von den Blättern der Bäume gedämpft. Die Muskeln an seinen nackten Armen spannten sich, als er eine Hand an seinen Gürtel legte, in dem ein Dolch und ein Jagdmesser steckten. »Und dann, *segretario*, sehen wir uns wieder. Lauf nicht fort, wir sind immer in deiner Nähe.«

»Warum ich? Könnt Ihr nicht jemand anderen für Eure schmutzigen Pläne finden? Ich zahle Euch, was immer Ihr verlangt!« Zitternd stand er auf dem Weg und spürte, wie ihm der Angstschweiß den Nacken herunterlief.

»Tststs – dass du es noch nicht begriffen hast. Du bist genau der Mann, den wir brauchen. Jetzt lauf, die Marchesa erwartet dich.« Angesichts des blanken Entsetzens in Maris Augen lachte der Mann erneut, ein kehliges, freudloses Geräusch, das plötzlich erstarb, weil Hufgetrampel ertönte. Der geheimnisvolle Knecht machte einen Satz ins Dickicht. Es raschelte, dann war seine Gestalt zwischen den Ästen und Ranken des Lorbeers verschwunden. Die Hufgeräusche schwollen an, und Mari drückte sich in die Büsche am Wegrand, um den Reitern Platz zu machen. Ein Mann und eine Frau. Federico Buornardi und Marcina Porretta.

Sie waren so mit sich beschäftigt, dass sie Mari übersahen und direkt auf den Durchgang zum Park zuhielten. Ein blumiger Duft hing in der Luft, nachdem die Reiter vorbei waren. Alberto Mari kannte das schwere Parfum von zahlreichen Begegnungen, die er mit der lebenshungrigen Witwe auf Festen der Connuccis gehabt hatte. Kopfschüttelnd trat er aus den Büschen, suchte das Dickicht erneut nach seinem Peiniger ab, der jedoch unsichtbar blieb, und folgte schließlich den Abdrücken der Pferdehufe im Sand.

Seine schweißnassen Hände hatten deutliche Spuren auf dem Ledereinband seines Buches hinterlassen, das er wehmütig betrachtete. O Mari, auf was hast du dich eingelassen?

Du bist einen Pakt mit dem Teufel eingegangen, hast deine Seele verkauft. Grimmig biss er die Zähne zusammen. Er war ein Spielball der Mächtigen, nichts weiter, dafür konnte er nichts. Nein, es war nicht seine Schuld. Irgendjemand hätte früher oder später herausgefunden, wer die Handschuhe erhalten hatte. Jetzt war eben er es, der die entscheidenden Hinweise gab. Daran war nichts Falsches. Im Gegenteil, der Bischof würde sich dankbar erweisen und ihn mit Lob überhäufen. Vielleicht hatte er einen angenehmeren Posten für ihn? Eine ertragreiche Pfründe? Entschlossen hob Mari sein Kinn, tupfte sich die Stirn mit dem Ärmel seines Rocks und betrat den Park mit einem Lächeln. Eine Pfründe war genau das, was er brauchte. Dann hatte er ausgesorgt, könnte sich langsam aus dem Vatikan verabschieden und sich ganz seinen Studien widmen.

Er spazierte an einem *boschetto* aus Buchs und Birken vorbei, aus dem in diesem Moment ein Schrei erklang. Als er näher trat und zwei verschwitzte Reitpferde entdeckte, die grasend neben den Bäumen standen, wollte er schnell weitergehen, konnte jedoch nicht verhindern, einen Blick auf entblößte Brüste und einen Männerhintern zu erhaschen, der sich in staccatoartigem Rhythmus hob und senkte. In der Hoffnung, dass das Paar zu sehr mit seiner Lust beschäftigt war, um ihn zu bemerken, eilte Mari über den Rasen auf die Villa zu.

Fast hätte er das Gebäude ohne weitere Störungen erreicht, doch kurz vor den Treppenstufen winkte ihm die persönliche Dienerin der Marchesa zu. Das junge Mädchen stammte aus Siena und war hübsch, wenn auch keine auffällige Schönheit. Soweit Mari gehört hatte, war sie eine entfernte Nichte der Marchesa aus einem verarmten Zweig der Familie und sollte im nächsten Sommer verheiratet werden. Der Sekretär setzte ein freundliches Lächeln auf. »Ihr sucht mich?«

»Ja, *segretario*. Die Marchesa wünscht Euch im *limonaia* zu sprechen.« Das Mädchen raffte die dünnen Röcke und schritt anmutig vor Mari her.

Heute schien ihm nichts erspart zu bleiben.

Bernardina Chigi stand in einer Ecke des langgestreckten Gewächshauses, in dem im Winter die Zitronenbäume aufbewahrt wurden. Jetzt bestach die übersichtliche Architektur des Gebäudes mit Mamorbänken entlang der Wände, schlichten Säulen und gefegten Terrakottafliesen, auf denen noch Abdrücke der Pflanzenkübel zu sehen waren. »Tretet näher, Alberto.«

Die vertrauliche Anrede verhieß nichts Gutes. »Marchesa?«

»Ich weiß nicht so recht, wo ich anfangen soll, mein lieber Freund. Es tut mir sehr leid, dass Beatrice eine derart schwere Geburt hatte. Ich mag sie sehr.« Bernardina hatte ein anderes Kleid angezogen, und in den frisch frisierten Haaren schimmerten perlmuttbesetzte Kämme. Als überlege sie, wie sie den nächsten Satz beginnen sollte, drehte sie an den Ringen an ihrer Hand. »Wie gesagt, ich kann mich keiner langjährigen Freundschaft mit Beatrice rühmen so wie Ihr, denn Ihr seid ja mit den Rimortellis seit vielen Jahren bekannt, aber ich habe sie liebgewonnen.« Ihre Augen fixierten Mari.

Argwöhnisch drehte er das Buch hin und her.

»Es ist Euch nicht entgangen, was in der Villa vor sich geht?«

»Wie bitte?«

Sie machte eine ungeduldige Handbewegung. »Ihr seid ein Geistlicher, aber doch ein aufmerksamer Mann. Nicht dass der geistliche Stand seine Vertreter vor der Fleischeslust bewahrt ...« Sie räusperte sich. »Ich meine Beatrices Gatten. Er betrügt sie ganz ungeniert mit dieser Hure! Vor aller Augen, und mein Gemahl duldet es, oder wahrscheinlich teilen sie sich diese Schlampe!« Für einen Moment zeigte die Marchesa das verletzte Antlitz einer betrogenen Gattin. Ihre Augen sprühten vor Zorn, doch sofort gewann ihre Selbstbeherrschung die Oberhand. »Kein Mensch ist ohne Fehl, auch ich nicht, Alberto. Aber Beatrice ist eine reine, unschuldige Seele, die unverdient leiden muss. Ich war selbstsüchtig, weil ich Euch hierher eingeladen habe, vielleicht besucht Ihr Beatrice und heitert sie auf. Ihr darf nichts geschehen!«

Unsicher sagte er: »Natürlich nicht. Der persische Medicus kümmert sich hervorragend um sie.«

»Um ihre Gesundheit, aber wer sorgt sich um ihr Seelenheil?« Bernardina rang die Hände. »Alberto, ich hoffe sehr, dass die Nachrichten, die ich gehört habe, falsch sind.«

»Aber welche denn, Marchesa?«

»Eine Reisegruppe mit deutschen und italienischen Kaufleuten ist in der Nähe des Cisapasses überfallen worden, und es heißt, eine Familie aus Nürnberg war darunter.«

»Das wäre nicht auszudenken, Jacopino und Margareta könnten ...«

»Und dann wollte ich noch fragen, ob Ihr in letzter Zeit Nachricht aus dem Vatikan erhalten habt? Was treibt Flamini, der alte Geheimniskrämer?«

Erschrocken ließ Alberto Mari sein Buch fallen. »Wie kommt Ihr ausgerechnet auf Flamini?«

»Ach wisst Ihr, mein Onkel lebt in Rom. Wir Chigis haben überall Freunde. Das ist sehr wichtig in schwierigen Zeiten wie diesen.«

Ihr Lächeln erschien ihm auf einmal wie eine Maske.

Sie bückte sich und hob sein Buch auf. »Hier, Alberto. Ihr seid wirklich kein Mann für die Politik. Mein Onkel erzählt so dies und jenes von Flamini und seinen kleinen Intrigen, und ich kann mir vorstellen, dass es nicht leicht für Euch bei ihm ist.«

»Nein, ja ...«, stotterte er und überlegte fieberhaft, was sie von ihm wollte.

»Aber ich mache Euch nervös. Das möchte ich nicht. Ich bin nur furchtbar neugierig und dachte, vielleicht wisst Ihr mehr über die Umstände von Agozzinis Tod. Die Sache beschäftigt mich bis heute, wisst Ihr. Ein päpstlicher Legat war vielleicht in geheimer Mission in Lucca. Das wäre doch denkbar, nicht wahr?«

Sie war nur neugierig, beruhigte sich Mari. »Denkbar wäre das, Marchesa, aber selbst wenn ich mehr wüsste, was nicht der Fall ist, dürfte ich nichts sagen.« Er hatte völlig vergessen gehabt, dass ein Zweig der Familie Chigi in Rom lebte. »Ich bin nur ein kleiner Sekretär, ein ganz kleines Rädchen im päpstlichen Getriebe.«

Bernardina zwinkerte ihm zu. »Es würde mir nicht einfallen, Euch zu unterschätzen, Alberto.«

Als eine Dienerin mit einer Nachricht des Marchese kam, die Bernardinas Anwesenheit im Haus erforderte, war Alberto erleichtert. Die Marchesa war zu klug, als dass sie ein Gespräch ohne Hintergedanken auf ein bestimmtes Thema lenkte, und er nahm sich vor, sich in Zukunft bei ihr vorzusehen.

XX

Die Toten am Cisapass

> *Das eine Gute hat beständiges Unglück,*
> *dass es diejenigen, die es oft heimsucht,*
> *zuletzt abhärtet.*
> (Seneca)

Giulias Geburt erhob Beatrice für kurze Zeit zum gefeierten Mittelpunkt der Familie. Nach und nach kamen Lorenzas Verwandte zu Besuch und überhäuften Mutter und Kind mit Geschenken. Ortensia brachte ein *desca di parto*, das traditionelle Geburtstablett, auf dessen Unterseite der »Triumph der Liebe« gemalt war. Sie kicherte, wie immer, wenn Beatrice sie sah, und flüsterte: »Ihr seht sehr blass aus. Aber ganz so furchtbar, wie man erzählt, war es nicht, oder?«

»Schlimmer«, sagte Beatrice trocken und verzog das Gesicht, weil die immer noch nässende Narbe pochte.

»Oh. Ihr scherzt doch nur?« Sie zupfte an ihren wippenden roten Locken und trat unruhig von einem Bein aufs andere.

»Ganz und gar nicht.«

»Ja, na ja.« Sie wirbelte herum und ging zum Fenster. »In der Villa wimmelt es wie in einem Bienenstock. Ich bin gern hier. Vielleicht werden wir zu den Connuccis eingeladen. Ich habe gehört, dass die Marchesa kommt. Heute oder morgen. Sie ist so exquisit gekleidet. Darüber könnte man direkt übersehen, wie hässlich sie ist, das arme Ding.«

»Hört auf, Ortensia! Die Marchesa ist eine wunderbare Frau, und ich schätze sie sehr. Ein hübsches Lärvchen allein bedeutet nicht alles.« Verärgert legte Beatrice das Tablett zur Seite.

Die Tür wurde aufgestoßen, und zwei Mädchen und ein Junge kamen herein, gefolgt von einer entnervten Dienerin, die sich bei Beatrice entschuldigte und die Kinder wieder hinausscheuchte. Ihre Nichten und Neffen rannten durch das gesamte Haus und stürmten manchmal auch in ihr Zimmer, obwohl man es verboten hatte.

»Seht nur, da unten ist ein richtiger Aufruhr! Ich muss nachsehen, wer da schon wieder angekommen ist. Ich komme zurück und berichte Euch jede Einzelheit, versprochen!« Ortensia raffte ihre Röcke und eilte hinaus, sichtlich froh, einen Grund gefunden zu haben, um sich weiteren peinlichen Wortwechseln mit Beatrice entziehen zu können.

Für einige Minuten war Beatrice allein, was seit der Geburt selten vorkam. Ansari schaute regelmäßig nach ihr und zeigte sich bei dem leisesten Anzeichen von steigender Temperatur besorgt. Die Operationsnarbe heilte nur langsam und platzte bei der geringsten unachtsamen Bewegung wieder auf. Nach Möglichkeit sollte sie jeden Hustenreiz unterdrücken und weder lachen noch weinen, eben alles vermeiden, was zu einer Anspannung der Bauchdecke führen konnte. Ansari brauchte es nicht zu sagen, Beatrice wusste auch so, dass sie nach der lebensbedrohlichen Geburt keine weiteren Kinder würde haben können. Irgendwann würde Federico erkennen, dass er von ihr keinen Erben erwarten konnte, aber daran mochte sie jetzt nicht denken.

Ungeduldig sah sie zur Tür, die sich gleich öffnen musste, denn es war Zeit für Giulias Nachmittagsschlaf. Beatrice hatte darauf bestanden, dass die Amme jedes Mal, wenn es ans Füttern oder Schlafengehen ging, mit Giulia zu ihr kam, damit Beatrice ihr Kind wenigstens dann küssen und liebkosen konnte. Die Minuten, in denen sie ihre Tochter im Arm hielt, waren die schönsten des Tages für Beatrice, und sie fieberte ihnen entgegen mit einem Verlangen, das Durst oder Hunger gleichkam, weil es ein Teil von ihr war.

Die schweren Schritte der Amme, einer korpulenten Frau aus dem Dorf, die selbst vor drei Wochen entbunden hatte, erklangen auf dem Flur und ließen Beatrice freudig aufhorchen. Doch die Schritte wurden langsamer, stoppten plötzlich, und leises Stimmengemurmel drang durch die Tür.

»Was ist denn? *Balia!* Was tust du da draußen? Bring mir meine Giulia!« Angstvoll schaute Beatrice auf die verschlossene Tür.

Endlose Minuten vergingen, bis sie aufschwang und die *balia* mit einem Bündel auf dem Arm hereinkam. Zusammen mit ihrem Mann und vier Kindern hatte sie Quartier in den Gesindehäusern der Villa bezogen. Es war üblich, dass die Milcheltern sich die ersten zwei oder drei Jahre um das

Kind kümmerten, es sogar mit in ihrem Bett schlafen ließen und erst, wenn das Kind laufen und sprechen konnte, wieder den leiblichen Eltern übergaben. Noch hatte Beatrice nicht mit Federico und Lorenza gesprochen, aber sie würde niemals dulden, dass diese grobschlächtige Frau und ihr Mann Giulia länger als notwendig bei sich behielten. Die Tür war kaum ins Schloss gefallen, als sie erneut aufgestoßen wurde und Ines hereinstürzte.

»*Balia*, setz dich, ich muss mit meiner Herrin sprechen.«

Ergeben nahm die Amme auf einem Schemel Platz, knöpfte sich mit einer Hand das Kleid auf und gab dem Kind die Brust. Zufrieden sog Giulia an der prallen Brust. Der Anblick schmerzte Beatrice, in deren Brüsten sich noch immer Milch bildete, obwohl man ihr Kräuterarznei dagegen gab und sie abband.

»Wie geht es Euch, Madonna?« Automatisch legte Ines ihre Hand auf Beatrices Stirn, um die Temperatur zu fühlen.

»Du bist nicht der Medicus. Mir geht es gut. Erzähl mir lieber, was los ist. So wie du aussiehst, ist etwas geschehen.«

Seufzend sank Ines auf einen Stuhl und strich sich die losen Haare aus dem erhitzten Gesicht. »Bischof Riarios Männer waren hier und haben Andrea mitgenommen.«

Verständnislos starrte Beatrice ihre Zofe an.

»Es tut mir nicht wirklich leid um Andrea, er ist eine falsche Schlange, aber Euer Mann ist außer sich vor Wut. So habe ich ihn noch nie erlebt! Geschrien und getobt hat er, den Degen gezogen und sich vor Andrea gestellt, seine Knechte zur Verteidigung gerufen, aber damit hatte der Bischof gerechnet und über zwanzig Bewaffnete mitgeschickt.«

»Aber warum, Ines? Warum denn nur?«

Ines rollte die Augen zur Decke. »Na, das war doch klar – er soll den päpstlichen Legaten ermordet haben, den Agozzini!«

Am liebsten wäre Beatrice aufgesprungen und hinuntergelaufen. »Aber wieso erst jetzt?«

»Jemand hat ihn verraten. Der Bischof hatte eine hohe Belohnung ausgesetzt, fünfzig Golddukaten!«

»Wer hat ihn verraten?«

»Das weiß ich nicht genau. Jemand sprach von Mari. Ausgerechnet! Aber das ist kein Grund, sich aufzuregen, Madonna. Euer Mann wird nicht verdächtigt. Und wenn sie diesen Andrea dafür hinrichten, ist die Sache aus der Welt, und in Lucca kehrt wieder Ruhe ein.«

»Nein, Ines, damit ist die Sache keineswegs aus der Welt ...«, sagte Beatrice leise, denn sie war davon überzeugt, dass Andrea nichts mit dem Mord zu tun hatte. Ser Buornardi hatte den Brief bei Tomeo gefunden, nicht bei Federico.

Jetzt war es an Ines, ratlos zu sein. »Aber ...«

»Leider bin ich ans Bett gefesselt, aber du nicht. Geh wieder hinunter und sperr Ohren und Augen auf! Irgendjemand wird wissen, wie es zu dem Verrat gekommen ist.«

Widerwillig erhob sich Ines. »Da täuscht Ihr Euch. Ich habe schon Giorini gefragt, der weiß sonst immer alles, aber diesmal nicht.«

»Versuch es weiter, die Milchmädchen, die Knechte, die Diener der Tanten, die Wachmänner. Hier!« Sie nahm einige Münzen aus einer Schatulle neben ihrem Bett und gab sie Ines. »Damit lockerst du sicher eine Zunge.«

Nachdem Ines gegangen war, meldete die Amme sich zu Wort: »Den Diener von Eurem Mann werden sie in Lucca richten. Den kann keiner mehr retten. Als der hohe Herr aus dem Vatikan im Januar ermordet wurde, waren hier alle sehr betroffen. Nein, der soll seine Strafe haben. Tut mir nur leid, dass Ihr da mit reingezogen werdet.«

»Hast du mein Kind gestillt? Schläft es bereits? Gib es mir!«

Schwerfällig erhob sich die Amme. Ihre Kleidung war einfach und an vielen Stellen geflickt, aber sauber. Vorsichtig drückte jemand die Tür auf. Braungebrannt und wohlgenährt kam Alba mit einem runden Bündel auf dem Arm herein. »Ich habe ein Geschenk für Euch, Madonna.«

Sie sah zu, wie die Amme Beatrice das schlafende Kind mit säuerlicher Miene übergab. »Hier habt Ihr Eure Tochter. Ich weiß nicht, warum Ihr so ein Aufhebens darum macht. So ein Kind macht nur Arbeit.«

Beatrice überhörte das Genörgel der Frau und sah stattdessen verzückt in das zufriedene Gesicht des schlafenden Säuglings, der gleichmäßig atmete und nur manchmal mit den Lippen schmatzte. Wie ein kleines Vögelchen, fand Beatrice und streichelte das warme Wesen auf ihrer Brust.

Alba stand wartend daneben und starrte auf den Säugling, der alle Aufmerksamkeit seiner Mutter hatte. Dann legte sie ihr Bündel auf einen Stuhl. »Das ist ein Käse, den die Ziegenbäuerin gemacht hat. Ich habe ihn bekommen, weil ich die Ziegen jeden Tag auf die Weide geführt habe. Ich wollte Euch ein Geschenk machen.«

»Danke, Alba, das ist ganz reizend von dir«, sagte Beatrice, ohne den Blick von ihrer Tochter zu nehmen.

Für eine Sekunde runzelte Alba die Stirn und schien etwas sagen zu wollen, rannte dann aber einfach aus dem Zimmer.

Die Amme stand mit gefalteten Händen und sagte: »Ich bin froh, dass ich stillen kann, wisst Ihr? Solange ich Milch habe und Kinder säugen kann, lässt mich mein Pietro in Ruhe.« Sie biss sich auf die Zunge, als sie Beatrices verärgerten Blick auffing. »Euch wird Euer Mann auch noch eine Weile in Frieden lassen, so schwach, wie Ihr seid.«

Die Frau mochte einfach sein, aber ihre Sorgen waren Beatrice nur zu vertraut. »Schon gut, *balia*, hast du genug saubere Kleidung zum Wechseln? Gibt man euch reichlich zu essen?«

»Ja, danke, Herrin. Ich habe vor sechs Jahren ein Kind der Marchesa genährt, weil ihre Amme damals krank war, aber hier gefällt es mir besser. Signor Giorini ist ein feiner Verwalter, nicht so grausam und hinterhältig wie der Mann bei der Marchesa.«

»Wirklich?« Beatrice küsste den Säugling und sog seinen Geruch ein.

Eifrig nickte die Amme. Ihre Haare waren gescheitelt und streng am Hinterknopf aufgesteckt, das breite bäuerliche Gesicht von einem entbehrungsreichen Leben gezeichnet. »Nein, bei der Marchesa war ich nicht gern. Sie ist gerecht und hat gut für mich gesorgt, aber vor ihrem Mann habe ich mich immer gefürchtet, und genauso waren auch die anderen. Wenn die Gesellschaften da waren, nein, das war keine gute Zeit. Ich hatte mich nur um die Kinder zu kümmern und habe Augen und Ohren verschlossen ...« Die Erinnerungen schienen sie noch immer zu quälen.

Neugierig geworden hob Beatrice ihr Kind vorsichtig hoch und gab es der Amme in die Arme. »Ich kenne die Marchesa nur als zurückhaltende Frau. Der Marchese ist ein gutaussehender Mann. Hat er viele Liebschaften?«, versuchte Beatrice die Amme zum Plaudern zu verleiten, doch die machte jetzt ein abweisendes Gesicht.

»Hmm, ja, ja, das hat er, aber da waren noch andere Dinge, über die jemand wie ich nicht spricht. Ich bin nur eine einfache Bauersfrau, Madonna, und verstehe die Spiele der reichen Herrschaften nicht. Also halte ich meinen Mund, sonst geht es mir nachher wie dem Andrea ...« Sie deckte Giulia sorgsam zu und wartete darauf, entlassen zu werden.

»Geh nur, aber schick mir Ortensia herein, wenn du sie siehst.« Ortensia hatte andere Quellen als Ines und konnte ihr vielleicht mehr über Andreas Festnahme sagen.

Was geschah um sie herum? Seit Wochen hörte sie Nachrichten aus zweiter Hand und auch nur das, was man ihr zumuten wollte. Der September war angebrochen, und kein Bote aus Nürnberg! Aber das konnte vorkommen. Botschaften gingen verloren, Boten wurden getötet oder hatten Unfälle. Wie leicht wurde ein Fluss bei Überflutung zum reißenden Strom. Ein falscher Schritt im Gebirge konnte tödlich enden, ein Pferd sich vertreten und seinen Reiter abwerfen. Alles war möglich. Alles ...

Energisch ballte Beatrice eine Faust und schlug auf die Bettdecke, ein dünnes Leinentuch. Es wurde Zeit, dass sie nach Lucca zurückkehrten. Bislang wäre ein Transport für Beatrice nicht in Frage gekommen, aber wenn die Fieberschübe endlich aufhörten, durfte sie an eine Rückkehr in die Stadt denken. Es klopfte, und Ortensia streckte ihren Lockenkopf durch den Türspalt.

Als sie sah, dass Beatrice wach war, kam sie ins Zimmer. »Ich dachte, Ihr schlaft.« Sie stellte eine Schüssel auf den Tisch an Beatrices Lager. »Pfirsiche. Frisch gepflückt.«

»Ortensia?«

Die junge Frau drehte sich im Kreis und ließ die duftigen Röcke schwingen. »Der Marchese hat gesagt, dass seine Frau Euch morgen besuchen wird.«

»Ihr habt mit dem Marchese gesprochen?«

»Er war dabei, als Andrea verhaftet wurde. Schade, dass er verheiratet ist, andererseits ...« Sie drehte sich erneut und summte dabei vor sich hin.

»Ortensia! Hört auf! Setzt Euch hin.«

Ortensia zog einen Schmollmund und ließ sich in einen Stuhl fallen.

»Seid Ihr wirklich eine so dumme Gans, dass Ihr Euch von einem Mann wie Connucci verführen lasst? Eure Ehre, Euer Leben aufs Spiel setzen, nur für eine Tändelei?«

»Er hat gesagt, er findet mich schön!«

»Wie originell ...«

»So wie er hat mich noch kein Mann angesehen!«

»Weil keiner so ruchlos ist wie er! Ihm ist es egal, was aus Euch wird. Glaubt Ihr vielleicht, er schenkt Euch noch einen Blick, wenn er Euch gehabt hat?«

»Das könnt Ihr gar nicht wissen! Ihr hattet ja nur Euren Mann!«

Beatrice seufzte. In den Augen ihrer Cousine war sie eine verheiratete Frau, die ein langweiliges Leben führte. »Sagt nicht, ich hätte Euch nicht gewarnt. Jetzt will ich aber wissen, was unten vor sich geht!«

Ortensia blies sich eine Locke aus der Stirn. »Andrea haben sie mitgenommen. Kurz bevor ich raufgegangen bin, sind die Männer des Bischofs mit ihm abgezogen. Dagegen konnte niemand was tun, weder Euer Mann noch der Marchese.«

»Hatten sie Beweise gegen Andrea?«

Die Sommersprossen tanzten auf Ortensias Nase, als sie diese krauste. »Ja, das war schon erstaunlich. Der Hauptmann der bischöflichen Männer ging auf Andrea zu, fragte ihn nach einem Paar Handschuhe, und als er die aus seinem Gürtel zog, haben sie ihn gefesselt und abgeführt.«

»Handschuhe?«

»Ich habe nicht alles verstanden, aber angeblich hat ein Gast der Marchesa, ein Sekretär aus dem Vatikan, herausgefunden, dass diese Handschuhe ein Geschenk von Agozzini waren.«

Alberto Mari, schoss es Beatrice durch den Kopf. War er deshalb so merkwürdig gewesen, weil er geplant hatte, Andrea zu belasten? »Ist es nicht seltsam, dass erst jetzt jemand auf diese Handschuhe stößt und Andrea sie bei sich trägt?«

Die schmalen Schultern der Rothaarigen zuckten. »Wer weiß schon, warum ... Er war sich seiner Sache eben sicher, warum sollte er die teuren Handschuhe wegwerfen? Seine Erklärung war auch sehr dürftig. Einer seiner Liebhaber hätte sie ihm anonym geschenkt.«

Hatte man Andrea in eine Falle gelockt? Aber warum Mari? Warum sollte Andrea belastet werden? Wollte jemand den Verdacht von sich ablenken? Wie sie es auch drehte, Beatrice fand den roten Faden nicht. Was übersah sie hier?

»Wo ist mein Mann jetzt?«

»Er ist den Bischöflichen nach Lucca gefolgt.«

»Marchese Connucci?«

»Der nicht. Am nächsten Sonntag findet ein Fest in der Villa Connucci statt. Das letzte Fest des Sommers. Wir sind eingeladen!«

»Ortensia, das ist ...«

»Wundervoll, ganz genau. Zerbrecht Euch meinetwegen nicht den Kopf.« Sie stand auf und ging zur Tür, hinter der Geschirr klapperte.

Die schüchterne Dienerin Maria kam in Begleitung von Ismail Ansari herein und stellte ein Tablett mit warmer Suppe, Brot und Käse ab. In der Tür drehte sich Ortensia noch einmal um. »Man muss die Jugend genießen. Wenn ich jetzt keine Abenteuer erlebe, wann dann?«

»Es stellt sich nur die Frage, ob ein kurzes Abenteuer es wert ist, alles zu verlieren ...«, sagte Beatrice trocken, ohne auf Ansaris fragenden Blick zu achten.

»Was denn?« Ortensia bedachte den gesamten Raum mit einem kühlen Blick und ging mit wippenden Locken davon.

Mit ruhigen Handbewegungen stellte Ansari seine Tasche ab, nahm die kleinen Fläschchen und Tiegel heraus, die Beatrice inzwischen vertraut waren, und schickte Maria fort, damit sie sauberes, heißes Wasser holte. Dann beugte er sich über Beatrice und fühlte ihre Stirn. Die Berührung seiner kühlen Hand war immer wohltuend und nahm Beatrice ihre Angespanntheit. Seine persischen Gewänder verströmten einen leichten Duft von Minze, Lavendel und anderen Kräutern. Wie erbarmungslos die Sonne auch brennen mochte, Ismail Ansari schien es nichts auszumachen, denn auf seiner Stirn zeigten sich selten Schweißperlen.

Mit seinem kaum wahrnehmbaren Akzent stellte er die obligatorische Frage: »Wie fühlt Ihr Euch, Madonna?«

Er war durch und durch Arzt, Heiler, ein Mann, der sein Leben dem Kurieren von Krankheiten gewidmet hatte. Wenn er seinen Patienten befragte, war das nie nebensächlich, sondern immer das in diesem Augenblick einzig Wichtige. »Besser, es geht mir täglich besser, und heute verspüre ich keine Hitze. Ich habe kein Fieber, oder?«

Lächelnd nahm er seine Hand von ihrer Stirn und hob dafür ihr Handgelenk auf. Es dauerte endlose Minuten, bis er sacht ihren Arm niederlegte und sie anblickte. »Für das, was Ihr durchgemacht habt, geht es Euch in der Tat erstaunlich gut. Ungeduld ist keine Tugend, schon gar nicht für einen Kranken. Jetzt sehe ich mir die Wunde an.«

Maria kam mit einer dampfenden Schüssel und einem Topf herein, und Ansari wusch sich sorgfältig die Hände, bevor er das Laken nach unten schob, wartete, bis die Dienerin Beatrices Leib entblößt und den restlichen Körper bedeckt hatte, und hob dann vorsichtig den Verband an. Damit die mit Arznei getränkten Tücher auf der Narbe hielten, wurden sie mit langen Tuchstreifen um den Körper fixiert. Ansari gab Maria ein Zeichen, und diese hielt Beatrices Körper, damit der Medicus den Verband entfernen konnte. Neugierig betrachtete Beatrice den langen Schnitt, der an den Einstichstellen des Fadens immer noch gerötet war. Ihr Bauch war wieder flach, der Bereich um den Schnitt aber geschwollen und schmerzempfindlich.

Prüfend drückte Ansari auf die Schnittränder, doch auch heute trat gelbliches Sekret aus. »Seht Ihr den roten Bereich um den Schnitt?«

»Ja.«

»Solange die Rötung nicht heller wird und die Wunde ganz geschlossen ist, ist ans Aufstehen nicht zu denken.« Er träufelte eine brennende Flüssigkeit auf die Naht. »Das ist ein Auszug vom Johanniskraut. Man kann auch Ruprechtskraut nehmen, aber das ist besser, wenn die Wunde blutet, und im Moment sondert sich nur eitriges Sekret ab.«

Beatrice sog scharf die Luft ein.

»Es muss brennen, nur dann wirkt es und tötet das Gift in der Wunde ab.« Er nahm einen Löffel Blätter aus dem Topf und legte sie auf eine dünne Schicht Leinenverband, mit dem er die Wunde bedeckte. »Die Schafgarbe hilft gegen die Entzündung. Aufgrund der enormen Tiefe des Schnittes verzögert sich die Heilung, aber wenn es so weitergeht, könnt Ihr in einer Woche Euren ersten Spaziergang machen.«

»Ich kann es nicht erwarten, endlich wieder nach draußen zu kommen.«

Ansari lächelte. »Und jetzt trinkt den Hagebuttentee.«

Als Beatrice am nächsten Morgen erwachte, war sie voller Vorfreude auf den Besuch der Marchesa. Von Ines ließ sie sich die Haare waschen, ein neues Unterkleid anlegen und Hände und Gesicht mit Duftöl einreiben. Umrahmt von einer Fülle lichtheller Locken lag sie in den Kissen und schnupperte in den Windzug, der durch das geöffnete Fenster hereinwehte. »Der Herbst kündigt sich an, und ich kann nicht dabei sein, wenn die Oliven eingebracht werden und der Weizen geerntet wird. Weißt du noch, als wir mit meinen Eltern in Gragnano waren und die Bauern *foccacini* gebacken haben? Dazu wurde *fragolo* getrunken.«

»Madonna, das waren gute Zeiten.« Die Zofe hielt den Kopf gesenkt. »Alba löchert mich seit Tagen mit der Frage, wie Euch der Käse geschmeckt hat. Ich weiß zwar nicht, warum sie Euch nicht selbst fragt, aber sie ist wie eine Zecke, lässt sich nicht abschütteln.«

»Welcher Käse?« Da erinnerte Beatrice sich an den Ziegenkäse, den sie Maria zur Verarbeitung in der Küche mitgegeben hatte. »Sag ihr, er war wunderbar, oder nein, schick sie mir einmal her.«

»Wie Ihr meint.«

Dazu kam es jedoch nicht, denn die Marchesa kündigte sich mit Musikanten und Glockenspiel an. Es dauerte nicht lange, und Bernardina Chigi betrat Beatrices Schlafgemach, gefolgt von mehreren mit Geschenken beladenen afrikanischen Sklaven. Sie trug ein rostbraunes Kleid und filigranen Goldschmuck, der leise klingelte, als sie sich zu Beatrice beugte und sie auf Wangen und Stirn küsste. Als sie jedoch fürsorglich ihre Hand auf Beatrices Bauch legen wollte, hielt diese sie zurück.

»Es schmerzt noch. Wie schön, Euch zu sehen, Marchesa. Ihr habt Musikanten mitgebracht?«

Bernardina nickte. »Hervorragende Sänger, Flöten- und Lautenspieler. Sie kamen aus Siena, da konnte ich nicht widerstehen und habe sie den Sommer über behalten. Hoffentlich gefallen Euch die Kleinigkeiten, die ich mitgebracht habe.« Sie machte eine einladende Geste zu den Gegenständen, die die Mohren unter Seidentüchern auf Boden und Stühlen aufbauten. Als die kleinwüchsigen Männer, die goldene Halsfesseln trugen, die Sachen zu Bernardinas Zufriedenheit arrangiert hatten, schnippte die Marchesa mit den Fingern, und die Sklaven lüfteten gleichzeitig die Tücher.

Vor Beatrices staunendem Blick kamen Weinkrüge, Körbe mit Pfirsichen, Oliven, Schinken und ein Kuchen zum Vorschein. Auf einem Tablett standen sechs Glaspokale, und daneben lag ein Handspiegel, den Bernardina aufnahm. »Der ist von venezianischen Spiegelmachern. Ich dachte, wo Ihr doch nur liegen könnt, wäre das eine nützliche Sache.«

»Marchesa, das sind überwältigend großzügige Geschenke! Wie kann ich Euch je dafür danken?« Gerührt griff Beatrice nach Bernardinas Hand.

»Wie schön, Ihr freut Euch! Dann ist es gut. Lasst uns jetzt eine Kleinigkeit kosten. Ich liebe *foccacini*.«

»*Foccacini*?«, rief Beatrice begeistert. »O Marchesa, Ihr könnt Gedanken lesen!«

Ines schnitt die Brote auf und reichte der Marchesa und ihrer Herrin je ein Stück. Bevor Bernardina kostete, machte sie eine Kopfbewegung, und ihre Sklaven gingen hintereinander hinaus. Dann zog die Marchesa einen schlichten Goldring vom Mittelfinger ihrer rechten Hand und gab ihn Beatrice. »Den schenke ich Euch zur Geburt Eurer Tochter.«

Ungläubig bestaunte Beatrice den Ring, der das Siegel der Chigis trug – eine bewurzelte Eiche mit zum Andreaskreuz geneigten Zweigen und einem Sechsberg mit Sechsstern. »Marchesa, wirklich, ich kann nicht …«

Doch die Marchesa schloss sanft Beatrices Finger um das kostbare Geschenk, bei dem es um mehr als den reinen Goldwert ging. »Er trägt das Siegel meiner Familie. Wer ihn besitzt, steht unter ihrem Schutz. Wir leben in unruhigen Zeiten. Seht in mir Eure Freundin, Euren Schutzengel. Hier bin ich nur die Marchesa eines degenerierten Landadligen, aber in Siena sind die Chigis mächtig, und mein Onkel in Rom verfügt über Einfluss.«

Bewegt drückte Beatrice den Ring an ihr Herz. »Von ganzem Herzen Dank, Marchesa, teure Freundin.«

»Und nun essen wir von diesen *foccacini*! Die Früchte stammen von unseren Ländereien.«

Beatrice steckte sich den Ring an den Mittelfinger ihrer linken Hand. Er passte. »Wie steht es um die Truppenbewegungen? Niemand scheint sich mehr dafür zu interessieren.«

»Nein? Vielleicht ist es zu ruhig. Franz I. verhandelt noch in

Madrid um seine Freilassung. Solange wird Frankreich keinen Angriff wagen. Aber ich habe gehört, dass Frankreich Frieden mit England geschlossen hat.«

»Hat das irgendwelche Folgen für Italien?«

Bernardina Chigi überlegte kurz und winkte Ines, damit sie Wein einschenkte. »Von meiner Familie aus Rom weiß ich, dass der Papst ein großes Bündnis anstrebt, eines, das Schottland, Ungarn, Navarra, Venedig, Savoyen, Ferrara, Lothringen und Geldern, die Schweiz und Montferrat einschließt.«

»All diese Staaten verbünden sich gegen den Kaiser und gegen uns?«

»Ich vergesse immer, dass Ihr eine Ghibellinin seid. Wer ist dieser Karl, und wer ist ›uns‹? Politik ist eine heikle Angelegenheit, ein Spiel, bei dem gewinnt, wer den Trumpf in Händen hält. Im Moment liegt er bei Karl, weil er Franz gefangen genommen hat. Über kurz oder lang wird Franz frei sein, weil er alle Zugeständnisse, die sie fordern, machen wird. Aber genauso schnell wird er sie wieder brechen, und dann wendet sich das Blatt.«

»Auf welcher Seite steht Ihr?«

Die Marchesa lachte. »Auf meiner! Nur auf meiner, Beatrice! Und jetzt lasst uns über erquickliche Dinge sprechen. Dieser Maler, Pontormo, hat ein großartiges Porträt von Euch geschaffen.«

Später spielten die Musiker der Marchesa unten im Garten, so dass die Lieder und Tänze durch das Fenster heraufklangen. Lorenza lud die Marchesa und ihr Gefolge zum Bleiben ein, und Beatrice vernahm bis spät in die Nacht das fröhliche Treiben der Gesellschaft in Haus und Garten. Ortensia war ganz hingerissen, als der Marchese Connucci selbst zum Abendessen kam, und Beatrice gab es auf, die junge Frau zu warnen, die anscheinend alles darauf anlegte, in ihr Unglück zu rennen. Die Amme hatte ihr gerade ihre Tochter gebracht, als Connucci in ihr Zimmer trat.

Er wirkte vom Tanzen leicht erhitzt, doch sein Lächeln war wie immer einnehmend und zynisch zugleich. »Wie geht es Euch?« Mit einer Hand stützte er sich an einem Bettpfosten ab und betrachtete sie wohlwollend. »Die Mutterschaft steht Euch.«

Beschützend legte Beatrice ihre Hand um Giulias Köpfchen, die eingeschlafen war. »Gibt es Neuigkeiten aus Lucca? Haben sie Andrea vor Gericht gestellt?«

Connucci wechselte das Standbein. »Euer Mann wird das unter den Umständen Mögliche für Andrea tun. Fadenscheinige Beweise – ein Paar Handschuhe! Phh! Da kann ja jeder kommen! Aber der Bischof schreit nach einer Verurteilung, und der Große Rat wird einen Kompromiss finden müssen. Die Verhandlungen werden sich noch hinziehen, Geld wird fließen …« Er hob die Schultern. »Was kümmert es Euch? Ihr mochtet Andrea doch nicht.«

»Deshalb wünsche ich niemandem, zu Unrecht verurteilt zu werden!«

Seine Augen blitzten, und er lachte leise. »Ich hatte vergessen, wie streitbar Ihr seid. Immer für die Gerechtigkeit, nicht wahr? Vielleicht wäre das Leben einfacher für Euch, wenn Ihr Euch mehr auf das Frausein beschränken würdet – wie Eure hübsche Nichte zum Beispiel.«

»Lasst Eure Hände von ihr! Sie ist eine dumme Gans und weiß es nicht besser.«

Er strich sich durch die Haare. »Oh, sie weiß eine Menge, unsere kleine Ortensia …«

Giulia rührte sich, und Beatrice gab sie der Amme in die Arme. »Leg sie schlafen, *balia*.«

Die Amme warf Connucci einen finsteren Blick zu und brachte den Säugling hinaus.

»Sie mag mich nicht, hässliche alte Hexe.« Der Marchese lachte. »Andere Frauen dagegen finden mich sehr anziehend. Vielleicht seid Ihr nur eifersüchtig, Beatrice?«

»Verschwindet! Ich bin müde. Ines!«, rief Beatrice laut, und sofort kam ihre Zofe herein. »Der Marchese möchte gehen.«

»Wir werden uns sicher noch oft sehen, Beatrice, jetzt, wo Ihr mit meiner holden Gattin befreundet seid.« Er verneigte sich und schritt davon.

»Wo warst du nur?« Ärgerlich schaute sie ihre Zofe an und hielt inne, als sie Ines' betretenes Gesicht sah.

Ines räusperte sich und knetete ihre Hände so fest ineinander, dass die Knöchel weiß wurden. »Ein Bote der *scarsella dei lombardi* und ein Knecht Eurer Eltern sind soeben eingetroffen.« Dann erstarb ihre Stimme. Sie schlug die Hände vors Gesicht, schluchzte: »Ich kann das nicht« und lief hinaus.

Erschüttert saß Beatrice in ihren Kissen. Tausend Gedanken gleichzeitig schossen durch ihren Kopf, und immer wieder tauchten die Gesichter ihrer Eltern darin auf. Nein! Alles in ihr wehrte sich gegen die dunkle Ahnung, die sie seit Wochen mit sich herumtrug, aber immer wieder verdrängt hatte. Sie holte tief Luft, ihr Herz schlug rasend schnell, und ihre Bauchdecke hob und senkte sich, dass die Narbe zu schmerzen begann. »Ines! Komm zurück!«, schrie sie verzweifelt und wusste, dass ihre düstersten Albträume Gewissheit geworden waren, als die Tür aufging und Lorenza, Ansari und Ines hereinkamen.

Der Medicus holte eine Flasche aus seiner Tasche und mischte davon etwas mit Bernardinas Wein. Den Becher drückte er Beatrice in die Hand. »Trinkt das. Es wird Euch helfen, stark zu sein.«

»Nein! Nein, ich will nicht. Jetzt sagt endlich, was passiert ist! Starrt mich nicht an, verdammt! So sprecht doch!« Plötzlich schlug sie das Laken zurück und wollte aus dem Bett steigen. »Dann muss ich wohl selbst mit dem Boten sprechen.«

Doch Ansari drückte sie sanft in die Kissen zurück und hielt den Becher an ihre Lippen. Gehorsam schluckte sie das opiumhaltige Getränk und schloss die Augen.

Ihre Zofe setzte sich auf die Bettkante und ergriff zitternd Beatrices Hand. »Es hat ein schweres Unglück gegeben. Eure Eltern ...« Hier brach sie ab und schluchzte.

Lorenza übernahm die Erklärungen: »Auch wenn unser Verhältnis nicht immer ungetrübt war, tut es mir doch von Herzen leid, Euch von diesem schweren Verlust Mitteilung geben zu müssen. Der Grund für das Ausbleiben einer Nachricht aus Nürnberg war, dass der Reisetross Eurer Eltern bei der Durchquerung des Apennin von marodierenden Söldnern überfallen wurde.«

Mit aufgerissenen Augen starrte Beatrice ihre Schwiegermutter an. »Haben sie überlebt?«

Lorenza Buornardi schüttelte den Kopf. Ines schluchzte auf und nahm ihre Herrin, die wie gelähmt dalag, in die Arme.

»Es tut mir so leid, Madonna, es tut mir so leid ...«

Beatrice verbarg ihr Gesicht an Ines' Schulter und weinte mit geschlossenen Augen. Sie sah das lächelnde Gesicht ihres Vaters, wie er in seinem Kontor über einem seiner Bücher stand und sie zu sich winkte, ihr über das Haar strich und sagte, dass alles gut werde. Ihre Mutter, die beim Anprobieren des Brautkleids neben ihr stand. Das sollte für immer vorbei sein? Nur noch Erinnerung? Niemals wieder sollte sie in das Haus ihrer Eltern an der Piazza San Frediano treten, den alten Benedetto begrüßen und zu den Fenstern des Kontors ihres Vaters sehen? So grausam konnte das Schicksal nicht sein.

Sie hob den Kopf und wischte sich die Wangen. »Woher weiß man, dass meine Eltern unter den Toten sind?«

Lorenza sah sie betroffen an. »Es gibt einen Augenzeugen.«

»Wer ist es? Wenn er hier ist, soll er sofort heraufkommen!«, entschied Beatrice.

Ansari schüttelte den Kopf. »Nein, Madonna, tut Euch das nicht an. Lasst es hierbei bewenden.«

»Nein, das kann ich nicht. Es sind meine Eltern. Ich will alles wissen, jede Kleinigkeit. Holt den Mann her.«

Während sie warteten, spürte Beatrice die einsetzende Wirkung des Opiats. Ihr Herzschlag beruhigte sich, und sie starrte auf die Tür, bis diese endlich aufging und ein kleiner Mann hinter Ines ins Zimmer humpelte. Er hatte einen Kopfverband, sein rechter Arm lag in einer Schlinge, mit der linken Hand stützte er sich auf eine Krücke, weil ein Knie bandagiert war. Schüchtern blieb er neben Ines stehen.

»Das ist Simeon, ein Knecht Eures Vaters«, stellte Ines den Mann vor.

»Ich kenne dich nicht«, sagte Beatrice.

Simeon räusperte sich. »Ich war noch nicht lange in den Diensten von Ser Rimortelli, ein halbes Jahr erst, als er mich bat, mit ihm nach Nürnberg zu reisen. Der alte Benedetto hat mir die Arbeit verschafft, er ist mein Onkel.« Es fiel ihm offensichtlich schwer, sich auf den Beinen zu halten, ständig verlagerte er sein Gewicht.

»Bist du der einzige Überlebende?«

»Ja. Ich, wir ... Madonna, es war furchtbar, ich kann kaum Worte finden für das Grauen, das wir erlebt haben. Eure Eltern und alle anderen sind tot. Ich war verletzt und lag unter einem toten Maultier, deshalb haben sie mich übersehen. Ist das genug?«

Beatrice machte eine müde Handbewegung. »Simeon, nimm dir einen Stuhl, und erzähl mir genau, wie es zu dem Überfall kam.«

Lorenza sog scharf die Luft ein. »Jemand sollte das verbieten. Sie ist schon ganz blass.«

Sichtlich unglücklich über seine Rolle als Übermittler der dramatischen Ereignisse, setzte sich Simeon und begann mit gesenktem Blick zu berichten: »Es war neblig, und wir kamen nur langsam voran. Der Tross bestand aus acht Kaufleuten, einem Dutzend Knechten, Dienern und zehn Bewaffneten, die wir vor der Überquerung der Alpen angeheuert hatten. Eure Eltern saßen mit zwei deutschen Kaufleuten im zweiten Wagen, die Italiener und ein Engländer im ersten. Wir sind überall gut durchgekommen und hatten Glück, dass am Pass nicht viel Schnee lag. Das nächste Hospiz war nur noch drei Wegstunden entfernt, und wir dachten schon an eine warme Mahlzeit und einen Becher Bier, als plötzlich vor und hinter uns bewaffnete Söldner auftauchten. Der Nebel wurde dichter, und wir dachten zuerst, es handele sich um eine Truppe mit einem Marschbefehl.«

Simeon fasste an seinen Arm und sprach leise weiter: »Ich war hinten bei den Packtieren und den Karren mit den Waren und sah nur die bunten Hosen, die Spieße und Äxte. Sie brüllten in einer fremden Sprache, und Euer Vater ist ausgestiegen, um mit ihnen zu verhandeln, aber sie wollten nicht verhandeln ...« Er schluckte und wischte sich die Augen. Seine Stimme war brüchig und kaum mehr zu verstehen, als er fortfuhr: »Es waren zu viele, und sie haben einfach alles niedergemetzelt, was sich bewegte. O Gott, ich werde das nie vergessen ... Überall Blut ... Die riesigen Kerle, die grinsend die Äxte schwangen und blind drauflosschlugen. Meinem Freund haben sie vor meinen Augen den Schädel gespalten, den Frauen den Schmuck vom Hals gerissen, einer Signora haben sie die Finger abgeschlagen, weil die Ringe nicht herunterkamen, und unsere Bewaffneten fielen einer nach dem anderen. Sie zogen tapfer die Säbel, aber gegen die Mordknechte kamen sie nicht an. Die Schreie, das Wimmern der Frauen, die ...« Erschrocken hielt er inne, verbarg die Stirn in der gesunden Hand und schluchzte.

Beatrice lag regungslos in den Kissen, die Augen weit aufgerissen. Nein, dachte sie immerfort, nein, nicht meine Mutter, nicht das, nicht meine Mutter.

»Die Mörder haben alles Wertvolle mitgenommen. Am nächsten Morgen kamen Reisende vom Hospiz herauf und haben mich gefunden. Mit dem zertrümmerten Knie und der Kopfwunde wäre ich dort oben wohl auch bald gestorben. Und bei Gott, manchmal denke ich, es wäre besser gewesen. Nachts wache ich auf und höre ihre Schreie, das Knirschen von zerberstenden Schädelknochen und rieche das Blut ...« Simeon weinte und wurde auf einen Wink Lorenzas von Ines hinausgebracht.

Der Medicus beugte sich zu Beatrice und hielt ihr einen Becher an die Lippen. »Ein kleiner Schluck noch, dann könnt Ihr vergessen.«

Sie schloss die Augen und ließ das süße Opiat die Kehle hinablaufen. In dieser Nacht hatte sie einen grässlichen Albtraum. Blut spritzte aus einem Rumpf, dessen Haupt einen felsigen Abhang hinunterrollte. Schwertklingen trafen aufeinander, heisere Schreie durchschnitten die Nacht, ein unheimliches Gurgeln, wenn eine Kehle durchtrennt wurde, der Geruch von frischem Blut, das die Erde, die Felsen, Mörder und Opfer besudelte, hing in der Luft und verursachte ihr Brechreiz. Söldner, die Helme mit gezacktem Visier trugen, rissen den Frauen die Mieder auf, vergingen sich an ihnen, barbarisch, roh, schlugen flehende Gesichter zu unkenntlichen Klumpen aus Fleisch, Knochen und Hirnmasse. Blicklose Augen starrten stumpf in den nächtlichen Himmel am Cisapass. Der Brechreiz wurde übermächtig. Würgend warf Beatrice sich auf die Seite und erbrach sich auf den Boden neben ihrem Bett. Es war mehr, als sie ertragen konnte.

»Madonna?« Verschlafen erhob sich Ines von ihrem provisorischen Lager an der Tür und wankte blinzelnd zu ihrer

Herrin. Im Dunkeln sah sie das Erbrochene nicht und trat mit einem Fuß in die warme Masse. Nachdem sie eine Kerze angezündet hatte, sah sie Beatrice bleich in den Kissen liegen. Ihr Atem ging flach, und auf ihrem Bauch zeigte sich ein dunkelroter Fleck im weißen Leinenhemd. »Nein!«

Ohne auf die Lache am Boden zu achten, rannte Ines aus dem Zimmer und die Treppe hinunter zur Kammer der Dienerinnen. Mit der Faust schlug sie gegen die Tür. »Maria! Wach auf! Ich brauche dich und den Medicus!«

Anstelle von Maria erschien jedoch Alba an der Tür. »Ich weiß, wo der Medicus schläft, und gehe ihn holen!« Ohne zu zögern, lief das Mädchen im Hemd über den dunklen Flur davon.

Kurz darauf kam auch Maria heraus und rannte in die Küche, um Wasser über dem Feuer zu erhitzen. Ines eilte zurück zu ihrer Herrin, die noch immer mehr tot als lebendig auf dem Bett lag. Weinend strich Ines die klebrigen Haare aus Beatrices feuchtkalter Stirn. »Madonna, ich bin bei Euch. Ihr seid nicht allein. Giulia braucht Euch! Hört Ihr mich?« Mit der flachen Hand schlug sie Beatrice auf beide Wangen, bis die Augenlider sich flatternd öffneten.

»Was ist denn los? Ruf meine Mutter, sie wollte doch zur Geburt hier sein.« Beatrice verdrehte die Augen, und ihr Kopf sank zur Seite.

Inzwischen hatte auch Ansari das Lager der Kranken erreicht, warf seine Tasche aufs Bett und legte mit Ines' Hilfe die blutende Wunde frei.

»Alba, steh nicht rum. Wisch den Boden auf!«, wies Ines das Mädchen mit einem Seitenblick an.

»Sie wird doch nicht sterben?« Ängstlich sah Alba zu, wie Ansari den Verband abnahm und eine Flüssigkeit auf die aufgeplatzte Naht goss.

»Nein.«

»Das Kind ist schuld, dass es der Madonna so schlecht geht. Ich wünschte, es wäre nicht da!«

»O Alba, sei doch still ...« Ines biss sich auf die Lippen und drückte auf Ansaris Geheiß ein Tuch auf den Schnitt.

In fieberhafter Eile mischte der Medicus einen Brei aus Blättern, zerstieß die Masse in einem steinernen Tiegel und gab alles auf die Wunde. Dann legte er fest einen neuen Verband an und wischte sich schließlich ein paar Schweißperlen von der Stirn. »Wenn ich die Blutung zum Stillstand bringen kann, gibt es Hoffnung.«

Alba hockte sich auf die Erde und betete leise. Bald war nur noch das flache Atmen der Kranken zu vernehmen, unterbrochen höchstens vom Schrei eines Nachtvogels.

⇢ XXI ⇠
Provinz von Novara, Oktober 1525

Seitdem sie Morimondo erreicht hatten, war Gian Marco verstummt. Aus den Augenwinkeln beobachtete Tomeo seinen Begleiter, der ihm in den vergangenen Monaten als treuer und zuverlässiger Kamerad ans Herz gewachsen war. Nicht nur im Schlachtgetümmel hatte es zahlreiche Situationen gegeben, in denen er sich blind auf Rückendeckung durch Gian Marco hatte verlassen können, der junge Mann erwies sich auch im Umgang mit den unberechenbaren Söldnern als wertvolle Stütze. Der Brustpanzer drückte an den Schultern, und Tomeo war froh, dass er den Rest der Rüstung im Lager gelassen hatte. Seit die neuen Schusswaffen immer größere Verbreitung fanden, waren die Rüstungen mehr Hindernis als Schutz. Die Kugeln der Arkebusen durchschlugen mühelos Metall, aber Tomeo bevorzugte auch nach Pavia den Kampf Mann gegen Mann. Im Moment wusste er allerdings nicht, ob er überhaupt noch Soldat sein wollte. Das Elend um ihn herum war niederschmetternd.

Langsam trotteten die Pferde über die Hauptstraße des Ortes. Über Morimondo zu reiten war ein Umweg gewesen, doch Tomeo hatte nachgegeben, weil Gian Marco immer noch hoffte, Angehörige seiner Familie zu finden. Verbrannte Holzbalken, Trümmer von Häusern und Stallungen, Berge von Schutt und Dreck säumten die Straße, die selbst in einem erbärmlichen Zustand war. Schlaglöcher und tiefe Rinnen, ausgewaschen von Regenwasser und Jauche, zwangen Pferde und Reiter zur Achtsamkeit.

Ein Klagelaut ließ Tomeo aufhorchen.

Gian Marco war abgesprungen und führte sein Pferd am Zügel hinter sich her auf ein verfallenes Haus zu, das in unmittelbarer Nähe des ehemaligen Marktplatzes stand. Jemand hatte die eingerissene Maueröffnung notdürftig mit Brettern und Stroh geflickt. »Ist da jemand?«, rief Gian Marco.

Die einzige Antwort waren quiekende Ratten und ein Huhn, das gackernd über die Straße lief. Wo es Hühner gab, waren auch Menschen nicht weit. »War das das Haus deiner Familie?«

»Meines Onkels. Unser Haus ist völlig niedergebrannt.« Er zeigte auf die Reste von Grundmauern, die auf dem Nachbargrundstück zu sehen waren. Unkraut wucherte zwischen den Steinen, und über allem hing der Gestank von Moder und Verwesung.

»Wir sollten hier verschwinden. Die Luft ist vergiftet.« Es war noch nicht lange her, dass die Pest in Mailand und den umliegenden Dörfern gewütet hatte.

Niedergeschlagen wagte Gian Marco einen letzten Versuch und rief laut: »Heda, ich bin Gian Marco Silva, der Sohn von Marco und Silvia. Wenn jemand da ist, der sie kannte, soll er herkommen. Ich gebe ihm eine Kupfermünze.«

Es raschelte, und eines der Bretter vor dem Mauerloch bewegte sich. Ein bis auf die Knochen abgemagerter Mann kam heraus und streckte gierig eine schmutzige Hand aus. Seine Kleidung bestand aus stinkenden Lumpen, und man konnte nicht sagen, ob er verfilzte Haare oder eine Kopfbedeckung trug. Er stammelte Unverständliches.

»Sprich, Mann, kanntest du meine Familie?« Erst als er dem Alten die Münze zugeworfen hatte, schien der seine Sprache wiedergefunden zu haben.

»Verflucht sei dieser Krieg! Verflucht seien die Franzosen! Alles haben sie uns genommen, alles ...« Der Alte wischte sich die Augen, die argwöhnisch in die Sonne blinzelten. »Und Ihr wollt ein Silva sein? *La morte nera* hat sie alle dahingerafft, einen nach dem anderen, genau wie meine Familie. Gian Marco, eh? Wenn du das bist, warum erkennst du mich dann nicht?«

Gian Marco suchte nach Vertrautem in der zerfallenen Gestalt, und schließlich half ihm die Erinnerung. »Pietro? Pietro der Wachskerzler?«

Unruhig tänzelte Tomeos Pferd hin und her. »Wir müssen weiter. Für heute Nacht fehlt uns noch ein Quartier.«

»Ja, *capitano*. Nur noch einen Moment.« Er kramte eine Silbermünze hervor und gab sie dem Wachskerzler, in dessen Werkstatt er als Junge oft gestanden und dem er beim Gießen oder Ausrichten der Dochte geholfen hatte.

Die Augen des Alten leuchteten, als er das wertvolle Geldstück sah. Er drückte es ans Herz. »Guter Junge, das warst du immer. Jetzt geh, dein *capitano* wartet. Hier ist nichts mehr. Alle tot, alle tot ...« Während er die letzten Worte wie eine Litanei vor sich hin murmelte, verzog er sich wieder in seinen Verschlag, das Brett fiel vor die Öffnung.

Schweigend ritten sie durch das öde Dorf hinaus in die einst blühenden Ebenen des Ticino. Der Fluss verbreitete sich einige Kilometer östlich des Dorfes und bildete ein verzweigtes Netz von Adern, die zwei Inseln umschlossen und dann wieder zum Ticino zusammenfanden. Hier und in der dahinter beginnenden Provinz Novara gab es Weinberge und Plantagen mit Maulbeerbäumen. Eine reiche Gegend, die durch den Krieg schwer gebeutelt worden war. Seidenweber, -spinner, Tuchmacher und durch die nahen Erz- und Silberminen auch zahlreiche Kunsthandwerker waren hier ansässig gewesen. Doch wie in Morimondo sah es mit Sicherheit in den meisten Dörfern aus, die den Franzosen auf ihrem Marsch nach Mailand in die Hände gefallen waren. Auf den Feldern waren nur wenige Bauern zu sehen. Wenn sich nicht genügend Erntehelfer fanden, reichte der Kornvorrat nicht über den Winter, und eine Hungersnot war unvermeidlich.

Ein Gebäude aus Feldsteinen erschien in Tomeos Blickfeld. An der hoch aufragenden Stirnwand prangte ein Kreuz.

»Eine Einsiedelei.«

Die Sonne tauchte die Hügel bereits in sattes Orangerot, und für eine Flussüberquerung war es zu spät, denn eine Brücke gab es erst weiter oberhalb, und Flößer waren nicht zu sehen. Den ganzen Ritt über hatten die Männer ihren Gedanken nachgehangen. Die Tomeos waren die meiste Zeit in Lucca und Matraia gewesen. Ein Bote der *scarsella lucchese* hatte ihn dort vor zwei Wochen mit der Schreckensnachricht vom Tod der Rimortellis erreicht. Noch hatte sich keine Gelegenheit gefunden, mit Hartmann von Altkirch darüber zu sprechen. Sein Bruder hatte außerdem von einer komplizierten Geburt geschrieben, und dass der Schock, ausgelöst durch den Tod ihrer Eltern, Beatrices Gesundheit schwer angeschlagen hatte. Federico hatte jedoch nicht mehr Worte als notwendig über Beatrice verloren, die Enttäuschung über die Geburt einer Tochter sprach aus jeder Zeile. Außerdem war Andrea festgenommen worden. Und Federico machte aus der Wut auf Mari keinen Hehl, dessen Anschuldigung allem Anschein nach zur Festnahme geführt hatte. Jemand schien die Dinge in Lucca vorantreiben zu wollen. Und das beunruhigte Tomeo am meisten, vor allem, wenn er an Beatrice dachte ...

»Sollen wir den Mönch dort fragen, ob er Heu für die Pferde hat?« Gian Marco hatte zu ihm aufgeschlossen und schien sich von den deprimierenden Bildern in Morimondo erholt zu haben.

»Ja. Scheint mir das Klügste zu sein.«

»Guten Abend, Bruder!«

Mit einem Ledereimer in der einen und einem Korb voller kleiner Kürbisse in der anderen Hand kam ein mittelgroßer Mann in brauner Kutte auf sie zu. Er sah gut genährt aus und hatte eine gesunde Gesichtsfarbe. Das ließ auf eine reichhaltige Abendmahlzeit hoffen.

»Gott zum Gruße, meine Herren. Seid Ihr auf der Suche nach einem Nachtlager? Ich habe nicht viel, aber Hafer für Eure Tiere und ein einfaches Mahl kann ich Euch anbieten. Und zwei Strohsäcke zum Schlafen werden sich auch finden.« Der Mönch hatte ein ehrliches Gesicht.

»Das ist mehr, als wir erwarten können, Bruder.« Dankbar nahm Tomeo die Einladung an.

Der Mönch erwies sich als ehemaliger Dominikaner, der sein Ordenshaus im Umbrischen verlassen hatte, um sich auf dem Lande um verlorene Seelen kümmern zu können. Zwar hatte Tomeo eher den Verdacht, dass der Mönch dem Rebensaft sehr zugetan war und das unabhängige Leben den strengen Ordensregeln vorzog, doch letztlich war das seine Entscheidung, und der Mönch war gastfreundlich und ein ausgezeichneter Koch.

Nachdem sie ein herzhaftes Gemüseomelett und Kürbiskuchen vom Vortag verspeist hatten, saßen sie mit einem Becher

Wein auf Strohballen vor der Feuerstelle. Gian Marco war noch immer schweigsam und starrte abwesend in die Flammen.

Die Einsiedelei bestand aus einem Gebetsraum mit einem schlichten Altar und einem großen Holzkreuz, das ein wohlhabender Landadliger vor dem Krieg gestiftet hatte, und dem Wohnraum des Mönchs, in dem sie jetzt saßen. Alles wirkte sauber, und es roch nach Kräutern.

»Wohin reitet Ihr?« Der Mönch goss Tomeos Becher zum zweiten Mal voll.

»Nach Novara.«

»Ich will gar nicht wissen, in welcher Mission Ihr unterwegs seid. Ihr scheint beide viel erlebt zu haben, aber wer hat das nicht, in diesen Zeiten ...« Er hatte ein kantiges Gesicht, und eine lange Narbe zog sich unterhalb seines rechten Ohres bis in den Halsausschnitt seiner Kutte.

Tomeo erkannte die Spur eines Säbels, eines Krummsäbels, wenn er richtiglag. »Wann hast du gegen die Türken gekämpft, Bruder?«

Langsam rieb sich der Mönch den rasierten Schädel. »Vor fünfzehn Jahren. Scheint eine Ewigkeit her, aber ich weiß noch genau, wie Blut schmeckt und wie es sich anfühlt, wenn man jemandem den Kopf abtrennt. Das kann Christus nicht gewollt haben. Dafür ist er nicht ans Kreuz genagelt worden.« Er schüttelte den Kopf. »Warum seid Ihr Soldat?«

Gian Marco stand auf und rollte sich in einer Ecke auf einem Strohsack zusammen.

»Ich bin der jüngste Sohn einer Tuchhändlerfamilie. Was blieb mir übrig?«

Der Mönch zwinkerte. »Ihr seid kein Mann, der die Gelübde ablegen würde.«

»Nein, das ist nicht mein Weg, obwohl ich manchmal denke, dass es nicht das Schlechteste wäre.«

»Wenn es Euch nur als Lösung Eurer Probleme erscheint, als Flucht vor der Welt, dann dürft Ihr es nicht tun. Es muss von hier kommen.« Er legte seine Hand auf sein Herz. »Mich hat er gerufen, nachdem ich vor Konstantinopel mit meinem Schwert ein Dutzend Muselmanen abgeschlachtet hatte und mich selbst dafür in die Hölle wünschte. Dann hat mich einer mit dem Säbel erwischt. Es ist ein Wunder, dass ich überlebt habe. Ich lag zwei Tage unter einem Haufen verwesender Leichen, bevor meine Kameraden mich gefunden haben. Damals habe ich mir geschworen, nie wieder eine Waffe in die Hand zu nehmen.«

Nachdenklich strich sich Tomeo über sein Kinn. »Ich hätte auch einen Grund, mit dem Kämpfen aufzuhören, aber dafür müsste ich jemanden töten, und das kann ich nicht.«

»Eine Frau?«

»Hmm.«

»Die Frau eines Freundes?« Aufmerksam beobachtete der Mönch seinen Gast, und als dieser die Augenbrauen zusammenzog und schwieg, sagte der Mönch: »Sich gegen sein eigenes Blut zu vergehen kann nur Unglück bringen, Eure Liebe wäre vergiftet. Aber das würdet Ihr nicht wollen.«

»Nein, aber es gibt Situationen, in denen man sich selbst untreu werden kann ...«, murmelte Tomeo düster.

»Könntet Ihr mit den Konsequenzen Eures falschen Tuns glücklich werden? Denkt immer nur an das Danach, es kann lang und bitter sein ...«

Tomeo stellte seinen Becher ab und erhob sich. »Morgen liegt noch ein langer Ritt vor uns.« Tomeo hasste sich für jeden bösen Gedanken und verfluchte das Warten auf den nächsten Angriff. Nur diese zwangsweise Ruhe, die keine war, brachte ihn auf so absurde Vorstellungen.

Am nächsten Morgen brachen sie kurz nach Sonnenaufgang auf. Der Mönch gab ihnen etwas Brot und Dörrfleisch mit, und Tomeo belohnte ihn mit einem Scudo für seine Gastfreundschaft.

»Ihr solltet den Ticino gleich hinter dem Zusammenfinden seines verzweigten Flussbetts überqueren. Auf dieser Seite könntet Ihr weiter oben auf Franzosen treffen. Eigentlich sind die Truppen in Mailand, aber da haben sie nichts zu beißen und nehmen sich überall im Umkreis, was sie finden.«

»Danke, Bruder.«

Sie gaben ihren Pferden die Sporen und erreichten kurz darauf die Stelle am Fluss, von der der Mönch gesprochen hatte. Tatsächlich gab es eine Furt, an der das Flussbett flacher und die Strömung nicht reißend war. Durchnässt gelangten sie ans andere Ufer.

Gian Marco hing müde auf seinem Pferd, die Haare fielen ihm ins Gesicht.

»Was ist los mit dir? Wir hatten ein gutes Mahl und einen trockenen Platz zum Schlafen!«

»Ja, das ist schon richtig, aber ich komme einfach nicht darüber hinweg, dass niemand, aber auch wirklich keine einzige Seele aus meiner Familie am Leben geblieben ist.«

»Wer weiß, möglicherweise hat sich einer deiner Verwandten in den Bergen versteckt und taucht später auf. Der Wachskerzler wird es dich wissen lassen, da bin ich mir sicher. Woher hattest du den Silbertaler?«

»Das war mein gesamter Sold. Ich hatte alles gegen diese eine Münze eingetauscht.«

Tomeo lächelte mitfühlend. »Dann wird sie dir Glück bringen, und jetzt komm, in Novara wartet Pescara auf uns.«

Sichtlich erleichtert brachte Gian Marco seinen Braunen an Tomeos Seite. »Über unseren Auftrag habt Ihr noch kein Sterbenswörtchen gesagt!«

»Nein?«

»Als ob Ihr das nicht wüsstet …«

»Wir sind auf eine Einladung Pescaras nach Novara unterwegs.«

»Aber warum?«

»In diesem Fall weiß ich nicht mehr als du. Ehrlich!« Tomeo lachte, als er Gian Marcos zweifelnde Miene sah. »Und jetzt wollen wir doch mal sehen, ob unseren Gäulen das Bad gut bekommen ist!« Er schnalzte mit der Zunge, und sein Pferd, ein prächtiges ungarisches Vollblut, griff weit aus, um in einen gestreckten Galopp zu verfallen.

Seit dem späten Nachmittag war die Landschaft stetig angestiegen. Sanfte Hügel wechselten noch immer mit grünen Ebenen, doch die Hügelketten wurden höher und die Nähe der Alpen spürbar. Kurz bevor die Sonne im Westen bei Santhia unterging, erreichten zwei müde Reiter den schmalen Feldweg, der zu Pescaras Palazzo in der Provinz von Novara führte. Die Wachsoldaten schienen über ihr Kommen informiert worden zu sein, denn Gian Marco hatte kaum ihre Namen genannt, da ließ man sie schon zum Palazzo hinauf. Das Gebäude erhob sich auf einer Anhöhe, von der man die Ebene übersah und in der Ferne die Türme Novaras und die schneebedeckte Spitze des Monte Rosa ausmachen konnte. In seinen Ausmaßen wesentlich kleiner als Belgioioso, verfügte das aus dem dreizehnten Jahrhundert stammende Gebäude über zwei Ecktürme, einen zum Park hin offenen Hof sowie die üblichen Wirtschaftsgebäude.

In Friedenszeiten mochte die Anlage ruhig und idyllisch gelegen sein, heute standen Pferdekarren, Artilleriefahrzeuge, Feldschlangen, Kisten mit Munition und Waffen herum, liefen und schrien Soldaten, Knechte, ein Barbier, ein Schmied und seine Gesellen, ein Wagner und zahlreiche andere Handwerker durcheinander. Was Tomeo und Gian Marco hier sahen, waren die Vorbereitungen für einen Angriff.

»Mailand«, sagte Tomeo, und sein Begleiter nickte.

Sie übergaben ihre verschwitzten Tiere dem Stallmeister, der sie an einen hochmütigen Höfling mit verschlagenen Zügen verwies.

»Amilcare, ich bin der Erste Kämmerer Seiner Hoheit des Markgrafen von Pescara. Ich habe Anweisung, Euch zuerst Euer Quartier zu zeigen, damit Ihr Euch säubern könnt. Danach erwartet Seine Hoheit *capitano* Buornardi zum Essen in seinen Privatgemächern.«

Tomeo klopfte seinem Burschen auf die Schulter. »Man wird dir ein anständiges Abendessen geben, nicht wahr, Kämmerer?«

»Ganz, wie Ihr meint, *capitano*.« Die glatten, wohlfrisierten langen Haare des Höflings rochen nach einem Duftöl.

Angewidert verzog Tomeo das Gesicht. »Du sollst mir nicht nach dem Mund reden, Amilcare, auch wenn das vielleicht deine Gewohnheit ist, sondern diesem tapferen Soldaten hier gutes Essen vorsetzen. Haben wir uns da verstanden?«

Amilcare verzog den Mund. Sein Wams war aus feinem Brokat, die Beinkleider zweifarbig, am auffälligsten jedoch war seine Schamkapsel, die in verschiedenen Farben schillerte und mit Perlmuttknöpfen umfasst war, so dass sie die Blicke unweigerlich auf sich zog. Alles in Tomeo wehrte sich gegen den aalglatten Höfling, doch er war nur Gast an Pescaras Hof und hatte sich den örtlichen Gepflogenheiten anzupassen, selbst wenn ihm das Hofleben nicht zusagte. »Ob du mich verstanden hast, habe ich gefragt«, setzte Tomeo scharf nach.

»Natürlich, *capitano*.«

Als sie allein in ihrem Zimmer waren, einem Raum mit zwei Betten, einem Kamin, in dem ein Feuer brannte, und einem Waschtisch, meinte Gian Marco: »Kaum sind wir angekommen, haben wir schon einen Feind.«

»Amilcare? Phh ...« Mit einer flüchtigen Handbewegung wischte Tomeo die Bedenken fort. »Hilf mir lieber aus dem Brustpanzer. Das Ding drückt und scheuert schon den ganzen Tag.«

Geschickt löste Gian Marco die Lederriemen unter den Armen und auf den Schultern. »Mit den neuen Waffen werden diese Dinger hier bald ganz unnütz sein.« Seine Finger trommelten vielsagend auf dem Metall. »Die Kugeln der Arkebusen durchschlagen das Metall wie Butter.«

»Ja, aber gegen Schwerthiebe und Armbrustschützen sind sie noch immer wirkungsvoll, und so lange werde ich mich damit schützen.«

»Gegen eine giftige Hofnatter nützt so ein Panzer aber auch nichts ...«

»Wir werden nicht länger als unbedingt notwendig hierbleiben. In wenigen Tagen wird die Truppe unter *capitano* Morelli rebellieren. Er hat kein Gespür für die Männer.«

»Morelli denkt, er ist was Besseres, und das merken sie.«

Tomeo spritzte sich kaltes Wasser ins Gesicht und wusch sich notdürftig den Oberkörper. »Heute Abend will ich ein heißes Bad. Sag das dem Kämmerer.«

»Ja.« Ein lautes Knurren entfuhr Gian Marcos Magen, der entschuldigend grinste.

Als Tomeo auf dem Weg zu Pescaras Gemächern war, wusste er seinen Burschen bereits über einem Tablett mit fettem Hammelfleisch, Bier und Brot, das man hereingetragen hatte, kurz bevor er selbst abgeholt worden war.

Die U-förmige Konstruktion des Palazzo war einfach, die Architektur massiv, nirgends war die Hand großer Künstler zu spüren. In diesem Palazzo hielten seine Besitzer sich nur selten auf, Tomeo hatte gehört, dass Vittoria Colonna, Pescaras Frau, zurzeit in Rom weilte. Ein penetranter Geruch von Blumen und ranzigem Öl erreichte Tomeos Nase, als Amilcare schwungvoll die Türen öffnete und ihn lautstark ankündigte.

Tomeo fand sich in einem rechteckigen Raum gegenüber einem Esstisch, der für zwei Personen gedeckt war. Durch das rauchige Glas der kleinen, quadratischen Fensterscheiben fiel gedämpftes Licht auf die massive Eichentafel mit sechs Stühlen und eine halb im Dunkeln liegende Ecke, in der Bücherregale die Wände bedeckten und ein Sessel stand. Tomeos Augen hatten sich noch nicht ganz an die spärlichen Lichtverhältnisse gewöhnt, als eine Bewegung in dem Sessel seine Aufmerksamkeit erregte. »*Comandante* Pescara?«

»Ah, *capitano*!« Pescara erhob sich langsam und trat ins Licht.

Das letzte Glühen des Sonnenuntergangs brach sich in den Fenstern, und der Markgraf entzündete die Kerzen auf dem Tisch. »Nehmt Platz und greift zu. Ihr müsst hungrig sein nach Eurem Ritt.«

Obwohl Tomeo zutiefst erschrak über Pescaras magere Gestalt, die tiefliegenden Augen und hohlen Wangen, setzte er sich an den Tisch und nahm sich Brot und Pastete. Pescara zog an einer Klingel, und ein Diener brachte Wein und eine Mandeltorte. Pescara schnitt sich ein Stück Kuchen ab und prostete Tomeo zu. »Auf den Kaiser!«

Sie tranken, doch Tomeo fühlte sich beklommen, weil weder in Pescaras Stimme noch in seiner Miene seine sonstige Zuversicht lag. Der Feldherr wirkte resigniert und düster. Sein schwarzer Bart zeichnete sich scharf gegen die wächserne Haut ab, und nachdem er ein Stück Kuchen gegessen hatte, schob er den Teller zur Seite, stand auf und öffnete eines der Fenster. Kühle Abendluft wehte herein, und Pescara schloss die Augen und sog die Luft tief ein. Tomeo wartete. Wo möchte er mit seinen Gedanken sein? Es gab keinen Grund zum Beschönigen, Pescara war ein schwer kranker Mann. Eine weitere Schlacht würde er nicht überleben, und vielleicht bedurfte es nicht einmal einer Schlacht ...

»Ihr seid schweigsam heute Abend. Fragt Ihr Euch nicht nach dem Grund Eures Hierseins?«

»Doch, und ich denke, Ihr werdet mir sagen, was notwendig ist.«

Pescara lachte leise. »Das mag ich so an Euch, Tomeo – nie zu neugierig, aber immer auf der Hut. Habt Ihr Neues aus Mailand gehört?«

»Nein. Ich weiß nur, dass Francesco Sforza mit seinem Kanzler Morone, Guicciardini und den Franzosen in seinem Castello sitzt und das beste Angebot abwartet.«

»Francesco ist ein Narr, wenn er glaubt, die Franzosen würden ihm Mailand zurückgeben.«

»Würde der Kaiser das denn tun?«

Ein zynisches Lächeln umspielte Pescaras Mund. »Der Kaiser ist allzu sehr auf die Erweiterung seiner Ländereien und den Erhalt der spanischen Erblande bedacht. Francesco wird höchstens ein Statthalter, aber das wird ihm natürlich niemand sagen ...«

Tomeo hörte Bitterkeit aus Pescaras Worten, denn Karl V. hatte sich nach dem entscheidenden Sieg bei Pavia undankbar gegen seinen besten Feldherrn gezeigt und ihm nicht die versprochenen Lehen Carpi und Sora gegeben. Umso überraschter war Tomeo über die folgenden Eröffnungen.

»Ihr seid ein weitaus besserer Verfechter in der Sache des Kaisers als ich, mein aufrechter *capitano*, und hättet dem schlitzohrigen Kanzler sofort die Tür gewiesen oder, noch wahrscheinlicher, ihn sofort mit einem Degenstreich niedergestreckt.«

Entrüstet wollte Tomeo abwehren, doch Pescara gebot ihm mit erhobener Hand zu schweigen. »Nein, lasst mich weitersprechen. Was man mir angetragen hat, war, um es kurz zu machen, den Kaiser zu verraten! Oh, es geht um Freiheit für Italien, ganz ehrenhaft, aber das sei nur möglich im Bund mit der Heiligen Liga, die just vom Papst, Frankreich und England gegründet worden ist. Ganz perfide erklärte mir Morone, dass ich, der von Geburt Neapolitaner ist, dem Kaiser ruhig den Eid brechen könne, weil Neapel eigentlich ein Lehen der Kirche sei. Deshalb sei ich doch eher dem Papst als dem Kaiser verpflichtet. Und wenn ich dann mit meinem Heer den Sieg für Papst und Liga erstritten habe, wollte man mir das Königreich Neapel geben.« Pescara lachte bitter. »Er schmierte mir viel Honig um den Bart, dass ich der größte Feldherr sei und der Kaiser auch an anderen Fronten kämpfe und Italien bald vergessen werde. Natürlich hat Karl Probleme mit den Türken und den deutschen Fürsten wegen dem Luther, aber deshalb lässt er Italien nicht fallen!«

Erschüttert trank Tomeo seinen Wein. Hatte Morone wirklich glauben können, Pescara wäre ein Verräter? Vielleicht war Pescara intrigant und unzufrieden, aber er war im Herzen Spanier und allein deswegen dem Kaiser näher, als er es dem Papst je sein könnte.

»Erhellend fand ich Morones Strategie, nach der ich zuerst für den Papst seine Städte und Provinzen zurückerobern und dann als Schiedsrichter in Florenz einreiten und Ordnung schaffen sollte. Dieser Ignorant! Als wäre das ein Sonntagsausritt. Ach ja, und auf einen Streich, so nebenbei hätte ich auch Venedig erobert und wäre gleich der Doge der Serenissima.« Kopfschüttelnd leerte er seinen Becher.

»Beinah vergaß ich – natürlich hätte ich dazu General Leyva und einige andere verdiente Männer ermorden lassen müssen. Aber das wäre dann reine Formsache …« Er grinste bitter.

»Wann hat der Kanzler Euch diesen Plan unterbreitet?«

»Vor einigen Tagen. Ich habe mir Bedenkzeit ausgebeten.«

»Und Bourbon, wo stünde der in diesem Szenario?«

»Ach ja, ich hab mir ausbedungen, Mailand dem Connétable Bourbon zu geben und Sforza hinauszujagen. Ihr hättet des Kanzlers Gesicht sehen sollen! Entsetzt schreckte er zurück. Seinen Liebling, Francesco, seinen holdseligen Herrn, niemals könne er den preisgeben. Aber nicht lange, und er meinte, für Italien wäre selbst dieses Opfer zu verkraften.«

»Für Italien? Italien ist eine Ansammlung von Republiken und Fürstentümern. Wenn überhaupt, kann es nur dem Kaiser gelingen, Italien unter seiner Oberhoheit zu einen.« Auch wenn der Krieg ihn ernüchtert hatte, mochte Tomeo die Hoffnung auf friedliche Zeiten unter Karls Herrschaft nicht aufgeben.

Pescara sah ihn aus dunklen, traurigen Augen milde an. »Das ist ehrenhaft und wacker gesprochen. Genauso habe ich es von Euch erwartet, und deshalb seid Ihr hier. Ihr seid mein Gewissen, *capitano*, die Stimme des Kämpfers, der mit dem Herzen für seine Sache eintritt und nicht für Gold, wie die Söldner.«

Erschöpft von seiner langen Rede lehnte Pescara sich zurück und sah aus dem Fenster in die Dunkelheit. Ein Windstoß blies die Kerzen aus, und eine Weile verharrten die beiden Männer schweigend an ihren Plätzen. Von unten klangen Stimmen und Waffengeklirr herauf. Der Schmied klopfte auf seinem Amboss.

»Wir bereiten den Angriff auf Mailand vor.«

»Und Morone?«

»Ich habe ihn für morgen Abend bestellt. Dann wird Leyva in einer Geheimkammer hinter den Büchern dort drüben stehen und uns belauschen. Ich will Morones Verrat öffentlich machen.«

»Wollt Ihr ihn richten lassen?«

Pescara zuckte müde mit den Schultern. »Was würde das

ändern? Ich weiß es noch nicht. Bourbon und Leyva sollen das mitentscheiden. Dann werden die endgültigen Marschrouten und Angriffsmanöver für Mailand festgelegt. Sobald Ihr Euren Marschbefehl habt, könnt Ihr zurück zur Truppe. Die Söldner werden sich freuen.« Ein Nachtfalter flatterte durch das Fenster und setzte sich auf den Kerzenleuchter. Pescara griff sich mit zusammengebissenen Zähnen an die Seite. Dort war er von einem Schweizer mit der Lanze verwundet worden.

»Werdet Ihr hierbleiben?«

Pescara ließ sich Zeit mit seiner Antwort. »Mailand ist mein Schicksal.«

Tomeo sah, dass der Markgraf seinen Gedanken nachhing, und erhob sich. »Danke für Euer Vertrauen. Ich wünsche Euch eine gute Nacht und erwarte weitere Befehle, *comandante*.«

Der Falter flatterte lautlos davon, und das einzige Geräusch, das die Nacht durchschnitt, war das Hämmern des Schmieds auf seinem Amboss.

XXII
Zerstörte Träume

Melodischer Gesang, helles Glockenspiel und die Klänge einer Laute wehten wie aus weiter Ferne durch den Raum. Beatrice schlug die Augen auf und fühlte sich das erste Mal seit Wochen schmerzfrei. Vorsichtig glitt ihre Hand unter dem Laken zu ihrem Bauch und tastete nach dem Verband. Erstaunt fuhr sie nach links und rechts, doch außer glatter Haut und einer Narbe war nichts zu fühlen. Sie lüftete das Laken und betrachtete ihren Körper, der mager geworden war. Ihre Hüftknochen stachen hervor, der Bauch war eingefallen, und die Rippen zeichneten sich sichtbar ab. Aber der Verband war fort und die Narbe, die sich quer über ihren Unterbauch zog, trocken und geschlossen.

Beatrice sank zurück. Sie hatte überlebt. Sie hatte überlebt, aber sie war allein. Ihre Eltern waren tot. Grausam dahingemetzelt von umherstreunenden Söldnern, denen nichts heilig war. Verzweifelt drehte Beatrice sich auf die Seite und schaute zum Fenster, das geschlossen war. Der Sommer war vorbei, die Ernte eingebracht, und die Menschen im *contado* bereiteten sich auf den Winter vor. Die Erinnerungen kamen zurück und überfielen sie wie eine Schar dunkler Schatten aus einem Albtraum.

Weil ihre Gesundheit es nicht erlaubte, hatte man sie in Matraia belassen. Die anderen waren zurück nach Lucca gezogen. Lorenza, Federico und die meisten Diener, Knechte und Mägde, die aus Lucca mit aufs Land gekommen waren, sie alle waren zurück in die Stadt gegangen. Obwohl sie gern an der Messe zu Ehren ihrer Eltern in San Michele teilgenommen hätte, wusste sie doch, dass sie zusammengebrochen wäre, und ihren Tod hätte sie ihrer Tochter gegenüber nicht verantworten können. Wer kümmerte sich dann um Giulia, ihren kleinen Engel mit den himmelblauen Augen?

Vorsichtig setzte Beatrice sich auf, schwang die Beine über die Bettkante und griff nach einem Pfosten, während sie aufstand. Die ersten Schritte brauchten Zeit, und sie fühlte sich unsicher, doch als sie das Fenster erreichte, hatte sie ihr Körpergefühl wiedergefunden und riss die Flügel auf, um frische Luft hereinzulassen. Die Kälte traf sie unvorbereitet. Ein Schauer erfasste sie. Zitternd nahm sie einen Umhang von einem Stuhl und legte ihn sich um. Mit klappernden Zähnen stellte sie sich erneut ans Fenster und sah in den Garten hinunter. Die Grünflächen hatten ihre satte Farbe verloren, die meisten Bäume, bis auf die immergrünen Gewächse, waren ohne Laub, und feuchte Nebelschwaden zogen durch die verlassene Parkanlage.

Als sie sich vom Anblick des herbstlichen Gartens abwandte, fiel ihr Blick auf einen Brief, der offen auf dem Tisch lag. Sie erinnerte sich, dass Ines ihr daraus vorgelesen hatte. Er war von ihrem Onkel.

Liebste Beatrice,
es fällt mir unendlich schwer, Euch in diesem Moment zu schreiben, denn der Verlust Eurer Eltern bedeutet den Verlust meiner geliebten Schwester Margareta. Vor wenigen Monaten erst musste ich meinen Sohn zu Grabe tragen, und nun Margareta, Eure teure Mutter, und Jacopino, einen herzensguten Ehemann, Vater und Schwager. Über die Umstände kann und will ich nicht sprechen, stellen sie doch alles, für das ich mein Leben lang gekämpft habe, in Frage. Kann es recht sein, dass ein Krieg solche Opfer fordert? Nein ist die einzige mögliche Antwort. Die Edlen, die Guten und Ehrenhaften sterben, während die Verderbten weiterleben und vom Töten profitieren.

Was bleibt, sind die Erinnerungen und das Angedenken, das wir ehren. Ihr seid das Abbild Eurer Mutter, Beatrice. In Euch vereinen sich alle edlen und tugendhaften Eigenschaften von Margareta und Jacopino, und das gibt mir Trost. Und Euch sollte es ebenfalls Trost geben, denn wenn Ihr Euch anseht, seht Ihr immer einen Teil Eurer Mutter und Eures Vaters.

Ihr habt einer Tochter das Leben geschenkt, und für Euer Kind sollt Ihr stark sein, denn unsere Kinder sind es, die uns weiterleben lassen. Sobald es mir möglich ist, werde ich Euch in Lucca besuchen und mir meine Großnichte ansehen, seid dessen gewiss. Auch wenn Euer Mann sicher gut für Euch sorgt, weiß ich, dass Margareta und Jacopino Euch nicht un-

versorgt gelassen haben. Aber alle geschäftlichen Angelegenheiten werden von Eurem Onkel Veltrino Caprese in Florenz geregelt werden.

Nehmt mein zutiefst empfundenes Mitgefühl und das meiner Familie.

Hartmann von Altkirch

»Ach, Onkel Hartmann«, schluchzte Beatrice und drückte den Brief an sich. Er war ihr Onkel und hatte doch so viel mehr Anteilnahme ausgedrückt als ihr eigener Ehemann. Bei dem Gedanken an Federico trockneten ihre Tränen, und Verbitterung und Wut überkamen sie. Einige Tage nach der Schreckensbotschaft war Federico aus Lucca gekommen, hatte ihr sein Mitgefühl ausgesprochen und war noch am selben Tag zum Marchese geritten. Warum, war allzu offensichtlich, denn die Porretta war natürlich mit ihm von Lucca nach Matraia gekommen. Bernardina hatte ihr alles bei ihrem nächsten Besuch berichtet. In einigen Jahren würde sie genauso verbittert aussehen wie die Marchesa, dachte Beatrice und faltete den Brief sorgsam zusammen.

Sie legte das Kondolenzschreiben in eine Kassette, in der sie ihre Schreibgeräte und Papier verwahrte. Nach kurzem Klopfen trat Ines vorsichtig ein und stürzte sofort zum Fenster.

»Oh, das könnt Ihr doch nicht machen! In Eurem Zustand ans offene Fenster treten! Noch zwei Tage, und wir haben November!«

»November ...« So lange war sie schon hier in Matraia. Sie merkte plötzlich, wie schwach sie noch war, stützte sich auf den Tisch und sank in einen Stuhl. Dann legte sie den Kopf in die Hände. »Ines, was ist nur geschehen ... Wie konnte das nur möglich sein?«

Ihre Zofe berührte sanft ihr Haar. »Kommt zurück ins Bett, Madonna. Ihr dürft Euch nicht überanstrengen.« Als sie merkte, dass Beatrice nicht reagierte, sagte sie: »Ich lasse Giulia zu Euch bringen. Das wird Euch aufheitern.«

»Giulia, ja, das ist schön.« Schwerfällig erhob sie sich, ließ den Umhang von den Schultern gleiten und kroch unter die Laken, auf die man jetzt zwei wollene Decken gelegt hatte.

Zusammen mit der Amme, die Giulia auf dem Arm trug, und einem Tablett mit dampfenden Speisen kehrte Ines zurück. »Diese Suppe ist vom Fleisch eines Ochsen gekocht und gibt Euch Kraft.« Sie reichte Beatrice eine Schüssel mit Löffel, tauchte ein Stück Brot in Olivenöl und schob es ihrer Herrin zu. »Das esst Ihr auch und danach etwas von dem Eierkuchen mit Honig.«

Gehorsam aß Beatrice alles, was Ines ihr vorsetzte. Währenddessen beobachtete sie ihre Tochter. Die blauen Augen schauten unschuldig und neugierig und verfolgten jede von Beatrices Bewegungen. Dann streckte Giulia ihre Ärmchen aus, und Beatrice drückte sie glücklich an sich. Das Kleinkind gluckste vor Vergnügen, als es von seiner Mutter hoch- und runtergehoben wurde. Immer wieder vergrub Beatrice ihre Nase in der weichen Kinderhaut. »So riecht das Paradies«, murmelte sie.

Es vergingen weitere zwei Wochen, in denen Beatrice täglich kräftiger wurde und erste Spaziergänge in Begleitung von Ines oder Ansari im Park unternahm. Ihre Haut bekam eine gesunde Farbe, sie setzte Fleisch an und wurde kräftiger. Nur Albas Verhalten Giulia gegenüber verunsicherte sie manchmal, denn das Mädchen gab sich betont uninteressiert, wenn nicht sogar feindselig gegenüber ihrer Tochter. Doch Beatrice beschloss, Geduld mit dem Mädchen zu haben, dessen Eifersucht verständlich war, hatte sie vorher doch Beatrices ungeteilte Aufmerksamkeit gehabt.

Eines Nachmittags kam sie nach einem solchen Spaziergang mit Ansari bei den Stallungen an. »Ricardo?«, rief sie in den Pferdestall, und der Verwalter kam aus einer der Boxen zu ihnen.

Gemeinsam gingen sie über den festgestampften Lehmboden zwischen den Boxen entlang, bis sie ein Schnauben und das Scharren von Hufen hörten. Ricardo Giorini lachte. »Sie begrüßt Euch, Madonna.«

Ein edler weißer Pferdekopf schaute um die Ecke, und Beatrice legte ihr Gesicht an die weichen Nüstern der Araberstute. »Hmm, meine Gute, ja, ich freue mich auch, dich zu sehen.«

»Ihr findet mich im Haus, Madonna, Pferde sind nichts für mich, wie Ihr wisst.« Ansari verabschiedete sich und stapfte in seinem Pelzumhang davon. Er hasste die Kälte des Winters und redete beständig von Persien. Beatrice hoffte, dass er nicht so bald in seine Heimat zurückwollte; noch einen Freund zu verlieren wäre mehr, als sie ertragen hätte.

»Warum Euer Mann das schöne Tier nicht mitgenommen hat, verstehe ich nicht.« Giorini streichelte bewundernd über die Flanken des wertvollen Reittiers.

»Es gehört nicht ihm, sondern Tomeo. Ich denke, er will sich nicht erst Nurun vertraut machen und sie dann später an seinen Bruder abgeben müssen. Man gewöhnt sich schnell an ein solches Tier.« Sie strich über die Blesse der Stute und durch die lange, wellige Mähne. »Ich wünschte, ich könnte sie reiten«, seufzte Beatrice. »Warum eigentlich nicht? Es geht mir gut. Warum soll ich nicht reiten? Morgen früh werde ich meinen ersten Ausritt machen, Ricardo.«

»Würdet Ihr bitte zuerst den Medicus fragen? Ich hätte kein gutes Gefühl dabei, wenn er seine Erlaubnis zu diesem Wagnis verweigert.«

»Ihr würdet es mir nicht erlauben?«

Ernsthaft schüttelte Ricardo den Kopf. »Nein, Madonna.

Ich bin der Verwalter und verantwortlich für alles, was auf dem Grund der Villa geschieht. Euer Mann würde mich auspeitschen und vierteilen lassen, wenn Euch etwas zustieße, und das zu Recht.«

Sie lachte trocken. »Überschätzt die Sorge meines Mannes nicht. Er amüsiert sich in Lucca mit seiner Mätresse und wird mich erst wieder aufsuchen, wenn es um die Regelung der Nachkommen geht.«

»Ihr solltet nicht so sprechen.«

»Nein? Wenn es aber doch die Wahrheit ist?«

Ricardo räusperte sich und nahm eine Bürste von einem Balken. »Ich werde sie striegeln und füttern. Wollt Ihr Mähne und Schweif kämmen?«

»Gern.« Sie nahm den Kamm und begann mit dem Entwirren der Pferdemähne.

»Wie gesagt, ich bin für alles hier verantwortlich, und ich will ehrlich sein – wir hatten eine gute Ernte, der Wein, die Oliven, das Obst, alles war von guter Qualität, aber die Abgaben sind zu hoch geworden.« Er hielt den Kopf gesenkt, während er das sagte.

»Ricardo, was willst du damit sagen?« Beatrice legte die Hände auf den weichen Hals der Stute und sah ihn an.

»Ich hätte nicht davon anfangen sollen, aber Ihr seid immer freundlich, und vielleicht könnt Ihr ein gutes Wort bei Eurem Mann einlegen. Wir alle leben auf dem Land der Villa und von dem, was wir erwirtschaften, aber wenn wir zu viel an Eure Familie abgeben müssen, dann überstehen wir den Winter nicht.« Ein tiefer Seufzer entfuhr ihm.

»War das schon immer so?«

»Nein, erst nachdem sich Ser Buornardi aus dem Geschäft zurückgezogen hat. Er war ein guter Herr, aber sein Sohn verlangt zu viel von uns …«

Weder Beatrice noch der Verwalter hatten etwas gehört

und erzitterten vor Schreck, als ein lauter Peitschenknall ertönte. Die Stute scheute und zog sich in den hinteren Teil der Box zurück. Schon zischte die Peitsche erneut durch die Luft und traf Ricardo ins Gesicht. Der Verwalter schrie auf, hielt sich schützend die Hände vors Gesicht und sank zu Boden.

»Raus!« Federico Buornardi stand schäumend vor Wut im Stall und ließ die Peitsche wieder und wieder auf den Rücken des Verwalters niedersausen. »Beatrice, macht, dass Ihr hier rauskommt, oder soll das Pferd Euch zertrampeln?«

»Um Himmels willen, was ist denn in Euch gefahren? Der Mann hat doch nichts getan!« Sie drängte sich durch die Öffnung in den Gang und sah, dass ihr Mann nicht allein gekommen war. Rodolfo da Sesto und der junge Quilici standen grinsend im Eingang und schienen sich prächtig zu amüsieren.

Die Peitschenhiebe hallten weiter laut durch den Stall und machten die übrigen Pferde so nervös, dass sie herumtänzelten und schnaubten. Ricardo hatte sich auf den Knien zusammengekrümmt, sein Hemd hing in Streifen von seinem Rücken. Die Haut war aufgeplatzt, und das Blut spritzte bei jedem neuen Hieb. Nur noch wenige Schläge, und Ricardo war tot oder ein Krüppel.

»Zu viel verlange ich? Du Wurm! Ich werde dich lehren, dich bei meiner Frau auszuweinen. Zu wenig gebt ihr her, faules Pack! Mein Vater war viel zu gutmütig!«

Da sich die beiden Männer am Eingang nicht rührten, fiel Beatrice ihrem Mann in den Arm und klammerte sich an ihm fest. »Hört doch auf, bitte, Federico, hört auf!«

Sein Gesicht war verschwitzt, und seine Augen waren rot unterlaufen. Er kam ihr vor wie ein rasender Stier. Schwer atmend ließ er die Peitsche sinken, wischte sich die Stirn mit seinem Hemdsärmel, schüttelte Beatrice ab und starrte das wimmernde Menschenbündel vor ihm am Boden an. »Ich hoffe, das hat deine Frechheit gedämpft, Ricardo. Fällig war das schon lange, aber wie es schien, kam ich gerade richtig, um dir zu zeigen, wohin du gehörst!«

Beatrice kniete sich neben Ricardo Giorini und biss sich auf die Lippen, um nicht zu schreien. Rohes Fleisch, Haut- und Stofffetzen waren nicht voneinander zu unterscheiden. Was war in Federico gefahren? Hatte ihn der Teufel geritten? Im Hintergrund hörte sie leises Klatschen und Rodolfos raue Stimme.

»Bravo, das war eine Maßregelung nach meinem Geschmack. Man muss dem Pack zeigen, wo sein Platz ist. Staub müssen sie fressen, die Nichtsnutze. Wollen auf unserem guten Land leben und nichts dafür hergeben.«

Beruhigend streichelte Beatrice über Ricardos Kopf. »Rühr dich nicht. Ich schicke gleich Ansari her.« Dann stand sie auf und drehte sich zu den Männern um. »Rodolfo da Sesto, Ihr seid ein wahrhaft tapferer Mann – ersticht Sterbende und klatscht, wenn ein Wehrloser ausgepeitscht wird. Bravo, sage ich zu so viel Mannhaftigkeit. Bravo!« Sie raffte ihre Röcke und marschierte zum Ausgang.

»Wohin gedenkt Ihr zu gehen?«, rief ihr Mann sie zurück.

»Ich hole den Medicus, damit er sich um Ricardo kümmert. Immerhin ist er eine wertvolle Arbeitskraft. Ihn zu verlieren wäre ein schmerzhafter Verlust, und um Geld geht es Euch doch, oder nicht?«

Sein Gesicht zuckte, doch ein Hauch von Erkenntnis zeigte sich, und die blinde Wut schien verraucht. »Dann könnt Ihr gleich im Haus Bescheid geben, dass wir hier sind und Essen vorbereitet wird.«

Wovon?, dachte Beatrice, während sie davoneilte. Wovon soll ein prächtiges Mahl gerichtet werden, wenn die besten Tiere und der Großteil der Erträge nach Lucca geliefert werden müssen? Doch sie schwieg und war froh, als sie Ansari in der Küche mit Alba und Ines fand. Ungläubig lauschte er ihren knappen Erklärungen und ging sofort zum Stall.

Alba saß auf dem Fußboden und spielte mit ihrer Katze. Als sie Beatrices trauriges Gesicht sah, hob sie die Katze auf und gab sie Beatrice in den Arm. »Ihr müsst Fio streicheln, dann fängt er an zu schnurren, und Euch geht es besser.« Sie lächelte und strich über das weiche Fell.

Ohne dass sie es wollte, liefen Beatrice die Tränen über die Wangen. »Das ist sehr lieb von dir, Alba.«

Alba strahlte, denn es war lange her, dass Beatrice so herzliche Worte für sie gefunden hatte. Es dauerte jedoch nicht lange, da hörten sie Federico laut und herrisch nach Beatrice rufen. Seufzend gab sie Alba die Katze zurück und ging zu ihrem Mann in einen der vorderen Salons.

Er wartete in einem Sessel, die Stiefel auf einem Schemel, und trank Wein. »Setzt Euch, Beatrice.«

Schweigend nahm sie Platz und faltete die Hände in ihrem Schoß. Auf ihrem hellen Kleid waren Flecken von Ricardos Blut zu sehen.

»Seht mich nicht so vorwurfsvoll an, als wäre der Tag des Jüngsten Gerichts gekommen. Ihr wisst nicht, wie man die Leute führen muss, damit sie nicht aufsässig werden. Wisst Ihr, was in Lucca geschehen ist? Da tanzt der Mob auf den Straßen, noch nicht täglich, aber hin und wieder. Der Pöbel ist respektlos geworden, und es geschieht immer häufiger, dass wohlhabende Bürger mit Dreck beworfen oder bestohlen werden, ohne dass es jemanden kümmert.«

»Die Leute haben Hunger, und sie sind es leid, wie Hunde behandelt zu werden.«

Er lächelte, aber nur für Sekunden, dann trank er einen großen Schluck Wein und sagte: »Ich bin nicht mehr liquide, Beatrice.«

»Wie bitte?« Ihre Hände wurden kalt.

»Tja, wie soll ich es anders ausdrücken – ich habe kein Bargeld mehr, bin nicht mehr flüssig. Bei den Banken in Lucca habe ich noch Kredit, bei der Medici-Bank in Florenz habe ich eine Hypothek auf unseren Luccheser Palazzo und diese Villa hier aufnehmen müssen.«

»Aber warum denn?« Sie war lange nicht in Lucca gewesen, aber die Geschäfte waren trotz Alessandros Spekulationen bislang gut gelaufen, und die Bücher hatten weiterhin positive Bilanzen aufgewiesen.

»Zu viele Ausgaben, zu wenig Einnahmen.« Er grinste. »Nur ein momentaner Engpass. Ich erwarte eine Schiffsladung Ende des Monats.«

Hatte sie das nicht schon einmal gehört? »Warum jetzt, auf einmal?«

»Ich hatte Euch doch von meinem werten Bruder Alessandro erzählt? Ihr erinnert Euch an seine Forderungen vom Frühjahr? Nun, das damalige Loch hatte ich gestopft, aber dieser Trottel hat neue Schulden gemacht.« Wütend goss er sich Wein nach. »Jetzt habe ich ihm alle Vollmachten gestrichen. Jeder in Antwerpen wird bald wissen, dass Alessandro allein dasteht. Wir werden ja sehen, was er dann macht …«

Das klang hart. Sie kannte die Hintergründe für Alessandros Versagen nicht, aber man konnte den eigenen Bruder doch nicht einfach im Stich lassen!

»Mitleid ist nicht angebracht. Vielmehr zähle ich jetzt auf Eure Hilfe.« Nervös strich er sich über die Narbe an seiner Schläfe.

»Wie das?«

»Das Geld Eures Vaters.«

»Nein!«, flüsterte sie. Ihr Vater hatte es für sie hinterlegt, für sie und ihre Tochter. »Das nicht, Federico, nur das nicht. Das ist alles, was ich habe.«

Er lehnte sich zurück und fixierte sie kalt. »Auf der Beerdigung wurden die finanziellen Verhältnisse Eurer Eltern offengelegt. Euer Vater war ein sehr kluger Geschäftsmann, schade, dass er keinen Sohn hatte, jetzt geht alles an Euren Onkel Caprese in Florenz. Aber er hat Euch nicht vergessen ...«

Ihre Augen wurden feucht. »Wie könnt Ihr nur ... Wenn mein Vater gewusst hätte, wer Ihr wirklich seid, hätte er dieser Ehe nie zugestimmt!«

»Aber nun ist er tot. Der Notar hat eine Villa in Gragnano und Barvermögen erwähnt. Der Verkauf der Villa, die sicher einiges einbringt, und das Geld würden mir jetzt wirklich sehr helfen, und als gute und treue Gattin hätte ich etwas mehr Entgegenkommen von Euch erwartet.«

»Niemals!«

»Niemals?« Er schloss die Augen, wartete und fragte erneut: »Ich bitte Euch, mir Euer Vermögen zu überschreiben, und ich bitte nicht gern.«

»Nein!«

»Na schön. Lasst mich die Frage mit etwas mehr Nachdruck stellen. Ich verlange von Euch, mir Euren Besitz zu überschreiben, weil ich sonst unsere Tochter in einen Konvent in, sagen wir, Frankreich, schicken werde.«

Sie stieß einen spitzen Schrei aus. »Das würdet Ihr nicht tun! Ihr wisst doch, was mir Giulia bedeutet!«

»Genau deshalb würde ich es tun, Beatrice. Ich habe Euch einmal gewarnt, erinnert Ihr Euch? Es war am Tag unserer Hochzeit.«

Entsetzt starrte sie ihn an. »›Ihr kennt mich nicht‹, habt Ihr gesagt ...« Ihre Stimme brach ab. Es bedurfte keiner Sekunde, sich zu entscheiden. »Wann?«

»Ihr kommt übermorgen mit mir zurück nach Lucca und unterzeichnet die Verträge in Gegenwart eines Notars.« Federico stand auf und ging zum Fenster. »Da Ihr um meinen finanziellen Engpass wisst, werdet Ihr verstehen, dass ich zu

Einsparungen gezwungen bin. Ihr werdet Eure Zofe entlassen, und Ansaris Dienste benötigen wir auch nicht länger.«

»Nicht Ines! Das dürft Ihr nicht! Warum, was habe ich Euch getan? Sie ist meine Freundin, sie ist seit meiner Kindheit bei mir. Sie ist alles, was ich noch habe. Meine Eltern sind tot, und Ihr nehmt mir auch noch den Rest meiner Familie. Oh, wie könnt Ihr nur so grausam sein! Welcher Teufel ist denn nur in Euch gefahren?« Sie war aufgesprungen und umklammerte seine Hand. »Seht mich an, Federico, ich flehe Euch an.«

Er drehte den Kopf und musterte sie. »Ihr solltet nicht weinen, das steht Euch nicht. Kühl und arrogant gefallt Ihr mir besser.«

»Ines wird auch ohne Lohn bleiben. Ich zahle ihr ...« Sie ließ seine Hand los.

»Ihr habt kein Geld mehr, schon vergessen? Aber darum geht es nicht. Ich will diese aufmüpfige Person nicht mehr sehen. Ihr habt doch dieses Straßenmädchen aufgelesen. Soll die Euch zur Hand gehen. Sobald wir in Lucca sind, verschwindet die Zofe. Das ist mein letztes Wort. Und jetzt reißt Euch zusammen, Beatrice. Wir alle müssen Opfer bringen in diesen schweren Zeiten.«

Es kostete Beatrice all ihre Kraft, nicht vor ihm zu Boden zu sinken und ihn anzuflehen, seine Entscheidung zu überdenken. Er hatte sich verändert, oder aber das hier war sein wahres Gesicht. Sie spürte die Bedrohung, die von ihm ausging. Solange sein Vater am Leben gewesen war, hatte er sich beherrscht, aber seit dem Tod von Ser Buornardi und der Rückkehr von Marcina war er ein anderer geworden. »Ich habe Euch das Leben gerettet. Ohne Ansaris Kenntnisse hättet Ihr Euer Bein verloren. Habt Ihr das vergessen?«

»Nein. Und deshalb lasse ich Euch Eure Tochter. Ich achte Euch, Beatrice, aber unsere Ehe ist ein Vertrag. Von Gefühlen stand darin nichts.«

Sein hartes Profil zeichnete sich gegen das Licht ab. Es hatte Augenblicke gegeben, da hatte er etwas für sie empfunden. Was auch immer es gewesen war, jetzt war nichts mehr davon übrig. Sie spürte es in seiner abweisenden Haltung, in seinem kalten, überlegten Blick, in der maßlosen, jähzornigen Wut, in der er dazu fähig war, einen Hilflosen zu töten, denn wenn sie nicht dabei gewesen wäre, hätte er Ricardo zu Tode gepeitscht.

»Entschuldigt mich, Federico.«

Sie war schon fast an der Tür, als er sagte: »Ich will einen Sohn, Beatrice. Wir haben einen Vertrag.«

Zitternd drückte sie die Tür auf. Draußen wartete Ines. »Kommt mit, Beatrice.« Sie legte einen Arm um die bebenden Schultern ihrer Herrin und führte sie die Treppe hinauf ins Schlafzimmer. Dort setzten sie sich nebeneinander aufs Bett, lagen sich in den Armen und weinten. Nach einiger Zeit schluchzten sie und schauten sich an.

»Ines, er hat gesagt ...« Beatrice konnte nicht weitersprechen, sondern fing wieder an zu weinen.

»Ich weiß. Ich habe gelauscht. Als Ihr das von Ricardo erzähltet, hatte ich gleich ein furchtbares Gefühl. Ich wusste, dass etwas Schlimmes passiert.« Liebevoll strich sie ihrer Herrin über die Haare.

»Hast du alles gehört?«

»Alles. Und jetzt müsst Ihr mir gut zuhören. Hier geht etwas Schlimmes vor. Ich hätte auch nicht gedacht, dass so was in Eurem Mann steckt, aber jetzt ist es mal so und wir müssen damit fertig werden. Ich würde auch ohne Lohn bei Euch bleiben, das wisst Ihr!«

Beatrice nickte und streichelte über Ines' Wangen. Sie hätte aufmerksamer zu ihr sein sollen. Ines war keine Dienerin, sondern ihre Freundin, das hatte sie ihr immer wieder bewiesen, und sie war zu überheblich gewesen, das zu erkennen.

»Uns bleibt nicht viel Zeit.« Sie nagte an ihrer Unterlippe.

»Er macht Euch mittellos und damit abhängig. So kann er Euch unterdrücken, und Ihr könnt gar nichts dagegen tun. Weiß er von dem Siegelring der Marchesa?«

Beatrice schüttelte den Kopf.

»Gut so. Verbergt ihn vor ihm. Der Schmuck Eurer Mutter, wo ist der?«

»In der Schatulle in der Wäschetruhe.«

»Ich werde zu Ugo gehen, wenn wir in Lucca sind. Und ich nehme Euren Schmuck mit und bringe ihn zu Pater Aniani. Das machen viele. Er hat einen Raum in San Frediano, wo man Geld deponieren kann. Da kommt niemand ran.«

»Ines, er wird heute Nacht zu mir kommen, nimm jetzt gleich alles mit.«

»Die nächste Geburt würde Euch umbringen, davon bin ich überzeugt, aber ich glaube nicht, dass Ihr nach dieser Operation, die Ihr nur durch ein Wunder überlebt habt, noch Kinder bekommen könnt. Ansari wird uns mehr dazu sagen. Und wenn Euer Mann Euch zwingt – es gibt immer Wege, nicht schwanger zu werden. Hört Ihr? Ihr braucht keine Angst zu haben. Plantilla kennt viele hilfreiche Kräutertränke.« Sie drückte zuversichtlich Beatrices Hände, obwohl ihr anzusehen war, dass sie ebenfalls Angst hatte.

Schließlich stand Beatrice auf und ging zur Wäschetruhe. Sie nahm die Schatulle heraus, in der sie Schmuck und Geld aufbewahrte, und gab sie, ohne zu zögern, Ines. Es gab niemanden sonst, dem sie vertrauen konnte. Vielleicht noch Ismail Ansari, aber wie es aussah, würde Federico ihn fortschicken, ohne ihr Gelegenheit zu geben, mit ihm zu sprechen. Ansari würde verstehen. Wenn alles noch schlimmer käme, konnte sie ihrem Onkel Hartmann von Altkirch schreiben, aber der war im Krieg. Zu ihren Verwandten in Florenz hatte sie nie viel Kontakt gehabt, obwohl sie sicher war, dass sie zumindest versuchen würden, ihr zu helfen. Aber eine verstoßene oder fortgelaufene Ehefrau würde von niemandem gern aufgenommen werden. Im Grunde war sie ihrem Mann auf Gedeih und Verderb ausgeliefert. Sie wusste das, und er wusste das.

Mit der in einem Schal verborgenen Schatulle ging Ines kurz darauf hinunter in den Keller, wo sie ein sicheres Versteck wusste. Beatrice zog das blutverschmierte Kleid aus und warf es wütend zu Boden. Dieser verfluchte Schuft! Dreckiger, hinterhältiger Bastard! Nie hätte sie es für möglich gehalten, dass er zu so viel Niedertracht fähig war. Ihr alles zu nehmen, jetzt, ausgerechnet jetzt, da sie ihre Eltern verloren hatte. Was hatte sie ihm getan, dass er sie so demütigen musste? Aber wahrscheinlich lag es nicht einmal an ihr. Er hatte sie getäuscht, genau wie er ihren Vater und seine eigene Familie getäuscht hatte. Federico war ein Blender. Aber er war gefährlich, und darin hatte sie ihn unterschätzt, genau wie Tomeo. Federico hatte seinem Bruder damals den Brief zugesteckt, weil er ihn als Mörder preisgeben wollte. Davon war sie heute überzeugt, und Tomeo hatte es zumindest geahnt, sonst hätte er sie nicht zur Vorsicht angehalten.

Es klopfte, und die Amme brachte Giulia vor ihrem Nachmittagsschlaf herein. Als sie ihr Kind in den Armen hielt und in die neugierigen blauen Augen sah, begriff sie, dass sie nicht alles verloren hatte. Unwillkürlich wanderten ihre Gedanken zu Tomeo. Wo war er jetzt? Dachte er manchmal an sie, so wie sie an ihn? Doch es war sinnlos, sich mit unerfüllbaren Sehnsüchten zu quälen. Sie war noch immer die Frau seines Bruders.

Beatrice hätte lieber allein mit Ines auf ihrem Zimmer gegessen, aber Federico wies sie an, ihm und den Männern Gesellschaft zu leisten. Bewusst entschied sie sich für ein reich besticktes Kleid aus schwerer roter Seide, legte Clarices Ohrringe, das Perlencollier, welches sie zu Giulias Geburt bekommen hatte, und den Rubinring an. Auf ihren Vorschlag hin nähte Ines den Siegelring der Marchesa und einige Goldstücke in einen pelzgefütterten Umhang ein. Da Beatrice glaubte, dass Federico den äußeren Schein wahren wollte, würde er ihr nicht alle kostbaren Kleidungsstücke nehmen. Beim Hinausgehen streifte ihr Blick das Porträt Pontormos. Ihre Eltern hatten es nicht gesehen, und für Federico war es wertlos. Sie warf die Tür hinter sich ins Schloss. Womöglich hatte er schon ein Bildnis von Marcina malen lassen.

Bevor sie den Salon betrat, atmete sie tief durch. Während ihrer Zeit in Matraia war ihr nicht aufgefallen, dass die Buornardis finanzielle Schwierigkeiten hatten, und später hatten die anstrengende Schwangerschaft und die wochenlange Krankheit sie vollkommen in Anspruch genommen. Wenn sie die Villa Buornardi mit dem Anwesen der Connuccis verglich, war der Unterschied natürlich immens, aber Beatrice war davon ausgegangen, dass das Vermögen des Marchese ohnehin weitaus größer war als das ihres Mannes.

»Guten Abend, Madonna, Ihr seht blendend aus!« Tegrimo Quilici erhob sich gleichzeitig mit da Sesto und ihrem Mann.

»Danke«, sagte sie kühl und setzte sich an das Tischende ihrem Mann gegenüber. Der junge Tegrimo Quilici war ihr bisher nur als Begleiter von da Sesto oder Connucci aufgefallen, nicht aber als zum Freundeskreis ihres Mannes gehörig. Es schien sich einiges geändert zu haben.

»Ich brauche Euch Tegrimo Quilici nicht vorzustellen, denke ich.« Federico hob sein Glas. Seine Wangen waren gerötet. Er schien dem Wein sehr viel mehr zuzusprechen als noch vor Monaten. »Zum Wohl!«

Sie nippte an ihrem Glas und musterte Tegrimo, dessen Vertrautheit im Umgang mit den beiden Männern sie befremdete. Warum war ihr der leicht untersetzte, ständig grinsende Mann mit dem Spitzbart zuvor nie aufgefallen? Wahrscheinlich, weil sie sein schmeichlerisches, anbiederndes Gehabe abstoßend fand. Ihren Mann schien das nicht zu stören, ließ er sich doch gern bewundern.

Eine junge Dienerin trug den ersten Gang auf, Ravioli mit Parmesanfüllung. Beatrice musste an Ricardo denken und hatte keinen Appetit.

»Ihr solltet etwas essen, Beatrice, damit Ihr wieder zu Kräften kommt.« Ihr Mann spießte eine Ravioli auf.

Sie warf ihm einen wütenden Blick zu und legte ihr Messer hin. »Mir ist der Appetit schon heute früh vergangen.«

Da Sesto grinste. »Ihr Frauen seid zu zart besaitet. Manchmal verlangt es nach brutalen Methoden, um für Disziplin zu sorgen.«

»Ach ja? Wisst Ihr, ich denke, dass man mit Ricardo Giorini hätte sprechen können, denn er ist ein kluger Mann und ein hervorragender Verwalter. Ganz einfach wäre das gewesen und hätte …«

Der Tisch wackelte unter Federicos Faustschlag. »Haltet den Mund, Beatrice. Ich habe genug von Eurer Weisheit. Der Mann war aufmüpfig und wurde bestraft. Basta!«

Eine junge Dienerin und Maria kamen mit voll beladenen Tabletts durch die Tür, um die übrigen Speisen aufzutragen. Beatrice fing einen warnenden Blick Marias auf und verschluckte die bissige Antwort, die ihr schon auf der Zunge gelegen hatte. Auf den Platten waren gebratene Möhren, Risotto, gefüllte Champignons, Schweinefleisch und eine Ente angerichtet. Zwei Soßen wurden in dampfend heißen Töpfen dazugestellt, und Beatrice fragte sich schuldbewusst, ob die übrigen Bewohner des Gutes nur halb so reichlich speisen konnten, während sie hier im Überfluss lebten.

»Wie geht es denn Eurer Stiefmutter Caterina, Tegrimo?«, fragte Beatrice unschuldig und nahm sich von den Möhren und der Ente.

Rodolfo wartete lauernd, während Tegrimo Quilici überrascht stotterte: »Ja, gut. Meinem Vater geht es auch gut.«

»Wie schön, das zu hören.« Beatrice erinnerte sich noch allzu gut an Connuccis Fest und Rodolfos Stelldichein mit Caterina Quilici. Und hatte sie ihn nicht in der Grotte der Marchesa gesehen, wo er ebenfalls auf ein Liebesabenteuer aus gewesen war? »Und wie steht es um Andrea?«, wandte sie sich an ihren Mann.

Mit finsterer Miene stocherte er in seinem Essen herum. »Zwei Verhandlungen sind ergebnislos verlaufen. Obwohl sie nur die Handschuhe gegen ihn verwenden können, beharren sie darauf, ihn zu verurteilen. Sie haben ihn bereits gefoltert, um ein Geständnis zu erpressen. Und alles nur, weil Euer gelehrter Freund seinen Mund nicht halten konnte.«

Tegrimo Quilici verzog angewidert das Gesicht. »Der hübsche Junge, ich bewundere ihn für seine Tapferkeit. Er hat nichts zugegeben. Ich würde alles gestehen, nur damit sie aufhören. Uh, Schraubstiefel, Streckbank, Daumenschrauben ...«

»Ja, dass Ihr alles sagen würdet, wissen wir, Tegrimo.« Rodolfo grinste.

»Nicht doch!« Tegrimo hielt seine weiche, beringte Hand für alle sichtbar über den Tisch. »Ich würde niemals meine Freunde verraten. Seht Ihr diesen Ring?« Er zeigte auf einen massiven Goldring. »Der lässt sich vorn öffnen und enthält ein Gift, das mir einen schnellen und schmerzlosen Tod ermöglicht.« Triumphierend lehnte er sich zurück.

»Dann hoffen wir, dass Ihr nie in die Verlegenheit kommen werdet, das Ringlein öffnen zu müssen«, meinte Federico gelassen.

»Was nicht allein von mir abhängt ...« Mit offenem Mund starrte Tegrimo zu da Sesto und Federico, die ihn plötzlich beide mit drohenden Blicken bedachten. Beleidigt griff er nach einem Entenflügel und murrte: »Ich dachte, wir sind unter Freunden ...«

»Nicht vor ihr, Trottel«, herrschte Federico Tegrimo mit kurzem Blick auf seine Frau an.

»Wie geht es der Marchesa?«, erkundigte sich Beatrice. Vielleicht konnte sie von deren Seite Hilfe erwarten.

»Die werte Marchesa weilt zurzeit in Siena bei ihrer Familie«, sagte da Sesto und dämpfte Beatrices Hoffnungen.

Nachdem die Männer ihr Mahl beendet hatten, erhob Beatrice sich. »Ich bitte, mich zu entschuldigen, aber ich möchte noch nach unserem Verwalter sehen und einige Angelegenheiten regeln, da meine Abreise hier sehr überraschend angeordnet wurde.« Sie warf Federico einen wütenden Blick zu und ging hinaus.

Ihr Weg führte sie zuerst in die Küche, wo die Amme Giulia gerade die Brust gab. »Eure Tochter ist klein und zart, aber gesund, und sie kräht wie jedes normale Kind. Das stärkt die Lungen.« Die Amme lächelte, und Beatrice beneidete sie um ihre Aufgabe.

»Du machst deine Sache gut, Amme. Übermorgen brechen wir nach Lucca auf.«

»Nach Lucca? Aber meine Familie lebt hier!«

»Es tut mir leid, aber es wird nicht für lange sein. Zwei oder drei Monate noch, dann kannst du wieder nach Matraia. Sagen wir im Februar, dann ist Giulia sechs Monate von dir gestillt worden, und ich habe bis dahin eine neue Amme gefunden.«

Die Frau nickte und rieb Giulias Bäuchlein. Der Säugling trank gierig und schmatzte dabei. Maria kam durch den Hintereingang in die Küche und winkte Beatrice, ihr nach draußen zu den Gesindehäusern zu folgen.

»Der Medicus hat gesagt, er würde Euch gern noch sprechen, wenn sich die Möglichkeit ergibt. Er ist bei Ricardo.«

Maria wischte sich die Augen. »Das hat er nicht verdient. Er ist ein guter Mann. Das war nicht recht vom Herrn.«

»Nein, das war es ganz und gar nicht, und ich wünsche mir, dass Federico dafür irgendwann in der Hölle schmort.« Und als sie die karge Behausung des Verwalters betrat, kamen ihr noch weitaus schlimmere Verwünschungen in den Sinn.

Der Mann war ein kinderloser Witwer und hatte sein gesamtes Leben dem Gedeihen des Gutes gewidmet. Dass die Bewirtschaftung von Feldern, Plantagen und Weinbergen so reibungslos lief, war allein sein Verdienst, und so dankte es ihm sein Herr. Beatrice legte die Hand vor den Mund, als sie den regungslosen Giorini auf dem Bauch liegend vorfand. Sein Rücken war von blutigen Striemen bedeckt, die angeschwollen und entzündet waren. Ismail Ansari stand auf der anderen Seite der schmalen Bettstatt. Er sah reisefertig aus und schien nur auf sie gewartet zu haben.

»Ismail ...« Beatrice ging mit ausgestreckten Händen zu ihm.

»Allahs Wille ist manchmal schwer zu verstehen, aber wir leben unter seinem Schutz und versuchen demütig, unser Schicksal anzunehmen.« Er lächelte. »Ihr habt Euch schon wieder für jemanden eingesetzt, der Hilfe brauchte.«

»Langsam wünschte ich mir, ich hätte Euch nicht zu meinem Mann gerufen ...«

»Sagt das nicht. Nichts geschieht ohne Grund, auch wenn wir ihn im Moment nicht sehen. Lasst nicht zu, dass Euer Herz verhärtet, Beatrice.«

Ricardo stöhnte und drehte den Kopf zur Seite, damit er Beatrice sehen konnte. »Ich stehe tief in Eurer Schuld, Madonna. Wie kann ich Euch nur je für Euer Eingreifen danken? Er hätte mich totgeschlagen.«

Ansari nickte. »Es hat nicht viel gefehlt, aber du hattest Glück, die Sehnen sind unverletzt geblieben. Ich lasse dir die

Salben hier.« Der Medicus wies auf zwei Tiegel, die auf einem einfachen Tisch standen.

Ines kam ins Haus geeilt. »Madonna, der Herr will Euch sehen. Sofort!«

Verzweifelt schaute Beatrice von Ricardo zu Ansari. »Er wird doch durchkommen?«

»Es wird lange dauern, bis er wieder arbeiten kann, aber er wird es überleben«, versicherte Ansari ihr.

»Ihr bleibt natürlich heute Nacht noch hier. Und wir sehen uns in Lucca. O Gott, ich muss gehen, sonst wird er wieder rasend vor Wut ... Ich habe Angst.« Beatrice ergriff Ansaris Hand, legte sie kurz an ihre Wange und ging mit Ines hinaus.

Vor dem Haus nahm Ines eine Fackel aus einem Halter an der Mauer, denn inzwischen war es stockfinster. Die Nacht war sternenlos und kalt. »Er ist betrunken. Ziert Euch nicht, lasst es einfach geschehen, und wenn sich herausstellt, dass Ihr keine Kinder mehr bekommen könnt, wird er Euch in Ruhe lassen.«

Innerlich bereitete sich Beatrice auf das vor, was sie erwartete, und schickte Stoßgebete in den dunklen Nachthimmel. »Heilige Mutter Gottes, barmherzige Jungfrau, gib mir Kraft ...«

Sie näherten sich ihrem Schlafzimmer, und Ines flüsterte: »Er wartet auf Euch.« Dann küsste sie ihre Herrin auf die Wangen und öffnete die Tür zum benachbarten Ankleideraum. »Ich bin in der Nähe.«

Unbewusst legte Beatrice eine Hand auf ihren Bauch, an dem die Narbe gelegentlich noch immer zog. Sie betrat das Schlafzimmer, wo Federico neben dem Bett auf sie wartete. Auf dem Tisch stand ein Weinkrug, und in der Hand hielt er einen Becher.

»Es ist lange her, nicht wahr, Madonna?«

Beatrice schwieg. Im Kamin brannte ein Feuer, doch ihr

war kalt. Als sie seine kalten Augen auf sich spürte, schnürte es ihre Kehle zusammen.

Er setzte den Becher ab, packte ihre Hüften und zog sie an sich. Seine Berührung riss sie aus ihrer Erstarrung. Hasserfüllt spuckte sie ihm ins Gesicht. »Lasst mich los! Ich hasse Euch!«

Mit einer Hand wischte er sich übers Gesicht, mit der anderen riss er sie herum und stieß sie rücklings aufs Bett. »Das ist mir egal, Madonna. Hass ist keine geringere Leidenschaft als die Liebe.«

Beatrice versuchte ihn mit den Füßen von sich zu stoßen, doch er war stärker, drückte sie mit seinem Gewicht nach unten und schlug sie ins Gesicht. »Kommt zur Besinnung, Ihr könnt nicht gewinnen!«

Sie schmeckte Blut, und ihr Kiefer brannte, aber ihr Widerstand war nicht gebrochen. »Aber zu verlieren habe ich auch nichts mehr!« Mit aller Kraft versuchte sie sich von ihm loszumachen, doch er riss bereits an ihrem Mieder und schob ihre Röcke nach oben. Als er seine Hand auf ihren Bauch presste, entfuhr ihr ein Schmerzensschrei.

Verwirrt hielt Federico inne und entblößte sie vollends. Erstaunen, Entsetzen und Unverständnis zeigten sich abwechselnd auf seinem Gesicht, als sein Blick zu der langen roten Narbe auf ihrem Unterleib glitt. »Was ist das?«

»Diese Narbe stammt von der Geburt.« Als er sie freigab, zog sie die Beine an und legte ihre Hände schützend auf die Narbe.

Federico erhob sich, ging zum Tisch und stürzte einen Becher Wein hinunter. »Bedeckt Euch.«

Gehorsam streifte sie die Röcke herunter und rutschte ans Kopfende des Bettes.

»So etwas ist unmöglich. Es ist nicht natürlich, ein Kind so auf die Welt zu bringen.«

»Natürlicher wäre es gewesen zu sterben, da gebe ich Euch recht.«

»Das habe ich nicht gewusst. Niemand hat mir gesagt, dass Ihr geschnitten wurdet.«

»Es weiß auch sonst niemand, weil die Leute es nicht verstehen würden. Aber es ist ganz allein mein Wunsch gewesen. Niemanden sonst dürft Ihr deswegen zur Verantwortung ziehen.«

»Dieser Medicus ...« Finster starrte er seine Frau an.

»Hat auch Euch das Leben gerettet«, beendete sie den Satz für ihn.

Unschlüssig fuhr er sich mit einer Hand durch die Haare und musterte sie lange. »Ich weiß nicht, was ich jetzt mit Euch anfangen soll.«

Ihm musste klar geworden sein, dass sie keine Kinder mehr bekommen konnte. »Ich könnte hierbleiben, während Ihr Euer Leben in Lucca lebt ...«, wagte sie zaghaft vorzuschlagen.

Zorn flammte in seinen Augen auf. »O ja, das könnte Euch gefallen, hier allein mit diesem Giorini und Eurer Zofe und wen Ihr sonst noch alles herholen würdet. Nein, Ihr kommt mit nach Lucca und werdet im Palazzo bei meiner Mutter leben. Außerdem habt Ihr noch etwas Wichtiges für mich zu tun!«

Die Übereignung ihres Besitzes stand ihr bevor. Wie hatte sie das vergessen können? Wütend schlang sie die Arme um ihre Knie.

»Vielleicht denkt Ihr, dass Ihr jetzt keine Pflichten als Ehefrau mehr habt?«

Ihre Augenlider flatterten. Wollte er sie von nun an in ständiger Furcht halten? »Nein, das denke ich nicht.«

»Ich bin kein Unmensch, Beatrice«, sagte er etwas sanfter.

»Spart Euch Eure Lügen, Federico. Ihr habt Euer wahres Gesicht gezeigt.« Sie tastete ihr Kinn ab, das sich taub anfühlte.

»Das habt Ihr Euch selbst zuzuschreiben. Wäret Ihr nicht so ungehorsam, müsste ich Euch nicht züchtigen.«

»Ich war nicht ungehorsam!«, schrie sie ihn an. »Ihr seid ein widerlicher Hurensohn! Und jetzt könnt Ihr mich wieder schlagen, wenn Ihr Euch dann besser fühlt!« In Erwartung eines neuen Angriffs riss sie sich ein Kissen auf den Bauch und umklammerte es.

Federico legte den Kopf schief. »Für heute habt Ihr genug einstecken müssen. Ach ja, das Collier steht Euch ausgezeichnet, aber es war ein etwas voreiliges Geschenk. Ich muss Euch leider bitten, es mir zurückzugeben.«

Wütend riss sie sich den Schmuck vom Hals und schleuderte die Perlen aufs Bett, von wo er sie aufnahm und in seinen Gürtel steckte. Automatisch griff sie nach den Ohrringen, doch er winkte ab. »Behaltet sie. Sie würden nicht genug einbringen. Für heute ist mir die Lust vergangen, aber ich komme wieder, denkt daran.«

Hasserfüllt starrte sie ihm hinterher, bis er das Zimmer verlassen hatte, doch sie hütete sich, ihn weiter zu reizen. Und wie sie an ihn denken würde! Vielleicht konnte sie ihm das nächste Mal, wenn er mit ihr schlafen wollte, einen Dolch zwischen die Rippen stoßen? Oder sie mischte ihm Gift in sein Essen. Doch genauso schnell, wie die Rachegedanken gekommen waren, ließ sie sie wieder fallen. Mord war keine Lösung, jedenfalls nicht ihre. Aber das hieß nicht, dass sie sich ihrem Schicksal einfach ergeben würde. Niemals!

»O Giulia, was soll nur aus uns werden?«, flüsterte Beatrice und starrte in die Glut der Holzscheite.

XXIII
Vatikan, November 1525

Sankt Peter war eine Baustelle. Alberto Mari stand in der Mitte der Bauruine unter freiem Himmel. Es begann zu regnen. Ein feiner, kalter Novemberregen durchnässte seine Kleidung und ließ den Marmor der Säulen, die man noch nicht fertig bearbeitet hatte, und den gemusterten Boden glänzen. Seit Bramantes Tod vor elf Jahren waren die Bauarbeiten kaum vorangeschritten. Der große Architekt Bramante hatte die Vision von einem Neubau der Peterskirche gehabt und einen kuppelbekrönten Zentralbau über dem Grundriss eines griechischen Kreuzes geplant. Mari stieß gegen einen herausgebrochenen Stein. Eine schöne Idee, diese Mischung aus Basilika und Pantheon, aber selbst Raffael, der Bramante ins Baumeisteramt gefolgt war, hatte die Arbeiten nicht vorantreiben können. Jetzt arbeiteten Sangallo und Peruzzi gemeinsam am Petersdom, und das Ergebnis waren ständig wechselnde Pläne.

Der Sekretär schlenderte am Petrusgrab und am Eingang der Grotte vorbei, in der sich die Krypta befand. Das Zentrum der Christenheit war eine Ruine. Die Metapher war so passend, dass Mari ein trockenes Lachen ausstieß. Ein Arbeiter, der Schutt in Eimer schaufelte, sah ihn verwundert an. Am späten Nachmittag war Alberto Mari durch die Porta del Popolo über die gleichnamige Straße in die Stadt geritten. Innerhalb der Stadtmauern spürte man außer einer vermehrten Anzahl von Kriegsflüchtlingen nichts vom Schlagabtausch kaiserlicher und päpstlicher Truppen im Norden des Landes. Händler, Hausierer, Straßenmusikanten, Bettler, Gassenkehrer und was sonst an Volk eine Stadt bevölkerte, drängten sich in den Straßen entlang dem Tiber.

Nachdem Mari die Ponte Sant Angelo überquert hatte, war er an den prächtigen Palazzi der Kardinäle im Borgo vorübergekommen. Die Vatikanstadt erhob sich auf der anderen Tiberseite und war über fünf Straßen, die Borghi, zu erreichen. Am Fluss lag das Castel Sant Angelo, das durch einen Geheimgang mit dem Vatikan verbunden war. Hospize und Klöster, die vor allem die unzähligen Pilger aufnahmen, befanden sich ebenfalls auf dieser Tiberseite. Der Sekretär schritt über die Treppe zum Vatikanpalast. Vom Fluss und von den Borghi klangen noch die Schreie der Händler und die Betriebsamkeit des ausklingenden Tages herauf. Die livrierten Diener des Vatikanpalasts zündeten Öllampen und Fackeln an, und die Wachen der Schweizergarde standen mit ihren Hellebarden und glänzenden Helmen vor allen Ein- und Ausgängen.

Mari zeigte seinen Passierschein vor und wurde eingelassen. Im Frühjahr wäre er durch die Gärten gewandert, doch jetzt lag alles grau unter dem trüben Novemberregen, und er war froh, als er den ersten der mächtigen Korridore des Vatikanischen Palasts betreten konnte. Hier, im Civitas Dei, dem Staat Gottes, umfing ihn Ruhe. Zu Beginn seiner Ausbildung zum Priester war er von den Regeln, der streng geordneten Hierarchie und dem Habitus der geistlichen Männer beeindruckt gewesen. Inzwischen wusste er es besser. Prunksucht und Machtgier hatten vor den goldenen Toren des Vatikans nicht Halt gemacht, auch wenn die Kunstwerke hier von den größten Künstlern Europas geschaffen worden waren.

Ein Diener fragte nach seinem Auftrag, doch Mari winkte ab. Er kannte sich aus in dem Labyrinth aus über eintausend Räumen mit ebenso vielen Treppen und zahlreichen Innenhöfen und ging zielstrebig zur Loggia della Cosmografia.

Die Loggia lag gegenüber dem Petersplatz und beherbergte die privaten Gemächer von Papst Clemens VII. In unmittelbarer Nähe befanden sich die Räume des päpstlichen Geheimsekretärs Domenico Flamini.

»Euer Exzellenz.« Mari verneigte sich tief, nachdem er von einem Abbreviator, einem der niederen Beamten, in Flaminis Arbeitszimmer geleitet worden war. Wie fast alle Beamten trug auch Mari heute seinen schwarzen Rock. Flamini stand am Fenster, die Hände auf dem Rücken verschränkt, und wippte auf den Fußspitzen, wie er es häufig tat. Vielleicht versuchte Flamini dadurch größer zu wirken, denn er war einen halben Kopf kleiner als Mari, aber wenn man ihn sprechen hörte, vergaß man seine wenig beeindruckende Physiognomie, denn der Geheimsekretär war intelligent und gefährlicher als eine gereizte Kobra.

Ohne sich umzudrehen, sagte Flamini scharf: »Ich hoffe, Ihr habt den weiten Weg nach Rom nicht ohne bahnbrechende Neuigkeiten gemacht!«

Mari schwieg, denn er hatte außer der Verhaftung von Andrea, der allem Anschein nach unschuldig war, nichts vorzuweisen.

Plötzlich drehte sich Flamini um. Er hatte den Rang eines Kardinals, doch er zog es vor, sich schwarz zu kleiden, nur der purpurne Saum an seinem Rock und der Ring zeigten seinen Status. Stechende graue Augen, eine dicke Nase und schmale Lippen kennzeichneten sein kantiges Gesicht, das etwas von der Verschlagenheit eines Straßenjungen hatte. Kaum jemand wusste um die niedrige Herkunft Flaminis, der bis zu seinem achten Lebensjahr in der Gosse gelebt hatte und dann von einem Priester aufgenommen und ausgebildet worden war. Aber Mari würde sich eher die Zunge abbeißen, als je Flaminis Vergangenheit zu erwähnen. »Nichts! Ihr habt nichts erreicht! Das hätte ich mir denken können. Ihr seid ein Träumer, Alberto.« Er spielte mit seinem Rosenkranz.

Mari senkte den Blick. »Euer Exzellenz, ich bin am Ende

meiner Weisheit. Wer auch immer sich mit Agozzini treffen wollte, hält sich jetzt bedeckt, und vom Mörder gibt es noch keine entscheidende Spur, obwohl jemand verhaftet worden ist.«

»Ich weiß. Glaubt Ihr, ich habe keine Spione?«

»Aber warum habt Ihr dann mich geschickt? Ich bin eingesperrt und gefoltert worden, aber ich konnte nichts sagen, weil ich gar nichts weiß.« Während seines Aufenthalts in Lucca hatte er natürlich Berichte an Flamini geschickt. Dabei hatte er die peinlichen Details seiner Gefangenschaft weggelassen und auch nicht erwähnt, dass man ihn genötigt hatte, Andrea anzuschwärzen, und dass die belastenden Handschuhe nur untergeschoben waren. Wenn Flamini auch nur ahnte, dass er für seinen Entführer spionierte, wäre sein Leben keinen Scudo mehr wert.

»Eine merkwürdige Sache war das mit Eurer Gefangenschaft. Und Ihr wisst natürlich nicht, wer dafür verantwortlich ist?«

Mari schüttelte den Kopf. Durch die kleinen Fenster fiel auch bei Tag kaum genügend Licht in den Raum. Und jetzt brannten lediglich drei Kerzen und eine Öllampe. In einem Kohlenbecken verrauchte die letzte Glut, aber Flamini schien die Kälte nicht zu stören. Auf einem Schreibtisch lagen Papiere und versiegelte Rollen.

»Nun, dann werden wir das Ganze beschleunigen müssen. Unser Plan, Pescara auf unsere Seite zu ziehen, ist fehlgeschlagen. Wir haben alles versucht und ihm sogar die Krone von Neapel angeboten, aber dieser Trottel hält zu seinem spanischen Kaiser.«

Es hatte Gerüchte über Hochverrat in Mailand gegeben, und Mari hatte sich gewundert, dass Pescara den Kanzler Morone nicht sofort zum Tode verurteilt hatte. Aber es hieß auch, dass der Feldherr schwer krank war. Vielleicht war er der Intrigen überdrüssig, genau wie ich, dachte Alberto Mari und hoffte, dass Flamini eine andere Aufgabe für ihn gefunden hatte.

»Noch halten die Franzosen mit Sforza Mailand, aber das ist eine Frage der Zeit. Hunger und Pest raffen auch die Besten dahin. Unser Heiliger Vater hat natürlich keine Schuld an der Verschwörung. Das war allein Morones Idee!« Flamini zeigte eine Reihe brauner Zähne.

O ja, der Papst, der die Verschwörung angezettelt hatte, denn nur er konnte schließlich Neapel als Preis aussetzen, wusch seine Hände in Unschuld und schickte wahrscheinlich gerade den nächsten Boten zu Karl, um einen neuen Waffenstillstand auszuhandeln.

»Alberto, schaut nicht so verdrossen drein. Es gibt immer mehr als einen Weg, ein Ziel zu erreichen. Der Heilige Vater will, dass Florenz endlich wieder von einem Medici regiert wird. Alessandro ist hier.«

Erschrocken fuhr Mari zusammen. Alessandro, der Mohr, war hier im Vatikan? Jeder wusste, dass Alessandro nicht nur hässlich, sondern auch brutal, hinterhältig und von geringer Intelligenz war. Die Florentiner würden sich kaum über diesen Medici-Spross freuen!

»Wir werden gleich gemeinsam zu Seiner Heiligkeit gehen und seine Befehle entgegennehmen. Sein Sohn wird zugegen sein, um diesem Unternehmen mehr Nachdruck zu verleihen, denn mir scheint, Ihr habt den Ernst der Sache nicht verinnerlicht. Es geht um Florenz, Alberto!«

»Und was ist mit Lucca?«

Flamini lachte. »Das ist typisch für Euch. Lucca ist seit jeher ein Dorn im Auge der Signoria, die sich die reiche Republik gerne einverleiben möchte. Wir tun nichts weiter, als dem Ganzen einen kleinen Stoß in die richtige Richtung zu versetzen. Die Zeit ist günstig, denn die Seidenweber sind unzufrieden, das Volk ist verunsichert durch den Religionsstreit und den Krieg, und in Lucca gibt es jemanden, der bereit ist, seine Stadt für genügend Geld zu verraten.« Zufrieden rieb der Geheimsekretär sich die Hände. »Mir ist von zuverlässiger Seite versichert worden, dass unser Verbündeter es immer noch ernst meint.«

»Aber wie? Wer?«, stammelte Alberto verwirrt.

»Das Wie erkläre ich Euch gleich. Das Wer liegt noch im Dunkeln, was mich aber nicht allzu sehr beunruhigt, weil ich von der Integrität meines Verbündeten überzeugt bin. Ein gerissener Bursche, dieser Kerl, aber darin liegt ja der Reiz der ganzen Sache.«

»Arbeitet er denn allein?«

»Oh, er ist nicht allein. Stellt Euch nicht dümmer, als Ihr seid, Alberto, und ich weiß, dass Ihr über einen sehr klugen Verstand verfügt. Natürlich hat der Mann Sympathisanten. Dazu gehören zum Beispiel die Namen, die Ihr auf dem Papier bei Connucci gelesen habt. Gemeinsam werden diese Leute uns im richtigen Augenblick die Stadttore öffnen, und weil sie dann schon vorher den Großen Rat entmachtet haben, werden unsere Truppen leichtes Spiel haben und Lucca in einem Überraschungsstreich einnehmen. Und wenn Alessandro Lucca erobert hat, wird er in Florenz als Sieger einziehen. Außerdem gehe ich davon aus, dass Karl irgendwann genug von seinem Italienkrieg hat, und dann, ja dann gehört uns alles!«

»Aber Euer Luccheser Verbündeter ist durch den Mord an Agozzini so verschreckt worden, dass er sich gar nicht mehr meldet!«

Flamini deutete auf den Schreibtisch. »Keineswegs. Deshalb seid Ihr hier. Er bittet um ein neues Treffen. Er verlangt zweitausend Scudi und einen Brief von Alessandro de' Medici. Dafür, dass er sein Leben aufs Spiel setzt, ist das ein fairer

Preis. Nach gelungener Operation erhalten er und seine Verbündeten eine noch abzuklärende Summe und er das Amt des *gonfaloniere* von Lucca auf Lebenszeit.«

Darum also ging es! Mein Gott! »Aber wer ist dieser Verräter?«

Flamini kam zu seinem Sekretär, klopfte ihm auf die Schulter und sagte: »Er will seine Identität noch nicht preisgeben. Aber wenn er Alessandros Schreiben und das Geld als Zeichen unseres guten Willens sieht, wird er sich offenbaren, und Ihr werdet der Mann sein, der unseren mysteriösen Verbündeten am zweiten Sonntag im Dezember, also von heute an in zwei Wochen, im Dom von San Martino trifft.«

»In San Martino?« Mari verschluckte sich vor Schreck und hustete, verzweifelt nach Luft ringend. »Ich?«

»Ihr, weil Ihr keinen Verdacht in Lucca erweckt. Inzwischen kennt man Euch dort, und warum nicht San Martino? Es ist sehr unwahrscheinlich, dass man dort einen zweiten Mord begehen wird, außerdem hat unser Verbündeter den Ort bestimmt.«

Alberto öffnete den Mund, schloss ihn jedoch wieder, als Flamini die Hand hob. Er hatte Angst, zurück nach Lucca zu gehen. Federico Buornardi hatte allen Grund, ihn zu hassen, das hatte er deutlich genug gesagt.

»Keine Widerrede! Ihr habt Euch nicht mit Ruhm bekleckert und für Eure gut bezahlte Position noch nicht viel geleistet. Es wird Zeit, dass es sich auszahlt, jemanden wie Euch zu beschäftigen. Gehen wir!« Obwohl Flamini einige Jahre älter war als Mari, hatten seine Bewegungen eine Leichtigkeit, die Mari immer wieder überraschte.

Das gute Essen, das er zu sehr liebte, machte ihn schwer und seine Gelenke rostig, aber nicht seinen Geist, dachte Alberto Mari und nahm sich vor, den Papst von seiner Unbrauchbarkeit als politischer Intrigant zu überzeugen. Leider würde der

Papst nur gnädig zuhören, wenn er guter Stimmung war. Mari wischte sich die Stirn, auf der sich Schweißperlen sammelten, und suchte mit Flamini Schritt zu halten, der vor ihm über den Korridor eilte.

Zwei Gardisten zeigten an, dass sich hinter der vergoldeten Tür die päpstlichen Gemächer befanden. Da Flamini hier ein und aus ging, rückten sie auseinander und ließen die beiden Männer hindurch. Ehrfürchtig verneigte Mari sich, kaum dass er eingetreten war, und ging hinter Flamini zum Sessel des Papstes, um die dargereichte Hand zu berühren. Clemens war schlank und sehnig und hatte die lange Medici-Nase. Seine Züge waren ernst, der Mund verkniffen. Der Sessel stand auf einem Podest, auf dem sich auch das Baldachinbett befand. Roter Samt und Gold waren die vorherrschenden Farben. Clemens trug einen weißen, pelzgefütterten Umhang über seinem weißen Rock und sah ihnen kühl und überlegen entgegen.

Hinter ihm stand sein illegitimer Sprössling, Alessandro, der Mohr, den Mari erst wenige Male aus der Ferne gesehen hatte. Er hatte wulstige Lippen, hervorquellende dunkle Augen und auffallend fleischige Ohren unter kurzen, krausen Haaren. Auch seine olivfarbene Haut war in Zeiten, in denen die Frauen sich weiß puderten, ein Makel, doch wirklich hässlich machten ihn seine Gesichtszüge. Sie ließen keinen Zweifel an seiner Grausamkeit. Lauernd betrachtete Alessandro de' Medici Mari, der sich bescheiden neben Flamini stellte. Ohne den Sekretär aus den Augen zu lassen, beugte sich Alessandro zu seinem Vater und flüsterte ihm etwas ins Ohr.

Papst Clemens wartete, bis sein Sohn geendet hatte, und sagte zu Mari: »Wir sind nicht zufrieden mit dem, was in Lucca vor sich geht.«

»Nein, Euer Heiligkeit.« Mari faltete die Hände und deutete eine demütige Verbeugung an.

»Wir hatten wenig Zeit, Uns um dieses Problem zu kümmern, weil Wir Unser Reich gegen die spanischen Invasoren verteidigen müssen.« Clemens neigte sich vor, und seine Augen sprühten vor Zorn.

Heute wäre kein guter Tag, den Papst nach einem anderen Auftrag zu fragen. Mari befeuchtete seine Lippen, während Flamini neben ihm hin- und herwippte.

»Was ist das für eine Geschichte mit den Handschuhen, die Agozzini angeblich seinem Mörder gegeben hat? Jemand wurde verhaftet, aber es ist noch nicht zu einer Verurteilung gekommen. Warum nicht?«

»Äh«, stammelte Mari. »Man hat mir versichert, dass Andrea, ein Diener des Tuchhändlers Federico Buornardi, der Mörder sei. Aber selbst unter der Folter will der Diener nicht gestehen.«

»Wer hat Euch von den Handschuhen erzählt?«

Clemens war unerbittlich. Mari seufzte. »Ich weiß es nicht, Euer Heiligkeit, das ist ein Dilemma, aber ich weiß es nicht.«

»Habt Ihr einen Verdacht, wer der Mörder ist? Denn der wird erneut versuchen, unsere Pläne zu durchkreuzen.« Der Papst dachte nach. »Und wenn man Euch absichtlich mit den Handschuhen auf eine falsche Fährte gelockt hat? Habt Ihr daran schon gedacht?«

»Nein, Euer Heiligkeit, auf diesen Gedanken bin ich noch nicht gekommen. Aber wenn das so ist und ich jetzt mit dem Geld und dem Brief Eures Sohnes nach Lucca zurückkehre, dann bin ich in Gefahr! Ich meine, dann will der Mörder doch auch nicht, dass ich mich mit dem Verbündeten treffe.«

Alessandro grinste. Seine weißen Zähne schimmerten im Kerzenlicht, genau wie die goldenen Knöpfe auf seinem Wams.

»Ihr werdet Euch eben geschickt anstellen müssen, Mari. Der Luccheser hat nicht nur den Treffpunkt vorgeschlagen, sondern auch nach Euch als Boten verlangt. Ich werde Euch einen Beschützer mitgeben, denn Ihr wollt kaum allein mit zweitausend Scudi über Land reisen.«

»Ihr müsst einen Verdacht haben, wer Agozzini ermordet hat. Und wenn Ihr keinen habt, dann deckt Ihr vielleicht jemanden?«, fragte Alessandro drohend.

Energisch schüttelte Mari den Kopf. »Aber nein, wen sollte ich decken? Ich habe doch sogar die Liste von der Verschwörung der Poggios gefunden.«

Clemens hob die Augenbrauen. »Ach ja, Flamini hat das erwähnt. Wo genau habt Ihr sie gefunden?«

Mari schilderte die Feier bei Connucci und unterstrich seinen Scharfsinn beim Auffinden des Verstecks in der Statue.

Alessandro verzog ungehalten das Gesicht. »Kommt zur Sache, Sekretär Mari!«

»Der Marchese Connucci hatte also die Liste. Interessant, in der Tat. Den Namen seines Bruders habe ich erst kürzlich auf einer Liste für Kardinalsanwärter gelesen. Da würde der Marchese wohl kaum meinen Legaten umbringen lassen, meint Ihr nicht, Mari?« Clemens hatte einen Ellbogen auf sein Bein gestützt und rieb die Fingerspitzen aneinander.

»Genau. Deshalb habe ich den Marchese als Verdächtigen sofort ausgeschlossen«, sagte Mari eifrig und spürte Flaminis missmutigen Blick auf sich.

Alessandro schnaubte verächtlich. »Ihr seid ein Feigling!«

Sein Vater gebot ihm zu schweigen. »Und wenn der Marchese die Liste besitzt, warum ist nicht er Unser geheimnisvoller Verbündeter? Also, Mari, ich sehe keine Gefahr darin, Euch zurückzuschicken, und wenn Ihr Euch gut macht, schenke ich Euch eine fette Pfründe, und Ihr könnt Euch ganz Euren lateinischen Studien widmen.«

Erfreut verneigte sich Alberto Mari. »Ich werde Euch nicht enttäuschen, Euer Heiligkeit.«

»Das wäre auch das Letzte, was Ihr in Eurem nichtswürdigen Leben tätet!«, fauchte Alessandro.

Flamini sagte nach einem Blickwechsel mit dem Papst zu Mari: »Ihr seid entlassen. Wartet draußen auf mich.«

Gehorsam trat Alberto Mari durch das Vorzimmer, in dem ein junger Priesteranwärter an einem Arbeitstisch saß und Papiere sortierte, zurück in die Loggia della Cosmografia. Von den Fenstern konnte man bei Tag auf den Platz vor der Peterskirche sehen, aber jetzt war die Aussicht durch Schutt und Reste der alten Basilika getrübt. Unten lief jemand mit einer Fackel durch die Dunkelheit. Mari fragte sich, warum der Papst ausgerechnet jetzt den unfähigen Alessandro in Florenz an die Macht bringen wollte. Zurzeit regierte Kardinal Passerini von Cortona selbstherrlich die Signoria und presste den Florentinern unerhörte Steuern ab. Der Kardinal war genauso verhasst wie die Medici, und ein Aufstand der Florentiner war nur eine Frage von Wochen oder Monaten. Man konnte das Volk auf Dauer nicht so behandeln. Auch die Luccheser übertrieben es, was sich in der Unzufriedenheit der Seidenweber und auf den Straßen zeigte. Die Reformation in Deutschland schürte die aufgebrachte Stimmung zusätzlich, machte sie doch den Katholiken deutlich, was die Kardinäle und Bischöfe an ihren Gläubigen schätzten – ihre Spenden. Mari hatte die Berichte über den deutschen Augustinermönch Luther und dessen standhafte Verteidigung seiner Thesen vor Karl gelesen und dem Mönch Bewunderung gezollt. Luthers Anhänger nannten sich nach dem Neuen Testament die »Evangelischen« und wurden von vielen Fürsten gefördert und finanziert, und aus diesen Reihen wurden die Landsknechte unterstützt und rekrutiert – dieselben Landsknechte, die jetzt in Mailand gegen Sforza und die Franzosen kämpften und deren Gier auf ein größeres Stück von Italien noch lange nicht gestillt war.

»Mari! Hört Ihr nicht? Kommt schon, ich muss Euch für die Rückreise instruieren.« Flamini winkte ihn ungeduldig zu sich.

Alberto Mari löste sich schwerfällig vom Fenster, seine Knochen schmerzten noch von der Reise, und er sehnte sich nach einem warmen, weichen Nachtlager. Auch wenn äußerlich keine Spuren der Gefangenschaft geblieben waren, spürte er doch, dass ihn die Zeit im Kerker geschwächt hatte. Der plötzliche Tod der Rimortellis hatte ihn darüber hinaus mitgenommen, und er fühlte sich um Jahre älter als noch zu Beginn des Sommers. In Flaminis Arbeitszimmer ließ er sich resignierend auf einen Stuhl fallen und wartete auf seine Befehle.

Misstrauisch schaute Flamini ihn von seinem Schreibtisch aus an. »Was ist bloß los mit Euch, Mari? Ihr seid doch sonst immer zu einem Scherz aufgelegt, immer streitbar. Es kommt mir fast vor, als hättet Ihr mit Eurem Leben bereits abgeschlossen. Ihr seid doch nicht krank?«

Angewidert vom intriganten Papst und dessen hässlicher Ausgeburt des Bösen war er, und das machte ihn krank. »Möglicherweise habe ich mir eine Erkältung eingefangen. Der Regen, die Kälte ...« Alberto hob entschuldigend die Schultern.

»Wir kommen in die Jahre, was, Mari? Hier ein Zipperlein, da ein Stechen. Ihr solltet Euch vom Wein und von den fetten Speisen fernhalten, das bekäme Euch sicher gut.« Vorwurfsvoll schaute Flamini auf Maris wohlgenährten Leib.

»Ich bin kein Asket«, murrte der Sekretär und hoffte, dass er sich endlich zurückziehen konnte.

»Mit diesem Schreiben geht Ihr morgen zum Schatzkämmerer und lasst Euch zweitausend Scudi in Goldmünzen auszahlen. Anschließend kommt Ihr zu mir und erhaltet den Brief von Alessandro. Über einen geeigneten Begleiter denke ich noch nach. Gehabt Euch wohl, Mari. Ihr könnt froh sein, dass Seine Heiligkeit Euch mit dieser Sache betraut. Bisher habt Ihr Euch nicht ausgezeichnet.«

»Hm. Bis morgen, Exzellenz.« Mari steckte die Urkunde mit dem päpstlichen Siegel ein, erhielt beim Hinausgehen vom Abbreviator seinen Umhang zurück und verließ die Loggia auf schnellstem Wege. Sein Quartier befand sich in einem Nebentrakt des Palasts bei den niederen Beamten. Obwohl die Zeit des Abendessens vorüber war, brachte man ihm noch eine Suppe in sein Zimmer. Als er den warmen Gewürzwein kostete und seine Füße in die Nähe des Kohlenbeckens hielt, fühlte er für einen Moment die tröstliche Vertrautheit des Vatikans, in dem er seit so vielen Jahren lebte und arbeitete. Aber die Angst vor dem, was ihn in Lucca erwartete, kroch wieder in seine Glieder und verdarb ihm den Appetit. Er konnte den drohenden Blick des Mohren ebenso wenig verdrängen wie Clemens' allzu deutliche Worte.

Wenn er das Bündnis mit dem Luccheser Verräter zur Durchführung brachte und Alessandro dadurch Florenz gewann, winkte ihm eine ertragreiche Pfründe, wenn nicht, konnte sich Mari mit den Gedanken ans Jenseits anfreunden. Hochmut kommt vor dem Fall, dachte er reumütig und verdammte sein eigenes Streben nach Gelehrsamkeit und Wohlstand.

XXIV
Lucca, Dezember 1525

Der Winter traf die Luccheser Anfang Dezember mit voller Wucht in Form von anhaltendem Regen und Hagelstürmen. Die Vororte versanken im Schlamm, und die Menschen suchten Zuflucht in der Stadt, was zu überfüllten Hospizen, Klöstern und Herbergen führte. Durch die plötzliche Dichte an

Armen und Bettlern kam es immer häufiger zu Ausbrüchen von Fleckfieber. Die Bader, Ärzte und Nonnen taten alles in ihrer Macht Stehende, um einen Ausbruch schlimmerer Seuchen zu verhindern. Da die Ernten gut gewesen waren, konnte der Große Rat zumindest genügend Getreide ausgeben lassen, um eine Hungersnot zu verhindern. Man hatte in dieser schwierigen Zeit den von allen geachteten Lorenzo Mansi zum *gonfaloniere* gewählt, dem es gelang, die aufbegehrenden Seidenweber mit dem Versprechen auf verbesserte Arbeitsbedingungen fürs Erste zu besänftigen. Doch einige der reichen Tuchhändler stimmten nicht mit Mansis moderaten Vorschlägen überein und murrten, weil sie erst zu enormen Abgaben an den Kaiser gezwungen worden waren und jetzt auch noch auf Profit durch Zugeständnisse an die Weber verzichten sollten.

Zu den Gegnern von Mansis Partei gehörten die Quilicis, die da Sestos, die Gottaneris und die Valoris, die sich immer häufiger trafen, um über die aus ihrer Sicht unverschämten Forderungen der Weber zu diskutieren. Wenn ein solches Treffen im Hause der Buornardis stattfand, wurde Beatrice zwar aus dem Raum geschickt, erfuhr aber von Maria und Plantilla einiges von dem, was die Männer besprachen. Die Rückkehr nach Lucca war ein schwerer Gang für Beatrice gewesen, vor allem der Abschied von Ines hatte sie tagelang in eine düstere Stimmung versetzt. Ines war zu Ugo gegangen, der noch immer auf sie gewartet hatte. Beatrice schenkte Ines einen Ring ihrer Mutter und fünf Goldstücke zur Hochzeit.

Bereits am zweiten Tag nach ihrer Ankunft im Palazzo hatte Federico sie zu einem Notar mitgenommen, in dessen Gegenwart sie eine Verzichtserklärung und Überschreibung ihres gesamten Vermögens an ihren Ehemann unterzeichnen musste. Federico hatte mit ihrem Onkel Veltrino Caprese in Florenz korrespondiert und sich alle Unterlagen über Jacopinos Vermögensregelung geben lassen. Für Caprese war es ein normaler Vorgang, dass ihr Mann die Finanzen ordnete, und er hatte sich mit keiner Zeile an Beatrice gewandt.

Nach der Unterzeichnung der Papiere war Beatrice nur noch ein Schatten ihrer selbst. Jetzt war sie mittellos und in jeder Beziehung abhängig von ihrem Mann, und sie hatte das Gefühl, dass Federico sie genau dort hatte, wo er sie von Anfang an hatte haben wollen – unter seiner Kontrolle. Federico hatte angeordnet, dass sie nur unter Begleitung und mit seiner Genehmigung den Palazzo verlassen durfte. Pietro Farini konnte seine Genugtuung über die neuen Verhältnisse kaum verbergen. Aus jedem seiner Worte sprach unverhohlene Häme. Von Lorenzas Seite erwartete Beatrice erst gar keine Hilfe. Die Matrone lebte ihre tyrannischen Launen nach Belieben aus, ließ bestrafen und hinauswerfen, wenn es ihr gefiel, und nahm weiter sichtbar an Leibesfülle zu. Vielleicht erlitt sie irgendwann einen Schlag, hoffte Beatrice, doch diesen Gefallen würde die boshafte Frau ihr wohl nicht tun.

Wann immer es ihr möglich war, ging Beatrice zu Agostino Nardorus ins Kontor. Auch an diesem Morgen stand sie mit ihm am Schreibpult und kontrollierte Zahlenkolonnen. Die Ein- und Ausgaben deckten sich, und sie verstand nicht, warum Federico von einem ruinösen Zustand des Geschäftes sprach. »Können wir Einblick in die Konten der Buornardis in Lucca und Florenz nehmen, Agostino?«

Der schmächtige Buchhalter schüttelte den Kopf. »Nur mit einer Vollmacht Eures Mannes. Die Abnehmer in Deutschland und England sind sehr zufrieden mit unseren Stoffen, es kommen immer neue Aufträge dazu, und auch der Gewürzhandel, den wir nebenbei betreiben, läuft gut. Die Defizite sind entweder durch Alessandros Börsengeschäfte verschärft worden, oder Euer Mann hat Ausgaben, von denen wir nichts wissen.«

Sie seufzte schwer. »Ja, das wird es sein, und ich kann auch keinen Kontakt mit Alessandro aufnehmen, mich kennt er nicht. Und wenn Federico das erführe, weiß ich nicht, zu was er fähig wäre. Es hat sich viel geändert, Agostino …«

Ein schwaches Lächeln huschte über sein blasses Gesicht. »Leider, Madonna, leider …«

Die Tür wurde aufgestoßen, und Lorenza kam in Begleitung des *maestro di casa* hereinmarschiert. »Was haben diese beiden hier wieder zu bereden? Beatrice, Ihr seid eine junge Mutter und gehört nach oben zu Eurem Kind. Aber bleibt ruhig noch einen Moment, damit Ihr lernt, wie man einen Haushalt führt. Agostino, Euer Gehalt wird um zwanzig Scudi gekürzt. Mein Sohn hat gesagt, dass wir Einsparungen machen müssen, und ich gehe ihm dabei zur Hand. Er kann sich nicht um alles kümmern, nicht wahr?«

Nardorus legte die Schreibfeder hin und sagte ruhig: »Ich verdiene siebzig Scudi im Jahr und kann davon kaum meine Familie ernähren. Wie soll ich es mit weniger schaffen?«

»Das überlasse ich deiner Intelligenz, wozu bist du Buchhalter?« Signora Buornardi sah sich im Kontor um. Dann zeigte sie auf einen Sessel. »Den möchte ich im vorderen Salon haben. Wozu müssen hier Sessel stehen!«

»Hier werden Geschäfte besprochen, Signora«, mischte Beatrice sich ein und erinnerte sich wehmütig an die Zeit, als Federicos Vater hier gesessen und mit ihr über Seide geplaudert hatte.

»Eure Meinung ist unwichtig, Beatrice.« Lorenza nickte Pietro zu, der einen Diener holte und den Sessel hinaustragen ließ.

Solche Szenen erlebte Beatrice von nun an ständig, denn Lorenza ließ keine Gelegenheit aus, sie oder die Dienerschaft zu demütigen. Doch Beatrice ertrug alles mit stoischer Gelassenheit, weil sie wusste, dass ein Wort von Federico genügte und man ihr Giulia wegnehmen würde. Aus diesem Grund ging sie auch heute schweigend die Treppe hinauf in ihre Zimmer. Im Ankleidezimmer saß die Amme, und neben ihr stand Alba und wiegte Giulia in ihren Armen. Erstaunt betrachtete Beatrice das ungewohnte Bild, Giulia quiekte vor Vergnügen, während Alba sich mit ihr drehte und ein Kinderlied sang.

Als Alba herumschwang und Beatrice sah, streckte sie ihr sofort den Säugling entgegen. »Ich habe sie nur geschaukelt, weil sie geschrien hat, und es hat ihr gefallen.«

Beatrice nahm ihr Kind und küsste die zarten Wangen. »Danke, Alba, ich wusste gar nicht, dass du so gut mit Kindern umgehen kannst.«

»Ich hatte vier Brüder!« Sie strich über ihre Schürze, die sie selbst genäht hatte, wie sie Beatrice stolz erzählt hatte. »Aber die waren nicht so süß wie Giulia. Madonna, die Signora hat gesagt, ich darf nicht mehr zu Pater Aniani, weil das Geld kostet! Aber ich möchte gerne wieder hingehen und weiter lernen. Die Signora meinte, dass Ihr mich jetzt hier braucht, weil Ines fort ist.«

»Ja, das stimmt, aber du kannst trotzdem zu Pater Anianis Unterricht gehen. Ich werde versuchen, das zu klären. Wo ist denn Fio? Hat er einen warmen Schlafplatz?«

Als Antwort maunzte es aus einem Korb unter dem Tisch. Beatrice neigte den Kopf und entdeckte den weißen Kater zusammengerollt in einem Tuch.

»Ich habe ihn in dem Korb hier mit heraufgenommen. Er mag das. Nur die Hunde der Signora dürfen ihn nicht finden.« Alba setzte sich unter den Tisch und streichelte den Kater.

Das Mädchen hatte sich zu seinem Vorteil verändert, war ruhiger geworden und verrichtete die ihm aufgetragenen Arbeiten inzwischen klaglos, worüber Beatrice froh war, denn bei Lorenza hätte Alba einen schlechten Stand. Aber das Mädchen war nicht dumm und mit einem natürlichen Überlebensinstinkt ausgestattet, der ihr vielleicht sagte, dass Beatrice sie nicht länger beschützen konnte. Giulia war eingeschlafen, und Beatrice reichte sie der Amme.

Beatrice sank auf einen Stuhl und griff geistesabwesend nach einer Bürste. Wenn sie Sorgen gehabt hatte, war immer Ines da gewesen, um ihr die Haare zu bürsten und sie zu trösten. Plötzlich griffen zarte Kinderhände nach der Bürste.

Alba stand hinter ihr und sagte: »Darf ich Euch die Haare bürsten, Madonna? Ich muss erst in einer Stunde wieder in die Küche. Heute ist große Wäsche.«

Beatrice drehte sich. »Du bist ein tüchtiges Mädchen, Alba, ich bin wirklich stolz auf dich.«

Dann legte sie den Kopf zurück und ließ Alba ihre Haare bürsten, eine vertraute Tätigkeit, die dem Mädchen sichtlich Freude machte. Irgendwann, dachte Beatrice, würde sich ihr Schicksal wieder wenden, und dann würden auch für Alba bessere Zeiten anbrechen. Sie hörte Stimmen und laute Stiefelschritte. Wenig später wurde ihre Tür aufgerissen, und Federico kam mit Andrea herein. Das Mädchen versteckte sich instinktiv hinter ihrer Herrin.

»Lieber Gott!« Beatrice hob die Hand an die Lippen, denn der Anblick von Andrea war erschütternd. Federico musste seinen Diener gerade aus dem Gefängnis abgeholt haben. Die Folterknechte hatten ganze Arbeit geleistet, der einstmals schöne Jüngling war durch Schläge und Brandwunden entstellt, an seinen Händen fehlten zwei Finger, und seine Unterschenkel waren mit Lumpen notdürftig umwickelt.

Federico war weiß vor Wut. »Seht ihn Euch an, Beatrice! Seht Euch an, was die ehrenhafte Justiz dieser Stadt aus einem unschuldigen Mann gemacht hat! Dafür werden sie bezahlen! Bluten werden sie dafür! Und Euer verfluchter Freund Alberto Mari ist dafür verantwortlich!« Er spie die letzten Worte förmlich aus.

»Aber nein, nein, das kann nicht sein ...«, stammelte Beatrice und wich bis an die Wand zurück, Alba verkroch sich unter den Tisch.

»Doch!«, brüllte Federico. »Es war tatsächlich Mari, der dem *giudice* von den Handschuhen erzählt hat. Natürlich hat er sie Andrea auch untergeschoben, dieser Parasit! Der Bischof hat sich auf ihn gestürzt wie ein Geier auf ein Lamm. Dann brachten sie irgendeinen Zeugen an, der Andrea in der Nacht von Agozzinis Ermordung gesehen haben wollte, aber dieser Zeuge verschwand plötzlich, und Andrea hat nicht gestanden. Schließlich mussten sie Andrea laufen lassen. Seht ihn Euch an, er ist ein Krüppel.« Den Tränen nahe legte Federico einen Arm um Andreas Schulter, und der Diener lächelte gequält.

Plötzlich verspürte sie nichts mehr als abgrundtiefen Hass und Verachtung für ihren Mann. »Was wollt Ihr von mir?«, fragte sie kalt.

»Euch zeigen, wie es einem im Gefängnis ergehen kann, auch wenn man unschuldig ist.«

»Danke für diese Demonstration.« Ihr Sarkasmus war schneidend, auch wenn seine Drohung sie mit Angst erfüllte.

»Wir sprechen uns noch, Beatrice.« Dann ging er mit seinem Diener hinaus.

Beatrice warf die Tür hinter ihnen ins Schloss und lehnte sich schwer atmend dagegen. Alba lugte vorsichtig unter dem Tisch hervor. »Warum ist er so böse mit Euch?«

»Ich hätte ihm einen Sohn gebären sollen. Jetzt hat er nur ein Mädchen, und ich kann keine Kinder mehr bekommen.«

»Aber das ist nicht Eure Schuld.«

»Nein, aber das ist vollkommen unwichtig. Wir sind nur Frauen, Alba, vergiss das nie!« Mit zitternden Fingern hob sie die Bürste auf.

Es regnete schon wieder. Alberto Mari fluchte und zog den Mantel enger um die Schultern. Sein schweigsamer Begleiter schien sich an den unangenehmen Witterungsbedingungen nicht zu stören. Auf dem ganzen Weg von Rom nach Lucca hatte er sich nicht ein Mal beklagt, die Pferde versorgt und seine Waffen geputzt. Dazu gehörten ein kurzer Dolch, ein glänzender Sarazenensäbel und mehrere Messer, die er am Körper versteckt trug. Als Flamini ihm den durchtrainierten Mann mit dem glatten, langen Haar, das er stets zu einem Zopf gebunden trug, vorgestellt hatte, war Albertos Misstrauen sofort erwacht. Er wusste von Berufsmördern, und sein Begleiter war ohne Zweifel ein solcher *sicario*. Warum hatte Flamini ihm nicht einen Soldaten zur Seite stellen können? Vor Nervosität hatte Alberto während der gesamten Reise kaum ein Auge zugetan, immer in der Angst, den *sicario* mit einem Messer über sich und der Geldkassette zu finden. Aber Flamini vertraute dem Mann, wahrscheinlich hatte er ihn schon früher eingesetzt. Und sein Vertrauen schien berechtigt, denn wem sie auch begegneten, der *sicario* flößte allen Respekt ein.

Heute war Sonntag, der zweite Sonntag vor dem Fest von Christi Geburt, und sie waren auf dem Weg zum Dom von San Martino. Es war vor Mitternacht, die Straßen waren wie leergefegt, und sie mussten sich nur vor den Stadtknechten und Betrunkenen vorsehen, damit sie ungesehen in den Dom gelangen konnten. Kurz bevor sie auf die Piazza San Martino einbogen, hielt Alberto Mari an und zog seinen Begleiter mit sich in einen Hauseingang. »Ich muss allein hineingehen. Ihr könnt nicht mit, sonst wird der, den ich treffen soll, misstrauisch und geht wieder.«

»Ich bin nur Euer Schatten, macht Euch keine Gedanken. Los jetzt, weiter.«

Sie traten aus dem Dunkel auf die Straße, und als Alberto

sich vorsichtig umdrehte, bevor er über die Piazza ging, war niemand hinter ihm. »Mein teuflischer Schatten«, murmelte Mari und eilte mit der Kassette unter dem Arm an den weißen Marmorwänden entlang zum Seiteneingang des Doms. Er war noch zu früh und hielt an, als er Schritte vernahm. Atemlos presste er sich in die Nische zwischen zwei Pilastern und wünschte sich, er hätte auf Flamini gehört und weniger gegessen. Kaum fünf Meter von ihm entfernt standen zwei Männer.

»Wartet hier auf mich, Filippo, ich muss allein gehen. Diesmal wird alles glattgehen, davon bin ich überzeugt. Mari ist ein Trottel, und denen ist das Glück hold.«

Alberto Mari verzog beleidigt den Mund. Einen Trottel nannte ihn dieser Mann! Die Stimme, wessen Stimme war das? O ja, natürlich, der junge da Sesto! Dann war der andere wohl Filippo Menobbi, der Bruder Marcina Porrettas. Das passte zu Menobbi, der ein Spieler und Taugenichts war. Für genügend Geld hätte der wahrscheinlich seine Mutter verkauft, wenn die nicht schon tot wäre. Seine verwitwete Schwester war genauso verkommen. Wo hatte Alberto sie noch gesehen? Im Park der Villa Connucci! Eine delikate Position hatte die attraktive Witwe innegehabt, als er sie mit Federico Buornardi ertappt hatte. Arme Beatrice! Ihr Mann hätte kaum in schlechtere Gesellschaft geraten können.

Plötzlich stieß ihn jemand an. Der *sicario* hatte sich unbemerkt neben ihn geschlichen. »Worauf wartet Ihr? Geht schon rein. Ich kümmere mich um den anderen.«

Vorsichtig trat Alberto Mari aus seiner Nische, konnte Filippo nirgends entdecken und ging jetzt schnurstracks durch den Seiteneingang in den Dom. In der Kapelle der Heiligen Jungfrau sah er ein Licht brennen und ging darauf zu. Er fand Rodolfo da Sesto kniend vor dem Altar. »Waren wir verabredet, da Sesto?«

»Wenn Ihr eine Botschaft vom Sohn unseres Heiligen Vaters und eine bestimmte Summe für mich habt?«

Mari schüttelte die schwere Kassette und klopfte sich auf die Brust, wo sich in seinem Wams Alessandros Brief befand.

»Ihr seid nicht überrascht, dass ich es bin?« Rodolfo da Sesto bekreuzigte sich, während er aufstand, und musterte Mari eingehend.

Mari zuckte nur mit den Schultern und stellte die Geldkassette auf den Altar. »Irgendjemand musste es sein, warum nicht Ihr?«

Rodolfo wollte nach der Kassette greifen, doch Alberto legte seine Hand darauf. »Nur eine Sache bereitet mir Kopfzerbrechen. Ohne Euch zu nahe treten zu wollen, da Sesto, aber ich halte Euch nicht für klug genug, einen solchen Plan zu erdenken. Ich meine, wie habt Ihr mit Flamini Kontakt aufgenommen?«

Verärgert griff Rodolfo nach seinem Degen. Er trug Lederhandschuhe, ein Wams aus edlem Brokat, und sein kostbarer Pelzumhang lag auf den Stufen. Seine Familie gehörte zur reichen Mittelschicht, spielte aber nicht in derselben Klasse wie der Marchese Connucci und die Mansis. »Ihr seid ein unverschämter kleiner Bastard!« Da Sesto zog seinen Degen und hielt ihn Alberto an die Kehle.

Doch plötzlich schien er sich anders zu besinnen, ließ die Waffe sinken und machte eine entschuldigende Bewegung. »Ich wusste ja nicht, dass Ihr nicht allein seid, Alberto.«

Der Sekretär drehte sich um und entdeckte den *sicario* in seinem dunklen Umhang, der fast vollständig von der Finsternis des Kircheninnern absorbiert wurde. Zum ersten Mal fühlte Alberto Mari sich wohl in der Gegenwart des Mörders und lächelte. »Doch nicht der Trottel, den Ihr herumstoßen könnt, was?«

»Also, Mari, wir sind nicht hier, um zu plaudern, sondern damit Ihr mir etwas gebt. Wo ist Alessandros Schreiben? Dann gebt mir die zweitausend Scudi, und Ihr könnt verschwinden.«

»Filippo Menobbi ist gewitzt, aber er verfügt nicht über Weitsicht und die Kontakte. Flamini hätte mit so einem niemals verhandelt. Steht doch der Marchese hinter Euch?« Noch gab Alberto nicht auf, obwohl er wusste, dass das nicht seine Angelegenheit war und er sich auf dünnem Eis bewegte. Er gab die Kassette frei und legte das Schreiben des Papstsohns dazu.

Rodolfo lachte, nahm beides an sich und bückte sich nach seinem Umhang. »Gadino del Connucci? Wie absurd! Das zeigt nur, wie wenig Ihr ihn kennt. Gadino ist eitel und schwingt gern große Reden, aber zu einem solchen Coup fehlt ihm der Schneid. Ihr seid doch zu weltfremd, Alberto Mari. Wenn Ihr mehr von menschlichen Leidenschaften und Schwächen wüsstet, kämet Ihr vielleicht dahinter, aber so ...«

»Dann ist es Federico Buornardi?«

»Ihr amüsiert mich wirklich. Federico hat lange gezögert, bis er überhaupt mitgemacht hat. Gehabt Euch wohl!«

Als Rodolfo da Sesto durch die Gittertür der Kapelle verschwand, war der *sicario* nicht zu sehen. Alberto ging suchend durch das Kirchenschiff, und plötzlich tauchte sein Begleiter wieder auf. »Flamini wird wissen wollen, wer wirklich dahintersteckt«, murmelte Alberto.

Der *sicario* nickte. »Ich folge ihm. Wir treffen uns später in der Herberge.«

»Der andere Mann?« Alberto musste jemanden warnen, wollte aber nicht auf Filippo Menobbi stoßen.

»Ist mit ihm weg.« Die letzten Worte waren kaum mehr als ein Flüstern in der Dunkelheit, dann war der *sicario* verschwunden.

Alberto verschloss die Seitentür sorgfältig hinter sich. Bischof Sforza de Riario weilte auf einem seiner Landsitze, und es war eine Leichtigkeit gewesen, den Kirchendiener zu bestechen, damit er die Tür unverschlossen ließ. In Lucca würde in Kürze die Hölle losbrechen. Da Sesto und seine Leute hatten nur auf die Versicherung Alessandro de' Medicis gewartet, um den Umsturz vorzubereiten. Beim nächsten Neumond würden sie die päpstlichen Truppen durch die Porta San Pietro, die Porta Santa Maria und die Porta San Donato einlassen, und die überraschten Luccheser wären den feindlichen Soldaten hilflos ausgeliefert.

Alberto musste sich vorsehen, um nicht auf glitschigen Steinen auszurutschen. Sein Mantelsaum war schwer von Nässe und Dreck, und nur mühsam fand er seinen Weg über die Piazza San Giovanni durch die Via Cenami bis zur Via Roma. Hier könnte er an San Michele vorbeigehen, doch an der Kirche trieb sich meist übles Volk herum, und Stadtknechte kontrollierten die umliegenden Gasthäuser, weshalb Mari sich für die Via Buia entschied und von dort geradeaus in die Via Santa Giustina lief. Er war außer Atem, und seine Stiefel waren durchweicht, doch er musste Beatrice warnen, damit sie mit ihrem Kind die Stadt verlassen konnte. Wenigstens das war er ihr und ihrer Familie schuldig, auch wenn er allen Mut zusammennehmen musste, denn er war kein tapferer Mann.

Vorsichtig schlich er an den großen Quadern des Untergeschosses des Palazzo Buornardi entlang, bog um die Ecke und pochte schließlich gegen den Seiteneingang, der zum Garten und zu den Ställen hin lag. Beatrices Fenster gingen nach hinten hinaus, vielleicht hörten sie oder ihre Dienerin ihn sogar. Es dauerte einige Minuten, in denen er sich immer wieder in den Schatten des Türbogens stellte, um nicht gesehen zu werden, bis die Luke im oberen Teil der Tür aufgezogen wurde.

»Was ist los? Was wollt Ihr mitten in der Nacht?« Ein junger Knecht sah ihn verschlafen und argwöhnisch an.

»Ich bin ein Sekretär Seiner Heiligkeit und ein Freund von Madonna Beatrice. Bitte lasst mich ein, guter Mann. Es geht um eine Sache von großer Wichtigkeit!« Er konnte nur hoffen, dass Federico mit da Sesto und den anderen zusammen war, denn Andreas Verhaftung hatte er ihm sicherlich noch nicht verziehen. Da Mari jetzt wusste, dass Federico zu den päpstlichen Verschwörern gehörte, stand für ihn fest, dass Andrea unschuldig war.

Die Luke wurde geschlossen, dann quietschte die Tür in den Angeln, und Mari konnte hindurchschlüpfen. Fabio, der Knecht, begrüßte ihn leise: »Ihr habt Glück, dass ich Euch gehört habe. Der *maestro di casa* hätte Euch zum Teufel gejagt. Ich mag die Madonna. Seit dem Tod des alten Buornardi hat sie es nicht leicht hier.« Er steckte seine Fackel vor dem Stalleingang in einen Ring und zeigte auf eine offen stehende Tür. »Geht in die Sattelkammer. Ich werde Alba wecken, damit sie die Madonna zu Euch bringt. Signor Federico ist außer Haus, und wenn die Alte schläft, kann nur ein Erdbeben sie wecken. Wie war doch gleich Euer Name?«

»Mari.«

»Dachte ich mir. Ihr habt Mut ...« Kopfschüttelnd ließ Fabio den Sekretär in der Kammer zurück.

In der Sattelkammer, in der der Knecht sein Lager auf einem Strohsack hatte, roch es nach Leder, Fett und Pferd. Für manchen mochten die Gerüche angenehm sein, bei Mari riefen sie jedoch nur schmerzliche Erinnerungen an lange Reisen auf harten Pferderücken wach. Die Anstrengung und die nervliche Belastung seines Auftrags zehrten an ihm, so dass er sich seufzend auf eine Kiste setzte. Fast wäre er eingenickt, als er endlich Schritte und leise Stimmen hörte.

Hinter dem Knecht kam Beatrice in einen warmen Umhang gehüllt durch die Tür. Sie setzte eine Öllampe ab. »Alberto, Ihr? Was ist denn nur geschehen? Ihr solltet nicht hier sein. Wenn Federico Euch findet, bringt er Euch um.«

Mari warf einen vorsichtigen Blick zu dem jungen Mann, der an der Tür wartete.

»Fabio, lass uns bitte allein. Nimm dir Wein aus der Küche.« Dann wandte sie sich dem Sekretär zu.

Seit Matraia hatte Mari Beatrice nicht gesehen. Sie war schmaler geworden, aber auch fraulicher. Aus dem zarten Mädchen war eine Frau geworden, die die Schattenseiten des Lebens kennengelernt hatte. Der Tod ihrer Eltern hatte sie getroffen, und er wusste von ihrer langen Krankheit.

»Beatrice, es tut mir leid, dass ich zu dieser ungewöhnlichen Stunde komme, aber es haben sich Dinge ergeben, die … Ich wollte nie Teil einer Intrige sein, aber …« Ihre klaren blauen Augen lagen fragend auf ihm, und er fühlte sich wie ein elendiger Wurm, eine dieser rückgratlosen Kreaturen, die sich auf der Erde winden, damit sie nicht zertreten werden.

»Alberto, was ist los? Nach Eurer Gefangennahme kamt Ihr mir verändert vor, dann die Sache mit Andrea … Warum?« Sie las Scham und Verzweiflung in seinem Gesicht. Armer Alberto, wäret Ihr bei Euren Büchern geblieben, dachte sie.

Er senkte den Blick, strich sich über die hohe Stirn und erzählte ihr alles. »Ich konnte die Folter nicht länger ertragen. Ich hätte alles getan, um aus diesem Loch zu entkommen. Nachdem ich Andrea belastet hatte, habe ich die Marchesa verlassen. Sie und ihr Mann haben mich ständig belauert, wie sie sich selbst belauern. Zuerst dachte ich immer, die Marchesa stünde demütig im Schatten ihres Mannes, aber sie leidet mehr unter seinen Grausamkeiten, als sie zugibt, und ist gleichzeitig stärker, als man annehmen würde. Es war oft so viel Hass in ihrer Stimme, dass ich dachte, ich möchte nicht in der Haut des Marchese stecken. Ich wollte nicht auch von den beiden für ihre Intrigen gegeneinander benutzt werden. Bis ich wieder nach Rom abberufen wurde, trieb ich mich auf Festen der Mansis, Deodatis und Valoris herum, fand aber nicht heraus, wer der Kopf der Verräterbande in Lucca sein könnte.«

Mari ließ seinen Rosenkranz durch die Finger gleiten. »Die Ironie an der Geschichte ist, dass ich für beide Seiten spionieren sollte, aber nichts wusste. Alessandro de' Medici wird also bald mit seinen Truppen vor die Tore Luccas rücken.« Er erläuterte den geplanten Ablauf des Hinterhalts, zählte Beatrice die Namen der Verschwörer auf und ließ keinen Zweifel an seiner Mittäterschaft als Bote des Papstes. »Euer Mann gehört auch zu da Sesto. Ich dachte, er wäre kaisertreu wie sein Vater, Eure Familie, sein Bruder ...«

»Federico trifft sich seit geraumer Zeit mit all den Leuten, die zur Verschwörung gehören. Er ist wieder mit Marcina Porretta zusammen und hat Geldsorgen. Ich musste ihm mein gesamtes Vermögen übertragen und lebe hier wie eine Gefangene.«

»Ihr müsst Lucca verlassen, Beatrice. Wenn die Soldaten kommen, bricht hier die Hölle los!«

»Wann, sagtet Ihr?«

»Beim nächsten Neumond.«

Im Januar wechselte der Mond. Zwei Wochen blieben bis dahin. Aber sie hatte weder Geld noch Freunde, zu denen sie gehen konnte. Oder doch? Bernardina Chigi hatte ihr ihren Ring geschenkt. Sie hatte eine Freundin.

Es stand in der Tat schlimm um Beatrice, dachte der Sekretär. »Marcinas Bruder, Filippo Menobbi, wird Federico da hineingezogen haben. Eine schlechte Brut, mit der Euer Mann sich umgibt. Beatrice, nehmt Eure Tochter und verlasst dieses Haus! Warum geht Ihr nicht zur Marchesa? Sie ist Eure Freundin, und der Marchese ist nicht an der Verschwörung beteiligt.« Das hatte ihm Rodolfo da Sestos Reaktion deutlich gezeigt.

Es klopfte, und Fabio steckte seinen Kopf herein. »Der Signore kommt zurück.«

»Er darf mich hier nicht finden! Löscht alle Lichter! Schnell!« Beatrice blies ihre Öllampe aus und Alberto die Kerzen. Fabio zog die Tür von innen zu, und gemeinsam standen sie in der Dunkelheit der Sattelkammer und horchten auf die näher kommenden Geräusche.

»Kommt mit rein, da Sesto, darauf trinken wir. Eh, Filippo, was sucht Ihr da?«

»Hier steht ein Weinkrug. Ich dachte, den nehme ich schon mal mit.« Menobbi klang angeheitert.

»Wieso ein Weinkrug? Wer könnte sich um diese Zeit von meinem Wein genommen haben?«

Fabio entriegelte die Tür. »Ich muss hinaus und sagen, dass ich es war, sonst kommt er gleich hier herein.«

»O nein, Fabio, er wird Euch schlagen!« Beatrice wollte den Knecht zurückhalten. Sie spürte gerade noch, wie sich jemand an ihr vorbeizwängte, als Alberto schon hinaus war und laut rief: »Signor Buornardi! Tausendmal um Vergebung bitte ich, aber ich wusste nicht, wohin in dieser lausig kalten Nacht, und Euer Knecht war so freundlich, mir die Sattelkammer als Schlafplatz anzubieten. Ich war so frei, mir aus der Küche einen Weinkrug zu holen, den …« Es war kurz still. »Ein guter Tropfen, fürwahr!«

Fabio zischte zu Beatrice: »Versteckt Euch hinter dem Strohsack!« Dann trat er ebenfalls hinaus. »Was ist denn, werter Signore?«

Federico schnitt ihm sofort das Wort ab: »Was ist hier los? Warum lässt du überhaupt jemanden herein, wo ich es ausdrücklich verboten habe? Und dazu diesen Parasiten. Wir haben noch eine Rechnung offen, Mari.«

»Nicht doch. Ich kann alles erklären. Ich sagte, ich wäre ein Freund der Familie, und erst daraufhin hat dieser herzensgute junge Mann mich eingelassen.« Alberto sprach mit schmeichlerischer Überzeugung.

Und er redet um sein Leben, dachte Beatrice, die mit klopfendem Herzen hinter der Tür stand. Wenn alles so war, wie Alberto es geschildert hatte, und da Sesto jetzt da draußen mit Filippo und Federico stand, dann fragten sie sich, warum der Sekretär hierhergekommen war. Wenn er nicht eine sehr gute Erklärung hatte, gab sie keinen Scudo für sein Leben. Aber sie konnte ihm nicht helfen. Federico durfte niemals erfahren, dass sie alles wusste. Dann würde er ihr Giulia fortnehmen, wenn er sie nicht sogar gleich umbringen würde.

»Was macht Ihr hier, Alberto Mari? Keine Lügen! Und wo ist Euer Begleiter?« Die rauchige Stimme gehörte da Sesto.

»Wie schon gesagt, ich brauchte ein Nachtlager. Früher ging ich immer zu den Rimortellis…« In jedem seiner Worte schwang Angst mit.

»Der lügt doch, wenn er den Mund aufmacht!«, brüllte Federico.

»Armer Alberto. Ich danke Euch…«, flüsterte Beatrice und legte die Hände gegen die Holztür, so als könne sie ihn dadurch berühren. Lautlos weinend stand sie da und hörte, wie die Männer den Sekretär mit sich nahmen.

Als von draußen keine Geräusche mehr zu ihr drangen, zog sie sich vorsichtig tastend auf Fabios Strohlager zurück, kroch hinter den Sack, ignorierte den stechenden Geruch und zog über sich, was an Decken greifbar war. Mit dem Rücken lehnte sie an der feuchten Außenwand und klapperte mit den Zähnen vor Kälte. Wie lange sie so gesessen hatte, wusste sie nicht, doch als sie das Gefühl hatte, dass sich seit mindestens einer Stunde niemand draußen geregt hatte, stand sie auf, schüttelte Schmutz und Strohhalme ab und trat in die kalte Nacht hinaus. Die Luft war noch feucht vom Regen und die Kälte klamm. An der Hauswand brannte eine Fackel, ansonsten war es dunkel und niemand zu sehen oder zu hören. »Fabio?«, flüsterte sie leise, erhielt jedoch keine Antwort. Vorsichtig tastete sie sich durch die Dunkelheit an den Ställen vorbei zur Küche und von dort zum Hauseingang im Hof. So langsam wie möglich drückte sie die Haustür auf und zuckte bei jedem Knarren und Quietschen mit klopfendem Herzen zusammen. Schließlich war die Öffnung breit genug, dass sie sich hindurchschieben konnte.

In der Halle wäre sie am Treppenabsatz fast über ein Bündel gestolpert. »Alba, was machst du noch hier? Rasch jetzt, zurück in die Küche, bevor dich jemand vermisst.«

Mit Augen, die sie vor Müdigkeit kaum offen halten konnte, blinzelte Alba sie an. »Warum wart Ihr so lange fort?«

»Morgen, Alba, morgen.« Beatrice strich über die dunklen Haare und schob das Mädchen zur Küche. Es musste bereits auf die Morgenstunden zugehen, und die ersten Mägde würden bald aufstehen, um Milch zu holen und die Feuerstellen anzuheizen. Vorsichtig stieg Beatrice die Treppe hinauf. Sie war im Korridor, nur wenige Türen von ihrem Schlafzimmer entfernt, als Pietro Farini aus dem zweiten Stock herunterkam.

»Schon so früh auf den Beinen, Farini? Meine Tochter hat geschrien, nur fürs Protokoll!« Damit nahm sie seine Frage vorweg, ging in das Ammenzimmer und stellte sich dort im Dunkeln hinter die Tür.

Giulia schlief tief und fest in ihrer Wiege, und die Amme lag schnarchend im Bett. Während Beatrice dort wartete, rief sie sich das Geschehen dieser Nacht noch einmal in aller Deutlichkeit ins Bewusstsein. Alberto Mari hatte sein Leben aufs Spiel gesetzt, um ihr von dem Komplott gegen die lucchesische Republik zu erzählen. Aus welchen Gründen er es für nötig befunden hatte, sie noch heute aufzusuchen, konnte sie nur ahnen. Er musste um seine Sicherheit, sein Leben gefürchtet haben, hatte aber sein Wohl hinter das ihrige gestellt. Dafür würde sie ihm ewig dankbar sein. Beatrice konnte die Männer nicht verstehen, die mit den Medici konspirierten. Sie alle waren Kaufleute, die von einer Stadt mit florierender Wirtschaft profitierten. Alle? Nein, da Sesto war der Spross einer mittelständischen Färberfamilie, der sich am liebsten in der Gesellschaft des Marchese und anderer Mitglieder des ersten Standes zeigte. Filippo Menobbi war ein Spieler, ein Lügner und Betrüger, der alles tun würde, um zu Geld zu kommen. Gottaneri und Valori waren neureiche Aufsteiger. Doch was wusste sie schon über die Männer, die die Stadt regierten, und deren Zwistigkeiten?

Auf dem Flur schien alles ruhig. Sie beugte sich noch einmal über ihre schlafende Tochter. Wenn Lucca unter die Herrschaft der Medici geriet, war alles, für das ihre Eltern, Tomeo und sein Vater gekämpft hatten, umsonst gewesen. Dazu durfte es nicht kommen!

Mari hatte Federicos Blick gesehen und erwartete, dass sich sein Schicksal in den nächsten Stunden entscheiden würde. Weder von Filippo Menobbi noch von Rodolfo da Sesto war Mitleid zu erwarten. Der Knecht, ein freundlicher junger Bursche, trug eine Fackel und ahnte nicht, was vorging, das konnte Mari an seiner Unbedarftheit erkennen. Die Welt ist schlecht, mein Freund, dachte der Gelehrte, und dein Herr wird dich nicht beschützen, wenn es nicht zu seinem Vorteil ist. »Wohin gehen wir?«, fragte Mari.

Da Sesto, Menobbi und Federico steckten kurz die Köpfe zusammen. »Vorhin im Dom hattet Ihr doch eine so kluge Vermutung über den Initiator dieses Unternehmens angestellt, Mari. Nun, wir gehen jetzt zu ihm. Da Ihr schon mal hier seid, warum sollt Ihr nicht alles wissen, schließlich gehört Ihr dazu, nicht wahr?« Rodolfo da Sesto grinste, schlug Mari auf die Schulter und hakte ihn unter, Menobbi nahm seinen anderen Arm, und er konnte nichts tun, als sich zu fügen, gegen die bewaffneten Männer hatte er keine Chance.

Fabio wollte mit der Fackel voran durch den Seitengang des Palazzo Buornardi auf die Straße treten. »Lösch die Fackel, Gimpel. Wir wollen nicht die gesamte Nachbarschaft an den Fersen haben«, zischte Federico.

Der kleine Trupp hielt sich an den Hauswänden und schien nach zwei Querstraßen bereits am Ziel angelangt zu sein. Alberto mühte sich vergeblich, die Hausfassade im diffusen Licht der Morgendämmerung zu erkennen. »Wo sind wir?«

Filippo Menobbi stieß ihn in die Seite. »Halt den Mund!«

Sie gingen zum Hintereingang hinter der hohen Gartenmauer, und auf ein Klopfzeichen Federicos hin wurde das Tor geöffnet. Der Knecht fragte: »Soll ich hier auf Euch warten?«

Federico schüttelte den Kopf, und Alberto erkannte den Hinterhof des Palazzo Gottaneri, in den sie einer nach dem anderen traten. Danach ging alles sehr schnell. Alberto hörte einen dumpfen Schlag, ein Stöhnen und sah Federicos Knecht zu Boden sinken. Fabio lag mit einer klaffenden Kopfwunde auf der Erde, die sich dunkel unter ihm verfärbte. Seine Augenlider flatterten einen Moment lang, dann entfuhr seinem Mund ein Seufzer, und sein Brustkorb senkte sich ein letztes Mal. Auf dem jungen Gesicht lag ein ungläubiges Erstaunen, das der Tod nicht ausgelöscht hatte. Alberto schluckte, hob den Blick und starrte in Federicos unbewegte Miene. Neben ihm stand Fabios Mörder, ein brutaler Kerl, mit unbeteiligtem Gesicht und dem blutigen Knüppel in den Händen. Gottaneris Männer waren Mordknechte, die vor nichts zurückschreckten. Den alten Gottaneri konnte Alberto nicht entdecken.

Sie standen hinter der Mauer des Palazzo im Schutz eines

Stallgebäudes. Der Palazzo ragte als dunkle Masse im Zwielicht auf. Rodolfo da Sesto stieß Fabio mit dem Fuß an, doch der Körper blieb reglos.

»Ihr wollt mich nicht zu Eurem Anführer bringen«, stellte Alberto nüchtern fest.

»Warum seid Ihr zu Federicos Haus gegangen? Mit wem wolltet Ihr dort sprechen?« Da Sesto stemmte die Hände in die Hüften, seinen Pelzumhang nach hinten schlagend.

»Ich brauchte ein Nachtlager. Das habe ich schon gesagt.« Das Blut am Knüppel des Schlägers zog Maris Blick an.

Federico stieß den Gelehrten hart mit der Faust vor die Brust, so dass Mari zwei Schritte rückwärtsstolperte. »Habt Ihr mit meiner Frau sprechen wollen? Vielleicht habt Ihr einen Brief für sie hinterlassen?«

»Wie sollte ich das so schnell bewerkstelligen? Nein, werter Federico, ich hatte zwar gehofft, Eure Frau morgen zu sehen, aber nur, weil ich mit ihrer Familie seit Jahren befreundet bin.«

Rodolfo spuckte aus. »Unsinn! Ihr hattet einen Begleiter im Dom. Wo ist der hin? Ihr habt doch ein Quartier und wolltet etwas anderes bei Federico. Was? Sprich, Mann, meine Geduld ist am Ende!«

Filippo Menobbi sah unruhig zum Himmel, an dem die Morgenröte kräftiger wurde. »Wir haben keine Zeit mehr. Machen wir kurzen Prozess mit ihm und schaffen die beiden hier fort. Gottaneri wird wütend sein, wenn er zwei Leichen in seinem Garten findet. Der *giudice* und seine Leute schnüffeln überall herum.«

Wo sein Begleiter, der *sicario*, steckte, fragte Alberto sich auch schon seit geraumer Zeit. »Warum müsst Ihr mich töten? Ich bin auf Eurer Seite, und Flamini wird nicht erfreut sein, wenn er hört, dass Ihr mich habt umbringen lassen.«

»Das stimmt, Federico. Vielleicht wollte er tatsächlich nur

bei Euch übernachten. Lassen wir ihn laufen.« Rodolfo musterte Mari nachdenklich.

»Es wird noch genug Blut fließen. Zumindest seines muss nicht an unseren Händen kleben«, meinte Menobbi.

»Ihr habt wirklich Glück, Mari. Verschwindet und lasst Euch in Lucca nicht mehr blicken. Wenn wir uns das nächste Mal sehen, spürt Ihr meine Klinge!«, sagte Federico und schubste Mari zur Tür.

Sollte er Lucca tatsächlich lebend verlassen, würde er ein Büßergewand anlegen und auf den Knien den Pilgerweg nach Santiago de Compostela zurücklegen. Die Tür fiel hinter ihm ins Schloss, und er stand allein in einer schmalen Gasse. Die Herberge, in der er mit dem *sicario* ein Zimmer belegt hatte, befand sich im Süden an der Porta San Pietro. Um sich zu orientieren, hob er den Blick und entdeckte schließlich den Campanile von San Michele, dessen schneeweißer Marmor sich gegen das Dämmerlicht abzeichnete. Langsam erwachte die Stadt zum Leben. Fensterläden wurden aufgestoßen, und über ihm goss jemand einen Eimer Urin auf die Straße. Alberto konnte gerade noch zur Seite springen, um die stinkende Lauge nicht auf den Kopf zu bekommen.

Während er weiter durch die enge Gasse ging, in der sich an einer Hausecke ein Bettler in seinem Lumpenhaufen regte, drehte er sich immer wieder ängstlich nach möglichen Verfolgern um. Als er in die nächste Straße einbiegen wollte, sah er ein letztes Mal hinter sich und entdeckte, wie sich eine Gestalt aus Gottaneris Palazzo hinter ihm in Bewegung setzte. Federico. Federico wollte ihn wohl doch nicht ungeschoren davonkommen lassen. Der Angstschweiß trat ihm auf die Stirn, und er begann zu laufen, so schnell seine alten Beine es zuließen. Die Morgenröte tauchte Lucca in ein flammendes Rotorange und warf erste Strahlen auf die weiße Fassade von San Michele. Über dem Portal stand drohend der Erzengel Michael, und Alberto duckte sich unbewusst unter den Schwingen des Racheengels. Nur noch eine Querstraße, und er hätte die Piazza von San Michele erreicht, auf der die Händler jetzt ihre Stände aufbauten.

Sein Herz schlug hart in seiner Brust, und er keuchte schwer beim Laufen. Der Umhang verfing sich immer wieder in seinen Beinen, so dass er auf dem nassen Boden fast gestürzt wäre. Er konnte den Verfolger bereits hören und warf sich mit letzter Kraft um eine Hausecke. Blindlings stolperte er jetzt durch die Gassen, stieß mit einem Wasserträger zusammen, der fluchend hinter ihm herschrie, und brach schließlich vor einem schmiedeeisernen Tor zusammen, ohne zu wissen, wo er sich befand. »Helft mir!«, schrie er heiser und rüttelte verzweifelt an den Gitterstäben.

Sein Verfolger kam um die Ecke gerannt, und er sah schon das Metall eines Dolches aufblitzen, als das Tor vor ihm geöffnet und er von kräftigen Händen hineingezogen wurde. »Heilige Madonna! O Barmherziger!«, flüsterte er.

Er fühlte jedoch, dass ihm die Sinne schwanden und er Gestalten und Stimmen nur noch wie durch einen Nebel wahrnahm. Man hatte ihn gegen eine Wand gelehnt und seine Lippen benetzt, und jemand sagte: »Wenn das kein Wink des Schicksals ist! Mari, hat es Euch so gut bei uns gefallen, dass Ihr uns schon wieder besucht?«

Die Stimme, oh, diese Stimme! Sein Atem ging stoßweise, und sein Herz raste, doch es gelang ihm, die Augen zu öffnen und mit rastlos umherirrendem Blick nach dem Besitzer dieser Stimme zu suchen. Ein Mann in dunklem Samt, der Kerker ... In seinem Kopf überschlugen sich Erinnerungen, ja, die Stimme gehörte zu jenem Unbekannten im Kerker! Er versuchte, die Nebel vor seinem Auge zu durchdringen, und erhaschte einen Blick auf dunkle Locken und ein schönes Männergesicht, das ihn neugierig ansah.

»Was ist geschehen, Mari? Wer ist hinter Euch her? Sagt mir, wer die Verräter sind! Sagt es mir!«

Er hatte dieses Gesicht schon einmal gesehen. Lichter, Kristall, Musik, das Fest des Marchese, und alle drehten sich im Kreis. Alberto Mari streckte die Hände nach dem Mann aus, den er vor sich tanzen sah, doch der schöne, schlanke Tänzer lachte und drehte sich im Takt der Musik davon. Das Herz des Gelehrten machte einige unregelmäßige Schläge, seine Lungenflügel pumpten vergeblich nach Luft. Jemand schlug ihm ins Gesicht, doch Alberto Mari spürte den Schmerz bereits nicht mehr. Er war auf dem Weg in eine andere Welt, und der Erzengel Michael erwartete ihn mit ausgebreiteten Schwingen.

XXV
Der Tote im Kanal

Am frühen Morgen eines Montags im Dezember 1525 trieb im Abwasserkanal der Via del Fosso, der an den größten lucchesischen Färbereien, der *tintoria* Pandolfi und der *tintoria* Guinigi, vorbeifloss, eine Leiche. Ein Färberjunge entdeckte den Männerkörper, der sich im Schilf verfangen hatte, und wollte hinuntersteigen, um nachzusehen, ob es Wertvolles zu holen gab. Die umliegenden Färber waren gerade damit beschäftigt, ihre Kessel anzuheizen und Farbsteine zu mahlen. Es fiel niemandem auf, als ein schlanker Mann mit langen, zum Schwanz gebundenen Haaren den Jungen zurückpfiff, ihm einen halben Scudo in die Hand drückte und ihn fortschickte. Danach kletterte der Mann selbst zu der Leiche hinunter, blieb dabei fluchend im knietiefen Morast stehen und schimpfte auf die Kälte, die ihm durch die nassen Stiefel in die Knochen fuhr.

Mit gezielten Griffen, die zeigten, dass er nicht zum ersten Mal eine Leiche untersuchte, drehte der Mann den Toten auf den Rücken, wischte ihm den Schlamm aus dem Gesicht und nickte. Nachdem er sichergestellt hatte, dass Taschen und Gürtelbeutel leer waren, zog er dem Leichnam einen goldenen Ring von der Hand, steckte ihn ein und bekreuzigte sich, bevor er aus dem Morast auf festen Ufersand stieg. Oben angekommen fand er den Jungen, dem er den halben Scudo gegeben hatte, gab ihm eine weitere Münze und sagte: »Lauf zum *giudice* und sag, du hast den päpstlichen Sekretär Mari gefunden.«

»Ist er aufgeschlitzt worden? Ich habe noch nie einen Aufgeschlitzten gesehen!«, sagte der Junge und wollte zuerst nach der Leiche sehen.

Der *sicario* griff mit harter Hand nach der knochigen Schulter des Jungen. »Besser, du siehst nie einen, denn dann kann es schnell passieren, dass du der Nächste bist. Jetzt lauf, Bürschchen!«

In den Augen des *sicario* lag das Wissen um jede Facette des Todes, und der Junge rannte davon, als wären die Hunde hinter ihm her. Der *sicario* sah sich kurz um, klopfte notdürftig die schlammigen Stiefel ab und machte sich auf den Weg zur Porta San Pietro, wo er sein Pferd stehen hatte. Er hätte den dummen Mari nicht allein gehen lassen sollen, aber er hatte keine Wahl gehabt. Um diesen da Sesto und seinen Freund verfolgen zu können, hatte er Mari außer Acht lassen müssen. Sie hatten genau das getan, was er von ihnen erwartet hatte, und waren direkt zu ihrem Auftraggeber gerannt. Der *sicario* lachte leise vor sich hin. Sie waren sehr einfältig, wenn sie dachten, dass sie mit ihr spielen konnten. Die Marchesa hatte alles sehr klug eingefädelt, so klug, dass selbst Flamini gedacht hatte, er hätte es mit einem Mann zu tun. Die Mächtigen gewannen immer, selbst wenn es aussah, als ob sie verlören. Nun, Flamini und Seine Heiligkeit würden zufrieden mit ihm sein und ihm sein Wissen teuer bezahlen. Alberto Mari hatte sich um seine Pfründe gebracht, weil er ein weichherziger Trottel gewesen war. Aber der Gelehrte hatte gewusst, was er tat, und deshalb war Mari ein Platz im Paradies sicher, und ihm würden sich in der Stunde seines Todes die Tore zur Hölle öffnen. Der *sicario* legte den Kopf in den Nacken und lachte den Himmel aus. Die Hölle gab es nur für die, die daran glaubten, und wer konnte beweisen, dass er nicht schon in der Hölle lebte?

Am Nachmittag desselben Tages stand der *giudice* Luparini mit zwei Büttein im Hof der Buornardis. Beatrice hatte die Stimmen gehört und war sofort heruntergekommen. Nach Maris überraschendem nächtlichem Besuch war sie zwar wieder zu Bett gegangen, hatte jedoch kein Auge zugemacht. Federico sah ebenfalls übernächtigt aus, er schien auch seine Kleidung nicht gewechselt zu haben. Mit vor der Brust verschränkten Armen stand er vor dem Richter.

Während ihrer nächtlichen Grübeleien war Beatrice auf ein schwerwiegendes Problem gestoßen. Sie wusste nicht, wie sie dem Großen Rat von der Verschwörung Nachricht geben sollte, ohne ihren Mann zu belasten, denn ihr war klar geworden, dass Federico, welche Rolle auch immer er dabei spielte, von da Sesto und Menobbi beschuldigt werden würde, sollte es zur vorzeitigen Aufdeckung des Komplotts kommen. Ein weiteres Problem war, dass sie nicht alle Verschwörer kannte. Alberto hatte zwar Namen genannt, doch auch er konnte nicht genau wissen, wer alles dazugehörte. Wenn sie sich erst einmal dem Falschen offenbarte, war ihr Leben keinen Scudo mehr wert.

Ein Ostwind hatte Kälte und Wolken von den Bergen herübergeweht. Möglicherweise gab es bald Schnee. Sie zog ihren Umhang enger um sich und trat den Männern mit einem freundlichen Lächeln entgegen. Anders als bei ihrer ersten Begegnung hätte sie heute nur zu gern allein mit dem *giudice* gesprochen, doch die drohenden Blicke ihres Mannes belehrten sie eines Besseren.

»Guten Morgen, Madonna«, begrüßte der Richter sie höflich. »Es wird Euch sicher interessieren, was ich zu sagen habe, denn das Opfer war ein Freund Eurer seligen Familie.« Luparini neigte den Kopf im Andenken an ihre verstorbenen Eltern.

»Heute früh wurde eine Leiche im Kanal in der Via del Fosso gefunden. Ein Färberjunge hat den Unglücklichen entdeckt. Es handelt sich um den päpstlichen Sekretär, der schon einmal verschwunden war. Ihr erinnert Euch, Signore?«

Federico nickte ungeduldig. »Natürlich. Ihr wart hier und habt uns befragt. Mein Bruder war damals ebenfalls anwesend.«

»Nun, es scheint so, dass der Mann eines natürlichen Todes gestorben ist, jedenfalls weist er keinerlei Verletzungen auf.« *Giudice* Luparini sah von einem zum anderen, und Beatrice wollte gerade etwas sagen, als Federico fragte: »Wollt Ihr damit sagen, dass Mari nachts in den Kanal gefallen und ertrunken ist?«

»Er ist nicht ertrunken. Jedenfalls sieht es nicht danach aus. Er war nicht mehr jung und mag nach einer durchzechten Nacht vom Weg abgekommen sein, und dort unten war es kalt und nass. Vielleicht ist sein Herz schwach gewesen, oder der Schlag hat ihn getroffen. Da gibt es viele Möglichkeiten. Mich interessiert die Frage, was diesen Mann nach Lucca trieb und wen er hier getroffen hat. Deshalb bin ich hier. Könnt Ihr mir helfen?« Luparini schob seinen Hut nach hinten, kratzte sich an der Stirn und nestelte an den Papieren, die in seinem Gürtel steckten.

Die kleinen Augen waren die ganze Zeit über in Bewegung,

damit ihm keine Regung von ihr oder Federico entging. Nein, Luparini war nicht zu unterschätzen, dachte Beatrice.

»Alberto Mari war im Sommer bei uns in Matraia zu Gast«, sagte Federico und sah dabei Beatrice und nicht den Richter an.

»Stimmt das?«, fragte Luparini prompt und wandte sich an Beatrice.

»Ja. Mari war eine Zeit lang unser Gast. Ich, ich habe ihn sehr gern gehabt. Er war ein unterhaltsamer Mann. *Giudice*, verzeiht, aber mir geht das alles sehr nahe. Könnt Ihr das verstehen? Meine Eltern sind erst kürzlich gestorben, und das auf so grauenvolle Weise, und heute kommt Ihr mit dieser Nachricht … Es ist schwer für mich, mit den Ereignissen Schritt zu halten. Ich habe eine Tochter und war lange krank.« Sie lächelte schwach und legte die gefalteten Hände an die Lippen.

»Madonna, es tut mir außerordentlich leid. Ich wollte Euch nicht mit meinen Fragen zur Last fallen. Euer Mann wird mir sicher alles sagen können, was notwendig ist. Doch wenn Euch etwas einfällt, vielleicht eine Bemerkung des Sekretärs, die Euch damals nicht wichtig schien, die heute aber etwas Licht auf seine Angelegenheiten werfen könnte, zögert nicht, mir eine Nachricht zukommen zu lassen. Ich bin für jeden noch so geringen Hinweis dankbar.«

»Danke, *giudice*. Ich werde mich zurückziehen.« Beatrice nickte und ging ins Haus, wo sie auf Alba traf, die vor der Küche Rüben putzte. »Madonna! Was war denn nur los gestern …«

»Schsch!« Sie drückte ihr einen Finger auf die Lippen. »Nicht jetzt, Alba. Da draußen steht der Richter mit seinen Büttel. Sie fragen nach dem Mann, der gestern Nacht hier war, um mich zu sprechen. Alba, sieh mich an.« Sie nahm das Mädchen bei den Schultern. »Zu niemandem, wirklich niemandem ein Wort darüber, dass ich mit dem Mann gesprochen habe. Versprichst du mir das?«

Mit großen Augen sah Alba sie an. »Ja, Madonna. Das verspreche ich. Aber warum denn?«

»Das erkläre ich dir, wenn wir später allein sind. Alba, hast du Fabio heute schon gesehen?«

Das Mädchen schüttelte den Kopf. »Nein. Soll ich im Stall nachschauen?«

»Ja, bitte.« Erschöpft hielt Beatrice sich am Türrahmen fest und legte eine Hand auf ihren Bauch, wo die Narbe wieder zu schmerzen begann, wie jedes Mal, wenn sie sich aufregte. Und hatte sie nicht allen Grund, sich zu sorgen? War ihr Mann nicht zusammen mit da Sesto und Menobbi weggegangen, und hatten diese drei nicht Alberto und Fabio mit sich geführt? Wenn Alberto tot war, und sie glaubte keinesfalls an einen natürlichen Tod, dann hatten sie Fabio ebenfalls umgebracht.

Plantilla kam mit teigverschmierten Händen an die Tür. »Madonna, Ihr seid ganz blass! Kommt herein.« Sie wischte sich die Hände notdürftig an ihrer Schürze ab und dirigierte Beatrice auf eine Bank an einem Holztisch, auf dem eine Schüssel mit Äpfeln stand. Sie rief etwas in die dampfende Küche, in der die Vorbereitungen für das Mittagessen in vollem Gang waren, und eine Magd brachte einen Krug Wein und ein Stück Brot mit Olivenöl. »Setzt Euch und nehmt davon. Das gibt Kraft.«

Beatrice griff zu und merkte, wie gut das Essen und der Wein taten.

»Habt Ihr noch Schmerzen?«, fragte Plantilla sie leise.

»Manchmal, aber das ist nicht schlimm. Alberto Mari ist tot.«

»Oh?«

Alba kam atemlos herein. »Ich war im Stall, und keiner hat Fabio gesehen. Fabio ist für die Sattelkammer zuständig, aber da ist er seit gestern Abend nicht mehr gesehen worden.«

»Danke, Alba. Jetzt putz deine Rüben weiter, und nachher kommst du zu mir nach oben und hilfst mir mit Giulia.« Beatrice trank einen weiteren Schluck Wein und begegnete Plantillas sorgenvollem Blick.

»Denkt an Eure Tochter, Madonna. Manchmal ist es besser, Ohren und Augen zu verschließen.«

»Dazu ist es zu spät, Plantilla, viel zu spät ...« Beatrice stand auf.

»Gott steh uns bei ...« Die Köchin bekreuzigte sich.

Mit gesenktem Kopf verließ Beatrice die Küche, in der es nach gebratenem Schwein zu riechen begann. An den Wänden hingen zwar Schinken, büschelweise getrocknete Gewürze, und auf den Regalen hatte sie eingelegte Feigen, Obst und Gemüse gesehen, doch es mangelte an den Köstlichkeiten, die von Reichtum sprachen. Weder Schalen voller kandierter Früchte noch exotische Obstsorten oder eine Auswahl an Wildbret waren vorhanden, Dinge, die bei ihrer Ankunft im Palazzo Buornardi zu finden gewesen waren. Wie war es tatsächlich um die Buornardis bestellt?

In Gedanken ging sie die Treppe hinauf, berührte dabei ihre Ohrringe, die einzigen Schmuckstücke, die sie neben einer schlichten Goldkette ihrer Mutter behalten hatte. Federico hatte seine Geschenke zurückgefordert und auch nach den Sachen ihrer Mutter gefragt. Nachdem sie lächelnd erklärt hatte, dass sie alles verschenkt hätte, war er wütend geworden, hatte alle ihre Räume durchwühlt und sie mit Drohungen überhäuft, doch sie hatte nur die Schultern gehoben und ihm Clarices Ohrringe und diese Kette angeboten. Anscheinend waren die Sachen nicht wertvoll genug, denn er hatte sie ihr gelassen.

»Beatrice!«

Sie wandte sich um und sah Lorenza in der Tür zu ihrem Schlafgemach stehen. »Signora?«

»Was geht da unten vor sich?« Federicos Mutter hatte sich noch nicht angekleidet, die Haare waren fettig und unfrisiert, die Haut wirkte fahl, und sie hatte dunkle Schatten unter den Augen.

»Richter Luparini ist hier. Alberto Mari ist tot im Kanal der Via del Fosso gefunden worden.«

»Und das sagt Ihr so gelassen? War das nicht Euer Freund? Ihr macht doch sonst aus allem ein Drama!«

Beatrice antwortete nicht, sondern ging einfach weiter.

»Unverschämtes Frauenzimmer!«, keifte Signora Buornardi. »Ihr werdet schon sehen, was Ihr davon habt! Pietro! Komm sofort her!«

Die Kohlenwannen in den Korridoren glühten kaum, und in den Räumen gab es gerade genügend Brennholz, um spärliche Feuer am Leben zu halten. Lorenzas Sparmaßnahmen fanden ihre Anwendung, ob auch in ihren eigenen Räumen, wagte Beatrice zu bezweifeln. Im Ammenzimmer zog feuchte Kälte durch die Fenster. Die Amme stand bei ihrem Eintreten auf und legte eine Handarbeit zur Seite. »Die Kleine ist wach. Ihre Stirn ist wärmer als sonst, aber ich glaube nicht, dass sie Fieber hat.«

Erschrocken nahm Beatrice ihre Tochter aus dem Bett und untersuchte sie. »Doch! Sie hat Fieber! Wir brauchen einen Medicus. Ich werde Ansari holen lassen.«

»Aber Kinder haben ständig irgendetwas. Es muss nichts Schlimmes sein!«, sagte die Amme. »Ich habe ein halbes Dutzend eigene und genügend fremde Kinder genährt und heranwachsen sehen, um das zu wissen.«

»Meinst du?« Zweifelnd fühlte Beatrice Giulias warme Stirn, doch ihre Tochter sah sie nur mit großen Augen an. »Vielleicht hast du recht, und ich bin zu besorgt, weil es mein erstes Kind ist. Warten wir ab, was geschieht, aber bei dem geringsten Anzeichen einer ernsthaften Erkrankung hole ich Hilfe.«

Ihre Amme neigte plötzlich den Kopf, und Beatrice drehte sich um. Federico stand in der offenen Tür.

»Hilfe? Wozu?«, griff er die letzten Worte auf.

»Wenn meine Tochter krank ist, hole ich den Medicus Ismail Ansari.«

»Wenn Eure Tochter krank ist, könnt Ihr anfangen zu beten, Beatrice. Ansari kommt nicht mehr in dieses Haus.«

»Aber warum denn nicht? Wegen der Bezahlung ...«

»Darum geht es nicht«, unterbrach er sie. »Er kommt nicht hierher, basta. Ihr werdet niemanden holen oder benachrichtigen. Das heißt, Ihr schickt auch keinen Brief ab, den ich nicht zuvor gelesen habe. Im Klartext bedeutet das – Ihr habt ab heute Hausarrest, Beatrice! Jeder, der Euch hilft, wird bestraft, und ich scheue mich nicht davor, auch Frauen peitschen zu lassen.« Er warf der Amme einen warnenden Blick zu. »Seht es einfach als Maßnahme zu Eurer eigenen Sicherheit an. Ach ja, einer meiner Knechte wurde vor der Stadt aus einer Jauchegrube gezogen. Ich glaube, sein Schädel war eingeschlagen. Da seht Ihr, wie gefährlich es in Lucca geworden ist. Ich will doch nicht, dass meiner eigenen Frau ein Leid zustößt.« Ein schiefes Lächeln unterstrich die Ironie seiner Worte.

Erschrocken drückte Beatrice ihr Kind an sich, das unruhig wurde und zu quengeln begann. »Meine Kleine, es ist ja gut. Ich bin ja bei dir.« Fabios Tod bestätigte ihre schlimmsten Befürchtungen.

»Macht keine Dummheiten, Beatrice. Was auch immer dann geschieht, ist allein Eure Schuld.«

Giulia gähnte und streckte die Ärmchen aus, eine Geste, die Federico zu verwirren schien, denn er betrachtete sie einen Moment lang, bevor er ohne weitere Drohungen den Raum verließ.

»Er hat sie schon einmal beobachtet, als er dachte, niemand merkt es«, flüsterte die Amme.

»Ja?«

Die Amme nickte. »Ich kam mit einer Schüssel Suppe durch den Flur und sah ihn durch die offene Tür. Erst hatte ich Bedenken, aber er stand da über ihrem Bettchen und sah sie nur an. Dann ist er gegangen.«

Er würde sie niemals mit Giulia gehen lassen, dachte Beatrice. Vielleicht liebte er seine Tochter nicht, aber sie gehörte ihm, und das war Grund genug, sie ihr nicht zu lassen. Giulia begann jetzt zu schreien, und Beatrice gab sie der Amme.

Beatrice verließ die beiden und ging in ihr kleines *studiolo*, in dem es kalt und klamm war, weil kein Feuer brannte. Von nun an konnte sie keinem der Dienstboten mehr trauen. Die Angst vor Bestrafung war größer als die Loyalität zu ihr, und sie hatte kein Geld, um sich Vertrauen zu kaufen. Plantilla würde ihr mit Arzneien helfen, aber auch von ihr konnte sie nicht verlangen, Briefe zu überbringen. Die Köchin hatte Familie, und wenn sie ihre Arbeit verlor, bedeutete das Not und Hunger für Plantillas Kinder. Pietro Farini, der verschlagene *maestro di casa*, würde sie mit noch größerer Genugtuung bewachen und wahrscheinlich jeden Diener belohnen, der ihm verriet, wenn sie etwas Verbotenes tat. Selbst wenn es ihr gelang, Ismail Ansari eine Nachricht zukommen zu lassen, konnte er als Ausländer wenig für sie tun, und sie wusste nicht einmal, ob er überhaupt in Lucca war.

Sie sah in den trostlosen winterlichen Garten hinunter. Die Jahreswende stand bevor. Im Januar war sie hergekommen, aber wie anders hatte sie sich ihr Leben in diesem Palazzo vorgestellt. Aus den Gesprächen der Männer war hervorgegangen, dass Mailand jetzt fest in den Händen der kaiserlichen Truppen war und die Verhandlungen zwischen dem noch immer in Madrid gefangenen König Franz I. und Karl V. langsam zu einem Abschluss zu kommen schienen. Hatte der Papst mit einer Einigung zwischen Frankreich und dem Habsburger gerechnet? Wollte er deshalb jetzt den Umsturz der Republik in Florenz vorantreiben? Alessandro de' Medici war ein gieriger Spross dieser Familie, die Großes vollbracht hatte, deren Stern aber gesunken war. Beatrice nagte an ihren Knöcheln. Die Vorstellung, dass Lucca unter die Herrschaft dieses Bastards fiel, war schrecklich, und sie musste einen Weg finden, das zu verhindern. Was sie dabei am meisten bedrückte, war die Tatsache, dass ihr eigener Mann ein Verräter war, und sie schob Federicos Verhalten allein auf den Einfluss von Marcina und deren Bruder Filippo. »Hure ...«, fluchte sie leise und legte die Stirn an den Fensterrahmen. »Verfluchtes Weib! Du bist schuld, du bist schuld ...«

Weinend stand Beatrice am Fenster. Seit ihrer ersten Begegnung mit Marcina in San Michele hätte sie gewarnt sein müssen. Nichts hatte Federico davon abhalten können, sich mit dieser Frau auch weiterhin einzulassen. Sie legte die Hände auf ihren Leib. Vielleicht war sie zu der Art Leidenschaft, die Federico erwartete, nicht fähig. Aber welcher Mann würde sie überhaupt noch haben wollen, sobald er wusste, dass sie verstümmelt war und keine Kinder mehr empfangen konnte. Sie hatte das Entsetzen in Federicos Augen beim Anblick der Narbe auf ihrem Bauch nicht vergessen.

Ein leises Klopfen ließ sie auffahren. Sie wischte sich die Augen. »Ja bitte!«

Mit verfrorenen Wangen kam Alba herein. »Ich bin jetzt fertig mit der Küchenarbeit.« Der dünne Mädchenkörper steckte in einem einfachen Hemdkleid, die Beine waren nackt, und einfache Schlappen waren alles, was sie an den Füßen trug.

»Alba, musstest du so nach draußen? Du siehst ganz verkühlt aus.«

Die Kleine nickte. »Fio darf nicht mehr in die Küche. Die Signora hat ihn erwischt und gesagt, er wird totgeschlagen, wenn er noch einmal drinnen zu sehen ist. Jetzt habe ich in der Mauer hinten im Garten eine Höhle für ihn gemacht mit einer Decke und bringe ihm das Futter dorthin.«

»Komm her, Alba.« Sie streckte die Arme aus und drückte das Mädchen an sich, das sich vertrauensvoll an sie schmiegte. Der Gedanke, der Beatrice kam, war schändlich, aber sie hatte keine Wahl. »Alba, um was ich dich bitten möchte, ist viel verlangt, und ich kann verstehen, wenn du es nicht tun möchtest …«

Alba schüttelte den Kopf. »Ich mache es!«

Lächelnd strich Beatrice ihr über die dunklen Haare und hielt sie von sich, um ihr in die Augen zu sehen. »Es hat sich viel geändert hier im Haus, Alba.«

»Ich weiß.«

»Ich habe kein Geld mehr, meine Eltern können mir auch nicht mehr helfen, und ich weiß nicht, was mein Mann mit mir vorhat.«

»Dann gehen wir weg, Madonna! Ich kann arbeiten, und Ihr könntet für einen Kaufmann die Bücher führen!«

Beatrice lachte leise. »Eine gute Idee, Alba, nur wird mich niemand haben wollen. Frauen können vielleicht im Geschäft ihres Mannes mitarbeiten, aber niemals irgendwo anders. Fürs Erste sind wir hier noch versorgt. Es geht um mehr als nur mich, Alba. Es geht um Lucca!«

Erwartungsvoll hing Alba an ihren Lippen.

»Was ich dir sage, haben schon zwei Männer mit dem Leben bezahlt, also, kannst du mir versprechen, mit niemandem außer der Person, zu der ich dich schicken werde, darüber zu sprechen?«

»Ich schwöre es«, sagte Alba feierlich.

XXVI
Mailand, 23. Dezember 1525

»Verdammt, ich will das Kommando nicht!« Tomeo schlug wütend mit der Faust auf den Tisch, dass Karten und Papiere durcheinanderflogen.

Ein unwirsches Murmeln der anwesenden Feldherren und Kommandeure war die Antwort. Sie befanden sich im militärischen Hauptquartier der kaiserlichen Truppen im Palazzo Reale, im Zentrum der Stadt, direkt neben dem Dom Santa Maria Nascente. Seit wenigen Wochen hielten sie Mailand besetzt. Nur das Castello Sforzesco war noch nicht eingenommen worden, weil Herzog Francesco Sforza die Übergabe verweigerte. Wie lange der Herzog dort in seiner Feste ausharren konnte, war jedoch nur eine Frage der Zeit, früher oder später würde der Hunger ihn und seine Leute zur Aufgabe zwingen.

Fabrizio Maramaldo, ein gestandener Feldherr mit silbergrauen Haaren und Vollbart, trat zu Tomeo. »Wir sind im Krieg, junger Buornardi, persönliche Angelegenheiten müssen jetzt warten.«

Im Dom nebenan ertönten die Glocken, die zur heiligen Messe riefen. »Vielleicht hättet Ihr das auch persönlicher nehmen sollen, Maramaldo! Pescara war vielleicht nicht bei allen beliebt, aber er war kein Verräter. Er hat zum Kaiser gehalten, und jetzt, kaum dass er vier Wochen unter der Erde ist, zieht ihr alle über ihn her, als hätte er ganz Italien verkauft! Und Morone, diesem doppelzüngigen Bastard, ist nicht ein Haar gekrümmt worden. Sein verweichlichter Zögling, Herzog Sforza, verschanzt sich in seiner Burg und überlässt sein Volk seinem Schicksal. Ich finde, das alles stinkt zum Himmel!« Zornig starrte er in die Runde altgedienter Kriegsmänner.

Frundsberg war abgereist, um in deutschen Landen neue Truppen auszuheben, Bourbon befand sich noch in Genua, und die Landsknechte und ihr Tross machten sich über Mailand her. Was noch an Volk in der Stadt geblieben oder nach der Pestepidemie zurückgekehrt war, wurde so schwer gebeutelt, dass es eine Schande war.

»Das Volk leidet immer, wenn Krieg ist«, meinte Maramaldo sachlich.

»Das Volk leidet immer – nicht nur, wenn Krieg ist!«, schimpfte Tomeo.

»Was seid Ihr? Ein Weltverbesserer, ein Träumer oder einfach nur ein Feigling, der genug hat und nach Hause will?« Abfällig spuckte der Graf von Cajazzo vor ihm aus.

Tomeo schäumte und wollte seinen Degen aus der Scheide ziehen, wurde jedoch von Maramaldo daran gehindert. »Lasst die Waffen stecken! Die Zeit zum Kämpfen wird kommen, für uns alle, und das früh genug!«

»Und nennt mich einen Träumer! Dann bin ich ein Träumer wie unser Kaiser, der auch etwas Größeres mit diesem Krieg bewirken will! Er will ein Römisches Reich schaffen, ein vereintes Europa, in dem es keinen Hunger mehr gibt, weil der Handel über alle Grenzen möglich ist.« Konnten diese abgestumpften Kämpfer denn nicht mehr sehen, wofür sie das Blut vergossen?

Cajazzo, ein junger Adliger mit gezierten Manieren, lachte spöttisch. »Jetzt hat ihn der Wahnsinn erfasst, genau wie seinen toten Freund Pescara. Was wollt Ihr denn überhaupt? Dann übernehmt das Kommando hier in Mailand, und denkt einfach, dass Ihr damit Karls Träume verwirklicht, wenn Euch das glücklich macht.«

»Ich kann das Kommando nicht übernehmen, weil ich dann den Söldnern verbieten müsste, die Stadt weiter zu plündern, Frauen und Kinder zu vergewaltigen und den Armen ihr letztes Stück Brot zu rauben«, herrschte Tomeo den Adligen an.

Cajazzo zuckte ungerührt die Schultern. »Dann lasst es Euch eben gut gehen in einem beschlagnahmten Palazzo und verschließt die Augen vor dem Elend, bis wir weiterziehen.«

Maramaldo und Leyva, ebenfalls ein älterer Heerführer, sahen sich an, bevor Maramaldo sagte: »Reizt unseren Tomeo nicht zu sehr, Cajazzo. Warum geht Ihr nicht zu den jungen Offizieren und seht nach dem Rechten, während wir das hier klären?«

»Feigling«, zischte Cajazzo im Hinausgehen.

Als die Tür hinter ihm ins Schloss gefallen war, sah sich Tomeo den beiden altgedienten Männern allein gegenüber und presste wütend die Lippen aufeinander.

Leyva, ein schlanker Spanier mit vernarbtem Gesicht, sagte: »Was ist los, Tomeo? Ich dachte, Ihr freut Euch über eine solche Position. Ihr habt Euch bewährt und hättet es mehr verdient, aufzurücken.«

»Ich habe persönliche Probleme, Signori, und befinde mich in einer prekären Lage.«

»Ah!« Maramaldo winkte die beiden Männer zu einem kleinen Tisch, auf dem ein Krug Wein und mehrere Becher standen, und schenkte Rotwein aus. Nachdem sie einen Schluck getrunken und sich gesetzt hatten, nickte der Feldherr Tomeo zu.

»Ich mache mir große Sorgen um meine Familie in Lucca. Gestern erhielt ich einen Brief von meinem Bruder Alessandro aus Antwerpen. Es ist alles sehr merkwürdig. Seit dem Tod meines Vaters hat Federico die Geschäfte übernommen, aber plötzlich ist unser Geschäft hoch verschuldet und wir stehen vor dem Ruin. Alessandro hatte Schulden an der Börse, die von Federico beglichen wurden, aber dann hat mein Bruder ohne mein Wissen alle Zahlungen nach Antwerpen eingestellt, die Konten geräumt und meinen Bruder quasi sich selbst überlassen. Ich weiß nicht, was aus ihm geworden ist!« Er hatte die ganze Nacht nicht geschlafen und sich Vorwürfe gemacht, dass er sich nie um das Geschäft gekümmert hatte, aber das war nicht seine Aufgabe gewesen! Er war Soldat! Alessandro war sicher nicht unschuldig an den Verlusten, aber ihn im Stich zu lassen war unverzeihlich! Der Brief war vier Wochen unterwegs gewesen, bevor er Tomeo in Mailand erreicht hatte, in dieser Zeit konnte das Hohe Gericht von Antwerpen Alessandro verurteilt und gehängt haben, wenn die belgischen Kaufleute ihn des Betrugs beschuldigten.

Leyva trank bereits den zweiten Becher Wein. »Das ist nicht angenehm, aber was wollt Ihr tun? Nach Antwerpen reisen? Dann kommt Ihr sowieso zu spät. Oder nach Lucca? Und was macht Ihr dort? Wenn Euer Bruder das Vermögen veruntreut hat, ist es weg. Bleibt Ihr hier, habt Ihr Aussicht auf fette Kriegsbeute.«

»Ganz meine Meinung, Leyva. Kommt schon, Tomeo. Die Männer halten große Stücke auf Euch. Wenn Ihr jetzt geht, werden viele einfach alles hinwerfen, wir verlieren Mailand, Sforza triumphiert, und alles war umsonst.« Maramaldo wischte sich Rotwein aus dem Bart.

»Ihr übertreibt. Die Soldaten bleiben nicht eines einzigen Mannes wegen.« Tomeo legte die Stirn in seine Hände.

»Manchmal ist ein charismatischer *capitano* mehr wert als ein Dutzend aufgeblasener Generäle. Das muss ich Euch als Pescaras Freund nicht sagen.« Maramaldo kannte Tomeo gut genug, um zu wissen, worauf er anspringen würde.

Sofort hob dieser den Kopf. »Pescara war eine Ausnahme, ein Ehrenmann in diesem Haufen von Lügnern und Betrügern. Er war krank, und die Intrige von Morone und diesem nichtsnutzigen Papst hat ihm den Rest gegeben. Trotzdem hat er nicht aufgegeben und ...« Tomeo hielt inne und sah in Maramaldos zerfurchtes Gesicht, auf dem ein mildes Lächeln erschien.

»Er ist für seine Sache, seinen Kaiser, seine Überzeugung gestorben. Habt Ihr da nicht Eure Antwort, Tomeo?«

»Ich werde nachher zu den Truppen gehen und sehen, ob noch etwas übrig ist von Mailand, das es sich zu retten lohnt.« Er stand auf und nickte den beiden Älteren zu.

»Jeder Mann hat eine Bestimmung zu erfüllen. Unsere ist das Schlachtfeld.« Leyva bekräftigte seine Worte mit dem dritten Becher Wein.

Tomeo ging auf den Flur, wo ein Wachsoldat respektvoll grüßte. Vielleicht war die Bestimmung einiger Männer das Schlachtfeld, aber er dachte an einen Mönch in einer Klause an den Ufern des Ticino. Jeder konnte seine Bestimmung ändern, wenn er nur die Kraft dazu fand.

Der Palazzo Reale lag im Herzen Mailands, nur wenige Straßenzüge vom Castello Sforzesco entfernt. Dummer kleiner Herzog, dachte Tomeo. Warum übergibst du deine Festung nicht? Müssen noch mehr Menschen sterben, um deinen Stolz zu befriedigen? Der Palazzo war auf einem trapezförmigen Grundriss erbaut und öffnete sich zum Domplatz sowie zur Straße der Kaufleute, der Via Mercanti.

Drei Stunden später, Tomeo hatte den Söldnern eine Moralpredigt gehalten und ihnen mehr Sold versprochen, was sie mit höhnischem Gelächter beantwortet hatten, gingen er und Gian Marco durch die Via Mercanti. Der Bursche pfiff eine fröhliche Melodie, während sie zwischen den Ständen der Händler entlangspazierten.

»Dir geht's ja heute besonders gut«, meinte Tomeo, der noch das Gebrüll und den Gestank der Söldner in Ohr und Nase hatte.

»Oh, da ist so ein hübsches Ding ...«

»Ich will es gar nicht wissen. Sieh dich bloß vor, dass sie dir nicht die Franzosenkrankheit anhängt.«

Sofort hörte das Pfeifen auf, und Gian Marco sah plötzlich sehr besorgt aus. »Eh, *capitano*, wie meint Ihr das?«

»Wirst du schon selbst merken. Also, jetzt denk mal wieder mit dem Kopf. Ich brauche einen zuverlässigen Boten oder einen Kaufmann, der nach Antwerpen reist. Hör dich um. Wir treffen uns hier. Du gehst da hinunter. Ich nehme diese Seite.« Eine Schneeflocke setzte sich auf Tomeos Umhang. Er hob den Kopf und starrte in einen grauen Winterhimmel. Es war kalt, aber noch waren die Flüsse und Seen nicht gefroren, sondern der Boden aufgeweicht von zu vielen Niederschlägen. In dieser Jahreszeit ein Heer zu bewegen war nahezu unmöglich und kostete nicht nur Unmengen von Geld, sondern auch riesige Lebensmittel- und Brennholzvorräte, und Tomeo war dankbar, dass sie zumindest vorerst in Mailand blieben. Mit der Dankbarkeit der Mailänder verhielt sich das anders, aber die Bevölkerung war seit Jahrzehnten an Fremdherrschaft gewöhnt.

Schräg vor ihm erhob sich der Palazzo della Ragione, das langgestreckte Rathaus, in dessen Erdgeschoss sich zwischen Pfeilerarkaden die Markthalle befand. Im Gegensatz zu den anliegenden Häusern, die fast alle niedergebrannt oder zerstört waren, war das Rathaus unbeschädigt geblieben. Zwischen den Pfeilern trieben sich Händler unterschiedlicher Herkunft herum. Krüppel und Bettler lagerten an den Durchgängen und streckten die Hände nach einem Almosen aus. An einem Pfeiler war oben das Relief eines Reiters zu sehen.

»Oldrado da Tresseno.«

Tomeo drehte sich um und stand vor einem Mann mit glockenförmigem Lederhut und einem weiten schwarzen Mantel. Lange seitliche Locken und ein dichter schwarzer Bart wiesen ihn als Juden aus. »Habt Ihr mit mir gesprochen?«

Der Mann war mittleren Alters, hatte eine spitze Nase und intelligente Gesichtszüge. Seine Kleidung war edel, aber nicht auffällig. »Ja. Der Reiter auf dem Bild dort oben war ein *podestà* namens Tresseno. Er hat das Rathaus 1233 erbauen lassen. Aber das interessiert Euch nicht, *capitano* oder *generale*?«

»Nein, nicht wirklich. Ich bin *capitano* Tomeo Buornardi. Wir ...«

Doch er brauchte keine Erklärungen abzugeben, denn der Jude lachte. »Ihr gehört zu den kaiserlichen Truppen, die unsere Stadt von den Franzosen befreit haben und so fort und so fort. Mein Name ist Tuveh ben Schemuel, Goldhändler und Geldverleiher.«

Tomeo erwiderte die höfliche Verneigung. »Tuveh ben Schemuel, vielleicht könnt Ihr mir helfen, denn ich bin auf der Suche nach einem Mann, der viel herumkommt.«

»Oh, da seid Ihr bei mir ganz sicher an der richtigen Adresse. Mein bescheidener Laden ist gleich dort drüben. Warum kommt Ihr nicht mit hinüber? Hier ist es kalt und zugig.« Zielstrebig marschierte der Goldhändler durch den von Karren und Pferdehufen aufgeweichten Straßenbelag und winkte Tomeo, ihm zu folgen.

Tuvehs kleiner Laden war mit orientalischen Teppichen, exquisiten Möbeln und Kunsthandwerk ausgestattet. In einer Vitrine waren einige Schmuckstücke ausgestellt, doch alles war zurückhaltend und bescheiden präsentiert. Ein junger Mann saß hinter einem langen Tisch mit unzähligen Schubfächern und ging Kontobücher durch.

»Simon, bring uns Tee und Gebäck, und dann nimm die Bücher mit nach hinten«, ordnete Tuveh ben Schemuel an und forderte seinen Gast auf, sich mit ihm an einen Tisch in einer Ecke des Ladens zu setzen. Ein Ofen verströmte Wärme, und Tomeo fand seinen neuen Bekannten immer interessanter.

»Nun, was kann ich für Euch tun?« Der Goldhändler setzte ein gewinnendes Lächeln auf.

Tomeo überlegte kurz, entschied dann aber, dass er nichts zu verlieren hatte, wenn er dem Mann von seinem Problem erzählte. Als er geendet hatte, nickte ben Schemuel bedächtig.

»Mancher hat schon seinen Kopf lassen müssen im Geldgeschäft. Vor kurzem erst ist eines der größten deutschen Bankhäuser mit achthunderttausend Goldgulden Schulden bankrottgegangen und der Bankier selbst im Gefängnis gestorben. Meine jüdischen Freunde und Kollegen und ich haben ein Botensystem, das uns schnellstmögliche Nachrichtenübermittlung erlaubt. Wenn Ihr möchtet, hole ich Informationen aus Antwerpen über den Verbleib Eures Bruders ein und lasse ihn aus dem Gefängnis auslösen, falls er dort festsitzt.«

Simon brachte Tee und süßes Mandelgebäck. Nachdem Tomeo gekostet hatte, fragte er: »Warum solltet Ihr das für mich tun? Ich weiß nicht, was es kosten könnte, Alessandro auszulösen, und vielleicht ist es mehr, als ich aufbringen kann.«

»Ah, mein Freund, ich mag Euch.« Ben Schemuel lächelte verschmitzt und strich sich über den Bart. »Ein Geschäft für ein Geschäft. Es kommen Zeiten, da könnt Ihr etwas für mich tun. Euer ältester Bruder ist in Lucca, sagtet Ihr?« Er runzelte die Stirn und wiegte den Kopf hin und her. »Mein Neffe ist vorgestern aus Siena gekommen. Er ist durch Lucca gereist, wo sich etwas zusammenbraut. Schon der zweite päpstliche Sekretär ist dort tot aufgefunden worden. Ein bisschen viel in einem Jahr, meint Ihr nicht?«

»Was?« Nervös umklammerte Tomeo die Stuhllehne. »Wie hieß der Mann? Was wisst Ihr noch? Was braut sich dort zusammen?«

Der Händler machte eine vage Handbewegung. »Den Namen weiß ich nicht. Ein Sekretär aus dem Vatikan, so viel ist sicher. Richterliche Untersuchungen sind im Gange. Darüber hinaus gab es Unruhen durch unzufriedene Seidenweber, und, oh, das sind keine guten Nachrichten, man hat einen Ausbruch der Schwarzen Blattern gemeldet.« Ehrliches Mitgefühl lag in Tuvehs Augen, als er von der Seuche berichtete. »Tut mir leid, mein Freund, aber Eure Familie wird sich zu retten wissen, nicht wahr?«

»Die Schwarzen Blattern …«, wiederholte Tomeo erschrocken. Die Krankheit war fast ebenso verheerend wie die Pest. Meist gelang es schneller, die Ausbreitung einzudämmen, aber wer sich ansteckte, hatte kaum Hoffnung, die Blattern zu überleben. Erschüttert sank Tomeo in seinem Stuhl zusammen. Was konnte er tun? Er saß hier in Mailand fest, obwohl er am liebsten sofort nach Lucca aufgebrochen wäre, um seiner Familie zu helfen.

»Trinkt noch einen Tee, *capitano*, und dann überlegen wir, was wir für Euch tun können.«

Ungläubig hob Tomeo den Blick und fragte sich, wie er hier, im Laden eines Fremden, Hoffnung finden sollte.

⇌ XXVII ⇌
Der Golddukaten

Wer die Schwarzen Blattern nach Lucca gebracht hatte, wusste niemand zu sagen. Der erste Kranke war ein Pfeifer, der zu einer Gruppe fahrender Spielleute aus Pisa gehörte. In dem Wirtshaus, in welchem die Spielleute gastierten, brach Panik aus, als eine Magd den mit Pocken übersäten Pfeifer in seinem Bett fand. Der bereits im Sterben liegende Mann wurde auf einer Trage von Stadtknechten in das Hospiz Santa Caterina gebracht, wo die Nonnen am nächsten Tag seinen Tod feststellten und die Stadt vor einem epidemischen Ausbruch der

Blattern warnten. Da die Spielleute schon länger in Lucca gewesen waren und niemand genau wusste, mit wem der Pfeifer Kontakt gehabt hatte, konnten sich zahlreiche Menschen angesteckt haben. Der Große Rat verhängte den Ausnahmezustand und verbot große Menschenansammlungen und das Verlassen der Häuser nach Sonnenuntergang. Die Tore wurden für Fremde gesperrt, und nur diejenigen Luccheser, die die Stadt verlassen wollten, durften ziehen.

Angst war den Lucchesern von den Gesichtern abzulesen, und jeder beäugte jeden, ob etwa Anzeichen der schrecklichen Seuche zu finden waren. Wunderarzneien wie Theriak oder Mithridat fanden reißenden Absatz, und Bader und Ärzte waren die Einzigen, die Tag und Nacht mit ihren Taschen unterwegs waren. Um Platz für die zu erwartenden Kranken zu schaffen, wurden viele Arme, die in den Hospizen und Klöstern Unterschlupf gefunden hatten, wieder auf die Straße gesetzt und fielen damit unter die Obhut der Republik, die die Bedürftigen durch Stadtknechte in leeren Lagerhäusern zusammentreiben ließ. Sobald die Blattern in einem dieser Notquartiere ausbrachen, war die Katastrophe nicht länger aufzuhalten.

Alba lief mit tief ins Gesicht gezogener Kapuze über die Piazza San Michele. Es war früher Vormittag, und dunkle Wolken hingen am Winterhimmel. An einem Dezemberwochentag war der Platz gewöhnlich überfüllt mit Marktfrauen, *marzari*, Mandolettikrämern und *caldarrostaii*. Doch heute war die Piazza still, und weder süßes Zuckergebäck noch der Duft heißer Maronen konnten Alba verlocken, denn die Händler versteckten sich in ihren Häusern oder waren gar nicht erst nach Lucca hereingekommen. Ein Stadtknecht stand an einer Ecke der Kirche und rief zu ihr herüber: »Eh, was treibst du dich hier herum, geh nach Hause, Mädchen!«

Alba nickte und rannte weiter, die Marmorstufen der Piazza hinunter in die Via Roma, von dort war es nicht mehr weit zum Palazzo Connucci. Aus dem Palazzo der Buornardis zu gelangen war nicht einfach gewesen, aber Alba hatte so lange gejammert und geweint, dass ihr geliebter Fio fortgelaufen sei, bis Plantilla sie unter dem Vorwand, sie müsse getrocknete Kräuter kaufen, aus dem Haus geschickt hatte. Pietro Farini hatte ihren Namen eingetragen und ihr unter Androhung schärfster Strafen verboten, sich mit irgendjemandem zu unterhalten oder auch nur stehen zu bleiben. Als ob sie das vorgehabt hätte! Sie war viel zu stolz, dass die Madonna ihr diesen wichtigen Auftrag zugeteilt hatte. Natürlich nur, weil Ines nicht mehr da war. Sie wusste, dass die Madonna Ines vermisste, aber ihretwegen konnte die Zofe ruhig fortbleiben, denn die hatte sie nur herumgeschubst und sie spüren lassen, dass sie aus der Gosse kam.

Mit verfrorenen Fingern hielt sie die Kapuze fest, die während des Laufens nach hinten zu rutschen drohte. Dass sie von ganz unten kam, wusste Alba selbst nur zu genau, aber die Madonna hatte ihr eine Chance gegeben, und die würde sie nutzen. Als Kind hatte sie sich bei einer Kuh mit den Pocken angesteckt und war seitdem nie wieder an Pocken oder den gefürchteten Schwarzen Blattern erkrankt. Ein Bader hatte ihr gesagt, dass man nur einmal an den Pocken erkranke und dann gegen die Krankheit gefeit sei. Deshalb hatte sie keine Angst, heute durch die verlassenen Straßen zu laufen. Neben dem Hauseingang eines Wagners hockte eine zerlumpte Gestalt mit trübem Blick. Das Gesicht war von eitrigen Pusteln entstellt. Wahrscheinlich hatten die Hausbewohner den Mann ausgesperrt, doch nutzen würde es ihnen wenig. Die Blattern waren eine Strafe Gottes, und seinem Schicksal konnte man nicht entgehen.

Das Tor zum Seiteneingang des Palazzo Connucci stand offen, weil ein mit Säcken und Kisten beladener Karren vor ihr hindurchrumpelte. Alba lief hinterher und stand in einem Hof, der doppelt so groß war wie der der Buornardis. Überhaupt war hier alles prächtiger, livrierte Diener liefen eilfertig herbei, um beim Abladen zu helfen. Da sich niemand um sie kümmerte, ging Alba an den Wirtschaftsräumen vorbei ins Haus. Sie erhaschte gerade noch einen Blick in die weißgolden glänzende Eingangshalle, als jemand sie hinten am Umhang packte.

»Was suchen wir denn hier?« Ein älterer Diener, dessen Livree von einer dicken goldenen Kordel geziert wurde, musterte sie abschätzig.

Ihr Umhang war aus gutem Wolltuch und wahrscheinlich der einzige Grund, warum der Mann sie nicht sofort mit einem Fußtritt auf die Straße beförderte. »Ich muss mit der Marchesa sprechen, Signore«, sagte Alba fest.

Der Mann lachte und rief einem dunkelhäutigen Zwerg zu: »Sie will mit der Marchesa sprechen, Dado. Einfach so. Jetzt ist meine Geduld am Ende. Raus!«

Alba riss sich los und trat zwei Schritte zurück. »Nein! Meine Herrin ist eine Freundin der Marchesa und hat gesagt, dass sie mich sicher empfangen wird!«

»Wer ist denn deine Herrin, mein Mädchen?«, quäkte der Zwerg und entblößte dabei verfaulte gelbe Zähne.

»Madonna Beatrice Buornardi.«

Der Livrierte verzog den Mund. »Der Kaufmann, und bankrott, wie man sich erzählt.«

»Bankrott, bankrott …«, wiederholte der Zwerg und hüpfte dabei hin und her, dass sein kleiner Bauch wackelte. »Vielleicht hat sie die Pocken? Pocken, Pocken …«

»Du garstiger kleiner Wicht! Ich kann die Blattern nicht bekommen, weil ich sie schon hatte! Du etwa auch? Wenn nicht, solltest du dich vorsehen, du Kröte!« Wütend stampfte Alba mit dem Fuß auf und sah sich um.

Ein hochgewachsener Mann in eleganter Kleidung ging mit einem Buch und einer Dokumentenmappe unter dem Arm durch die Halle. Alba achtete nicht auf die Protestrufe der Diener, sondern rannte hinüber und hielt den überraschten Sekretär des Marchese an. »Signore, bitte, helft mir! Madonna Buornardi schickt mich mit einer persönlichen Botschaft zur Marchesa. Es ist dringend, und ich kann nicht lange bleiben, sonst lässt mich der *maestro di casa* auspeitschen. Bitte!«, flehte sie.

Averardo trommelte mit seinen schlanken Fingern auf dem Buch und schien zu überlegen. Seine schön geschwungenen Brauen zogen sich zusammen, und Alba staunte über die gepflegten Locken des Mannes, die seidig glänzten. »Bist du gesund?«

Sie nickte. »Ich hatte schon die Kuhpocken.«

»Welch ein Glück für dich. Komm mit.« Er führte sie über eine breite Treppe in den ersten Stock.

Alba war sprachlos angesichts der marmornen Statuen von seltsamen Phantasiegestalten und schönen Frauen und Männern und der Farbenpracht riesiger Vasen mit fremdartigen Zeichen und der Ölgemälde. Sie folgte dem Sekretär in einen mit blauen Stoffen ausgekleideten Raum, in dem eine Sitzgruppe und ein kleiner Schreibtisch standen. Averardo zeigte auf einen Stuhl. »Setz dich und warte, bis ich zurück bin.«

Er ging durch eine halboffene Zwischentür in den Nebenraum. Neugierig folgte Alba ihm und spähte durch den Türspalt, doch Averardo sprach nicht mit der Marchesa, sondern mit dem Marchese Connucci. »Frag sie, was sie bei meiner Frau will.«

Als Averardo zurückkam, saß Alba brav auf ihrem Stuhl. »Der Marchese will zuerst wissen, mit welchem Anliegen du hier bist.«

»Das kann ich nur der Marchesa persönlich sagen.«

Averardo verschwand wieder für kurze Zeit und teilte ihr dann mit: »Die Marchesa ist krank. Wenn du es dem Marchese nicht sagen kannst, warst du umsonst hier.«

Verzweifelt überlegte Alba, was sie nun tun sollte. Aufschreiben ging nicht, dann konnte jeder lesen, was nur die Marchesa hören sollte. Aber die Madonna hatte gesagt, dass es von allerdringlichster Wichtigkeit war! »Aber ich kann mich nicht anstecken, dann kann ich doch zu ihr!«

Plötzlich wurde die Zwischentür aufgestoßen, und der Marchese Connucci kam persönlich herein. Sein langer Samtrock war mit Perlmuttknöpfen besetzt, ein weißes Hemd schaute darunter hervor. Er hielt einen Gehstock mit einem vergoldeten Elfenbeinknauf in den Händen. Ehrfürchtig rutschte Alba vom Stuhl, neigte den Kopf und machte einen Knicks.

»Ein hübsches junges Ding und so halsstarrig?« Der Marchese legte Alba den Knauf des Gehstocks unter ihr Kinn und zwang sie, ihn anzusehen. »Wie alt bist du?«

»Zwölf, glaube ich ...«, stotterte sie. Vor dem Sekretär des Marchese hatte sie keine Furcht gehabt, aber vor diesem Mann fühlte sie sich klein und hilflos. Er sah sie mit anderen Augen an als sein Sekretär, mit begierigen Augen, und sie fürchtete sich, weil sie diesen Blick bei Männern gesehen hatte, bevor die sich mit ihrer Mutter vergnügt hatten. Manchmal hatten diese Männer nach ihr gefragt, doch ihre Mutter war dann wütend geworden und hatte gesagt, dass Alba dafür noch zu jung sei. Aber ihre Mutter war tot, die Madonna war nicht hier, um sie zu beschützen, und die dunklen Augen des Marchese schienen Gefallen an ihr zu finden.

Der Marchese Gadino del Connucci lächelte. »Ich denke, wir haben uns einiges zu sagen.« Er war älter und kräftiger als sein Sekretär und trug die Haare kürzer.

»Nein.« Alba schüttelte den Kopf, doch der Marchese ergriff ihre Hand und küsste sie.

»Wie ist dein Name, schönes Kind?«

»Alba«, flüsterte sie und wusste, dass sie heute ihrem Schicksal begegnet war. Wenn sie je etwas Schlechtes getan oder gedacht hatte, wurde sie heute dafür bestraft.

»Also, Alba, wir unterhalten uns jetzt ein wenig ungestört, und dann kannst du mit meiner Frau sprechen. Das ist mein Angebot.«

Averardo hüstelte. »Soll ich ein Bad einlassen, Marchese?«

Connucci hob abwehrend die Hand, und Averardo ging hinaus und zog die Türen hinter sich zu.

»Es gibt kein anderes Angebot, nicht wahr?« Albas Stimme sank zu einem kaum vernehmbaren Wispern herab.

Connucci machte lächelnd eine verneinende Kopfbewegung und ließ den Gehstock durch seine Finger gleiten. Dann hielt er ihr die Tür zum Nebenraum auf und wartete, bis sie hindurchgetreten war, bevor er ihr folgte.

Schwere, dunkelrote Vorhänge ließen gerade genug Tageslicht hinein, um sich orientieren zu können. Zuerst dachte Alba, dass sie sich in einer Bibliothek befanden, doch in den Bücherregalen standen außer Büchern auch allerlei seltsame und kuriose Figuren, die sich beim Nähertreten als unsittlich ineinander verschränkte Körper herausstellten.

»Vielleicht legst du zuerst deinen Umhang ab und machst es dir auf dem Diwan bequem.« Er lenkte sie von den Regalen weg zu einem Bett, das aussah wie ein großes Kissen. Verschiedene mit Vögeln und Blumen bemalte Paravents unterteilten den Raum. In einer Ecke stand ein großer Tisch mit der Figur eines kleinen nackten Jungen.

Alba legte den Umhang sorgsam zusammengefaltet auf einen Stuhl, setzte sich auf eine Ecke des weichen Diwans und umfasste ihre Knie. Der Marchese schlenderte durch den Raum, trank etwas und sagte beiläufig: »Hast du in letzter Zeit Gäste bei deinem Herrn gesehen?«

»Ja. Es sind immer Gäste im Haus.«

»Wer? Nenn mir die Namen!«

»Oft sind Signor da Sesto und Signor Menobbi da. Manchmal kommen auch die anderen, aber deren Namen kenne ich nicht. Einer ist ein Seidenhändler mit kleinen Augen ...«

»Gottaneri. Dachte ich mir. Und deine Herrin?«

»Sie hat nie Besuch.«

»Nie?« Connucci stellte den Gehstock dicht vor ihr mit Wucht auf den Boden.

Erschrocken sah Alba auf. Sie hatte keine Wahl. Wenn sie hier lebend herauskommen wollte, musste sie tun, was er wollte. »Der Sekretär.«

»Lauter, ich verstehe dich nicht!«

»Der Sekretär, der tot im Kanal gefunden wurde, war bei meiner Herrin.« Sie schluckte. Ihr Mund war so trocken, dass ihre Zunge am Gaumen klebte. »In der Nacht vor seinem Tod war er bei uns und hat mit meiner Herrin gesprochen.«

»Ach? Und jetzt, kleine Alba, wirst du mir Wort für Wort sagen, was du der Marchesa sagen solltest.«

Sie schüttelte den Kopf. Das durfte sie nicht. Sie hatte es doch der Madonna versprochen. Tränen liefen ihr über die Wangen.

Connucci ging zu einem Kabinett, füllte ein Glas mit Wein und reichte es Alba. »Trink das!«

Gehorsam leerte sie das Glas. Der unverdünnte Wein verbreitete Wärme in ihrem Magen, die bis in ihre Glieder strömte. Als sie sah, wie der Marchese den Mantel auszog und an seiner Hose nestelte, rutschte sie auf dem Diwan nach hinten, bis sie die Wand hinter sich fühlte, und schlang ihre Arme um die angezogenen Beine. Doch den Marchese hielt das nicht von seinem Vorhaben ab. Er zog sie einfach ein Stück herunter, schob ihre Röcke nach oben, und plötzlich griff er mit den Fingern in ihren Schritt.

»Eine Jungfrau. Es wundert mich, dass unser Federico dich noch nicht für sich entdeckt hat. Nun, dafür ist es zu spät. Mir gebührt das Vergnügen des ersten Mals. Und wenn das, was du mir gleich sagen wirst, das ist, was ich erwarte, wird es mit Federicos Vergnügungen ohnehin zu Ende sein.«

Alba wehrte sich, als er versuchte, sich zwischen ihre Beine zu drängen. »Nein!«, schrie sie und schlug mit den Fäusten nach ihm.

»Sei still!« Er packte sie an den Schultern, schüttelte sie und schlug ihr zweimal mit der flachen Hand ins Gesicht. »Früher oder später wärst du sowieso dran gewesen.«

Gegen seine kräftigen Arme war sie machtlos und musste wimmernd zulassen, dass er sich auf sie schob. Ihre Lippe war aufgesprungen, und eine Gesichtshälfte brannte von seinen Schlägen, aber diese Schmerzen waren harmlos im Vergleich mit dem, was dann folgte. Als sie erneut zu schreien begann, presste er ihr eine Hand auf den Mund, ohne jedoch von ihr abzulassen. Tränenblind sah Alba nur sein goldenes Medaillon, das im Rhythmus seiner Bewegungen über ihr hin und her pendelte. Jetzt erlebte sie, was sie als Kind dutzendfach von ihrer schmutzigen Bettstatt mit angesehen hatte. Sie erinnerte sich gut an die strengen Ausdünstungen, den Geruch von ranzigen Kleidern und Kot, der die Hütte erfüllt hatte, während die Männer bei ihrer Mutter gelegen hatten. Nachdem der Marchese endlich von ihr abließ, blieb ein klebriges Gefühl zwischen ihren Schenkeln. Alba fühlte sich erniedrigt und beschmutzt und so gedemütigt, wie kein Peitschenhieb es je vermocht hatte. »Ich wünschte, ich wäre tot ...«, flüsterte sie.

Der Marchese hatte sich erhoben und den Mantel wieder angelegt. Amüsiert zog er die Augenbrauen hoch. »Nun, gar so schlimm kann es nicht gewesen sein. Du bist noch sehr jung. So, und nun zwitschere, mein kleines Vögelchen!«

»Nein!«

Der Marchese schüttelte mitleidig den Kopf. »Ich habe bekommen, was ich wollte, aber vielleicht ist es dir lieber, wenn ich den Zwerg holen lasse? Er ist ein ganz wilder Bursche mit einem enormen Zapfen zwischen den kurzen Beinen. Dado kennt Praktiken, von denen du keine Vorstellung hast. Und sie können verdammt schmerzhaft sein …«

Alba ekelte sich schon bei dem bloßen Gedanken an den hässlichen Zwerg mit den gelben Zähnen. Mit bebenden Händen wischte sie sich die blutige Lippe. »Ihr seid abscheulich!«

»Nein, Dado ist abscheulich, denk lieber daran.«

Was sie eben erleiden musste, war mehr als genug gewesen. Selbst für ihre Herrin würde sie nicht ertragen können, dass der Zwerg sie anrührte. Lieber würde sie sterben oder … Also erzählte Alba dem Marchese, was er wissen wollte.

Er hörte zu, fragte nur einmal nach dem genauen Zeitpunkt des Verrats und schien sehr zufrieden. Als sie geendet hatte, befahl er ihr, aufzustehen, den Umhang wieder umzulegen und der Marchesa von ihrem Gespräch nichts zu erzählen. »Ich erfahre alles, was in diesem Haus geschieht, Alba, also versuch nicht, es der Marchesa zu sagen.« Dann nahm er einen geprägten Golddukaten aus einer Kassette und gab ihn Alba in die Hand.

Ungläubig starrte sie auf das Goldstück, auf dem das Antlitz des Papstes zu sehen war. Die Münze musste von großem Wert sein!

Er öffnete die Zwischentür, wo Averardo bereits auf sie wartete. Bevor sie mit dem Sekretär davonging, flüsterte der Marchese ihr ins Ohr: »Denk an Dado …«

Ein eiskalter Schauer rieselte Alba über den Rücken, als sie dem Sekretär mit der Münze in ihrer Faust in einen anderen Flügel des Palazzo folgte. Ängstlich schaute sie sich immer wieder um, doch der Zwerg war nirgends zu sehen. Durch hohe Fenster fiel das Licht in die Korridore, an deren Wänden neben Gemälden und Teppichen auch Spiegel hingen. Mit einem Zipfel ihres Umhangs wischte sie sich die Wangen trocken. Ihre Lippe pochte und fühlte sich geschwollen an. Aber der Golddukaten wog schwer in ihrer Hand. Da, wo sie herkam, waren Ehre und Treue nur durch Gold aufzuwiegen.

Vor einem Durchgang zu einem weiteren Korridor stand ein Bewaffneter, der sie durchließ, als Averardo sagte, dass der Marchese den Besuch genehmigt hatte. Unter den Fenstern standen Truhen mit reicher Verzierung, und neben einer Tür verdunkelte ein mächtiger Schrank aus schwarzem Holz den Gang. Vor dieser Tür blieb Averardo stehen und sagte einer wartenden Kammerfrau, dass Alba die Marchesa zu sprechen wünsche. Ohne ein weiteres Wort ließ der Sekretär sie dort stehen und ging davon.

»Warte.« Die Kammerfrau, ein junges Mädchen mit streng unter einer Haube versteckten Haaren, ging zu ihrer Herrin, kam jedoch sofort zurück und hieß Alba eintreten. »Geht nicht zu dicht heran, sie ist krank.«

Alba versicherte zum wiederholten Mal, dass sie sich nicht anstecken konnte, und betrat das Krankenzimmer der Marchesa Bernardina Chigi del Connucci. Hellblaue Vorhänge vor den Fenstern ließen etwas Licht herein, im Kamin brannte ein Feuer, das Funken auf die Terrakottafliesen warf. Ein Baldachinbett war mit zarten weißen Vorhängen gänzlich verhüllt.

»Komm her, Alba. Setz dich auf den Stuhl dort.« Die Vorhänge bewegten sich, und Alba tat, wie ihr geheißen.

»Ich habe keine Angst vor der Krankheit, Euer Exzellenz.« Sie behielt den Dukaten in der Hand, während sie den Umhang ablegte.

»Nenn mich Marchesa, das reicht völlig. Was hast du da in der Hand?«

Es war zu spät, ihn zu verstecken. »Einen Golddukaten«, flüsterte Alba verschämt und senkte die Lider.

»Oh. Armes Ding, du bist ihm in die Arme gelaufen. War es schlimm? Ich hoffe, nicht zu sehr. Du wirkst zumindest gefasst. Er ist ein gieriges, perverses Tier, wenn es um die Befriedigung seiner Lust geht. Ich hasse ihn dafür. Und jetzt werde ich seinem Spott erst recht ausgeliefert sein!« Die Vorhänge wurden einen Spalt breit aufgezogen, und Alba hielt sich erschrocken eine Hand vor den Mund.

Gesicht, Hals und Hände der Marchesa waren von eitrigen Pusteln vollkommen entstellt. Aus einigen Bläschen sickerte Flüssigkeit, andere waren bereits verschorft, und die Narben würden verheerend sein.

Der Vorhang fiel wieder zu. »Ich denke, er ahnt, dass ich die Blattern habe. Zwar habe ich den Dienern verboten, darüber zu sprechen, aber er wird sie bestochen haben. Am Anfang hatte ich hohes Fieber, doch nachdem ich das überstanden hatte, kam der Ausschlag, und der Medicus hat gesagt, ich werde es überleben, nur dass ich danach wie ein Monster aussehen werde.«

»Aber vielleicht wird es nicht so furchtbar, wie Ihr denkt. Manchmal ist es nicht so schlimm«, versuchte Alba die Marchesa zu trösten.

Ein trockenes Lachen war die Antwort. »Lass nur, ich war auch vorher keine Schönheit. Zumindest überlebe ich und... Aber jetzt erzähl, warum du hier bist!«

»Meine Herrin schickt mich. Sie darf jetzt nicht mehr aus dem Haus. Der Herr hat ihr alles Geld genommen und ist nicht freundlich zu ihr.«

»Das war auch kaum zu erwarten. Weiter!«

»Der Sekretär aus dem Vatikan war bei uns und hat der Madonna von einem Komplott erzählt, das der Papst mit seinem Sohn und einigen Leuten hier aus Lucca plant.«

Die Vorhänge bewegten sich, und die Marchesa rief: »Nein! Das ist doch nicht möglich!«

»Doch. Signor Mari, der ja jetzt tot ist, hat gesagt, er hat das alles nicht gewollt, und deshalb sollte die Madonna versuchen, das Schlimmste zu verhindern, damit die Republik nicht den Medici in die Hände fällt. Sie dachte, dass Ihr helfen könnt. Wenn Ihr dem *gonfaloniere* von dem Plan erzählt, wird er Euch glauben. Einem Niemand wie mir wird man nicht zuhören.«

Die Stimme der Marchesa klang plötzlich sehr ruhig und kalt. »Mit wem hast du noch über diese Sache gesprochen?«

Alba zögerte nur den Bruchteil einer Sekunde, bevor sie sagte: »Mit niemandem! Die Madonna hat mir ausdrücklich aufgetragen, nur mit Euch persönlich zu sprechen.«

»Bist du dir da ganz sicher? Der Marchese weiß nichts?«

Entschieden schüttelte Alba den Kopf. Sie brauchte nur an den Zwerg zu denken, und das Lügen fiel ihr leicht. »Nein, Ihr seid die Einzige, die es weiß, außer der Madonna.«

Als sie ein Geräusch hinter sich vernahm, drehte Alba sich um und sah die Kammerfrau. Die Marchesa winkte sie zu sich, flüsterte ihr etwas zu, und die Frau verschwand wieder.

»Du kannst deiner Herrin sagen, dass ich mich um alles kümmere. Gleich kommt mein Diener und wird dich hinausbringen. Wie bist du überhaupt bis zu mir vorgedrungen?«

Der schneidende Unterton der Marchesa beunruhigte Alba. »Das Tor war offen, und dann habe ich den Sekretär des Marchese gesehen, der mich zum Marchese gebracht hat ...« Sie schluckte. »Schließlich hat er mich zu Euch gebracht.«

»Männer sind grausame Kreaturen.« Diesmal waren die Worte der Marchesa voller Mitgefühl. »Und sie treiben uns Frauen mit ihrer Grausamkeit zu Dingen, von denen wir nicht für möglich gehalten haben, dass wir dazu fähig sind. Hass, Alba, Hass ist eine zerstörerische Triebfeder.« Die Marchesa schwieg, um dann hinzuzufügen: »Was auch geschieht, deine Herrin soll nicht an meiner Freundschaft zweifeln. Sag ihr das! Was auch immer geschieht.«

Was die Marchesa damit meinte, verstand Alba nicht, aber sie würde der Madonna alles genauso berichten. Die Kammerfrau kehrte mit einem Diener zurück und überreichte Alba einen klirrenden Lederbeutel.

»Darin sind einhundert Scudi, die du deiner Herrin von mir gibst. Wenn ihr Mann ihr Vermögen eingezogen hat, wird sie das Geld gebrauchen können. Du hast deinen Golddukaten, also gib Beatrice die ganze Summe. Ich weiß, dass Dienerinnen gern für sich selbst etwas abzweigen. Jetzt geh!«

Alba zog die Kapuze ihres Umhangs über den Kopf und wurde vom Diener der Marchesa hinausgeschoben. Er führte sie nicht zurück durch den Palazzo, sondern durch ein schmales Treppenhaus direkt hinunter in einen kleinen Hof, der zum Park hinaus lag. Es war kälter als am Morgen, und ihr Atem gefror in der Luft. Der Diener, ein gebeugter Mann mit grauen Haaren und ausdruckslosem Gesicht, ging mit weit ausholenden Schritten an der Palazzomauer entlang. Alle paar Meter sah Alba vergitterte Öffnungen, aus denen unterdrückte Schreie heraufschallten. »Was ist da unten?«

»Der Kerker.«

Der Palazzo Buornardi hatte keinen Kerker, nur einen Kellerraum, in den ungehorsame Diener gesperrt wurden, aber nie für lange. Plötzlich wurde Alba sehr kalt, und als der Diener endlich eine Tür in der Mauer öffnete, durch die sie auf die Straße gelangte, sah sie sich kurz um und lief, ohne anzuhalten, zurück zum Palazzo Buornardi in der Via Santa Giustina. Die dunklen Wolken verhießen Schnee, und es ging auf den späten Nachmittag zu. Einige Male hörte sie jemanden hinter ihr schreien. Vielleicht ein Büttel, der sie aufforderte, ins Haus zu verschwinden. Doch Alba sah nicht hin, achtete weder auf

Pferdemist noch auf Schlamm und stand bald darauf völlig außer Atem vor dem Haupteingang des Palazzo. Als die Tür von Pietro Farini geöffnet wurde, fiel ihr ein, dass sie keine Gewürze gekauft hatte.

»Du hast sehr lange gebraucht, nur um Kräuter zu kaufen!« Der *maestro di casa* nahm sie am Arm, doch Alba riss sich wütend los.

»Ich habe genug! Es reicht! Erst schickt man mich los, egal, ob ich da draußen krepiere, und jetzt werde ich wieder gemaßregelt. Geht doch selbst los, und verreckt an den Blattern!« Außer sich vor Wut stapfte Alba an dem entgeisterten Farini vorbei und rannte die Treppe hinauf.

Beatrice war in ihrem *studiolo* und schrieb einen Brief, legte die Feder jedoch sofort nieder, als sie das Mädchen sah. »Alba! Wie schön! Du bist zurück. Deine Lippe? Was ist passiert?«

Die Madonna hatte sie dorthin geschickt, aber von ihrer Demütigung durch den Marchese würde sie nichts erzählen. Der Golddukaten gehörte ihr. Sie löste die Schnüre des vom Dreck schwer gewordenen Umhangs und ließ ihn auf den Boden gleiten. Dann nahm Alba den Lederbeutel von ihrem Gürtel und reichte ihn der Madonna. »Ich bin gestürzt. Das ist von der Marchesa. Sie hat gesagt, dass Ihr es brauchen werdet, und Ihr könnt immer auf sie zählen. Ach ja, und sie wird alles Nötige veranlassen.«

Verwundert wog Beatrice den Beutel und warf einen kurzen Blick hinein. »Meine Güte, das müssen mindestens sechzig Scudi sein!«

»Einhundert!«

»Hat Farini das gesehen? Oder Signor Federico?« Ängstlich verschnürte sie den Beutel wieder und versteckte ihn in den Falten ihres Kleides.

»Nein.«

»Ist wirklich alles in Ordnung, Alba? Hat man dich geschlagen?« Beatrice konnte sich des Eindrucks nicht erwehren, dass das Mädchen ihr etwas verheimlichte, weil sie direkten Blickkontakt vermied und verschlossener als sonst schien.

»Es ist nichts, Madonna. Ich bin schnell gerannt, und im Palazzo Connucci hat es mir nicht gefallen. Ihr schickt mich nicht noch einmal dorthin?«

»Ich weiß noch nicht, aber wenn du nicht willst, werde ich jemand anderen finden müssen, dem ich vertrauen kann.« Beatrice seufzte. Vielleicht hatte sie Alba überschätzt, doch sie war ungefähr zwölf Jahre alt und damit fast im heiratsfähigen Alter.

»Nein, nein, wenn es sein muss, gehe ich wieder hin«, versicherte Alba schnell, die ihre bevorzugte Stellung bei Beatrice auf keinen Fall verlieren wollte.

Es klopfte, und die Zofe der Signora bat Beatrice, zu ihrer Herrin zu gehen.

Lorenza lag auf ihrem Bett und sah ernsthaft krank aus. Beatrice erschrak, als sie das aufgedunsene Gesicht mit den dunklen Augenrändern erblickte. »Fühlt Ihr Euch nicht wohl?«

»Sehe ich wohl aus?«, keifte Lorenza. »Nein, es geht mir nicht gut. Der Medicus hat mich schon zur Ader gelassen, aber danach ging es mir nur noch schlechter. Jetzt habe ich ihn losgeschickt, mir von dem Theriak zu holen. Das Zeug soll Wunder bewirken. Aber das wollte ich Euch nicht mitteilen. Meine liebe Nichte Ortensia ist ein gefallenes Mädchen!« Böse funkelte sie Beatrice an. »Das ist Eure Schuld! Weil Ihr mit der Marchesa befreundet seid, musste das unschuldige kleine Lämmchen unbedingt zu jedem Fest in die Villa Connucci, und dort …« Ihre runden Wangen röteten sich vor Wut und Scham.

»Ortensia wusste sehr gut, was sie tat. Ich selbst habe sie davor gewarnt, sich mit dem Marchese einzulassen.«

»Ach, habt Ihr das? Und was wisst Ihr vom Marchese?« Lorenza verzog schmerzhaft das Gesicht. »Mein Rücken zwickt mich seit Tagen, und manchmal schüttelt es die Arme und Beine, dass ich keine Kontrolle darüber habe. Fürchterlich ist das! Wo bleibt der Medicus?« Sie winkte ihre Zofe herbei. »Sieh nach, wo der Mann bleibt!«

Die Zofe verbeugte sich und eilte davon.

Was Lorenza an Krankheitssymptomen aufzählte, klang nicht nach einem leichten Schnupfen, und Beatrice trat an die Tür zurück.

»Habt Ihr Angst? Wo ist denn Euer großer Heiler aus Persien?« Spöttisch ahmte Lorenza Ansaris orientalische Begrüßung nach.

»Das müsst Ihr Euren Sohn fragen, Signora. Den könnt Ihr sowieso einiges fragen, wie es um die Finanzen des Geschäfts steht, zum Beispiel. Oder noch interessanter dürfte es werden, wenn Ihr ihn nach seinen Unternehmungen mit da Sesto, Menobbi und Gottaneri fragt. Euer verstorbener Gatte war stolz darauf, dem Kaiser zu dienen, genau wie meine Eltern, aber Euer Sohn hat anscheinend seine Meinung geändert und heckt stattdessen eine Schurkerei gegen die eigene Republik aus!« Über sich selbst entsetzt hielt Beatrice inne. Schweißperlen bildeten sich auf Lorenzas Stirn. Sie stemmte sich mit den Armen auf und schrie aus Leibeskräften: »Farini! Federico!«

»Ach, ruft doch, wen Ihr wollt!« Beatrice drehte sich angewidert um und ging ins Ammenzimmer.

Giulia sah rosig aus und freute sich, als sie Beatrice erkannte. Die Amme sagte nicht viel, doch verstand sie es, mit dem Kind umzugehen, und das bedeutete mehr als alles andere für Beatrice. »*Balia*, in Matraia hast du einmal die Villa Connucci erwähnt. Was genau hat dir dort nicht gefallen?«

»O Madonna, ich weiß nicht, was Ihr meint …« Die einfache Frau errötete und strich ihre Haube glatt.

»Ich frage, weil Alba heute im Palazzo Connucci hier in Lucca war und verändert scheint. Vielleicht hat sie Ähnliches gesehen wie du?«

»Ihr habt das arme Ding allein dorthin geschickt? Kein Wunder, dass sie verstört ist. Wahrscheinlich hat der Marchese seine Freude an ihr gehabt ...« Die Amme verzog angeekelt das Gesicht. »Er und seine Freunde haben sich in Matraia alles genommen, wonach ihnen der Sinn stand, und sogar der abscheuliche Zwerg hat mitgemacht. Gequält haben sie die kleinen Mädchen und Jungen, und ach ... Es war ganz furchtbar, was da vor sich ging.«

»Und die Marchesa?«

»Die Marchesa hat sich nicht drum geschert. Sie war froh, wenn er sie in Ruhe gelassen hat. Nach dem sechsten Kind hatte sie genug, wobei drei ihrer Kinder das erste Jahr nicht überlebt haben. Wie viele sie inzwischen zur Welt gebracht hat, weiß ich nicht. Acht oder neun werden es wohl sein.«

In diesem Moment wurde mit Wucht die Tür aufgestoßen, und Federico stürmte herein. »Raus!«, schrie er die entsetzte Amme an. »Nimm das Kind mit!«

Eingeschüchtert nahm die Amme Giulia aus Beatrices Armen. Beatrice verschränkte die Hände ineinander und versuchte, Federicos Blick standzuhalten.

»Was habt Ihr zu meiner Mutter gesagt? Ich plane etwas gegen die Republik? Wie kommt Ihr auf diese abstruse Idee?« Eine Ader an seiner Stirn trat deutlich hervor, und er schien bereits einigen Wein getrunken zu haben.

»Stimmt es denn nicht?«, sagte sie ruhig.

»Antwortet gefälligst auf meine Frage!«, brüllte er.

»Ich habe mir einen Reim auf das gemacht, was hier seit einiger Zeit vorgeht. Seid Ihr an Albertos Tod beteiligt?« Sie legte eine Hand auf den Beutel an ihrem Gürtel.

Der Schlag traf sie unerwartet und so heftig, dass sie nach

hinten taumelte und zu Boden ging. Dabei löste sich der Beutel, den sie nur lose befestigt hatte, und fiel klirrend zu Boden. Bevor sie danach greifen konnte, hatte Federico sie schon weggestoßen und den Lederbeutel aufgehoben.

»Woher habt Ihr das?« Seine Stimme zitterte vor Wut.

Das Blut schmeckte süßlich. Sie schluckte es hinunter und wollte sich erheben, als der zweite Schlag ihr Ohr traf. Sie sackte zurück, stützte sich mit den Händen auf dem kalten Boden ab und brachte mühsam hervor: »Von der Marchesa.«

Es hatte keinen Sinn. Weitere Ausflüchte würden seine Wut nur noch weiter anfachen. Wie hatte sie nur so dumm sein können, vor Lorenza solche Andeutungen zu machen? Hochmut kommt vor dem Fall, hieß es nicht so?

»Hat sie es Euch geschickt? Es war aber kein Bote da.«

»Alba war für mich dort. Aber Ihr dürft ihr nichts tun. Sie hat nur getan, was ich ihr aufgetragen habe.« Beatrice versuchte langsam auf die Beine zu kommen. »Die Marchesa ist meine Freundin!«

Jetzt lachte Federico, ein hässliches, kaltes Lachen, das ihr das Blut in den Adern gefrieren ließ. »Eine schöne Freundin habt Ihr da! Wenn Ihr der Marchesa von Euren Beobachtungen erzählt habt und jetzt auf ihren Beistand hofft ...« Er beobachtete sie.

Als sie seinen triumphierenden Blick sah, dämmerte ihr eine furchtbare Erkenntnis. Der Hass der Marchesa auf ihren Mann, die zufällige Begegnung mit Rodolfo in der Grotte – natürlich hatte er auf die Marchesa gewartet! Rodolfo war ihr Geliebter und ihr Mittelsmann. Der Onkel in Rom. So hatte die Marchesa Kontakt mit Flamini aufgenommen. Beatrice fühlte das warme Blut über ihr Kinn laufen und wischte es mit dem Handrücken ab. »Die Marchesa hat es bereits gewusst ...«, brachte sie heiser hervor.

»Genau, klug, wie Ihr seid, habt Ihr auch das endlich begriffen. Ein wenig spät, aber Ihr habt begriffen, dass die Marchesa mit von der Partie ist. Ich kläre Euch gern weiter auf, denn Ihr werdet von jetzt an keinen Fuß mehr vor die Tür setzen und dieses Mädchen natürlich auch nicht. Rodolfo da Sesto ist der Liebhaber der Marchesa. Das wusstet Ihr wohl auch nicht? Tsts, wo habt Ihr Eure Augen, Beatrice? Die Marchesa ist letztlich auch nur eine Frau, die geliebt werden will. Ein paar schöne Worte, Zärtlichkeiten, die sie von ihrem Gatten nicht erhält, und sie fand Gefallen an Rodolfos Plänen.«

Niedergeschmettert starrte sie ihren Mann an. Alle ihre Hoffnungen auf Hilfe lösten sich in nichts auf. Niemand würde sie hier herausholen, niemand die Stadt vor dem Angriff der Medici bewahren. »Warum hat sie sich dazu herabgelassen?«

Federico fuhr sich durch die Haare. »Rache, weil Connucci sie jahrelang gedemütigt hat. Er kann sehr grausam sein. Ich weiß, wovon ich spreche. Oh, wie habe ich um seine Aufmerksamkeit, seine Gunst, seine Freundschaft gekämpft! Der edle, vollkommene Gadino! Er genießt es, bewundert und vergöttert zu werden, aber letztlich ist ihm niemand gut genug.« Mit zusammengepressten Lippen steckte er den Lederbeutel der Marchesa in seinen Gürtel. »Wir haben uns die Frauen geteilt, die Liebhaber. Aber wirklich mithalten mit seinen Festen konnte ich nie, weil meine Mittel nicht ausreichten. Er wird sich heimlich über meine Bemühungen amüsiert und mit seinem geliebten Averardo über mich gelacht haben. Und dann brachten mich Marcina und Filippo auf die Idee, mich da Sesto und den anderen anzuschließen.«

»Ihr habt alles verraten, an was Euer Vater geglaubt hat, wofür Euer Bruder kämpft. Mein Gott ... Wie konntet Ihr nur? Habt Ihr denn keinen Funken Ehre im Leib? Bedeutet Euch die Familie gar nichts?« Erschüttert stand sie da.

»Am Tag unserer Hochzeit habe ich Euch gesagt, dass Ihr

Euch vorsehen sollt, weil Ihr mich nicht kennt. Haltet Eure Zunge im Zaum!« Er rieb sich nachdenklich das Kinn und sagte schließlich: »Von nun an verlasst Ihr Eure Gemächer nicht mehr. Das kleine Mädchen wird bei Euch wohnen. Ihr kümmert Euch um Eure Tochter und um meine Mutter.«

»Die ist krank!«

»Ihr tut, was ich sage!«

Beatrice kämpfte mit den Tränen. »Aber wenn die Signora die Blattern hat, wird Giulia ebenfalls daran erkranken und sterben. Das könnt Ihr doch nicht wollen!«

»In der Tat, das möchte selbst ich nicht. Vielleicht ist es das Beste, wenn ich Giulia aus Lucca fortbringen lasse.«

»Nein!«, schrie Beatrice, fiel auf die Knie und umklammerte seine Beine. »Bitte, nehmt sie mir nicht weg, bitte nicht! Ich flehe Euch an!«

»Das Winseln steht Euch nicht zu Gesicht, und es ist sinnlos.« Er schüttelte sie ab und ging hinaus.

Türen schlugen, und dann erklang Kinderweinen. Beatrice raffte sich auf und lief auf den Flur hinaus, wo sie Federico mit ihrer Tochter auf dem Arm die Treppe hinuntergehen sah. »Nein! Das dürft Ihr nicht! Meine Tochter! Giulia, Liebling!« Schluchzend lief sie neben ihrem Mann her und fasste nach dem Ärmchen ihres Kindes, das jetzt herzzerreißend schrie.

Doch Federico ging einfach weiter.

»Wo bringt Ihr sie hin?«

Er hörte gar nicht hin, sondern winkte dem *maestro di casa*. »Bring die Madonna nach oben. Es geht ihr nicht gut.«

Inzwischen hatte das Geschrei die Diener und Mägde aus Hof und Küche aufgeschreckt, Plantilla kam mit einem Huhn heraus, dem sie gerade die Federn ausrupfte. Alba rannte zu Beatrice und umklammerte ihre Hand. Als Beatrice den *maestro di casa* kommen sah, machte sie automatisch einen Schritt nach hinten. »Rühr mich nicht an, du Wurm!«, fauchte sie.

Alba zog an ihrer Hand. »Kommt, Madonna, wir gehen nach oben. Wir gehen jetzt nach oben.« Etwas Furchtbares war geschehen. Man hatte ihrer Herrin die kleine Giulia genommen. Aber Farini durfte der Madonna nicht wehtun. Es gelang ihr, Beatrice die Treppe hochzuziehen. Immer wieder drehte sich Beatrice nach ihrer Tochter um, doch der *maestro* und zwei Knechte standen am Treppenaufgang und versperrten ihr die Sicht und den Weg zu ihrem Kind.

Im Schlafzimmer warf sie sich aufs Bett und schluchzte, bis sie kaum noch Luft bekam, ihre Augen brannten und ihr Magen sich verkrampfte. »Die Marchesa wird uns nicht helfen, Alba«, brachte sie nach einiger Zeit heraus. »Ich war so dumm, oh!« Sie schlug mit den Händen aufs Bett. »Sie gehört zu da Sesto und den anderen! Die Marchesa ist eine Verräterin!«

»Der Marchese auch?«, fragte Alba plötzlich.

»Wieso? Nein. Die Marchesa hat aus Rache an diesem Komplott teilgenommen. Sie hasst ihren Mann.«

Alba senkte den Blick. »Ich, also ...«

»Was denn, Alba?«

Zögernd gestand Alba: »Als ich im Palazzo war, bin ich nicht sofort zur Marchesa gekommen. Ich habe zuerst mit ihm gesprochen.«

Überrascht hörte Beatrice zu, zog Alba schließlich in ihre Arme und flüsterte: »Mein armes Mädchen, mein armes Mädchen. Es tut mir so leid! Was er dir angetan hat, ist unverzeihlich, aber nun gibt es doch noch Hoffnung für uns.« Sie schloss die Augen und weinte hemmungslos, während sie ihr Gesicht in Albas Haaren verbarg.

Alba hielt still und war froh, dass sie ihrer Herrin alles gesagt hatte und dass es doch nicht so falsch gewesen war, dem Marchese das Geheimnis zu erzählen. Kein Mensch hatte sich je so für sie eingesetzt wie die Madonna. Nur von dem Golddukaten hatte Alba ihr nichts gesagt, aber das war ja auch keine Lüge, schließlich war der Dukaten nur für sie gewesen und hatte mit allem anderen nichts zu tun.

XXVIII
Luccas Heimsuchung

In den frühen Morgenstunden des zweiten Januars 1526 machten sich gleichzeitig mehrere Gruppen bewaffneter Männer in dunkle Umhänge gehüllt auf den Weg zu drei Stadttoren. Weil seit zwei Tagen die Blattern offiziell ausgebrochen waren, wunderten sich die Männer nicht über die leeren Straßen an diesem kalten Januarmorgen. Der Frost biss in ihre Gesichter, doch keiner der Männer, die aus einem Palazzo in der Via Santa Giustina zur Porta San Donato unterwegs waren, sagte ein Wort. Grimmige, konzentrierte Gesichter zeichneten sich schemenhaft unter den Kapuzen ab.

»Seid Ihr sicher, dass Valori und Quilici jetzt auch unterwegs sind?« Filippo Menobbi konnte seine Zweifel nicht für sich behalten.

Zusammen mit da Sesto, Federico, Andrea und einem Dutzend Knechten marschierten sie durch die enge Via Pelleria. Die Fensterläden der anliegenden Gebäude waren alle noch geschlossen. Ein Karren stand halb auf der Straße, und ein Stück weiter versperrten Säcke einen Teil des Weges.

Federico unterdrückte einen Fluch, stieß mit dem Fuß gegen einen Sack und zischte: »Natürlich sind sie unterwegs, genau wie wir. Gottaneri hat seine Männer aufgeteilt. Sie sind ausreichend bewaffnet. Haltet jetzt den Mund, Filippo. Die Wachen sollen uns nicht vorher hören!«

»Man wird ja noch fragen dürfen! Wenn es misslingt, bin ich meinen Kopf los!«, murrte Marcinas Bruder.

Federico hielt abrupt an und packte Filippo an seinem Wams. »Wenn es misslingt, sind wir alle dran, und Euer Kopf ist wahrlich nicht der wertvollste ...«

Die anderen Männer lachten leise, dann setzte sich die Gruppe wieder in Bewegung und schlich neben der Kirche Santa Giustina und dem angeschlossenen Kloster über die Piazza zur Stadtmauer. »Wo sind denn die Wächter? Sonst steht doch immer einer hier vorn vor dem Zollhaus?«, wunderte sich da Sesto.

»Wahrscheinlich sind von denen auch welche an den Blattern verreckt«, murmelte einer der Knechte und drängte sich hinter seinen Anführern unter der Mauerkante in den Schatten.

Ein Wächterhaus verstellte die direkte Sicht auf das Tor, und die Männer starrten angespannt in die Dunkelheit, in der kein Laut zu vernehmen war. Nur ihr Atem war in der Kälte zu sehen. Federico gab Menobbi und den Bewaffneten ein Zeichen, woraufhin sie auf die andere Seite des Toreingangs liefen und sich dort versteckten. Als ein leiser Pfiff von drüben ertönte, befahl Federico: »Los jetzt! Sofort töten! Jeder Überlebende ist ein Feind!«

Die Männer stürmten auf die Porta San Donato zu, auf deren anderer Seite die Truppen des Papstes warten sollten. Plötzlich gingen um sie herum Öllampen an, Fackeln wurden entzündet, Schüsse aus Arkebusen knallten laut durch die Dunkelheit. Da Sesto, der neben Federico lief, griff sich an die Seite und stürzte schreiend zu Boden.

»Verrat! Wir sind verraten worden!«, schrie Federico.

Ein weiterer Schuss fiel, und Andrea stürzte röchelnd auf das Pflaster. Federico blieb stehen. Für Andrea kam jede Hilfe zu spät. Da Sesto jedoch schien nicht tödlich verwundet. Er beugte sich über ihn.

»Helft mir, Federico. Bringt mich von hier fort!«, bat Rodolfo, während er sich stöhnend die blutüberströmte Seite hielt.

Doch Federico dachte nur noch an Flucht. Sollte er lebend aus Lucca herauskommen, brauchte er eine kleine Versicherung. Kaltblütig stieß er Rodolfo wieder zu Boden und wühlte in dessen Wams, bis er gefunden hatte, wonach er suchte. Anschließend rannte er, blindlings mit dem Degen um sich schlagend, auf die Stadt zu. Beatrice!, war sein erster Gedanke. Wer sonst konnte sie verraten haben! Die massigen Klostermauern kamen in sein Sichtfeld. Hinter ihm wurde der Kampflärm lauter. Das Haupttor war verriegelt, und er hörte jemanden seinen Namen rufen. Connucci! Verflucht, warum hatte er sich auf diese Sache eingelassen? Jetzt konnte der Marchese einmal mehr triumphieren und sich an ihm weiden, wenn man ihn vor San Michele mit den anderen aufknüpfte. Federico rannte dicht an den Klostermauern entlang, warf den lästigen Umhang ab und suchte nach einer Möglichkeit, in das Gebäude zu gelangen. Der Marchese und die Stadtknechte würden jede Straße abgesperrt haben, um keine Maus hindurchzulassen.

Endlich entdeckte er eine Kiste an der Klostermauer, hinter der der Garten lag. Er sprang hinauf, schaffte es mit letzter Kraft auf die Mauer und ließ sich auf der anderen Seite hinunterfallen. Ein stechender Schmerz durchfuhr seinen Knöchel und ließ ihn kurz in die Knie gehen. Federicos Puls raste, während er nach seinem Bein tastete, das nicht gebrochen zu sein schien. Für seine Flucht brauchte er Geld und ein Pferd. Dafür musste er noch einmal zu seinem Haus. Humpelnd stolperte er durch den Garten, dessen Beete von halbhohen Hecken abgegrenzt waren. Mit einer Hand stützte er sich an plötzlich im Dunkel auftauchenden Hindernissen ab, mit der anderen hielt er den Degen. Ein unförmiger Umriss vor ihm entpuppte sich beim Näherkommen als ein Nebengebäude des Spitals San Lucia, das direkt an das Kloster grenzte. Eine Tür wurde aufgestoßen, und ein Mönch hielt eine Lampe in die Dunkelheit.

»Ist dort jemand?« Dann fiel das Licht auf Federico.

Ohne zu zögern, stieß Federico dem Mönch seinen Degen in den Leib, zog ihn wieder heraus und ließ den röchelnden Mann liegen. Wenn es ihm gelang, durch das Spital auf die Via Galli Tassi zu kommen, konnte er es vielleicht bis zu seinem Haus schaffen. Federico spähte in das Spitalgebäude und schlüpfte hinein. In der spärlichen Beleuchtung weniger Lampen rannte er, so schnell es sein lädierter Knöchel zuließ, den Gang hinunter, stieß am Ende eine Tür auf und wäre fast vor dem bestialischen Gestank zurückgeprallt, der ihm aus dem Krankensaal entgegenschlug. Da er seinen Umhang unterwegs fortgeworfen hatte, hielt er sich einen Arm vor die Nase, während er sich durch die stöhnenden und schreienden Kranken zwängte, die sich auf Notlagern und dem Boden zu Hunderten drängten. Hände wurden nach ihm ausgestreckt, und einige riefen nach Wasser, doch Federico achtete nicht auf das Elend und erreichte den Ausgang auf der anderen Seite des Saales, ohne auf einen weiteren Mönch zu treffen.

Mit Wucht stieß er die Tür nach draußen auf und atmete dort die frische Morgenluft ein. Für Überlegungen war keine Zeit, denn links von ihm befand sich der Palazzo des derzeitigen *gonfaloniere*, dahinter die Justizbehörde, und er hörte bereits Geschrei und Pferdehufe auf steinigem Pflaster. Er entschied sich für den Weg durch die Hinterhöfe, eilte über die Straße und verschwand im Dunkel der dicht stehenden Häuser. Hier war er im Gebiet der Burlamacchis, doch die hielten sich diplomatisch aus allem raus. Ein Blick zum lichter werdenden Himmel zeigte die einsetzende Dämmerung an. Federico riss sich im Laufen den Kragen auf, der Schweiß rann ihm über Kopf und Nacken. Ein Hund knurrte, ein weiterer bellte, und er schlug so lange mit dem Degen nach ihnen, bis einer aufjaulte und sie von ihm abließen. Wie oft er in den Dreck fiel und sich wieder aufrappelte, konnte er später nicht sagen. Er biss die Zähne zusammen, wischte sich mit dem Handrücken über die Stirn und versuchte, den Brechreiz zu unterdrücken, denn seine Hände stanken nach Kot. Durch enge Gassen, über Hausmauern und durch einen Stall bahnte er sich seinen Weg bis in die Via Santa Giustina, wo er endlich die bulligen Quader seines Palazzo sehen konnte.

Noch hielt er sich zwischen dem Wohnhaus eines Webers und einer Schankwirtschaft versteckt und beobachtete die Straße vor seinem Haus. Als alles ruhig blieb, trat er hervor, lief humpelnd um die Ecke zum Seiteneingang des Palazzo Buornardi und klopfte in einem mit seinen Knechten verabredeten Rhythmus gegen die Tür. Sofort wurde ihm geöffnet. Federico hatte nur wenige vertrauenswürdige Knechte in sein Vorhaben eingeweiht. »Sattel mein Pferd!«, befahl er dem wartenden Burschen und sah sich aufgeregt um. »War jemand hier?«

»Nein, Signore«, antwortete der junge Knecht überrascht.

Noch im Gehen riss sich Federico das verschmutzte Wams vom Leib, ließ es zu Boden fallen und rannte die Treppe hinauf in seine Gemächer. In fieberhafter Eile suchte er nach seiner Geldkassette, kippte den Inhalt in einen Lederbeutel und wollte nach Wertpapieren greifen, als er Lärm von der Straße hörte. Sie kamen! Er riss den Geldbeutel an sich, rannte die Treppe hinunter und sprang unten auf das Pferd, das der Knecht gerade gesattelt und in den Hof geführt hatte. »Gib mir dein Wams! Los, Mann! Du kannst dir meins dafür nehmen. Und mach die Tür auf!«

Der Knecht zog sein Lederwams aus, gab es Federico, der es überstreifte und dann mit gebeugtem Oberkörper durch das seitliche Tor auf die Straße ritt. Die Stadtknechte kamen bereits um die Ecke, ein Schuss fiel, verfehlte ihn jedoch. Federico gab seinem Tier die Sporen. Noch schliefen die meisten Luccheser und würden sich bei der herrschenden Seuche ohnehin nicht auf die Straße trauen. Mit etwas Glück konnte er es bis zum Kloster San Michelotto schaffen. Dort gab es einen seit Jahren nur von den Mönchen genutzten Durchgang. Marcina hatte ihm davon erzählt. Seine herrliche Marcina, die außerhalb von Lucca in einer Herberge an der Via Romana auf eine Nachricht von ihm wartete. Sie war klüger gewesen als er und die anderen und hatte eine Niederlage nicht ausgeschlossen. Sein Fehler war es gewesen, Beatrice am Leben zu lassen. Er hätte sie, wie Marcina es vorgeschlagen hatte, sofort nach der Überschreibung ihres Eigentums umbringen sollen.

Aber Beatrice war seine Frau, und ihre Schönheit, ihr klarer Verstand und ihr Stolz hatten ihn beeindruckt, zumindest anfangs. Jetzt hatte er nur noch Hass und Verachtung für sie übrig. Ohne Geld und mit dieser grotesken Verstümmelung am Leib war sie nutzlos geworden. Nicht einmal Tomeo würde sie noch wollen. Sein stets aufrechter Bruder, der edel seine Haut für einen irrsinnigen Krieg zu Markte trug. Er hatte bemerkt, mit welch begehrlichen Blicken Tomeo Beatrice angesehen hatte. Aber Beatrice war nur noch ein jämmerlicher Schatten ihrer selbst, und er hatte sie zerstört, hatte ihren Stolz gebrochen, sie wertlos für jeden anderen Mann gemacht. Triumphierend schnalzte Federico Buornardi mit der Zunge, lenkte sein Pferd durch die Gassen, hielt an, sobald er verdächtige Geräusche vernahm, und war dem Schicksal dankbar, dass es Lucca gerade jetzt die furchtbare Seuche gesandt hatte. Ohne die Blattern wäre seine Flucht unmöglich gewesen.

Die Armengräber quollen bereits über vor Leichen. Einziger Wermutstropfen war die Erkrankung seiner Mutter. Aber vielleicht überstand sie die Krankheit. Schließlich handelte es sich nicht um die Pest. Mit diesem Gedanken tröstete er sich und sah immer wieder angstvoll zum Himmel. Ein Gebet zu sprechen wagte er nicht, dafür hatte er zu viele Todsünden auf sich geladen. Das Röcheln des sterbenden Mönchs im Spital klang ihm noch in den Ohren.

⇜ XXIX ⇝
Beatrices Flucht

Heute Nacht war Neumond. Beatrice hatte den ganzen Tag über gewartet. Abwechselnd hatte sie an Tür und Fenster gehorcht und gehofft, dass plötzlich der *giudice* mit seinen Bütteln oder eine bewaffnete Abordnung des Großen Rates erscheinen würde. Doch es war alles ruhig geblieben. Wie viele Tage seit Giulias Verschwinden vergangen waren, hätte Beatrice nicht sagen können. Vielleicht war es eine Woche, vielleicht waren es nur vier Tage. Da jeder Tag ohne ihre Tochter ihr wie eine Ewigkeit vorkam, machte es keinen Unterschied. Der Verlust schmerzte körperlich. Sie konnte kaum etwas essen und weinte ständig. Federico hatte sich nicht wieder sehen lassen, und niemand konnte ihr sagen, wohin er Giulia gebracht hatte. Auf Federicos Anordnung hin hatte sie nach seiner Mutter zu sehen, aber es gab nicht viel, was sie für Lorenza tun konnte. Da sie Ansari nicht holen lassen durfte, gab es kaum Hoffnung für Lorenza, bei der nach zwölf Tagen verschiedenster Symptome drei Tage lang hohes Fieber und dann der Ausschlag ausgebrochen war.

Lorenza hatte sich erbrochen, war von Schüttelfrost geplagt worden und wälzte sich schweißnass und phantasierend in den Laken. Am dritten Tag hatte das Fieber nachgelassen, und der Medicus, ein unfähiger Scharlatan, hatte triumphierend verkündet, dass das Ärgste überwunden sei. Die Pusteln waren am Kopf ausgebrochen und hatten sich über den gesamten Körper ausgebreitet. Das Fieber war wieder angestiegen, und Beatrice betrat Lorenzas Zimmer nicht mehr. Sie vermied den Kontakt mit Lorenzas Zofe und Dingen, die aus dem Zimmer der Kranken kamen.

Heute Abend hatte sie einen Aufschrei gehört. »Was ist geschehen?«, fragte sie Alba, die der Küchenmagd ein Tablett abgenommen hatte.

Alba stellte das Tablett mit Suppe und Brot ab. Ihr schmales Gesicht war blasser als sonst. »Es sind die Schwarzen Blattern!«

»O nein!« Beatrice schlug die Hände vors Gesicht. Und dennoch, in der Furcht vor der tödlichen Seuche kam ihr ein tröstlicher Gedanke – egal, was ihn dazu bewogen hatte, Federico hatte ihre Tochter aus diesem Haus fortbringen lassen.

»Der dumme Quacksalber ist mit schlotternden Knien aus dem Zimmer der Signora gekommen und hat gesagt, dass sich der Eiter schwarz gefärbt hat. Dann ist er die Treppe hinuntergerannt und verschwunden. Madonna, Ihr müsst essen. Plantilla hat das gekocht, und sie hat auch die Kuhpocken gehabt und sagt, wenn Ihr achtgebt und nicht mit der Kranken oder dem Saft der Pusteln in Berührung kommt, dann werdet Ihr verschont bleiben.«

Abwesend hatte Beatrice gegessen und sich später zur Ruhe begeben. Ihr Schlaf war leicht, was auch an der Kälte in ihrem spärlich geheizten Zimmer lag. Als in den frühen Morgenstunden jemand die Treppe heraufgepoltert kam, war sie sofort hellwach. Sie öffnete vorsichtig ihre Tür und spähte in den dunklen Flur. Aus Federicos Zimmer kam Licht, und dann sah sie ihn auch schon panisch mit einem Beutel in der Hand die Treppe hinunterlaufen. Das Unternehmen musste gescheitert sein! Sonst wäre er triumphierend mit seinen Männern zurückgekehrt. Rasch zog sie sich an und trat mit einer Lampe hinaus auf den Treppenabsatz. Dort lauschte sie ins Haus und vernahm Pferdehufe im Hof. Gleichzeitig schien es an der vorderen Tür zu klopfen, nein, es wurde vehement an das Tor geschlagen!

»Im Namen der Republik, öffnet die Tür!« Das konnte nur der *giudice* oder einer seiner Büttel sein.

Lucca war nicht verraten und an die Medici verkauft! »Alba!«, schrie Beatrice glücklich. »Wir sind gerettet!«

Verschlafen kam der *maestro di casa* herunter. Er rieb seine lange Nase und nieste lautstark. Mit wehenden Rockschößen trabte er durch die Halle zum Haupteingang, wo sich mehr und mehr Diener versammelten, die allesamt von den ungewohnten Geräuschen aus ihren Kammern gelockt worden waren. Zwei Knechte standen unschlüssig vor dem verschlossenen Tor. »Macht schon auf!«, herrschte Farini sie an.

Die Männer legten ihre Knüppel nieder und hievten gemeinsam den Balken aus seiner Verankerung. Dann wurde das Tor aufgeschlossen und die städtische Abordnung hereingelassen. Luparini schoss wie ein Geier in den Hof, sein Kopf stieß lauernd nach vorn, und die kleinen Augen spähten jeden Winkel aus. »Wo ist Signor Buornardi?«

Farini bewahrte eine erstaunliche Ruhe. »Welcher? Signor Tomeo ist in Mailand und Signor Alessandro in Antwerpen …«

Weiter kam er nicht, denn Luparini sagte scharf: »Verkauf mich nicht für dumm! Dein Herr, Federico Buornardi, wo ist er?«

Der Richter hatte fünf Büttel und drei grobschlächtige Stadtknechte mit Schwertern und Knüppeln mitgebracht, denen er auftrug, den gesamten Palazzo zu durchsuchen.

Beatrice trat nun ebenfalls in den Hof. »*Giudice*, was für eine Überraschung! Seid vorsichtig, wenn Ihr Eure Leute nach oben schickt, die Signora hat die Schwarzen Blattern.«

»Ah, Madonna. Ihr könnt mir sicher sagen, wo Euer Gatte ist.« Luparini musterte sie. »Ihr seid schon länger auf?«

»Kurz bevor Ihr kamt, war mein Mann hier. Ich weiß nicht, was vorgeht, *giudice*, er kam, holte etwas aus seinen Räumen und ging wieder. Seit geraumer Zeit darf ich meine Gemächer nicht mehr verlassen, wie Euch Farini bestätigen wird.«

Der *maestro* nickte widerstrebend und schlang die Arme um seinen dünnen Körper. »Das ist eine Vorsichtsmaßnahme, weil die Signora krank ist.«

»Und wohin hat man meine Tochter gebracht, aus reiner Vorsicht natürlich?« Die einschüchternde Gegenwart des Richters war eine gute Gelegenheit, nach Giulia zu fragen.

Verwundert schaute der Richter von einem zum anderen. Farini nieste erneut, wischte sich die tropfende Nase mit seinem Hemdsärmel und murmelte: »Nach Rom.«

»Nach Rom?«, schrie Beatrice. »Zu wem denn nur? Warum nach Rom?« Und dann begriff sie. »Dorthin, wo auch sein Bastard ist?«

Farini zuckte die Schultern, und der Richter hob die Hände. »Gemach, Madonna. Erklärt mir!«

»Mein Mann hat einen Bastard mit der Hure Marcina Porretta. Dieser Junge wird in Rom erzogen. Ihr müsst mich entschuldigen, *giudice*.« Sie hatte nur noch den einen Wunsch, so schnell wie irgend möglich nach Rom zu gelangen.

Doch Luparini befahl: »Niemand verlässt dieses Haus, bis die Schwarzen Blattern besiegt sind. Außerdem werdet Ihr Euch vor Gericht verantworten müssen, Madonna Beatrice. Es gibt eine Reihe von Fragen, die offen sind. Ihr seid eine Freundin der Marchesa und habt vor nicht allzu langer Zeit Kontakt mit ihr aufgenommen. Der Marchese hat uns alles berichtet. Nur deshalb konnten wir den heimtückisch geplanten Verrat an unserer Republik verhindern.«

»Das ist doch Unsinn! Ich wusste nicht, dass die Marchesa

mit da Sesto zusammenarbeitet! Alberto Mari hat mir kurz vor seinem Tod alles gesagt, damit ich etwas unternehme, um Lucca zu retten.« Plötzlich begriff Beatrice, dass sie sich in einer weitaus gefährlicheren Lage befand als noch vor wenigen Stunden. Wenn man sie wegen Hochverrats und der Konspiration mit den Päpstlichen verurteilte, endete sie auf dem Block des Henkers.

»Ihr habt vor seinem Tod mit Alberto Mari gesprochen? Das ist hochinteressant, Madonna. Wirklich interessant! Warum soll ich Euch glauben, dass dieser Sekretär, der für den Papst spioniert und intrigiert hat, plötzlich von Reue überkommen wurde und Euch dabei um Hilfe bat? Ihr solltet den rettenden Engel für den Seelenfrieden des Sekretärs spielen?«

So, wie Luparini es ausdrückte, klang das tatsächlich unglaubwürdig. »Ihr müsst mir glauben! Meine Eltern sind ehrliche Bürger, die alles für die Republik getan haben!«

»Eure Eltern sind tot. Ihr seid die Frau eines Hochverräters. Büttel, beschlagnahmt alle Bücher, Konten, die Lagerhäuser werden zugemacht, das Geschäft der Buornardis ist geschlossen!« Luparinis große Stunde hatte geschlagen.

Von dem Richter hatte sie weder Mitleid noch Verständnis zu erwarten. »Die Marchesa weiß, dass ich unschuldig bin!« Konnte das Wort einer Verräterin sie retten?

Luparini lächelte schmallippig. »Die Marchesa ist den Pocken erlegen.«

»Was? Aber nein! Sie war nicht so krank. Sie hat selbst gesagt, dass sie die Pocken überleben wird, es können nicht die Schwarzen Blattern gewesen sein! Alba …« Die Worte erstarben auf ihren Lippen, als Beatrice in das lauernde Gesicht des Richters und die anklagenden Mienen der Umstehenden sah. Selbst die Diener schienen sie verurteilt zu haben. Was sollten sie auch von ihr denken? Die Marchesa war tot. Sie war nicht an den Pocken gestorben. Aber jemand hatte diesen Umstand ausgenutzt, sie ermordet und behauptete jetzt, dass die Krankheit sie getötet hätte. Beatrices Nackenhaare sträubten sich, als sie an den Marchese del Connucci dachte, sein einschmeichelndes Lächeln, seine berechnenden Augen. Wahrscheinlich hatte er gewusst, dass seine Frau ein Verhältnis mit da Sesto hatte. Nachdem Alba ihm von der Verschwörung erzählt hatte, brauchte er nur noch eins und eins zusammenzuzählen. Wie mochte die Marchesa reagiert haben, als er sie mit seinem Wissen konfrontierte? Vielleicht hatte sie ihm ihren Hass ins Gesicht geschleudert und sich daran geweidet, zumindest einmal in ihrem Leben die Genugtuung der Rache zu fühlen, Rache für all die Demütigungen, die sie von ihm hatte ertragen müssen. Doch wie kurz war die Süße von Bernardina Chigi del Connuccis Rache gewesen!

Schweigend stand Beatrice in der Tür zum Hof. Inzwischen steckten überall Fackeln in den Haltern an der Hauswand und warfen ihr flackerndes Licht auf die Versammelten, deren Atem in der Kälte als Nebel aufstieg. Die Morgenröte zog hinter den lucchesischen Hügeln herauf und warf erste zarte Strahlen auf die erwachende Stadt, die an diesem zweiten Januar ein weiteres Mal in ihrer wechselhaften Geschichte den Klauen der florentinischen Signoria entkommen war.

»Wie ist der Anschlag vereitelt worden?«, fragte Beatrice in die Stille.

»Der Marchese Connucci hat den Großen Rat einberufen, und der *gonfaloniere* hat der Signoria von Alessandro de' Medicis Plänen Nachricht gegeben. Natürlich streitet der Mohr alles ab.« Luparini verzog den Mund. »Er ist ein Medici und versteckt sich hinter dem Rock seines hinterhältigen Vaters. Beweisen kann man ihm nichts, und er wartet auf die nächste Gelegenheit, sich Florenz zurückzuerobern.«

Und diese Gelegenheit würde kommen, dachte Beatrice, denn Papst Clemens würde die schmachvolle Niederlage in Lucca nicht vergessen. Jemand zog an ihrem Umhang.

Alba stand hinter ihr. »Madonna, Ihr dürft nicht so lange hier in der Kälte stehen. Ihr habt Fieber!« Das Mädchen sah sie bedeutungsvoll an.

Sofort begriff Beatrice, dass nur eine vorgetäuschte Erkrankung sie jetzt vor dem Gefängnis retten konnte. Mit flatternden Augenlidern sank sie gegen den Türrahmen. »Mir ist schlecht, und es sticht schon wieder in meinem Rücken ...«

Die Zofe der Signora befand sich ebenfalls unter den Anwesenden und zeigte anklagend mit dem Finger auf Beatrice. »Sie hat die Blattern! So hat es bei meiner Herrin auch angefangen.«

Augenblicklich wichen die Leute vor Beatrice zurück, die sich auf Alba stützte und mit ihr die Treppe hinaufstieg.

Luparini rief hinterher: »Niemand verlässt dieses Haus! Solltet Ihr überleben, sehen wir uns vor Gericht wieder!«

In ihrem Schlafzimmer angekommen, tätschelte Beatrice Albas Wange. »Schlaues Mädchen!«

»Die hätten Euch gleich mitgenommen und weggesperrt. Und wenn man erst drin ist im Gefängnis, kommt man nicht wieder heraus!« Alba ging zu einer von Beatrices Truhen und schlug den Deckel auf. »Welches Kleid wollt Ihr mitnehmen?«

»Mitnehmen?«

»Ihr wollt doch nach Eurer Tochter suchen, oder nicht?«

»Meine Güte, du kennst mich ja bald so gut wie Ines! Aber das kann ich nicht von dir verlangen, Alba.« Auf dem Weg nach Rom konnte ihnen alles Erdenkliche zustoßen.

Alba warf den dicken braunen Haarzopf nach hinten und zog ihre Schürze glatt. Wenn die Madonna fortging, würde Farini sie hier wie eine Sklavin behandeln, oder man warf sie einfach auf die Straße. Außerdem brauchte die Madonna sie. »Wo soll ich denn hin, Madonna? Und was wollt Ihr ohne mich anfangen?«

Beatrice schöpfte Hoffnung. Das erste Mal seit vielen Tagen. »Pack das rote Kleid ein, das safrangelbe, zwei Wollschals und die Seidentücher. Etwas Wäsche, den Spiegel von der Marchesa und ...« Sie warf einen Blick auf Pontormos Gemälde. »Das werden wir hierlassen müssen.« Sie seufzte. »Die Salbentiegel von Ansari und ein Stück Olivenseife. Es darf nur so viel sein, wie wir beide tragen können. Verteil es auf zwei Taschen und einen größeren Sack.«

Alba nickte und machte sich eifrig ans Packen. »Habt Ihr eine Idee, wie wir hier herauskommen?«

»Die Signora wird bald sterben, und dann gehen wir.«

Tatsächlich verstarb Lorenza Buornardi bereits am nächsten Tag. Ihre Zofe schrie und zeterte und machte alle Diener im Haus verrückt. Niemand wollte ihr helfen, die Leiche zu bewegen, die von dunklen Pusteln furchtbar entstellt war. Schließlich befahl Farini den Wachen, die der Richter am Palazzo postiert hatte, die Totengräber zu holen. Der Leichnam eines Seuchenopfers durfte nicht in der Familiengruft beigesetzt werden, sondern musste mit den anderen Toten in einer Grube vor der Stadt beerdigt werden. Es war gegen Abend, als Farini damit beschäftigt war, alles zum Abtransport seiner toten Herrin zu regeln, und Beatrice wollte den Schutz der Dunkelheit für ihre Flucht nutzen. Zuvor hatte Alba die Taschen und den Sack mit Plantillas Unterstützung in einem Kellerraum versteckt.

Beatrice hatte einen ihrer goldenen Scudi aus dem Umhang herausgetrennt und ihn Plantilla gegeben, damit sie davon einen Knecht bestach, sie durch die Stallungen hinauszulassen. Mit einem weiteren Scudo würde sie den Wachposten vor dem Seiteneingang des Palazzo bestechen. Plantilla stand bereits unten und wartete auf sie. Ihre runden Wangen waren rot von der Hitze in der dampfenden Küche, und Tränen standen in ihren Augen, als sie Beatrice kurz entschlossen an ihren Busen drückte.

»Passt auf Euch auf, Madonna!«

»Danke, Plantilla, danke für alles.« Sie küsste die treue Köchin auf die Wange, raffte ihre Taschen und den Sack auf und gelangte schließlich mit Alba ans seitliche Tor, wo der Wachmann sich angesichts des Goldscudo schweigend umdrehte und sie ziehen ließ.

Es fing an zu schneien, und die beiden Frauen zogen ihre Kapuzen tief ins Gesicht. Die ungewöhnliche Stille in der Stadt, die wie gelähmt war vom Schock der in letzter Minute abgewendeten Übernahme durch die Medici und von den noch immer wütenden Schwarzen Blattern, und die fallenden Schneeflocken in der Dunkelheit hatten etwas Unwirkliches. Zwei Totengräber schoben in einiger Entfernung einen Leichenkarren über die Straße. Das Rattern der Räder wurde durch den Schnee gedämpft, und die schwarz gewandeten Männer mit ihrer schaurigen Fracht erschienen Beatrice wie Todesengel, die gekommen waren, die Lucchester für ihre Überheblichkeit zu strafen.

»Wohin gehen wir?«, fragte Alba leise.

»Nach San Frediano. Dort hat Ines meinen Schmuck bei Pater Aniani deponiert.« Wie sie aus der Stadt kommen sollten, wusste Beatrice noch nicht, aber mit genügend Geld waren die Aussichten in jedem Fall rosiger. Hatte nicht der heilige Fredianus Lucca einst vor dem reißenden Serchio gerettet? Vielleicht hielt er seine schützende Hand auch über zwei einsame Frauen.

Es dauerte eine Zeit, bis sich im Konvent jemand auf ihr Klopfen hin rührte. Verfroren und mit Schneeablagerungen auf Schultern und Kapuze betraten sie die kleine Empfangshalle des Konvents. Ein alter Mönch blinzelte sie kurzsichtig hinter einer hochgehaltenen Ölfunzel an. »Was wollt Ihr hier so spät? Wir haben keine Betten frei!«

»Ich muss mit Pater Aniani sprechen, Bruder. Wäre es nicht lebenswichtig, wäre ich nicht hier.« Beatrice legte Eindringlichkeit und Flehen in ihre Stimme und betete, dass Aniani im Kloster war.

»Wartet hier!« Der Mönch schlurfte davon und ließ sie in der Dunkelheit zurück.

Alba stellte sich dicht neben Beatrice und ergriff ihre Hand. Die Berührung der warmen Mädchenhand hatte etwas Tröstliches, und Beatrice erwiderte zuversichtlich ihren Druck. »Er wird uns helfen, du wirst sehen, Alba.«

Es dauerte lange, bis der Mönch in Begleitung von Pater Aniani zurückkehrte, und Beatrice seufzte erleichtert. »Oh, wie gut, dass Ihr hier seid! Ihr könnt Euch nicht vorstellen, was das für uns bedeutet.«

Der junge Mann lächelte. »Doch, das denke ich schon. Bruder, warum hast du die beiden hier im Dunkeln stehen lassen? Bring uns heiße Milch und Honigkuchen in den Besucherraum.«

Der alte Mönch schlurfte davon, und sie folgten Pater Aniani in einen kleinen Raum, in dem ein Kohlenbecken stand. Ein Tisch, Holzbänke und ein schmaler Wandaltar waren die spartanische Ausstattung. Beatrice und Alba bekreuzigten sich und setzten sich auf eine der Bänke. Der Pater nahm ihnen gegenüber Platz. »Alba, ich hatte dich schon im Unterricht vermisst.« Er hatte eine freundliche Stimme. »Was führt Euch in dieser unchristlichen Nacht an unsere Pforten?«

Beatrice erklärte ihr Anliegen, und der Priester hörte zu. Als sie geendet hatte, sagte er: »Das Schicksal hat Euch viel auferlegt, Beatrice, und mancher wäre unter Eurer Last zusammengebrochen. Ihr wollt tatsächlich allein nach Rom reisen?«

»Ich bin nicht allein, Pater.« Beatrice strich Alba über die Wange.

»Nein, aber Ihr könnt unmöglich ohne Schutz reisen. Das wäre glatter Selbstmord.« Er legte einen Finger an die Lippen und dachte nach. »Heute war eine Komödiantentruppe in der Nähe der Stadt. Sie nennen sich ›I Viziosi‹, ›die Verruchten‹, und sind auf dem Weg nach Perugia. Warum schließt Ihr Euch nicht an?«

»Perugia.« In Perugia herrschten die guelfischen Baglionis, ein zerstrittenes und mordlustiges Geschlecht, aber bis nach Perugia selbst mussten sie ja nicht reisen. Die Stadt lag zu weit östlich. »Meint Ihr, wir können sie einholen, und werden sie uns überhaupt mitnehmen?«

Es klopfte, und der Mönch brachte ein Tablett mit Milch und Kuchen. Alba machte sich hungrig darüber her. Pater Aniani erhob sich. »Ich kenne Matteo, den Anführer der Truppe, und gebe Euch ein Schreiben für ihn mit. Jetzt hole ich Euren Besitz aus der Sakristei. Die Nacht solltet Ihr hier verbringen. Die Truppe reist auch nicht in der Dunkelheit.«

Kurz darauf kehrte Pater Aniani zu ihnen zurück, zeigte ihnen eine Kammer, in der sie sich eine Pritsche für die Nacht teilen konnten, und reichte Beatrice einen Lederbeutel. »Eure Ines ist eine gute Seele. Ich habe sie und Ugo hier in San Frediano getraut. Sie hat es sehr bedauert, dass Ihr nicht dabei sein konntet.«

Beatrice schluckte. »Ja, Ines war immer mehr als nur eine Zofe für mich, und ich wünschte, ich könnte sie jetzt aufsuchen, aber dann brächte ich sie und ihre Familie unnötig in Gefahr. Danke, Pater.«

»Wartet morgen direkt nach dem Frühgebet in der Besucherhalle. Einer meiner Mönche wird Euch durch einen geheimen Gang aus der Stadt bringen.«

Beatrice konnte so viel Hilfsbereitschaft kaum fassen und wollte etwas sagen, doch Pater Aniani hob abwehrend die Hände, segnete die beiden Frauen und verabschiedete sich.

Unter der rauen Wolldecke kuschelte Alba sich an Beatrice und schlief sofort ein. Beatrice dagegen konnte kein Auge schließen, ihre Gedanken kamen nicht zur Ruhe. Schließlich stand sie vorsichtig auf, um Alba nicht zu wecken, warf sich ihren Umhang um und verließ die Kammer mit einer Kerze in der Hand. Leise tappte sie auf dünnen Ledersohlen durch die Gänge des Konvents, der ihr aus der Kindheit vertraut war. San Frediano war die Kirche ihrer Eltern gewesen. Hier waren Margareta und Jacopino Rimortelli getraut worden, und hier hatten sie ihre Tochter Beatrice taufen lassen.

Durch den zugigen Kreuzgang gelangte sie ins Kircheninnere, in dem auf dem Hauptaltar das ewige Licht brannte. Abgesehen von dem prächtigen Mosaik an der Westfront war San Frediano eine schlichte Kirche romanischer Herkunft. Beatrice benetzte ihre Finger mit Weihwasser, bekreuzigte sich und kniete in einer Gebetsbank nieder. Die Gebeine ihrer Eltern ruhten in der Familiengruft auf dem angeschlossenen Friedhof. Ein Jahr war vergangen, seit sie ihr Elternhaus verlassen hatte, um die Frau Federico Buornardis zu werden. Ein Jahr, dachte Beatrice, und ich stehe vor den Trümmern meines Lebens. Weinend ließ sie den Kopf auf die gefalteten Hände sinken. Später stand sie auf und ging durch das Seitenschiff zur Trenta-Kapelle mit der Heiligen Madonna und dem Schmerzensmann. Das Bild der trauernden Mutter machte ihr den Grund ihres Hierseins wieder bewusst. Solange ein Atemzug in ihren Lungen war, würde sie um Giulia kämpfen.

Die letzten Stunden bis zur Frühmesse lag sie wach neben Alba und lauschte dem gleichmäßigen Atem des jungen Mädchens, das sich ihr anvertraut hatte, obwohl sie es in die unbarmherzigen Arme des Marchese geschickt hatte. »Das Leben wird auch für dich noch Schönes zu bieten haben«, flüsterte Beatrice und streichelte Albas dunkle Locken.

Mit ihrem Gepäck trafen die beiden Frauen in der Dunkelheit des frühen Morgens in der Besucherhalle auf Pater Aniani und einen jungen Mönch. Der Pater klopfte dem Mönch auf die Schulter. »Samuele weiß, was zu tun ist. Vertraut ihm und geht mit Gottes Segen.«

»Danke, wir stehen tief in Eurer Schuld.« Beatrice umfasste Albas Hand und nahm sich vor, dem Kloster irgendwann eine Schenkung zu machen.

Samuele entzündete eine Fackel und führte sie durch ein Labyrinth verwinkelter Gänge in die Tiefen des Klosters. Über steile, feuchte und teilweise überfrorene Treppenstufen ging es hinauf und hinunter, bis sie vor einer schmalen Holztür standen. Samuele entriegelte die Tür, die so niedrig war, dass sie sich tief bücken mussten, um ins Freie zu gelangen. Es dämmerte bereits, und Beatrice konnte Bäume und einen Pfad ausmachen, der von der Mauer, die Teil der Befestigungsanlage war, wegführte.

Samuele sah sich vorsichtig nach allen Seiten um. »Ihr folgt diesem Pfad bis zur ersten Wegkreuzung, dort geht Ihr rechts, und nach ungefähr einer Stunde Fußmarsch müsstet Ihr auf ein verlassenes Gehöft treffen. Da lagern die Komödianten.« Ein leises »Gottes Segen«, dann war er verschwunden und die Tür hinter ihm ins Schloss gefallen.

Zitternd vor Kälte und Furcht machten sich Beatrice und Alba Hand in Hand auf den Weg. Sie mussten einen Schutzengel haben, denn niemand begegnete ihnen an diesem kalten Wintermorgen, und tatsächlich fanden sie bald das verfallene Gehöft.

Die Komödianten waren bereits erwacht und geschäftig

dabei, ihren Wagen zu packen. Staunend betrachteten Beatrice und Alba das bunte Treiben der Truppe, die aus zwei Frauen und vier Männern zu bestehen schien, von denen einer durch seine stolze Positur, ein markantes Gesicht und halblange, glänzende Haare auffiel. Beatrice nahm an, dass es sich bei dem etwa Dreißigjährigen um Matteo handelte. Ein älterer Schauspieler stand mürrisch vor einem Feuer und rieb sich die Hände, den dicken Leib in mehrere Umhänge gehüllt.

Die beiden Frauen waren noch jung, die eine hatte hell gefärbtes Haar und einen üppigen Busen, die andere war dünn und voller Sommersprossen, die sie mit weißer Schminke zu verbergen versuchte. Einer der jüngeren Männer stand hinter der Blonden und legte vertraulich seine Hände um ihre Hüften, der andere schlürfte gelassen seinen Becher leer. Die Kleidung der Truppe war bunt, eine Mischung aus eleganter Hofmode und orientalischem Firlefanz.

Alba war entzückt, als sie auf einem Korb ein Äffchen entdeckte, denn ihre Katze hatte sie nicht mitnehmen können.

Matteo entdeckte die Frauen zuerst und machte eine elegante Verbeugung vor Beatrice. »Guten Morgen, schöne Frau. Was verschafft uns dieses unerwartete Vergnügen?«

Die anderen hielten in ihrem Tun inne und musterten die Neuankömmlinge kritisch. Beatrice reichte Matteo den Brief des Priesters und erklärte ihre Situation.

Matteo las, nickte und sagte zu seinen Leuten: »Pater Aniani hat uns diese armen Geschöpfe anempfohlen. Ihr wisst, dass wir dem Pater viel Gutes zu verdanken haben. Meiner Ansicht nach spricht nichts dagegen, sie mitzunehmen.«

Die Blonde sagte: »Von mir aus.« Die anderen zuckten mit den Schultern und murmelten zustimmend.

Matteo faltete das Schreiben zusammen und wandte sich an Beatrice: »Darf ich mich vorstellen? Matteo Salvini, Leiter und Begründer dieser hervorragenden Schauspieltruppe. Wir sind auf dem Weg nach Perugia, wo wir am Hof von Malatesta Baglione spielen sollen.«

Der ältere Schauspieler verdrehte die Augen. »Eh, Matteo, wir sollten lieber aufbrechen. Gib ihnen was zum Anziehen, damit sie nicht so auffallen, falls wir noch mal kontrolliert werden.« Er schnalzte mit der Zunge, und der Affe sprang auf seine Schulter. »Kannst später im Wagen mit ihm spielen, Kleine.« Dann begannen die Schauspieler, Kisten und Körbe auf den Wagen zu laden.

Matteo schlug seinen dunkelblauen Umhang über eine Schulter und holte bunte Tücher und eine Schatulle mit Tiegeln aus der noch verbliebenen Kiste. »Versteckt Eure Haare unter einem Tuch, Monna Beatrice, und färbt Euch das Gesicht und die Hände mit dieser Schminke hier. Die Kleine soll große Ohrringe anlegen und ebenfalls ein Kopftuch umbinden. Ihr haltet Euch im Hintergrund. Auf der Hauptstraße haben sie Wachen postiert, aber wenn wir denen etwas Glänzendes zustecken, dürften wir unbehelligt vorbeikommen.«

Beatrice hatte damit gerechnet und bereits einen weiteren Goldscudo aus ihrem Umhang getrennt. »Wird das genügen?«

Matteos Miene erhellte sich. »Damit seid Ihr bis Perugia unsere Gäste!«

Der Wagen entpuppte sich als einfaches, aber geräumiges Gefährt, in dem sich neben dem Gepäck der Truppe und einem Wirrwarr von Theaterrequisiten Raum für zwei Bänke, einen winzigen Tisch und einen kleinen Ofen fand. Zwei robust wirkende Maultiere waren vor den Wagen gespannt, auf dessen hölzernen Aufbau mit großen, rot-weißen Lettern der Name der Truppe gemalt war.

Alba zeigte auf das herausragende Ofenrohr. »Das ist ja ein kleines Haus!«

Die Blonde sagte trocken: »Am Anfang dachte ich auch,

was für ein großartiges Abenteuer doch das Herumreisen wäre ...«

»In dem Loch, in dem ich dich aufgegabelt habe, gab es nicht mal einen Ofen, Bianca!«, rief Matteo und bestieg sein Pferd.

Bianca zog eine Grimasse, lachte und kletterte hinter der anderen Schauspielerin in den Wagen. Drinnen heizten sie den Ofen an und zeigten auf eine schmale Pritsche hinter einem Vorhang, wo Beatrice und Alba sich verstecken sollten, bis sie die Wachposten passiert hatten. Matteo und einer der jungen Männer ritten auf gescheckten Pferden nebenher, die beiden anderen Schauspieler saßen auf dem Kutschbock. Die Wagenräder rollten knirschend über die noch unberührte Schneedecke.

Obwohl sich Beatrice und Alba verkleidet hatten, warteten sie furchtsam zusammengekauert auf der Pritsche. Irgendwann hielt das Gefährt, und draußen ertönte ein Wortwechsel, dann wurde die Wagentür aufgestoßen, und Bianca sagte kess: »Na, Süßer, wohl lange keine richtige Frau gesehen?«

Einer der Wächter pfiff anerkennend, dann wurde die Tür zugeschlagen, und das Gefährt setzte sich wieder in Bewegung. Kurz darauf kam die andere Schauspielerin zu ihnen und zog den Vorhang auf. »Überstanden! Bianca braucht bloß ihren Ausschnitt zu zeigen, und die Kerle kriegen weiche Knie.«

Bianca verzog vielsagend den Mund. »Sind wohl nicht die Knie, die sich regen ...«

»Du bist ein verdorbenes Stück, Bianca. Wir haben Gäste. Ich heiße Mina, eigentlich Innominata, aber das klingt so heilig, und eine Heilige bin ich wahrlich nicht.« Mina hatte rote Kringellocken, die sie sich mit verschiedenfarbigen Bändern aufgebunden hatte. Die weiße Schminke kräuselte sich mit ihrer Haut, wenn sie lachte und sprach, und das tat sie ständig, wie Beatrice und Alba herausfanden.

»Wir fahren immer bis zum Mittag, dann rasten wir und fahren bis zur Dunkelheit oder bis zu einem Gasthaus, wenn sich eines findet.« Mina hantierte mit einem eisernen Topf auf dem Ofen. »Wir kochen Gerstengrütze, später eine Fleischsuppe. Was nahrhaft und billig ist eben.«

Bianca rekelte sich und legte ihre Füße auf die Bank gegenüber. »Oh, wie ich mich auf den Hof von Perugia freue! Elegante Männer, exquisites Essen und Musik zum Tanzen!«

»Habt Ihr Talent zum Spielen? Vielleicht bleibt Ihr bei uns, Beatrice. Matteo hätte sicher nichts dagegen ...« Mina kicherte.

»Unser Matteo hat gegen die Gesellschaft schöner Frauen nie etwas einzuwenden, aber Ihr scheint mir nicht der Typ für Tändeleien zu sein, Beatrice. Er ist ein Herzensbrecher, der Euch mit schönen Worten umgarnt, Euch Zärtlichkeiten ins Ohr flüstert und Euch denken lässt, Ihr wärt die Einzige für ihn ...«

Mina warf ihrer Kollegin einen mitleidigen Blick zu. »Bianca weiß das so genau, weil sie nur seinetwegen mitgekommen ist, aber nach ein paar Wochen hatte er sie satt. So ist unser Matteo.«

Doch Bianca schien die Trennung überwunden zu haben, denn sie sagte: »Ich bin seit zweieinhalb Jahren mit ihm unterwegs und habe es nicht bereut. Er bezahlt uns gut, und wenn wir keinen Auftritt haben, teilt er mit uns, was da ist. Battista, der hübsche Junge auf dem Pferd, ist ein Süßer, Vito ein sturer alter Bock, aber ein genialer Schauspieler und Paolo ein Träumer, der jedem hübschen Männerhintern nachsteigt.«

Beatrice hörte nur halb zu, denn mit den Gedanken war sie bereits in Rom. Zum ersten Mal in ihrem Leben verspürte sie den Wunsch zu töten. Sollte sie Marcina begegnen, konnte niemand sie davon abhalten, sich an der Frau, die für ihr

Unglück verantwortlich war, zu rächen. Und Rachegedanken trösteten sie über die entbehrungsreiche Reise und alle Strapazen, die noch vor ihnen lagen, hinweg.

⇒ XXX ⇐
Tauschhandel

»Trinkt noch einen Tee, mein Freund«, sagte Tuveh ben Schemuel, nahm die Kanne vom Samowar und füllte das kleine Glas erneut auf, das in einem silbernen Becher vor Tomeo auf dem Tisch stand.

Tomeo hasste es, in Mailand zu sein. Das Warten zermürbte ihn, und für die Truppen war es zerstörerisch. Die Moral der Männer war unter dem Nullpunkt, und er wusste nicht, was er ihnen noch versprechen sollte, wenn er ihnen im Lager gegenübertrat. Es gab keine überzeugende Erklärung mehr für die Abwesenheit Karls auf seinem Kriegsschauplatz, und Tomeo spürte, wie sein Glaube an die große Vision des Kaisers schwand. Das Gemetzel bei Pavia, die unnötige Grausamkeit der Söldner, die Kaltblütigkeit der Kommandeure, die vor allem, was sie nicht sehen wollten, die Augen verschlossen, und das Leid, das ihn tagtäglich aus stumpfen Kinderaugen oder in Gestalt verhärmter Bettler anblickte, ließen die Zweifel wachsen. Das Leid war der ständige und zwangsläufige Begleiter eines Kriegstrosses, und Tomeo konnte nicht länger den Sinn in seinem Tun entdecken. Seit Wochen plagten ihn Albträume, in denen er blutüberströmt auf einem Schlachtfeld stand, umgeben von schreienden Söldnern und Bergen von Leichen.

Und jetzt die Belagerung des Castello in Mailand. Die einzige Abwechslung vom freudlosen Leben eines Besatzungssoldaten waren die Besuche bei dem jüdischen Goldhändler, der ihm ein Freund geworden war. Ben Schemuel war ein hart kalkulierender Geschäftsmann, aber er war auch ein intelligenter, gebildeter Mann mit einem trockenen Sinn für Humor und dem Gespür für die Stimmungen seines Gegenübers. Noch gab es keine Nachricht aus Antwerpen, und Tomeo konnte sich aussuchen, ob das gut oder schlecht war.

»Ich habe gehört, dass Papst Clemens seinen Botschafter Herrera zu Kaiser Karl nach Madrid geschickt hat. Vielleicht gibt es doch noch Frieden?«, bemerkte ben Schemuel.

Tomeo schüttelte den Kopf. »Nein. Das ist wieder eine von Clemens' Hinhaltetaktiken. Karl ist wütend über die Verschwörung von Morone und Sforza. Er weiß genau, dass sie aus dem Vatikan gesteuert wurde, aber Clemens hat nichts Besseres zu tun, als alle Schuld von sich zu weisen und auf Pescara zu schieben, der sich nicht mehr wehren kann. Hintenherum spinnt Clemens seine Fäden. Es ist nur eine Frage der Zeit, wann er ein neues Bündnis mit Frankreich auf die Beine stellt, und dann geht dieser Krieg in eine neue Phase über.« Grimmig nahm Tomeo sein Glas in die Hände und betrachtete den grünen Tee.

Der Ladengehilfe Simon kam mit einem Brief herein. »Der ist eben für Euch abgegeben worden.«

»Danke, Simon.« Tomeo sah den Stempel der *scarsella lucchese* und öffnete das versiegelte Schreiben. Es trug die Unterschrift seines Onkels Leopoldo, des Vaters seiner Cousine Ortensia. Da er noch nie Post von seinem Onkel erhalten hatte, ahnte er Schlimmes. Tomeos Kiefermuskeln verhärteten sich, während er fassungslos den Bericht seines Onkels überflog. Langsam füllten sich seine Augen mit Tränen, und er verbarg sein Gesicht schluchzend in den Händen.

Das Schreiben fiel zu Boden, wo ben Schemuel es nach einer Weile aufhob. Nachdem Tomeo eine zustimmende Handbewegung gemacht hatte, las der Goldhändler aufmerksam, was seinen Freund so erschreckt hatte. Voller Mitgefühl blickte er auf den zusammengesunken schluchzenden Tomeo. Für das, was sein Freund gerade erfahren hatte, gab es keine Worte des Trostes.

Simon kam herein. »Da ist jemand wegen eines Schuldzettels.«

»Jetzt nicht, Simon. Ich bin für niemanden zu sprechen«, wehrte Tuveh ab.

Nachdem Tomeo sich vom ersten Schreck erholt hatte, wischte er sich über das Gesicht, trank einen Schluck Tee und sagte leise: »Ihr habt es gelesen. Meine Mutter ist tot und mein Bruder ein geflohener Hochverräter. Er hat unser Geschäft in den Bankrott getrieben. Alles, was mein Vater aufgebaut hat, ist dahin ... alles ... Und Beatrice ist verschwunden.« Tomeo starrte auf den fein gemusterten Teppich vor ihm und dachte an kornblumenblaue Augen, die glanzlos und leer sein mussten, wenn sie überlebt hatte.

»Ihr liebt sie.« Es war eine Feststellung, in der etwas Tröstliches lag.

Tomeo widersprach nicht und stand auf: »Ich muss nach Lucca.«

»Jetzt sofort? Habt Ihr nicht das Kommando über zwei Hundertschaften erhalten?«

»Das ist mir gleich. Meine Verwandten und die Stadt werden wie die Aasgeier über unser Vermögen herfallen, und ich muss sehen, was ich noch retten kann. Und ...« Er schwieg. Er musste wissen, was aus Beatrice geworden war. Es war seine Pflicht, sich um sie zu kümmern.

»Dann geht in Gottes Namen, Tomeo. Der Krieg wird weitergehen, aber Euer Schlachtfeld ist ein anderes, ein wichtigeres, eines, für das es sich zu kämpfen lohnt, mein Freund.« Tuveh öffnete die Arme und zog Tomeo an sich, drückte ihn und streichelte ihm über den Kopf, wie ein Vater es tun würde.

Von Trauer erneut übermannt, machte Tomeo sich los, murmelte: »Lebt wohl!« und verließ den Laden des Goldhändlers.

Bevor er zum Hauptquartier im Palazzo Reale ging, wanderte er eine Zeit lang ziellos durch die Straßen. Die Kälte des Januarnachmittags und der scharfe Wind machten seinen Kopf frei. Für die Bettler und die heruntergekommenen Behausungen in den Gassen der belagerten Stadt hatte er heute keinen Blick. Zum ersten Mal konnte er kein Mitgefühl für die Notleidenden aufbringen, weil die Not in ihm selbst alles übertraf, was er je erlebt hatte. Er konnte noch immer nicht begreifen, was Federico getan hatte. Warum? Hätte er nicht einfach mit dieser Frau, dieser Marcina, leben können wie andere auch? Viele Männer lebten bei ihrer Geliebten, deshalb führten sie trotzdem die Geschäfte weiter. Warum musste er gleich an einer Verschwörung gegen die eigene Republik teilnehmen? Da Sesto, Menobbi, Gottaneri, Valori – waren diese Männer plötzlich größenwahnsinnig geworden? Die Welt veränderte sich! Wenn die Seidenweber sich erhoben, um für bessere Arbeitsbedingungen zu kämpfen, dann war das ihr gutes Recht! Schließlich wurden sie seit Generationen von den Händlern ausgebeutet.

Plötzlich bekam alles, was Federico gesagt hatte, eine doppelte Bedeutung. Alle seine Versicherungen, ihm mehr Geld für die Truppen zu schicken, waren nichts als Lügen gewesen! Die letzte Zahlung für den Kaiser hatte sein Vater veranlasst. Zum Glück musste sein Vater das nicht mehr erleben. Der Brief des Legaten! Als Federico ihm damals im Garten quasi vor den Augen des Richters den blutbefleckten Brief in die Hand gedrückt hatte, da hatte er ihn tatsächlich belasten wollen! Sein eigener Bruder hätte ihn ins offene Messer laufen lassen! Ohne Beatrices Geistesgegenwart hätte Luparini ihn verhaftet. Jetzt begriff er auch, warum Federico so wütend gewesen war, als Tomeo angedeutet hatte, dass er bei der Ermordung Agozzinis dabei gewesen war.

Tomeo hatte die unerwartete Reaktion des Bruders auf den unglücklichen Zeitpunkt, die Nacht vor dessen Hochzeit, geschoben, aber bereits damals musste Federico mit da Sestos Plänen sympathisiert haben. Connucci hatte wieder einmal größere Menschenkenntnis bewiesen, als er es abgelehnt hatte, Federico einzuweihen. Tomeo war überrascht gewesen, als der Marchese ausgerechnet ihn gefragt hatte. Connucci hatte damals gesagt, er würde ihm, dem einfachen *capitano*, sein Leben anvertrauen, auf Federicos Wort jedoch gäbe er keinen Pfifferling. Stattdessen hatte der Marchese Eredi Vecoli mit in den Dom genommen, in dem Averardo den Lockvogel für den Legaten gespielt hatte.

Wann hatte Federico sich ganz für das Medici-Komplott entschieden? Zu allem anderen kam auch noch die Scham. Federico hatte den Familiennamen beschmutzt und entehrt. Sollten sie sich begegnen, würde einer von ihnen sterben. Tomeo legte die Hand auf seinen Schwertknauf. Und mit Gottes Hilfe würde er die Ehre der Buornardis wiederherstellen.

»Ein Almosen für einen Krüppel, bitte!« Ein halb verhungerter Mann mit einer Krücke und einem Beinstumpf streckte seine schmutzige Hand nach Tomeo aus.

Dieser war so in seine Gedanken versunken gewesen, dass er nicht gemerkt hatte, wie er die Via Mercanti verlassen hatte und in einer Seitenstraße des Dombezirks gelandet war. »Hier!« Tomeo holte eine Kupfermünze aus seinem Beutel und warf sie dem Krüppel hin, der eine Dankeshymne anstimmte und auf dem halb gefrorenen Boden nach dem Geldstück suchte.

Er hatte keine Zeit zu verlieren. Bei diesem Wetter kam er auf den vereisten oder schlammigen Straßen nur langsam voran, und auf freiem Feld übernachten konnte er in dieser Kälte auch nicht. Das bedeutete, er war an die Gasthäuser oder Hospize gebunden, die in Abständen von ungefähr fünfzehn Kilometern die Hauptreiserouten säumten. Auf der Piazza del Duomo lungerten gelangweilte Söldner herum. Mailand mochte in Schutt und Asche liegen, die Hurenhäuser hatten regen Zulauf. Tomeo ignorierte die Frauen, die trotz der Kälte in freizügigen Kleidern auf der Suche nach Kunden über die Piazza schlenderten. Solange es Menschen gab, würde es zwei Gewerbe geben, den Krieg und die Prostitution.

Maramaldo saß mit Leyva beim Essen. Ein saftiger Braten lag zwischen marinierten Kirschen angerichtet auf einer Platte.

»Ah, *capitano*! Kommt her, setzt Euch und esst mit uns! Das Schwein hat heute Morgen noch gequiekt.« Dem graubärtigen Maramaldo tropfte Bratensaft auf sein Wams, während er sich das nächste fette Stück abschnitt.

Doch Tomeo winkte ab. Leyva sah argwöhnisch zu ihm hin. »Ihr seht verstört aus. Wollt Ihr schon wieder den Abschied nehmen?«

Im großen offenen Kamin des hohen Raumes mit seinen farbenfrohen Deckenfresken prasselte ein Feuer. Hier mangelte es an nichts, und es wunderte Tomeo nicht, dass die hohen Herren Gefallen am Kriegführen hatten. »Nicht den Abschied, Leyva, aber ich muss nach Lucca, und diesmal kann mich nichts davon abhalten.« Er stand breitbeinig vor der Tafel und sah die beiden Heerführer fest an.

Maramaldo wischte sich über den Bart, der voller Fett war. »Lucca, eh? Ich habe davon gehört.« Er lachte dröhnend. »Unser Hampelmann von einem Papst wird vor Wut sein weißes Röcklein gerauft haben. Aber er wird es schon noch zuwege bringen, seinen liederlichen Sprössling in Florenz an die Macht zu bekommen.«

Leyvas lange Narbe zuckte, als er einen Knochensplitter auf

den Tisch spuckte. »Alessandro de' Medici, dieser Abschaum! Da hat Euer feines Lucca noch einmal Glück gehabt. Was wollt Ihr denn noch dort? Die Gefahr wurde doch abgewendet. Wahrscheinlich baumelt die Bande schon am Galgen.«

Mit zusammengekniffenen Augen musterte Maramaldo ihn: »Es ist etwas anderes, nicht wahr?«

»Ich muss die Hinterlassenschaft meiner Familie regeln.«

»Ihr habt doch einen Bruder da unten. Kann der das nicht machen?«, fragte Leyva.

Kaum hörbar presste Tomeo heraus: »Mein Bruder ist einer der Verräter, meine Mutter ist tot, meine Schwägerin verschwunden, und unser Geschäft ist dem Ruin nahe. Was würdet Ihr an meiner Stelle tun, Leyva?«

»Gemach, *capitano*. Wir sind nicht schuld daran, aber unter diesen Umständen ...« Leyva sah zu Maramaldo, der zustimmend nickte. »Wenn Ihr Eure Angelegenheiten in Lucca geregelt habt, reist Ihr nach Genua und trefft Euch mit Bourbon wegen der Rekrutierung neuer Truppen. Ihr gebt ihm einen Brief, den wir noch aufsetzen. Und Ihr müsst vor dem fünfzehnten Februar in Genua sein. Denn dann schifft er sich nach Spanien ein. Lasst Cajazzo herkommen, er soll Eure Leute übernehmen, bis Ihr zurück seid.«

Tomeo verneigte sich, dankbar, dass er die Truppe ohne weitere Probleme verlassen konnte, obwohl er nicht viel vom Grafen Cajazzo hielt und befürchtete, dass dessen Arroganz seine Männer verderben würde. In den zwei Hundertschaften, die er befehligte, waren nicht nur Söldner, sondern auch junge Männer aus gutem Haus, die eine vortreffliche Klinge führten und aus Überzeugung für den Kaiser kämpften. Doch auch die größten Enthusiasten waren irgendwann der Erkenntnis ausgeliefert, dass der Kaiser vielleicht nur ein junger Träumer war, der sich von seinen Beratern beeinflussen ließ und keinen Scudo für seine Soldaten übrig haben würde, sobald der Italienfeldzug nicht mehr gewinnbringend für ihn schien. Nach dem Gespräch ging Tomeo direkt in sein Quartier im Erdgeschoss, wo er Gian Marco mit dem Putzen der Rüstung beschäftigt fand.

»Pack unsere Sachen, wir reiten noch heute nach Lucca.«

»Was?« Scheppernd fiel der Brustpanzer zu Boden.

»Der bleibt hier. Wir reisen leicht und nehmen nur das Allernötigste mit. Wenn die Überquerung des Apennin durch den Schnee nicht zu schwierig wird, sind wir vielleicht in acht oder neun Tagen dort.«

»Aber … *Capitano*, ich muss heute Abend ein Mädchen sehen!« Gian Marco machte ein flehentliches Gesicht. »Können wir die Abreise nicht auf morgen verschieben? Ich meine, es ist sowieso schon fast Abend.«

»Nein!«, fuhr er seinen Burschen ungehalten an und holte sein gefüttertes Lederwams hervor.

Danach sagte Gian Marco nichts mehr und bewegte sich wie ein Wiesel, um das Reisegepäck zu schnüren. Als sie auf den gesattelten Pferden saßen, hatten sie noch knapp zwei Stunden bis Sonnenuntergang. Vor dem Aufbruch war Tomeo noch einmal zu Leyva gegangen und hatte das Schreiben für Bourbon abgeholt. Sie ritten über den Corso di Porta Romana, als Tomeo das unangenehme Schweigen zwischen ihnen brach.

»Wenn wir stramm reiten, erreichen wir die Provinz Lodi und finden einen Gasthof in Melegnano.«

»Ja, *capitano*. Sagt Ihr mir jetzt, warum wir es so eilig haben?«

Auf seinem Pferd fühlte Tomeo sich Lucca näher, und sein Zorn auf Federico gewann langsam die Oberhand über seine Verzweiflung. Er schilderte seinem Burschen in wenigen Sätzen, was geschehen war.

»Das ist unglaublich! Ich meine, es tut mir furchtbar leid

wegen Eurer Mutter. Aber Euer Bruder ein päpstlicher Verräter ...« Ehrlich erschüttert schüttelte Gian Marco den Kopf. »Vielleicht stimmt das ja nicht. Wäre doch möglich, oder?«

Aber Tomeo starrte nur finster geradeaus. Er wusste, dass sein Onkel Leopoldo die Wahrheit geschrieben hatte, weil in dem Brief auch gestanden hatte, dass Connucci die Verschwörung aufgedeckt und rechtzeitig dem *gonfaloniere* gemeldet hatte. Man konnte Connucci vieles nachsagen – er war vergnügungssüchtig, ein Frauenheld, selbstsüchtig und egozentrisch, aber er war ein loyaler Freund und der Republik treu ergeben. Abgesehen von den beiden letzten Punkten stand Federico dem Marchese in nichts nach, aber es hatte seinem Bruder immer an menschlicher Größe gemangelt. Connucci hatte das erkannt und mit Federico gespielt, ihm nie wirklich vertraut. Dieses Vertrauen hatte er nur ihm, Tomeo, geschenkt, obwohl er nie um die Gunst Connuccis gebuhlt hatte.

Im Grunde war Connucci angewidert von den Schmeichlern, die sich um ihn scharten wie die Motten um das Licht. Aber der Marchese genoss es, Menschen gegeneinander auszuspielen, zu sehen, wie weit sie gehen, wie weit sie sich erniedrigen würden, um zu bekommen, wonach sie gierten. Tomeo kannte auch diese Seite des Marchese. Vor allem Connuccis Umgang mit Frauen war Tomeo immer aufgestoßen, die Respektlosigkeit des Marchese seiner eigenen Gattin gegenüber, die kleinen Grausamkeiten, die er mit Bernardina trieb, weil er es nicht ertragen konnte, dass sie klüger war, belesener und aus altem Adel stammte. »Es ist so, wie es ist, Gian Marco. Ich muss damit leben, aber wenn ich meinen Bruder zwischen die Finger bekomme, dann gnade ihm Gott ...«

»Dann hoffe ich, dass Ihr ihm nie wieder begegnet.« Das Mitgefühl in Gian Marcos Stimme überraschte Tomeo.

»Du hast doch wohl kein Mitleid mit ihm?«

»Nein, das nicht, aber ich habe meine Brüder durch die Pest verloren und kann mir nur vorstellen, wie furchtbar es sein muss, einen Verräter als Bruder zu haben. Dann lebt er zwar, aber eigentlich ist er doch tot ...« Er schnalzte mit der Zunge und gab seinem Pferd die Sporen.

Sie ritten scharfen Trab bis weit in die Dunkelheit hinein und brachten die Tiere erst in eine langsamere Gangart, als sie die Türme eines Castello vor sich erblickten. Die Burg gehörte den Viscontis, und man gewährte ihnen Nachtlager und Abendessen.

Am folgenden Morgen verließen sie Melegnano bei starkem Schneefall, der nicht ungewöhnlich für den Januar war, aber hinderlich für die Reise, vor allem, als sich auch noch ein Sturm dazugesellte, der ihnen den Schnee in die Gesichter trieb und die Umhänge schwer von Nässe werden ließ. Sie kamen weit weniger gut voran, als Tomeo gehofft hatte, und erreichten Fidenza am Fuß des Apennin erst am fünften Tag. Für die Durchquerung des Gebirges benötigten sie weitere fünf Tage, da der Cisapass zwei Tage unpassierbar war. Im Sommer hätten sie von Fivizzano bis Castelnuovo eine Tagesreise benötigt, doch die Garfagnana zeigte sich von ihrer unwirtlichsten Seite und ließ Tomeo und Gian Marco bitter auf ihren Pferden frieren, während sie am Rande der Apuanischen Alpen entlangritten. Als sie nach zwölf Tagen und einer letzten Rast in Barga schließlich Luccas Stadtmauern in der Mittagssonne liegen sahen, waren die beiden Männer erleichtert, auch wenn bange Erwartungen Tomeo den Magen zuschnürten.

Nach den Unwettern der vergangenen Tage hatten sie den klaren Winterhimmel an diesem letzten Sonntag im Januar freudig begrüßt. Vor der Porta Santa Maria warteten mehrere Fuhrwerke mit Getreidesäcken und zwei Benediktinermönche, die als Erste durch das Tor gelassen wurden. Die Wachposten schienen angewiesen, besonders Wagen gründlich zu untersuchen, doch auch die Bauern aus dem *contado* durften endlich in die Stadt, um ihren Weizen zu verkaufen. Tomeo, der sich während der Reise einen Bart hatte stehen lassen, war von seinem braven Reittier abgesessen und hielt es am Zügel.

»Was wollt Ihr in Lucca, Signori?«, fragte ein Wächter mit roten Wangen und vorstehendem Leib.

»Mein Name ist Tomeo Buornardi, *capitano* der kaiserlichen Truppen in Mailand.« Ohne seinen Harnisch sah man ihm den militärischen Rang vielleicht nicht an, doch seine kräftige Figur und die gepflegten Waffen sprachen für sich.

Der Wachmann notierte seinen Namen und sah ihn mit einem merkwürdigen Ausdruck an. »Tomeo Buornardi, ja? Ihr müsst Euch beim *gonfaloniere* melden. Es ist viel passiert in Lucca. Wir sind von den Schwarzen Blattern heimgesucht worden.«

»Ich weiß.« Er schritt mit seinem Pferd durch das breite Stadttor. Die Hufe klangen hohl auf dem Pflaster, während er schweigend vor Gian Marco durch die Gassen ging.

»Wohin gehen wir zuerst? Zum *gonfaloniere*?«, fragte Gian Marco hinter ihm und hielt sich die Nase zu, als sie an den Abwässerbecken der Färber vorüberkamen.

»Zu meinem Elternhaus.« Alles andere hatte Zeit. Tomeo bemerkte, dass nur wenig Bettler und fahrendes Volk in den Straßen herumlungerten, eine Folge der Blattern. An der Piazza San Salvatore standen die Reste eines Podiums und ein Scharfrichterblock. Die Pflastersteine waren von einer schmutzigen Schneedecke bedeckt, die neben dem Podium dunkle Flecke aufwies. Blut. Tomeo spuckte aus und beeilte sich, den Platz zu verlassen.

Als sie in die Via Santa Giustina einbogen, überkam ihn eine lähmende Traurigkeit, gepaart mit unbändiger Wut auf seinen Bruder, der sich aus dem Staub gemacht hatte, weil er zu feige war, sich der Verantwortung zu stellen. Warum auch hätte Federico sich ändern sollen? Als Junge war Alessandro sein Sündenbock gewesen, jetzt suchte er das Heil in der Flucht. Von außen wirkte der Palazzo Buornardi unverändert. Die dicken Quader im Untergeschoss, die schmalen steinernen Sitzbänke, darüber die vergitterten Fenster der Kontore und Lagerräume. Tomeo gab Gian Marco die Zügel seines Pferdes in die Hand, hob den Bronzering des Türklopfers und ließ ihn mit Wucht gegen die Tür fallen.

Nach einer Weile wurde die Tür vorsichtig aufgezogen, und Pietro Farini steckte seinen Kopf durch den Spalt. Der *maestro di casa* war gealtert, aber sein Gebaren war noch genauso anmaßend wie immer. »Ihr wünscht?«

»Mach die Tür auf, Farini!« Tomeo drängte sich an dem verdutzten Mann vorbei und rief Gian Marco zu: »Bring die Pferde hintenrum!« Dann sah er sich um. Die Eingangshalle war leer. Truhen, Vasen und Wandteppiche fehlten. Wo einmal ein massiver Schrank gestanden hatte, war nur noch die nackte Wand zu sehen.

»Farini, lass meinem Burschen den Seiteneingang öffnen, und dann erklär mir, was hier vor sich geht! Wo ist das hin?« Er deutete vage auf das fehlende Inventar.

Nachdem Farini einem Knecht auf dem Hof etwas zugerufen hatte, kam er mit entschuldigender Miene zurück, verneigte sich geziert und sagte näselnd: »Die selige Signora ist der Seuche zum Opfer gefallen, und Madonna Beatrice ist mit diesem Straßenmädchen am selben Tag verschwunden. Signor Federico ist nicht anwesend, das heißt, niemand weiß eigentlich, wo er ist. Er hat einen völlig verarmten Haushalt zurückgelassen. Ich weiß nicht, wie ich die Diener ernähren, geschweige denn entlohnen soll, und die Büttel des Richters kommen täglich her und konfiszieren, was von Wert ist.«

Tomeo löste den Umhang, warf ihn Farini zu und sagte: »Wer ist noch hier?«

»Der Buchhalter, die Köchin, die meisten Mägde und einige Knechte. Wahrscheinlich wisst Ihr nicht, dass ein junger Knecht namens Fabio ermordet aufgefunden wurde. Das war zu der Zeit, als Alberto Mari im Kanal den Tod fand.« Farini sah auf seine Hände, während er das erzählte.

»Und du wusstest natürlich von nichts?«, meinte Tomeo sarkastisch.

Erstaunt hob der Hausvorsteher die Schultern. »Ich? O nein. Ich war der Signora unterstellt und hatte mit den Angelegenheiten von Signor Federico nichts zu tun!«

»Ja, ja, spar dir deine Ausflüchte. Ist jemand vom Gericht hier?«

»Nein. Heute Morgen haben sie die letzten beiden Reitpferde abgeholt.«

Tomeos schöne arabische Stute war sicher dabei gewesen. »Also, wenn wieder jemand kommt, holst du mich sofort! Ich schaue mir jetzt alles an und spreche mit Nardorus, sag ihm, er soll die Bücher bereitlegen.«

»Jawohl, Signore.« Farini verbeugte sich.

Schweren Herzens stieg Tomeo die Treppe in den ersten Stock hinauf und wanderte durch die leeren Räume. Im Flügel seiner Eltern waren die Zimmer bis auf die Bettgestelle und einige verschlissene Stühle vollständig ausgeräumt. In Federicos *studiolo* waren noch Teile der Bibliothek vorhanden, doch der Globus, viele Gemälde und Statuen fehlten. Die Gerichtsdiener hatten ganze Arbeit geleistet. Zuletzt betrat er Beatrices ehemaliges Schlafzimmer. Ein Strauß Trockenblumen stand in einem Krug auf dem Waschtisch, und an der Wand lehnte ein verhängtes Gemälde. Er zog das Tuch herunter und hielt den Atem an. Beatrices Porträt war von ergreifendem Realismus.

Der Maler hatte ihre Augen, ihr Gesicht mit all der Verletzlichkeit und Schönheit gefüllt, die Beatrice auszeichneten. Mein Gott, dachte Tomeo, das Bild musste im Sommer auf Matraia entstanden sein, und er hatte sie vorher in Lucca das letzte Mal gesehen. Auf dem Bild sah man die leichte Wölbung ihres Leibes. Er hatte vergessen, dass sie eine Tochter hatte. Wo war das Kind? Entschlossen ging er hinunter und rief nach dem *maestro*, der aus den Lagerräumen herbeieilte.

»Wo ist das Kind meines Bruders?«

Farini nestelte an seinem Rock und murmelte etwas, das Tomeo nicht verstand.

»Drück dich verständlich aus, Mann, oder ich helfe dir auf die Sprünge!« Seine Stimme nahm einen bedrohlichen Ton an, und er machte einen Schritt auf Farini zu.

»Rom«, stieß dieser leise hervor.

»Was? Warum? Muss ich dich erst prügeln?«

Angst flackerte in Farinis verschlagenen Augen auf. »Signor Federico hat Giulia nach Rom bringen lassen, weil er um ihr Wohl besorgt war.«

»War das während der Blatternepidemie?«

Zögernd gab Farini zu: »Schon vorher. Es gab Unstimmigkeiten zwischen ihm und der Madonna. Ich denke, dass er sie bestrafen wollte, indem er ihr das Kind nahm.«

Und seine eigene Mutter hatte einfach zugesehen, aber Federico war schon immer ihr Liebling gewesen. Was hatte Federico Beatrice noch angetan? »War das seine einzige Bestrafung?«

Farini biss sich auf die Lippen und spielte nervös mit seinem Gürtel. »Nun, sie durfte ihre Gemächer nicht verlassen, und die Zofe musste gehen. Aber die ist gern gegangen, wenn Ihr mich fragt, sie hat gleich einen Weber in der Via Guinigi geheiratet.«

»Ich frag dich aber nicht, du Wicht! Verschwinde! Geh mir

aus den Augen!« Der *maestro di casa* verschwand mit hochgezogenen Schultern, und Tomeo ging zu Agostino Nardorus ins Kontor. Der Mann hatte immer den meisten Verstand von allen Dienern besessen und würde ihm mehr über die Hintergründe der Katastrophe sagen können.

Während er durch die Lagerräume ging, fiel ihm der Mangel an Gewürzsäcken und Kisten mit Kunsthandwerk auf, die sonst immer hier zu finden gewesen waren. Im kleineren Kontor standen keine Schreiber an den Pulten, und die Regale für die Stoffballen waren leer. Den fleißigen Buchhalter fand Tomeo an seinem Stehpult. Mit zusammengekniffenen Augen studierte Nardorus Zahlenreihen in einem aufgeschlagenen Rechnungsbuch. Als er die Tür zuschlagen hörte, sah er auf, und ein Lächeln huschte über das schmale Gesicht.

»Signor Tomeo! Welche Freude!« Der schmächtige Mann mit den grauen Haaren verneigte sich und warf einen entschuldigenden Blick auf die leeren Regale und Tische. »Es tut mir leid, aber ich konnte nichts dagegen machen. Sie haben einfach alles mitgenommen, alles! Euer Onkel Leopoldo war hier, aber auch der konnte nichts retten. Er sprach von leergeräumten Konten und Schulden bei verschiedenen Banken, die mit den Waren und den Häusern kaum gedeckt werden könnten.«

Die Worte sprudelten aus Nardorus heraus, und seine ganze Haltung spiegelte sein Mitgefühl wider. »Erzähl mir alles, Nardorus.« Tomeo ließ sich in einen der noch verbliebenen Sessel fallen und hörte zu, wie der Buchhalter berichtete, was sich zugetragen hatte.

»Richtig schlimm wurde es, als die Madonna aus Matraia zurückkam. Plantilla hat mir von der schweren Geburt erzählt, bei der Mutter und Kind fast gestorben wären. Dass sie noch leben, ist nur dem persischen Medicus zu verdanken, aber den hat Euer Bruder auch fortgejagt. Dann musste die Madonna ihr ganzes Vermögen an Signor Federico abtreten, und danach habe ich sie nicht mehr zu Gesicht bekommen, weil er sie in ihre Räume gesperrt hat.« Nardorus seufzte. »Die Signora wurde krank, und dann überschlugen sich die Ereignisse.«

Tomeo starrte auf die Regale, in denen die Seiden-, Leinen- und Wollballen gelegen hatten, die sein Vater mit so viel Sorgfalt ausgesucht und verkauft hatte. Beatrice hatte die Liebe zum Tuchhandel geteilt, und er hatte gedacht, dass Federico sie deswegen geheiratet hatte. Sein Bruder musste vollkommen wahnsinnig geworden sein, oder aber er hatte sein wahres Gesicht gezeigt. Erschüttert legte er seine Stirn in die Hände und fragte: »Weiß jemand, wo Beatrices Tochter in Rom ist?«

Nardorus schüttelte den Kopf. »Ich dachte, er hätte sie dorthin gebracht, wo sein unehelicher Sohn erzogen wird. Aber ich weiß nicht, wo das ist.«

»Marcina, diese Hure! Ist sie mit ihm fort?« Marcina Porretta ließ ihren Sohn in Rom erziehen. Federico hatte dafür gezahlt. Aber wo sich der Junge aufhielt, wussten nur sie und sein Bruder.

»Ich nehme es an, Signore, aber Genaues weiß ich nicht, nur, dass man ihren Bruder Filippo Menobbi mit den anderen gehängt hat. Man munkelt, dass auch die Marchesa Connucci irgendwie beteiligt war, aber das sind nur Gerüchte. Die Pocken haben sie vorher erwischt.« Er hob die Schultern. »Wir, ich meine, die Dienerschaft erhält seit Wochen keinen Lohn. Was werdet Ihr unternehmen? Werdet Ihr alles verkaufen?«

Tomeo zuckte mit den Schultern. »Wie steht es um die Bücher?«

»Das Geschäft hier in Lucca hat immer schwarze Zahlen geschrieben. Wie es um die Filiale in Antwerpen steht, ist schwer zu sagen, weil ich seit vier Monaten keine Nachricht von Eurem Bruder Alessandro erhalten habe. Außer Forderungen nach Begleichung von Außenständen von belgischen und englischen Kaufleuten habe ich nichts gehört. Das ist eine Sache, die mir große Sorgen macht!« Nachdenklich sah Nardorus auf das Buch vor ihm. »So ein Jammer! Wir hatten ein wirklich gutes Jahr, und die Madonna hat mit den Webern Ugo und Lelo zwei hervorragende Männer gefunden. Wir hatten neue Muster entworfen und dafür sofort Abnehmer in Deutschland gefunden. Signor Rimortelli ...« Er brach ab und nickte traurig vor sich hin.

Tomeo stand auf und klopfte Nardorus auf die Schulter, die sich erschreckend mager unter dem Wams anfühlte. Spontan holte Tomeo fünf Scudi aus seinem Beutel und gab sie dem Buchhalter. »Geh nach Hause, Nardorus. Geh zu deiner Familie und koch ein gutes Essen. Nimm dir aus dem Keller einen Krug Wein mit, wenn noch welcher da ist, und trinkt auf mich.«

»Aber ...« Nardorus hob die Feder auf und legte seine Hand auf das Buch.

»Mach es zu. Ich spreche jetzt mit dem *gonfaloniere* und mit meinem Onkel, dann weiß ich mehr. Bis dahin können wir hier nichts tun.«

Nardorus nickte unglücklich. Vor dem Kontorfenster wurden Stimmen laut. Tomeo sah hinaus und entdeckte einen richterlichen Büttel vor dem Tor. »Verfluchtes Gesindel!«, schimpfte er und eilte nach vorn, wo der Beamte bereits im Hof stand und lautstark sein Recht forderte.

»Heda, ganz langsam!«, fuhr Tomeo ihn an. Farini, der die Tür geöffnet hatte, entfernte sich.

»Und wer seid Ihr, dass Ihr Euch der Amtsgewalt in den Weg stellt?« Der Beamte war einen halben Kopf kleiner als Tomeo, trug aber das Brustband der Justizbeamten stolz über seinem massigen Körper. Unter seiner Kopfbedeckung schauten strähnige graue Haare hervor, und in seinem Mundwinkel klebten Reste eines Mahls.

»Ich bin der Bruder des flüchtigen Federico Buornardi und werde mich um diese Angelegenheiten kümmern. Mein nächster Besuch gilt dem *gonfaloniere,* und bis ich zurück bin, wird hier nichts mehr aus dem Haus geholt!«

Gian Marco kam aus den Stallungen herbei.

»Du passt jetzt hier auf, Gian Marco. Niemand darf ohne meine Erlaubnis herein.«

»Jawohl, *capitano.*«

Obwohl Tomeo sich gern vorher umgezogen hätte, hielt er es für besser, den widersprechenden Beamten zur Tür hinauszubefördern und Mansi sofort aufzusuchen.

»Das dürft Ihr nicht! Ich habe einen richterlichen Beschluss zur Pfändung des Inventars«, entrüstete sich der beleibte Beamte, während er von Tomeo die Treppe hinunter auf die Straße geschubst wurde.

»Was wollt Ihr denn noch pfänden? Die Lager sind leer, die guten Möbel und die Pferde fort ... Trollt Euch, Mann.«

Wütend stapfte Tomeo durch die Straße, bemerkte die Blicke einiger Ladenbesitzer, die ihn zu erkennen schienen, und auch das Getuschel, wenn die Leute hinter ihm die Köpfe zusammensteckten. Sein Magen knurrte, als er über die Piazza San Matteo schritt, von der es nur noch einen Häuserblock bis zum Palazzo Mansi am westlichen Stadtrand war.

Im hohen Torbogen des Anwesens, das nach dem der Buonvisis zu den prächtigsten der Stadt gehörte, standen zwei Wächter mit blitzenden Brustpanzern und aufgestellten Spießen. Das Wappen der Familie Mansi prangte über dem Tor. Tomeo wurde ohne weiteres vorgelassen und in einen Salon geführt, dessen Wände mit riesigen flämischen Wandteppichen bedeckt waren. Im Kamin brannte ein Feuer, und davor saßen, in eine angeregte Unterhaltung vertieft, Lorenzo Mansi und Gadino del Connucci.

Der Marchese erhob sich sofort bei Tomeos Eintreten und kam ihm mit ausgestreckten Armen entgegen. »Mein Freund!« Er geleitete Tomeo zu einem freien Sessel am Kamin.

Lorenzo Mansi war um die fünfzig, von sehniger Statur und trug kurze graue Haare und einen gestutzten Bart. »Ich sehe, Ihr habt Euch der Mode angeschlossen ...«, sagte er und nickte Tomeo freundlich zu.

Dieser fuhr sich über seinen Bart. »Entschuldigt mein Auftreten, aber ich komme direkt aus Mailand. Wir sind wegen des Wetters zwölf Tage unterwegs gewesen, und ich war nur kurz in meinem Haus. Sagt mir, Gadino, was hat mein Bruder getan?«

Lorenzo winkte seinem Diener, der ein Weinglas und eine Platte mit Schinken, Brot, Datteln und Kuchen brachte. »Greift zu, Tomeo, Ihr seht mitgenommen aus.«

Der *gonfaloniere* lehnte sich zurück und nippte an seinem Wein, während der Marchese von den ungeheuerlichen Vorfällen am frühen Morgen des zweiten Januars berichtete. »Wir haben fast alle gefasst. Gottaneri hat niemanden verraten, er war ein hartgesottener Bursche, Valori auch und Quilici ...« Er grinste. »Eine Memme! Er hat sich, kaum dass er im Kerker saß, vergiftet. Menobbi, dieser verschlagene Hurensohn, hat nach zwei Stunden auf der Streckbank alles gesagt, was wir hören wollten. Seine Schwester hatte Glück, dass sie schon fort war. Ich nehme an, dass sie irgendwo auf dem Weg nach Rom auf Federico gewartet hat.« Connucci schlug die muskulösen Beine übereinander. Seine dunklen Augen verrieten keine Gefühlsregung, doch um seinen Mund zuckte es.

Der Marchese musste rasend vor Wut gewesen sein, als er

erfahren hatte, dass Marcina und Federico so tief in die Verschwörung verstrickt waren. Immerhin hatten sie über lange Zeit ein pikantes Dreiecksverhältnis gepflegt. Und Nardorus hatte angedeutet, dass auch die Marchesa in die Verschwörung verwickelt war. Aber das waren Dinge, die Tomeo den Marchese unter vier Augen fragen würde. »Gab es einen Kampf mit den päpstlichen Truppen?«

Lorenzo und Connucci lachten, und der *gonfaloniere* meinte: »Unser Marchese hat einen Boten nach Florenz geschickt, meinen dortigen Amtskollegen informiert und überall in der Stadt verbreiten lassen, was Alessandro de' Medici und sein päpstlicher Vater vorhaben. Niemand stand am zweiten Januar vor Luccas Toren!«

»Clemens streitet natürlich alles ab. Bischof Riario lässt sich gar nicht mehr in Lucca blicken, wo er doch so ein Aufhebens um den Tod Agozzinis gemacht hat ...« Connucci legte seine gepflegten Hände übereinander.

»Mein lieber Connucci!« Lorenzo Mansi trank ruhig seinen Wein. »Darüber müssen wir kein Wort mehr verlieren. Die Stadt verdankt Euch ihre Rettung!«

Offiziell war der Mord an Agozzini immer noch ungeklärt, aber Connucci und Mansi schienen eine stillschweigende Vereinbarung getroffen zu haben, nicht weiter an die Sache zu rühren. »Was wird aus meinem Besitz?«, fragte Tomeo.

Der *gonfaloniere* runzelte die Stirn. »Das Gesetz verlangt die Beschlagnahmung jeglichen Gutes von Hochverrätern. Da können wir bei Euch keine Ausnahme machen. So leid es mir tut, Tomeo.«

»Aber mein Anteil am Familienvermögen steht mir zu. Ich bin ein verdienter kaiserlicher *capitano*!«, erwiderte er hitzig. »Von meinem Bruder Alessandro in Antwerpen mal ganz abgesehen. Er steckt in Schwierigkeiten, aber das wird sich noch klären. Ist es nicht bitter genug, wenn ich alles verliere, den

Palazzo in Lucca, die Villa in Matraia und das gesamte Barvermögen?«

Der Marchese nickte. »Das ist ungerecht, Lorenzo, schließlich haben die Poggios auch nicht alles hergeben müssen, und Tomeo hat sich ebenfalls sehr verdient um Luccas Wohl gemacht.«

Mansi hob die Augenbrauen. »Ah! Da dieses Gespräch sowieso unter uns bleibt, solltet Ihr mir sagen, wer alles an Agozzinis Tod beteiligt war.«

»Averardo hat den Lockvogel gespielt, und Tomeo und Eredi Vecoli haben mich begleitet. Es musste getan werden, Signore. Damals hatten wir keine andere Wahl, um Ärgeres zu verhindern«, beteuerte Connucci.

»Trotzdem habt Ihr einen Frevel begangen. Unter den gegebenen Umständen wirkt sich das nicht zum Nachteil der Stadt aus, weil wir das Medici-Komplott aufgedeckt haben, aber der Bischof ist noch immer sehr verstimmt wegen dieser Sache.« Mansi kratzte sich den Bart.

»Bischof Riario ist nicht in der Position, den Rat unter Druck zu setzen, und Tomeo kann nichts für seinen verderbten Bruder«, sagte Connucci mit Nachdruck.

»Wir haben eine Seidenmanufaktur in Calascibetta auf Sizilien. Wurde die auch schon veräußert?«, fragte Tomeo.

»Nein.« Mansi räusperte sich. »Gut, Tomeo, ich werde die nötigen Papiere aufsetzen, dass mit der Versteigerung des Palazzo und der Villa die Schulden Federicos getilgt sind. Wenn trotzdem noch Außenstände bleiben, haben die Gläubiger das Nachsehen. Ihr könnt nicht für den Rest Eures Lebens für die Fehler Eures Bruders aufkommen. Außerdem besteht noch immer die Möglichkeit, ihn zu finden«, sagte Mansi grimmig und ließ keinen Zweifel daran, dass Federico keine Gnade zu erwarten hatte.

Tomeo erhob sich. »Danke, Lorenzo! Gadino …«

Doch er kam nicht weiter, denn der Marchese stand ebenfalls auf. »Ich begleite Euch, Tomeo. Es gibt da noch etwas, das ich Euch sagen möchte.«

Gemeinsam verließen sie den *gonfaloniere*, der seinem Ruf als ehrenhafter und gerechter Mann nachgekommen war. Tomeo war zufrieden, dass er den Besitz auf Sizilien behalten konnte. Die sizilianischen Maulbeerbaumplantagen waren ertragreich, und die Seide war von exzellenter Qualität. Wenn er sich mit der Produktion des edlen Gewebes vertraut machte, konnte er damit ein gutes Auskommen finden. Dieser Krieg würde der letzte sein, den er führte.

Connucci legte Tomeo einen Arm um die Schultern. »Ich habe immer gedacht, dass Ihr und Federico grundverschieden seid, aber wie verschieden, das konnte selbst ich nicht ahnen. Habt Ihr ein gutes Pferd?«

Erstaunt sah Tomeo ihn an. »Einen kampferfahrenen Braunen.«

»Ich dachte, Ihr vermisst vielleicht eine arabische Stute. Sie ist mir schon damals auf Matraia aufgefallen. Sie steht bei mir im Stall.«

»Wie viel wollt Ihr für das Tier?«

»Warum tauschen wir nicht einfach? Es gibt ein Bildnis in Eurem Besitz, das noch im Palazzo ist. Gebt es mir für die Stute.« Er sagte das leichthin, doch Tomeo kannte Connucci besser. Wenn dieser etwas wollte, war eine Bitte ein Befehl, und er war nicht in der Position, Bedingungen zu stellen. Da Connucci schon immer ein Auge auf Beatrice geworfen hatte, konnte es sich nur um ihr Porträt handeln.

»Welches Bild?«, fragte er trotzdem.

Sie traten auf die Straße und schlugen den Weg zu Connuccis Palazzo ein. »Beatrices Porträt. Pontormo hat es im Sommer auf Matraia gemalt. Ein sehr stimmungsvolles Werk. Ich denke, der Tausch ist fair.«

In Tomeo wuchs die Sorge um Beatrice. »In Ordnung. Sagt, Gadino, mir sind Gerüchte über Eure selige Gattin zu Ohren gekommen ...«

Der Marchese sog scharf die Luft ein. »Da Sesto war ihr Liebhaber. Das war mir nicht neu, aber dass sie es tatsächlich gewagt hat, über ihren Onkel den Kontakt zu Flamini herzustellen, hat mich überrascht. Sie war klug, und diese Intrige so einzufädeln, ohne dass Flamini hinter ihre Identität kam, war bravourös. Nun, sie hat es bereut. Aber niemand, nicht einmal ihre Familie weiß davon, und es wird auch niemand erfahren.«

»Natürlich nicht, und sie ist an den Blattern gestorben. Das war nicht unpassend ...?«

Gadino del Connucci sah ihn durchdringend an, und in diesem Blick lag so viel Hass, dass Tomeo sich über Bernardinas Ende keine Illusionen machte. »Noch wähnt sich Flamini sicher im Vatikan, aber glaubt mir, Tomeo, meine Rache kann warten«, sagte Connucci. »Wir sind in einer ähnlichen Situation, nicht wahr? Beide wurden wir von engsten Familienmitgliedern betrogen. Was werdet Ihr jetzt tun? Zurück nach Mailand gehen? Ich würde meinen Bruder töten.«

Genau, wie er seine Frau getötet hatte. Tomeo starrte auf die Straße, wo eine Greisin mit einem Karren vor ihnen herschlurfte. Wer den Marchese hinterging, konnte darauf zählen, dass die Vergeltung grausam war, aber Tomeo war nicht wie der Marchese. Er hatte zu oft getötet und kannte das Gefühl, wenn die Schwertklinge Fleisch zerschnitt, oder das Knirschen, wenn Sehnen und Knochen unter einem Schlag barsten. Mit seinem Bruder würde er auch einen Teil seiner selbst töten, und davor graute ihm.

An erster Stelle stand jetzt nicht seine Rache an Federico, sondern Beatrices Schicksal, doch er würde sich hüten, dem Marchese das zu sagen. »Ich habe den Auftrag, in Genua mit

Bourbon über Rekrutierungen zu sprechen. Vielleicht hat Sforza bis zu meiner Rückkehr aufgegeben, dann können wir das Castello ohne Blutvergießen einnehmen«, sagte er hoffnungsvoll.

»Wollt Ihr bei mir wohnen, solange Ihr in Lucca seid?« Sie waren nicht mehr weit vom Palazzo Connucci entfernt.

»Nein, ich kümmere mich um die Diener. Einige waren ihr ganzes Leben bei uns. Es tut mir leid um sie.«

»Wie Ihr meint. Bequemer hättet Ihr es bei mir, und Diener sind wie Unkraut, sie überleben.«

Darauf erwiderte Tomeo nichts, nahm kurz darauf die Stute entgegen, die ihn wiedererkannte und freundlich schnaubte, und war froh, als er allein zum Palazzo seiner Eltern zurückging. Gian Marco schien sich gut mit einer der jungen Dienerinnen unterhalten zu haben. Das hübsche Mädchen lief davon.

»Ist sie nicht niedlich? Sie heißt Nina.« Dann erblickte er das Pferd und pfiff durch die Zähne. »Das ist doch die Araberstute, die Ihr damals in Genua gekauft habt.« Er klopfte dem schönen Tier mit Kennermiene auf den Hals.

»Der Marchese hat sie mir zum Tausch angeboten. Für ein Bild.«

»Oh, das war aber großzügig von ihm.« Für Gian Marco standen gute Reitpferde eindeutig über Gemälden.

»Hm. Ich möchte dich bitten, das Bild gleich jetzt zum Palazzo des Marchese zu bringen. Dann bin ich ihm nichts schuldig.«

Er erklärte Gian Marco, um welches Bild es sich handelte, rief Farini, ihm ein heißes Bad richten zu lassen, und ging dann in die Küche. Die rundliche Köchin kam zu ihm und stellte sich als Plantilla vor. Es war tatsächlich lange her, dass er hier gewesen war. »Plantilla, du und die anderen, ihr habt sicher gehört, wie es um den Haushalt bestellt ist. Der Palazzo wird verkauft.« Die anwesenden Mägde und Küchenhilfen sahen ihn entgeistert an.

»Vielleicht übernimmt der neue Besitzer euch. Ich werde Nardorus mit euren Angelegenheiten betrauen und sehen, dass ihr den ausstehenden Lohn erhaltet. Ist genug für ein einfaches Abendessen im Haus?«

Plantilla nickte. »Hühnchen, Brot, eingelegte Oliven, und Wein ist noch im Keller, obwohl Farini sich das meiste geholt hat.«

Tomeo zog die Augenbrauen hoch. Ein Grund mehr, den unliebsamen Hausvorsteher zu entlassen. Zerschlagen von der Reise und den wenig erfreulichen Nachrichten legte Tomeo sich an diesem Abend zeitig schlafen. Er hatte viel zu regeln und wollte am nächsten Morgen als Erstes Beatrices ehemalige Zofe aufsuchen.

Morgendlicher Nebel hing über Lucca, und die Luft war feucht und kalt. Tomeo zog den Umhang fest um die Schultern und marschierte mit gesenktem Kopf durch die Straßen. Nach dem Bad und einer gründlichen Rasur fühlte er sich besser, doch Beatrices ungewisses Schicksal und die Gleichgültigkeit, mit der Connucci und der *gonfaloniere* es abtaten, verärgerten ihn. Vor einem schlichten Wohnhaus in der Via Guinigi hielt er an. Neben der Tür stand ein altes Spinnrad, und in den Türsturz war das Zunftzeichen der Weber eingelassen. Er klopfte an die Tür.

»Ja?« Eine junge Frau öffnete und trat erstaunt zurück, als sie ihn erkannte. »Aber das ... *capitano* Tomeo!«

»Ines?« Er erinnerte sich nur vage an die Zofe. Die Ehe schien ihr zu bekommen, wie ihr strahlendes Lächeln, ein hübsches blaues Kleid und die saubere Stube zeigten.

»Tretet ein! Ugo, wir haben Besuch.«

Er folgte ihr in die Stube, in der zwei große Webstühle standen, die noch nicht in Betrieb waren. Interessiert sah er sich die aufgezogenen Fäden und das bereits fertige Stück Tuch an.

»Das wird Mantelstoff. Gefällt Euch das Muster?« Eine Männerstimme hinter ihm ließ Tomeo aufsehen.

Meister Ugo deutete eine Verneigung an und betrachtete voller Stolz seine Arbeit. Verschiedene Braun- und Rosttöne bildeten den Grundton, auf dem sich seidig glänzende Lilien- und Blattornamente abzeichneten. Der große, kantige Mann mit den offenen Gesichtszügen, der so stolz auf seine Arbeit schien, gefiel Tomeo. »Sehr schön!«

»Darf ich Euch meinen Gemahl, Meister Ugo, vorstellen?« Ines kam mit einem Tablett, auf dem Becher und ein Krug mit warmem Gewürzwein standen, hinzu. »Er und sein Bruder Lelo haben im Frühjahr die Stoffe für Eure Villa in Matraia hergestellt. Aber wie können wir Euch helfen, *capitano*?«

»Ich bin auf der Suche nach Madonna Beatrice. Ist sie bei euch gewesen?«

Ines und Ugo warfen sich einen vorsichtigen Blick zu. »Nein«, sagte Ines.

»Ihr wisst, was geschehen ist?«

»Nardorus hat mir einiges erzählt. Ich bedaure das alles sehr, vor allem, dass Signor Federico mich fortgeschickt hat. Verzeiht mir, aber der Signore war grausam zu meiner Herrin, und sie hat ihm keinen Grund dazu gegeben.« Vorwurfsvoll sah sie Tomeo an.

»Ich weiß, Ines, leider kann ich nicht ungeschehen machen, was mein Bruder getan hat, aber ich möchte der Madonna helfen. Bitte, glaub mir!« Seine vom Krieg verhärteten Gesichtszüge wurden weich, als er über Beatrice sprach, und Ines glaubte seine ehrliche Absicht zu spüren.

»Ich habe den Schmuck ihrer Mutter und etwas Geld für sie zu Pater Aniani in San Frediano gebracht. Nach der letzten Messe habe ich mit ihm gesprochen, und er sagte, dass Beatrice die Sachen mitgenommen hat und mit einer Komödiantengruppe Richtung Perugia abgereist ist. Ein Mädchen namens Alba ist bei ihr.«

»Ich erinnere mich.« Im Garten hatte er Beatrice geholfen, Lorenzas Hunde von einer Katzenmutter mit ihrem Wurf zu vertreiben. Das Mädchen war dort gewesen. »Wie heißt die Truppe?«

»Das habe ich vergessen, irgendwas mit ›Vizio‹ oder so ähnlich.«

»Wie lange ist das her?«

»Oh, zwei Wochen mindestens. Sie will ihre Tochter in Rom suchen. Die Arme, dass er ihr das auch noch antun musste … Giulia war alles, was sie noch hatte.«

»Weißt du, wo in Rom?«

Ines schüttelte den Kopf. »Leider nicht. Am Schluss haben sich alle vor Signor Federico gefürchtet. Er konnte sehr aufbrausend sein.«

Abwesend schaute Tomeo auf den fein gewebten Stoff. Marcinas Bruder war tot, und außer Filippo wusste wohl kaum jemand in Lucca, wo Federicos Bastard in Rom erzogen wurde. Oder doch? Der Marchese war Marcinas Geliebter gewesen. Vielleicht hatte sie mit ihm darüber gesprochen. Ausgeschlossen war es zumindest nicht. Federicos finanzielle Mittel mussten äußerst beschränkt sein. Was hatte er in Rom vor? Tomeo verabschiedete sich von Ines und Meister Ugo und machte sich auf den Weg zum Palazzo Connucci, der nicht weit von der Via Guinigi entfernt lag. Bevor er der Komödiantentruppe nach Perugia folgte, würde er noch einiges zu klären haben.

XXXI
Der Auftrag des sicario

Der schlanke Mann mit dem dunklen Umhang war kaum mehr als ein Schatten in der Loggia della Cosmografia. Die umhereilenden Priester und päpstlichen Beamten schienen ihn nicht wahrzunehmen, und niemand sah sich nach ihm um, als er in das Vorzimmer Flaminis trat. Der Abbreviator sah auf und erhob sich sofort, um ihn seinem Vorgesetzten zu melden.

»Der, den Ihr erwartet, ist gekommen.« Doch als sich der Beamte umdrehte, stand der *sicario* bereits hinter ihm im Raum.

Flamini entglitt das Petschaft, das geräuschvoll über den Tisch rollte und mit klirrendem Ton auf die Fliesen fiel. »Könnt Ihr das nicht lassen? Ich erschrecke mich jedes Mal zu Tode, wenn Ihr wie ein Geist hier herumschleicht.«

Ein schmales Lächeln huschte über die Lippen des *sicario*. »Danke, Euer Eminenz.« Er fasste Flaminis Worte als Kompliment auf, denn der Tod war sein Geschäft, und dazu wäre es von Nachteil, wenn man ihn schon von weitem bemerkte.

»Was?« Nervös bückte sich der Geheimsekretär nach dem Siegelstempel und legte ihn in eine Schale auf dem Tisch. »Setzt Euch.«

»Ich stehe lieber, eine Berufskrankheit, danke, Eminenz.« Das undurchdringliche Gesicht blieb im Halbschatten, wo der *sicario* ruhig auf die Befehle Flaminis wartete.

Flamini stand auf und kam um den reich mit Schnitzereien verzierten Schreibtisch herum. Seine stechenden Augen musterten kurz den *sicario* und fixierten dann das Fenster. Mit auf dem Rücken verschränkten Händen wippte er eine Weile auf den Fußspitzen hin und her. »Wir sind nicht zufrieden!«

Der *sicario* schwieg, denn seine Aufgabe hatte er erfüllt. Für das Versagen des Sekretärs Mari konnte er nichts.

»Ihr hättet besser auf Mari aufpassen müssen!«, entfuhr es Flamini.

»Ich hatte den Auftrag, den Drahtzieher der Verschwörung zu finden, und das habe ich getan. Die Marchesa Connucci ist tot.«

Wütend wirbelte Flamini herum. »Ja, aber jetzt werde ich erpresst. Jemand aus Lucca hat Alessandro de' Medicis Brief, der im Dom übergeben wurde, und will ihn dem Kaiser zuspielen, wenn ich nicht innerhalb von zehn Tagen die irrsinnige Summe von zweitausend Scudi aufbringe. Ihr müsst diese Person finden, eliminieren und den Brief sicherstellen!«

Seine Heiligkeit würde außer sich sein, wenn der Brief in die Hände Karls V. gelangte. Alle Beteuerungen von Clemens, dass er mit dem Komplott nichts zu schaffen hatte, wären dann als Lügen enttarnt, und auch auf die Morone-Pescara-Affäre würde das ein anderes Licht werfen. Die Verhandlungen zwischen Franz und Karl schienen zu einer Einigung zu führen, und ein Friede kam endlich in Sicht. Aber dieser Brief konnte das gesamte Kartenhaus aus Versprechungen und Verträgen zusammenstürzen lassen. »Habt Ihr einen Verdacht?«

»Ich?« Flamini stellte sich mit geballten Fäusten vor den *sicario*, der die knollige Nase und die vernarbte Gesichtshaut des Geheimsekretärs allzu deutlich erkennen konnte. »Das ist nicht meine Aufgabe! Ihr werdet dafür bezahlt, so etwas herauszufinden, wenn Ihr es noch nicht wisst!«

Flaminis Atem roch faulig, und der *sicario* trat einen Schritt zurück. »Seid vorsichtig, Eminenz. Vergesst nicht, wen Ihr vor Euch habt«, sagte er gefährlich ruhig und leise.

Doch Wut und Angst machten Flamini haltlos. »Ihr wagt es, mir zu drohen? Ihr seid Abschaum aus der Gosse! Von Eurer Sorte gibt es Hunderte, und wenn es mir beliebt, lasse ich einen anderen auf Euch ansetzen!«

Die schmalen Augen des *sicario* verengten sich kurz, seine Nasenflügel bebten. »Ich bin nicht der Einzige in diesem Zimmer, der aus der Gosse stammt, und ich bin der Beste meiner Zunft. Deshalb habt Ihr mich angeworben, oder nicht, Eminenz?«

Die Stimme des *sicario* war leise, doch sie schnitt schärfer als eine Damaszenerklinge und brachte Flamini zur Besinnung. »Verzeiht. Ich bin nicht Herr meiner selbst, seit ich diesen elendigen Erpresserbrief erhalten habe. Also …« Der Geheimsekretär ging zu einem Kassettenschrank hinter seinem Tisch und nahm einen Lederbeutel mit Goldmünzen heraus. Davon legte er zehn auf den Tisch. »Die anderen zwanzig bekommt Ihr nach erfolgreicher Arbeit.« Er ließ den Beutel klirren und verstaute ihn wieder im Schrank.

»Zwanzig jetzt und dreißig nachher«, sagte der *sicario*. »Das ist immer noch wenig im Vergleich mit zweitausend Scudi und der Aussicht auf weitere Erpressungen.« Er kannte den Geheimsekretär. Wo immer Flamini konnte, versuchte er, Profit für sich herauszuschlagen.

Flamini überlegte nicht lange, sondern legte weitere zehn Goldstücke dazu. »Zeigt mir, dass Ihr Euren Preis wert seid, und ich verdopple die Summe.«

Der *sicario* steckte das Geld ein. »Der Erpresser soll hier in Rom sein, ich habe so was läuten hören, und es kommt nur jemand aus Lucca in Frage. Mari hat da Sesto den Brief im Dom ausgehändigt. Da Sesto war in Begleitung von Filippo Menobbi. Zusammen sind sie zur Marchesa gegangen. Alle drei Personen sind tot. Aber die Schwester von Menobbi und ihr Liebhaber, ein gewisser Buornardi, sind entkommen. Wenn sie in Rom sind, finde ich sie.«

»Dann geht, in Gottes Namen!«

Mit einem kaum hörbaren Lachen verließ der *sicario* das Büro des Geheimsekretärs, der im Namen Gottes Verbrechen begehen ließ, für die ein normaler Bürger im Höllenfeuer landete. Aber vielleicht wurden einer Eminenz, die im Vatikan lebte, automatisch alle Sünden erlassen. Und dann waren seine Sünden, weil sie ja mit dem Geld des Heiligen Vaters bezahlt wurden, womöglich gar keine Sünden? Wieder lachte der *sicario* und sah in die befremdeten Gesichter einiger Geistlicher, die mit ernsten Mienen über die Flure wandelten. Und wen habt ihr gerade bestochen, damit eine aufmüpfige Geliebte oder ein lästiger Gläubiger umgebracht wird? Der *sicario* eilte durch die weitläufigen Gänge des Vatikanischen Palasts und war froh, als er nach draußen und über die Treppe hinunter zur Baustelle von Sankt Peter laufen konnte. Dabei interessierten ihn weder die Schönheiten der Architektur noch die Marmorsäulen und Statuen, die in den bedeckten Winterhimmel aufragten.

Nieselregen durchnässte seine Kleidung, und er verfluchte den Winter. Mit genügend Geld konnte er sich irgendwo ein kleines Anwesen kaufen und diesen Sündenpfuhl von einer Stadt hinter sich lassen. Aber noch hatte er nicht genügend Vermögen zur Seite geschafft, um davon leben zu können, und deshalb musste er sich jetzt hinunter an den Tiber begeben, in die Ripa, das Viertel am Hafen, wo neben Gütern auch Nachrichten umgeschlagen wurden. Mit den richtigen Kontakten und genügend Geld erfuhr man hier faktisch alles, was in Rom vor sich ging, und wenn jemand aus Lucca in Rom war und einen Erpresserbrief an den Vatikan geschickt hatte, dann gab es auch irgendeine verfluchte Seele, die davon wusste.

Mit der Geschmeidigkeit einer Gazelle lief er den Kapitolshügel hinunter, sprang über Säulentrümmer und kam kurz darauf am Tiberufer an. Der Fluss schäumte grau zwischen den Ufern, und wenn die großen Regenfälle einsetzten, würde er wieder alles überschwemmen. Er winkte einen Bootsführer heran. Der derbe Mann mit den kurz geschorenen Haaren besaß einen alten Frachtkahn, mit dem er Waren den Fluss hinauf- und hinunterschipperte. Sie kannten sich, und der *sicario* machte nur eine fragende Handbewegung, in welche Richtung der Kahn unterwegs war, erhielt eine befriedigende Antwort und sprang auf die feuchten Planken.

»Eh, wohin?«, fragte der Schiffer.

»Ponte Santa Maria.« Der *sicario* gab ihm ein paar Münzen und setzte sich auf einen Stapel Säcke.

XXXII
»I Viziosi«

Seit einigen Tagen reisten sie nun durch das Casentino, das sie nach Aufenthalten in Settignano und Pontassieve und einer strapaziösen Wegstrecke durch die Berge über den Consumapass erreicht hatten. Beatrice ging das alles viel zu langsam, und sie hoffte bei jedem Aufenthalt in einem der kleinen Orte, dass die Truppe keine Gelegenheit zum Auftreten fand, damit sie sofort weiterreisen konnten. Doch die Leute schienen begierig darauf, die Schauspieler zu sehen, waren sie doch eine der seltenen Abwechslungen während des Winters, und so machten sie Station in Stia, Pratovecchio, Poppi und dem Marktstädtchen Bibbiena. Alle Orte lagen entlang des Arno, der durch das malerische Casentino zwischen zwei Gebirgszügen hinunter nach Arezzo floss. Der Wagen ruckelte über die Straße, die diesen Namen kaum verdiente, da sie voller Schlaglöcher und Steine war. Deshalb wunderte sich Beatrice nicht, als sie plötzlich schräg nach hinten wegsackten und Vito laut fluchte.

Bianca, die auf der Pritsche hinter dem Vorhang geschlafen

hatte, rollte auf den Boden und schrie auf. Mina lachte, zog sich einen Umhang über und öffnete die Tür. Beatrice und Alba folgten ihr nach draußen, um sich den Schaden anzusehen. Die Luft war kalt und klar, zumindest regnete es nicht, und der Boden war gefroren, so dass sie nicht durch knöcheltiefen Matsch zu waten brauchten, wie meistens.

Matteo sprang von seinem Pferd. »Wie geht es Euch, Madonna? Habt Ihr Euch inzwischen an das Leben auf Rädern gewöhnt?« Seine Wangen waren gerötet, und er strahlte sie freundlich an. Dass die Frauen seinem Charme erlagen, war verständlich, denn er machte nicht nur auf der Bühne eine gute Figur. Alba zupfte immer ganz verzückt an ihrem Kleid, wenn sie ihn sah.

»Nicht wirklich. Ich bin wohl ein verwöhntes Stadtpflänzchen. Aber das heißt nicht, dass ich Euch nicht dankbar bin und Eure und die Gesellschaft Eurer Leute nicht genieße!« Beatrice kuschelte sich in ihren pelzgefütterten Umhang und sah neugierig auf das gebrochene Rad.

Vito trat wütend dagegen. »Unser Ersatzrad macht es noch bis zur nächsten Ortschaft, aber dann brauchen wir einen Stellmacher, der uns zwei neue Räder fertigt, sonst bleiben wir bald wieder irgendwo liegen.«

Ein Pferd schnaubte, und Battista hielt es mit Mühe zurück. »Da vorn liegt Pieve Socana. Bis Sonnenuntergang sind es ungefähr zwei Stunden. Es gibt einen Gasthof dort. Was meinst du, Matteo, soll ich hinreiten und Zimmer für uns bestellen? Eine bequeme Nacht und ein gutes Essen würden uns allen guttun.«

»Ah, dir ist mein Essen nicht gut genug, was?«, keifte Mina.

»Deine Grütze erweckt Tote zum Leben und Lebende ...«, doch bevor Mina ihn erreichen konnte, gab er seinem Pferd die Sporen und trabte davon.

Matteo und Paolo halfen Vito beim Auswechseln des Rades. Die Frauen vertraten sich derweil die Beine, und Alba hüpfte wie ein junges Fohlen herum. Ihr schien die Reise mehr als allen anderen zu gefallen, was daran liegen mochte, dass sie noch nie weiter als bis Matraia gefahren war.

Eine Reisegruppe zog an ihnen vorüber. Die Kaufleute kamen aus Neapel und waren auf dem Weg nach Florenz. Höflich boten sie ihre Hilfe an, doch Matteo lehnte dankend ab. »Wir sind schon so gut wie auf dem Weg, meine Herren. Habt Dank und eine gute Reise!«

Die mit Pelzmänteln gekleideten und von einem Dutzend Bewaffneter begleiteten Männer grüßten und setzten ihre Reise fort. Seufzend dachte Beatrice beim Anblick der Kaufleute an ihre Eltern und starrte dem wohlbepackten Tross hinterher. Jemand berührte sie am Ärmel.

»Ihr seid viel zu traurig, Madonna. Das Leben geht weiter. Carpe diem!« Matteo breitete die Arme aus und ließ den Kopf in den Nacken fallen. »Schaut Euch den wundervollen Himmel an. Der Mond steht dort schon in seiner silbernen Schönheit und leuchtet einer weiteren Nacht voller Mysterien ...« Seine Stimme sank zu einem rauen Flüstern. »Genug, o genug! Die Stadt stirbt dahin, der Streit sei beendet, o lasset ihn ruhn ...«

Bianca gab Matteo einen Schubs. »Hör schon auf, die arme Madonna mit deinen Versen zu belästigen! Pack lieber mit an, damit wir endlich die Gastwirtschaft erreichen.«

»O schnöder Unverstand! Madonna, hört nicht auf sie, diese edlen Verse stammen aus dem wunderbaren Werk ›König Ödipus‹ von Sophokles, das wir übrigens in Perugia geben werden. Jawohl! Wir spielen eine Tragödie! Ihr müsst einfach bis Perugia mitkommen. Ich bewundere den großen Trissino, der ›La Sofonisba‹ geschrieben hat. Ein großes Werk!«

»Eh, halt die Klappe, Matteo, und fass mit an!« Vito

schnaufte, während er versuchte, das neue Rad auf die Achse zu setzen.

Der Mond stand in voller, bleicher Schönheit am Nachthimmel und war die einzige Lichtquelle auf der Straße nach Pieve Socana, doch Tomeo hatte von einer Gruppe Kaufleute erfahren, dass die Komödiantengruppe nicht weit von dem Ort entfernt eine Wagenpanne gehabt hatte. Die Chancen standen gut, dass die Schauspieler dort für die Nacht Quartier gesucht hatten, und er war zum ersten Mal seit Tagen voller Hoffnung. Sein Pferd spürte Tomeos steigende Nervosität und schnaubte.

»Ruhig, Nurun, ruhig!« Er tätschelte den Hals der edlen Araberstute und gab ihr mehr Zügel. In den Bergen hatte er mehrmals Angst um die Stute gehabt, doch sie hatte sich widerstandsfähiger gezeigt, als man es von einem Pferd, dessen Heimat die Wüste war, erwartet hätte.

»Da vorn ist es, *capitano*!« Gian Marco hatte dank seiner besseren Augen einige Lichter in der Dunkelheit ausgemacht.

Sie ritten näher und fanden hinter einem alten römischen Wachturm, der nicht besetzt schien, einen Gasthof. Der Ort selbst war kaum mehr als eine Ansammlung von Häusern unterhalb einer kleinen Kirche, zu der auch der Wachturm gehörte. Sie ritten den teils gepflasterten Weg zum Hof hinauf, über dessen Tür ein kaum lesbares Schild hing. Das Haus war zweistöckig, und aus den Fensteröffnungen klangen Stimmengewirr und Musik.

»Albergo U...«, versuchte Gian Marco zu entziffern. »Na, immerhin können wir eine Mahlzeit und eine Unterkunft erwarten. Scheint Betrieb zu sein.«

Sie stiegen ab und führten die Pferde um das Haus herum, wo sie den Stall vermuteten. Hier pfiff Gian Marco durch die

Zähne. »Nun seht Euch das an! Wenn das nicht unser Glückstag ist!«

Im Licht einer Fackel sahen sie einen Wagen mit der Aufschrift »I Viziosi«. Tomeo atmete tief ein. Er wusste nicht, wie sie auf sein Kommen reagieren würde. Darüber hatte er nicht nachgedacht, als er sich entschieden hatte, sie zu suchen. Plötzlich fühlte er sich sehr unsicher und wusste nicht mehr, ob es überhaupt richtig gewesen war, ihr zu folgen.

»Heda, wir suchen ein Nachtquartier. Habt Ihr eine Kammer für uns?«, fragte Gian Marco einen jungen Mann, der aus dem Stall kam.

»Ich bin nur der Stallknecht, aber Ihr könnt mir die Pferde anvertrauen und hineingehen. Wir sind nicht ausgebucht, soweit ich weiß. Außer ein paar Schauspielern sind nur zwei Kaufleute und vier Pilger da.«

Der Mann machte einen zuverlässigen Eindruck, und sie übergaben ihm die Tiere, nachdem sie ihr Gepäck von den Sätteln gelöst hatten. »Was ist mit Euch, *capitano*? Ihr seht so blass aus. Wir sollten nach einem heißen Bad für Euch fragen.«

Tomeo nickte und folgte seinem Burschen in die warme Gaststube. Musik und Gesang empfingen sie, zusammen mit dem Duft gebratenen Fleisches und frisch gebackenen Brots. An einfachen Holztischen saßen die Gäste: Die Pilger waren an ihren langen Kutten und den gebogenen Stäben sofort zu erkennen, und die beiden Kaufleute fielen durch Wämser aus feinem Brokat und goldene Ringe an den Händen auf. Sehr unvorsichtig, so mit dem Geld zu protzen, dachte Tomeo, bevor sein Blick auf die muntere Schauspieltruppe an einem großen Tisch am Ende des Raumes fiel.

Schankmägde trugen zwei voll beladene Tabletts mit Speisen und Weinkrügen durch den Raum, und hinter einem rustikalen Holztresen stand ein älterer, wohlbeleibter Mann, der die beiden Neuankömmlinge fröhlich hereinwinkte. »Guten Abend, Signori! Tretet näher, bei Alberto seid Ihr immer willkommen!«

»Wir brauchen einen Schlafplatz, ein heißes Bad für meinen *capitano* und ein anständiges Essen«, sagte Gian Marco forsch.

»Ein *capitano*? Ich gebe Euch ein schönes Zimmer im ersten Stock und eine Kammer für Euren Burschen. Ein Badehaus haben wir auch!«, sagte Alberto mit sichtlichem Stolz. »Eine der Mägde wird Euch nach dem Essen ein Bad einlassen. Wäre das nach Eurem Geschmack?«

Tomeo nickte und konnte die Augen nicht von den blonden Haaren der zierlichen Frau wenden, die mit dem Rücken zu ihm in der Ecke saß.

»Dann setzt Euch dort rüber. Wir bringen Euch von unserem *arista*, dann gibt es Kutteln und Gebäck. Dazu einen Roten, Signori?«

Gian Marco nickte begeistert. »Ihr seid ein Mann so ganz nach meinem Geschmack, Alberto!«

Der Wirt lachte und gab seinen Mägden entsprechende Anweisungen.

Tomeo ließ sich mit Gian Marco zwei Tische hinter den Schauspielern nieder. Eine dralle Blondine sang, und ein Jüngling begleitete sie auf einer Laute. Beatrice befand sich neben Alba in angeregter Unterhaltung mit einem gutaussehenden Mann, der seiner theatralischen Art nach der Chef der Truppe sein musste.

Ein Knecht hatte ihre Umhänge und Taschen mitgenommen, und eine brünette Magd mit ausladendem Dekolleté brachte ihnen Wein und Oliven. Gian Marco konnte sich nicht enthalten, mit dem Mädchen zu flirten, das nicht abgeneigt schien und ihn in die Wange kniff.

»Habt Ihr das gesehen? Das verspricht eine schlaflose

Nacht zu werden …«, meinte Gian Marco voller Vorfreude und rieb sich die Hände.

Tomeo hatte nicht zugehört, sondern starrte weiter zu den Schauspielern hinüber, bis Matteo bemerkte, dass er beobachtet wurde, Beatrice anstieß und sie darauf aufmerksam machte. Als sie den Kopf wandte, hielt Tomeo den Atem an. Sie war dünner geworden, und ein trauriger Zug lag um ihren Mund, doch ihre fragile Schönheit rührte ihn sofort, und er formte ihren Namen stumm mit den Lippen. Matteo runzelte die Stirn, als er aufstand und zu ihr ging.

Beatrice konnte nicht glauben, dass er hier war. Ihr Herzschlag verdoppelte sich, und sie legte die Hand auf ihren Leib, um sich zu beruhigen. Mein Gott, was brachte ihn in diese abgelegene Gegend? Er sah blendend aus, soldatischer vielleicht, doch in seinen Augen war dasselbe warme Leuchten wie damals im Garten des Palazzo Buornardi. Es schien eine Ewigkeit her zu sein, dass sie ihn gesehen hatte. So viel war inzwischen geschehen, und doch brachte er eine Saite in ihr zum Klingen, wie es niemand sonst je vermocht hatte. Alles, was gut und schön gewesen war in ihrem Leben, war vergangen oder zerstört, aber er war ein Teil der guten Erinnerungen. Sie stand auf, hörte nicht, was die anderen sagten, und fühlte, wie die Tränen ihre Wangen herunterliefen, als sie auf ihn zutrat.

»Tomeo« war alles, was sie sagen konnte, bevor er sie in die Arme nahm und an sich drückte. Seine Kleidung roch nach Pferd und Mann. Sie legte den Kopf an seine Schulter und weinte, während er sie hielt und beruhigende Worte murmelte. Nachdem sie sich gefasst hatte, hob sie den Kopf und küsste ihn auf die Wangen. »Wie, um alles auf der Welt …?«

Zärtlich strich er ihr über die nassen Wangen und küsste sie auf die Stirn. »Wollt Ihr mich Euren Begleitern vorstellen? Ich fürchte, sie missverstehen unser Wiedersehen …«

Matteo und die anderen hatten sie die ganze Zeit über nicht aus den Augen gelassen und begrüßten Tomeo höflich, nachdem Beatrice ihn vorgestellt hatte.

»Was treibt einen *capitano* der kaiserlichen Armee in diesen entlegenen Winkel der Toskana?«, fragte Matteo und musterte ihn ungeniert.

»Verschiedenes, unter anderem die Sorge um meine Schwägerin, von deren unglücklichem Schicksal Ihr vielleicht wisst …«, antwortete Tomeo zurückhaltend.

»Mein Schwager würde sich einen Dreck um mein Wohlergehen scheren …«, sagte Bianca, die zu singen aufgehört hatte und sich Tomeo mit all ihrer Pracht präsentierte.

»Deine Schwester ist doch gar nicht verheiratet und hat fünf Kinder von fünf verschiedenen Männern!«, frotzelte Battista, und alle lachten.

»Gar nicht wahr. Sie ist eine ehrbare Frau und hat einen Müller zum Mann!« Schmollend schürzte Bianca die Lippen und stemmte die Hände in die Hüften.

Battista schlug ihr auf den Hintern. »Reg dich nicht auf, Süße.«

»Wollen wir uns nicht setzen? *Capitano*, sagt Eurem Burschen, er soll auch herüberkommen, dann essen wir gemeinsam«, sagte Matteo mit einladender Geste.

Tomeo fügte sich, obwohl er Beatrice lieber allein gesprochen hätte, doch sie war auf diese Leute angewiesen. Also setzte er sich neben Beatrice auf die Bank, winkte Gian Marco herüber, der sofort ein Gespräch mit Bianca begann und damit den hübschen Battista verärgerte, doch das war seine Sache. Sollte er sehen, wie er zurechtkam.

Das Essen wurde aufgetragen, und Tomeo bestellte für die Schauspieler, die bereits gegessen hatten, Wein und Bier.

»Zum Wohl, *capitano*!« Matteo prostete ihm zu. Sein grünes Wams war mit goldenen Ornamenten bestickt, und die weißen Hemdsärmel flatterten, wenn er ausschweifende Bewegungen machte, was er ständig tat. »Wo steht Italien? Was haben wir zu erwarten? Papst oder Kaiser oder gar die Franzosen?«

»Wo stehen die Italiener? Wenn sie nicht so wankelmütig und selbstherrlich wären, gäbe es diesen Krieg nicht. Denn dann hätten sich weder die Franzosen noch die Spanier in Mailand festsetzen können. Sforza, dieser kleine Wurm, verschanzt sich in seinem Castello und hofft noch immer, dass ihm die Franzosen zu Hilfe kommen. Frieden wird es nicht geben, das kann ich Euch versichern – leider. Und zu verdanken haben wir das einzig und allein Clemens.« Tomeo leerte seinen Becher. Nichts war diesem Papst heilig. Wenn er eine Möglichkeit sah, eine Situation zu seinem Vorteil zu wenden, dann verriet er die ehrenhaftesten Männer, ohne mit der Wimper zu zucken. Selbst vor Lucca hatte der Papst nicht Halt gemacht. »Was wisst Ihr schon? Ihr spielt für jeden, der Euch bezahlt, oder nicht? Würdet Ihr es ablehnen, für einen Fürsten zu spielen, von dem Ihr wisst, dass er gerade sein Land verraten hat?« Die Wut stieg in ihm auf. Er hatte es satt: die widersprüchliche Politik, den Wankelmut der Menschen und die Grausamkeit des Krieges. »Habt Ihr gekämpft, auf einem Schlachtfeld knöcheltief im Blut gestanden? …«

Beatrice legte ihre Hand auf seine. »Ich glaube nicht, dass Matteo Euch zu nahe treten wollte. Ich denke, dass wir nur neugierig auf den Stand der Dinge sind, aber ich kann verstehen, wenn Ihr nicht darüber sprechen wollt.«

Er wollte nicht, dass sie ihre Hand wieder fortnahm, doch sie lächelte und forderte Matteo auf, etwas zu singen. »Matteo, warum singt Ihr nicht das schöne Duett, das Ihr in Bibbiena vorgetragen habt? O bitte, das war wundervoll!«

Matteo stand auf, ohne Tomeo anzusehen, und stellte sich neben Bianca. Battista begleitete sie auf der Laute, und die melancholische Melodie des Liebesduetts füllte den Raum des Gasthofs. Auch die anderen Gäste lauschten verzückt.

Müde legte Tomeo den Kopf zurück und sagte leise zu Beatrice: »Tut mir leid. Ich weiß nicht, was in mich gefahren ist, aber die Sache mit Federico, unser Palazzo, der Tod meiner Mutter ...« Er fuhr sich durch die Haare. Neben ihr zu sitzen, ohne sie berühren zu dürfen, war mehr, als er ertragen konnte. »Wann reist Ihr morgen weiter? Ich muss vorher allein mit Euch sprechen.«

Sie sah ihn lange an – die kleinen Falten um seine Augen, die harten Linien um Mund und Nase, die tiefer geworden waren, seit sie ihn das letzte Mal gesehen hatte, die Grübchen, wenn er lachte, was er jetzt viel zu selten tat, und seine starken Hände, die sie sich zärtlich auf ihrer Haut vorstellte. In seinen Augen lag so viel Traurigkeit und gleichzeitig so viel Wärme, dass sie den Wunsch verspürte, ihn mit ihren Küssen, ihren Zärtlichkeiten zu trösten, damit er vergessen konnte. Vielleicht konnte dann auch sie vergessen ...

»Madonna!« Matteos Stimme schreckte sie auf. »Wollt Ihr tanzen?«

Verlegen schlug sie die Augen nieder und reichte Matteo ihre Hand. Später, formte sie stumm mit den Lippen zu Tomeo, der aufstand und sich mit einer Verneigung verabschiedete.

»Euer Schwager ist ein merkwürdiger Mann, etwas empfindlich dafür, dass er Soldat ist.« Matteo drehte sie im Takt der Musik, die jetzt von Battista und Paolo auf der Flöte gespielt wurde.

»Er hat viel durchgemacht«, sagte sie leise.

Bianca tanzte mit Gian Marco, Mina mit einem der Kaufleute, und Vito forderte Alba mit einer eleganten Verbeugung auf, woraufhin das Mädchen glücklich kichernd über die Dielen hüpfte. Der Wirt hatte Beatrice versprochen, dass sie das

Badehaus benutzen durfte. Sie verabschiedete sich von der Gruppe und sagte beim Hinausgehen zu Tomeo: »Kommt nachher zum Badehaus. Dort können wir ungestört reden.«

Das Badehaus befand sich im Erdgeschoss neben den Stallungen und war zu Beatrices Freude im römischen Stil erbaut. Eine Magd öffnete ihr die Tür, aus der ihnen heißer Dampf entgegenschlug. An einer Wand war eine Marmorbank in einen Mauerabsatz eingelassen. In der Mitte des Raumes stand ein großer Zuber mit heißem Wasser.

»Wir haben das einzige Badehaus bis Arezzo. Ich komme nach einer Stunde wieder, weil noch jemand von den Gästen baden wollte.«

Die Tür schlug hinter der Magd ins Schloss. Sie hatte Beatrice eine Öllampe und zwei Kerzen dagelassen. Beatrice legte ihre Kleider auf die Marmorbank und stieg in den Zuber, der groß genug war, dass sie ihre Beine darin ausstrecken konnte. Solchen Luxus hatte sie seit Lucca entbehren müssen. Lucca. So viel war geschehen. Ihre Finger strichen über die wulstige Narbe auf ihrem Bauch. Die Schmerzen der Geburt waren nichts im Vergleich mit ihrer Sorge um Giulia. Im Hintergrund hörte sie die Musik, die irgendwann verstummte. Wie lange sie so gelegen hatte, hätte sie nicht sagen können. Das Knarren der Tür weckte sie aus ihrer Lethargie. »Wer ist da?«

Sie erhielt keine Antwort. Ängstlich stand Beatrice auf und tappte im Halbdunkel nach ihrem Umhang. Als sie sich verhüllt hatte, drehte sie sich um und erkannte einen Mann, der bewegungslos an der Tür stand und sie anstarrte.

»Hinaus! Was fällt Euch ein!«

Der Mann bewegte sich, und für eine Sekunde dachte sie, dass es Federico sei. »O barmherzige Mutter Gottes ... Tötet mich, aber sagt mir vorher, dass es meiner Tochter gut geht ...«

»Beatrice«, sagte der Mann und trat aus dem Schatten hervor.

»Ihr habt mich zu Tode erschreckt!« Immer noch von Furcht beherrscht, stolperte sie einen Schritt rückwärts und wollte sich an der feuchten Wand festhalten, doch ihre Hand glitt ab. Mit zwei Schritten war Tomeo bei ihr und fing sie auf, bevor sie zu Boden fallen konnte.

»Ihr müsst gehen, Tomeo«, flüsterte sie, machte aber keinen Versuch, sich aus seiner Umarmung zu befreien.

Unter dem Umhang konnte er die Konturen ihres zarten Körpers fühlen, und er schloss die Augen, während er sie an sich gedrückt hielt. »Was ist geschehen? Wie seid Ihr aus Lucca geflohen? Was hat Federico getan?«

»Er hat alles zerstört, alles ...« Die Ängste und Qualen der letzten Monate brachen aus ihr heraus, während sie Tomeo erzählte, was seit Matraia geschehen war.

Fassungslos hörte er zu, fragte gelegentlich nach und streichelte beruhigend ihren Rücken, wenn sie wieder zu weinen begann. »Bastard!«, fluchte Tomeo zwischen den Zähnen.

Beatrice nahm den Kopf von seiner Schulter und wischte sich die Wangen. »Ich habe ihn mehr als einmal zur Hölle gewünscht, aber er hat meine Tochter, und ...« Sie suchte im schummrigen Licht des Badehauses seinen Blick. »Ich will nicht, dass Ihr ihn tötet.«

»Warum nicht? Verdient hätte er es!«

»Ja, aber Ihr seid sein Bruder, und ich könnte es nicht ertragen, dass Ihr seinen Tod meinetwegen auf dem Gewissen habt. Ihr seid nicht wie er, Tomeo.«

»Einen der Dolchstöße, die Agozzini getötet haben, habe ich geführt, Hunderte von Männern sind im Kampf von mir getötet worden. Was spielt da ein Leben für eine Rolle?« Er hatte nicht zynisch klingen wollen, aber sein Hass auf Federico war unbändig geworden, seit er Beatrice nahe war.

Zitternd vor Kälte und vor ihrem eigenen Mut, legte sie die Arme um seinen Hals und zog ihn zu sich. Als ihre Lippen sich berührten, ging ein Schauer durch ihren Körper. Aus dem zärtlichen Kuss wurde leidenschaftliches Verlangen. Atemlos machte Beatrice sich von ihm los. »Seht Ihr jetzt, dass es eine Rolle spielt?«

Sie war unwiderstehlich, wie sie mit feuchten Haaren und glänzender Haut vor ihm stand und ihn ängstlich ansah. »Ich liebe Euch, Beatrice. Schenkt mir diese Nacht.«

Entsetzt schlang sie die Arme um den Körper.

Hatte er sich getäuscht? Sanft schob er den Umhang von ihren Schultern, doch sie versteinerte unter seinen Händen. »Was …?«

Als Antwort zog sie plötzlich den Umhang auseinander. »Wollt Ihr das?«

Eine lange rote Narbe zog sich über ihren Unterbauch. Dieses Detail von der schweren Geburt ihrer Tochter hatte sie verschwiegen. »Ihr seid wunderschön.«

Dann erstickte er ihren Widerspruch in einem Kuss und zog sie mit sich auf die Bank. Im ersten Moment zuckte sie zurück, aber Tomeo war geduldig, drängte sie nicht, und als sie schließlich bereit war, sich ihm ganz hinzugeben, war es für beide erfüllend. Erschöpft lagen sie später eng ineinander verschlungen auf der Bank. Als Tomeo sich bewegte, murmelte Beatrice: »Geht nicht weg.«

Er küsste sie und rückte ein wenig von ihr ab, um ihren Bauch zu betrachten. Sanft tastete er mit den Fingerspitzen über die Narbe, die sich von ihrer weißen Haut abhob. »Dass Ihr noch lebt, ist ein Wunder! Dieser Medicus, wie war sein Name?«

»Ismail Ansari. Er ist Perser und ein Freund meiner Eltern gewesen.« Sie legte den Arm um seine Hüften und zog ihn an sich. »Wärmt mich, Tomeo, mir ist kalt.«

Plötzlich klopfte es an der Tür. Beide schreckten auf. Beatrice riss ihren Umhang vom Boden auf und hatte ihn gerade umgeworfen, als die Tür aufging und die Magd hereinkam. »Ist alles in Ordnung, Signora? Vorhin war da noch ...«

Bevor sie weiter ins Bad treten und Tomeo entdecken konnte, eilte Beatrice zur Tür und schob die Magd hinaus. »Danke, ich bin gleich fertig.«

Sie ging zurück zu Tomeo, der sich inzwischen angekleidet hatte. »Sie dürfen uns hier nicht zusammen finden. Was tun wir jetzt?«

Er legte die Hände auf ihre Schultern. »Ich will Euch wiedersehen, aber zuerst muss dieser Krieg ein Ende finden. Ich bin den Truppen verpflichtet und brauche das Geld, das mir noch zusteht. Der Palazzo in Lucca, die Villa in Matraia, das Barvermögen, die Waren, alles ist fort. Was mir noch gehört, mir und Alessandro, wenn er noch am Leben ist, ist eine Seidenmanufaktur auf Sizilien.«

»Euer Vater hat mir damals davon erzählt. Er war sehr stolz auf die Seide von dort.«

»Noch lebt Federico, aber er hat kein Recht mehr auf Euch. Ich werde ihn finden und ... Es wird sich eine Lösung finden.«

Sie wollte Einspruch erheben, doch er legte ihr sanft den Finger auf die Lippen. »Irgendwann, Beatrice. Irgendwann lege ich die Waffen nieder, und dann könnten wir versuchen, in Sizilien aus dieser Manufaktur etwas zu machen. Ich habe keine Ahnung von diesen Dingen, aber Ihr seid damit groß geworden und könntet das Geschäftliche übernehmen, mir zeigen, was wichtig ist.«

»Sizilien ...« Im Geiste sah sie sich mit Tomeo und Giulia auf einem kleinen Gut, umgeben von Maulbeerbäumen, mit deren Blättern die Seidenraupen gefüttert wurden.

»Der Ort heißt Calascibetta. Im Sommer ist es sehr heiß

dort, aber es gibt Orangen, die so saftig sind, dass man sie mit einer Hand auspressen kann. Als Kinder sind wir zweimal mit meinem Vater dort unten gewesen.« Er schwieg und dachte an seine Brüder, von denen einer wahrscheinlich tot und der andere ein Verräter war.

»Zuerst muss ich meine Tochter finden. Ohne sie kann ich nicht gehen.«

»Habt Ihr Verwandte in Rom?«

»Einen entfernten Cousin meines Vaters. Er ist auch ein Kaufmann und wird mich aufnehmen.«

»Ich kenne einen Mann in Rom, der Euch vielleicht helfen kann: Niccolò Boncompagni. Er ist Richter und lebt in der Nähe der Piazza Colonna. Ich wünschte, ich könnte Euch begleiten, aber ich muss nach Genua und dann zurück nach Mailand. Versprecht mir, Euch nicht in Gefahr zu begeben, Beatrice. Es gibt noch einen jüdischen Goldhändler, der weitreichende Verbindungen hat. Tuveh ben Schemuel. Ich habe ihn in Mailand kennengelernt. Er hat Verwandte in Rom, und die würden Euch ebenfalls helfen.«

»Er muss mir Giulia geben, nicht wahr? Federico wird doch gesucht!« Bei dem Gedanken an Federico zitterten ihre Hände.

»Ich weiß nicht, was in ihn gefahren ist. Aber in seiner Lage ist er für Geld sicher zu allem bereit. Bietet ihm Geld an, wenn es nicht anders geht, aber trefft ihn nicht allein, Beatrice. Niccolò ist Richter und hat Amtsgewalt. Bitte, geht zu ihm!«

Die Glut im Ofen war erloschen, und Beatrice fröstelte. Tomeo reichte ihr das Kleid. »Zieht Euch an. Wir müssen ins Haus gehen. Hier können wir nicht bleiben.«

Er legte ihr den Umhang um und konnte sich nicht sattsehen an ihrer Schönheit. Zärtlich nahm er ihre Hand. Beatrice griff nach der Lampe, und gemeinsam schlichen sie durch einen kalten Korridor über Steinfliesen eine Treppe hinauf in den ersten Stock. Aus einer der Kammern klangen eindeutige Geräusche, aus einer anderen lautes Schnarchen.

»Wo ist Euer Zimmer?«, flüsterte Tomeo, obwohl er sie nur ungern gehen ließ. »Ich begleite Euch morgen bis Arezzo und verspreche, nach Rom zu kommen, sobald ich irgend kann.«

Sie nickte stumm und presste ihre Lippen auf seinen Mund. Er hielt sie fest umschlungen. »Geht!«, murmelte er heiser.

Es stellte sich heraus, dass der Stellmacher, den Matteo und Vito am Tag zuvor aufgesucht hatten, die Räder noch nicht fertiggestellt hatte, wodurch sich die Abreise um einen halben Tag verzögern würde. Matteo war deswegen sehr ungehalten und rief seine Truppe in der Gaststube zusammen. »Wir gehen jetzt ins Dorf und versuchen, auf dem Marktplatz eine kleine Vorstellung zu organisieren.«

Bianca und Mina murrten. »Wir könnten ja auch mal nur herumspazieren und …«

»Geld ausgeben?«, fauchte Matteo. »Los jetzt, Abmarsch. Es regnet nicht. Battista nimmt die Laute mit, Paolo die Flöte. Wollen doch mal sehen, ob wir den Dörflern nicht ein paar Florins aus den Taschen locken …« Bei dem Gedanken hellte sich seine Miene etwas auf. »Und Ihr, Madonna?«

Beatrice blickte nach draußen, wo Tomeo und Gian Marco gerade zum Stall gingen, um ihre Pferde zu satteln. »Alba kann mit Euch gehen. Ich bleibe hier und ruhe mich aus.«

»Wie Ihr meint.« Er zog eine Augenbraue hoch und drehte sich schwungvoll auf dem Absatz um. Vielleicht hatte er einen Verdacht, doch er sagte nichts.

Alba zog begeistert mit den Schauspielern los. Beatrice wartete, bis die lärmende kleine Gesellschaft vom Hof war, und ging in den Stall, wo Tomeo sie ohne Umschweife in die Arme nahm. Gian Marco sah taktvoll zur Seite.

»Wir haben noch einen halben Tag.«

Gian Marco hob den Sattel wieder von seinem Pferd. »Also, ich muss ins Dorf zum Schmied. Einer der Hufe scheint mir doch recht lose. Gegen Mittag sollte ich zurück sein.« Der Bursche grinste und ging pfeifend davon.

»Ein verständiger Begleiter, mein Gian Marco.« Tomeo küsste sie ausgiebig, bis sie den Kopf nach hinten legte und lachte.

»Ihr macht mich ganz schwindelig!«

»Gott, Ihr seid so schön! Mein Bruder ist ein solcher Narr! Ich hätte Euch nicht eine Sekunde aus den Augen gelassen, geschweige denn aus meinem Bett. Lasst uns zur Pieve gehen, denn ins Zimmer können wir nicht zurück. Wir sind an der römischen Kirche vorübergekommen, als wir hierhergeritten sind.«

Während sie an dem kalten Februarmorgen in die Hügel des Casentino spazierten, erzählte Beatrice noch einmal ausführlich von den Monaten auf Matraia und den dramatischen Ereignissen in Lucca und war dankbar, dass er ihr zuhörte und nur ab und an die Hand drückte. Die Pieve war nicht weit von Albertos Gasthof entfernt, und bald standen sie in der klaren Winterluft, die bereits etwas von ihrer Schärfe verlor, neben dem massigen, halbrunden Gebäude auf einem Hügel und überblickten das Tal des Arno. Tomeo lehnte an der Kirchenmauer und hielt Beatrice vor sich im Arm. Unterhalb der alten Kirchenanlage floss der Arno leise rauschend dahin.

»Könntet Ihr Giulia lieben, Tomeo?« Ihre Hände waren ineinander verschränkt, und sie erwartete atemlos seine Antwort.

»Sie ist Eure Tochter. Wie könnte ich sie nicht lieben?« Er drehte sie zu sich um und nahm zärtlich ihr Gesicht zwischen seine Hände. »Seht mich an, Beatrice, und Ihr seht einen Mann, der Euch alles geben würde, weil er Euch rückhaltlos liebt. Ihr dürft nicht an mir zweifeln, nur weil ich der Bruder des Mannes bin, der Euch in diese missliche Lage gebracht hat.«

»Ich habe solche Angst, dass wir uns nie wiedersehen, Tomeo. Ich habe Angst vor Rom, Angst um meine Tochter …« Angst, dass sie Federico begegnete, doch die letzten Worte sprach sie nicht aus, sondern erstickte sie in einem Kuss.

Vom Weg unten am Fluss klangen Stimmen herauf, und Tomeo hob den Kopf. »Ich habe Angst um Euch, wenn Ihr nach Rom geht, aber ich kann Eure Sorge verstehen. Versprecht mir, nein, schwört mir, dass Ihr nichts allein unternehmen werdet. Geht zu meinem Freund, dem Richter, und lasst ihn die nötigen Schritte veranlassen.« Eindringlich sah er sie an.

»Ja, aber Ihr müsst mir versprechen, heil und gesund nach Rom zu kommen. Warum kehrt Ihr der Armee nicht einfach den Rücken? Wir könnten gleich nach Sizilien gehen!« Aber sie wusste, noch während sie es sagte, dass das für ihn unmöglich war. Er wäre nicht Tomeo, ehrenhaft und seinem Kaiser ergeben, wenn er den Befehl verweigern und seine Männer im Stich lassen würde. Sie lächelte. »Calascibetta, Tomeo. Irgendwann werden wir dort sein, und alles andere ist nur noch ein böser Traum.«

»Irgendwann«, flüsterte er und vergrub sein Gesicht in ihren Haaren.

XXXIII
Rom, Februar 1526

Die Welt steht am Abgrund, dachte Federico. Genau wie er selbst. Er saß in einer schäbigen Taverne mit Blick auf die schmutzige Fassade einer Mietskaserne nicht weit von der Piazza Navona. Lustlos stürzte er den verdünnten Wein hinunter, der so sauer war, dass er davon wahrscheinlich Löcher in den Magenwänden bekam. Die Männer, mit denen er hier Würfel spielte, versorgten ihn auch mit Nachrichten. Wie lange konnten sich die kaiserlichen Truppen noch halten, wenn Karl V. bereits alle Einkünfte aus den spanischen Ritterorden als Pfandobjekte auf seine immensen Anleihen bei den Fuggern verpachtet hatte? Den Welsern hatte der Kaiser sogar ganz Venezuela verpachtet.

In den deutschen Landen und in Schweden hatte der Papst endgültig seine Macht verloren. In Schweden war die Konversion zu Luthers Lehre beschlossen, und alle Kirchengüter waren eingezogen worden, um damit den Aufbau einer Flotte zu finanzieren. In den deutschen Landen wurden immer mehr Fürstentümer evangelisch, zuletzt Hessen unter Landgraf Philipp, und auch das Herzogtum Preußen war unter der Regierung des letzten Hochmeisters des Deutschritterordens konvertiert. Franz I. hatte endlich einen Friedensvertrag mit Karl V. geschlossen, doch es wurde überall gemunkelt, dass Clemens sich nun endgültig gegen Karl entschieden hatte und ein Bündnis mit den Franzosen eingehen wollte. Wenn das so war, ging der Krieg weiter. Zudem sank die Popularität des Papstes in Rom spürbar, was an seinen drastischen Sparmaßnahmen lag. Die päpstlichen Finanzen waren genauso desaströs wie die des Kaisers, und Clemens hatte die Steuerschraube für Nahrungsmittel, Läden und Immigranten bis zur Schmerzgrenze angezogen.

Federico knallte seinen Becher auf den Tisch und winkte dem Wirt, einem versoffenen Halsabschneider, mit glasigen Augen. »Gib mir noch was von dem ekligen Zeug!«

Der Wirt, dessen rechtes Augenlid gelähmt war und deshalb schlaff herunterhing, kam mit einem neuen Krug an den Tisch. Seine Schürze war so schmutzig, dass die ursprüngliche Farbe nicht zu erkennen war. »Erst das Geld.«

Federico warf einen Giulio auf den Tisch. »Hier, du Aasgeier. Dafür bekomme ich den ganzen Abend Wein!«

Mit gierigen Augen griff der Wirt nach dem Geldstück und setzte ein schmieriges Lächeln auf. »Zu Euren Diensten, Signore.«

Heute Morgen hatte er von einem römischen Tuchhändler, der Handel mit den Niederlanden, Belgien und England trieb, erfahren, dass Alessandro in einem Gefängnis in Antwerpen gestorben war. Der Händler hatte Schulden eintreiben lassen und dabei vom Schicksal des Lucches007 Tuchhändlers gehört. Da ihn niemand ausgelöst hatte, war Alessandro von den Mitgefangenen missbraucht worden und schließlich am Fieber verendet. »Es war seine Schuld!«, rief Federico in die Taverne, doch niemand nahm Notiz von ihm.

An einem Tisch saßen zwei Betrunkene, die ihren Rausch ausschliefen, woanders wurde gespielt, und in einer dunklen Ecke wurde ein grobschlächtiger Fleischer von einer Hure bedient. Marcina hatte einen reichen Liebhaber gefunden, zu dem sie einmal in der Woche ging. Der Mann war Juwelier mit einem Laden in der Via di Panico und schenkte ihr neben großzügigen Geldsummen ausgefallene Schmuckstücke. Von dem Geld bezahlte sie die Unterbringung ihres Sohnes in einem Augustinerkonvent und die Miete für zwei feuchte Zimmer im ersten Stock einer Bäckerei. Nachdem Marcina sich geweigert hatte, Giulia aufzunehmen, hatte er seine Tochter bei einer Pflegefamilie im Bezirk Ponte untergebracht. Wenn er nicht bald das Geld von Flamini bekam, würde er in Schwierigkeiten kommen, denn er hatte bereits Spielschulden bei mehreren römischen Adligen. Ohne Alessandro de' Medicis Brief wäre er am Ende. Er beglückwünschte sich noch jetzt dazu, da Sesto den Brief abgenommen zu haben. Rodolfo hatte ihn während des Angriffs bei sich getragen. Als Federico die Aussichtslosigkeit ihrer Lage erfasst hatte und Rodolfo von einer Kugel zu Boden geworfen worden war, hatte er dem hilflosen Verwundeten den Brief entrissen. Kein Freundschaftsdienst, aber wen interessierte die Moral?

»Verflucht!«, murmelte er und trank den sauren Wein, den er normalerweise höchstens als Essig verwendet hätte. Warum hatte die Verschwörung auch auffliegen müssen? Je länger er darüber nachdachte, desto sicherer war er, dass seine neunmalkluge Frau daran zumindest eine Mitschuld trug. Er rieb die juckende Narbe an seiner Schläfe. Beatrices einzige Hoffnung war die Marchesa gewesen, von deren Beteiligung sie nichts gewusst hatte. Irgendwie musste Gadino von alldem Wind bekommen haben. Gadino, der schöne Marchese, der mit ihm genauso gespielt hatte wie mit allen anderen. Wenn er ihn jetzt hier im Dreck sähe, hätte er seine Freude daran. Vielleicht machte er sich jetzt an Beatrice heran, wenn man sie nicht ins Gefängnis geworfen hatte. Immerhin deutete alles auf ihre Mitschuld. Seine Zähne knirschten, während er mit einer Faust auf den Tisch schlug. Er hätte sie umbringen sollen! Falls sie es wagen sollte, nach ihrer Tochter zu suchen – dieser Frau traute er es zu, allein nach Rom zu kommen –, würde das ihr sicherer Tod sein. Wieder und wieder schlug er mit den Fäusten auf den Tisch und grölte: »Umbringen werde ich sie, ihr die Kehle durchschneiden! Dieses Miststück!«

»Eh, hör auf zu brüllen, betrunkenes Schwein!«, schrie einer der Spieler zu ihm herüber.

Federico warf ihm einen finsteren Blick zu und spuckte verächtlich auf den Boden. Dann starrte er auf die offene Tür. Wo blieb der Junge? Er hatte den kleinen Straßenjungen gut bezahlt. Grinsend wischte er sich den Mund. Diese kleinen, verhurten Bengel waren gefährlicher als mancher alte Schläger. Ihnen konnte man keine Dolchlänge trauen.

Endlich! Ein schmächtiger Junge, der zwölf oder auch fünfzehn Jahre alt sein konnte, stahl sich mit vorsichtigem Blick

zur Tür herein. Er sicherte die Umgebung, als nähme er Witterung auf. Die kurzen, dunklen Haare wurden von einer alten Wollmütze bedeckt, seine Kleider waren zerrissen, in seinem Ledergürtel steckte ein glänzender Dolch. Harte Gesichtszüge und Augen, die schon mehr gesehen hatten, als für manchen Erwachsenen erträglich wäre, musterten Federico fordernd.
»Ihr seid betrunken!«

»Rotznase, setz dich und erzähl, wen du getroffen hast. Vielleicht gebe ich dir nicht einen Scudo.« Federico zeigte auf einen Schemel.

Der Junge setzte sich und griff nach dem Becher, doch Federico schlug ihm auf die Hand. »Erzähl, sag ich!«

»Au! Ihr seid aber schlecht gelaunt heute! Ist Eure Frau wieder bei dem alten Bock?« Er grinste, weil er wusste, wie sehr er Federico damit traf. »Wenn Ihr mich fragt, hat sie das Zeug zu einer erstklassigen Kurtisane, so eine, die die ganz reichen Männer haben kann wie die Kardinäle oder die mit den Palazzi.«

»Hast du eine Information oder nicht?«, zischte Federico, der seine Wut kaum noch zu zügeln vermochte.

»Flaminis Mann hat gesagt, dass Ihr heute Nacht zum Forum kommen und das Papier am Triumphbogen des Septimius Severus ablegen sollt.«

Federico lachte. »Für wie dämlich hält man mich!?«

»Jetzt wartet doch – Ihr tauscht das Papier am Sockel der vorderen Säule, wenn man vom Lapis Niger kommt. Man geht drei Stufen zwischen den beiden großen Pfeilern hinunter, und gleich links findet Ihr eine Nische im Sockel. Da findet Ihr die Kassette mit dem Geld, legt das Papier hin, und damit ist die Sache erledigt.«

»Nachts zum Forum gehen? Da treiben sich nur die übelsten Gesellen herum, und eine Leiche mehr oder weniger fällt niemandem auf. Nein, so läuft das nicht. Die Übergabe findet an einem öffentlichen Ort statt oder gar nicht! Mit wem redest du überhaupt immer?«

Der Junge zuckte die Schultern. »Mit einem, der Befehle ausführt wie ich. Aber der wird nicht erfreut sein, das zu hören. Ihr lehnt den Übergabeort jetzt das dritte Mal ab.«

»Ist das meine Schuld? Meine Bedingungen waren klar – tagsüber und an einem öffentlichen Platz. Lauf und sag das dem Kerl, oder Flaminis Tage im Vatikan sind gezählt. Ich kann sofort einen Boten losschicken, der den Brief nach Neapel zum Vizekönig bringt.«

Blitzschnell schnappte der Junge nun den Becher, leerte ihn und warf ihn Federico zu. »Ihr solltet wirklich etwas freundlicher zu mir sein, sonst gehe ich und sage Euch nicht, was ich über eine Frau aus Lucca weiß, die seit drei Tagen in Rom ist und unbequeme Fragen nach Euch stellt.«

»Was? Los, Bürschchen, sag es mir, sofort!« Sie war hier! Er konnte sich kaum beherrschen. Sein Blut kochte, und er hatte nur den einen Wunsch, sich an ihr zu rächen.

»Ihr zahlt zu wenig. Mit mehr Geld hätte ich die Informationen schneller erhalten.« Lauernd sah der Junge ihn an.

»Mach den Mund auf!«, brüllte Federico und warf ihm eine Münze zu.

»Sie wohnt im Rione Ponte bei Caprese, einem Händler. Er ist ihr Onkel, und sie hat ein Mädchen dabei.«

Schau an, dachte Federico, sie hat einen Onkel in Rom. Wie hatte er das vergessen können? Jetzt brauchte er sie nur zu beschatten und einen günstigen Moment abzupassen. Als er den Mund aufmachte, um dem Jungen eine weitere Frage zu stellen, war dieser verschwunden. »Lumpenpack!«, fluchte Federico und ging hinaus ins Tageslicht. Im Erdgeschoss des Mietshauses war ein Fleischerladen, in dem Federico ein Stück Schinken kaufen wollte. Der große Mann mit den roten Wangen und blutiger Schürze führte eine lautstarke Diskussion mit einem *sbirro*, einem der unbeliebten Polizeibeamten Roms.

»Jetzt gib mir mein Stück Fleisch, Aldo. Ich kann doch nichts dafür, dass der Papst dauernd die Steuern erhöht«, meinte der *sbirro* besänftigend.

Aldo, der Fleischer, schwang sein langes Messer und wetterte: »Verprügeln solltet ihr diesen Papst! Solche Steuern auf das Fleisch zu schlagen! Wovon sollen wir leben, und wer kann das noch bezahlen? Diese verfluchten Pfaffen sitzen warm und trocken in ihrem Palast da drüben im Borgo, und wir können zusehen, wie wir den nächsten Tag überstehen! Unrecht ist das!«

Wenn die öffentliche Stimmung bereits so wenig Respekt gegenüber dem Papsttum zeigte, war es bis zu einem Aufruhr nicht mehr weit. Aber Federico hatte andere Sorgen und machte sich auf den Weg zum Bezirk Rione Ponte.

Rom! Seit drei Tagen waren Beatrice und Alba nun in der Ewigen Stadt. Nachdem sie sich in Arezzo schweren Herzens von Tomeo getrennt hatte, war sie mit Matteo und seinen Schauspielern bis Perugia gefahren. Dort hatten sie sich einer großen Pilgergruppe angeschlossen, die zwar nur langsam vorankam, doch waren sie in sicherer Begleitung und unbehelligt bis zum heiß ersehnten Pilgerziel gelangt. Von den Pilgern hatten sie erfahren, dass Sankt Peter mit dem Petrusgrab die wichtigste der heiligen Stätten war.

Beatrice interessierte sich nicht für die Heiligen und war heute mit Alba zur Piazza della Pace gegangen, um Santa Maria dell'Anima, die Kirche der Deutschen Nation, in der sich das Grabmal Hadrians VI., des Vorgängers von Clemens, befand, zu besuchen. In der Hallenkirche fühlte sie sich ihren Eltern nahe. Alba war in der Zwischenzeit mit Sebastiano, dem Diener von Baldassare Caprese, zum Markt gegangen.

Beatrice wohnte nicht gern bei ihrem Onkel, einem mürrischen Einzelgänger, der sie mit verhaltener Begeisterung in seinem Haus aufgenommen hatte, aber sie hatte nicht genug Geld, um sich eine anständige Unterkunft zu leisten, und sie hatte Angst, allein mit Alba hier in Rom bei Fremden Quartier zu nehmen. Capreses Haus lag im Rione Ponte, dem toskanischen Viertel, zwischen den Wohnsitzen florentinischer Bankiers und von Angestellten des Vatikans. In einem Eckpalazzo nicht weit vom Konsulat der Florentiner entfernt hatte sie das Kontor der Fugger gesehen. Jakob Fugger und seine Familie liehen nicht nur dem Kaiser Geld, die Fugger unterhielten auch direkte Geschäfte mit der Apostolischen Kammer, die vor allem auf dem Ablasshandel beruhten. Durch die Reformation war das Geschäft des deutschen Bankhauses in Rom stark eingebrochen, was die florentinischen Bankiers mit Genugtuung zur Kenntnis genommen hatten, wie Beatrices Onkel erzählte.

Auch wenn sie im Haus Baldassares nur geduldet war, fühlte sie sich dort ihrer Familie nahe, und das gab ihr ein Gefühl von Geborgenheit. Sie schloss die Augen und dachte an ihre Tochter. »Wo bist du, kleine Giulia?«, flüsterte sie in die Stille des Kirchenschiffs und legte die Stirn auf ihre gefalteten Hände. Woher sie die Gewissheit nahm, dass Giulia bald wieder in ihren Armen liegen würde, wusste sie nicht, aber es stand für sie felsenfest, dass sie ihr Kind wiedersah.

Beatrice bekreuzigte sich und sah zu dem Fenster über dem Altar hinauf, durch dessen buntes Mosaik gebrochenes Licht in den Chorraum fiel. Und da begriff sie, woher ihre wiedergefundene innere Kraft rührte. Sie schloss die Augen und dachte an die Nacht im Gasthaus von Pieve Socana. Ihre Sehnsucht nach Tomeo schmerzte körperlich, und wenn sie nicht an Giulia dachte, dann fragte sie sich, wo er gerade war. Er war ihretwegen in das Casentino gereist, und er liebte sie. Das war mehr, als sie je zu träumen gewagt hätte. Nach dem Tod ihrer Eltern und dem, was sie an Federicos Seite hatte erdulden müssen, war etwas in ihr zerbrochen und hatte sie hölzern und leer werden lassen. Nur für Giulia hatte sie weitergelebt. Mit Tomeo war die Wärme in ihr Herz zurückgekehrt, und allein dafür liebte sie ihn.

Mit einem Lächeln auf den Lippen verließ sie die Kirche, ging die Stufen hinunter und schaute über die Kreuzung in Richtung der Piazza Navona. Rom war überwältigend groß und voller Leben. In dem Gewirr aus Gassen, Corsi, Plätzen, den antiken Bauten am Forum Romanum, dem Aventin und schließlich dem Tiberdistrikt mit seinen Häfen und Brücken, von denen einige hinauf zum Vatikan führten, konnte man sich heillos verlaufen. Die Vielfalt war beängstigend, und suchend glitt Beatrices Blick durch die Straße. Sie hatte bereits am Tag ihrer Ankunft einen Brief an den *giudice* Niccolò Boncompagni gesandt und sollte sich heute Mittag mit ihm treffen. Der Diener würde sie und Alba zum Haus des *giudice* bringen.

Sie wollte gerade die Straße überqueren, als ihr eine Kutsche mit goldenem Wappen entgegenkam, der sie gerade noch ausweichen konnte, nicht jedoch dem Schlamm, der aufgeschleudert wurde und ihr Kleid befleckte. »O nein!«, schimpfte sie. Ihr Umhang und dieses rote Kleid waren die einzigen repräsentablen Stücke, die sie noch besaß. Was würde der *giudice* von ihr denken, wenn sie völlig verdreckt dort ankam? Sie sah sich um und entdeckte in einer Seitenstraße eine Pferdetränke, mit deren Wasser sie notdürftig den Schaden beheben konnte.

Ganz in ihr Bemühen versunken, den stinkenden Dreck aus dem Kleid zu reiben, achtete sie nicht auf die Leute um sie herum und bemerkte zu spät, dass jemand hinter ihr stand, sie packte und hinter eine Hausecke zerrte. Bevor sie schreien konnte, lag eine Hand auf ihrem Mund, und sie wurde weiter in das dunkle Zwielicht enger Häuserfluchten gezerrt, in denen sie rasch die Orientierung verlor. Als sich ihre Augen an die Umgebung gewöhnt hatten und der Angreifer sie einen Moment losließ, um sie einige Stufen hinunterzustoßen, traute sie ihren Augen nicht. »Federico!«

Sie stolperte, versuchte sich irgendwo festzuhalten, fand jedoch keinen Halt und fiel gegen eine Mauer, in der ein eiserner Haken stecken musste, denn etwas bohrte sich schmerzhaft in ihren Rücken. Ein Schrei erstarb in ihrer Kehle, und sie blieb wie hypnotisiert stehen, um ihren Mann nicht aus den Augen zu lassen, der langsam die zerbrochenen Stufen herunterstieg. Wo befanden sie sich? Es war niemand zu sehen, nur das Quieken von Ratten erklang hinter ihr in dem Gemäuer, aus dem ein ekelerregender Modergestank strömte. Der Boden unter ihren Füßen war feucht und voller Unrat. Eine Kloake hätte nicht schlimmer riechen können. Das Tageslicht drang kaum in diesen heruntergekommenen Teil der Stadt, in dem Federico sich nur zu gut auszukennen schien.

Er war kaum wiederzuerkennen mit den schmutzigen langen Haaren, dem Spitzbart und den rot unterlaufenen, wässrigen Augen, in denen der blanke Hass loderte. »Das Schicksal hat es wirklich gut mit mir gemeint!«

Sein heiseres Lachen ließ Beatrices Blut in den Adern gerinnen. Zitternd rutschte sie zur Seite. Angstschweiß bildete sich auf ihrer Oberlippe, und sie atmete schwer.

»Ihr habt Angst vor mir?« Mit einem Schritt war er bei ihr und schlug ihr ins Gesicht.

O ja, das konnte er gut. Der letzte Schlag war ihr noch deutlich in Erinnerung. Doch dieser würde erst der Anfang sein von … Sie leckte sich die blutende Lippe. »Ich habe Geld, Federico. Ich gebe Euch alles, was ich besitze, wenn Ihr mir Giulia bringt.«

Der nächste Schlag traf ihr Kinn und ließ ihren Kopf so hart gegen die Wand prallen, dass ihr schwindelig wurde und sie sich keuchend an die Mauer lehnte. Ihre Haare hatten sich aus der aufgesteckten Frisur gelöst und hingen wirr vor ihren Augen, so dass sie ihn nicht kommen sah und dem Tritt nur halb ausweichen konnte. Ihre Hüfte brannte vor Schmerz, doch sie weinte nicht.

Sie musste sprechen, sonst würde er sie hier in diesem elendigen Loch zu Tode prügeln. »Federico, so hört doch! Bitte, ich flehe Euch an! Wir werden uns nie wiedersehen! Alles, was ich will, ist meine Tochter! Tausend Scudi! So viel kann ich für Euch auftreiben!«

Der Schatten seiner aufragenden Faust ließ sie die Hände vor den Kopf legen, doch der Schlag erfolgte nicht. »Tausend Scudi? Ihr lügt! Ihr habt Angst um Euer Leben und lügt!«

»Nein, das ist die Wahrheit. Ich schwöre es beim Grab meiner Eltern. Ich bin hier bei einem entfernten Onkel untergekommen, der mir hilft, und ich kenne andere Leute, die mir auch Geld geben werden. Tausend Scudi! Überlegt doch, Ihr braucht das Geld, denn nach Lucca könnt Ihr nicht zurück.«

»Nein«, fuhr er sie an. »Und das habe ich Euch zu verdanken! Wie seid Ihr überhaupt bis nach Rom gelangt?«

»Zuerst mit einer Komödiantentruppe, dann mit Pilgern.«

»Das habt Ihr auf Euch genommen, nur um Eure Tochter zu finden?«

»Nur?« In diesem einen Wort lag ihre ganz Verachtung für ihn.

»Bis wann könnt Ihr das Geld beschaffen?«

Um sich ihre Erleichterung nicht anmerken zu lassen, nestelte sie an ihrem Kleid, tastete nach ihrer Lippe, die zu bluten aufgehört hatte, und antwortete: »Fünf Tage müsst Ihr mir mindestens geben. Wo ist Giulia? Geht es ihr gut?«

Er strich sich über den Spitzbart und fixierte sie mit zusammengekniffenen Augen. »Sie ist bei einer Siebmacherfamilie und, soweit ich weiß, bei Gesundheit. Fünf Tage? Dann treffen wir uns am kommenden Freitag an der Pferdetränke bei Santa Maria dell'Anima.« Mit einem Satz war er die Treppe hinauf.

»Fünf Tage«, sagte Beatrice zu sich, stieß mit dem Fuß nach einer Ratte, die aus einem Loch in der Hausmauer kriechen wollte, und stieg vorsichtig die Stufen hinauf, wobei jeder Schritt schmerzte. Ihr Kinn schwoll langsam an. Oben sah sie sich um. Sie befand sich in einer Art Hinterhof und musste nur einen Weg auf die Straße finden. Federico war verschwunden. Während sie suchend durch die schmalen Gassen ging, hatte sie ständig das Gefühl, verfolgt zu werden, und meinte einen Schatten in einem Hauseingang zu sehen, als sie sich umdrehte. Ihr Herz schlug schneller. So schnell sie konnte, stolperte sie über den unebenen Untergrund und fand schließlich eine Frau beim Wäscheaufhängen, die sie überrascht ansah und ihr den Weg zur Straße wies.

Alba und Sebastiano waren in heller Aufregung bereits mehrmals um die Kirche herumgelaufen und hatten Passanten nach ihr gefragt. Beatrice erklärte, was ihr zugestoßen war. »Und jetzt gehen wir sofort zu *giudice* Niccolò Boncompagni!« Ihr Aufzug würde die Dringlichkeit ihres Anliegens nur unterstreichen.

Es war kurz nach Mitternacht. Die Ruinen des Forum Romanum lagen vor Federico in der Dunkelheit. Am Fuß der Hügel von Kapitol und Palatin erstreckten sich die Reste der antiken Republik in Form von Mauerresten der Basilica Julia, umgestürzten Säulen, Bögen und Grundrissen, die ahnen ließen, wo einst die Tempel standen. Heute war alles von Unkraut überwuchert, und Bäume hatten ihre Wurzeln in die Fundamente einst heiliger Stätten geschlagen. Hier und dort blitzte eine Fackel auf, nachtaktives Getier und zwielichtiges Gesindel, aber auch reiche Patrizier, die hier ihre wollüstigen Phantasien befriedigten, trieben sich in der Ebene herum, die einst Volkstribunen, Senatoren und römische Bürger mit Leben erfüllt hatten. Federico fluchte, weil er bereits zum dritten Mal über einen Stein oder ein Säulenfragment gestolpert war, und hob seine Fackel, um zu prüfen, ob er auf dem richtigen Weg war. Der kleine Mistkerl hatte ihm gesagt, dass Flaminis Mittelsmann auf dem heutigen Treffen bestand, und da Federico das Geld dringend brauchte, hatte er nun doch zugestimmt. Marcina war schon wieder zu ihrem feisten Geliebten gerufen worden. Ein Umstand, der Federico bitter aufstieß und mit dem es ein Ende haben würde, sobald er genügend Geld hatte. Er wusste, dass seine Schwäche für Marcinas Liebeskünste ihm mehr schadete als nutzte, aber er war dieser Frau verfallen. Allein der Gedanke an die vergangene Nacht machte ihn vor Lust schaudern.

Hinter ihm erklang Musik. Federico drehte sich um und sah einen Fackelzug auf sich zukommen. Ein Mohr in blaugoldenem Gewand mit federgeschmücktem Turban und einem glitzernden Krummsäbel am Gürtel trug eine Laterne vorweg. Ihm folgte ein schillernder kleiner Zug aus Musikanten, zwei bewaffneten Reitern und einer prächtigen Sänfte. Automatisch gab Federico den Weg frei und erhaschte durch die Vorhänge den Blick auf einen dicklichen jungen Mann mit gelangweilten Gesichtszügen und einem spärlichen Bart. Das Wappen auf der Sänfte zeigte sechs blaue Lilien auf goldenem Grund und verriet, dass in der Sänfte einer der Farnese-Sprösslinge saß. Der Reichtum Alessandro Farneses war stadtbekannt und gipfelte im derzeitigen Bau eines riesigen Palazzo in der Via Giulia.

Neidvoll blickte Federico dem Zug hinterher, der Richtung Palatin unterwegs war. Hinter sich wusste Federico die Kurie, den schmucklosen Versammlungsort der Senatoren, und als er die Fackel hob, erkannte er ein Quadrat aus schwarzem Marmor, das von einem Dach geschützt wurde. Das musste der Lapis Niger sein, unter dem sich das Grab von Romulus befand. Demnach war er dem Septimius-Severus-Bogen ganz nahe. Bei Tag wäre es einfach gewesen, sich zurechtzufinden, doch heute Nacht verdeckten Wolken den Mond, und ohne künstliches Licht sah man die Hand vor Augen nicht. Er hätte den Jungen mitnehmen sollen, aber er traute dem Bengel nicht. Seit dem Verrat in Lucca traute er niemandem mehr. Was für ein Fiasko! Wäre alles gelaufen wie geplant, hätte er keine Schulden mehr und würde das süße Leben genießen. Hinter ihm raschelte es in den Büschen, eine Frau kicherte. Vorsichtig ging er weiter und hob vor einer aufragenden Mauer die Fackel. Er befand sich direkt am Septimius-Severus-Bogen.

Am ersten Sockel, wenn man vom Lapis Niger kommt, hatte der Junge gesagt. Die Musik des Farnese-Zugs klang gedämpft zu ihm herüber, während er an kahlen Bäumen vorbei auf die massigen Sockel des Bogens zuging. Ein Mann reichte kaum bis zum ersten Absatz, über dem sich freistehende Säulen über zwanzig Meter erhoben. Federicos flackerndes Licht zeigte schemenhaft Reliefs in den Sockeln, doch für architektonische Details interessierte er sich nicht, sondern achtete vielmehr darauf, dass er nicht über die glatten, zersprungenen Marmorstufen fiel, die ihn auf den vom vielen Regen aufgeweichten Grund zwischen den mächtigen Mauern der Bögen führten. Immer wieder horchte Federico in die Dunkelheit. Die Furcht vor drohender Gefahr machte seinen Mund trocken und die Hände klamm. Aber er hatte keine Wahl. Noch wollte Flamini das belastende Schriftstück zurück. Doch was geschah, wenn die politischen Verhältnisse sich änderten? Der Papst konnte sterben. Immerhin kursierten Gerüchte über ein hässliches Geschwür am Gesäß des Heiligen Vaters.

Er zog seinen Degen, die Nerven zum Zerreißen gespannt, und suchte die Wand nach einer Nische ab, die groß genug für eine Kassette war. Seine Schritte waren zu laut auf dem nassen Untergrund, sein Atemhauch als weißlicher Nebel deutlich sichtbar. Wenn jemand auf ihn wartete, bot er ein gutes Ziel. Federico hatte alles auf seine letzte Trumpfkarte gesetzt. Sein Leben und seine Zukunft hingen vom Gelingen dieses Unternehmens ab. Wenn Tomeo erfuhr, was er getan hatte ... Ein zynisches Lachen blieb in seiner Kehle stecken. Irgendwo knackte ein Zweig, ein Vogel flatterte auf, und ein Kauz schrie. Federico zuckte zusammen und suchte nun etwas tiefer nach der Nische. Plötzlich ging er in die Knie, denn dort unten blinkte es im Dunkel der Steine. Ein triumphierender Laut entfuhr ihm, er legte den Degen ab und nahm die Kassette heraus. Sie konnten Kupfermünzen hineingefüllt haben. Er öffnete sie kurz, um den Inhalt zu überprüfen, und schnalzte zufrieden mit der Zunge, als er Goldstücke und Schmuck sah. Hier die Echtheit aller Stücke zu überprüfen war unmöglich, aber das Risiko musste er eingehen. Rasch nahm er das Papier aus seinem Wams und legte es in die Nische. Dann zog er einen Lederbeutel aus seinem Gürtel, in dem er die Kassette verstaute, und wollte zu seinem Degen greifen, als direkt hinter ihm eine raue Stimme erklang.

»Nicht so schnell, mein Freund.«

Der Hauch des Todes lag in dieser Stimme, und Federicos Nackenhaare sträubten sich. Er war ein Narr gewesen, sich auf diese Übergabe einzulassen, und ein Narr stirbt wie ein Narr, dachte er und versuchte dennoch, den Degen zu erreichen. Doch sein Gegner war lautlos und blitzschnell. Ein Fuß wurde auf seine am Boden liegende Hand gestellt, die auf dem Griff des Degens lag, und zwang ihn, in hockender Stellung zu verharren. Eine Degenspitze berührte seinen Hals, und das grelle Licht einer Laterne schien ihm ins Gesicht.

Die Laterne schwang leicht hin und her und machte es Federico unmöglich, seinen Gegner zu erkennen. »Was wollt Ihr? Ich habe das Papier hineingelegt.«

»Wer sagt, dass es das Original ist?«

»Ich kann Münzen und Schmuck ja auch nicht prüfen!«, gab Federico zurück.

Der Fremde lachte leise. »Und es mangelt uns beiden an Vertrauen, nicht wahr?«

»Nein! Ich wollte gehen, und damit ist die Sache für mich beendet.« Die Degenspitze ritzte seine Haut, und er fühlte warmes Blut herunterlaufen. Angstschweiß bildete sich auf seiner Stirn, und er atmete schneller.

Der *sicario* genoss diesen Moment. Es war der Triumph des Jägers über das Wild. Er konnte die Furcht in den weit aufgerissenen Augen seines Opfers lesen, roch die scharfen Ausdünstungen, die von Todesangst zeugten.

»Ich teile mit Euch!«, flehte Federico, dem klar war, dass er diesem Mann im Kampf unterliegen würde. Die Art, wie der Fremde stand, die Leichtigkeit, mit der er die Waffe führte, die Geschmeidigkeit einer Raubkatze, mit der er seinen Fuß auf Federicos Fingern bewegte, so dass diese plötzlich heftig schmerzten, machten ihn zu einem winselnden Nichts.

»Und wenn ich alles will?«, hauchte der *sicario*.

»Dann nehmt es!«

Der Fuß wurde kurz gedreht, es knackte, und Federico schrie auf, zwei Finger waren gebrochen worden. »Verdammt! Schon gut, es ist nicht das Original!«

Die Degenspitze hinterließ eine schmerzhafte Spur auf seiner Wange, bevor sie plötzlich fortgenommen wurde. »Wo ist es?«

»In meiner Wohnung.«

»Nein. Da habe ich bereits gesucht!« Der *sicario* zog den scharfen Degen unter Federicos Ohr hindurch, so dass das Ohrläppchen halb abgetrennt wurde.

»Seid Ihr wahnsinnig?«, schrie Federico und wollte aufspringen, wurde jedoch unsanft gegen die Wand zurückgestoßen.

»Wo? Meine Geduld ist am Ende.« Der *sicario* hörte die lauter werdende Musik des Farnese-Sohnes. Die Zeit drängte.

»In einem Umhang meiner Tochter.« Das Blut floss über Kragen und Umhang. »Verflucht! Was habt Ihr gedacht? Dass Ihr es mit einem Idioten zu tun habt?«

»Wo ist Eure Tochter?«

Federico sah, wie die Laterne abgestellt wurde, und erkannte einen schlanken Mann mit gleichmäßigen Gesichtszügen und Augen, die ihn mit kalter Erbarmungslosigkeit fixierten.

»Lasst Ihr mich am Leben, wenn ich es sage?«

Der *sicario* lächelte und überlegte nicht lange. »Ja.« Handeln gehörte zum Geschäft.

»Sie ist bei einem Siebmacher am Ponte Sisto.« Federico sprach die Worte aus und bereute es sofort, denn er sah in den Augen des Mannes, dass der sein Henker werden würde. Lautenklänge und Flötenspiel drangen durch die Nacht.

Der *sicario* kannte Männer wie diesen, die in der Stunde ihres Todes wimmerten und sogar die eigene Mutter verraten hätten, wenn es ihnen geholfen hätte. Solche Kreaturen waren verachtenswert. Fast wie nebenbei stieß er zu. Der Stahl drang widerstandslos durch Federicos Wams, sein Fleisch und fuhr leicht knirschend zwischen den Rippen hindurch knapp am Herzen vorbei.

Ein Schrei erstarb auf Federicos Lippen, er griff sich an seine Brust und sah das Blut durch seine Finger rinnen. Langsam sackte er nach hinten, bis er mit dem Rücken die kalte

Mauer berührte und fühlte, wie mit jedem Pulsschlag sein Leben verströmte.

»War es das wert?« Der *sicario* wischte seinen Degen ab, steckte ihn ein, hob die Kassette auf, stieß die Laterne mit einem Fuß um und verschwand in der Dunkelheit.

Federicos Fackel verglühte auf dem Boden, während die Musik näher kam, doch er hatte keine Kraft, um zu schreien. Er streckte eine Hand aus, aber zwischen den meterdicken Mauern des Triumphbogens sah ihn niemand. Die Kälte zog von den Beinen hinauf, bis sie seine Lungen und sein Herz umklammerte. Das Letzte, was er hörte, waren leise Flötentöne und das Quieken einer Ratte.

⇜ XXXIV ⇝
Die Rache der Kurtisane

Beatrice saß mit Alba in einem kleinen Zimmer im zweiten Stock von Capreses Haus. Die Räume waren schlicht eingerichtet, nirgendwo sah man üppiges Dekorum, doch die Tapisserien und Vorhänge waren von guter Qualität. Es gab kein offenes Kaminfeuer in diesem Raum, nur ein Kohlenbecken sorgte für ein wenig Wärme. Baldassare war sparsam.

»Der *giudice* war sehr freundlich. Er wird Euch bestimmt helfen, Madonna«, versuchte Alba ihre Herrin aufzuheitern. Seit drei Tagen warteten sie auf eine Antwort des Richters, der seine *sbirri* auf die Suche nach Federico schicken wollte.

Beatrice seufzte und tastete ihr Kinn ab. Die Schwellung ging langsam zurück, hinterließ aber einen hässlichen blauen Fleck. Niccolò Boncompagni war in der Tat sehr zuvorkommend gewesen, und sie hatte den Verdacht, dass Tomeo ihm von ihr geschrieben hatte. Zuerst hatte sie ihm nichts von den eintausend Scudi sagen wollen, doch er hatte ihr so mitfühlend zugehört, dass sie ihn schließlich einweihte. Verblieben waren sie am Ende so, dass Beatrice nichts unternehmen sollte, bis sie von Boncompagni hörte, was sie nicht daran hinderte, ihren Onkel um Geld zu bitten. Baldassare war willens, ihr zweihundert Scudi zu geben, für ihn anscheinend eine enorme Summe, weil er es für pure Verschwendung hielt, damit ein Kind auszulösen. Auf Verwandte angewiesen zu sein war kein gutes Gefühl. Sie seufzte erneut.

»Ach, Madonna, wir finden Giulia, da bin ich mir ganz sicher!« Alba konnte es nicht ertragen, ihre Herrin in diesem Zustand zu sehen. Die Madonna sollte nicht leiden. Sie war schön und immer freundlich zu ihr. In Pieve Socana hatte sie die Madonna zum ersten Mal wirklich glücklich gesehen. Oh, schon in Matraia war sie immer dann voll Freude gewesen, wenn sie mit ihrer Tochter zusammen war, aber in Pieve Socana war das noch anders gewesen. Und Alba war erwachsen genug, um zu wissen, dass nur *capitano* Tomeo der Grund für das Strahlen der Madonna war. Die Fahrt mit der Komödiantengruppe war lustig gewesen, und Matteo war ein hübscher Mann, der einen mit Worten ganz schwindelig machte, aber das Herz der Madonna hatte er nie erreicht, das gehörte *capitano* Tomeo. Alba war stolz auf ihre Herrin, weil sie einen tapferen Mann liebte, den alle achteten, und sie wünschte sich, dass der *capitano* zurückkam, um ihre Herrin zu heiraten, obwohl sie eigentlich wusste, dass das unmöglich war.

Von der Straße klangen laute Stimmen herauf. Alba ging zum Fenster und sah einen mit Weinfässern beladenen Karren, vor dem ein störrischer Esel stand, der sich durch die Schläge eines schreienden Mannes nicht zum Weitergehen bewegen ließ. Dann kamen vier *sbirri* um die Ecke, gaben dem Esel einen Klaps auf den Rücken, woraufhin das Tier einen Satz machte und den Mann mit der Rute umstieß. Die Umstehenden lachten, und Alba begriff, dass die *sbirri* zu ihrem Haus kamen. »Madonna, da kommen die Männer des *giudice*!«

Kurz darauf wurden sie von dem Diener Sebastiano in die Halle gerufen, wo die *sbirri* sie in dunklen Umhängen erwarteten. Die Eingangshalle war schmal und ein farbiges Mosaik im Fußboden der einzige Blickfang. Der größte der Männer, der auch der Dienstälteste zu sein schien, begrüßte sie höflich. »Madonna Buornardi, der ehrwürdige *giudice* Boncompagni bittet Euch höflichst, uns zu begleiten.« Er war ein schlichter Mann mit kräftigen Armen, mit denen er scheinbar hilflos durch die Luft ruderte; er räusperte sich und fuhr fort: »Es geht um eine Identifizierung.« Er sah sie erwartungsvoll an.

Beatrice griff nach Albas Hand. »Ein Kind?«

Alle *sbirri* schüttelten energisch die Köpfe, der Anführer sagte: »Nein, ein Mann. Er wurde vor drei Nächten auf dem Forum ermordet, und wir denken, dass es sich um Euren Gatten handeln könnte. Die Umstände weisen darauf hin.«

Aufatmend sanken ihre Schultern nach unten. »Alba, hol unsere Mäntel.«

Während das Mädchen der Aufforderung nachkam, fragte Beatrice: »Welche Umstände?«

Der Anführer hatte ein langes Gesicht mit einem breiten Mund und einem Dackelblick, mit dem er sie vorsichtig musterte. Er schien unsicher zu sein, was er ihr zumuten konnte.

»Ich bin Kummer gewohnt«, sagte sie mit einem schiefen Lächeln.

»Das Opfer ist ein Mann im besten Alter, trägt gute Kleidung, und bei ihm fanden wir einen Brief, der Alessandro de' Medici mit dem Verrat an Lucca in Verbindung bringt. Es gibt nicht gerade viele Luccheser in Rom.« Er hielt inne, weil Alba mit den Mänteln hereinkam. »Gut, dann gehen wir besser. Der *giudice* wartet auf uns.«

»Im Ospedale dei Fatebenefratelli«, fügte einer der jüngeren *sbirri* wichtig hinzu und erntete den strafenden Blick seines Vorgesetzten.

Sebastiano begleitete sie zur Tür. »Seid Ihr zum Abendessen zurück, Madonna?«

Sie sah den großen *sbirro* fragend an.

»Wir müssen zur Tiberinsel, dann der Papierkram ... Es kann schon spät werden.«

»Ich hebe Euch etwas auf. Ser Caprese isst heute außer Haus.« Der Diener lächelte und verneigte sich zum Abschied.

»Danke, Sebastiano.« Beatrice wusste seine Fürsorge zu schätzen. Er war ein gutmütiger Mann und schien mehr Mitgefühl für sie zu haben als ihr Onkel.

Auf der Straße schlugen ihnen Lärm und Gestank entgegen. Es war noch kalt, aber der Frühling kündigte sich langsam an. Alba zappelte neben ihr her, während sie in Richtung Santa Croce am Tiber hinuntergingen. Drei Priester kamen ihnen mit schnellen Schritten entgegen.

Einer der *sbirri* rümpfte die Nase und murmelte etwas.

»Sind die Priester auf dem Weg zum Vatikan?«, brachte Beatrice das Gespräch in Gang.

»Hochnäsiges Pack. Saugt das Volk aus und baut sich prächtige Paläste da oben! Habt Ihr von den neuen Steuern auf die Lebensmittel gehört?« Der Beamte senkte die Stimme. »Wenn es nach mir ginge, könnten wir auch gut ohne den Papst auskommen. Kostet doch nur unser Geld, der ganze Zirkus ...«

Der Anführer schalt ihn: »Und wer regiert uns dann? Glaubst du, es wird besser, wenn Pompeo Colonna hier das Sagen hat? Colonna wollte selbst gern Papst werden, aber all seine Bestechungen und Intrigen haben ihm nichts genutzt. Er hasst die Medici, und jetzt sammelt er in Rom Leute um sich, die genauso denken wie er. Madonna, es sind keine guten Zeiten hier in Rom, aber der Papst ist selbst schuld, so wie er die Leute behandelt, und dann sein Zaudern bei jeder Entscheidung. Wer soll ihm noch glauben?«

Beatrice hörte zu. Ihr Gefühl verstärkte sich, dass Rom die Zerrissenheit Italiens widerspiegelte, und das war keinesfalls beruhigend.

»Ist die Insel groß, zu der wir fahren?«, meldete sich Alba zu Wort.

Ein jüngerer *sbirro* lachte. »Nein, hübsches Kind. Wir fahren auch nicht hin, sondern gehen über den Ponte Fabricio. Der Konsul Fabricius hat sie vor über tausend Jahren bauen lassen.«

»Ich wäre lieber mit einem Schiff gefahren.« Aber als sie Beatrices ernste Miene sah, schwieg Alba und sagte bis zur Ankunft auf der Tiberinsel nichts mehr.

Teile der Insel waren dem Heilgott Äskulap geweiht, und das Ospedale dei Fatebenefratelli setzte eine antike Tradition der Krankenpflege fort. Das Hospital der Barmherzigen Brüder grenzte an San Giovanni Calibita, eine kleine Kirche, umgeben von einer niedrigen Mauer, hinter der sich ein Kräutergarten verbarg. Alles war von großer Schlichtheit, und doch spürte Beatrice die kraftvolle Stille, die von diesem Ort ausging. Einer der Brüder kam in einem hellbeigen Gewand aus dem Ospedale, einem eingeschossigen Bau mit einer Fassade, die dringend der Renovierung bedurfte.

Er faltete die Hände vor der Brust. »Seid gegrüßt, ich nehme an, Ihr kommt, um den Toten zu sehen, der vor drei Tagen zu uns gebracht wurde. Der *giudice* Boncompagni erwartet Euch in der Leichenhalle.« Die offiziellen Gewänder der *sbirri* hatten ihr Anliegen auch ohne Erklärungen deutlich gemacht.

Die Gruppe folgte dem Bruder in das Ospedale. Die Terrakottafliesen des Krankensaals waren sauber gefegt, und die Kranken lagen ruhig auf ihren Pritschen. Anscheinend kümmerten sich die Brüder aufopfernd um die Armen, die hierhergebracht wurden. Auch der Gestank war erträglich, und Beatrice fragte sich, was die Brüder anders machten als die Nonnen im Hospital in Lucca.

Nach dem Durchqueren des Saales gelangten sie in einen kleinen Raum, in dem ein Tisch und zwei Bänke standen. Auf einer saß der *giudice*. Niccolò Boncompagni war ein hochgewachsener, schlanker Mann mit klugen Augen in einem fein geschnittenen Gesicht. Sein früh ergrautes Haar stand im Gegensatz zu seinem Alter, denn er mochte kaum älter als fünfunddreißig Jahre sein. »Madonna, es tut mir leid, dass Ihr herkommen musstet, aber ich hielt es unter den Umständen für das Beste ...« Er machte eine entschuldigende Geste, und Beatrice nickte.

»Natürlich. Wo ist er?« Sie schaute auf die geschlossene Tür vor ihnen, hinter der sie den Leichensaal vermutete. »Alba, du bleibst hier.«

Der junge *sbirro* nahm Alba an der Hand und setzte sich mit ihr an den Tisch. »Ich erzähle dir, wie der heilige Äskulap hier ankam. Er hatte zwei Schlangen, dieser griechische Arzt, und eine ist ihm entwischt, als er mit dem Boot den Tiber entlangfuhr ...«

Alba hörte mit großen Augen zu, und Beatrice ging hinter Boncompagni und dem Bruder in das angrenzende Zimmer. Fünf schmale Tische standen nebeneinander in dem langgestreckten Raum, an dessen Ende große Wasserbottiche, Körbe und ein Marmortisch mit verschiedenen chirurgischen Instrumenten standen. Auf drei Tischen lagen Körper, abgedeckt mit fleckigen Leinentüchern.

»Fra Giovanni?«, sprach der Bruder, der sie begleitet hatte, einen Mann an, der sich im hinteren Teil des Raumes die Hände wusch.

Der Mann drehte sich um und musterte die Neuankömmlinge. Sein Kopf war rasiert, die Haut gebräunt, als hätte er viele Jahre seines Lebens in einem südlichen Land verbracht. Er hatte ein ernstes, rundes Gesicht, doch das Auffälligste waren seine feingliedrigen Hände, die Hände eines Künstlers, dachte Beatrice.

»Sie sind wegen des Toten vom Forum hier«, sagte der Bruder.

Fra Giovanni nickte, trat zu dem Tisch, der ihm am nächsten stand, und zog das Tuch zurück.

Beatrice hielt den Atem an und legte eine Hand vor den Mund. Dort lag ihr Mann, die Narbe an seiner Stirn hatte sich dunkel verfärbt, er trug einen Bart, und das Haar war lang. Unverkennbar war es Federico. »Das ist er«, flüsterte sie.

Niccolò nahm ihren Arm. »Geht es, Madonna? Oder wollt Ihr hinausgehen?«

»Nein. Wie ist er gestorben?« Sie hatte sich gefasst. Der erste Schock war überwunden. Federico würde sie nie wieder verletzen, aber er hatte sein Wissen um den Aufenthaltsort von Giulia mit sich genommen.

Fra Giovanni zog das Tuch ein Stück weiter zurück, so dass sie eine tiefe Stichwunde zwischen den Rippen im nackten Körper ihres Mannes sehen konnte. »Der Mörder hat genau gewusst, was er tat, ein sauberer Einstich mit Hilfe eines langen Dolches oder eines Degens. Der Einstichwinkel ist nach schräg oben gerichtet, so dass ich annehme, der Täter hat über dem Opfer gestanden. Es hat sich nicht gewehrt, keine Kampfspuren. Die Klinge ist nicht ins Herz gedrungen, hat aber die Hauptader verletzt, er ist verblutet. Am Hinterkopf hat das Opfer eine Wunde von einem stumpfen Gegenstand, oder es ist mit dem Kopf aufgeschlagen, als es fiel.« Er schwieg und sah Niccolò an.

Die beiden schienen sich zu kennen. »Wie ist er zu Euch gekommen, Giovanni?«, fragte der *giudice*.

»Er atmete noch, als zwei Diener des jungen Farnese ihn in den frühen Morgenstunden herbrachten. Anständig, dass er das veranlasst hat. Aber wir konnten nichts mehr für ihn tun. Er wurde schon kalt.« Fra Giovanni drehte sich um, ging zu seinem Arbeitstisch und kam mit einem Brief zurück.

Niccolò hob die Augenbrauen und überflog die Zeilen. Dann gab er Beatrice das Schreiben. »Eine schlechte Fälschung. Das Papstsiegel ist nicht echt.«

Beatrice las, dass Alessandro de' Medici persönlich jemandem in Lucca verschiedene Zusicherungen machte, wenn diese Person ihm bei der Opferung Luccas und dem Überfall auf Florenz half. Dafür hatten da Sesto und die anderen ihr Leben gelassen. Törichter Federico, dachte Beatrice ohne Mitleid. Wie hatte er nur dem Wort eines Medici glauben können?

»Wahrscheinlich wisst Ihr mehr darüber als ich«, meinte Niccolò mit fragendem Blick.

»Mein Gatte war einer der Verräter.« Ihre Lippen wurden zu einem schmalen Strich. »Ich müsste lügen, wenn ich sagen würde, dass sein Tod mir nahegeht. Er hat alles zerstört – seine Familie, sein Geschäft, die Ehre seines Bruders und mein Leben ...«, fügte sie kaum hörbar hinzu.

Niccolò legte eine Hand auf ihren Arm. »Wir werden Eure Tochter finden.«

»O Gott, hoffentlich tut die Porretta meiner Giulia nichts an!« Mit zitternden Fingern griff Beatrice nach ihrem Umhang und zog ihn enger um sich. »Wir müssen Giulia vor ihr finden!« Wenn Marcina von Federicos Tod erfuhr, würde sie Giulia aus Rache töten.

Niccolò nahm ihren Arm und führte sie hinaus. »Meine Leute sind bereits auf der Suche nach ihr, Madonna. Wir haben bald alle Siebmacher der Stadt aufgesucht. Vico«, wandte er sich in dem Vorraum an den ältesten der *sbirri*. »Habt ihr die Liste schon abgearbeitet?«

Der Mann mit dem treuherzigen Blick überlegte kurz. »Am Ponte Sisto waren wir noch nicht. Da soll es auch einen oder zwei Siebmacher geben, hat man uns gestern gesagt. Aber wir haben nicht genug Männer ... Die Colonnas machen mobil. Es ist schon schwer genug, die Steuereintreiber vor Übergriffen zu beschützen.«

»Ja, ja, aber ich möchte trotzdem, dass ihr gleich jetzt zwei Männer zum Ponte Sisto schickt!«, befahl Niccolò.

»Aber ...«, hub der Beamte an, wurde jedoch vom *giudice* zur Räson gebracht.

»Jetzt!«

»Was soll mit der Leiche geschehen?« Fra Giovanni war zu ihnen getreten.

Beatrice machte eine ratlose Handbewegung.

»Wir bestatten Fremde manchmal auf unserem kleinen Friedhof unten am Fluss. Wenn Ihr möchtet, können wir das für Euch in die Wege leiten.« Fra Giovanni sah sie an.

Der Richter nickte. »Das scheint mir eine gute Lösung. Ich glaube Tomeo gut genug zu kennen, um zu wissen, dass er damit einverstanden wäre.«

Jede Minute, die Beatrice noch im Ospedale dei Fatebenefratelli verbringen musste, erschien ihr wie eine Ewigkeit. Sie war so nervös und voller Angst um Giulia, dass sie kaum noch hörte, was besprochen wurde. Sollten sie Federico hier begraben. Ihr war das gleich. Nur Marcina machte sie fast wahnsinnig vor Angst. Aus Rache konnte die Frau alles Mögliche tun ...

Endlich verließ sie zusammen mit Niccolò Boncompagni und einem *sbirro* die Barmherzigen Brüder. Sie hatten den Ponte Fabricio überquert und die Via Arenula gekreuzt, als einer der *sbirri*, die Niccolò vorhin fortgeschickt hatte, aufgeregt winkend auf sie zurannte.

»Der Siebmacher, den wir suchen, lebt im Lungotevere dei

Tebaldi! Vico hat ihn gefunden und ist dort! Sollen wir ihn verhaften, *giudice*?« Der junge Beamte war außer Atem, aber stolz auf den Fahndungserfolg.

»Meine Tochter? Lebt sie?« Beatrice war den Tränen nahe. Nach allem, was geschehen war, ging es über ihre Kräfte, sich noch länger zu beherrschen.

»Ich weiß nicht, Madonna. Da waren mehrere Kinder.« Unsicher blickte der *sbirro* von Beatrice zu seinem Vorgesetzten.

»Wir kommen sofort mit. Vico ist dort?« Niccolò beschleunigte seine Schritte und ergriff wie selbstverständlich Beatrices Arm.

»Ja.« Der Beamte ging nun schnell voraus und machte ausgreifende Armbewegungen, wenn ihnen Leute entgegenkamen. »Platz für den *giudice* Boncompagni!«, rief er, und ein Wasserträger sprang fluchend auf die Seite.

Die Straße am Tiber unterschied sich deutlich von den weiter landeinwärts gelegenen Gebieten. Zum einen lag das am Tiberwasser, das einen fauligen Geruch verströmte. Wo Gerber und Müller ihre Betriebe hatten, sahen die Wasserfluten noch undurchdringlicher aus, und Beatrice wunderte sich, wie man in dieser Brühe überhaupt lebendige Fische fangen konnte, als sie die Boote mit den Netzen ausfahren sah. Alba schien fasziniert von dem bunten Treiben um sie herum und folgte ihnen, ohne sich über das Lauftempo, in das sie mittlerweile verfallen waren, zu beklagen.

Das Tiberufer war nicht überall befestigt, und oft lagen die flachen Kähne im Schlamm vertäut. Verschmierte Planken führten von den Anlegeplätzen hinunter ins Wasser, und an den Häusern konnte man die Hochwasserstände anhand von Rändern sehen, die das Wasser hinterlassen hatte. Wirtshäuser mit schief hängenden Schildern, Fassaden, die seit Jahrzehnten keinen Anstrich gesehen hatten, Kisten und Ballen, die zum Transport auf dem Fluss bestimmt waren, säumten die nasse, schlüpfrige Straße. Es hatte wieder zu regnen begonnen, und in weniger als einer Stunde würde es dunkel sein. Eines der Häuser am Flussufer stach durch eine schön gemauerte Fassade und eine Laterne über der Tür heraus.

»Da wohnt die Pantasilea«, sagte der *sbirro* abfällig.

»Wer?«, fragte Alba neugierig.

»Sie ist eine Kurtisane und bedient die vornehmen Herren. Oh, da vorn ist es!« Der *sbirro* verlangsamte das Tempo und zeigte auf ein schmales zweigeschossiges Haus, vor dem Körbe und Siebe ausgestellt waren.

Ein *sbirro* stand mit verschränkten Armen vor der Tür und musste sich von einem alten Weib beschimpfen lassen, das versuchte, an ihm vorbei ins Haus zu gelangen.

»Ich brauche ein Sieb für mein Mehl! Was soll das? Lass mich durch, du tumber Dickschädel!«

Niccolò ging an der keifenden Frau vorbei und betrat mit Beatrice und Alba das Haus. Beatrices Herz raste, und sie versuchte, in dem Kindergeschrei, das ihnen entgegenschlug, die Stimme ihrer Tochter zu erkennen, aber es schien kein Säugling darunter zu sein. Der Flur war so eng, dass sie nur hintereinander gehen konnten. Es roch nach ranzigem Fett, Kohl und Urin. In den vorderen Räumen, die eher kleinen Löchern als Wohnräumen ähnelten, befanden sich Werkstatt und Verkaufsraum, dahinter lagen die Küche und zwei Zimmer, in denen sich ein Dutzend Menschen drängte.

Vico stand in der Tür und seufzte, als er sie entdeckte. »*Giudice*, ein Glück, dass Ihr kommt. Die Kinder müssen sich erleichtern, der Siebmacher will uns verklagen, und alle anderen schreien durcheinander!«

Niccolò erfasste die Gruppe mit einem Blick. »Ruhe!«

Augenblicklich verstummte die kleine Gesellschaft. Beatrice konnte Giulia nirgends entdecken. Zwei Mädchen krabbelten auf dem Boden herum, ein Junge schlug mit einem Stein auf ein Stück Holz ein, die anderen Kinder waren zwischen acht und zehn Jahren alt, und keine der Frauen hielt einen Säugling im Arm. Ein grimmiger Mann mit roter Nase und schwieligen Händen trat vor.

Er stank nach Alkohol und Schweiß. »Was wollt Ihr? Ich bin ein rechtschaffener Mann und habe alle Steuern bezahlt, auch wenn meine Familie dadurch Hunger leiden muss und ich nicht weiß, ob meine kranken Eltern den Winter überstehen, weil wir keine Kräutermedizin kaufen können!«

»Wir sind nicht wegen der Steuern hier. Wo ist das Kind des Lucchesers?« Niccolò wurde ungeduldig. Die Enge in dem Raum war unerträglich. »Mein Gott, öffnet ein Fenster!«, befahl er.

Eine beleibte Frau, die Siebmachergattin, erhob sich. Ihr Kleid spannte über hervorquellenden Brüsten, die geschwollenen Beine sahen unter dem eingerissenen Rock hervor, man konnte nicht sagen, ob sie nur fett oder schon wieder schwanger war. Warzen verunstalteten Wangen und Mund, und strähniges Haar hing aus ihrem Zopf. »Ich geh das Gör holen. Macht nur Ärger. Eh, Pietro, habe ich nicht gesagt, lass es bleiben, aber du weißt ja alles besser. Der Kerl war ein Halunke, kein feiner Herr, wie du glauben wolltest. Ich kenn mich aus mit Gesindel, hab schließlich welches geehelicht ...« Sie zog lautstark die Nase hoch und schlurfte aus dem Raum.

»Halt den Mund! Er hat uns mehr Geld gezahlt, als wir je in einem Monat mit den Sieben verdient haben!«, schnauzte der Ehemann.

»Ja, aber nur, weil du zu dumm zum Handeln bist und säufst wie ein Loch ...«, keifte die Siebmacherfrau von hinten.

Beatrice hielt es nicht länger aus. Diese Frau durfte ihre Tochter nicht noch einmal anfassen. Allein der Gedanke war unerträglich. Ohne auf die anderen zu hören, rannte sie hinter der Frau her, die eine enge Treppe hinaufgestapft war. Ihr Herz klopfte zum Zerspringen, als sie die letzte Stufe nahm und in eine Kammer trat, in der auf einer breiten Bettstatt ein regloses Bündel lag. Es gab nur ein kleines Fenster, und auf dem Boden stand ein stinkender Nachttopf. Zwischen den Mauerritzen ragte Stroh hervor, und es war kalt und feucht. Die Siebmacherfrau schlurfte zum Bett und wollte sich bücken, doch Beatrice stürzte sich wie eine Furie auf sie.

»Fass sie nicht an!«, zischte sie, dass die Frau augenblicklich zusammenfuhr. »Giulia! Giulia?«, schluchzte Beatrice und nahm das Bündel in die Arme. Vorsichtig zog sie das Tuch zur Seite, welches das Gesicht des Kindes halb verdeckte, und stieß einen Schrei aus. Es war ihre Tochter, aber wie sah sie aus! Sie atmete, doch die Wangen waren rot und heiß von Fieber, die Augen, die sich nicht öffnen wollten, verklebt von eitrigem Sekret und die Haare schmutzig und voller Läuse.

»Wir haben ihr nichts getan! Was macht Ihr so 'n Gewese? Ist ein Kind. Ich krieg schon das zwölfte Balg. Sind gut zum Arbeiten, aber sonst doch nur unnütze Fresser. Ich hoffe nur, das nächste wird nicht wieder ein Mädchen…« Die hässliche Frau strich sich achtlos über den Leib. »Aber ich will Euch was erzählen, was der alte Hurensohn da unten nicht zu wissen braucht. Vor zwei Nächten war ein Kerl hier, einer von der ganz üblen Sorte, die hört man nicht, und schon ham sie dir die Kehle aufgeschlitzt. Der ist die Wände raufgeklettert wie 'ne Katze und hat uns angestarrt im Dunkeln. Pietro hat geschnarcht, weil er wieder Würfel gespielt und gesoffen hat, aber ich hab gesehen, wie der Kerl das Kind da angefasst hat. Hab gedacht, er will es mitnehmen, gibt ja so Perverse. Aber er hat was gesucht, was bei dem Kind war.« Sie wischte sich über den Mund, denn die Erinnerung an die Nacht machte ihr anscheinend noch immer Angst.

Beatrice drückte währenddessen schluchzend ihre Tochter an sich.

»Dann hat er ihre Sachen durchwühlt, die da in einem Korb liegen, und einen hübschen Umhang mitgenommen. Aus feinstem Seidendamast war das Stück, und der Herr hatte uns verboten, es anzurühren.« Sie nahm Giulias Wäsche aus dem Korb und hielt sie Beatrice hin, die nur den Kopf schüttelte.

Die verschmutzten Sachen wollte sie nicht haben. Sie hatte genug gehört und verließ die Kammer mit ihrer leise wimmernden Tochter.

Es sollte Wochen dauern, bis Giulia sich von dem Aufenthalt bei den Siebmachern erholt hatte. Schon nach wenigen Tagen jedoch ging es dem Kind deutlich besser, es lachte und strampelte, wenn es seine Mutter sah. Beatrice war überglücklich. Langsam fand sie ihr inneres Gleichgewicht wieder und begann sich um den Haushalt ihres Onkels zu kümmern. Niccolò Boncompagni ließ nach Marcina Porretta suchen, doch die Frau schien wie vom Erdboden verschwunden.

An einem milden Märzmorgen meldete Sebastiano den Besuch des *giudice*. Beatrice ging in den Empfangsraum hinunter, wo Niccolò bei einem Becher Gewürzwein auf sie wartete. Bei ihrem Eintreten erhob er sich und lächelte sie an.

»Ihr seid kaum wiederzuerkennen, Madonna Beatrice. Ich nehme an, dass es Eurer Tochter gut geht?«

»Danke, es geht uns beiden wunderbar. Und das haben wir zu einem großen Teil Euch zu verdanken, Ser Niccolò.« Sie trug ein neues Kleid aus dunkelbrauner Seide.

Niccolò wartete, bis sie sich gesetzt hatte, und zog ein versiegeltes Schreiben aus seiner Tasche. Während sie das Siegel betrachtete, musterte er sie aufmerksam.

Errötend legte sie den Brief zur Seite, er war von Tomeo.

»Wollt Ihr ihn nicht öffnen?«, fragte der *giudice*.

»Später, wenn Ihr erlaubt.« Zärtlich strich sie über das Papier.

Niccolò sah durch die kleinen, farbigen Fensterscheiben nach draußen und sagte wie nebenbei: »Das Schicksal geht manchmal einen Umweg, bevor es die richtigen Menschen zusammenführt.«

Eine Weile schwiegen sie, und Beatrice dankte Niccolò im Stillen für seine Zurückhaltung und sein Mitgefühl. Er war Tomeo ein wahrer Freund. »Habt Ihr eine Spur von Federicos Mörder?«

»Nein, und ich glaube nicht, dass wir je eine finden werden. Nach dem, was die Siebmacherfrau Euch gesagt hat, bin ich der festen Überzeugung, dass der Vatikan einen *sicario* ausgeschickt hat. Von denen geht uns kaum je einer ins Netz. Jede Fährte, die zu Alessandro oder dem Heiligen Vater führen könnte, wird vernichtet sein. Ihr könnt von Glück sagen, dass Eure Tochter am Leben ist und ...« Er brach ab.

»Und ich auch? Wolltet Ihr das sagen?«

»Nun, Ihr habt mehr durchgemacht, als manche Frau Eures Standes hätte ertragen können.«

»Ich habe nie daran gezweifelt, dass meine Tochter noch am Leben ist.« Sie lächelte versonnen. »Und ich hätte nicht geglaubt, dass es noch jemanden gibt, für den es sich zu leben lohnt ...«

»Ich denke, ich weiß, wen Ihr meint.«

Nachdem Beatrice den Brief gelesen hatte, wanderten ihre Gedanken wieder zu einer Winternacht in einem Wirtshaus im Casentino. Noch war der Krieg nicht zu Ende, aber sie betete täglich, dass Kaiser und Papst endlich einen dauerhaften Friedensvertrag schließen würden. Tomeos Worte gaben ihr Kraft und die Hoffnung auf eine gemeinsame Zukunft.

Um die Tage im Haus ihres Onkels nicht in Nutzlosigkeit zu verbringen, hatte Beatrice es sich angewöhnt, kleine Botengänge für ihn zu übernehmen. Baldassare handelte wie sein Bruder in Florenz mit Tuchen, und es war Beatrice mit Sebastianos Hilfe gelungen, ihn davon zu überzeugen, dass sie in seinem Geschäft durchaus eine Hilfe sein konnte. Nachdem sich mehrere Kunden lobend über Stoffe geäußert hatten, die unter Beatrices Aufsicht ausgewählt und bearbeitet worden waren, gestattete ihr Baldassare, sich um einige Aufträge zu kümmern. Für ihre Arbeit erhielt sie keinen Lohn, aber sie machte das Leben erträglicher.

Heute Nachmittag war sie zu einer neuen Kundin bestellt worden, bei der es sich, Sebastianos abschätzigen Worten zufolge, um eine Kurtisane handeln sollte. Dianora, wie sich die Dame nannte, bewohnte einen schmalen Palazzo im Distrikt Parione. In dem Straßengewirr, das von der Piazza Navona wegführte, hätte Beatrice sich verlaufen und war froh, dass Baldassares Diener Claudio sie begleitete, der sich in dem Labyrinth aus verzweigten Gassen gut auskannte.

»Das ist es, Signora«, sagte Claudio und hielt vor einer schmutzigen Fassade. Ein Kupferstecher und ein Gewürzkrämer teilten sich das Erdgeschoss. Ein Lumpensammler kam ihnen entgegen, wurde aber von Claudio barsch zur Seite gestoßen. Der junge Diener wirkte selbstbewusst und trug einen Dolch am Gürtel.

»Hoffentlich hat sie genügend Geld, dass sie sich die neuen Tücher auch leisten kann«, meinte Beatrice zweifelnd.

Claudio grinste. »In dem Gewerbe wird mehr Geld verdient, als Ihr glaubt, Signora. Der Herr hat schon viele gute Aufträge von Kurtisanen erhalten, und bisher haben sie immer pünktlich bezahlt. Besser als manch vornehmer Conte aus dem Rione Ponte.« Ihr Onkel vertrieb Stoffe nicht nur als Großhändler, sondern ließ auf Wunsch auch Wandbehänge, Vorhänge und Bespannungen für Baldachinbetten anfertigen.

Der Eingang zu den Räumen der Kurtisane befand sich in einem kleinen Hof zwischen den Häusern.

»Wer ist die Frau? Ist sie schon lange in Rom?«, fragte Beatrice, während sie darauf warteten, dass ihnen geöffnet wurde.

Claudio zuckte mit den Schultern. »Kann ich nicht sagen, Signora. Es gibt so viele. Zu den Berühmten gehört sie nicht, aber sie soll sehr schön sein.«

Sie hörten, wie ein Riegel zurückgeschoben wurde, dann schwang die schwere Holztür nach innen auf. »Seid Ihr wegen der Stoffe gekommen?«, fragte eine ältere Magd und ließ sie eintreten.

»Ja, wir kommen von Signor Caprese«, antwortete Beatrice.

»Sie wartet oben auf Euch.«

Die Tür fiel hinter ihnen ins Schloss, und Beatrice stieg mit Claudio, der sich die Tasche mit den Musterstoffen über die Schulter geworfen hatte, hinter der Magd ein düsteres Treppenhaus hinauf. Im ersten Stock fiel Licht durch eine unverglaste Fensteröffnung. Das Gemäuer war alt und feucht, und auch zwei Gemälde minderer Qualität konnten dem Haus keine wohnliche Atmosphäre verleihen.

Die Magd stieß eine mit Kupfernägeln beschlagene Tür auf. »Die Leute von Signor Caprese sind da, edle Dianora.«

Claudio räusperte sich abfällig und erntete einen bösen Blick von der Magd. Als sie jedoch in das helle Gemach traten, dessen Mittelpunkt ein riesiges Baldachinbett bildete, verstummte er. Mit dem Rücken zu ihnen saß eine schlanke Frau mit glänzenden schwarzen Locken vor einem Frisiertisch. Ihr tief dekolletiertes Kleid gab im Spiegel den Blick auf einen wohlgeformten Busen frei. Als sich jedoch die Augen der Dianora mit denen Beatrices im Spiegel trafen, entfuhr Beatrice ein Schreckensschrei: »Ihr!«

Marcina Porretta, denn niemand anderes verbarg sich hinter dem Namen der Kurtisane, drehte sich abrupt um und stand auf. »Ja, ich! Das hättet Ihr nicht erwartet, nicht wahr, Beatrice? Rosalba, gib dem jungen Mann etwas zu trinken, und lass ihn die Stoffe im Nebenraum ausbreiten.«

Verdutzt folgte Claudio der Magd.

»Nein, Claudio ...«, wollte Beatrice ihn zurückrufen, wurde aber durch Marcinas höhnisches Gelächter unterbrochen.

»Habt Ihr etwa Angst vor mir? Warum? Seht Euch um. Wir sind allein, nur zwei Frauen, die sich einen Mann geteilt haben.« Sie stand auf und breitete die Arme aus. In einer Hand hielt sie einen geschlossenen Fächer. »Mein Reich! Beeindruckend, nicht wahr? Wenn man bedenkt, dass ich nach Federicos Tod auf mich allein gestellt war.«

Die Möbelstücke waren gediegen, zwei riesige chinesische Vasen und die Skulptur eines Amor zeugten von mehr Vermögen, als das karge Treppenhaus hatte erwarten lassen.

»Habt Ihr gewusst, dass ich bei meinem Onkel lebe und für ihn arbeite?«

»Natürlich. Ich dachte, dies hier wäre eine nette Gelegenheit, sich auszutauschen.« Marcinas schmale Augen lagen kalt auf Beatrice.

»Ich habe Euch nichts zu sagen.« Stolz hob Beatrice den Kopf.

»Ach nein? Ich dachte, Ihr würdet mich beschimpfen dafür, dass ich Eure Tochter nach Rom gebracht habe und Euren Mann zu einem Helden machen wollte.«

»Zu einem Helden? Mein Gott, das könnt Ihr nicht ernst meinen! Einen Verräter und Betrüger habt Ihr aus Federico gemacht. Seine ganze Familie habt Ihr in den Ruin getrieben und Schande über das Haus Buornardi gebracht. Und meine

Giulia wäre in dem Rattenloch, in das Federico sie gegeben hat, fast gestorben. Ich habe wahrlich allen Grund, Euch zu beschimpfen, aber das macht nichts ungeschehen.«

»Immer hochmütig, niemals außer Fassung. Bravo, Beatrice.« Marcina schlug mit dem Fächer gegen einen Bettpfosten. »Ihr denkt, Ihr seid besser als ich, aber das seid Ihr nicht.« Drohend kam sie auf Beatrice zu.

»O doch, das bin ich. Ihr seid eine Hure!«

»Ich bin eine Kurtisane! Mir liegen die Männer zu Füßen, weil sie mich begehren. Ihr konntet ja nicht einmal einen Mann glücklich machen. Eine armselige, von mitleidigen Verwandten abhängige Witwe seid Ihr. Eine Last, die niemand haben will, die nie jemand wollte!«, schrie Marcina sie an.

Beatrice wich vor der wütenden Frau zurück. »Ich rede nicht mit Abschaum wie Euch!« Sie drehte sich um und wollte nach dem Türring greifen, als Marcina sie plötzlich von hinten angriff, ihre Haare packte und sie gegen einen Tisch stieß.

»Claudio!«, schrie Beatrice voller Angst, denn Marcina zog einen Dolch aus ihrem Fächer.

»Wisst Ihr, was ein *sfregio* ist, Beatrice?«

Der Dolch blitzte auf und fuhr auf Beatrices Wange nieder. Sie war nicht schnell genug, um dem Hieb ganz auszuweichen, und spürte, wie die scharfe Klinge ihr Fleisch an Kinn und Hals aufschnitt. In diesem Moment wurde die Tür aufgestoßen, und Claudio stürzte herein.

Er warf sich auf die rasende Marcina, entriss ihr den Dolch und schlug sie nieder. Dann griff er nach Beatrices Arm und zog die stark Blutende hinter sich aus dem Zimmer. »Schnell, bevor sie Hilfe holt.«

Sie hörte Marcina schon nach der Magd schreien, und von oben ertönte eine Männerstimme. Mit Claudios Hilfe stolperte sie die dunklen Treppen hinunter. Der Schnitt musste tief sein, denn das Blut strömte nur so über Hals und Dekolleté. Unten angekommen, zerrte Claudio den Riegel der Haustür auf und stieß Beatrice vor sich in die Gasse.

Weg von hier, war alles, was Beatrice denken konnte.

⇒ XXXV ⇐
Und der Himmel weinte

Tomeo stand auf einem der Wachtürme des Hauptquartiers und sah über das geplünderte Mailand zu den Zelten der Belagerer hinüber, die sich als kleine weiße Punkte in der Ferne hinter den Stadtmauern abzeichneten. Die spanischen und deutschen Söldner hatten die Mailänder wie eine Sklavenherde zusammengetrieben und brachten die Menschen an die Grenzen ihrer Leidensfähigkeit. Wenn nur Bourbon endlich mit dem Nachschub anrückte! Er dachte an Beatrice. Mehr als einmal war er kurz davor gewesen, alles hinzuwerfen und nach Rom zu gehen, doch dann sah er die ausgemergelten Gesichter seiner Soldaten und wusste, dass er sich den Rest seines Lebens schämen würde, ließe er die Männer jetzt im Stich.

Seit der Schlacht bei Pavia waren über zwölf Monate vergangen. Für viele Italiener waren diese Monate eine Zeit des Luftholens gewesen, doch die Lage in Mailand war angespannt. Tomeo und die anderen Kommandeure hatten Mühe, die siebentausend hungernden Spanier und Landsknechte zu bändigen. Wie erwartet hatte sich der Friedensvertrag zwischen Karl V. und Franz I. als Farce erwiesen. Tomeo hatte erwartet, dass der französische König alle Zugeständnisse widerrufen würde, sobald er wieder in Frankreich war. Und der gedemütigte Franz ging noch einen Schritt weiter und schloss sich im Mai 1526 mit Venedig und dem Papst zur Heiligen Liga von Cognac zusammen.

Karl V. sah sich politisch stark bedrängt, als im Sommer

1526 der Reichstag in Speyer zusammentrat. Die kriegerischen Auseinandersetzungen mit der Liga waren in vollem Gange, und an den österreichischen Grenzen wuchs die Bedrohung durch die Türken. Tomeo fragte sich wie die meisten hier, ob es richtig gewesen war, dass der Kaiser einen Beschluss verabschiedet hatte, der es jedem Reichsstand erlaubte, selbstherrlich über das Kirchenregiment zu entscheiden. Die Lutheraner triumphierten und sahen sich in ihrer Kritik am päpstlichen Kirchenstaat bestätigt.

Tomeo nahm diese Entwicklungen mit großer Besorgnis wahr, bedeuteten sie doch weiteren Krieg und keine Aussicht auf Entspannung des Konflikts zwischen Karl und Clemens. Nachdem er Beatrice im Casentino verlassen hatte, war er nach Genua gereist und hatte mit Bourbon über die Anwerbung neuer Truppen gesprochen. Der Connétable de Bourbon hielt diplomatische Verhandlungen mit Clemens für zwecklos, aber Karl glaubte noch immer an eine Einigung mit dem Papst, der ihm schließlich seine Wahl verdankte.

Die Lage in Mailand im Juli 1526 war beängstigend, denn der venezianische General Malatesta war mit seinem Heer über Lodi bis nach Mailand vorgerückt, um sich vor der Stadt mit den päpstlichen Truppen zu einem zwanzigtausend Mann starken Heer zu vereinigen.

Tomeo schrieb Beatrice regelmäßig. Und immer, wenn er längere Zeit nichts von ihr hörte, beschwerte ihm das sein Herz zusätzlich, denn nur die Hoffnung auf eine gemeinsame Zukunft ließ ihn das Elend der Belagerung ertragen. Tuveh ben Schemuel hatte ihm nach seiner Rückkehr aus Genua von Alessandros kläglichem Ende in einem Gefängnis in Antwerpen berichtet. Nach seinen Eltern hatte er nun auch noch seine Brüder verloren. Federicos Ermordung hatte ihn nicht überrascht, aber mehr getroffen, als er erwartet hatte. Aus Beatrices Briefen wusste er von Niccolòs Bemühungen, den

Mord aufzuklären, doch Tomeo glaubte nicht daran, dass es jemals dazu käme. Wenn Flamini seine schmutzigen Finger im Spiel hatte, durfte er froh sein, dass Beatrice und Giulia noch am Leben waren. Immerhin war sie Federicos Frau und die Freundin von Bernardina Chigi gewesen.

Lucca war jetzt nur noch Vergangenheit für Tomeo. Seine Zukunft lag im Süden des Landes. Er hatte Beatrice mit einer Besitzurkunde für seine Güter in Calascibetta ausgestattet, denn er fürchtete um Beatrices Sicherheit in Rom. Moncada, der kaiserliche Gesandte, verhandelte zwar mit dem Papst, doch wenn er zu keinem Ergebnis kam, würde er sich an Pompeo Colonna wenden, der nur darauf wartete, Vergeltung an Clemens für die verlorene Papstwahl zu üben. Und Vergeltung eines Colonna bedeutete den gewaltsamen Sturz des Papstes, einen blutigen Überfall auf den Vatikan und Aufruhr in den Straßen Roms.

»*Capitano!* Sie kommen! Bourbon ist schon gestern über den Ticino!« Gian Marco stürzte aufgeregt um die Ecke. Auch ihm waren die entbehrungsreichen Monate anzusehen. Seine Augen hatten ihren Glanz verloren, und er war still geworden.

»Genauer, Gian Marco. Sag mir genau, wo sie sind.« Das waren die ersehnten guten Nachrichten, endlich!

»Sie haben die Certosa di Pavia hinter sich gelassen und sind spätestens morgen hier! Bourbon hat Sold dabei! Dann können sich die Päpstlichen warm anziehen ...« Er schüttelte seine Faust über der Brüstung. »Ich werde Eure Rüstung putzen.«

Tomeo folgte seinem euphorischen Burschen die Treppe hinunter. Er sagte Gian Marco nicht, dass er den Tag herbeisehnte, an dem er seine Rüstung einschmelzen lassen würde.

Doch es kam am folgenden Tag nicht zum Kampf, weil die Verbündeten der Heiligen Liga angesichts der frischen Streitkräfte den Rückzug antraten. Überhaupt schienen in der

Liga Uneinigkeit und Misstrauen zu herrschen, was zu zögerlichem Vorgehen und fatalen militärischen Fehlern führte. Venedig befürchtete, dass der Papst sich wieder mit dem Kaiser einigen könne und Frankreich ihm folgen würde. Zur selben Zeit scheiterte die Eroberung des kaiserlichen Siena, und das Ansehen des Papstes sank immer mehr. Pompeo Colonna sammelte ständig mehr Verbündete um sich, rückte am zwanzigsten September 1526 mit ihnen durch die Tore Roms ein, und das Volk sah zu.

Tomeo las später Beatrices Bericht und konnte sich nur zu lebhaft vorstellen, wie das Volk hämisch den bewaffneten Colonnas und ihren Ghibellinen Platz gemacht hatte auf den Straßen Roms, damit sie es dem verhassten Clemens heimzahlten. Dieser Papst hatte es nicht verstanden, die Gunst seines Volkes zu erringen, weil er weder Gnade noch Großherzigkeit zeigte. Seine Furchtsamkeit und sein ständiges Abwägen wurden ihm zum Verhängnis. Pompeo Colonna und seine Männer plünderten Sankt Peter und Rom einen Tag lang, bevor sie sich wieder zurückzogen. Am nächsten Tag war der Papst bereit, mit dem kaiserlichen Gesandten Moncada zu verhandeln. Ein viermonatiger Waffenstillstand war das Ergebnis. Clemens zog seine Truppen aus der Lombardei und seine Flotte von Genua ab.

Was Tomeo an Beatrices Bericht am meisten beunruhigt hatte, war ihre Begegnung mit Marcina Porretta. Sie schrieb nicht viel darüber, doch ihre Angst vor der zur begehrten Kurtisane avancierten Marcina war in jeder Zeile spürbar. Obwohl Beatrice gegen Marcina wegen des Messerangriffs vor Gericht gegangen war, hatte sich die Kurtisane mit Hilfe eines reichen Gönners ohne Strafe aus der Affäre ziehen können. Sollte er die Frau jemals wiedersehen, konnte sie sicher sein, dass sie ihre gerechte Strafe erhielt. Er hatte keine Skrupel, sie zu töten.

Tomeo ging regelmäßig die Wälle ab und fragte sich, warum die Armee der Liga sie nicht überrollte, denn sie wären eine leichte Beute für die Übermacht gewesen. Doch dann erfuhren sie, dass Clemens große Truppenteile nach Rom zurückbeordert und gar aus seinen Diensten entlassen hatte. Nur den Condottiere Giovanni delle Bande Nere ließ er mit viertausend Mann vor Mailand. Der Papst war voller Angst und spielte sogar mit dem Gedanken, nach Barcelona zu gehen, um Frieden mit dem Kaiser zu schließen. Es gab kaum noch genügend Fleisch und Brot in der Stadt. Wo immer die Soldaten ein Huhn oder gar ein Schwein auftrieben, wurde es unter lautem Geschrei ins Lager gebracht. Und dann kam im Oktober die Nachricht, dass Karl Nachschub aus Spanien schickte: Eine Flotte von siebentausend Mann war von Cartagena nach Neapel unter Führung von Lannoy, dem Vizekönig von Neapel, unterwegs. Zur selben Zeit war es den Habsburgern gelungen, Frundsberg, den alternden Tiroler Kriegshelden, zur Hilfe für die bedrängten kaiserlichen Truppen in Mailand zu gewinnen.

Tuveh ben Schemuel öffnete seinen Laden nur noch an zwei Tagen in der Woche, denn er hatte kaum noch Waren, die er verkaufen konnte. Durch Tomeos Fürsprache waren er und seine Glaubensbrüder von den Söldnern verschont geblieben, was einem Wunder gleichkam.

Heute brachte Tomeo bei seinem Besuch kandierte Früchte mit, die Gian Marco ergaunert hatte. Der Bursche hatte ein unerschöpfliches Talent, wenn es um die Beschaffung von Lebensmitteln ging, und Tomeo stellte keine Fragen.

Der jüdische Goldhändler hatte die Teegläser herausgeholt, und Tomeo setzte sich zu ihm an den kleinen Tisch, an dem sie nun schon viele Stunden bei Gesprächen oder auch in einträchtigem Schweigen verbracht hatten. »Schalom, mein Freund.«

Tomeo trank einen Schluck des heißen Getränks und sah sein Gegenüber an. »Frundsberg hat es fertiggebracht, zwölftausend Männer in Tirol zu sammeln. Es heißt, er hat seine eigenen Schlösser und Güter dafür versetzt. Der Alte soll gesagt haben: ›Viel Feind, viel Ehr‹, er will mit der Hilfe Gottes hindurchdringen, den Kaiser und sein Volk zu retten.«

Tuveh zog an seinem Bart. »Dann sind sie nicht mehr aufzuhalten. Wisst Ihr, Tomeo, bislang war das ein Krieg zwischen dem Kaiser, dem französischen König und dem Papst, aber jetzt …« Er schüttelte den Kopf. »Jetzt machen die Rotten den neuen Glauben zu ihrem Schild und Schwert, und sie werden nicht ruhen, bis sie in Rom sind. Rom ist ihr Ziel. Davon werden sie nicht lassen.«

Vor Schreck verschluckte Tomeo sich an seinem Tee. »Aber nein, Tuveh! Die Landsknechte sind ein wilder Haufen, aber wir haben sie doch bändigen können! Sie kommen, um Mailand zu halten.«

»Nein, mein Freund, das wird ein blutiger Kreuzzug. Und weil Clemens keine Freunde hat, wird es ihm nicht gelingen, sie aufzuhalten. Dafür bräuchte er Männer, die mit dem Herzen für ihn kämpfen, doch die hat er nicht, weil er jeden Einzelnen irgendwann einmal enttäuscht und hintergangen hat. Sie werden wie ein Feuerdrachen durch Italien ziehen und eine Schneise der Verwüstung hinter sich lassen, und alle werden gelähmt vor Schreck sein und nicht glauben, dass dieser Mörderhaufen es tatsächlich bis nach Rom schafft. Und wenn sie aus ihrer Erstarrung erwachen – dann wird es bereits zu spät sein.« Tuveh lächelte und biss in eine kandierte Orangenscheibe.

»Mein Gott, ich kann nur hoffen, dass die Zukunft Eure apokalyptische Vision Lügen strafen wird.« Doch Tomeo ahnte, dass der Jude recht behalten sollte.

Als der letzte große Heerführer der Päpstlichen, Giovanni delle Bande Nere, am fünfundzwanzigsten November 1526 an der Minciobrücke tödlich getroffen vom Pferd stürzte, brachen die letzten Barrieren, die die Landsknechte noch hätten aufhalten können. Giovanni de' Medici, die letzte Hoffnung des Papstes, starb wenige Tage später in Mantua, und Frundsberg und seine Truppen zogen ungehindert weiter, setzten bei Ostiglia über den Po und wurden von Alfonso d'Este mit Geschützen und Geld versorgt. Während die Landsknechte und Spanier weiter nach Süden vorrückten, suchte Clemens wieder die Nähe Frankreichs und Venedigs, die ihn zum Weiterführen des Krieges drängten. Durch den Tod Giovannis delle Bande Nere geschockt, zögerte der Papst und ließ stattdessen Pompeo Colonna und seine Familie ächten und deren Besitzungen zerstören.

Die ersten Tage des neuen Jahres waren angebrochen, und Tomeo befand sich noch immer in Mailand, wo Bourbon die Sicherung der Stadt organisierte. Der Connétable stand an der langen Tafel im Palazzo Reale, an der sich die Kommandeure regelmäßig zum Essen oder zu Lagebesprechungen versammelten. Maramaldo, Leyva, der junge Kaspar Frundsberg, der Graf von Cajazzo und einige jüngere Kommandeure erwarteten die Weisungen ihres Oberbefehlshabers.

Tomeo lehnte in einem warmen Wams an einem Schrank und beobachtete die Männer. Was trieb sie noch an, diesen Krieg weiter nach Italien hineinzutreiben? Der Gedanke an ein neues Römisches Reich, der Hass auf das Papsttum oder die Gier nach Beute, nach Entschädigung für die Not und die Entbehrungen, die sie alle erlitten hatten? In dem hohen Raum war es kalt. Das Feuer im Kamin war kaum mehr als ein Haufen Glut. Aber Mailand war am Ende, die Menschen waren kriegsmüde und verzweifelt. Wenn Tomeo durch die Straßen ging, hörte er kaum noch Kindergeschrei, selbst Bettler waren selten geworden. Wahrscheinlich waren sie inzwischen verhungert, und die Pest wartete in feuchtkalten Rattenlöchern darauf, die Mailänder erneut heimzusuchen. Bourbon hob an zu sprechen.

»Frundsberg ist mit seinen Leuten bei Firenzuola eingekesselt worden. Wir müssen ihm zu Hilfe kommen!« Der Franzose reckte sein Kinn, die goldene Kette auf seiner Brust blitzte wie seine beringten Hände und der kostbare Degenknauf.

Maramaldo räusperte sich. »Aber die Spanier meutern. Ohne Sold gehen sie nicht einen Schritt weiter.« Der erfahrene Kommandeur befehligte vier Hundertschaften Landsknechte und spanische Söldner.

Bourbons helle Augen wurden eisig. »Ich weiß. Wir werden die Mailänder erneut zur Kasse bitten müssen.«

»Habt Ihr vergessen, dass Ihr einen Eid geschworen habt, Connétable?«, warf Tomeo entrüstet ein. Er erinnerte sich noch gut an den Tag, als Bourbon mit Truppennachschub aus Spanien gekommen war und den Mailändern geschworen hatte, die Söldner aus der Stadt zu verlegen, wenn sie ihm noch einmal dreißigtausend Dukaten zahlten. Die Mailänder hatten gezahlt, aber das Kriegsvolk war noch immer hier und saugte die Stadt bis aufs Blut aus. »Ihr habt geschworen, dass, wenn Ihr Euren Eid brecht, Euch die erste Kugel im Feld töten wird!«

»Ich weiß selbst, was ich geschworen habe, *capitano*!«, donnerte der Connétable. Die Adern an seiner weißen Stirn schwollen an, und er schlug mit der Faust auf den Tisch. »Aber wir brauchen das Geld! Wir dürfen Frundsberg nicht dort verrecken lassen, nicht nach dem, was er für uns getan hat! Es ist beschlossen!«

Die anderen murmelten zustimmend, und Cajazzo warf Tomeo einen verächtlichen Blick zu. Jetzt konnte auch Tomeo Tuveh ben Schemuel und seine Freunde nicht mehr beschützen. Enttäuscht ging er nach der Besprechung in die Stadt. Der graue Himmel und die feuchte Kälte entsprachen seiner finsteren Stimmung. Er fand Tuvehs Laden verschlossen, doch Simon öffnete ihm, nachdem er mehrfach geklopft hatte. »Ist Tuveh da? Ich muss mit ihm sprechen.«

»Kommt herein, *capitano*. Wir packen alles zusammen, weil wir die Stadt verlassen. Er ist hinten.« Simon zeigte auf den kleinen, durch einen Vorhang abgetrennten Raum.

Die Teppiche waren bereits zusammengerollt, der Tisch und die Stühle ineinandergestapelt, und der Samowar stand auf dem Boden.

»Macht nicht so ein Gesicht, mein Freund!« Tuveh ben Schemuel kam aus seinem Lager und umarmte Tomeo herzlich.

»Ihr seid klüger als ich. Bourbon hat seinen Eid gebrochen und will noch mehr Geld von den Mailändern. Die militärische Lage …«, versuchte Tomeo zu erklären, doch der Goldhändler hob abwehrend die Hände.

»Die Apokalypse. Denkt an meine Worte. Wir retten, was noch zu retten ist, und ziehen Richtung Norden. Ich habe Familie in Straßburg und Lüttich, die freuen sich, mich zu sehen.«

»Ich wünschte, ich hätte etwas von Eurer Gelassenheit, Tuveh.« Tomeo lächelte.

»Oh, das ist die jahrhundertelange Erfahrung meines Volkes, das immer wieder verfolgt und verjagt wurde. Wir sind daran gewöhnt. Aber was werdet Ihr jetzt tun? Bleibt Ihr hier?«

»Nein. Leyva und Kaspar Frundsberg werden mit einer Mannschaft als Befehlshaber in Mailand bleiben, alle anderen gehen mit Bourbon. Wir werden Frundsberg in der Nähe von Firenzuola treffen, und dann …« Tomeo mochte den Satz nicht zu Ende sprechen. »Darf ich Euch um einen Gefallen bitten?« Er zog einen Brief aus seinem Wams.

»Unser Botensystem funktioniert nach wie vor. Natürlich werde ich den Brief nach Rom schicken. Warum geht Ihr nicht selbst? Was schuldet Ihr denen?«

»Ich schulde es mir und meinem Gewissen. Wenn nur noch Söldner ohne Kommandeure durch das Land ziehen, wird das Morden grenzenlos sein. Zumindest haben sie noch Respekt vor Bourbon, Maramaldo, Cajazzo, mag er sein, wie er will, und vor mir. Ich selbst bin voller Begeisterung für Karl in den Krieg gezogen, habe nach der Schlacht bei Pavia gejubelt und geglaubt, dass wir einen großen Sieg für ein neues Römisches Reich errungen haben. Viele junge Männer, gute Männer, haben sich uns angeschlossen, weil auch sie an den Traum des Kaisers glauben …« Für Sekunden schloss Tomeo die Augen.

»Ihr glaubt nicht mehr daran.«

Tomeo sah seinen jüdischen Freund nachdenklich an. »Etwas, das mit so viel Blut erkämpft wurde, kann nur ein Albtraum sein. Aber …« Er atmete tief ein. »Es ist meine Pflicht, diesen Feldzug bis zum Ende mitzumachen, um die Mordlust der Landsknechte und spanischen Söldner einzudämmen, wie es in meinen Kräften steht, um ihnen zu zeigen, dass dieser Krieg einem höheren Ziel dient.«

Tuveh legte ihm seine Hand auf die Schulter. »Geht mit Gott, mein Freund. Ich werde für Euch beten, und wenn es bestimmt ist, sehen wir uns wieder.« Er zwinkerte und strich sich rasch über den Bart.

Tomeo hätte nicht sagen können, ob ben Schemuel eine Träne verdrängt hatte. Traurig ging er durch die leeren Straßen. Selbst in der Via dei Mercanti waren kaum Händler oder Käufer zu sehen. Wie auch? Musste doch jeder Bürger Mailands abgeben, was er nicht zum Überleben brauchte. Tuveh würde Beatrice seinen Brief senden. Auf den Botendienst der jüdischen Händler war mehr Verlass als auf die *scarsella dei lombardi*. Beatrice musste Rom verlassen und nach Sizilien gehen, um dort auf ihn zu warten. Er hätte sie schon vorher drängen sollen, Rom zu verlassen. Aber seit der Messerattacke hatte Beatrice Angst, überhaupt das Haus ihres Onkels zu verlassen. Seit dem Aufstand der Colonnas war es nicht mehr ratsam, sich in Rom aufzuhalten. Niemand wusste, wie sich der Konflikt zwischen den Ghibellinen, die sich um Colonna im gesamten Latium gesammelt hatten, und dem Papst entwickeln würde. Wenn jetzt das kaiserliche Heer anrückte, erhielten die Ghibellinen in Rom Rückendeckung und würden vielleicht einen neuen Aufstand wagen. Als er die Piazza del Duomo erblickte, verbot er sich alle Gedanken an Beatrice und konzentrierte sich auf seine Aufgaben als Kommandant. Wenn er lebend aus diesem Feldzug hervorgehen wollte, durfte er sich Unachtsamkeit und Schwäche nicht erlauben.

Die Monate bis zum siebten Mai 1527 waren eine grauenvolle Aneinanderreihung von Scharmützeln mit versprengten päpstlichen Truppenteilen, die sich abwechselten mit Gewaltmärschen bei Regen und Kälte, unterbrochen von scheinbar endlosen Warteperioden in elendig dreckigen Lagern, in denen es kaum etwas zu essen gab und wo Läuse und Fleckfieber grassierten. In diesen Monaten schien sich der Himmel über ihnen geöffnet zu haben, um das mordende und plündernde Kriegsvolk, das durch Italien zog, mit Regen zu ertränken. Mit ihren riesigen Spießen und verrosteten Panzern boten die Söldner einen furchterregenden Anblick, und Tomeo schämte sich dafür, zu diesem unheilbringenden Tross zu zählen. Die Landsknechte gebärdeten sich immer wilder und schrien wütend nach Geld. Ihr maßloses Verhalten trieb den alten Frundsberg so weit, dass er einen Schlaganfall erlitt und nach Ferrara gebracht werden musste. Ständig wurden Boten zwischen Clemens und dem kaiserlichen Heer hin- und hergeschickt, doch die Söldner wollten sich mit Almosen nicht mehr zufriedengeben. In seiner Not entließ Clemens seine Truppen bis auf die zweitausend Mann starke Schweizergarde und zweitausend Soldaten der Bande Nere, um dreißigtausend Dukaten monatlich zu sparen. Er hoffte durch dieses Zugeständnis auf ein Einlenken Bourbons und Lannoys, doch die Kommandeure hatten längst die Kontrolle über die Söldner verloren.

In der Nacht zum sechsten Mai stand Tomeo mit den anderen Heerführern neben Bourbon auf dem Vorhof des Klosters San Onofrio, von dem aus sie einen herrlichen Blick auf Rom hatten. Nur wenige Lichter blinkten vom Tiber, dem Vatikan und der Stadt jenseits des Flusses herüber. Bourbons blonde Haare wehten im Wind. Sein goldener Brustpanzer glänzte, doch seine Miene war ernst.

»Hier stehen wir nun, *capitano*, mein ewiger Zweifler. Hinter uns das päpstliche Heer, vor uns die unüberwindlichen Mauern Roms, und wir haben einen Haufen von Mördern und Tagelöhnern, die vor Hunger nicht in den Schlaf kommen und nur schreien: ›Der Antichrist‹, ›Sodom und Gomorrha.‹« Der Connétable stieß hart die Luft aus. »Ich habe das nicht gewollt, aber jetzt gibt es kein Zurück. Macht Euren Frieden mit Gott.« Er drehte sich um und hob einen Arm, woraufhin die Trommler zum Sammeln schlugen.

Tomeo erbebte bei dem durchdringenden Geräusch, das die bevorstehende Schlacht ankündigte. Es war unheimlich, die sich wie lange Lindwürmer bewegenden Kompanien unten auf den Feldern zu sehen. Fackelträger begleiteten die Abteilungen zu den vorher bestimmten Toren und Mauerstellen, an denen im Morgengrauen der Ansturm erfolgen sollte. Die Trommeln dröhnten dumpf durch die Nacht, und langsam erhob sich aus den heiseren Kehlen von Tausenden von Soldaten ein vielsprachiger Schlachtruf gegen Rom. Als die ersten Sonnenstrahlen den Morgennebel durchdrangen, erhob sich ein ohrenbetäubendes Gebrüll, und die Kriegshorden stürmten auf die Mauern der Ewigen Stadt zu, hinter denen sie unzählige Kirchen und prachtvolle Palazzi wussten, die mit goldenen und silbernen Gerätschaften, Schätzen aus Kunst und Kultur und dem gesamten Reichtum der Christenheit gefüllt waren.

Ohne Geschütze, mit Leitern, die sie in aller Hast aus den Pfählen der Weinberge gefertigt hatten, rannten die Landsknechte und Söldner mit Spießen und Hellebarden, Schwertern und Handrohren auf die Mauern zu. Der vom Tiber aufsteigende dicke Morgennebel bedeckte die Wälle und schützte die Angreifer vor den römischen Scharfschützen. Tomeo ritt mitten unter seinen Männern Richtung Porta Santo Spirito und erfuhr erst später vom Tod des Connétable Bourbon, der als einer der Ersten über die Mauern geklettert und von einer Flintenkugel getroffen worden war. Während dieses Ansturms im Nebel schossen Spanier auf Deutsche und umgekehrt. Bourbons Tod trieb die Söldner nur noch mehr an, Rom dem Erdboden gleichzumachen. Wie ein Heer von grimmigen Teufeln stürzten sie brüllend in die Stadt und metzelten Bewaffnete und Wehrlose, Kinder und Frauen ohne Ausnahme nieder.

Tomeo preschte auf seinem Pferd durch das infernalische Kampfgewühl und schrie: »Ihr Wahnsinnigen! Nicht die Frauen und Kinder! Sie haben euch nichts getan!«

Er sah die Schweizergarde am vatikanischen Obelisken bis auf den letzten Mann fallen, sah, wie ein Haufen Spanier Feuer in den Häusern am Borgo legte. Lebendige Fackeln torkelten aus den Gebäuden, im Hospital Santo Spirito verwüsteten die Söldner alles und mordeten sogar die Kranken nieder. Blind hieb Tomeo mit dem Schwert um sich, wobei ihm Tränen über das Gesicht liefen, und er brüllte: »Warum? O Gott, warum?«

Die Mordknechte brachen in Kirchen und Klöster ein, schändeten die Nonnen, raubten das Kirchengerät, plünderten Palazzi und trieben die Bewohner auf die Straßen, um sie dort zu demütigen. Tomeo sah Landsknechte, die sich Perlen in die blutverschmierten Bärte flochten und sich mit dem Schmuck der Adligen behängten, sie wirkten wie Ausgeburten der Hölle.

»Der Papst ist in die Engelsburg geflohen!«, schrie Gian Marco, der dicht hinter ihm ritt und auf bewaffnete Römer einschlug, die sich immer weniger wehrten. »Wohin wollt Ihr?«

»Zum Haus von Caprese. Ich will wissen, ob dort noch jemand ist.« Doch es war unmöglich, bis zur Via Giulia vorzudringen. Tomeos Brustpanzer war blutverschmiert, eine leichte Wunde klaffte am Unterschenkel. Sie musste seinen Brief erhalten haben. Auf Tuveh war Verlass, und Beatrice war sicher schon auf dem Weg nach Sizilien. Oder sie war schon dort, in Calascibetta!

Dann sah er in dem Gewühl eine schwarzhaarige Frau in einer Gasse verschwinden. Als sie kurz den Kopf wandte, stockte ihm der Atem. Marcina! Er gab seinem Pferd die Sporen und preschte durch die Kämpfenden. Gian Marco schrie hinter ihm her, doch er hatte nur die fliehende Frauengestalt im Auge, die jetzt dicht vor ihm herlief. »Marcina Porretta!«, brüllte er.

Sie drehte sich nicht um, sondern warf sich gegen eine Haustür und trommelte gegen das Holz, doch niemand, der sich in seinem Haus verbarrikadiert hatte, würde jetzt die Tür öffnen. Aus einer Seitenstraße drängte eine Horde Landsknechte heran. Einer der Männer schwang eine blutige Axt, die anderen zerrten eine weinende junge Nonne mit sich, deren weiße Kutte mit Dreck und Blut besudelt war. Als sie Marcina sahen, johlten die Männer, und ein rothaariger Hüne packte sie und warf sie sich über die Schulter.

»Lasst sie los!«, brüllte Tomeo, doch die Männer grölten nur wilde Kriegslieder und zogen in die nächste Querstraße. Dann soll es so sein, dachte Tomeo und wollte sein Pferd zum Umdrehen antreiben, als er Gian Marco hinter sich rufen hörte:

»Achtung, *capitano*, links von Euch!«

Marcina hatte ihn abgelenkt, so dass er den Torbogen nicht im Blick gehabt hatte, aus dem eine Gruppe römischer Söldner hervorstürzte. Kaum sah Tomeo die Klinge aufblitzen, da spürte er auch schon den Schmerz in seinem Oberarm. Es knirschte, und etwas in ihm zerriss, so dass er das Gefühl in seiner linken Hand verlor.

»*Capitano*, nach rechts!« Gian Marco drängte ihn und sein Pferd nach vorn in eine Gasse, in der kaum gekämpft wurde.

Tomeo hielt noch sein Schwert, die Zügel waren ihm entglitten, und langsam schwanden ihm die Sinne. Während er aus dem Sattel rutschte, dachte er noch, dass er auf Tuveh hätte hören sollen. In diesem Krieg gab es keine Ehre, und sie waren alle Verlierer. Er spürte seinen Kopf hart auf Steinen aufschlagen, bevor er das Bewusstsein verlor.

⇌ XXXVI ⇌
Calascibetta, November 1527

Weit erstreckte sich das Hügelland vor ihren Augen. Sie hatte nicht erwartet, dass es so grün sein würde. Beatrice strich sich die Haare aus dem Gesicht. Sie trug sie wie die meisten Frauen hier zu einem Zopf geflochten über einem einfachen Leinenkleid. Etwas Kaltfeuchtes stieß sie an. Der große Hund legte zutraulich seine Schnauze in ihre Hand. Der schlanke graue Mischling gehörte zum Gut und folgte ihr überallhin.

Zu Beginn war es nicht einfach gewesen. Die Menschen

waren stolz und verschlossen und hatten sie mit Misstrauen empfangen. Obwohl sie alle Dokumente vorgewiesen hatte, die beglaubigten, dass sie die neue Herrin des Gutes war, hatte man sie deutlich spüren lassen, dass sie eine Fremde war, ein Eindringling in einem seit Jahrzehnten funktionierenden Betrieb, der einem kleinen Dorf glich. Calascibetta lag eine Wegstunde östlich von den Ländereien der Seidenmanufaktur der Buornardis. Das Land war gut. Fruchtbares Land, das sein Wasser von einem Nebenfluss des Lago Villarosa bezog. Auf einem Plateau im Süden lag Enna, die Provinzhauptstadt. Sizilien gehörte mit Neapel zum kaiserlichen Reich und war dem Vizekönig unterstellt, doch auch hier waren politische Unruhen zu spüren, von denen Beatrice am liebsten nichts wissen wollte.

»Na komm.« Sie streichelte dem Hund über den Kopf und wandte sich um. Ein schmaler Trampelpfad führte zwischen stacheligen Sträuchern und hohem Gras hinunter zum Gutshof, der aus Stallungen, den Manufakturgebäuden, kleineren Gebäuden, in denen die Seidenraupen aufgezogen wurden, Gesindehäusern und dem Haupthaus bestand. Eine Magd trug eine Milchkanne über den Hof und grüßte Beatrice freundlich.

Die Leute machten hervorragenden Käse, und auch sonst war das Essen reichhaltig und schmackhaft. Seit einigen Tagen hatte es nicht geregnet, und es staubte auf dem Hof. Hühner rannten gackernd vor ihr davon, ein alter Knecht trieb einen Esel vor sich her, und Giulia saß neben Gino auf dem Boden vor dem Haus. Der Junge lag in einer kleinen Krippe und schrie.

»Ines! Dein Sohn hat Hunger!«, rief Beatrice. Sofort schlug die Tür des Haupthauses auf, eines schlichten zweistöckigen Gebäudes, und Ines kam mit rotverschmierten Händen heraus.

»Ich koche Tomaten ein. Ich kann ihn jetzt nicht füttern. Ah, Gino, du bist ein Nimmersatt.« Ines wedelte hilflos mit den klebrigen Händen. Ihre Schürze war ebenfalls voller Tomatensoße, doch ihre vollen Wangen glühten, sie war ganz in ihrem Element.

»Geh nur, ich gebe ihm etwas Honig. Das wird ihn beruhigen.«

»Danke, Madonna.« Ines verdrehte lachend die Augen und ging wieder ins Haus.

Beatrice suchte auf einem Tisch, der an der Hauswand stand, nach dem Honigtopf und steckte einen ihrer Finger hinein, den sie dann Gino hinhielt. Es war ihre größte Freude, dass Ines und Ugo mit Lelo nach Calascibetta gekommen waren. Nachdem sie in Rom von Marcina verletzt worden war, hatte sie sich im Haus ihres Onkels verkrochen. Die Schnittwunde war tief, aber nicht gefährlich gewesen und gut verheilt. Die Narbe würde mit der Zeit verblassen. Was nicht verblassen würde, waren die Narben auf ihrer Seele. Ihr Glaube an die Gerechtigkeit war zerbrochen, als es selbst Niccolò nicht gelungen war, Marcina einer offiziellen Verurteilung zuzuführen. Zu ihren Gönnern gehörten ein Kardinal und der Onkel der Marchesa Chigi.

Auf Dauer hatte sich Beatrice in Baldassares Haus nicht wohlfühlen können, denn auch wenn sie gelegentlich im Kontor aushalf, ließ ihr Onkel keinen Zweifel daran, dass er Kinder hasste. Und so fiel ihr die Entscheidung leicht, nachdem Tomeo ihr geschrieben hatte, sie solle nach Sizilien gehen. Nachdem sie sich auf dem Gut eingelebt und sich mit der Aufzucht der Raupen und den Maulbeerbäumen vertraut gemacht hatte, war ihr der Gedanke gekommen, Ines und ihren Mann herzuholen.

Der wichtigste Grund für diese Entscheidung war ihre Einsamkeit hier gewesen. Obwohl Alba ein liebes Mädchen war, konnte sie Ines nicht ersetzen. Mit Ines verbanden sie viele gemeinsame Jahre und Erinnerungen an glückliche und schwere, gemeinsam durchlebte Zeiten. Ines war ihre Freundin, ihre große Schwester, die man ihr einfach von der Seite gerissen hatte, als sie sie am meisten gebraucht hätte. Aber jetzt war sie hier.

Sie war im Frühjahr mit Ugo und Lelo von Pisa mit dem Schiff heruntergefahren. Die beiden Brüder waren von der Idee, eigene Stoffe herzustellen, begeistert gewesen und verblüfften die sizilianischen Seidenweber mit ihren Fachkenntnissen und neuen Ideen für verbesserte Webstühle. Es würde nicht einfach werden, neue Vertriebswege und Abnehmer zu finden, vor allem nicht nach dem furchtbaren »Sacco di Roma«, diesem Überfall auf Rom, den niemand für möglich gehalten hatte. Beatrice seufzte und wischte ihre Hand an einem Tuch ab. Gino war eingeschlafen, und Giulia spielte zufrieden mit einem Stoffball.

Als sie von der Katastrophe gehört hatte, war sie zitternd zusammengebrochen. Ihre einzige Sorge war Tomeo gewesen. Wochenlang hatte sie auf ein Lebenszeichen von ihm gewartet, bis im Juli endlich ein Brief eingetroffen war. Er war schwer verwundet worden, hatte fast seinen Arm verloren, doch befand er sich nun auf dem Weg der Besserung und hielt sich mit seinem Burschen in einem Benediktinerkloster in den Bergen bei Subiaco auf. Vor eineinhalb Monaten hatte sie einen weiteren Brief erhalten, den sie immer bei sich trug. Beatrice setzte sich auf die Bank am Haus und holte den vom vielen Lesen zerknitterten Brief aus ihrer Gürteltasche. Liebevoll strich sie das feste Papier auseinander und überflog die Zeilen, die sie auswendig kannte, doch es waren seine Schriftzüge, und im Geiste sah sie ihn vor sich, hörte ihn lachen und wünschte sich nichts sehnlicher, als ihn noch einmal in die Arme schließen zu können.

Geliebte Beatrice,
San Benedetto oder Sacro Speco, wie der Konvent wegen seiner heiligen Grotte genannt wird, ist ein wundervoller, friedvoller Ort. Ich bin dankbar, dass die Mönche mich und Gian Marco aufgenommen haben. Ohne die Heilkunst der Mönche und die Ruhe, die ich hier fand, wäre ich nicht in der Lage, Euch diese Zeilen zu schreiben. Vielleicht läge ich dann auch in einem namenlosen Grab auf irgendeinem Friedhof in Rom, wie mein Bruder.

Ich hatte viel Zeit zum Nachdenken, und ich habe versucht, Federico zu verstehen, aber es gelingt mir nicht. Was auch immer ihn getrieben hat, es kann nicht wertvoll genug gewesen sein, um dafür seine Familie zu zerstören und das Wohl einer Stadt zu riskieren.

Vor einiger Zeit bin ich auf einer meiner vielen Reisen mit Gian Marco bei einem Einsiedlermönch gewesen. Dieser Mann war ein Soldat wie ich und hat vor vielen Jahren gegen die Türken gekämpft. Mitten auf dem Schlachtfeld hat ihn Gottes Ruf ereilt, und er legte seine Waffen nieder, um fortan das Leben eines Mönchs zu führen. Er sagte mir, dass man einem inneren Ruf folgen muss und dass ein Rückzug ins Kloster keine Flucht vor der Welt sein darf.

Ihr könnt Euch nicht vorstellen, wie oft ich mir gewünscht habe, hier oben bleiben zu können, um meinen Frieden zu finden. Was ich auf dem Zug des Heeres durch Italien und später in Rom erlebt habe, sprengt jede Vorstellung, und die Albträume quälen mich jede Nacht.

Beatrice wischte sich die Augen. Nein, sie konnte sich nicht vorstellen, was er gesehen und durchgemacht hatte. Aber sie verstand seine Qualen und seine Zweifel.

Ich spreche täglich mit den Mönchen. Ihre Gelassenheit gibt mir Kraft. Gian Marco hat genug von dem einsiedlerischen Leben in den Bergen, aber er ist der festen Überzeugung, dass er mich beschützen muss. Und ich kann ihm nicht widersprechen, denn ohne ihn wäre ich bereits im Sturm auf Rom gefallen. Vielleicht bringt er mich auf den richtigen Weg, aber ich denke auch oft an jenen Einsiedler, der schon damals erkannte, dass ich mein Schwert nicht allein für Gott niederlegen würde.

Wir sehen uns wieder, denn Ihr seid mein Grund, an Gott zu glauben.

Tomeo

Sorgsam faltete sie den Brief zusammen und hielt ihn fest zwischen den Händen. Vielleicht konnte sie wirklich nicht verstehen, was in ihm vorging, aber sie wollte nicht glauben, dass er seinen Frieden hinter Klostermauern finden konnte. Giulia gluckste vor Vergnügen und rief Beatrice in die Gegenwart zurück. Sie sollte dankbar sein für das, was sie hatte.

Die Tür ging auf, und Ines kam mit sauberen Händen heraus. Sie entdeckte den Brief in Beatrices Händen. »Madonna, warum geht Ihr nicht in die Werkstatt? Ugo und sein Bruder haben neue Entwürfe gemacht, und dann könntet Ihr die Qualität der weißen Tücher prüfen. Ich finde ja, dass die neue Weberin aus Enna nicht dicht genug arbeitet, aber das wisst Ihr besser. Jetzt habe ich Zeit für die Kinder. Wo ist Alba? Sie kann in der Küche aufräumen.« Aufmunternd sah Ines ihre Herrin an, die sich seufzend erhob und den Brief einsteckte.

»Du willst mich nur ablenken, Ines. Aber ich gehe. Danke.« Sie legte kurz ihre Hand auf Ines' Arm und ging schweren Herzens über den Hofplatz.

Die hohe, lichtdurchflutete Werkstatt, in der zehn große Webstühle standen, war ihr Lieblingsort auf dem Gut. Über den sauber gefegten Lehmboden ging sie zum Ende des rechteckigen Raumes, wo ein langer Tisch stand, auf dem die Stoffmuster ausgebreitet und geprüft wurden. Zwei breite Kassettenschränke und Regale füllten die Hinterwand. Neben einem weißen Stoffballen lagen zwei Rollen auf dem Tisch. Das mussten die Entwürfe sein. Beatrice entrollte die großformatigen Papiere und beschwerte sie mit runden Steinen, die zu diesem Zweck in einem Holzkasten unter dem Tisch lagen. Gleich würden die Arbeiter zurückkommen, die zu einer Messe gegangen waren. Hier auf dem Lande waren die Menschen fromm, aber auch daran gewöhnte sie sich.

Sie nahm ein Kohlestück und korrigierte Blattornamente, die sie für zu groß hielt. Von Zeit zu Zeit hob sie den Kopf und sah durch die Werkshalle zur Tür. Irgendwann, dachte sie, irgendwann würde sich diese Tür öffnen, und Tomeo würde hindurchtreten. Und mit dieser Hoffnung im Herzen setzte sie lächelnd ihre Arbeit fort.

Nachwort

Was Personen, Orte und Begebenheiten anbelangt, habe ich mir einige Freiheiten erlaubt.

Historisch belegt ist Clemens VII., der zu den schillerndsten Papstgestalten der Geschichte gehört. Von Leo X. war ihm ein riesiger Schuldenberg hinterlassen worden, so dass Clemens VII. bei seinem Amtsantritt eine leere päpstliche Kasse vorfand, was ihn zu Steuererhöhungen veranlasste, die ihm den Hass der Römer eintrugen. Des Weiteren schwankte Clemens ständig zwischen einander entgegengesetzten Standpunkten seiner beiden wichtigsten Berater hin und her, Giovanmatteo Giberti und Nicholas Schomberg, wobei Giberti auf der Seite der Franzosen stand und Schomberg Karls Politik unterstützte.

Karl V. stand nach 1518 ganz unter dem Einfluss seines italienischen Kanzlers Mercurino Gattinara (1465–1530), der die Politik von Karls Großvater, Kaiser Maximilian I., weiterführte: Einigung der christlichen Welt unter kaiserlicher Führung, Wiedergewinnung Italiens, Kaiserkrönung in Rom und Schutz der Kirche, wobei das Papsttum den imperialen Ansprüchen der Habsburger entgegenstand.

Ziel von Gattinaras Italienpolitik war es, die alten Reichslehen, die sich verselbstständigt hatten, wieder ganz der Oberhoheit des Kaisers zu unterstellen, um das antike Imperium unter Karl wieder aufleben zu lassen. Zu diesen Reichslehen gehörten: Savoyen, Mailand, Ferrara, Mantua und die Stadtstaaten Padua, Bologna, Genua, Siena, Florenz und Lucca. Venedig tendierte mehr zu Frankreich und zur Schweiz und wurde als Störfaktor gesehen. In der Religionskrise drängte Gattinara auf Ausgleich und Kirchenreform, weil ein zu weltlicher Papst die Einheit der Christenheit gefährdete. Karl hatte, genau wie Clemens, große Finanznöte und wollte nicht einsehen, dass die italienischen Staaten ausgeblutet waren. Einen italienischen Gesandten mit Bitten um Ermäßigung der Abgaben schickte Karl 1523 ungehört fort. Gattinara sah die Problematik ebenfalls nicht und setzte auf Freundschaft mit England, doch das fühlte sich durch die wachsende Habsburger Macht bedroht und schloss sich Frankreich und dem Papst an, was letztlich zur Schlacht bei Pavia führte.

Lucca hatte sich 1369 seine Unabhängigkeit vom Kaiser erkauft und war seitdem ghibellinisch. Allerdings war der Kirchenstaat mächtig und im täglichen Leben immer präsent, weshalb die Luccheser darauf bedacht waren, sich die Sympathien des Papstes nicht zu verscherzen. Die Luccheser waren stolz auf ihre unabhängige Republik und auf den Reichtum, den sie durch den Seidenhandel erworben hatten. 1272 hatte ein Luccheser die erste Zwirnmaschine erfunden, doch das Monopol für den Seidenhandel verlor Lucca im fünfzehnten Jahrhundert an Florenz, Bologna und Venedig. Lucchesische Seide war trotzdem für Jahrhunderte ein Markenprodukt und wurde genau wie die edlen Gewebearten Lampas, Samite, Damast, Samt und Brokat nach ganz Europa exportiert. Regiert wurde die lucchesische Republik von dem Ältestenrat, den *anziani*, dem *gonfaloniere* und einer Reihe von Ministerien. Natürlich war die Compagnia Mercantile eine der wichtigsten Institutionen. Die Compagnia der Luccheser Kaufleute stiftete Kirchen und Hospitäler wie das Spedale di San Lucca und hatte Vertretungen in zahlreichen ausländischen Städten. (Eine detaillierte Darstellung Luccas zur Zeit der Medici siehe *Catalogo della mostra a cura di Isa Belli Barsali: I palazzi dei mercanti nella libera Lucca del '500. Immagine di una città-stato al tempo dei Medici*, Lucca 1980.)

San Frediano, der Konvent von Beatrices Familie, gehörte 1525 tatsächlich zu den wichtigsten Konventen der Stadt und stand der Reformation nahe. Führende Luccheser Familien wie die Buonvisis und Cenamis gingen in diese Kirche. San Romano dagegen war streng konservativ, und die Dominikaner verteidigten ihre Position gegenüber den *canonici lateranensi* von San Frediano. Anhänger von San Romano waren unter anderem die Familien Balbani, Burlamacchi, Arnolfini, Poggio, Mansi und Bottini. Jan van Eyck (1390–1441) malte die berühmte »Arnolfini-Hochzeit«, die die Verbindung von Giovanna Cenami und Giovanni Arnolfini dokumentiert.

Schon früh begannen die führenden Luccheser Familien, sich Sommerresidenzen in Luccas fruchtbarem Umland, dem *contado*, errichten zu lassen. Die Einteilung des Umlands in Pfarrbezirke, *pagi*, geht auf römische Zeiten zurück und wurde durch die geographischen Gegebenheiten bestimmt. Tatsächlich stehen in Matraia noch heute die Palazzina Guinigi und die Palazzina Chiariti sowie die Villa Guinigi. In Gragnano befinden sich die Villa Arnolfini und die Villa Tegrimi, in Marlia liegt die Villa Reale der Buonvisi-Familie, in San Colombano die Villa Antelminelli, um nur einige zu nennen.

Die Familien Rimortelli und Buornardi sowie der Marchese Connucci und seine Familie sind fiktive Personen und Namen. Da Sesto, Quilici und Poggio sind historisch belegte Namen, wobei die Romanfiguren wiederum fiktional sind. 1522 gab es tatsächlich eine Revolte der Poggios gegen die Republik Lucca, und Vincente di Poggio und Lorenzo Totti töteten den *gonfaloniere* Girolamo Vellutelli. 1524 verhängte der bischöfliche Vikar den Kirchenbann über den Bürgermeister, weil der einen Kirchenvertreter verhaftet hatte. Der Papst vermittelte in der Angelegenheit. 1525 verbot die Luccheser Regierung die Einführung von Büchern Luthers, ordnete die Verbrennung seiner Schriften an, und es kam zum Aufstand der Poggios, die sich tatsächlich eine Woche lang im Castello von Lucchio verbarrikadierten.

Flamini, der päpstliche Geheimsekretär, und Alberto Mari sind Fiktion. Eine Verschwörung, in der Clemens seinen Sohn mit Hilfe von Lucchesern in Florenz, das er von Rom aus wie eine Kolonie verwaltete, an die Macht bringen wollte, ist nicht belegt, doch es gab wiederholt Versuche des Papstes, seinen Sohn durch Mittelsmänner an die Macht zu bringen. Alessandro war einer der meistgehassten Medici, und als er am fünfzehnten Juli 1531 in Florenz an die Macht kam, war dies ein Tag der Trauer für die Bürger. Alessandro löste die Republik auf und demütigte die Florentiner. Als sein Vater Clemens am fünfundzwanzigsten September 1534 starb, zündeten die Florentiner Freudenfeuer an. Die Wut des Pöbels auf den Papst, der ihnen den »Sacco di Roma« gebracht hatte, war so groß, dass dessen Leiche mehrmals aus dem Grab gerissen und geschändet wurde.

Fernando de Avalos, Markgraf von Pescara (1490–1525), ist eine der tragischsten und zwiespältigsten Figuren im Ringen um Italien. Entscheidend für den Roman ist seine belegte Integrität dem Kaiser gegenüber. Charles de Bourbon, Connétable Frankreichs (1490–1527), gehörte zu den hervorstechendsten Feldherren seiner Zeit. Seine Familie besaß eines der größten Herzogtümer Frankreichs. Durch einen Streit mit Franz I. verlor Bourbon Ämter und Vermögen und schlug sich auf die Seite des Kaisers. Er wurde beim Ansturm auf Rom von einer Arkebusenkugel getötet, von der Benvenuto Cellini behauptete, sie abgefeuert zu haben.

Die wechselhaften Verhandlungen und diplomatischen Kapriolen darzulegen, die zum Sacco di Roma führten, sprengt auch hier den Rahmen (eine der besten Darstellungen bietet *The Sack of Rome 1527* von Judith Hook und Patrick Collinson, Palgrave Macmillan 2004). Diese Verwüstung Roms wurde bereits von den Zeitgenossen als das schrecklichste Ereignis seit dem Überfall der Goten auf Rom beschrieben. Die Zahl der Toten belief sich auf über dreißigtausend, was in der damaligen Zeit der Auslöschung einer Großstadt gleichkam. Unvorstellbar grausam waren die Frevel, die von den Söldnern begangen wurden, nicht zu vergessen die nachfolgende Pestepidemie, die danach auch Florenz und Lucca heimsuchte. Mit Zynismus muss man das Schicksal von Clemens betrachten, dem Verursacher des Leids, der sich mit seinem Gefolge in die Engelsburg flüchtete, später nach Orvieto floh, sich mit Karl V. aussöhnte und diesen am 24. Februar 1530 in Bologna krönte. Auf Porträts nach dem »Sacco di Roma« ist Clemens nur noch mit Bart zu sehen, den er sich aus Trauer über das Schicksal Roms hatte stehen lassen, ein Schicksal, das allein seiner Politik zuzuschreiben war.

Natürlich war die Renaissance auch die Zeit herausragender Künstler und Wissenschaftler. Jacopo da Pontormo (1494–1557), den ich Beatrices Porträt malen ließ, mag stellvertretend für diese Hochkultur der italienischen Kunst stehen. Pontormo, von Vasari als eigenbrötlerisch und attraktiv geschildert, schuf einen ganz eigenen Manierismus und einfühlsame Porträts.

Sizilien gehörte neben Neapel zum aragonesischen Hoheitsgebiet. Nach der Eroberung durch Karl V. lehnte sich der sizilianische Kleinadel bald gegen die spanische Herrschaft und die Einführung der Inquisition auf. Die Rebellion der Sizilianer gegen die Fremdherrschaft mündete 1647 in einen Volksaufstand in Palermo. Sizilien war die Kornkammer Italiens, doch auch Maulbeerbäume wurden hier angepflanzt.

Glossar

anziani: Ältestenrat oder Großer Rat in Lucca. Die zehn Mitglieder wurden aus den Terzieren (Bezirken) der Republik gewählt.
arista: Schweinebraten
attendente: Adjutant
balia: Amme
boschetto: kleine Baumgruppe
caldarrostaio: Kastanienverkäufer
condottiere: Söldnerführer, der aufgrund eines Anwerbevertrags (*condotta*) militärisch für Kommunen oder Signorien operierte und großes Ansehen genießen konnte. Giovanni delle Bande Nere war der letzte große *condottiere* der Renaissance.
contado: Umland von Lucca
cosas dytalia / monarchia universalis: Mercurino Gattinara (1465–1530) war der Berater Karls V. Die *cosas dytalia* wird Gattinaras Schlagwort, als er Italien zum Zentrum seiner Politik macht. In zahlreichen Schriften an Karl diskutiert Gattinara das Aufleben des antiken Imperiums, betont die Bedeutung der Trinität, das heißt die Einheit von Politik, Religion und Recht, und als letztes Ziel die daraus resultierende *monarchia universalis*, die allgemeinen Frieden, universale Gerechtigkeit und das Goldene Zeitalter einleiten solle.
fiocco: Schneeflocke

foccacini: Früchtebrote
fragolo: leichter Wein aus der Fragola-Traube
gabella maggiore: Abgaben auf Export- und Importwaren, Schlachten, Mahlen von Mehl, Brotverkauf etc. innerhalb des Stadtgebiets
Ghibellinen: Anhänger von Kaiser und Reich
giardino segreto: abgegrenzter Blumengarten, meist mit einer angeschlossenen Grotte
giudice: Richter
gonfaloniere: in Lucca der auf drei Monate gewählte Vorsitzende der *anziani*, damit erster Mann der Republik
grandezza: Größe, Ausstrahlung
Guelfen: Anhänger von Papst und Kurie
levatrice: Hebamme
limonaia: Gewächshaus
maestro di casa: Haushofmeister
morte nera: der schwarze Tod
panino: kleines Brot
podestà: in Lucca der auf ein Jahr gewählte Leiter der Judikative
rosso: Rotwein
salotto: Wohnzimmer
scarsella dei lombardi: Botendienst der Lombardei
scarsella lucchese: Botendienst Luccas
sfregio: Verstümmelung durch Schnitt ins Gesicht, um untreue Geliebte bloßzustellen
studiolo: privates Studierzimmer
vendetta: Blutrache
Volta: lebhafter Tanz der Renaissance, ähnlich der Galliard und der Pavane

Inhalt

	Vorbemerkung	9
I	Dom San Martino, 11. Januar 1525	11
II	Hochzeit in Lucca, 12. Januar 1525	19
III	Südliche Lombardei, Januar 1525	52
IV	Der Aufstand der Poggios	61
V	Begegnung in San Michele	83
VI	Der Sekretär aus dem Vatikan	113
VII	Verratene Allianz	121
VIII	Alba	148
IX	Das Fest	160
X	Blutige Rosen	175
XI	Genua, Mai 1525	204
XII	Der Brief	211
XIII	Der Gefangene	235
XIV	Richterliche Untersuchungen	242
XV	Gewissenskonflikt	264
XVI	Matraia	269
XVII	Belgioioso, Juli 1525	291
XVIII	Die Geburt	302
XIX	Dunkler Lorbeer	324

XX	Die Toten am Cisapass	330
XXI	Provinz von Novara, Oktober 1525	352
XXII	Zerstörte Träume	367
XXIII	Vatikan, November 1525	392
XXIV	Lucca, Dezember 1525	404
XXV	Der Tote im Kanal	427
XXVI	Mailand, 23. Dezember 1525	439
XXVII	Der Golddukaten	447
XXVIII	Luccas Heimsuchung	469
XXIX	Beatrices Flucht	475
XXX	Tauschhandel	492
XXXI	Der Auftrag des *sicario*	519
XXXII	»I Viziosi«	523
XXXIII	Rom, Februar 1526	540
XXXIV	Die Rache der Kurtisane	557
XXXV	Und der Himmel weinte	576
XXXVI	Calascibetta, November 1527	590
	Nachwort	597
	Glossar	603

Historische Zeiten

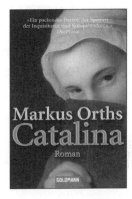

Mehr Informationen unter www.goldmann-verlag.de

GOLDMANN

Einen Überblick über unser lieferbares Programm
sowie weitere Informationen zu unseren Titeln und
Autoren finden Sie im Internet unter:

www.goldmann-verlag.de

Monat für Monat interessante und fesselnde
Taschenbuch-Bestseller

Literatur deutschsprachiger und internationaler Autoren

∞

Unterhaltung, Kriminalromane, Thriller,
Historische Romane und Fantasy-Literatur

∞

Klassiker mit Anmerkungen, Anthologien
und Lesebücher

∞

Aktuelle Sachbücher und Ratgeber

∞

Bücher zu Politik, Gesellschaft, Naturwissenschaft
und Umwelt

∞

Alles aus den Bereichen Esoterik, ganzheitliches Heilen
und Psychologie

Die ganze Welt des Taschenbuchs

Goldmann Verlag • Neumarkter Straße 28 • 81673 München

GOLDMANN